레몬의
10분의 문학

레몬의 10분의 문학

1판 1쇄 발행 2020. 9. 7.
1판 2쇄 발행 2022. 3. 26.

지은이 문학캐스터 레몬

발행인 고세규
편집 구예원 디자인 지은혜 마케팅 김새로미 홍보 김하은

발행처 김영사
등록 1979년 5월 17일(제406-2003-036호)
주소 경기도 파주시 문발로 197(문발동) 우편번호 10881
전화 마케팅부 031)955-3100, 편집부 031)955-3200 | 팩스 031)955-3111

값은 뒤표지에 있습니다.
ISBN 978-89-349-8662-1 43810

홈페이지 www.gimmyoung.com   블로그 blog.naver.com/gybook
인스타그램 instagram.com/gimmyoung 이메일 bestbook@gimmyoung.com

좋은 독자가 좋은 책을 만듭니다.
김영사는 독자 여러분의 의견에 항상 귀 기울이고 있습니다.

레온의

10분의
문학

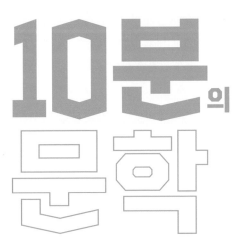

가장 빠른 공부법!
단 10분에 수능문학이 완성되는 기적!

문학캐스터 레몬 지음

김영사

나만의 이야기를 찾아서

저는 어린 시절부터 이야기에 매료되었습니다. 《박씨전》의 주인공이 허물을 벗는 장면에서는 혹시 내 안에도 선녀가 살지 않을까 기대했고, 《동백꽃》의 점순이가 주인공을 괴롭히는 것이 미워서 저녁밥을 거르기도 했죠. 좋게 말하면 상상력이 풍부했고 달리 표현하자면 과몰입 상태였습니다. 책 속에서 새로운 세상을 만나고 당황스러운 사건을 경험하느라 얼마나 피곤하고 힘들었는지 몰라요. 본격적으로 입시를 준비하는 시기가 되면서 책과는 점점 멀어졌지만, 그동안 제 안에 쌓인 이야기는 제가 이야기의 희생양이 되지 않도록 지켜 주었습니다.

이야기는 힘이 셉니다. 학생들 사이에는 늘 새로운 이야깃거리가 나돌곤 하죠. 그중 입시 실패담만큼 무서운 괴담이 없습니다. 제가 수험 생활을 할 때에는 '고3 첫 모의고사를 망친 학생이 1년 내내 열심히 공부했지만 결국 수능에서 똑같은 점수를 받았다'는 식의 괴담이 돌았는데요. 누구라도 그 공포에서 자유로울 수가 없었습니다. 처음에는 의연하게 대처하던 학생들도 점점 수능 날이 다가오자 자포자기 심정으로 이렇게 말하곤 했죠.

"난 어차피 3월 모의고사를 망해서 이번 해에는 가망 없어. 다음 해를 노려야지."

시험은 다가오는데 성적이 오르지 않으니 갑자기 자신이 괴담의 주인공이 될 운명인 양 여기는 것이었습니다. 여기에 '나도'를 외치며 장난스럽게 맞장구치는 친구까지 있으면 완벽해지죠. 이야기가 주는 안도감은 상상을 초월합니다. 자신의 부족한 부분을 받아들이기보다는 운명을 탓할 수 있으니 편안하고, '나'와 같은 사람이 더 있다는 생각에 안심이 되니까요. 정말 무서운 점은, 장난으로 꺼낸 이야기대로 삶이 흘러가는 경우가 종종 있다는 거예요.

저는 고3 첫 모의고사를 지독하게 망쳤고, 9월 모의고사는 더 지독하게 망쳤습니다. 그리고 수능 날 고등학교 3년 수험생활을 통틀어 가장 좋은 점수를 받았죠. 선생님도 친구들도 모두 놀랐지만, 저는 놀라지 않았습니다. 떠도는 말에 휘둘리지 않고 늘 한결같이 공부하려고 노력 했어요. 모의고사를 망치면 있는 그대로 현실을 받아들이고 다음에는 틀리지 않으려고 애썼습 니다. 어떤 결정을 내릴 때에는 스스로 판단하려 했고요. 물론 말처럼 쉽지는 않았습니다. 학교 와 학원가에 떠도는 수많은 이야기는 '정보'라는 탈을 쓰고 끊임없이 제 귀로 들어왔으니까요.

그러나 제게는 든든한 무기가 있었습니다. 어린 시절부터 듣고 읽어 온 무수히 많은 이야기 가 제 속에 가득했죠. 시험공부가 어려워 진땀을 흘렸지만, 이야기를 읽는 일에는 자신이 있었 습니다. 시험에 나오는 문학 작품은 학자들이 오랫동안 연구한 작품을 선별한 것이라 배경이 나 주제가 반복되곤 했기 때문입니다. 이미 많은 작품을 접해온 저는 이야기 구조를 쉽게 알아 보고 머릿속에 정리할 수 있었습니다.

게다가 여러 이야기를 읽다 보면, 어려운 상황에서도 자신만의 선택을 하는 인물의 모습을 볼 수 있습니다. 저 역시 여기에 용기를 얻었죠. 떠도는 이야기에 흔들리며 불안해하기보다는 '지금 어떤 선택을 내리고 무엇을 해야 할지' 고민하게 하는 원동력을 얻었다고 할까요? 그러 다 보니 자연스럽게 '나만의 이야기'를 만들어 갈 수 있었습니다.

저는 여러분도 자신만의 이야기를 만들어 가는 사람이었으면 좋겠습니다. 이 책은 그런 분 들을 위한 징검다리예요. 치열한 시험지 위에 찢긴 문학을 오롯이 모아서 여러분께 드립니다. 어려운 내용만 잔뜩 들어 있는 토막 지문도, 딱딱한 해설로 점철된 자습서도 아니에요. 공부하 고 나면 문학을 외면하게 되는 것이 아니라, 더 문학에 빠지게 될 거예요. 어쩌면 여기에 실린 문학 작품을 직접 읽어 보기도 하겠죠. 읽고 생각하고 판단하는 경험이 쌓이면, 어느새 여러분 은 한 이야기의 주인공이 되어 있을 거예요.

자기 삶의 주인공으로 반짝반짝 빛나는 여러분을 위한 이야기, 지금부터 함께 들어 볼까요?

문학캐스터 레몬

차례

1 고전 문학

《레몬의 10분의 문학》 활용법

듣고!

동영상 강의 QR코드

긴 문학 작품도 단숨에 정리!
귀에 쏙쏙 들어오는 레몬의
목소리로 해설을 들을 수 있어요.

연계 예측

아직 출제되지 않은 미지의 개척지!
연계 가능성 있는 부분을 자주색으로 표시했습니다.
레몬의 시선으로 콕콕 짚어드릴게요.

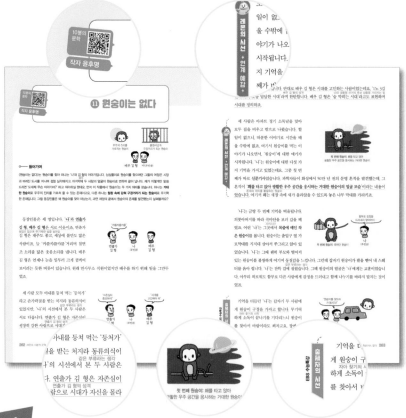

읽고!

작품 해설

42개 작품 전문을 해설했
습니다. 이제 처음 보는
지문을 만나도 당황스럽
지 않아요.

그림

귀여운 그림만 봐도 이해가
술술! 문학이 점점 재있어
져요!

기출 부분 확인

그동안 작품에서 어떤 부분이 출제
되었는지 궁금하시죠? 청록색 표시
를 따라가면 수능·모의고사에 연계
된 내용뿐 아니라 연계교재와 교과
서에 실린 부분까지 한눈에 확인할
수 있어요!

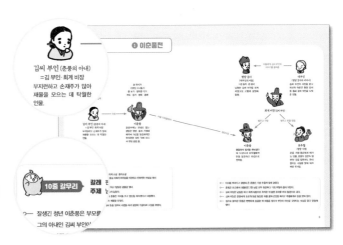

핵심 체크 OX 퀴즈

내용을 잘 이해했는지 퀴즈를 통해 알아볼 수 있어요.

개념 노트

작품 속 중요한 표현과 헷갈리는 개념을 명쾌하게 정리해 드려요.

별책부록

그림 인물관계도

전체 줄거리와 인물들의 관계를 그림 한 장으로 정리해요! 탄탄하게 마무리하세요.

10줄 갈무리

전체 내용을 단 10줄에 한 번 더 요약했어요.

레몬의 10분의 문학! 그럼 이제 시작해 볼까요?

레몬 님! 이 이야기, 제가 읽은 내용과 다릅니다.

짧은 지문으로 만난 고전 소설의 뒷이야기가 궁금해 책으로 읽어 보신 분은 아시겠지만, 교재에 실린 내용과 완전히 같은 내용은 많지 않습니다. 왜 그럴까요? 다음 세 가지 이유 때문입니다.

첫째, 고전 소설의 창작법은 현대 소설의 창작법과는 다릅니다. 현대 소설은 작가 한 명이 처음부터 끝까지 이야기를 쓰지만, 고전 소설은 오랜 시간 동안 많은 사람들의 입과 손을 거쳐서 '집단 창작'된 경우가 많아요. 이야기를 말로 전하거나 베껴 쓰면 내용이 조금씩 달라지기도 하고, 등장인물의 이름이 바뀌기도 하죠.

둘째, 판소리나 무가처럼 창자나 지역에 따라서 내용이 바뀌기도 합니다. 예를 들어 〈흥보가〉는 기본 줄거리는 같지만 창자에 따라 장면이 추가되거나 삭제되는 경우도 있습니다. 교과서에 자주 등장하는 '매품팔이' 대목은 〈흥보가〉의 하이라이트로 거의 모든 창자가 부르지만, 제비가 제비 나라로 돌아갔다가 흥부에게 박씨를 가지고 돌아오는 대목인 '제비노정기'는 고종 때 김창환 선생이 더늠을 낸 것으로 보고 있습니다. '놀부가 박타는' 대목 역시 조금씩 다르죠.

셋째, 이본이 많은 만큼 번역본도 다양하기 때문입니다. 고전을 연구하는 분들은 새로운 고전 번역서를 쓰면서 현대인들이 조금 더 쉽게 이해할 수 있도록 노력하는데요. 고전을 번역할 때에는 전해 내려오는 이본 중에 어떤 것을 번역할지 선택한 후, 번역을 합니다. 원래 하나였던 이야기가 오랜 시간 동안 여러 이본으로 만들어져 후대에 전해지고, 연구자는 각각의 이본을 번역한 번역본을 만들게 됩니다. 이것이 고전의 묘미이기도 하면서, 고전을 어렵게 만드는 요인이 되기도 하죠.

혹시 다른 책에서 새로운 내용을 접하더라도 너무 당황하지 마세요! 전체적인 주제와 줄거리는 비슷하니까요.

1

고전 문학

❶ 이춘풍전 李春風傳

제 버릇
개 못 준다더니...

나도 꼭 그러고 싶어서
그러는 것은 아니야!

정말 사람은 달라질 수 없을까?

○── 들어가며

'제 버릇 개 못 준다.' 잘못을 저지르고도 제대로 뉘우치지 않고 똑같은 잘못을 반복하는 사람은 피하라며 경고하는 말이죠? 이런 말을 처음으로 입 밖에 내기까지 속앓이를 했을 사람도, 못난 모습으로 자꾸만 돌아가는 사람도 똑같이 안타깝습니다. 그런데 술이라면 사족을 못 썼던 사람이, 툭하면 기생집을 왔다 갔다 했던 사람이, 유흥에 부모의 재산을 몽땅 탕진했던 사람이 완전히 새사람이 되었다면 믿을 수 있으세요? 바로 〈이춘풍전〉의 주인공, 이춘풍의 이야기입니다.

숙종 대왕 때입니다. 서울 다락골에 **이춘풍**이라는 아주 잘생긴 청년이 살았습니다. 집안도 부유한 데다가 별감을 지낸 집안의 아들이라 무척 귀하게 자랐죠. 그런데 안타깝게도 부모님이 일찍 돌아가십니다. 가까운 친척도 없어 춘풍은 제대로 된 가르침을 받지 못합니다.

이춘풍

어린 나이부터 술을 마시고 기생집을 드나들며 방탕하게 살죠. 세상은 넓고 놀거리는 왜 이렇게 많은지, 활쏘기, 장악원 놀

<u>조선시대 음악과 무용에 관한 일을 담당하는 관청</u>

러 다니기, 바둑과 장기 두기, 골패와 쌍륙

<u>주사위를 이용해 하는 윷놀이와 비슷한 놀이</u>

놀이 등등. 춘풍은 이렇게 정신없이 노느라

<u>방탕하고 놀기 좋아하는 성격</u>

부모님이 남기신 유산을 전부 탕진합니다.

술 마시기
기생집 드나들기(외입질)
글 공부 안 하기
활쏘기, 장악원 가기, 바둑과 장기 두기,
골패와 쌍륙 놀이(노름)

김씨 부인
(춘풍의 아내)

하루는 **춘풍의 아내, 김씨가 춘풍을** 말립니다.

"여보, 주색잡기 하지 마세요. 기생집 드
나드는 사람치고 탕패 안 한 사람이 없
어요."
_{술과 여자와 노름을 아울러 이르는 말}
_{재물을 다 써서 없앰}

이에 춘풍은 자신의 관찰과 경험을 토대
로 반박을 하죠.
_{관청이나 가게 따위에서 고용한 심부름꾼}

"사환 대실이는 술도 안 마시는데 돈 한 푼도 못 모았던데? 이각동은 오십이 되도록 주색을
_{중국 당나라의 시인 이백}
몰랐어도 남의 집 사환 처지를 못 면했지. 술 잘 먹는 이태백은 한림학사도 다 지내고 할 것 다
_{임금의 조서(詔書, 명령문 · 선포문)를 쓰는 일을 맡던 한림원의 벼슬}
했거늘 뭐. 나도 좀 놀다가 벼슬하고 이름 떨치지 뭐!"

이태백은 술 먹고 놀아도
한림학사 벼슬했잖아~
이 정도는 평범한 남자가 노는 것이라!
걱정 마!

· · · ·

남편…
그건 이태백이고요….

출제자의 시선

억지 논리를 내세우며 당당하게 굴던 춘
풍은 멈추지 않고 유흥에 빠져듭니다. 이
제 가산이 바닥나다 못해 끼니를 잇지도
못할 지경입니다. 춘풍은 그제야 뉘우치
죠. 그러고는 아내에게 서약을 합니다.

'내가 또다시 주색잡기를 하고 골패짝을
잡거든 관가에 가서 법대로 처리하시오.'

법대로 처리하라니, 굉장히 결연한 의지가 느껴지죠? 저는 이 부분을 읽으면서 피식피식 웃
었는데, 춘풍은 아주 진지하게 서약서까지 씁니다.

주색잡기와 도박을
하지 않겠습니다!

서약서

약속하는 거다?

'이 수기를 쓴 본인은 외입 방탕으로 조상이 물려준 수만금을 청루 잡기로 날려 버렸다. 이제 지난
_{주색잡기에 빠져 행실이 좋지 못함} _{기생집에 드나드는 일}
날을 회개하고 모든 집안 대소사를 부인 김씨에게 맡기겠다. 앞으로 김씨가 수만금의 재산을 모
_{잘못을 뉘우치고 고침}
으더라도 그것은 모두 김씨 재산이요, 나 이춘풍은 단 한 푼, 곡식 한 톨도 건드리지 않겠다고 여
기 서약하노라.' _{이 수기에서 춘풍은 아내의 치산을 인정하며 집안의 경제권을 넘겨줌}

김씨 부인은 집안의 경제권을 넘겨받고
_{부지런하고 야무진 성격}
악착같이 돈을 모읍니다.「마침 부인의 손
_{여자들이 얼굴을 가리려고 머리부터 길게 내려 쓰던 옷}
재주가 좋아서, 침재며 길쌈이며, 장옷 짓
기까지 동네의 바느질감은 전부 김씨 부인」
_{바느질} _{옷감을 짓는 일}
장면의 극대화: 아내가 돈을 벌기 위해 하는 일의 종류들을 나열
하여 사건을 요약적으로 제시

침재!
헌옷 깁기!
월수!
장옷 짓기!
새버선 만들기!
장변!
길쌈!

이 도맡습니다. 그렇게 모은 돈을 월수, 장변을 놓아 수천금으로 불립니다.

돈을 빌려주고 이자를 받는 것

집안 살림이 넉넉해지니까, 슬슬 이춘풍
은 이전의 행실이 나오기 시작합니다. 장
사도 한번 안 해본 사람인데 평양에 가서
장사를 하겠다며 나섭니다. 그것도 호조
조선시대에 나라의 세금과 호적을 관리하던 중앙 관청
에서 돈 2천 냥을 꾸어서 가겠다고 합니
다. 세상에, 살림이 좋아진 지 얼마나 되었
다고 벌써 빚을 내요? 당연히 김씨 부인은 말립니다.

나 평양 가서 장사할래!
호조에서 2천 냥 빌려서 갈 거야!

또 왜 저러실까…

"평양은 번화하고 사치스러운 곳인 데다가 기생이며 술이며 돈을 탕진하기 딱 좋은 곳이에요! 차
당시 평양이 굉장히 번화한 곳이었음을 알 수 있음
라리 그냥 먹고 입는 것은 나에게 맡기고 부디 가지 마세요."

하지만 춘풍은 자신의 고집대로 평양으로 떠나 버립니다.

하필이면 평양에 도착한 계절은 춘삼월
호시절입니다. 날씨도 따뜻하겠다. 일이
좋은 때
되겠느냐고요. 바깥이 푸르르고 온통 꽃
밭인데, 저절로 춤이 나오죠. 청루 앞을 지
기생집
나던 춘풍은 하필이면 **기생 유추월**에게 시
선을 빼앗기고 맙니다. '평양 기생 유추월'

유추월! 유추월!
사랑해요 유추월!

춘삼월~ 호시절~
(네 돈은 곧 내 것~)

유추월 (평양 기생)

하면 모르는 사람이 없을 정도로 미모며 재주가 빼어난 기생이었죠.

추월이가 권주가를 부르는 순간, 이미 춘풍의 돈은 추월의 주머니에 들어간 것이나 마찬가
지였습니다. 그렇게 춘풍은 자신의 삶이 곤두박질치는 줄도 모르고 기생 놀음에 온정신이 팔
립니다.

1년도 못 가서 빈털터리가 된 춘풍은 추
월에게 매몰차게 버림받습니다. 버림받아
어리벙벙한 춘풍에게 사람들은 조롱하면
서 한마디씩 하죠.

"쯧쯧, 그럴 줄 몰랐나 이 사람아?"

"집에 갈 돈은 있어요? 어디로 갈 거요?

이보게,
추월아… 우리 사랑…

이보게?
아직도 세상 물정을
모르네

한 푼 보태지요."

이제 평양에 있는 사람이고, 평양 밖에 있는 사람이고 모두 이춘풍의 소문을 듣고 그를 비웃으며 무시하기 시작합니다.

춘풍은 마지막으로 추월에게 매달려 봅니다.

"우리 맹세가 거짓이었던가? 대동강이 마르도록 이별하지 말자고 굳게 언약했는데!"

이 말을 들은 추월은 낯빛을 바꾸며 차갑게 쏘아붙입니다.
<u>오로지 재물만을 좇는 추월의 이기적인 성격이 드러남</u>
"청루 물정을 그렇게도 몰라서야. 내가 이럴 줄 몰랐단 말인가?"

그러니까 청루집에는 왜 발을 들여요. 돈 벌러 가서!

춘풍은 이대로 돌아갈 수가 없었습니다. 돈도 없고, 아내를 마주할 면목도 없었죠. 호조에서 빌린 돈은 또 어떻게 하고요. 그래서 춘풍은 추월에게 싹싹 빕니다.

"나 좀 살려 주게. 내가 자네 집에 눌러앉아 심부름이나 하면 어떠할꼬?"

이 순간에도 아직 양반의 면모가 남아 있죠? '~하게' '~할꼬?' 하는 모습 좀 보세요. 추월은 춘풍을 비웃으며 콕 집어 말합니다.

"여보소, 이 사람아, 자네가 전 행실을 못 고치고 '하네' 소리 할 양이면, 내 집에 붙어 있을
생각 마소!"
<u>이춘풍</u>

별수 있나요? 춘풍은 아가씨 소리를 해 가며 굽실대기 시작합니다.

한편 김씨 부인은 춘풍을 떠나보내고 걱정이 태산입니다. 그런데 좋은 소식은커녕
<u>김씨 부인이 평양으로 가게 된 계기</u>
기생 유추월에게 모든 재산을 탕진하고 하인이 되었다는 소문만 돕니다.

김씨 부인의 첫 반응은 분노였어요. 당장 평양으로 가서 행패라도 부리고 싶었습니다.

분노 상태 생각 중… 뒷집 대부인 공략

평양 감사 대부인
(대부인의 아들) (평양 감사의 어머니)

하지만 김씨 부인은 마음을 다잡고 한 가지 꾀를 생각해냅니다. 계획대로 실행하려면 인맥이 좀 필요했는데요. 바로 평양 감사였습니다. 뒷집의 맏아들이 머지않아 평양 감사로 평양에
<u>조선 시대 각 도의 으뜸 벼슬</u>
간다는 소식을 들었거든요. 김씨 부인은 **대부인**을 공략합니다. 부지런히 밥상을 차려서 함께
<u>남의 어머니를 높여 부르는 말로 여기서는 평양 감사의 어머니</u>
식사를 했죠. 대부인은 남편을 먼저 떠나보내고, 많은 식구를 챙기며 사느라 그리 넉넉한 형편이 아니었어요. 그러니 얼마나 고마웠겠어요. **김 승지**도 자신의 어머니를 챙긴 김씨 부인을 무
<u>평양 감사 · 사또</u>
척 고맙게 생각하죠. 대부인은 보답도 할 겸, 김씨 부인을 평양에 데리고 가기로 합니다. 그런

데 김씨 부인은 자기 대신 오라비를 데리고 가라면서 이렇게 말합니다.

"제 오라비가 있사온데 비장 한 자리 주시기 바라나이다."

<u>조선시대에 감사를 따라다니며 일을 돕던 벼슬</u>

사실 김씨 부인에게는 오빠가 없습니다. 본인이 남장을 할 계획이었던 거죠. 물론 대부인과 감사에게는 미리 알립니다. 아주 극적으로요. 남장을 하고 대부인과 감사 앞에 나와서 이렇게

<u>여성이 남성의 의복을 입어야 문제 해결이 가능하다는 점에서 사회적 한계를 드러냄</u>

인사를 드렸거든요.

"춘풍의 처 문안드립니다."

처음에는 깜짝 놀랐던 김 승지도 대부인으로부터 자세한 사정을 듣더니, 김씨 부인의 마음이 기특하다며 기꺼이 회계를 담당하는 비장으로 데리고 갑니다. 제가 김씨 부인이 돈을 관리하

<u>나가고 들어오는 돈을 따져서 셈을 함</u>

는 능력이 뛰어나다고 이전에 말씀드렸죠? 평양에 도착한 뒤 김씨 부인은 유감없이 그 <u>실력을</u>

<u>김씨 부인의 능력을 보여주며 적극적인 여성의 모습을 제시</u>

<u>발휘합니다.</u> 덕분에 김 승지도 마음 놓고 일을 맡길 수 있었죠.

<u>김씨 부인이 남장을 한 이후부터 작품에서는 '회계 비장' 또는 '비장'으로 불림</u>

회계 비장은 일을 하면서 틈틈이 춘풍의 소식을 듣다가 추월의 집으로 갑니다. 춘풍의 꼴은 차마 눈을 뜨고는 볼 수가 없었어요. 보자마자 속이 터지죠.

'으휴, 여기서 고생이나 하고…'

이춘풍   유추월   김씨 부인
(평양 기생) (회계 비장)

'그렇게 말렸는데, 기어이 가더니, 여기 서 온갖 고생은 다 하고 있네….'

이런 회계 비장의 속내를 모르는 추월은 그를 유혹하기 위해 갖은 교태를 다 부립니다.

그로부터 며칠이 지나고 회계 비장은 춘풍을 잡아들입니다. 호조의 돈 2천 냥을 갚지 않은 죄 때문이죠. 회계 비장은 벼락같이 호통을 칩니다.

"네가 이춘풍이냐? 호조 돈 수천 냥을 빌리고 사오 년이 되도록 한 푼도 상납을 아니 하다니,

<u>나라에 세금·돈을 바치거나 나랏돈을 갚는 일</u>

너는 그 돈을 다 어찌하였느냐? 이놈을 매우 쳐라!"

열 대 정도 때렸을까요? 춘풍은 추월에게 돈을 몽땅 탕진한 사연을 털어놓습니다.

회계 비장은 멈추지 않고 추월도 붙잡아 옵니다. 결국 추월은 춘풍의 돈을 전부 물어내고 호조에서 빌린 원금뿐만 아니라 이자까지 오천 냥을 바치기로 약속합니다.

비장의 임무를 마친 김씨 부인은 먼저 집에 와서 춘풍이 돌아오기를 기다립니다. 저는 춘풍이 헐레벌떡 달려와 아내에게 사 과라도 할 줄 알았거든요? 그런데 집으로

나 다시 평양으로 돌아갈래~

불만 불만 불만

아직도 허세를?

돌아온 춘풍은 여전히 철이 없습니다. 마치 장사를 해서 오천 냥의 이익을 남긴 것처럼 허세를 부려 말하죠. 거만한 말투로 반찬 투정까지 합니다.

"생치生雉 다리도 덜 구워졌고, 자반에도 기름이 적고, 황육黃肉조차 맛이 없다. 내일 호조 돈
익히거나 말리지 않은 꿩고기   생선을 소금에 절여서 만든 반찬   _{소고기}
을 다 갚고 나면 다시 평양으로 갈 것인데, 너도 함께 따라가서 평양 감영 소가小家 집의 음식을
                                            첩의 집을 높여 부르는 말로 여기서는 평양의 유추월
한번 맛보소."

김씨 부인은 아직 정신을 차리지 못한
춘풍을 신랄하게 꾸짖기 위해 회계 비장으
로 다시 변장을 합니다.

"평양에서 있었던 일을 생각해라. 네 집
여전히 거만한 춘풍을 놀리기 위해 한 말
에 왔다 한들 어찌 그리 거만하냐?"

난데없는 손님에 깜짝 놀란 춘풍은 혹
시나 회계 비장이 아내 앞에서 자신의 치

부를 드러낼까 전전긍긍합니다. 회계 비장이 아내인지도 모르고요. 김씨 부인은 춘풍의 마음을
뻔히 알고 일부러 큰 목소리로 춘풍의 치부를 읊습니다.

"네가 평양 감영 추월의 집에 사환으로 있을 때, 다 깨진 헌 사발에 누룽지에 국을 부어서 숟
가락 없이 뜰아래 서서 되는대로 먹던 일을 생각하여 다 먹어라!"

이리저리 춘풍을 놀리던 김씨 부인은 회계 비장의 의복을 벗으며 자신의 정체를 드러냅니다.

춘풍은 그동안 자신이 아내에게 속았다는 사실을 알고, 너무 민망한 나머지 이미 모든 것을
알고 있었다면서 둘러댑니다. 이렇게 두 사람은 화해를 하고 이야기가 마무리됩니다.

○── 나오며

이 소설을 실제로 읽어 보시면, 저절로 어깨가 들썩거릴 정도로 리듬감이 느껴지는데요. 대표적인 판소리계 소설이라 그렇
답니다. '아주 그만 제법이로구나'처럼 판소리 사설 투의 편집자적 논평도 등장합니다. 내용도 당시 평민들이 즐기던 소재
죠? 무능하고 타락한 양반의 대표로 이춘풍이 그려지니까요. 이와 대비되는 인물로 김씨 부인을 성실하고 능력 있는 인물
로 그리면서 '남성 중심의 사회'가 지니는 허위를 폭로하고 여성의 능력을 부각시켰다고 할 수 있습니다.

1 이춘풍은 회계 비장이 아내라는 것을 알면서 모른 척한다. **O, X**

2 김씨 부인은 대부인과 평양 감사 몰래 남장하여 자신의 오빠 행세를 한다. **O, X**

3 김씨 부인은 장사하러 떠난 남편의 소문을 듣고 홀로 평양으로 향했다. **O, X**

 개념 노트

헷갈리기 쉬운 인물들

- 회계 비장, 비장 = 김씨 부인, 김 부인, 춘풍의 처
- 평양 감사 = 사또, 김 승지

1.X 2.X 3.X

❷ 심청가 沈淸歌

수궁가　　흥부가
춘향가　　적벽가
심청가

김채만제 ― 정응민제 ― 송만갑제 ― 김연수제 ― 조학진제
　　　　　(서편제)　　　　　　　　(동편제)

○── 들어가며

판소리 한 편 혹은 공통적인 줄거리를 지니는 판소리 작품군을 가리킴

〈심청가〉는 판소리 다섯 바탕 중 하나로 많은 사랑을 받는 이야기입니다. **눈이 불편한 아버지를 정성으로 모시는 심청의 모습은 '효심'이라는 인류의 보편적인 정서를 자극하고, 인당수에 빠져 용궁에서 어머니를 만나는 환상적인 장면은 인간의 무한한 상상력에 감탄하게 만들죠.** 인기가 좋은 이야기인 만큼 여러 명창들을 통해 다듬어졌습니다. 이렇게 명창이 판소리 한 마당 전부를 음악적으로 다듬어 놓은 것을 가리켜 '바디'라고 합니다. 바디는 명창의 이름에 따라 김채만제, 정응민제 (서편제), 송만갑제, 김연수제(동편제), 조학진제(중고제)로 분류되죠. 그중에서 동편제와 서편제의 장점을 섞은 '김연수 바디'를 골라 소개해 드리겠습니다.

'소경', '봉사'는 앞을 보지 못하는 사람을 낮잡아 이르는 말

　　송나라 원풍 말년에 황주 도화동에 한 소경
이 살았는데, 그의 이름은 **심학규**였습니다.
눈이 멀고 나서부터는 맹인이라는 의미로
'심 봉사'라고 불렸죠. 사실 심학규는 처음
부터 눈이 보이지 않는 사람은 아니었습니
다. 대대로 높은 벼슬을 지낸 양반 가문의
자손이었죠. 그런데 점점 가세가 기울더

곽씨 부인　　심 봉사　　　←
　　　　　　(심학규)　　20대에 안맹

니, 스무 살에 안맹眼盲합니다. 그러니 벼슬은커녕 일상생활도 제대로 하지 못하죠. 하지만 지
　　　　　　눈이 보이지 않게 됨
혜롭고 부지런한 아내, 곽씨 부인 덕분에 밥을 굶지 않고 살았습니다. 이런 곽씨 부인의 성품을
나중에 심청이가 꼭 닮게 되죠. **곽씨 부인**은 솜씨가 좋아 여기저기에서 맡은 일로 돈을 모으고,
　　　　　　　　　　지혜롭고 부지런함
돈이 어느 정도 모인 다음에는 돈을 빌려주고 이자를 받아서 살림을 불리기 시작합니다.

　　남부러울 것 없는 부부이지만, 걱정이 하나 있습니다. 부부의 나이가 벌써 마흔인데 자식이

없었기 때문이죠. 이때에는 의학적으로 해결할 수 있는 방법이 없었으니 지성으로 불공을 드리는 수밖에 없었습니다. 부지런히 불공을 드리던 부부는 사월 초파일 밤에 같은 꿈을 꾸게 되죠.
_{음력 4월 8일로 석가모니의 탄생일이며 '부처님 오신 날'로도 불리는 굉장히 신성한 날}

꿈속에서 눈부시게 아름다운 선녀가 이렇게 말합니다.

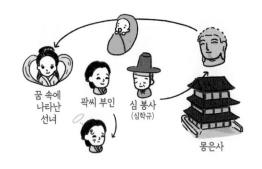

"저는 서왕모의 양녀로, 몽은사 부처께
_{중국 신화 속 선녀로 불사약을 가졌다고 함}
_{절 이름}
서 저더러 이곳으로 오라고 하셔서 여기에 왔으니, 저를 어여삐 여겨 주세요!"

기이한 태몽 속 서왕모의 양녀가 바로, 주인공 심청입니다.

그런데 심청의 어머니인 곽씨 부인이 심
청을 낳고 산후별증에 걸려 세상을 뜹니다. 심 봉사는 너무 슬펐지만 심청이를 위해 젖동냥을
_{아이를 낳은 다음에 제대로 조리를 못해서 나는 병}   _{젖먹이를 기르기 위하여 남의 집으로 젖을 얻으러 다니는 일}
해 가며 열심히 청이를 키웁니다.

어느덧 심청은 열다섯 살이 되었습니다. 세월 참 빠르죠? 청이는 똑똑하고 일도 잘해서 부지런히 아버지를 봉양합니다. 청이의 극진한 효도가 소문이 안 났겠어요? 무
_{웃어른을 받들어 모심}
릉촌 **장승상댁 부인**이 소문을 듣고 청이를
_{동네 이름}
부릅니다. 청이는 나무랄 데가 없는 아이였어요. 자태도 아름답고 행동도 얌전하며

눈빛까지도 똑똑해 보였죠. 장승상댁 부인은 망설이지 않고 청이를 향해 직진합니다.

"내 너를 수양딸로 삼고 싶구나. 네가 우리 집에 오면 글자도 배울 수 있고 나와 말동무도 될 수 있단다."

솔깃한 제안이었지만 청이는 혼자 남을 아버지를 생각하면 그럴 수 없다고 정중하게 거절합니다. 장승상댁 부인도 청이의 효심을 충분히 이해하죠.
_{효심이 지극함}

그런데 청이가 장승상댁에서 이런 이야기를 나누는 사이에 날이 저뭅니다. 심 봉사는 늦은 시각까지 청이가 돌아오지 않자 딸을 찾으러 나섰다가 위험에 처합니다. 발을 헛디뎌서 그만 도랑에 빠지게 된 거죠. 다행히 지나가던 몽은사 화주승이 심 봉사를 구해 줍니다. 그런데 화주
_{마을을 돌아다니며 부처님의 말씀을 전하고, 시주를 받아 절의 음식을 대는 승려}

승은 심 봉사의 눈을 보더니 이런 말을 흘립니다.

"형편이 웬만하시면 참 좋은 수가 있소마는……."

그 수가 무엇일까요? 우리가 모두 잘 알고 있는 '공양미 300석'입니다.

"봉사님, 다음 달 15일까지 300석, 꼭 올리셔야 하고요. 박절한 말씀처럼 들릴지는 모르겠지 _{인정이 없고 매몰찬} 만, 부처님에게 허언을 하면 눈뜨는 건 고사하고 앉은뱅이가 될 테니 부디 명심하시오!" _{거짓말}

어마어마한 약속을 하고 만 심 봉사는 뒤늦게 자신의 잘못을 깨닫고 끙끙 앓기 시작합니다. 이상한 기운을 눈치챈 청이가 심 봉사에게 캐묻죠. 공양미 이야기를 전해 들은 청이는 자신이 알아서 하겠다며 아버지를 안심시킵니다. 열다섯 살짜리가 어디서 그렇게 큰돈을 구하겠어요? 궁지

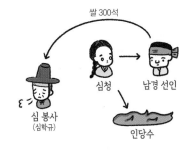

에 몰린 청이는 남경 선인들의 제물이 되기로 약속하고 맙니다. 물론 아버지에게는 장승상댁 _{중국의 남경에서 온 뱃사람} 부인의 수양딸로 가게 되었다며 거짓으로 둘러대고요.

하지만 막상 떠나기 직전이 되자 청이는 더 이상 아버지를 속일 수가 없었어요. 청이는 눈물을 쏟으며 뱃사람들의 제물로 팔려가게 된 사연을 털어놓습니다. 어느 아버지가 그걸 듣고 가만히 있겠어요? 심 봉사는 집이 떠나가라 통곡을 합니다.

"이럴 수는 없다. 내가 그 돈으로 어떻게 눈을 뜨겠느냐!"

한바탕 난리가 났지요. 때마침 장승상댁 부인이 이 소식을 듣고 도움을 주기 위해서 청이를 따로 부르기까지 합니다.

"이런 일이 있으면 나한테 미리 말을 하지! 내가 너를 딸로 여기는 걸 몰랐느냐?"
_{진심으로 심청을 아끼고 사랑하는 장승상댁 부인}
부인은 매섭게 청이를 꾸짖으며 지금이라도 계약을 무르자고 합니다. 그 말에 청이는 답답할 정도로 조목조목 이유를 들어 반박합니다. 300석이라는 돈을 자신이 장승상댁 부인에게 공짜로 받을 수 없다는 점과 제물이 없으면 선인들의 출발 날짜가 미뤄지기에 민폐라는 점을 들어 거절하죠. 어쩔 수 없이 청이는 배에 올라 인당수에 몸을 던집니다.
_{서해 바다 어딘가의 이름으로 위치는 정확히 알 수 없음}

하지만 가만히 생각해 보면, 청이는 이렇게 허망하게 죽을 리가 없어요! 우리 청이는 태몽부터 선녀였다니까요? 쉽게 숨을 거둘 인물이 아니죠! 심청이가 인당수에 빠지기 직전, **옥황상제**는 바쁘게 움직입니다. **남해 용왕**을 따로 불러 명령하죠.

"남해 용왕, 오늘 오시에 심 낭자가 인당
　　　　　　오전 11시에서 오후 1시 사이
수에 빠질 것이다. 잘 모셔 오너라. 몸에 물 한 방울 묻히거나 모시기를 잘못하면 가만두지 않을 것이야!"

한 치의 오차도 없이 오시에 청이가 인당수에 빠지고, 남해 용왕은 극진히 청이를 용궁으로
수궁은 효심을 보상받는 공간으로, 심청은 옥황상제의 명을 받은 용왕의 극진한 대접을 받음　수정궁이라고도 불림
모십니다. 청이는 눈앞에 펼쳐진 너무나 아름다운 용궁의 모습에 눈이 휘둥그레졌다가 그곳에서 어머니인 옥진 부인을 만나고 또 놀랍니다. 인간계에서 '곽씨 부인'이었던 어머니 역시 천상
　　　　　　곽씨 부인 · 달 속에 사는 선녀
계 인물이었던 거죠. 청이는 어머니와 만나 그동안의 일을 이야기하고, 3년의 시간을 용궁에서 보냅니다.

하지만 아직 생이 다하지 않은 인간이 평생 용궁에서 살 수는 없는 법이죠. 옥황상제는 청이의 남은 삶을 위해 다시 그녀를 땅 위로 올려 보냅니다. 그 방법 역시 범상치 않은데요. 청이는 두 명의 시녀와 함께 커다란 연꽃을 타고 바다 위로 떠오릅니다. 때마침 커다란 연꽃을 발견한 선인들은, 앞

다투어 **천자**에게 바치고자 합니다. 천자가 꽃을 굉장히 좋아했거든요. 황제는 이 연꽃을 '**강선화**'
　　　　중국의 황제　　　　　　　　　　　　　　　　　　　　　　　　　　　　신선이 타고 내려온 꽃
라고 부르며 정원에 두고 지켜보았습니다. 처음에 황제는 연꽃 안에 청이가 있다는 사실을 몰랐다가 정원에서 말소리를 듣고 놀라 묻습니다.

"너희는 사람이냐 귀신이냐?"

저라도 이렇게 물었을 거예요. 강선화 속에 앉아 있던 시녀는 다소곳이 나서서 한마디로 상황을 정리합니다.

"옥황상제께서 당신에게 짝이 될 만한 사람을 보내셨습니다."
옥황상제의 명에 따라 천자와 인연을 맺는 심청: 환상계의 질서가 현실계에 영향을 미침
심청을 직접 만난 황제는 입이 귀에 걸려서 그녀를 황후로 맞습니다. 신하들 역시 기이한 황
　　　　　　　　　　　　　황제의 정실부인

후의 자태에 고개를 숙이죠.

심청이 황후가 된 뒤에 나라가 태평하고 모든 일이 잘 풀립니다. '하늘의 뜻을 받은 황후'라는 평을 받으며 사람들의 존경을 받죠. 하지만 **심 황후**의 얼굴에는 여전히 그늘이 드리워져 있습니다. 아버지가 보고 싶으니까요. 황제는 심 황후를 위해 맹인 잔치를 열고, '맹인인데도 참여하지 않은 사람은 그 마을의 수령에게까지 큰 벌을 내리겠다'고 단단히 일러둡니다.

심 봉사
(심학규)   뺑덕어멈

이때 심 봉사는 **도화동**을 떠나 **형주** 땅의 경계 부근으로 거처를 옮겨 살고 있었습니다. 갑자기 삶의 터전을 옮긴 이유는 **뺑덕어멈** 때문입니다. 홀어미였던 뺑덕어멈은 오로지 재물만 탐하는 인물이죠. 눈이 먼 사람들만 꾀어서 살림을 모두 거덜 냅니다. 심 봉사는 눈도 뜨지 못하고 그렇게 형주까지 다다르게 된 거예요.

무릉 태수   도와줌   뺑덕어멈   황 봉사

도적들   심 봉사
(심학규)

맹인 잔치가 열린다는 소식을 듣게 된 심 봉사는 뺑덕어멈과 함께 황성으로 길을 떠납니다. 심 봉사의 고생은 계속됩니다. 뺑덕어멈이 도중에 **황 봉사**라는 젊은 봉사와 눈이 맞아서 도망가거든요. 도망간 뺑덕어멈을 욕하면서 목욕을 하던 심 봉사는 도적에게 옷을 도둑맞습니다. 다행히 지나가던 **무릉 태수**가 도움을 주어서 민망한 상황은 모면할 수 있었지만, 이미 심 봉사는 몸도 마음도 완전히 지칩니다.

엄청 좋은 꿈!

불
북
맹인 안 씨   심 봉사
(심학규)   나뭇잎

고생 끝에 낙이 온다고 했나요? 심 봉사는 드디어 새로운 인연을 만나게 됩니다. **맹인 안 씨**는 점을 잘 치기로 유명한 여인이었어요. 안 씨는 사실 심 봉사를 만나기 전에 꿈에서 계시를 받았습니다. 심씨 성을 가진 맹인이 안 씨의 짝이 될 것이라는 내용이었죠. 심 봉사를 만난 안 씨는 차근히 자신의 꿈을 이야기하면서, 부부가 되자고 제안합니다. 서로 마음을 확인한 두 사람은 첫날밤을 함께 보내게 되는데요. 이때 심 봉사는 이상한 꿈을 꿉니다.

"내 몸이 불 속에 들어간 것처럼 보이고 내 가죽을 벗겨 북을 매어 쳐 보이고, 나뭇잎이 떨어져 뿌리를 덮어 보이니 나 죽을 꿈인가 합니다."

하지만 점을 볼 줄 아는 안 씨는 오히려 좋은 꿈이라며 신이 나서 꿈을 풀이합니다.

"좋은 꿈입니다! 몸이 불 속에 들었으니 옛일이 회복될 것이요, 가죽을 벗겨 북을 맨다는 것
<u>심 봉사의 꿈을 해석하여 앞으로 일어날 일을 암시함</u>
은 몸이 궁중에 들어갈 꿈이고, 나뭇잎이 뿌리를 덮으니 자손을 다시 만날 꿈입니다!"

드디어 꿈의 내용대로 심 봉사는 심 황후와 만납니다. 물론 처음에 심 봉사는 '딸을 팔아먹은' 맹인을 찾고자 황실에서 맹인 잔치를 열었다고 생각하며 불안해합니다. 하지만 이것은 **극적인 장치**예요. 가장 우울할 때 기쁜 소식을 들으면 정말 기분이 날아갈 것 같잖아요? 나중에 황후가 자

맹인 안 씨　심 봉사　심 황후　황제
　　　　　(심학규)

신의 딸, 심청이라는 것을 알았을 때의 기쁨을 위해 심 봉사를 떨게 만든 거죠. 심 봉사는 두려움으로 얼룩져 황후 앞에서 이렇게 소리치고 맙니다.

"자식 팔아먹은 놈을 무엇 하러 살려 줍니까? 당장에 목숨을 끊어 주오."

제대로 먹지도 입지도 못한 모습으로, 뼈만 남아 울부짖는 심 봉사의 모습이 정말 눈물겨워요. 〈심청가〉는 이 순간을 위해서 달려왔습니다. 청이는 이 말을 듣자마자 '우루루루루루루루루' 하고 달려 나와 아버지의 목을 끌어안습니다. 놀라움과 기쁨에 심 봉사는 '부처님의 도술'
<u>심 봉사는 심청이 이미 죽은 줄로 알고 있었음</u>　　　　　　<u>비현실적인 전개</u>
로 눈이 번쩍 뜨이고, 맹인 잔치에 온 다른 맹인들도 전부 눈을 뜨면서 이야기는 끝이 납니다.

○── 나오며

〈심청가〉를 읽다 보면 심청보다는 주변 인물의 모습이 더욱 눈에 들어옵니다. 심청은 내내 착하기만 한 사람이니까요. 하지만 심 봉사는 이야기가 진행되면서 다양한 모습을 보여 줍니다. 양반의 후예로 태어났고, 행실도 나쁘지 않았으며 부인과 함께 부지런하고 청렴하다는 이야기를 들으며 살았어요. 그런데 공양미 300석이

심청

맹인 안 씨　　심 봉사　　빵덕어멈
　　　　　　(심학규)

라는 어처구니없는 약속을 하면서 분수에 맞지 않는 것을 탐하는 모습도 보여 줍니다. 그러면서도 청이가 팔려 갈 때에는 죽을 만큼 가슴 아파하는 모습도 보이고요. 하지만 뉘우침도 오래가지 못합니다. 곧 뺑덕어멈에게 빠져 가산을 탕진당하죠? 그러다가 자식을 팔았다는 죄책감에 괴로워하기도 하고요. 나중에는 안 씨를 만나 마음을 고쳐먹고, 심청을 만나 눈을 뜨면서 다시 긍정적인 모습을 보입니다. 뺑덕어멈 역시 그냥 지나칠 수 없는 인물이죠. 그녀는 물질적인 가치를 최우선으로 여기며 서슴없이 사람을 버리는 속물입니다. 이런 모습들이 조선 후기의 현실을 보여 줍니다. 사람 사이의 정이나 의리보다는 현실적으로 나에게 도움이 되는 것만을 추구하게 된 새로운 사회. 그래서 그들에게는 심청의 이야기가 필요했을지도 모르겠습니다.

 **핵심 체크**

1 심 봉사는 심청이 인당수에 빠진 뒤 세상을 떠났다고 생각한다. **O, X**

2 심 봉사와 곽씨 부인은 천상계에서 지은 죄 때문에 인간 세계에 내려온 인물이다. **O, X**

3 심 봉사는 자식을 팔아먹었다는 죄책감을 가지고 맹인 잔치에 간다. **O, X**

 **개념 노트**

창과 아니리

판소리는 창과 아니리로 구성됩니다. 창자가 노래를 하는 부분이 **창**唱이고, 일상적인 말투로 살짝 리듬을
_{노래하는 사람}
타면서 말하는 부분이 **아니리**이죠. 실제로 판소리를 들어 보면 그 에너지가 대단한데요. 창자가 몇 시간 동안 홀로 창과 아니리를 번갈아 가며 판소리를 완성합니다. 창자는 마치 카멜레온처럼 창 부분에서는 장면 속의 인물이 되어 노래하고, 아니리 부분에서는 중간중간 사건을 요약하고 설명하며 해설자 역할도 하죠. 종종 아니리 부분에서 관객이나 고수와 대화를 주고받기도 합니다.
_{북을 치는 사람}
그런데 지문이나 교과서를 보면, 창이라는 말은 보이지 않죠? 아니리 부분은 '아니리'라고 표시가 되어 있는데, 창 부분에는 '중모리', '자진모리'와 같이 장단으로 표시되어 있습니다. 각 장면에 어울리는 장단으로 표시되어 있다는 점 유의하시면 좋겠어요.

1.O 2.X 3.O

10분의
문학

작자 미상

❸ 지하국 대적 퇴치 설화
地下國大賊退治說話

권선징악

○── 들어가며

착한 사람이 이기고, 나쁜 사람이 망한다. '권선징악(勸善懲惡)'은 예로부터 지금까지 세계적으로 꾸준히 사랑받는 주제입니다.
선을 권하고 악을 벌하다
〈지하국 대적 퇴치 설화〉도 착한 무사가 악한 괴물을 물리치고 승리하는 권선징악형 이야기 구조를 따르고 있죠. 〈금방울
전〉, 〈김원전〉, 〈최치원전〉에도 선한 주인공이 악을 물리치고 여인을 구하는 비슷한 내용이 등장합니다.
〈지하국 대적 퇴치 설화〉는 구전되어 오면서 여러 지역에서 채록되었고, 이야기마다 세부적인 내용에 차이가 있습니다. 주
인공도 '무사, 나그네, 한량'으로 다양하고, 구원받는 여인도 '여자, 처녀, 공주'로 모두 다르죠.[1] 지하국의 귀신을 부르는 용
어도 '마귀, 아귀'처럼 여러 가지입니다. 하지만 주제는 한 가지로 아주 뚜렷합니다. 바로 권선징악이죠.

이 작품에 등장하는 악역은 두 부류입니
다. 먼저, 아귀 귀신이라고도 불리는 '마귀'
입니다. 원래 아귀는 죄를 지어서 아귀도
라는 곳에 떨어진 귀신인데요. 늘 굶주리
아귀들이 모여 사는 세계
는 벌을 받는 중입니다. 앙상하게 마른 몸
에, 목구멍이 바늘구멍 같아서 음식을 먹
을 수 없죠. 또 다른 악역은 공주를 구하러

마귀를 찾다
마귀를 물리치다

아귀도에 떨어져서
늘 굶주리는 귀신

배신한 부하들이 벌을 받다
부하들에게 배신을 당하다

부하들

가기 위해 주인공과 함께 여정을 떠났던 부하들입니다. 공을 가로채기 위해 주인공을 죽이려
고 하죠. 그러니 악을 해치우는 과정 자체가 이야기의 중심이 됩니다. 전체 이야기 구성은 이렇
게 볼 수 있습니다.

'마귀를 찾다 – 마귀를 물리치다 – 부하들에게 배신당하다 – 배신한 부하들이 벌을 받다'

옛날 옛적에 **마귀**가 살았습니다. 마귀는 어느 날 공주 세 명을 한꺼번에 납치해 갑니다. 뾰족한 수가 없어 모두 고민하고 있는데, **무사** 한 명이 용기 있게 나섭니다.
_{군사 일을 맡아 보는 관리}
"왕이시여, 저의 집안은 대대로 나라의
_{용감하고 정의로운 무사의 성격}
녹봉祿俸을 받고 있습니다. 이번에 제가 나
_{나라에서 주는 봉급}

무사   왕   마귀   공주들

라의 은혜에 조금이라도 보답을 하려고 합니다. 그러므로 제게 마귀 퇴치를 맡겨 주십시오. 반드시 공주님을 구해 오겠습니다!"

모두가 뒤로 빼는 상황에서 당당하게 앞으로 나선 무사를 보니, **임금의 기분이 얼마나 좋겠어요?** 임금은 그 자리에서 약속합니다. 공주들을 구해 오는 즉시 막내 공주와 무사를 혼인시키겠다고요.

무사는 그를 따르는 몇 명의 부하와 함께 먼 길을 떠납니다. 처음에는 기세가 좋았지만 한참을 돌아다녀도 마귀의 소굴을 알 수가 없었어요. 다리도 아프고 배도 고프고 피곤함에 지친 무사는 길에서 잠깐 잠이 드는데요. 이때, 그를 도와주는 **첫 번**

백발노인
(조력자)   무사

째 조력자가 나타납니다. 꿈에 나타난 **백발노인**이 이렇게 말하죠.
_{산신령}
"마귀의 소굴은 이 산 저쪽 너머 산속에 있는데, 그곳에서 너는 커다란 바위를 발견할 것이
_{기이한 조력자의 도움을 받아 지하국의 위치를 알게 됨}
다. 그것을 치우면 바위 밑에 겨우 한 사람이 드나들 수 있는 구멍이 나온다. 그 구멍을 통해서 내려가면 별세상이 나오는데, 그곳이 마귀의 세계이다."
_{딴 세상}

꿈에서 깬 무사는 바로 백발노인이 가르쳐준 곳으로 갑니다. 그냥 내려갈 수는 없으니 새끼를 꼬아 튼튼한 바구니를 만드는데요. 적을 미리 살피고 와야 할 부하들이 도저히 가지 못하겠다며 벌벌 떱니다.
_{겁이 많음}
어쩌겠어요. 대장인 무사가 직접 내려가야죠. 깜깜한 길을 지나 지하 세계에 다다른

부하들

무사

지하국

무사는 깜짝 놀랍니다. 우리가 지하라고 하면 냄새나고 습하고 어두컴컴한 곳을 떠올리잖아요? 그런데 정반대로, 신비롭고 훌륭한 세상이었어요.

현실과는 동떨어진 공간이자 별세상

무사는 곧바로 우물 옆에 있는 큰 나무 위에 올라가 주변을 살핍니다. 조금 시간이 지나니, 한 여인이 물 항아리를 들고 큰 집에서 나왔어요. 그 여인은 다름 아닌 막내 공주였습니다. 무사는 자신의 존재를 <u>알리기 위해 공주의 물동이에 나뭇잎을 떨</u>

공주에게 말을 걸기 위한 행동

수박으로 변신

막내 공주

어뜨립니다. 공주는 바람을 탓하며 다시 물을 뜹니다. 그런데 또 나뭇잎이 떨어지는 거예요. 이상하게 생각한 공주가 드디어 나무 위를 쳐다봅니다. 공주는 무사를 보고 깜짝 놀라죠.

"당신은 어떻게 마귀의 세상에 들어오게 된 것입니까?"

무사가 공주들을 구출하러 왔다고 하자, 막내 공주는 슬퍼합니다. 왜냐고요? 마귀의 집에는 사나운 문지기가 있었거든요. 이때 무사는 뜻밖의 능력을 선보입니다. <u>무사가 갑자기 공중으로 뛰어오르더니 수박으로 변신하죠.</u> 공주는 조심히 치맛자락에 수박을 싸서 문지기의 검문을 통

사나운 문지기를 속이기 위한 무사의 능력으로 전기적 특성이 드러남

과합니다.

이때 마귀는 몸이 아파 누워 있었는데요. 공주들은 마귀의 병이 낫기를 <u>일각이</u> <u>여삼추</u>처럼 간절하게 기다립니다. 아주 독

*레몬의 개념 노트 참고

"주인님이 죽는 일은 없겠지요?"

"겨드랑이… 비늘…"

공주들

마귀

한 술을 만들면서요. 아마도 이 술이 비장의 무기가 되겠죠? 드디어 마귀가 몸을 회복하자, 공주들은 거짓으로 마귀를 위하는 척하며 연회를 열었습니다. 그리고 갖은 아첨을 하며 독한 술을 마귀가 모두 마시도록 권하죠. 마귀는 죽음의 칼날이 자신의 목을 겨누는 줄도 모르고, 공주들에게 소원을 들어주겠다며 큰소리를 칩니다. <u>공주들은 겉으로 마귀의</u> <u>비위를 살살 맞추며 말합니다.</u>

마귀를 죽이기 위한 행동

"우리에게는 별다른 소원이 없습니다만 하나 궁금한 게 있습니다. 주인님은 이 세상에서 제일 강한 분이시니 죽는 일은 없겠죠?"

'술이 원수다'라는 말이 있죠? 마귀의 상황에 딱 어울릴 말입니다. 마귀는 술에 취해 자신의 약점을 그저 술술술 이야기해 버립니다.

"나의 겨드랑이 밑에 두 장씩 비늘이 있는데, 그것을 떼 버리면 나는 죽는다. 그러나 이것을 떼는 놈은 이 세상에는 없지!"

<u>술에 취한 마귀가 자신의 약점을 스스로 드러냄</u>

여기부터는 설화마다 세부적으로 조금씩 다른데요. 크게 두 가지로 구분할 수 있어요. 마귀를 죽인 주체가 공주인 설화와 무사인 설화가 있습니다. 모두 소개해 드릴게요. 먼저 공주가 장도칼을 뽑아 마귀의 비늘을 베어 내는 내용입니다. 그런데 역시 마귀는 마귀인가 봐요. 머리가 똑 하

고 떨어져서 그대로 끝나는가 싶더니 떨어진 머리가 천장으로 솟구치다가 다시 목에 붙으려고

<u>마귀가 기이한 능력을 지닌 존재라는 사실을 알 수 있음</u>

합니다. 그 순간, 지혜로운 공주들은 목이 잘린 부분에 재를 뿌려서 머리가 몸통에 붙지 못하도

<u>공주들은 지혜를 발휘하여 마귀를 무찌르는 데 결정적인 역할을 함</u>

록 합니다.

다음으로 무사가 마귀의 약점을 듣자마자 수박에서 다시 사람으로 변신해 마귀의 겨드랑이에 있는 비늘을 칼로 베어 내는 내용입니다. 앞의 이야기와 같이 마귀의 목이 떨어지자 공주가 재를 뿌려 다시 붙지 못하게 합니다. 두 가지 내용 모두 공주들이 마귀를 물리치는 일에 적극적으로 참여했다고 볼 수 있습니다.

마귀를 물리쳤으니, 이제 부하들이 배신할 차례입니다. 무사는 우선 공주들부터 바구니에 태워 바깥세상으로 올려 보냅니다. 하지만 용기가 없어서 지하국에 내려가지 못했던 부하들은 혹시나 자신들의 죄가 알려질까 두려움에 떨죠. 그리고 참 희한한 일에서 용기를 냅니다. 무사를 죽이

부하들

백발노인 무사 공주들
(조력자)

기로 한 거죠. 컴컴한 곳이 무서워서 내려가지도 못했던 사람들이 어찌 그렇게 쉽게 사람을 죽이려는지! 못된 부하들은 무사가 올라올 때에 맞춰 바위를 던집니다. 무사는 바위를 겨우 피하기는 했지만, 지하 세계에 남게 됩니다. 재주는 무사가 부리고, 공은 전부 부하들 차지가 됐죠.

그때, 이전에 꿈에서 만났던 백발노인이 다시 나타납니다. 백발노인은 말 한 필을 주면서 이 말을 타고 돌아가라고 하는데요. 정말 대단한 말입니다. 무사가 말에 오르자마자 눈 깜짝할 사이에 땅 위로 올라올 수 있었거든요.

무사는 당당하게 살아서 궁으로 돌아옵니다. 연회장에서는 못된 부하들이 영웅 행세를 하면서 연회를 즐기고 있었죠. 무사는 임금에게 지난 일을 모두 말합니다. 진실을 알게 된 임금은 분노하고, 부하들
<u>권선징악이라는 주제가 드러남</u>
을 모두 죽입니다. 그리고 약속대로 무사가 막내 공주와 결혼하면서 이야기는 마무리됩니다.

"네놈들이 감히…"

막내 공주　무사　왕　부하들

○── **나오며**

설화에는 우연히 일어나는 사건이 곧잘 등장합니다. 노인이 꿈속에서 주인공에게 길을 알려 주거나, 갑자기 나타나 말 한 필을 주기도 하죠. 그래서 억지스럽게 느껴지기도 합니다. 갑자기 무사가 수박으로 변신한다는 설정도 다소 개연성이 떨어지고요. 때마침 마귀의 몸이
<u>실제로 일어날 법한 일</u>
좋지 않았다는 전개 역시 우연적입니다. 하지만 이 설화의 주제는 악한 사람은 벌을 받는다는 것이잖아요? 그것이 핵심이죠. 아마도 옛날 사람들은 '권선징악'이라는 주제를 위해서 우연적인 전개를 살짝 눈감아주었던 게 아닐까 싶습니다.

우연적 전개

1 부하들은 마귀가 두려워 무사를 내버려두고 도망쳤다. **O, X**

2 공주들이 마귀의 약점을 알아내기 위해 독한 술을 담그고 연회를 베풀었다. **O, X**

 **개념 노트**

일각이 여삼추처럼 간절하게 기다리다?

일각一刻은 15분이고 삼추三秋는 세 번의 가을 즉, 3년을 가리킵니다. 다시 말하면 아주 짧은 시간이 길게 느껴진다는 말로, 그만큼 기다리는 마음이 간절하다는 뜻입니다. 공주들은 마귀의 병이 낫기를 일각이 여삼추처럼 기다리고 있었죠. 그래야 마귀의 약점을 알아내서 마귀를 공격할 수 있고, 공격이 성공해야 지하국에서 도망칠 수 있으니까요.

1.X 2.O

❹ 김현감호 金現感虎

《삼국유사》 5권 제7편 〈감통〉 편

김현감호
김현이 호랑이를 감동시키다

일연 스님

○── 들어가며

〈김현감호〉는 '김현이 호랑이를 감동시키다'라는 뜻으로 《삼국유사》 5권 제7편, 〈감통〉 편에 수록된 글입니다. 〈감통〉 편에는 불교나 사탑, 승려에 관한 이야기가 주로 등장하는데요. 불심이 깊은 사람들이 겪은 기이한 일들을 볼 수 있습니다. 《삼국유사》를 잠깐 설명해 보자면, 고려 시대의 승려 일연(一然: 1206~1289)이 신라·고구려·백제 삼국에 전해져 오는 이야기를 모아서 지은 역사서예요. 김부식의 《삼국사기》를 정사正史라고 한다면, 《삼국유사》는 풍부한 이야깃거리를 담은 대안 역사서라 볼 수 있습니다.
> 드낌이나 생각이 통하다
> 정통적인 역사 체계로 쓰인 역사

주인공 **김현**부터 소개해 볼까요? 신라 원성왕 때 김현이라는 청년이 살았습니다.
> 신라 제38대 왕(재위 785~798)

신라에는 **음력 2월**에 **초여드렛날**부터 보름날까지 탑을 돌며 복을 비는 '**탑돌이**'라는 풍속이 있었는데요. 이때 김현 역시 흥륜사의 전탑을 돌며 정성스럽게 복을 빌었습니다. 밤이 깊어져서야 탑돌이를 마친 김현은 한 처녀와 눈이 맞아 정을 통하게 됩니다.
> 경북 경주시 사정동에 있었던 절

원성왕 때

처녀   흥륜사 탑   김현

처녀가 집으로 돌아가려 하니, 김현이 따라나섭니다. 처녀는 계속 거절하지만 김현은 꿋꿋하게 함께 가죠. 끝끝내 처녀의 집에 도착한 김현은 놀라운 비밀을 알게됩니다. 처녀는 사실 사람이 아니라 호랑
> 처녀는 자신이 호랑이라는 사실을 들킬까 봐 거절함

호랑이 오빠들

여인의 초가집

처녀

김현

이였습니다. 집에 있던 노파는 처녀를 따라온 김현을 보더니 혹시나 처녀의 오빠들이 김현에게 해코지할까 봐 걱정합니다.

때마침 세 명의 오빠들이 호랑이의 모습을 하고 으르렁거리면서 집에 돌아옵니다. 집에서 김현의 냄새를 맡은 오빠들은 이렇게 말합니다.

"집에서 비린내가 나니 요기하기 좋겠구나!"
_{처녀의 집에서 김현은 목숨을 잃을 위험에 처함}
처녀는 급히 김현을 구석진 곳에 숨겼습니다. 김현이 얼마나 놀랐겠어요. 정을 통한 처녀가 호랑이라는 사실도 믿기가 힘든데, 오빠 호랑이가 세 마리나 더 있다니요.

다행히 하늘이 돕습니다. 커다란 목소리가 울려 퍼지죠.

"너희가 남의 생명 해치는 것을 좋아하니, 마땅히 한 놈을 죽여 악한 행실을 징계하겠다!"

하늘의 뜻은 호랑이 가족 중의 한 명을 죽이겠다는 말이죠? 이때, 처녀는 자신이

가족을 대표해 죽겠다며 먼저 오빠들이 멀리 달아날 수 있도록 돕습니다. 마음이 참 따뜻하죠? 게다가 머리까지 좋습니다. 처녀가 김현에게 내놓은 전략은 이렇습니다.

"제가 내일 거리로 들어가 사람들을 심하게 해치면 사람들은 저를 어떻게 할 수 없을 거예
_{자신의 죽음으로 세 오빠 대신 벌을 받고, 김현을 입신양명시키고자 함. 이타적인 성격을 지닌 호랑이 처녀}
요. 그러면 대왕께서는 높은 벼슬을 걸고 저를 잡을 사람을 찾을 것입니다. 낭군께서는 겁내지 말고 저를 따라 성 북쪽 숲속으로 오십시오. 기다리고 있겠습니다."

즉, 어차피 죽을 목숨을 이용해 김현이 높은 벼슬을 얻는 것을 도와주겠다는 이야기입니다. 당연히 김현은 거절합니다. 함께 정을 나눈 사람을 팔아서 벼슬을 얻는 것은 옳지 않다면서요.
_{김현이 호랑이 처녀와의 만남을 하늘이 준 행운으로 받아들여 소중히 여기고 있는 점을 엿볼 수 있음. 진실된 성격을 지님}
하지만 처녀는 자신의 죽음으로 다섯 가지 이로움이 있다며 다시 설득합니다.

"지금 제가 일찍 죽는 것은 하늘의 명이고 제가 바라는 바입니다. 또한 낭군의 경사이고 저희 가족의 축복이며 나라 사람들의 기쁨입니다."

그러면서 마지막으로 부탁하기를, 자신이 죽은 뒤에는 절을 짓고 불경을 강론하여 좋은 업보
_{불교의 가르침을 담은 책} _{불교의 교리를 해설하고 가르침} _{행위의 결과로 얻는 것}
를 얻게 해 달라고 합니다.

그런데 처녀의 전략에는 문제가 있습니다. 사나운 호랑이인 척하면서 거리에서 사람을 해치겠다고 했는데, 무고한 목숨을 죽이는 것은 옳지 않은 일이잖아요. 지혜로운 처녀는 여기까지

미리 생각을 해 두었습니다.

"제 발톱에 상처를 입은 사람은 흥륜사의 장醬을 바르고 절의 나발螺鉢 소리를 들으면 나을 것입니다."

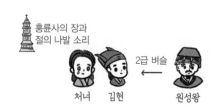
커다란 자연산 소라 껍데기로 만든 관악기로 불교 의식에 쓰임
된장, 간장

흥륜사의 장과
절의 나발 소리

2급 벼슬 ←

처녀   김현   원성왕

다음 날 처녀가 호랑이가 되어 거리에서 활개를 치니, 예상대로 원성왕이 명을 내립니다.

"호랑이를 잡아 오는 자에게는 2급의 벼슬을 주겠다!"

그 벼슬의 주인공은 당연히 김현이었습니다. 호랑이 처녀가 김현의 단도를 받아 스스로 목숨을 끊었으니까요.

김현은 호랑이 처녀의 마지막 소원대로 호원사虎願寺를 짓고 《범망경》을 강론하여 호랑이의 명복을 빌었습니다. 여기서 《범망경》은 '중생을 거미줄처럼 촘촘하게, 빠짐없이 구제한다'는 뜻의 경전이에요. 김현이 세상을 뜨며 이 이야기를 '논호림論虎林'이라는 글로 써서 전하게 했지만, 지금은 그 글이 전해 내려오지 않는다고 하네요.

우리나라 불교 계율의 기초를 이루는 경전
경주시 황성동에 있던 절
호랑이의 은혜에 감동한 김현은 〈김현감호〉를 이야기로 남김

김현   호원사

우리가 아는 김현의 이야기는 여기까지이지만, 《삼국유사》의 〈김현감호〉에는 김현과 비교되는 **신도징**의 이야기가 함께 실려 있습니다. **정원 9년**(793)에 **당나라 사람 신도징**이 임무를 받아 **십방현**이라는 곳으로 떠납니다. 가는 길에 한 초가집을 발견하죠. 눈보라와 추위 때문에 날씨가 아주

당 대종代宗 때의 연호
고을 이름

초가집

신도징   부인

궂은 때였어요. 신도징은 초가집 주인에게 하루 쉬어 가기를 청합니다. 초가집에 사는 늙은 부부에게는 아름다운 딸이 한 명 있었는데, 그 딸에게 첫눈에 반한 신도징은 당장 백년가약을 맺

자며 청혼을 하고 십방현으로 함께 떠납니다. 두 사람은 아들과 딸을 두고 행복하게 살았죠.

신도징이 임기를 마치고 본가로 돌아가게 되자 처녀는 '산림에 뜻이 더욱 깊어라'는 시 구절을 읊으면서 자신의 고향과 초가집을 그리워합니다. 신도징은 아내를 위해 그녀의 본가에 들르죠. 그런데 옛집에 가 보니 아무도 없고, 오직 호랑이 가죽이 남아 있더라고요. 처녀는 이것을 보자마자

초가집
신도징   부인

깔깔 웃더니 가죽을 뒤집어쓰고 호랑이로 변해 산속으로 들어가 버립니다. 신도징은 울면서
신도징의 호랑이는 남편과 자식을 버리며 김현의 호랑이와는 다른 모습을 보임
아내를 찾았지만 다시 호랑이가 된 아내는 어디서도 찾을 수 없었습니다.

○—— 나오며

사실 신도징의 이야기는 중국의 설화집 《태평광기太平廣記》에 나온 설화예요. 그러니 우리나라 설화도 아니죠. 일연 스님은 왜 다른 나라의 호랑이 이야기를 뒤에 덧붙였을까요?

김현과 호랑이 처녀의 이야기가 얼마나 특별하고 아름다운지를 보여주고 싶으셨던 거예요. 두 호랑이의 대비되는 모습을 보여주면, 김현이 만난 호랑이 처녀의 희생과 사랑이 고귀하다는 것을 알게 되니까요. 그렇다면 어떻게 김현의 호랑이는 신도징의 호랑이와 다르게 스스로 희생했을까요? 일연 스님은 부처가 만물에 감

《태평광기》   《삼국유사》

응하는 방식은 여러 가지라며, 김현의 지극한 정성이 부처님께 통했기 때문이라고 덧붙이십니다. 즉, 김현이 만난 호랑이의 본성이 특별했다기보다는 부처님의 마음을 얻은 김현에게 호랑이가 감동한 것은 당연한 복이라는 뜻이죠.

핵심 체크

1 김현은 처녀의 집에 도착해서야 그녀가 호랑이라는 사실을 알게 되었다. **O, X**

2 김현은 성안으로 들어온 호랑이 처녀를 그 자리에서 무찌르며 벼슬길에 올랐다. **O, X**

개념 노트

좋은 업보를 얻는다?

불교 세계관에서 업보는 **행위의 결과**예요. 선한 일을 하면 선한 일을, 악한 일을 하면 악한 일을 당하게 되죠. 김현이 좋은 호랑이를 만나 복을 받은 것도 정성껏 탑돌이를 했던 일의 결과라고 할 수 있어요. 그 래서 호랑이 처녀는 죽기 전에 절을 지어 달라는 부탁을 한 거예요. 김현이 처녀를 위해 절을 짓고, 불교의 진리가 담긴 불경을 가르치게 되면 좋은 업보가 호랑이 처녀에게 돌아갈 테니까요.

1.O 2.X

5 공방전孔方傳

10분의 문학

작자 임춘

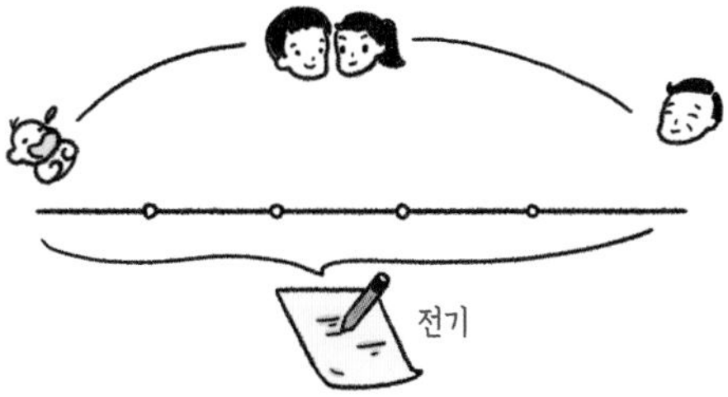

전기

들어가며

한 사람이 태어나서 죽을 때까지 어떤 경험을 했는지 적은 기록을 가리켜 '**전기**傳記'라고 합니다. 어릴 때 위인전 좀 읽어 본 학생이라면 쉽게 아실 거예요. 한 사람이 살아온 몇십 년의 인생이 한 권에 정리된다는 사실을요. 그런데 사물 역시 전기傳記의 주인공이 될 수 있다는 사실, 알고 계셨나요? 많은 사람이 어려워하는 '**가전체 문학**'에서는 사물이 주인공이랍니다. 왜 가전체 문학은 어려울까요? 오늘 함께 볼 작품인 공방(엽전)을 예로 들어 설명해볼게요. 첫째, 세상에 나타나서 사라지기까지 그 역사가 너무 깁니다. 둘째, 역사 속에서 공방과 얽힌 사람들을 꼽자면 시대별로 너무 많은 사람이 등장합니다. 사실 《공방전》을 완벽히 읽으려면 중국 화폐의 역사를 알아야 하고, 역사 속 인물과 시대별 정치·경제 상황까지 속속들이 파악해야 합니다. 하지만 가전체는 역사 기록이 아니라 문학이에요. 그러니 각 시대를 외우려고 애쓰지 마시고, 각 인물이 돈을 어떻게 생각하는지 따라가며 읽어주세요.

먼저 공방의 가계(집안 내력)부터 살펴보죠. 공방의 조상(구리)은 수양산에 숨어 살아 사람들에게 잘 알려지지 않았어요. 수양산의 굴속에 둥지를 틀고 있었거든요. 그런데 **황제**黃帝 때에 처음으로 쓰이면서 점점 세상에 퍼지게 됩니다(공방의 조상이 세상에 나오게 됨). 여기서 황제黃帝는 나라를 통치하는 임금인 황제皇帝가 아니라, **헌원씨**(중국 고대 전설의 제왕)를 가리킵니다. 헌원씨는 관상가의 조언을 듣고 공방의 때를 벗겨 광채가 나도록 만듭니다. 그전까지 공방의 조상은 워낙 굳센 성질이라 잘 쓰이지 못했거든요.

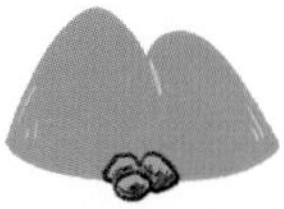

공방의 조상

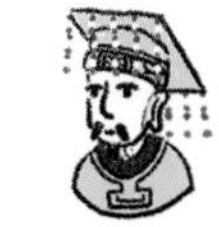

황제黃帝 헌원씨

드디어 세상에 모습을 드러낸 공방의 조상은 돈과 관련된 임무를 수행합니다. 대표적으로 공방의 아버지 천泉(돈이라는 뜻의 한자어)은 주周나라의 재상(천자를 도와 관원을 다스리던 으뜸 벼슬)이 되어 나라의 세금을 매기는 일을 담당했습니다.

이제 드디어, 우리의 주인공 공방이 나옵니다. 공방은 천의 아들로, 쉽게 말하면 옛날 동전입니다. 겉보기에 바깥쪽은 둥글고 안쪽은 모가 난 모습이죠. 공방의 자字는

본이름 외에 부르는 이름

관지였는데 이건 돈의 꿰미라는 뜻입니다.

끈으로 꿰어 놓은 엽전

천 (공방의 아버지)　　　공방　　　　　→　돈의 꿰미
주周나라의 재상　　　　(자: 관지)

본명 이외에
따로 부르던 이름

공방은 아주 탐욕스럽고 염치가 없는 사람이었어요. 백성과 작은 이익을 가지고도

재물을 탐하는 공방

다투고, 물건값을 마음대로 좌우하기도 했습니다. 당시 사회를 반영한 모습이겠죠? 상업과 금융이 발달하면서 더 이상 농사를 귀하게 여기지 않았던 것입니다. 그러니 사람들은 더는 열심히 일하지 않고, 작은 이익을 내는 것에 신경을 곤두세우게 됐죠.

공방

재물을 탐하다: 백성과 작은 이익 다툼
농업을 무시: 상업과 금융업 발달

다음으로 공방은 타고난 아첨꾼이었습니다. 권세 있는 사람들의 비위를 맞추며,

처세술에 능한 공방

벼슬을 사고팔아요. 공경대부의 벼슬 역시 매매의 대상으로 전락합니다. 그러니 공경

벼슬이 높은 사람들

대부들도 모두 공방에게 고개를 숙이고 그에게 아첨하죠. 당시에 돈으로 관직을 사고, 조정의 신하들이 부정부패를 일삼았다는 사실을 보여주고 있습니다.

권세 있는 사람들　　공방　　아첨꾼: 매관매직 성행.
정경유착

공방은 뇌물도 받습니다. 누가 주는 돈

속물적인 기준을 가진 공방

이든, 돈이면 다 받죠. 시정의 잡배들이라도 재물만 많으면 다 사귀었어요. 그는 시시각각 여기 붙었다 저기 붙었다 하는 처세술까지 아주 탁월했습니다. 단적으로 공방의 권위를 나타내는 말이 있었습니다.

공방

시정잡배
(방탕한 무리)

처세술 뛰어남: 이리저리 잘 변함

"공방의 말 한마디는 천금과 같이 중하다."

나라의 중심이 된 공방은 역사 속에서 굵직한 행적을 남깁니다.

먼저 한漢나라 때입니다. 공방은 홍려경이 됩니다. 홍려경은 **외국에서 오는 손님을 접대하는 벼슬**이죠. 공방은 **오吳나라 비왕濞王**과 친하게 지내는데요. 비왕 덕분에 아주

친하게 지내~

오나라 비왕
사전 만들기
(개인이 위조한 가짜 돈)

공방
홍려경 벼슬
└ 외국의 사신을
접대하는 벼슬

큰 이익을 챙겼습니다. 오나라의 왕은 구리 광산을 개발하고, 바닷물로 소금을 만들었거든요. 특히 **예장군豫章郡**이라는 지역에 구리 광산을 만들어놓고 사전私錢, 다시 말하면 위조지폐를 만듭니다. 이렇게 마음대로 돈을 만들어서
_{개인이 위조한 가짜 돈}
재정을 충당했습니다. 그러니 세금을 걷지 않고도 아주 부유했죠.

무제武帝 때에는 경제 상황이 나빠지면
_{전한의 제7대 황제(재위 기원전 141~기원전 87)}
서, 공방이 부민후富民侯가 됩니다. 이때 공
_{백성을 풍요롭게 하는 직책}
방은 염철승 근僅과 손을 잡습니다. 염철승은 소금과 철을 담당하는 승상이라는 뜻인데요. 실제로 역사 속에서 무제가 염철전매
_{철과 소금을 국가에서 독점}
鹽鐵專賣 정책을 펼치면서 돈을 벌어들인 것을 떠올리면 쉽습니다. 철과 소금 그리고 돈이 서로 손을 잡은 것이죠.

형님~

무제 때
염철전매 정책 펼침

공방
부민후 벼슬
└ 백성을
풍요롭게 하는 직책

염철승 근
염: 소금
철: 쇠

반대로 **원제元帝 때**가 되어서는, 공방의
_{전한의 제11대 황제(재위 기원전 48~기원전 33)}
권위가 떨어집니다. **공우貢禹**의 상소로 쫓겨나게 된 거죠. 그 내용은 이렇습니다.

"공방이 오랫동안 어려운 직책을 맡아 보면서, 농사의 근본을 알지 못하고 한갓 장사치의 이익만을 일으켜 나라를
_{살림이 가난한}
좀먹고 백성을 해하여 공사가 다 곤궁
_{본래 정부와 민간을 이르는 말로 여기서는 황실과 백성}

부차승 치구지!

원제 때
공우의 상소를
받아들임

공방
쫓겨남

공우
상소를 올려 내쫓음
실제로 사치를 경계함

하며, 더구나 뇌물이 낭자하고 청탁을 버젓이 행하오니, 대저 '**짐을 지고 또 타게 되면 도둑이 이르게 된다**' 한 것은 옛날의 분명한 경계이니 청컨대 그를 면직시켜 욕심 많고 더러운 자를 징계하옵소서."

실제 역사 속에서 공우는 여러 번 궁중에서 사치를 경계해야 한다고 주장합니다. 공우의 말에 사용된 구절은 《주역》에 나오는 **부차승 치구지**負且乘 致寇至라는 구절인데요. 이 말을 공방의 상황에 빗대어 보면, 공방과 같은 소인이 높은 벼슬에 있으면, 그 주위로 도둑 같은 벼슬아치들만 모여들고 질서가 흐트러진다는 뜻이에요. 임금은 어쩔 수 없이 상소를 받아들이고, 공방은 벼슬길에서 쫓겨나게 됩니다.

하지만 공방은 별로 아쉬워하지 않아요. 머지않아 자신을 다시 찾을 것이라는 예언까지 남기고 사라지죠.

"언젠가는 다시 나의 정책을 찾게 될 것이다"

공방

"나는 국가의 경비를 충족하게 하고 백성의 재물을 풍부하게 하려던 것뿐이었다. <u>공방은 조정에서 쫓겨나면서도 교만한 태도를 보임</u>
나는 등용이 되든 말든 상관없다. 내가 행하던 정책은 오래지 않아 다시 시행될 것이다."

쫓겨나면서도 뻔뻔하고 염치없는 태도를 보입니다. 근거 있는 자신감이었겠죠. 역사상 돈을 몰랐던 시대가 있을 수는 있어도, 한 번도 돈을 싫어했던 시대는 없었으니까요. 역사가 흐르고 시대가 달라지는 동안 공방을 대하는 태도는 제각각이었습니다.

진晉**나라 때입니다. 화교**和嶠라는 사람은 돈을 얼마나 사랑했는지 모릅니다. 실제로 너무 좋아해서 손으로 늘 돈을 세고 있었대요. 이런 소문 때문에 '화교전벽和嶠錢癖'이라는 말까지 생겨났죠. 이를 비판하는 사람이 있었으니, 바로 **노포**魯襃였어요. 노포는 세상 사람들이 돈을 신처럼 여기는 모습을 비꼬는 글을 씁니다. 바로 그게 《전신론錢神論》이에요.

"쯧쯧…
세상 사람들이 돈을 신처럼 여기는구나!"

화교
돈을 너무 좋아하여 버릇처럼 돈을 셈

노포
《전신론》

화교의 무리 중에는 **위**魏**나라**의 **완적**阮籍
도 있습니다. 완적은 화교랑은 달라요. 완
적은 조정에서 물러난 사상가로 돈 욕심
은 없습니다. 죽림칠현이라고 들어 보신
적 있나요? 그중의 한 사람이에요. 하지만
완적은 술에 약해요. 부패한 정치권력과는
거리가 멀었지만, 술을 너무 좋아해서 술

"그것"

왕이보

술　　공방　　완적

죽림칠현으로 세상에 욕심 없음
술을 굉장히 좋아함

집에서만은 공방과 어울려, 즉 돈을 많이 써가며 술을 마셨다고 합니다.

　　진晉**나라**에는 **왕이보**王夷甫라는 사람도 있었습니다. 왕이보는 공방을 '그것'이라 부르면서 상
　　왕연王衍
대도 안 했습니다. 사실 왕이보의 부인인 곽씨는 무척 돈 욕심이 많은 사람으로 알려져 있는데
요. 이 때문에 왕이보는 더더욱 돈 이야기를 입에 담지 않았다고 합니다.

　　당唐**나라** 때입니다. 공방의 예언대로, 당
나라 때가 되자 다시 사람들은 공방의 술
법을 찾기 시작합니다. 이때에는 공방이
죽은 지 오래라 그의 제자들이 쓰이죠. 당
나라 **유안**劉晏의 재정 정책이 중심이 되는
데요. 유안이 탁지판관度支判官을 맡으면서,
　　　　　　　재산을 관리하는 벼슬
경제 정책을 펼치기 시작합니다.

유안　　공방　　곡물 가격 조절
탁지판관 벼슬
상평창 실시

　　대표적으로 풍년일 때는 곡식을 약간 비싼 가격으로 사들여 저장하고, 흉년에는 시가보다
조금 낮게 팔면서 곡물의 가격을 조절합니다. 이게 바로 **상평창**이죠. 이렇게 공방의 술법이 널
리 쓰이며, 나라에서는 이미 세상을 떠난 그의 품계를 높여 주기까지 합니다.
　　　　조의대부소부승朝議大夫少府丞이라는 벼슬로 추증함

　　남송 때에는 재정 부족 문제가 생깁니다.
이를 해결하기 위해서 신종은 **왕안석**王安石
　　　　　　　　　　송나라 제6대 황제(재위 1068~1085)
과 **여혜경**呂惠卿에게 나랏일을 맡깁니다. 왕
안석은 이때 여러 가지 새로운 법을 제정
하면서 나라의 재정을 안정시키려 했습니
다. 대표적인 제도가 청묘법인데요. 이 법
은 부자 상인들이 곡물 시장을 지배하지

왕안석　　공방　　부자 상인들
청묘법 실시　　　　곡물 시장 지배 금지!

왕안석은 북송 때의 문필가로 알려져 있으나, 임춘 선생이 공방전을 쓸 당시는 고려 의종(재위 1146~1170) 때로,
북송이 거란과 여진에 밀려 1127년에 중국 대륙 남쪽으로 이동하여 남송으로 불림

못하도록 하고, 빚을 지는 서민들을 위해 나라가 직접 나서도록 합니다. 식량과 자금을 낮은 이자로 빌려주도록 한 거죠. 요새 정부 지원 대출이나 서민 대출처럼요.

하지만 반대파였던 **소식**蘇軾은 이런 법을 시행하는 것이 오히려 백성들을 괴롭히는 역효과를 낸다고 주장합니다. 그리고 왕안석이 너무 독선적으로 조정 일을 처리한다고 상소를 올리기도 하죠.

상소의 결과는 좌천과 귀양이었지만 소식은 아랑곳하지 않고 신법의 폐단을 계속 황제에게 알립니다.

왕안석
청묘법 실시

상소 폭탄
청묘법의 폐단
도박장처럼 변질
백성의 담보물을 빼앗음

소식

사마광
청묘법 폐지

"청묘법으로 어려운 백성들에게 국가가 돈을 빌려준다고 하지만, 빌려주는 곳 앞에는 도박장이 있고 돈을 날린 백성의 집과 땅을 빼앗고 있습니다."
_{식량과 자금을 빌릴 필요가 없는 백성들까지 억지로 빌리게 하거나 담보물을 함부로 빼앗기도 함}

물론 현실을 외면한 왕안석의 정책은 오래가지 못했습니다. 신종이 세상을 뜨면서 왕안석이 이끌던 무리가 모조리 몰락했고요. 새로 정승이 된 **사마광**司馬光은 왕안석이 만든 제도를 모두 없앱니다. 자연스럽게 공방의 무리는 다시는 일어서지 못하죠.

그 후에 공방의 아들 **윤**輪이 나왔지만, 성품이 경박해서 세상 사람들로부터 질책을 받았는데요. 후에 세금을 관리하는 **수형령**水衡令이 되었다가 장물臟物이 발각돼서 처형당합니다.
_{불법적으로 손에 넣은 타인의 재물}

공방

윤
(공방의 아들)

수형령 벼슬
처형 – 장물 발각

잠깐 중국 화폐의 역사를 살펴보면, **당나라 때**에 벌써 동전의 질이 많이 떨어지기 시작합니다. 중량이 곧 가치인 동전이 점점 가벼워지거나 품질 나쁜 원료로 만들어졌죠. 예를 들어 구리가 80퍼센트 정도 되어야 하는 동전에 구리를 적게 넣는 방식입니다. 즉 윤이 장물을 가지고 있었다는 것은 그만큼 동전의 가치가 예전과 같지 않았다고 해석할 수도 있겠죠?

◦── 나오며

마지막에 역사가의 논평에 이런 내용이 적혀 있습니다.
원제 때 미리 공방의 뿌리를 뽑지 못한 것이 안타깝다
고요. 맞아요. 공방으로 인해 사회가 부패해지고, 사람
들이 농사에도 게을러지고, 작은 이익을 따르게 되고
전체적으로 혼란스러웠죠. 돈에 대한 생각도 제각각이
었기에 세상이 어지러웠습니다. 화교는 공방을 사랑했
고 공우와 노포, 왕이보는 공방을 비판했으며, 왕안석
과 유안은 그를 이용하고자 했고, 사마광은 이를 반대
했습니다. 이를 통해 작가인 임춘 선생은 돈의 폐단을
지적했다고 볼 수 있습니다.

주제: 돈의 폐단과 그에 대한 비판

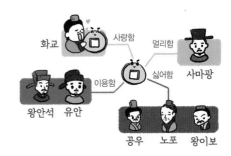

 **핵심 체크**

1 공방은 자신에게 돌아올 이득을 생각하여 벼슬이 높은 사람들만 골라 사귀었다. **O, X**

2 진나라의 노포는 공방을 지나치게 사랑하는 화교를 비판했다. **O, X**

 **개념 노트**

《공방전》 속 공방에 대한 인물들의 태도

- 한나라 ── 오나라 비왕: 함께 어울리며 권세를 부림
- 무제 ── 염철승 근: 공방을 형님이라 부르며 따름
- 원제 ── 공우: 상소 올려 공방을 비판
- 진나라 ── 화교: 일편단심 공방 사랑
  - 노포: 공방을 비판하는 글인 《전신론》을 씀
  - 왕이보: 공방을 싫어해 입에 담지도 않음
- 위나라 ── 완적: 술을 무척 좋아해 술집에서만 공방과 어울림
- 당나라 ── 유안: 공방의 방법을 사용하여 결과적으로 공방의 무리가 다시 부활함
- 남송 ── 왕안석: 청묘법을 도입한 결과 공방의 무리가 커짐
  - 사마광: 공방의 세력이 줄어들도록 함

1.X 2.O

❻ 만복사저포기 萬福寺樗蒲記

양생
(부처님께 내기를 건 남자)

○── 들어가며

'용감하다'는 말은 '두려움을 모른다'는 말과 같습니다. 죽음에 두려움이 없는 자가 전쟁에서 활약하고, 변화에 두려움이 없는 자가 세상을 바꾸죠. 하지만 이런 말도 있습니다. 하늘 무서운 줄 모르고! 이 말대로 인간은 누구나 신에 대한 두려움을 얼마쯤 가지고 살아가죠. 그런데 여기, 감히 부처님께 내기를 건 사내가 있습니다. 저포 놀이를 해서 자신이 이기면 결혼할 상대를 보내 달라고 합니다. 자신이 질 경우에는 부처님을 위해 성대한 제사를 마련하겠다고 하죠. 물론 가진 것은 없습니다. 무모한 용기뿐이죠. 겁도 없는 사내의 정체는 바로 〈만복사저포기〉의 주인공 **양생**입니다.

양생은 **남원 땅**에 사는 선비입니다. 양
　　　　우리나라 배경
생은 일찍 부모님을 잃고, 가족도 없이 외
로운 삶을 살고 있어요. 만복사 동쪽 방에
　　　　　남원시 기린산에 있었던 절 이름
서 홀로 생활하고 있죠. 양생의 가장 큰 고
민은 아직 결혼할 여인을 만나지 못했다는
것입니다. 얼마나 외롭겠어요? 매일 밤 슬
퍼하던 양생은 홀로 시를 한 수 읊습니다.

"그대가 아름다운 배필을 얻고 싶다면
어찌 이루어지지 않을까 근심하리오?"

양생　　만복사

　　　한 그루 배꽃 나무 외로움을 함께하는구나.
　　　양생은 배나무 아래에서 서성이며 자신의 외로움을 이야기함
　　　가련하구나, 달 밝은 이 밤을 허송하다니.
　　　짝이 없는 자신의 신세를 한탄함

그런데 시를 다 읊고 나니, 하늘에서 문득 소리가 들립니다.

"아름다운 배필을 얻고 싶다면 어찌 이루어지지 않을까 근심하리오?"
　　　　　　배우자

하늘에서 들려온 소리에 용기를 얻어서
였을까요? 양생은 다음 날 밤이 깊어질 때
까지 기다리죠. 마침 그날은 만복사에 등
불을 달고 사람들이 복을 비는 날이었습니
다. 법당으로 들어간 양생은 불상 앞에 서
서, 부처님께 내기를 겁니다.

절에서 도를 닦고 신도를 가르치는 장소

"부처님, 저와 저포 놀이 한판 하시죠.
제가 이기면 제게 아름다운 여인을 주시고, 부처님께서 이기시면 제가 법연을 베풀어 제사를
올리겠습니다!"

불경을 읽으며 불교의 교리를 배우는 자리

배짱이 좋은 양생은 부처님과의 저포 놀이에서 이깁니다. 그리고 불상 아래 숨어서 약속이
이루어지기만을 기다리죠.

잠시 후 굉장히 아름다운 여인 한 명이
불상 앞에 나와서 축원문을 바칩니다. 내
용은 이렇습니다.

"저는 왜구가 처들어왔을 때 규방 깊숙

일본 해적   여인이 거처하는 방
이 숨어 끝까지 정절을 지키며 화를 면했
          여인의 곧은 태도나 신념
습니다. 부모님께서는 딸자식이 정절을 지
  과거의 사건: 왜구의 침입을 당함
켜낸 것을 기특하게 여기시고 한적한 곳으
로 피신시켜 살게 하셨습니다. 하지만 저는 쓸쓸하고 무료하게 하루를 보내고 있습니다. 제게
                    현재의 처지: 여인 역시 양생처럼 외로움
인연이 있다면 어서 빨리 만나 즐거움을 누릴 수 있도록 해주시옵소서. 간절히 비옵니다."
  미래의 소망: 여인 역시 짝을 만나고 싶은 마음이 간절함
어머, 딱 양생이 바라던 내용의 글이네요. 여인 또한 짝을 찾고 있었던 거예요! 양생은 마음
을 주체하지 못하고 불쑥 뛰어나가 인사를 건넵니다. 양생도 여인이 마음에 들고, 여인도 양생
이 마음에 들었어요. 두 사람은 밤이 깊도록 함께 시간을 보냈습니다.

닭이 울기 전, 이른 새벽이 되자 여인의
시녀가 만복사에 옵니다. 두 사람은 함께
시녀가 가져온 술을 마시고 노래를 지어
소박하고 꾸밈 없는 차림이지만 향내는 인간 세상의 맛이 아님
부르며 시간을 보내죠. 양생은 인간 세상
의 맛이 아닌 술을 보고 살짝 의아하고 괴

이하게 생각하지만 이미 여인에게 푹 빠진 뒤라 대수롭지 않게 여깁니다.

여인은 생각보다 훨씬 적극적이었습니다. 자신을 버리지 않는다면, 자신 또한 절대 양생을 저버리지 않고 평생을 지아비로 모시겠다는 뜻을 밝히죠.

시녀 여인 양생   개령동 집

"낭군께서 만일 저를 저버리지 않으신다면 끝까지 건즐을 받들겠습니다."

<small>건즐은 수건과 빗으로, '건즐을 받들다'는 지아비를 정성껏 모신다는 뜻</small>

양생이 기뻐하며 그러겠다고 대답하자,

여인은 **개령동**에 있는 자신의 집으로 양생을 초대합니다. 그런데 가는 길이 범상치 않습니다. 풀숲도 무성한 데다가 이른 아침에 길을 걸어가는데, 지나가는 사람들이 양생 옆에 누가 있다는 <small>여인이 이미 이 세상 사람이 아니라는 것을 알 수 있음</small> 걸 전혀 알아차리지 못합니다. 이상한 것은 이것만이 아닙니다. 여인의 집은 인간 세상이 아니라고 해도 믿을 만큼 아름답고 깔끔한 곳이었어요. 그런데 사람 정이라는 것이 참 무서워요. 양생이 여인을 워낙 사랑하다 보니, 미심쩍은 부분이 있어도 그냥 넘어갑니다.

그렇게 사흘이 지나고 헤어지지 말자던 여인은 대뜸 이별을 고합니다. 그보다 더 충격적인 사실은 여인의 집에서 머문 사흘이 인간 세상에서는 3년이라는 사실이었습니다. 여인은 이 세상 사람이 아니었던 거예요. 여인은 왜구가 침입했을 때 정절 <small>사실 여인은 왜구의 침략으로 억울하게 죽음</small> 을 지키려다 이른 나이에 목숨을 잃은 것이었어요.

시녀 여인 양생   개령동 집

양생은 무척 당황스러웠습니다. 여인은 믿기지 않는 말을 던지고 나더니 마지막 연회도 할 겸 헤어지기 전에 자신의 친척들을 만나 보라고 권하죠. 그녀들은 각자 정씨, 오씨, 김씨, 유씨라며 자신들을 소개합니다. 이들 역시 모두 이 세상 사람이 아

정씨 김씨 오씨 유씨   양생

시녀 여인   개령동 집

46 레몬의 10분의 문학

니겠죠? 아마 비슷한 사연이 있는 귀신들일 거예요. 여인의 친척들은 돌아가면서 아름다운 시를 한 수씩 지어 줍니다.

여인은 양생을 보내며 마지막으로 **은그룻**을 선물로 건네주고 부탁을 합니다.
여인의 부모와 양생을 연결해 주는 매개체

"내일 저의 부모님께서 저를 위하여 보련사에서 음식을 베푸실 것입니다. 만약
여인의 부모와 양생 그리고 여인이 만나는 공간
당신이 저를 버리지 않으실 거라면 보련사가는 길에서 기다리고 있다가 함께 절로 가서 제 부모님을 뵙는 것이 어떠신지요?"

아마도 여인은 딸이 인연도 없이 세상을 떠났다고 생각할 부모님을 위해 이런 부탁을 했을 것입니다.

다음 날 양생은 여인의 말대로 보련사로 가는 길가에서 **은그릇**을 들고 기다립니다.
절 이름
그 앞을 지나가던 하인은 양생을 보고 깜짝 놀라요. 양생이 들고 있는 은그룻은 여인의 무덤에서 없어진 물건이거든요. 여인의 부모는 양생으로부터 그룻을 얻게 된 자세한 사연을 듣더니 깜짝 놀랍니다. 딸

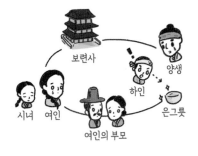

이 혼이 되어, 인간 남자와 결혼했다는 사실은 믿기가 어려우니까요. 여인의 부모는 망설이다가 딸이 왜구의 침입 때문에 세상을 떠났다는 사실과 개령사 골짜기에 임시로 딸을 묻은 사연을 털어놓습니다.

여인의 부모가 먼저 보련사로 떠난 뒤 약속대로 여인이 시녀를 데리고 나타납니다. 당연히 양생에게만 보이지요. 절 문에 들어서서 함께 식사할 때까지 여인의 부모는 양생을 은근히 믿지 않습니다. 하지만 은수저가 저절로 달그락거리는 소리를 내
부모가 여인의 존재를 느끼게 됨

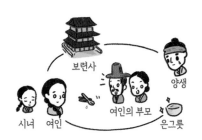

자 비로소 딸의 혼이 눈앞에 왔다는 사실을 믿게 되죠.

이제 남은 시간이 다 되어 갑니다. 여인
은 저승길로 떠나가며 이별의 슬픔을 노래
하는 시를 읊는데요.

멀어지는 여인의 목소리를 들으며, 부모
와 양생은 함께 머리를 맞대고 흐느껴 웁
니다. 양생이 참 로맨티시스트예요. 짧은
사랑을 나눈 사이일 뿐인데 양생은 여인이

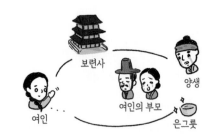

떠나고 나서도 오랫동안 재를 올리며 지극정성으로 여인의 혼을 돌봅니다. 다시 장가도 들지

주제: 생사를 초월한 지고지순한 양생의 사랑

않고요. 양생 덕분에 여인은 다른 나라에서 남자의 몸으로 환생하고 양생은 평생 지리산에서
약초를 캐며 살았다고 합니다. 그가 어떻게 생을 마쳤는지는 아무도 모른대요. 한 번의 저포 놀
이가 자신의 인생을 송두리째 바꾸어놓을 줄, 양생은 알았을까요?

○── **나오며**

양생은 역시 용감했습니다. 겁 없이 부처님과 저포 놀
이를 하더니, 당당히 이기고 사랑하는 사람을 만났습니
다. 비록 여인이 비현실 세계에 속한 귀신이라도 양생
은 자신이 선택한 사랑을 후회하지 않았고, 끝까지 여
인의 혼을 달래며 곁을 지켰습니다. 그의 마지막은 다
른 소설 속 주인공의 결말과는 다르게 비극적이고 초라
하지만, 어쩌면 그가 내어 준 사랑이 그만큼 컸기 때문
이 아닐까요.

1 여인은 왜구가 침입하였을 때, 왜구에게 목숨을 잃었다. **O, X**

2 양생은 여인이 읊은 축원문을 듣고 여인이 배필을 찾고 있다는 사실을 알게 되었다. **O, X**

3 여인의 부모는 보련사로 온 여인을 보고 양생의 말을 믿게 되었다. **O, X**

 개념 노트

<u>양생의 이름은 양생?</u>

우리 고전 소설에 흔히 등장하는 이생, 양생, 주생은 인물의 성姓에 '～생生'이라는 글자를 더한 말입니다.
'～생'은 젊은 사람을 뜻하는 접미사이니 **양생**은 **양씨 성을 가진 젊은 사람**이라는 뜻이 됩니다.

1.O 2.O 3.X

❼ 창선감의록 彰善感義錄

남의 착한 행실을 세상에 드러내어

창선감의록 彰善感義錄

의로운 일에   감동하는   이야기

○── 들어가며

이 작품은 제목에서 벌써 주제가 드러납니다. **창선**彰善, 즉 남의 착한 행실을 세상에 드러내어, 그 **의**義**로운** 일에 **감**感**동**하는 이야기라는 뜻이니, 권선징악형 소설이라고 할 수 있죠. **명나라 사대부 화씨 가문에서 일어나는 갈등을 중심으로 악한 인물과 선한 인물의 대비가 극명하게 드러납니다.** 하지만 다른 권선징악형 소설과는 다르게 악한 인물이 나중에 자신의 죄를 깨닫고 진심으로 뉘우치는데요. 여기에는 악한 일을 저질렀던 사람도 다시 선한 사람이 될 수 있다는 작가의 믿음이 담겨 있습니다. 그 때문인지 이 소설은 굉장한 인기를 끌었습니다. 확인된 필사본만 260여 종으로, 한글 소설 중에 필사본이 가장 많은 작품이죠.[2]

화씨 집안의 사람들부터 소개해볼게요. 먼저 1세대입니다. 화욱은 **병부 상서 여양후**
작위 이름으로 여양의 후작
로 **명나라 세종 황제 때**의 사람입니다. 화욱
화공
에게는 누이가 있었는데요. **성 부인**이라고
성씨 가문과 혼인을 했기에 성 부인이라고 불림
불립니다. 성 부인은 남편을 일찍 잃고 아들 성준과 함께 화욱의 집에서 살고 있습
성생
니다. 화욱은 세 명의 부인을 두었습니다.
일부다처제의 모습
시기심 많은 **첫째 부인 심 씨**와, 일찍 세상을 떠난 **둘째 부인 요 씨** 그리고 화욱이 가장 총애하는 **셋째 부인 정 씨**가 있었죠.

성 부인   화욱(화공)   심 씨   요 씨   정 씨
         병부 상서 여양후

성준
(성생)

명나라 세종 황제 때
화씨 가문 1세대

화씨 가문의 **2세대**는 심 씨가 낳은 아들인 **화춘**과 요 씨가 낳은 딸인 **화빙선** 그리
경옥으로도 불림
고 정 씨가 낳은 아들인 **화진**이 있습니다.
형옥으로도 불림

성 부인   화욱(화공)   심 씨   요 씨   정 씨
         병부 상서 여양후

성준
(성생)   화춘   화빙선   화진

명나라 세종 황제 때
화씨 가문 2세대

화빙선은 일찍이 엄마를 여의지만 정 씨가 정성으로 돌보아 사랑을 듬뿍 받고 자랍니다. 화욱
은 정 씨가 낳은 똑똑하고 재주 많은 아들 화진을 가장 귀여워했고, 심 씨가 낳은 화춘에게는
별로 정을 주지 않았습니다.

이때 조정에서는 간악한 **엄숭**이 정권을
잡아 황제의 눈과 귀가 점점 어두워집니
다. 어린 공자였던 화진은 '조짐을 보고 떠
난다'는 공자의 구절을 인용해 아버지인
화욱에게 조정에서 물러날 것을 권유합니
다. 화욱은 아들을 기특해하면서 고향인
소흥으로 돌아가기로 하죠.

고향으로 온 화욱은 아이들을 불러 모아
봄을 즐기며 시를 짓도록 합니다. 이때 성
준은 열아홉 살, 화춘은 열네 살, 화진은 열
살이었습니다. 화욱은 참 모진 아버지였어
요. 화춘의 시를 읽자마자 집안을 망칠 아
이라며 화를 냅니다.

"우리 가문에는 비록 술잔을 들고 즐겁
게 노는 때라 하더라도 일찍이 음란하거나 예의에 어긋나는 말을 한 사람이 없었다. 그런데 지
금 네가 부형 앞에서 시를 지으면서 그 광탕함이 이와 같으니 참 해괴한 일이로구나. 차후로는
마음을 고치고 행실을 닦아 동정 일체를 반드시 네 동생에게 배우도록 하거라!"

화춘도 알아요. 동생이 뛰어난 인물이라는 점을요. 그래도 아버지가 대놓고 이렇게 말하니
화춘이 얼마나 무안하고 속상했겠어요. 이 말을 전해 들은 화춘의 어머니 심 씨 역시 '요망한
계집과 간교한 아들'이라며 화를 냅니다. 이것이 원망의 씨앗이었을까요? 자라면서 화춘과 그
의 어머니 심 씨는 화진과 정 씨를 향해 칼을 갑니다.

세월이 지나 2세대가 결혼할 나이가 됐습니다. 화춘은 **부인 임 씨**를 두었고 성준은 요 씨와
혼인을 합니다. 화빙선은 **유담**의 아들 **유성양**과 인연을 맺기로 하고 화진은 이부시랑이었던
윤혁의 친딸 **윤옥화** 그리고 윤혁의 양딸 **남채봉**과 혼인을 약속합니다.

윤혁은 지독한 딸 바보였습니다. 먼길을 무릅쓰고 직접 와서 혼담을 청했죠.

친딸 윤옥화와 양딸 남채봉

'우리 딸들을 감히 문왕의 어머니 태임과 왕비 태사에 비길 수는 없겠지만, 그윽한 자태와 정숙한 마음가짐이 옛사람 못지 않지. 하늘이 이런 숙녀를 태어나게 하시고는 평범한 세속의 선비들에게 시집가게 하지는 않을 것이야.'

지혜롭고 성숙한 여인을 비유할 때 등장하는 인물

그리고 윤혁은 자신의 딸뿐만 아니라 양딸인 남채봉도 부인으로 받아 달라고 간곡히 부탁합니다. 사실 남채봉은 충신이었던 **남자평**의 딸이었는데요. 남자평은 모함을 받고 가족과 함께 유배를 가다가 엄숭이

남자평의 딸

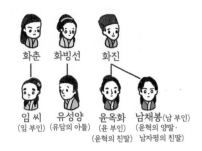

화춘　화빙선　화진

임 씨　유성양　윤옥화　남채봉(남 부인)
(임 부인)　(유담의 아들)　(윤혁의 친딸)　(윤혁의 양딸·
　　　　　　　　　　　　　　　남자평의 친딸)

화춘　화빙선　화진　윤혁　도적떼
　　　　　　　(윤 시랑)

임 씨　유성양　윤옥화　남채봉　남자평
(임 부인)　(유담의 아들)　(윤 부인)　(남 부인)

보낸 도적떼를 만납니다. 남채봉은 이 습격에서 부모님과 헤어져 윤혁의 양딸이 되었습니다. 이때까지만 해도 남채봉은 부모님의 생사를 알 수 없어 괴로워했죠.

화진의 아버지 화욱은 혼인의 증표로 윤옥화에게는 홍옥 팔찌를, 남채봉에게는 청옥 노리개를 주고, 3년 뒤 열다섯 살이 되면 다시 만나기로 합니다. 지금은 어색한 내용이지만 당시에는 화진처럼 훌륭한 군자라면, 한 번에 두 명의 여인과 결혼을 하기도 했습니다.

그런데 그해 11월에 화씨 가문의 1세대, 화욱과 정 씨가 세상을 떠납니다. 화빙선과 화진은 슬퍼할 겨를도 없었습니다. 아버지가 돌아가시자마자 화춘이 가장이 되더니 무척 포악해졌거든요. 그가 두려워하는 사람은 오직 성 부인뿐이었죠. 그러니 화춘과 심 씨는 성 부인이 자리를 비우면

화욱의 누이

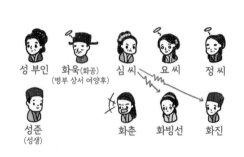

성 부인　화욱(화공)　심 씨　요 씨　정 씨
　　　(병부 상서 여양후)

성준　　　　　화춘　화빙선　화진
(성생)

더욱 날뛰었습니다. 심 씨는 화빙선을 '천한 계집'이라고 부르고, 화진을 '적장자 자리를 노리는 천한 자식'이라며, 마치 두 사람이 화춘을 제거하려는 음모를 꾸민다는 식으로 몰아갑니다.

정실부인의 맏아들

욕질과 매질도 서슴지 않고 나중에는 행랑에 가두기도 해요. 차마 눈 뜨고는 보지 못할 광경이었죠. 그래도 영리하고 당찬 성 부인이 조카인 화진과 화빙선을 어떻게든 지켜내기는 했습니다.

뛰어난 재주를 지닌 두 사람을 학대하며 화춘의 자리를 지키고자 함

삼년상이 지나고 화진은 약속대로 윤옥
화 그리고 남채봉과 혼인을 합니다. 새로
들어온 윤 씨와 남 씨는 가족들의 환대를
받죠. 특히 화빙선과 화춘의 부인 임 씨 그
리고 성준의 부인 요 씨는 정말 두 사람을
살뜰하게 챙깁니다.

(*화빙선의 어머니 요 씨와는 다른 사람)

화춘 화빙선 화진 요 씨 성준
(성준의 부인) (성생)

임 씨 유성양 윤옥화 남채봉
(임 부인) (유담의 아들) (윤 부인) (남 부인)

심 씨는 자꾸만 속이 뒤틀립니다. 화진
의 두 부인이 너무 아름답고 가문이 좋은
데다가, 과거를 보러 떠난 화진이 장원급
제를 했거든요. 함께 과거를 보러 갔던 화
빙선의 남편, 유성양과 성준 역시 좋은 성
적을 거듭니다. 화진은 한림학사가 되어
화 한림으로 불리고요. 성준은 복건 남정현
의 현감이, 유성양은 귀양부의 통판이 됩니다.

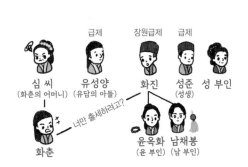

급제 장원급제 급제

심 씨 유성양 화진 성준
(화춘의 어머니) (유담의 아들) (성생)

윤옥화 남채봉
(윤 부인) (남 부인)

소흥으로 돌아온 과거 급제자들은 이제
다음 행선지로 가기 위해 바쁩니다. 성준
은 자신의 어머니를 모시고 복건으로 떠
나고, 화진 역시 두 부인을 데리고 서울로
떠나려 하죠. 하지만 이를 두고 볼 심 씨가
아니었습니다. 혹시라도 황제의 사랑을 받
아 한림의 세력이 커질까 봐, 화진을 고향
에 주저앉히기로 합니다.

급제 장원급제 급제

심 씨 유성양 화진 성준 성 부인
(화춘의 어머니) (유담의 아들) (성생)

너만 출세하려고?

화춘

윤옥화 남채봉
(윤 부인) (남 부인)

화춘이 말합니다.
"너는 아버지께서 조정에 계실 때 물러나시라고 권하더니 이제는 출세하려고 조정에 나아가
느냐?"

누가 보아도 남의 앞길을 막는 말인데, 마음이 착한 화진은 공손하게 화춘의 말을 받아들여
고향에 남습니다.

1년이 참혹하게 흘러갔어요. 성 부인이 떠난 이곳은 지옥입니다. 화 한림과 두 부인은 밥도 제대로 챙겨 먹지 못하고 집안에서 학대를 받습니다.

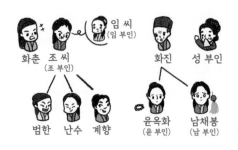

여기에 화춘의 어머니 심 씨를 대체할 만한 악인, **조 씨**가 등장합니다. 조 씨는 원래 화춘의 첩이었는데요. 임 씨를 모함해 정실부인 자리를 차지하려 합니다.

자신의 몸종인 난수를 시켜서 화춘의 친구 **범한**을 같은 편으로 만들고 심 부인의 몸종인 **계향**을 매수합니다. 범한의 계략은 흉악했습니다. 심 씨의 방 근처에 저주하는 흉물들을 심어 놓고 임 씨가 심 씨를 저주한 것처럼 보이게 하자는 것이었죠. 화춘의 첫 번째 부인 임 씨는 결국 누명을 쓰고 오빠인 임윤의 집으로 쫓겨났습니다. 화진은 이 모든 일이 범한의 짓인 줄 이미 눈치채고 범한을 모질게 대하며 호통을 쳐 보지만 바뀌는 것은 아무것도 없었습니다.

집안은 점점 조 씨의 소굴이 되어갑니다. 조 씨는 윤 씨와 남 씨에게 혼인을 할 때 받았던 홍옥 팔찌와 청옥 노리개까지 내놓으라고 합니다. 윤 씨는 그저 순순하게 패물을 내어 놓지만 남 씨는 절대 마음을 굽히지 않습니다. 이를 지켜보던 범한과 조 씨는 화진과 남 씨를 무너뜨리기 위해 뒤로 엄숭의 일당과 손을 잡습니다. 뇌

물이면 안 되는 것이 없는 자들이었으니까요. 그들은 남 씨가 죄인인 남자평의 친딸이라며 트집을 잡습니다. 물론 남 씨가 남자평의 딸이기는 하지만, 죄인으로 몰린 것은 엄숭의 모함이었죠? 그러니 사실은 진짜 죄인의 딸도 아닐뿐더러, 혼인할 당시에 남 씨는 윤혁의 양딸이었잖아요! 마침 화진을 경계하던 엄숭은 이때다 싶어 화진의 벼슬을 빼앗죠.

조 씨는 여기서 멈추지 않고 남 씨에게 독약을 내리고, 남 씨는 독약을 피하지 않고 그대로 마셔 버립니다. 구차하게 살기보다는 차라리 죽겠다는 마음이었죠. 하지만 남 씨는 그리 쉽게 세상을 뜰 운명이 아니었습니다. 조력자가 있었죠. 관음보살의 계시를 받은 청원 스님이 신비

한 약을 가지고 와서 죽었던 남 씨를 살려 냅니다. 청원 스님은 깨어난 남 씨에게 남장을 하고 촉 땅<u>중국의 지명</u>으로 떠나자고 합니다. 그리고 관음보살에게 의지하며 3~4년을 보내야 재앙이 멈춘다고 귀띔하죠.

사실 도적떼에게 살해당한 줄로만 알았던 남 씨의 아버지, 남자평과 그의 부인도 살아 있습니다. 남씨 가문이 보통 인물들이 아닌가 봐요. 모두 신이한 능력자의 보호를 받습니다. 남자평을 구한 사람은 곽선공<u>남자평의 조력자</u>이었는데요. 그는 남자평과 부인에게 이렇게 말합니다.

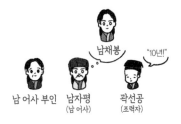

"이미 지난 일이니 하늘의 뜻을 받아들여 저와 함께 깊은 산속에서 10년만 참고 지냅시다. 그러면 천도가 순환하여 저절로 길운이 이를 것입니다."

남자평과 부인은 딸이 무사하기를 기도하며 잠시 세상을 멀리하기로 합니다.

조 씨는 시어머니인 심 씨와 남편 화춘에게도 거짓말을 일삼습니다. 얼마나 교만한 성격인지 알 수 있죠. <u>남 씨를 죽여 놓고, 남 씨가 밤에 담을 넘어 도망쳤다며 능청스럽게 말을 꾸며 냅니다.</u><u>간악하고 교만한 조 씨</u> 그런데 여기에서 심 씨와 화춘의 행동이 너무 우스꽝스러워요. 심 씨는 허둥지둥 놀라서 몸을

주체하지 못하고, 화춘은 겁에 질려서 바로 기절합니다. 남 씨가 걱정되어서가 아니에요! 혹시나 윤 시랑이 와서 죄를 물을까 봐 두려워서 벌벌 떠는 것이죠. 사실 심 씨와 화춘, 두 사람은 <u>남 씨의 양아버지·윤혁</u>심보만 나빴지 진짜 악인이 될 담력도 없는 인간들입니다.

조 씨는 멍청한 두 모자를 손아귀에 넣
고 더욱 대담한 행각을 벌입니다. 바로 화
춘의 친구인 범한과 불륜을 저지른 거죠.
범한과 조 씨는 이제 살인 계획을 세워 화
씨 집안을 통째로 삼키려는 계략을 펼칩
니다. 누급이라는 자객을 고용해서 화진을
살해하려 하죠. 하지만 화 상서의 혼령 때
문에 실패하자 이번에는 심 씨를 살해할

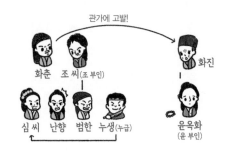

계획을 세웁니다. 그리고 모든 죄를 사라진 남 씨에게 덮어씌우려 하죠. 이 계획 역시 실패하는
데요. 이때 누급의 실수로 심 씨 대신 난향이 죽습니다. 심 씨와 화춘은 완전히 이성을 상실한
채 화진을 관가에 고발하기로 합니다. 이 모든 일이 범한과 조 씨가 꾸민 일인지도 모르고요.

범한은 몸소 화진을 끌고 관아에 갑니
다. 하지만 평소에 화진을 좋은 사람으로
알고 있던 **최형**은 고발장을 믿을 수가 없
었죠. 그래서 화진을 일단 옥에 가두어 둔
후에 조사를 해보기로 합니다. 여기서 화
진이 '제가 안 그랬어요' 하고 한마디만 하
면 될 텐데, 고소장이 심 씨로 되어 있으니

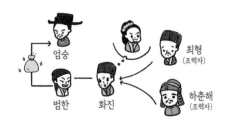

차마 효심에 진실을 말하지 못합니다. 심 씨는 단 한 번도 화진을 자신의 아들로 생각한 적이
없는데 화진은 자신의 친어머니도 아닌 심 씨를 진심으로 어머니로 모셨던 거예요. 결국 사건
은 점점 커져 황제의 귀에 들어가게 됩니다. 범한은 발 빠르게 서울로 가서 엄숭에게 미리 손을
씁니다. 뇌물을 받은 엄숭은 화진이 처형당하도록 상소를 올리죠. 하지만 **하춘해**가 나서서 화
진을 적극적으로 변호하기 시작하자 상황은 엄숭에게 불리하고 화진에게 유리한 쪽으로 흘러
갑니다.

한편 **화춘**은 집에서 이상한 기운을 느
끼기 시작합니다. 천년 묵은 나무가 갑자
기 쓰러지기도 하고, 아버지의 사당에서는
밤낮으로 흐느끼는 소리가 들렸어요. 화춘

은 겁에 질려 어쩔 줄을 모릅니다. 이를 지켜보던 또 다른 못된 친구 **장평**은 자신이 나설 때가 되었다고 생각합니다. 어쩜 이렇게 화춘 주위에는 그를 이용해 먹으려는 사람들밖에 없을까요. 장평은 그동안 범한이 조 씨와 불륜을 저지른 내용을 모두 화춘에게 고자질합니다. 화춘을 생 _{화춘과 범한의 사이를 멀어지게 하려고 불륜 사실을 고자질함} 각해서가 아니라, 범한 대신 자신이 화춘을 이용하고 싶었기 때문이죠. 모든 사실을 들은 화춘 은 너무 놀라 기절하고 마루에서 떨어지는 바람에 피까지 토합니다.

장평은 화춘을 달래며 계략을 설명합니 다. 엄숭의 아들 태상경 엄세번을 달래서 _{엄 태상} 아군으로 만들기만 하면 일이 해결된다는 식이었죠. 그런데 그 방법이 흉악합니다.

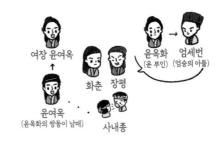

"만약 화진의 아내 윤 씨를 엄세번에게 _{자신의 목적을 달성하기 위해 끔찍한 일도 서슴지 않는 장평} 보내면 반드시 화진을 위해 어떤 수고도 아끼지 않을 것이오. 이 기회에 엄 승상과 _{엄숭} 잘 사귀어 두면, 못 되어도 부유한 고을 현감 정도는 할 수 있지 않겠소?"

화진도 집에 없으니 윤 씨는 너무나 위험한 상태입니다. 지나가던 사내종이 우연히 이런 흉 악한 계략을 듣고 윤 씨에게 말하려 하지만 기회가 없었습니다. 사내종은 안타까운 마음에 어 머니에게 마음을 털어놓는데요. 이때 두 가지 행운이 겹칩니다. 첫 번째, 윤 씨의 남동생 윤여 옥이 우연히 누이가 사는 동네에 들렀다가 사내종의 어머니가 하는 이야기를 엿들은 것. 두 번 째, 윤옥화와 윤여옥이 사실은 한날한시에 태어난 쌍둥이였던 것입니다. 윤여옥은 누이 대신 여장을 하고 엄세번의 집으로 갑니다. _{엄숭의 아들}

윤 씨로 변장한 윤여옥은 거짓으로 눈물 을 흘리며 엄세번에게 부탁합니다. 화 한 _{화진} 림을 구하고, 예를 지켜서 자신을 맞으면 기꺼이 화진과 헤어지고 엄세번의 부인이 되겠다고요. 그리고 그 전까지는 절대 밤 을 함께 보내지 않겠다고 단호하게 말합니 다. 마음이 들뜬 엄세번은 번개처럼 일을

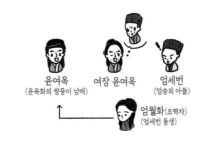

처리하죠. 덕분에 화진은 죽음을 면하고 유배를 가게 됩니다. 목적을 달성했으니, 윤여옥은 하 루빨리 엄숭의 집을 빠져나올 궁리를 합니다. 더 있다가는 정체가 들통날 수도 있으니까요. 하

지만 엄숭의 집은 사방에 일하는 사람이 있어 도망치기가 쉽지 않습니다. 이때 그를 돕는 사람이 바로 **엄세번의 여동생 엄월화**입니다. 월화는 윤여옥이 남자임을 이미 눈치챈 데다가 윤여옥을 좋아하게 됐거든요. 나중에 월화는 이것을 인연으로 윤여옥의 첩이 됩니다.

레몬의 시선 ◆ 연계 예감 ◆

악인의 끈기는 대단했습니다. 범한은 풀려난 화진을 그냥 두지 않습니다. 호송하
_{죄수를 목적지로 감시하면서 데려가는 일}
는 관리를 매수해서 끝까지 화진을 죽이려 하죠. 하지만 길을 가던 장수 유성희가 독
_{유 학사 · 화진의 조력자}
살을 하려는 관리들을 호통쳐서 쫓아 보내고 화진을 구합니다. 덕분에 무사히 귀양지, 촉 땅까지 도착할 수 있었죠.
_{남채봉의 부모가 은신하던 곳}

화진 말고도 촉 땅에 또 다른 사람이 있었으니 바로 남 어사였습니다. 화진 역시 무척 놀랐죠. 하지만 촉 땅의 놀라운 인물은 남자평이 아니라 은진인이었습니다. 그는 화 한림을 위로하
_{남채봉의 친아버지 · 남자평} _{화진의 조력자}
며 세 가지 선물을 줍니다. 먼저 병법서인 **육도**를 가르쳐 주며 전쟁의 방법을 자세히 알려 줍니
_{육도, 족자, 붉은 부적} _{군사를 지휘하여 전쟁하는 방법에 관한 책}
다. 그리고 지형이 그려진 족자를 건네어 지형을 가르쳐 주고 마지막으로 붉은 부적을 줍니다. 아무래도 은진인이 미리 화진을 훈련시킨 것 같죠? 곧 전쟁이 일어나겠네요.

당시 조정에서는 해적 **서산해** 때문에 골
_{산해 또는 서왕으로도 불림}
치를 앓고 있었습니다. 장수 유성희가 유배지에 있는 화진을 대장으로 추천하자 다른 대신들도 이에 동조합니다. 그리하여 화진은 산해를 물리치기 위해 유성희와 함께 떠납니다.

한편 악인들도 바쁘게 움직입니다. 화진이 살아 있다는 사실을 알게 된 범한은
조 씨와 함께 화씨 집안의 금은보화를 털어 달아납니다. 장평도 바빴죠. 엄세번에게 윤 씨를 바
_{화춘의 둘째 부인}
쳐 한자리해 보려던 것이 윤여옥의 활약으로 틀어졌으니까요. 그런데 이때, 방이 붙습니다. 죄
_{윤 씨의 쌍둥이 남동생} _{어떤 일을 널리 알리기 위하여 써 붙이는 글}
인 범한과 장평을 잡아들이라는 내용이었죠. 장평은 자신의 잘못을 감추기 위해 지금까지 범한과 화춘이 저지른 악행을 낱낱이 고발합니다. 자기의 악행만 쏙 빼고요. 하지만 머리 좋은 대신들이 장평의 꾀를 모르겠어요? 벌을 피할 수는 없었죠.

이제야 화춘은 자신이 범한과 장평 그리
고 조 씨의 손아귀에서 놀아났다는 사실을
알게 되었습니다.

<u>화춘의 뉘우침</u>

"그동안 나한테 아부하기로는 범한과
장평, 조 씨가 제일이었고, 어머니한테 아
부하기로는 계향과 난향이 제일이었지. 내
가 어리석어서 이런 놈들과 어울리는 바람

<u>심 씨</u>

<u>심 씨의 몸종</u>   <u>조 씨와 범한을 돕다가 죽은 몸종</u>

에 훌륭한 동생과 어진 아내가 원한을 품고 집을 떠났구나. 나 같은 놈은 죽어 마땅해."
심 씨 또한 자신이 그동안 얼마나 화빙선과 화진에게 못되게 굴었는지 깨닫고 진심으로 뉘

<u>화진</u>   <u>임 씨</u>

<u>심 씨의 뉘우침</u>   <u>화 부인 · 유 학사 부인</u>

우쳤죠.

한편 화진은 부주성 전투에서 산해를 상
대로 첫 번째 승리를 거둡니다. 산해가 중

<u>서왕</u>

간에 요술로 비바람을 일으켜서 조금 밀리
기는 했지만 다행히 은진인의 붉은 부적
으로 막을 수 있었어요. 나라에 공을 세운

<u>촉 땅에서 만났던 조력자</u>

화진은 **무영전태학사**와 **정남병마대원수**에
오르며 **화 원수**로 불립니다. 그를 천거했

<u>벼슬에 사람을 추천함</u>

던 유성희 역시 **영병총관 용문대장군**이 되죠.

<u>유 학사 · 화진이 독살당할 뻔했을 때 구해 준 조력자</u>

그런데 아직 지형이 그려진 족자를 쓰

<u>은진인이 준 것</u>

지 않았죠? 화 원수는 서산해를 완전히 무

<u>산해 · 서왕</u>

너뜨리고자 지형을 이용해 함정을 팝니다.
이때 **안남국의 왕 진흥**이 부하인 **병마철**을

<u>베트남을 지칭하던 이름</u>

시켜 화 원수를 돕죠. 병마철은 산해에게
거짓으로 도움을 요청합니다. 명나라 군대
가 안남국을 정벌하러 왔다고요. 그리고

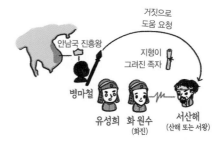

명나라 군대와 싸우는 척하며 험한 지역으로 산해의 군대를 유인해 쓰러뜨리죠. 속임수에 화
가 난 산해는 병까지 얻어 군대를 제대로 통솔하지 못합니다. 결국 그를 따르던 장수들은 모두
죽고, 서산해 역시 목숨을 잃습니다.

나라를 지키는 동안 시간이 훌쩍 지났습
니다. 세월이 흐르고, 악인들은 차례로 정
리가 됩니다. 도망을 다니던 범한은 목숨
을 잃었습니다. 자객인 누급과 함께 다니
며 다시 일어서는 날을 꿈꾸었지만 누급의
칼에 맞아 죽습니다. 누급은 범한의 머리
를 관아에 바치지만 죄를 피하지는 못합니
다. 조 씨와 그녀의 몸종인 난수 역시 마찬가지였죠.

조 씨
(조 부인)　　범한　　누급
(누생)

<small>조 씨와 손을 잡고 화춘을 이용하고 화진을 위협한 인물</small>
<small>누생</small>
<small>권선징악: 자신의 죄를 감추어 보려 했으나 실패</small>

반대로 그동안 고통받던 선한 인물들
은 사랑하는 사람을 다시 만나고 부귀영화
를 누리게 됩니다. 남 어사 부부와 남채봉
은 10년 만에 다시 만나고요. 화 원수는 한
줄에도 다 적지 못할 만큼 긴 벼슬을 받고,
진국공에 봉해지면서 **진공**이라 불립니다.
이제 화씨 가문은 행복할 일만 남았네요.

윤옥화
(윤 부인)　　남채봉
(남 부인)

임 씨
(임 부인)　화춘　　화진
(진공)　　남 어사 부부

유성희　　하춘해

<small>화진의 부인 남 씨</small>
<small>남자평과 부인</small>
<small>화진</small>
<small>공을 이룬 신하에게 주어지는 작위</small>

화춘의 첫째 부인 임 씨도 돌아오고 화진의 부인들, 윤 부인과 남 부인 역시 남편을 다시 만나
게 되었으니까요. 소설의 마지막에는 서술자의 논평이 있는데요. 서술자는 충효를 지킨 화진과
그를 도와 나라를 바로 세운 하춘해와 유성희를 크게 칭찬하죠. 선한 사람들을 보면서 기분이
좋았던 것은 독자뿐만이 아니라, 서술자 역시 마찬가지였나 봅니다.

<small>윤옥화　　남채봉</small>
<small>주제: 화씨 가문의 갈등을 통해 충효 사상을 고취</small>

○── 나오며

상당히 긴 내용이었어요. 악의 축이었던 범한과 장평,
조 씨는 벌을 받고, 화춘과 심 씨는 악한 마음을 뉘우
쳤습니다. 두 무리의 차이는 무엇이었을까요? 아마 화
춘과 심 씨는 악하다기보다는 질투가 많고 소심한 성
격이었을 거예요. 아버지 화욱이 대놓고 차별하는 것을
견딜 수가 없었겠죠. 반대로 범한의 무리들은 아무 이
유 없이 자신의 이득만을 위하여 사람을 이용하고 죽
입니다. 용서받을 수 없는 죄를 저지른 것이죠. 과연 이
들에게 기회를 주었다면, 이들은 뉘우쳤을까요? 아무

조 씨
(조 부인)　범한　장평

화춘　심 씨

것도 확신할 수 없지만, 하나는 확실합니다. 착한 마음은 반드시 악을 이깁니다.

1 화춘은 화진이 더 뛰어나다는 점을 인정하지 못했기 때문에 아버지의 편애를 원망했다. **O, X**

2 심 씨는 자기 아들의 장자 지위를 위협하는 화진을 경계했다. **O, X**

3 화진은 심 씨를 위한 효심 때문에 자신의 무죄를 주장하지 않았다. **O, X**

 개념 노트

화욱의 누이 성 부인은 왜 '화' 부인이 아니라 '성' 부인일까?

작품에는 이름이 나오지 않지만, 성 부인이 화욱의 누이라면 '화빙선', '화진'과 같이 화씨 성을 가지고 있었을 것입니다. 과거 중국에서는 결혼한 여인을 지칭할 때 남편의 성으로 부르는 경우가 있었습니다. 아들의 이름이 '성준'이라는 점으로 미루어보았을 때, 화욱의 누이는 성씨 가문과 혼인을 했다는 점을 알 수 있죠? 그렇기 때문에 남편의 성을 붙여 '성 부인'이라고 부르는 것입니다. 명나라가 배경인 또 다른 소설, 《사씨남정기》에서도 이런 문화가 보이는데요. 주인공 유한림의 누이인 두 부인 역시 유씨 가문 출신이지만, 두씨 가문과 결혼을 했기 때문에 '두 부인'으로 불렸답니다.

1.X 2.O 3.O

⑧ 옥루몽 玉樓夢

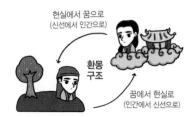

현실에서 꿈으로
(신선에서 인간으로)

환몽 구조

꿈에서 현실로
(인간에서 신선으로)

○── 들어가며

천상계에 사는 선관이 인간이 되어 보고 싶다는 생각을 하면 어떤 일이 벌어질까요? 선관은 세상을 이해하는 지혜를 가지
〔신선세계에서 벼슬을 하는 신선〕
고 영원한 생명을 누리는 존재이지만, 인간은 짧은 생을 사는 동안 세상에 대해 아주 조금 이해할 뿐입니다. 그러니 인간이
된 선관은 마치 꿈을 꾸듯이 잠깐 인간 세상을 경험하고 다시 하늘로 올라가겠죠? 이것이 바로 옥루몽의 내용입니다. 이
과정을 '환몽 구조'라고 하는데요. 주인공은 꿈에 들어가서 새로운 자아로 살다가 꿈에서 깨면서 다시 현실의 자아로 돌아
〔입몽〕   〔각몽〕
옵니다.

등장인물은 **선관 문창성**과 다섯 명의 선
녀 **홍란성, 제천선녀, 제방옥녀, 천요성, 도
화성**입니다. 문창성과 홍란성 그리고 제천
선녀의 비중이 가장 크죠. 사건은 **백옥루**에
〔천상계의 누각〕
서 시작됩니다. 하늘나라 서울 옥경에 누
〔여기서 서울은 '중심 도시'의 의미〕
각이 열두 개 있었는데, 그중 하나가 백옥
〔천상계의 중심도시이며 옥황상제가 거주함〕
루였어요. 고전 소설에서 서울이라는 말

제천선녀
(벽성선)

홍란성
(강남홍)

제방옥녀
(윤 소저)

흠

인간 세상

천요성
(황 소저)

옥황상제

문창성
(양창곡)

도화성
(일지련)

은, 수도나 중심지 정도로 해석하시면 됩니다. 백옥루를 고쳐 지은 기념으로 잔치가 열렸죠. 기

분이 좋아진 옥황상제는 평소에 시를 잘 짓기로 소문이 난 선관 문창성에게 시를 한 수 지으라

고 명합니다. 그런데 이게 무슨 일이죠? 문창성이 지은 시에 인간 세상을 그리워하는 내용이
〔문창성이 양창곡으로 태어나게 된 계기〕
담겨 있습니다!

옥황상제는 옆에 있는 태을진군에게 묻습니다.
〔천상계 선관 가운데 가장 높은 존재〕
"문창성이 지은 시가 아름답기는 한데, 인간 세상과 인연이 있네. 어떻게 할까?"

태을진군도 문창성의 마음을 읽고 있었
나 봅니다.

"안 그래도 요즈음 문창 얼굴에 인간 세
상을 그리는 기색이 역력하니 잠깐 내려보
내시는 게 어떨까요?"

옥황상제는 씨익 웃으며, 문창성에게 덫
을 놓습니다. '우리는 모두 내려갈 테니,
백옥루에서 달 구경하면서 술을 깨고 오

라'는 말을 남기고 사라지죠. 문창성은 혼자 남아서 깨끗하고 조용한 풍경을 바라봅니다. 그리
고 지루함을 느끼죠. 너무 평화롭기만 해서요. 그때 백옥루 근처를 지나던 홍란성, 제천선녀,
제방옥녀, 천요성, 도화성 이렇게 다섯 선녀가 문창성을 발견합니다. 그들은 백옥루에 앉아 함
<u>천상계에서 만난 여섯 사람</u>
께 술을 마시며 풍류를 즐기기 시작합니다. 풍류 하면 시가 빠질 수 없겠죠? 마침 제천선녀가
<u>옥으로 만든 연꽃</u>
마하 연못에서 꺾어 온 옥련화가 있었습니다. 문창성과 선녀들은 옥련화에 시를 쓰고 놀다가
<u>옥련화 열 송이가 피어 있던 곳</u>
취하여 잠들게 됩니다. 자신들에게 어떤 운명이 다가올지 모른 채로요.

관음보살은 **석가세존**의 명령을 받고 마
하 연못에서 없어진 옥련화를 찾다가 백옥
루까지 오게 됩니다. 이 부분이 굉장히 신
비로운데요. 석가세존은 옥련화 꽃잎에 쓴
<u>천상계 존재가 행하는 술법을 환상적으로 묘사</u>
문창성의 시를 읽고, 불경을 외웁니다. 그
러자 연꽃에서 글자들이 떠올라 스무 개의
구슬이 되고, 수정 막대로 상을 치니 다섯

구슬로 변합니다. 관음보살은 석가세존이 만든 다섯 개의 구슬과 옥련화를 받아 공중으로 던
지죠. 이때 구슬은 사방으로 흩어지고 옥련화는 산이 됩니다. 그리고 바로 연꽃 모양의 산, 옥
련봉 옆에서 첫 번째 등장인물인 문창성이 **양창곡**이라는 이름의 인간으로 태어납니다.
<u>적강, 즉 인간세상으로 내려 오게 됨</u>

양창곡의 부모님은 **양현**과 **허 씨 부인**인데요. 이 둘은 마흔이 넘도록 자식이 없어서 외로워하
<u>양 처사 · 양 원외</u>
고 있었어요. 어느 날 산길을 헤매던 두 사람은 바위에 새겨진 관음보살을 발견하고 소원을 빕
니다. 그리고 **아들 양창곡**을 얻게 되었죠. 잘생긴 모습이야 말할 것도 없고요. 재주가 어찌나 뛰
어난지, 산골에서 묻히기는 아까웠죠. 부모님은 한사코 반대하지만, 양창곡은 사람이 한번 태

어나 나라를 구해보지도 못하고 죽을 수는 없다며, 과거를 보러 떠나기로 합니다.

관음보살
양현·양 처사 (양창곡 아버지)
허씨 부인 (양창곡 어머니)
양창곡 (문창성)

집 떠나면 고생이라고 하죠. 양창곡은 과거를 보러 가는 길에, 도적을 만나서 돈이란 돈은 다 빼앗깁니다. 심지어 옷도 빼앗겼죠. 하지만 그는 포기하지 않습니다. 노잣돈이라도 벌어 보자는 마음으로, 소주의 압강정이라는 정자에서 열리는 시 작문 대회에 참가하게 됩니다. 그런데 사실 이 대회는 목적이 따로 있습니다. 소주의 자사가 기생 **강남홍**을 자신의 첩으로 만들기 위해 일부러 개최한 잔치였어요. 심사 위원은

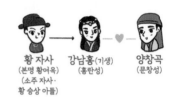

황 자사 (본명 황여옥) (소주 자사·황 승상 아들)
강남홍 (기생) (홍란성)
양창곡 (문창성)

강남홍이었고요. 여기서 강남홍이 바로 **선녀 홍란성**입니다. 그런데 황 자사는 워낙 덕도 실력도 없고, 주색만 밝히는 자라, 솔직히 시를 지을 수준이 안 돼요. 게다가 아버지인 **승상 황의병**의 권세를 믿고 제멋대로이기까지 하죠

강남홍은 양창곡의 시를 읽자마자 느낄 수 있었어요. 드디어 오랫동안 함께할 수 있는 지기知己가 나타났다는 것을요. 강남홍은 양창곡에게 자신의 뜻을 찬찬히 이야기합니다. 우선 강남홍은 기생으로서의 삶을 그만두고, 양창곡을 따르고 싶다는 뜻을 밝히죠. 양창곡 역시 강남홍의 지혜와

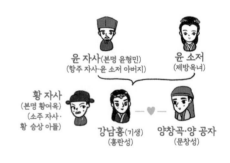

윤 자사 (본명 윤형민) (항주 자사·윤 소저 아버지)
윤 소저 (제방옥녀)
황 자사 (본명 황여옥) (소주 자사·황 승상 아들)
강남홍 (기생) (홍란성)
양창곡·양 공자 (문창성)

아름다움에 반했기에 흔쾌히 허락합니다. 하지만 당장은 과거를 보러 떠나야 하기 때문에 과거에 급제한 뒤 데리러 오겠다고 약속을 하죠.
다음으로 강남홍은 한 가지를 더 제안합니다. 압강정 연회에 온 손님 중에 항주 자사 윤형민이 있었는데요. 윤 자사는 황 자사와 다르게 아주 덕망이 높은 사람이었습니다. 강남홍은 윤 자사의 딸, 윤 소저를 부인으로 받아 달라고 양창곡에게 부탁합니다. 강남홍은 기생이니 '부인'이 아닌 '첩'이 될 수밖에 없는 상황이죠? 그래서 좋은 부인이 될 만한 여인을 추천한 거예요. 강

남홍이 보는 눈이 있습니다. 윤 소저는 아버지를 닮아 착하고 몸가짐이 바른 여인이었어요. 강남홍은 양창곡이 떠나자마자 곧장 기생일을 그만두고, 윤 소저의 시녀가 됩니다. 두 사람은 마음이 아주 잘 맞아 친한 친구가 되죠.

출제자의 시선

EBS 수능특강

황 자사는 포기를 모르는 인간이었습니다. 그는 강남홍을 차지하기 위해 뱃놀이까지 준비합니다. 위기가 닥쳤음을 느
황여옥 · 황 승상의 아들
홍낭이라고도 불림
낀 강남홍은 양 공자에게 마지막 편지를
양창곡 · 양 한림
씁니다. 이때 황 자사는 그녀가 도망치지
못하도록 물 위에 배를 띄우고 비단으로
된 장막까지 준비해놓고 있었습니다. 강

황 자사(본명 황여옥)
(소주 자사 황 승상 아들)

강남홍(기생)
(홍란성)

연옥
(강남홍의 몸종)

창두
(이름 아님)

양창곡 ·
양 공자
(문창성)

남홍에게는 이 일이 정말 수치스러운 사건입니다. 강남홍은 창기가 아니었어요. 글도 뛰어나
몸을 파는 천한 기생
고 음악도 잘해서 연회의 흥을 돋우는 기생이었죠. 지조와 절개도 높았고요. 강남홍은 결국
강물에 몸을 던집니다. 홍낭의 몸종 **연옥**은 슬픔에 휩싸입니다. 그리고 창두가 어서 강남홍의
강남홍   종살이를 하는 남자
편지를 양 공자에게 전하기를 기다리죠. 편지에는 그동안 황 자사의 괴롭힘이 너무 심하여
고생한 일과 이제 더이상 목숨을 부지할 수 없어 이별의 편지를 쓴다는 내용이 담겨 있었습니다.

시간이 지나고, 강가에서 두 구의 시체
가 떠올랐습니다. 시신이 심하게 훼손되어
누구인지 알 수는 없었지만 사람들은 강남
홍의 시신이라고 단정합니다. 윤 소저 역
시 강남홍이 죽은 줄로만 알고 괴로워하
죠. 사실 윤 소저는 강남홍의 성격을 잘 알
황주 자사 윤형문의 딸
고 있었기 때문에 구차하게 살기보다는 죽

손삼랑 · 손 야차
(연옥의 이모)

시체들

연옥
(강남홍의 몸종)

윤 소저
(제방옥녀)

어부들

음을 택하리라는 것을 예상했습니다. 그래서 아무도 모르게 미리 손을 썼어요. **손삼랑**을 보냈
강남홍의 여종이었던 연옥의 이모
죠. 손삼랑은 수영을 아주 잘해서 '물속 야차'라고 불렸습니다. 윤 소저는 분명히 손삼랑이 강
모질고 사나운 귀신
남홍을 구해줄 거라고 기대를 했습니다. 물론 예상은 적중했습니다. 손삼랑은 가라앉은 강남홍
을 업고 빠르게 물속을 헤엄쳐서 황 자사의 배에서 멀어졌습니다. 그리고 고기잡이배를 타고
있던 두 어부를 만나 목숨을 구하게 되었죠. 그럼 두 구의 시체는 도대체 누구였을까요? 바로

어부들이었습니다. 이들이 나쁜 마음을 먹고 협박하자, 손삼랑과 강남홍이 힘을 합쳐 무찌른 것이죠.

강남홍과 손삼랑이 탄 배는 수만 리를 지나 **남방 나타해** 옆의 탈탈국까지 다다르
두 사람이 조력자를 만나는 곳
게 됩니다. 향기가 나는 시냇물을 따라 산에 올라간 두 사람은 **백운도사**를 만납니다.
강남홍의 조력자
도사는 한눈에 두 사람이 명나라 사람이라는 걸 알아보고, 살 곳을 마련해주고 온갖 도술과 병술까지 다 알려줍니다.
나중에 두 사람이 전쟁에 참여하게 되는 개연성을 부여

손삼랑·손 야차
(연옥의 이모)
강남홍(기생)
(홍란성)
탈탈국
백운도사

한편, 편지를 읽은 양 공자는 매우 슬펐
양창곡 · 양 한림
지만 주저앉을 수는 없었습니다. 최선을 다해 과거를 치른 공자는 당당히 급제하여 한림학사를 지내게 되죠. 양창곡은 강
임금의 조서(詔書, 명령문 · 선포문)를 쓰는 일을 하는 한림원의 벼슬
남홍이 죽었다고 생각하고 그녀의 유언을 생각해서 윤 상서의 딸, 윤 소저와 결혼하
윤형민 · 전 항주 자사
기로 합니다. 이때 윤 상서는 항주 자사에
서 병부 상서로 벼슬이 높아지면서 '상서'라는 관직 이름을 사용합니다.
군사를 담당하는 병부의 최고 벼슬

윤 상서 (본명 윤형민)
(병부 상서·윤 소저 아버지)
윤 소저
(제방옥녀)
양창곡·양 한림
(문창성)

여기서 문제가 생겨요. 아버지와 아들은 닮는다더니 황 자사의 아버지 **황 각로**가
황여옥 　　　　　　 황의병
문제를 일으킵니다. 황 각로는 자신의 딸을 양 한림과 결혼시키고 싶어 했어요. 하
양창곡
지만 양 한림은 예의 바르게 거절하고, 약
신의가 있는 양창곡
속대로 윤 소저와 혼례를 올리죠. 심술이 난 황 각로는 양 한림이 자신을 능욕했다
며 황제에게 일러 바칩니다. 어쩜 그리 아들과 똑같이 유치한 일을 벌이는지! 결국 양 한림은 터무니없는 모함으로, 강주로 유배를 갑니다.
도시 이름 · 벽성선을 만나는 곳

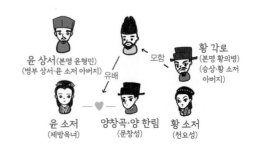

윤 상서 (본명 윤형민)
(병부 상서·윤 소저 아버지)
모함
황 각로
(본명 황의병)
(승상·황 소저 아버지)
유배
윤 소저
(제방옥녀)
양창곡·양 한림
(문창성)
황 소저
(천요성)

유배지에서는 또 다른 인연이 기다리고 있었습니다. **강주 심양정**에서 아름다운
여인을 만나죠. 그녀의 이름은 **벽성선**으로 천상계에서는 **제천선녀**라 불렸던 존재입니다. 벽성선은 부모님을 잃고 청루집에 몸을 의탁한 신세였는데요. 강남홍처럼 지조와 절개가 높았습니다. 선랑은 특히 옥

벽성선·
선랑(기생)
(제천선녀)

옥퉁소
'운문광악' 연주법으로
군사를 자유자재로 다룸

양창곡·
양 한림
(문창성)

통소를 굉장히 잘 불었는데요. 보통 옥통소가 아니었습니다. '운문광악' 연주법으로 이 옥통소를 불면 신비한 기운으로 군사를 자유자재로 다룰 수 있었죠. 양 한림은 벽성선의 재능과 미모에 반해, 유배가 끝나면 벽성선을 첩으로 들이겠다고 약속합니다.

드디어 다섯 달 만에 귀양을 마친 양창곡은 사람을 보내 벽성선을 데리고 오도록하고, **병부 시랑**으로 임명받아 나랏일에 전념합니다. 하지만 여전히 황 각로의 딸, 황 소저와의 결혼은 피할 수가 없었습니다. 양 시랑은 한눈에 황 소저가 간교한 여인임을 알아봤지만, 황제의 강요로 어쩔 수
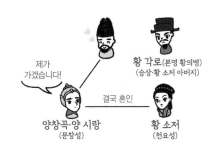
제가
가겠습니다!

황 각로(본명 황의병)
(승상·황 소저 아버지)

결국 혼인

양창곡·양 시랑
(문창성)

황 소저
(천요성)

없이 황 소저를 아내로 맞습니다. 황제가 미울 만도 한데, 나라에 대한 양창곡의 충심은 변함이 없습니다. 남만이 쳐들어왔다는 소식을 듣자마자 스스로 남만의 머리를 베어 오겠다며 나섰죠.

양 원수는 대원수가 되어 남만에 맞서기로 합니다. 그는 **뇌천풍**이라는 든든한 신하와 익주에서 만난 **마달**과 **동초**를 데리고 전쟁터로 떠납니다. 이 시기에 벽성선은 강주에서 출발하여 양창곡의 집으로 향하는 중이었습니다. 벽성선은 지나가는 양창곡의 군대를 보고 깜짝 놀랍니다. 그가 벽
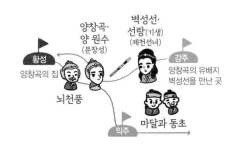
양창곡·
양 원수
(문창성)

벽성선·
선랑(기생)
(제천선녀)

황성
양창곡의 집

뇌천풍

강주
양창곡의 유배지
벽성선을 만난 곳

익주

마달과 동초

성선이 도착하기도 전에 전쟁터로 나가면, 적어도 몇 달에서 길게는 몇 년 동안 홀로 양창곡의 집에 있어야 하니까요. 벽성선은 윤 부인이나 황 부인과는 사정이 다릅니다. 자신을 지켜줄 가

족도 가문의 위세도 없었던 기생 신분이었으니 기댈 곳이라곤 양창곡뿐인데 그가 없으면 아주 난처하죠. 과연 벽성선은 양창곡 없는 양창곡의 집에서 잘 적응할 수 있을까요? 어쨌든 벽성선은 자신의 걱정을 잠깐 뒤로하고, 양 원수에게 옥퉁소를 건네며 그가 무사히 돌아오기를 빕니다. ─기이한 힘을 지닌 피리. 옥퉁소 연주는 전쟁 상황에 신비감을 불어 넣음─ 이 옥퉁소를 쓰면 군사를 자유자재로 다룰 수 있었죠? 나중에 양 원수에게 아주 큰 도움이 됩니다.

양 원수에 대항하는 남만의 왕은 고집스러운 **나탁**입니다. 나탁은 다섯 번의 전투를 치르고도 굴복하지 않고 계속 새로운 장수를 내세워 명군과 싸우죠. 궁지에 몰린 남만은 백운도사에게 도움을 요청합니다. ─강남홍과 손삼랑의 조력자─ 백운도사가 보낸 두 명의 장수는 남장 여자, **홍혼탈**과 **손야차**입니다. ─강남홍 손삼랑─

남만왕의 진지에 도착한 홍혼탈은 마음 ─강남홍─ 이 어수선하여 **백운도사**에게 받은 선물을 꺼냅니다. 놀랍게도 옥퉁소입니다. 맞아요. 양 원수의 것과 짝을 이루는 옥퉁소죠. 홍혼탈이 한밤중에 옥퉁소를 불자, 명나라 ─양창곡이 이끄는 군사들의 향수를 불러 일으킴─ 군대는 갑자기 구슬픈 분위기에 휩싸입니다. 다들 사기를 잃고 고향과 처자식을 생각하거나 멍하니 하늘만 바라보죠. 깜짝 놀란 양 원수는 자신의 옥퉁소를 꺼내 불어서 겨우 군 ─강남홍의 연주와 달리 군사의 사기를 북돋움─ 대의 사기를 북돋아 위기를 넘깁니다. 하지만 자신의 것과 같은 옥퉁소가 적군에게도 있다는 사실에 잠을 이루지 못하죠.

다음 날 아침, 홍 장군과 양 원수는 서로 ─양창곡─ 창과 칼을 들고 실력을 겨룹니다. 홍 장군 ─홍혼탈·강남홍─ 은 가까이 다가온 양 원수를 보자마자 양 창곡임을 알아채고, 제대로 싸우지 못합니다. 뒤늦게 알아차린 양 원수도 마찬가지

였어요. 그날 밤, 홍 장군은 슬며시 나탁의 눈을 피해서 양 원수를 만나러 갑니다. 이때까지의 모든 이야기를 들은 양창곡은 무척 기뻐하며 강남홍에게 사마 대장군의 지위를 내립니다. 이제 홍혼탈은 **홍 사마**로 불리며 명나라의 장군이 되었습니다.
홍 사마

이 사실을 알게 된 나탁은 **축융왕**에게
축융국의 왕
도움을 구하는데요. 그는 훌륭한 인품과
무술을 겸비한 사람이었습니다. 축융왕의
딸 일지련 역시 쌍검을 노련하게 쓸 줄 알
선녀 도화성
았는데요. 일지련은 홍 사마와 양 원수의
강남홍   양창곡
훌륭한 인품에 반해서 바로 아버지 축융왕
을 설득하여 명군에 항복하도록 부탁하고,

홍 사마 (강남홍)　양창곡·양 원수 (문창성)

도움 요청

나탁 (남만의 왕)

축융왕 (일지련의 아버지)　일지련 (도화성)

아빠, 명나라 편으로!

나중에는 양 원수의 첩이 됩니다. 궁지에 몰린 나탁은 결국 이들 앞에 무릎을 꿇습니다. 길고
문창성과 도화성의 인연
긴 전쟁이 끝나는 줄로만 알았는데, 양 원수에게는 다음 전쟁을 수행하라는 황제의 명령이 떨
홍도국(紅桃國)과의 전쟁
어집니다.

잠깐 양 원수의 집으로 돌아와 볼까요?
황 부인은 자신의 아버지를 닮아 간교하고
선녀 천요성 · 결혼 후에는 부인으로 호칭 변경
교만한데요. 양창곡이 남만을 정벌하러 떠
난 사이에, 벽성선을 괴롭힙니다. 자신과
비슷한 시기에 양 원수의 집에 들어왔거든
요. 황 부인은 자신이 제일 예쁘고 잘나야
속이 풀리는 성격이에요. 황 부인과 그녀

산화암

우격

마달　벽성선·선랑(기생) (제천선녀)　황 부인 (천요성)　위 부인 (황 부인의 어머니)

의 어머니인 위 부인은 벽성선을 제거하기 위해 갖은 수를 씁니다. 독약 자작극 사건을 벌이기
제천선녀 · 선랑으로도 불림
도 하고요, 자객을 부르기도 합니다. 모함하는 말을 꾸며서 집에서 내쫓기까지 했죠. 하지만 이
들은 만족할 줄을 몰라요. 의탁할 곳이 없는 벽성선이 산화암에서 지내고 있다는 소문을 듣고
절 이름
우격이라는 흉악한 남자를 보내서 그녀를 겁탈하라는 명령까지 합니다. 벽성선은 정신 없이 도
망하던 중에 다행히 양 원수의 부하, **마달**을 만납니다. 정말 천운이었어요. 아니었으면 정절도
목숨도 잃었을 테니까요. 황제는 모든 간교한 꾀를 파악하고, 위 부인과 황 부인을 귀양 보냅니
다. 이를 계기로 황 부인은 깊이 뉘우치죠.

전쟁에서 이긴 양창곡은 연왕의 작위를, 홍 사마는 나성후의 작위를 받으며 승승장구했습니다. 하지만 간신들은 충직한 신하들을 가만히 놔두지 않습니다. 황제는 동홍과 노균 등 간신들의 손바닥에서 놀아나며 충신들을 귀양 보내죠. 당연히 연왕과 나성후도 귀양길에 오르게 됩니다. 이렇게 황제가 충신을 못 알아보면, 나라가 위험

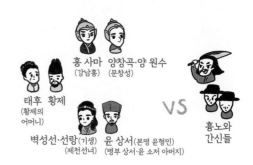

홍 사마 (강남홍) 양창곡·양 원수 (문창성)

태후 (황제의 어머니) 황제

벽성선·선랑(기생) (제천선녀) 윤 상서(본명 윤형민) (병부 상서·윤 소저 아버지)

VS

흉노와 간신들

해지는 법이죠. 흉노는 조정이 어지러운 틈을 타서 도성을 공격합니다. 황제는 일이 어떻게 돌아가는지도 몰랐고, 간신들은 재빠르게 황제를 배신했습니다. 이들을 물리치는 사람들은 바로 황제가 내팽개쳤던 충신들이죠. 양창곡과 강남홍은 유배지에 있으면서도 앞장서서 나라를 지켰고, 윤형민과 양현도 마찬가지였습니다. 벽성선 역시 태후를 구하며 크게 활약합니다. 이후 양창곡과 부인들은 천수를 누리며, 행복하게 삽니다.

- 강남홍 (본문 설명 주석)
- 양창곡 (본문 설명 주석)
- 중국 북방에서 활동한 이민족 (본문 설명 주석)
- 양창곡의 아버지 (본문 설명 주석)
- 윤 부인의 아버지 (본문 설명 주석)
- 황제의 어머니 (본문 설명 주석)

○── 나오며

같은 몽자류 소설인 《구운몽》과는 조금 다른 결을 지닌 내용입니다. 《구운몽》은 불교적 색채가 강하기 때문에 인간 세상에서 누리는 부귀영화가 헛되다는 것을 보여줍니다. 하지만 《옥루몽》에서는 주인공이 인간 세상에서 성공하며 행복을 누리는 모습을 긍정하죠. 또, 《구운몽》에서는 꿈에서 현실로 돌아오는 부분이 명확한 반면, 《옥루몽》에서는 이런 부분이 나오지 않습니다. 중간에 양창곡의 꿈에 보살이 나타나서 예언을 하기는 합니다. 보살은 "인간 세상의 재미가 어떠한고?" 하고 물으며, 나중에 그가 옥황상제 곁으로 갈 운명이라는 사실을 귀띔합니다. 이를 어려운 말로 속세에서의 입몽을 통해 천상계를 경험한다고 함

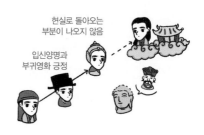

현실로 돌아오는 부분이 나오지 않음

입신양명과 부귀영화 긍정

1 강남홍은 자신의 지조를 지키고 황 자사의 횡포를 피하기 위해 스스로 강물에 몸을 던졌다. **O, X**

2 양창곡은 황 각로의 끈질긴 모함과 위협에도 불구하고 끝끝내 황 소저와 결혼하지 않았다. **O, X**

3 양창곡은 대원수로 출정하여 남만왕과 전쟁을 치를 때 죽은 줄로만 알았던 강남홍을 다시 만났다. **O, X**

 개념 노트

양창곡과 강남홍을 일컫는 네 가지 칭호

양창곡

- 양 공자: 아직 과거에 급제하지 않았을 때. 공자는 지체가 높은 집안의 아들을 높여 부르는 말
- 양 한림: 한림학사가 되어 한림원에서 근무할 때
- 양 원수: 대원수가 되어 전쟁에 출정할 때
- 연왕: 황제에게 연왕의 작위를 받았을 때

강남홍

- 홍낭: 기생으로 일할 때. 여기서 낭娘은 낭자라는 뜻
- 홍혼탈: 남장해서 남만왕의 장수가 되었을 때
- 홍 사마: 명나라로 넘어가 사마 대장군이 되었을 때
- 나성후: 황제에게 나성후의 작위를 받았을 때

1.O 2.X 3.O

10분의 문학

작자 유득공

9 유우춘전柳遇春傳

들어가며

학생이 입시를 치르고 진로를 결정할 때, 부모님은 보통 '밥'을 기준으로 자녀에게 조언합니다. '그 과는 밥 굶기 딱 좋은 전공이야. 나중에 취직이나 되겠니?' 이렇게 취직이라는 목표를 세우면 공학 계열이나 상경 계열은 높은 대접을 받을 수밖에 없습니다. 물론 어른들의 말씀에도 일리는 있습니다. 예술 또는 철학을 이해하는 사람이 적기 때문에 이를 제대로 즐기는 사람도, 필요하다고 느끼는 사람도 적으니까요. 그래서 종종 훌륭한 예술가들과 철학가들은 생계에 내몰려 다른 길을 걷기도 합니다. 지금으로부터 약 200년 전, 조선 후기의 현실도 지금과 크게 다르지 않았습니다.

실존 인물 주인공: 전계 소설

주인공 **유우춘**은 악사樂士(악기 연주가)입니다. 해금(두 줄로 된 찰현 악기)을 아주 잘 켜는 사람이죠. 유우춘은 역사 속에 실제로 등장하는 인물인데요. 그는 정조 때에 최고의 해금악사로 인정받았습니다. 이렇게 작가가 실존 인물을 주인공 삼아 기록한 소설을 '전계傳系 소설'이라고 합니다. 전계 소설은 보통 인물을 소개하고 그에 대한 평가를 덧붙이는 형식으로 구성되는데요. 그럼 유득공 선생이 유우춘에 대해 내린 평가가 곧 주제가 되겠네요.

'나'(유득공 선생)는 **서기공**徐旂公(서상수) 덕분에 유우춘을 알게 됩니다. 서기공은 조선 후기 화가로 활동하면서 음악에도 일가견이 있는 사람이었죠. 그는 워낙 사람을 좋아해서 손님이 오면 술상을 차리고 거문고와 피리를 연주하고는 했습니다. 하루는 '나'가 서기공 앞에서 해금 연주를 하다가 혹평을

듣습니다. 그가 깜짝 놀랄 정도로 너무 못

했거든요.

"심하기도 하지, 자네가 이리도 음악을

모르다니!"

서기공은 아악과 속악 그리고 군대에서

<u>중국의 음악과 비교하여, 우리나라 고유의 전통 궁중 음악</u>

<u>과거 우리나라에서 의식에 정식으로 쓰이던 음악</u>

쓰이는 세악까지 '나'에게 설명해주며 이

서기공
(서상수 화가)

유득공

렇게 덧붙였죠.

"유우춘이나 호궁기는 모두 해금으로 유명하네. 자네가 해금을 좋아한다면 저 사람들에게

<u>유우춘의 해금 실력을 이해하는 인물</u>

가서 배울 일이지, 어쩌자고 이런 비렁뱅이 깡깡이 소리를 배웠는가?"

여기서 서기공이 '나'의 실력을 비렁뱅이에 비유했네요. 당시 비렁뱅이들이 밥을 구걸하기

<u>거지를 낮잡아 이르는 말</u>　　　　　<u>비렁뱅이들이 하는 연주의 특징</u>

위해 남의 집 앞에서 연주를 했거든요. 그들은 굳이 음악 수준을 올릴 필요가 없죠. 어차피 조

금만 소리 내다가 곡식을 얻기만 하면 그만이니까요. '나'는 아주 부끄러워져서 몇 달 동안 해

금을 찾지 않습니다.

그러던 어느 날 '나'는 금대 거사를 만

<u>유우춘의 이복형</u>

나게 됩니다. 그는 옛날 현감을 지낸 유운

경의 아들이었습니다. 거사에게는 배다른

<u>무신년(1728)의 반란을 토벌한 인물</u>

아우가 두 명 있었는데요. 그중의 한 명이

해금의 대가, 유우춘이었습니다. 거사의

말에 따르면, 유우춘은 용호영에서 악사로

<u>조선 후기, 대궐을 경호하고 임금의 가마 곁을 호위하던 군영</u>

일하고 있다고 합니다. 아버지가 무공을

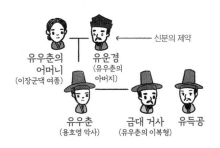

유우춘의
어머니
(이장군댁 여종)

유운경
(유우춘의
아버지)

← 신분의 제약

유우춘
(용호영 악사)

금대 거사
(유우춘의 이복형)

유득공

세운 유운경이고, 자기 자신 역시 '유우춘의 해금'으로 불리며 명성을 떨쳤지만, 여전히 신분의

제약이 컸습니다. 유우춘의 어머니가 정실부인이 아닌 종이었기 때문이죠. '나'는 악기 연주자

<u>유우춘의 어머니는 이 장군이라 불리는 사람의 여종이었는데 유운경이 그 여종을 마음에 들어하여 두 아들을 낳음</u>

로서 생계를 꾸리는 유우춘의 모습이 반가우면서도, 그가 일개 군졸이라는 사실을 안타까워합

니다.

금대 거사의 소개로 만난 유우춘은 정말

충직하고 부지런하며 진실된 사람이었습

니다. 이것이 유우춘에 대한 '나'의 첫인상

이었죠. 그를 두 번째로 만난 날은 달 밝은

유우춘
(용호영 악사)

유득공

밤이었습니다. '나'가 집에서 독서를 하고 있는데 유우춘과 무사들이 찾아와 술판을 벌이죠. 이때 '나'는 처음으로 유우춘의 해금 소리를 듣는데요. 슬프고 부드럽고 그러면서도 강개한 곡조로 감동을 불러일으키는 소리였습니다.

금대 거사가 떠나는 날, '나'는 유우춘의
초대를 받아 그의 집으로 갑니다. '나'는
그에게 비렁뱅이 소리 같은 실력을 면하고
싶다고 털어놓죠. 기억나시죠? 서기공이
'나'의 해금 실력에 면박을 주었던 일 말입
니다. 그러자 유우춘은 세상물정을 모르는
말이라며 껄껄 웃습니다. 오히려 자신의

종실·고관대작

돈

유우춘
(용호영 악사)

유득공

유명한 선비들

해금과 비렁뱅이의 해금에는 차이가 없다고 딱 잘라 말합니다. 똑같은 재료로 만들어진 해금
을 가지고 '생계 유지'라는 같은 목표를 위해 연주를 하니까요.

보통 무슨 일이든 더 잘하는 사람이 더 유명해지고, 더 많은 돈을 받게 되잖아요? 그런데 유
우춘은 그렇지 않았습니다. 유우춘은 3년 동안 온 손가락에 굳은살이 박이도록 기예를 다듬었
지만 살림이 전혀 나아지지 않았죠. 대중은 그의 음악을 이해할 수 없었거든요. 반대로 거지는
한 몇 달만 해금을 다루고 나면 하루에 쌀 한 말에 돈까지 받습니다.

종실이나 대신들을 위해 연주해도 마찬가지입니다. 그들은 음악을 제대로 듣지 않고 졸기만
합니다. 해금의 역사를 잘 아는 유명한 선비들도 연주를 이해하지 못했죠. 괜히 저들끼리 지식
자랑을 하며 불필요한 말만 하고 제대로 해금을 즐길 줄은 모릅니다. 즐길 줄 아는 사람이 없으
니 돈을 벌지 못하는 것은 당연한 일이죠.

유일하게 유우춘의 음악을 가장 잘 이해
하는 사람이 **궁기**라는 동료인데요. 그마저
도 완벽히 이해하지는 못합니다. 오직 유
우춘만이 자신의 해금을 이해하고 있죠.
마지막으로 유우춘은 이렇게 말합니다.

호궁기

유우춘

"그대는 공을 이루기 쉽고 남들이 알아
주는 일을 버리고, 공을 이루기 어렵고 남들이 알아주지 않는 일을 배우려고 하니 어리석은 일이

아니겠습니까?"

최고의 해금 연주자가 되어도 이해받지 못하는 현실을 꼬집은 그의 마음이 그대로 드러나죠? 예술을 이해하지 못하는 세상에 살았던 유우춘은 어머니가 세상을 뜬 뒤에는 더 이상 해금을 연주하지 않고, 다시는 '나'를 찾아오지도 않았습니다.

○─── 나오며

작가의 논평에서 유득공 선생은 '기예가 높아질수록 사람들이 이해하지 못한다'는 말이 어찌 해금에만 해당되는 말이겠느냐며 예술가의 형편에 깊이 공감합니다. 아마도 다른 악기를 연주하는 음악가, 화가, 조각가, 소설가 등 가치를 인정받지 못하는 예술가들의 삶도 마찬가지였겠죠. 작가는 현실을 잘 알고 있었기 때문에 이런 평가를 했던 것이 아닐까요? 즉, 작가는 당대 현실을 비판하면서, 예술가가 지켜 가는 순수한 고집을 높이 평가했다고 볼 수 있습니다.

"어찌 해금에만 해당되는 말이겠느냐…"

유득공

핵심 체크

1 '나'는 유우춘의 이복형인 금대 거사를 통해 유우춘을 처음 만나게 된다. O, X

2 유우춘은 동료인 호궁기가 자신의 해금을 완전히 이해해 주는 사람이라고 소개한다. O, X

3 유우춘은 자신의 음악을 이해하는 사람이 없다는 사실을 알고 있었다. O, X

개념 노트

생계와 예술

주인공 유우춘은 생계와 예술 사이에서 고민하고 갈등했습니다. 그가 군대의 악사가 되어 음악으로 돈을 벌어야 했던 이유는, 단 하나입니다. 자신을 키워 주신 어머니를 봉양하기 위해서였죠. 하지만 자신의 예술을 이해하지 못하는 사람들을 위해 연주하기란 참 힘든 일입니다. 그래서 유우춘은 어머니가 돌아가시자 미련 없이 해금 연주를 그만두게 됩니다.

1.O 2.X 3.O

⑩ 숙향전 淑香傳

숙향
(소아)

○── 들어가며

17세기 말에 창작된 《숙향전》은 주인공 숙향과 이선의 사랑 이야기로 많은 사람의 사랑을 받은 작품입니다. **숙향은 천상계에서 지은 죄 때문에 다섯 번의 액운을 만나게 된다는 예언을 받고 험난한 운명을 헤쳐 나갑니다.** 물론 초월적인 능력을 지닌 조력자가 등장해서 도와주기는 하지만, 다섯 살 때부터 겪게 되는 고통은 이루 말할 수가 없습니다. 그래서인지 독자는 주인공을 응원하며 작품에 한껏 몰입하게 되죠.

이는 당대 사람들이 겪었을 법한 현실을 구체화한 것으로 동질감을 느끼게 함

전체적인 구성은 영웅 소설 구조와 같습니다. 천상계에서 쫓겨난 **숙향**은 기이한 출생을 하고, 어릴 때 부모와 헤어집니다. 다섯 번의 액운을 만나지만 **조력자**의 도움으로 극복하죠. 특히 조력자들은 대부분 **신선이나 용왕의 딸처럼 초월적인 힘을 지닌 존재들**이고, 그들을 만날 때마다 천상계

김전 부부
(숙향의 부모)

이선 숙향
(태을선군) (소아)

어린 숙향

조력자들

에서 어떤 사건이 있었는지 조금씩 기억하게 됩니다. 고난을 견뎌 낸 숙향은 드디어 **이선**을 만나 백년가약을 맺고 부모와도 다시 만나게 됩니다. 마지막으로 이선이 황태후를 위해 약을 구해 오면서 숙향과 이선 부부의 명망은 더욱 높아지고 다시 선계로 돌아가는 것을 끝으로 소설은 막을 내립니다.

먼저 숙향의 부모님부터 소개해 드릴게요. **송나라 남양 땅에 김전**이라는 사람이 살았습니다. 그는 우연히 **거북**의 생명을 구해 주게 되는데요. 보통 거북이 아니라 은

나중에 포진강에서 숙향을 구하는 초월적 조력자

송나라 남양 땅

김전
(숙향의 아버지)

옥지환 한 쌍
(옥가락지·옥반지)

진주 구슬

신묘한 거북

장씨 부인
(숙향의 어머니)

혜 갚는 거북이었습니다. 김전의 목숨이 위험할 때 나타나 구해 주고, **진주 구슬 한 쌍**도 주었거
_{바로 다음 해에 물에 빠질 뻔한 김전을 구해줌}
든요. 김전은 장 씨와 부부의 연을 맺기로 하면서 예물로 진주 구슬을 보냅니다. 그래서 부인
장 씨의 손가락에는 늘 진주가 달린 **옥가락지** 한 쌍이 끼워져 있었죠.

기이한 탄생

두 사람은 숙향을 얻기까지 오래 기다렸
습니다. 숙향은 보통 아이가 아니었죠. 금
두꺼비 태몽으로 태어나, 선녀의 시중을
받으며 세상에 나왔습니다. 딸이 너무 아
름다워 단명할까 두려워하던 김전은 왕균
_{일찍 세상을 떠남}   _{관상가}
에게 딸의 관상을 보게 하죠. 그런데 왕균
이 청천벽력 같은 말을 합니다.

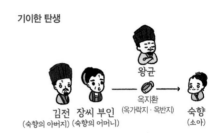

기이한 탄생

"천상에서 하느님께 죄를 지어 인간 세상에 귀양 온 탓에 전생의 죄를 이승에서 다 갚은 후에야
_{인간세상에서 고난을 겪게 되는 원인이 천상계의 죄 때문이라는 생각에서 인간세상은 귀양지라는 인식이 드러남}
좋은 시절을 보게 되리이다. 다섯 살에 부모를 잃고 떠돌아다니다가 열다섯 살 전에 다섯 번 죽을

액을 겪고, 열일곱 살에 정렬부인에 봉해질 것이며, 스무 살에 부모를 다시 만나 태평세월을 누리
_{모질고 사나운 운수}   _{정조와 지조를 굳게 지킨 부녀자에게 내리던 칭호}
다가, 일흔 살이 되면 다시 천상으로 올라갈 팔자로소이다."

김전 부부의 마음은 무너집니다. 다른 액운은 차치하더라도 다섯 살에 부모를 잃게 된다니,
가만히 두고 볼 수는 없었죠. 그래서 나름대로 대비책을 만들기로 합니다. 김전은 부인 장 씨의
옥가락지 한 짝과 숙향이 태어난 날짜와 시간 그리고 숙향의 이름을 써서 주머니에 넣고 그 주
_{후에 숙향과 어머니가 다시 만날 때 모녀지간의 증표로 사용됨}
머니를 딸의 옷고름에 단단히 채워 놓습니다.

첫 번째 액운

숙향이 **다섯 살**이 됩니다. 도적이 마을을
공격하는 바람에 김전 부부도 피란을 떠나
게 되는데요. **강릉**으로 가는 길에 도적을
만납니다. 부부는 걸음이 느린 숙향을 반
야산의 바위 틈에 잠시 숨기고 도망칩니
다. 아이까지 업고 뛰다가는 모두 죽을 지

첫 번째 액운: 반야산에서 도적떼를 만나다

경이었거든요. 일단 아이를 숨겨 놓았다가 도적을 피한 뒤 날이 저물면 다시 데리고 오겠다는 계획이었죠. 하지만 아무것도 모르는 숙향은 부모님이 보이지 않자 바위틈에 얼굴을 내놓고 울기 시작했는데요. 이를 불쌍하게 여긴 **늙은 도적**이 아이를 죽이지 않고 깊은 골짜기에 있는 **역마을**에 내려놓습니다. 한편 김전은 날이 저물자마자 부랴부랴 숙향을 찾으러 바위 근처에 와 보지만, 딸은 이미 사라진 뒤였습니다. '아, 늙은 도적이 괜한 일을 했네.' 이런 생각이 들죠? 하지만 어쩔 수 없습니다. 하늘의 계획이니까요. 그때부터 숙향은 부모와 길이 엇갈리며 정처 없이 홀로 떠돌게 됩니다.

두 번째 액운

숙향은 험한 산을 돌아다니며 굶어 죽을 위기에 처합니다. 이때 신비로운 **파랑새**가 _{초월적 조력자} 나타납니다. 그대로 새를 따라가니 **후토부인**이 있습니다. _{대지를 주관하는 여신 · 초월적 조력자} 그곳은 명사계, 즉 사람이 죽으면 가는 저승이었습니다. 후토부인은 숙향과 제대로 대화를 나누기 위해 **경액**을 _{전생에서의 숙향의 정체를 깨닫게 하는 역할} 건넵니다. 경액을 마시면 하늘나라에서 지 _{신비로운 약물}

두 번째 액운: 명사계에서 죽을 뻔하다

월궁 선녀 소아
(숙향의 천상계 모습)

숙향
(소아)   경액   후토부인

냈던 기억이 되살아나거든요. 드디어 숙향의 과거가 짧게 나옵니다. 천상계에서 숙향의 이름은 '**소아**'였고, 월궁 선녀 중 한 명이었다는 것까지요. _{달 속의 궁전}

여기까지 이야기를 나눈 후토부인은 흰 사슴과 열매를 내어 주며, **남군**南郡 **땅 장승상댁**으로 가라고 합니다. 이 장면에서 우리는 두 가지를 살펴야 합니다. 첫째, **열매**는 경액으로 되찾은 천상계의 기억을 지우 _{신비로운 약물} 는 역할을 합니다. 열매를 먹자마자 숙향은 다시 아이로 돌아오죠. 굉장히 신비로

규성
(장승상댁 부인의 천상계 모습)

월궁 선녀 소아
(숙향의 천상계 모습)   장승상댁

숙향(소아)   경액   후토부인   열매   숙향(소아)

운 설정이죠? 이 작품은 환상적이고 초현실적인 장면이 자주 등장한다는 점, 기억해두세요! 둘째, 장승상댁 부인은 숙향과 마찬가지로 선녀였다가 인간 세상에 떨어진 사람입니다. 그녀의 천상계 이름은 **규성**으로 소아가 큰 벌을 받을 위기에 처했을 때 도와주려다가 같이 벌을 받았 _{숙향의 천상계 이름} 습니다.

세 번째 액운

장 승상은 자신의 집 근처에 있는 동산에서 숙향을 만납니다. 마침 자식이 없어 한탄하던 그는 기뻐하며 숙향을 친자식처럼 키우죠. 숙향은 어린 나이가 무색하게 글쓰기, 수놓기, 바느질 등 못하는 것이 없습니다. 열 살이 되자 집안의 제사며, 노복을 다스리는 일까지 모두 숙향이 담당하게 되

세 번째 액운: 포진강에서 죽을 뻔하다

장 승상　숙향　장승상댁　　옥장도 금봉채
　　　　(소아)　부인

사향

죠. 그리고 열다섯 살이 되는 해, 결국 세 번째 액운이 찾아옵니다. 숙향을 시기했던 장승상댁의 여종 **사향**이 금봉채와 옥장도를 훔쳐 숙향에게 누명을 씌웁니다. 하지만 논리적으로 말이 안 됩니다. 부유한 장 승상댁에서 좋은 것만 받고 자란 숙향이 뭐가 아쉬워서 어머니의 금봉채를 훔치고, 남자가 쓰는 옥장도에 손을 대겠어요? 처음에는 화가 났던 **장승상댁 부인**도 누군가의 모함임을 의심하기 시작합니다. 그러자 사향은 숙향을 재빨리 내쫓기 위해 중간에서 없는 말을 지어내 숙향에게 말합니다.

(자루와 칼집을 옥으로 장식한 칼)
(머리 부분에 봉황의 모양을 새겨서 만든 금비녀)
(사향은 장승상댁의 집안일을 맡았을 때 마음대로 물건을 훔쳤는데 숙향이 살림을 맡은 뒤에는 마음대로 도둑질을 할 수 없어 급히 숙향을 내쫓음)

"승상이 내게 숙향을 빨리 내쫓아 아주 멀리 보내 근처에 두지 말라 하셨으니, 네가 만일 더 다 가면 나도 죄를 면하지 못할 것이다. 어서 바삐 가자."

숙향이 너무 불쌍하고, 사향이 너무 얄밉죠? 나중에 사향은 옥황상제가 보낸 천승에게 벌을 받아 불덩이를 맞고 죽습니다.

(하늘에서 내려온 승려들)

한편 등까지 떠밀리면서 내쫓긴 숙향은 서러운 마음에 **포진강**에 몸을 던집니다. 물에 빠진 숙향을 먼저 구한 이는 **동해 용왕의 셋째 딸**이자, 포진 용왕의 부인이었습니다. 곧 월궁 선녀들도 도착하죠. 용녀는 어떻게 숙향의 존재를 알고 구출하러 왔을까요? 사실 용녀는 예전에 김전이 구해 주었던 거북이었습니다. 즉, 아버지가 살려 준 신묘한 거북이 딸을 살린 것이죠.

(용녀로도 불림 · 초월적 조력자)

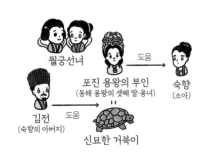

월궁선녀

포진 용왕의 부인　─도움→　숙향
(동해 용왕의 셋째 딸·용녀)　　　(소아)

김전　　　─도움→
(숙향의 아버지)　　　　신묘한 거북이

숙향은 **이슬차**를 마시다가 자신이 천상계에서 지었던 죄를 기억해 냅니다. 숙향은 소아였을 때, 옥황상제 앞에서 태을선군과 글을 주고받았습니다. 감히 상사가 보는 앞에서 연애를 한 거죠. 여기서 그치지 않고 몰래 월연단까지 훔쳐서 태을선군에게 주었네요. 월궁 항아와 옥황상제가 화가 날 만하죠?

그런데 똑같이 죄를 지어 인간 세상에 온 선군은 전혀 다른 상황입니다. 이름은 선이요, 자는 태을로 **낙양 땅 이정**의 아들이 되어 천하의 부귀공명을 누릴 운명이라네요. 숙향은 자신을 구하러 왔던 월궁 선녀에게 따져 묻죠. 왜 똑같은 일을 했는데, 나만 고생하느냐고요. 어쩔 수 없는 일이었습니다. 옥황상제가 선군을 예뻐했거든요. 선녀는 숙향을 위로하며, 연엽주에 태워 선군이 있는 낙양 땅으로 데려다 줍니다. 이 대화 역시 숙향의 머릿속에서 지워집니다. 그들이 준 **동정귤**을 먹었기 때문이죠.

네 번째 액운

낙양 땅에 도착한 숙향은 날이 저물자 어쩔 수 없이 갈대밭에서 잠을 청하는데요. 이때 불이 납니다. 다행히 화덕진군이 나타나 숙향을 구해 줍니다. 갈 곳이 없는 숙향을 거둔 사람은 **낙양 동촌 이화정**에서 술을 파는 **할머니**였는데요. 아주 신묘한 인물이었습니다. 숙향이 지금까지 어떤 일을 당했는지도 모두 알고 있었죠. 할머니 역시 보통 사람은 아닌 것 같죠?

네 번째 액운: 불에 타서 죽을 뻔하다

다음 해 3월 보름날, 숙향은 꿈을 꿉니다. 바로 서왕모의 집에서 옥황상제와 항아 그리고 태을선군을 만나는 꿈이었죠. 꿈속에서 항아는 속 좋게 숙향에게 인사합니다.

"반갑다, 소아야! 그간 인간 세상에서 얼

마나 고생이 많았느냐?"

반갑긴요. 네 번이나 죽을 뻔했는데요. 그런데 숙향이 불평하지 않고 입을 꾹 다물고 있길 잘한 것 같아요. 이 자리가 꽤 중요한 자리였거든요. 항아는 옥황상제에게 숙향의 복록을 정해 달라고 합니다. 다시 말하면 앞으로 수명은 어떻게 될지, 자식은 몇이나 낳게 될지 등을 정하는 자리였어요. 옥황상제는 일흔 살의 수명을 허락하고 훌륭한 아들 둘과 딸 하나를 점지해 주고는 숙향에게 명합니다. 반도 두 개와 계수나무 꽃 한 송이를 옆에 있는 태을선군에게 갖다 주라고요. 그동안 귀로 듣기만 했지, 처음으로 선군과 마주 본 날이잖아요? 선군과 눈이 마주친 숙향은 무척 부끄러워하며 돌아서다가 그만 옥가락지의 진주를 떨어뜨리는데요. 선군이 그 진주를 주워 들자마자 숙향은 꿈에서 깹니다.

타고난 복과 수명

신선의 복숭아 / 태을선군

소아

인연의 증표가 됨

숙향은 꿈의 내용을 수놓아 작품으로 만듭니다. 작품의 진가를 알아본 사람은 **조장**이었습니다. 그는 그림의 속뜻을 알아보고, 천금을 주고 그림을 사죠. 그는 그림에 걸맞은 문장으로 제목을 쓰기 위해 사람을 찾는데요. 다들 눈치채셨겠지만, 제목을 쓰게 될 사람은 바로 인간 세상에 내려온 이선이었습니다.

우연히 이선과 숙향을 이어 주는 존재

태을선군

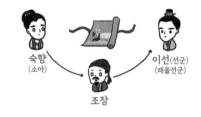

숙향 (소아) → 조장 → 이선(선군) (태을선군)

이선은 **낙양 북촌**에서 병부 상서로 명망이 높은 **아버지 이정**과 부인 **왕 씨 사이**에서 태어났습니다. 이선의 태몽 역시 예사롭지 않았어요. 상서는 꿈에서 태을선군의 절을 받고, 선녀로부터 예언을 듣습니다.

"월궁 소아 이승의 이름은 남양 땅 김성시의 딸 숙향인데 숙향이 이선의 부인이 될 것이다."

이선의 천상계 이름

이선이 숙향과 맺어질 인연임을 암시

이정(이 상서) (이선의 아버지) / 왕씨 부인 (이선의 어머니)

이선(선군) (태을선군)

"숙향이 이선의 부인이 될 것!" / 선녀의 예언

숙향이 천상계 꿈을 꾸었던 3월 보름날, 이선 역시 산천을 구경하다가 **대성사** 난간에 기대어 잠이 들었습니다. 꿈에서 깬 이선은 자신의 손에서 진주를 발견합니다. 그때부터 머릿속에서 소아의 생각이 떠나지 않죠. 그런데 이때 **조장**이 숙향에게서 산 비단 그림을 가지고 이선의

옥가락지에 달렸던 진주를 가리킴

집을 방문합니다. 그림이 수놓아진 비단을
본 이선은 깜짝 놀랍니다. 자기가 꿈에서
본 광경이었기 때문이죠. 이선은 그 자리
에서 비단을 비싼 값에 사고 소아를 직접
찾아 나서기로 결심합니다.

<u>숙향의 천상계 이름</u>

이선은 조장이 알려 준 대로 술 파는 할
머니가 있는 **이화정**으로 갑니다. 그런데
짓궂은 이화정 할미는 이선을 조금 고생시
킬 생각인가 봅니다. 먼저 숙향의 몸이 성
치 않다는 거짓말을 흘립니다. 그래도 이
<u>이화정 할미의 시험 ①</u>
선이 뜻을 굽히지 않으니, 남양 땅 김전의
집에 가 보고, 그곳에 없으면 남군 땅 장
<u>이화정 할미의 시험 ②</u>

승상댁을 찾아보라고 합니다. 착한 이선은 모든 곳을 돌아보고, 자신이 이화정 할미에게 속았
다는 사실을 깨닫습니다.

사실 이화정 할미는 **마고할미**로, 천태산
의 선녀였습니다. 숙향을 위해 천명을 받
고 잠시 인간 세상에 내려온 것이었죠. 드
디어 마고할미의 시험을 통과한 이선은 아
버지 몰래 혼례를 올립니다. 이선을 친자식
처럼 여기는 고모 **여 부인**의 도움을 받아서
<u>이정의 누이</u>
요. 다만 아직 정식으로 이선의 집에 소개

하지는 못했습니다. 여 부인은 나중에 상서가 서울에서 돌아오면 잘 설득해 집으로 데리고 오라
고 조언하죠. <u>다른 본에서는 이선의 고모인 '여 부인'이 이선의 숙모인 '숙 부인'으로 나오기도 함</u>
아들이 몰래 혼인을 했다는 사실을 눈치챈 이선의 어머니는 깜짝 놀라 이 상서에
게 알립니다. 이 상서는 분노했죠. 아들이 자신의 뜻도 묻지 않고, 고아 처지인 상민 여인과 혼
<u>이선의 아버지</u>
인을 하려 했으니까요. 하지만 자신의 누이가 허락한 일이라 대놓고 반대할 수가 없는 처지였
<u>이화정 술집에 살고 있다는 사실 때문임</u>
죠. 골머리를 앓던 그는 몰래 낙양 수령을 시켜 숙향을 제거하기로 합니다.
<u>창기로 오해했을 가능성도 있음</u>
<u>부사라고도 불림</u>

다섯 번째 액운

숙향을 '귀공자를 유혹한 죄인'으로만 알고 있던 부사는 지체없이 그 죄를 묻기로 합니다. 그런데 그때, 부사의 아내인 장 부인의 꿈속에 갑자기 숙향이 나타나 '어머니, 아버지께서 저를 죽이려 합니다. 살려 주세요!' 하고 빕니다. 알고 보니 숙향의 사건을 담당했던 낙양 부사가 숙향의 친아

다섯 번째 액운: 낙양 감옥에서 죽을 뻔하다

장 부인
(숙향의 어머니)

김전
(낙양 수령·부사)
(숙향의 아버지)

숙향
(소아)

여 부인
(이선의 고모)

이 상서(이정)
(이선의 아버지)

버지, 김전이었던 거예요! 하지만 김전과 장 부인은 딸을 알아보지 못하고 여 부인이 나섭니다. 사람까지 해쳐 가며 자신이 허락한 혼사를 뒤집으려는 동생을 괘씸하게 생각한 거죠. 누이가 노발대발하는 모습을 본 이 상서는 숙향을 죽이라는 명령을 거둡니다.

그렇다고 모든 액이 끝난 것은 아닙니다. 이 상서는 아직 포기하지 않았거든요. 그는 숙향을 낙양에서 추방하고, 김전은 계양 태수로 좌천시킵니다. 그리고 이선을 서울로 데리고 와서 숙향을 만나지 못하게 하죠. 숙향은 갑자기 홀로 남습니다. 이선은 그녀에게 편지 한 통만을 부치고 떠난

마고할미 ॥
이화정 할미

숙향
(소아)

청삽사리

이선(선군)
(태을선군)

이 상서(이정)
(이선의 아버지)

장 부인
(숙향의 어머니)

김전
(계양 태수로 좌천)
(숙향의 아버지)

상태고요. 엎친 데 덮친 격으로 마고할미 또한 이 땅에서의 기한이 다 되어 하늘로 올라가게 됩니다. 할미는 청삽사리 한 마리를 남기며, 어려운 일이 있을 때마다 자신의 무덤으로 찾아오라고 당부합니다.

어려운 일은 너무나도 금방 닥칩니다. 숙향이 도적들의 표적이 되거든요. 영리한 청삽사리 덕분에 목숨은 무사했지만 숙향은 자신의 신세가 너무 슬퍼 할미 무덤에서 통곡을 합니다. 이때 이 상서의 부인이 한밤중에 울려 퍼지는 울음소리를 듣습니다. 무덤의 위치가 이 상서댁과 가까웠

도적들

청삽사리

숙향
(소아)

← 극진한 대접 →

이화정 할미 무덤

왕씨 부인
(이선의 어머니)

거든요. 이 상서 부인은 숙향의 이름과 생시를 듣고 아주 극진하게 대합니다. 아들 이선을 낳을 때 선녀가 예언했던 배필의 이름과 완전히 같았으니까요. 이 상서 역시 숙향의 됨됨이를 보고 마음을 바꿉니다. 이선이 장원급제 하여 집으로 돌아오면서, 이선과 숙향, 두 사람의 인연은 드디어 이어지게 됩니다.

하지만 숙향에게는 고민이 있습니다. 아직 부모님과 만나지 못했으니까요. 이선 역시 고민이 많았습니다. 형주에는 도적이 들끓었고, 양왕은 자꾸만 자신의 딸 매향을 부인으로 맞으라며 강요했거든요. 해결 방법은 하나였습니다. 이선은 도적을 잠재울 겸, 양왕을 피할 겸 모두가 꺼리는 형주 자사 자리를 맡습니다.
_{주의 으뜸 벼슬}

매향 (설중매)
양왕 (매향의 아버지)
_{매향의 아버지}
_{설중매의 인간계 이름}
이선(선군) (태을선군)
숙향 (소아)
김전 (계양 태수로 좌천) (숙향의 아버지)
장 부인 (숙향의 어머니)

이선이 형주로 먼저 떠나자 숙향은 그 뒤를 따르며, 자신이 은혜를 입었던 곳을
_{자신이 받았던 은혜에 보답하는 숙향}
모두 찾아갑니다. 첫 번째, 마고할미 산소에 극진하게 제사를 올립니다. 두 번째, **갈대밭**에서 화덕진군을 기리며 제문을 지어
_{이화정 할미}
_{불을 다스리는 신}
제사를 올립니다. 그랬더니 거위 알만 한 **화주**가 술잔에 떨어지죠. **화주**는 불을 때

화주 구슬
장승상댁
이화정 할미 무덤
화덕진군
포진 용왕의 부인 (동해 용왕의 셋째 딸·용녀)

지 않아도 쌀을 저절로 익게 한다는 신이한 구슬이었습니다. 세 번째, 동해 용왕의 딸을 만났던
_{배가 폭풍우를 만나 먹을 것이 없을 때 생쌀을 익혀 사람들이 굶지 않도록 돕는 물건}
포진강도 빠질 수 없죠. 숙향은 배 위에서 용왕께 제사를 올리는데요. 이번에는 오리알만한 **구슬**이 술잔에 생깁니다. 마지막으로 숙향은 **장승상댁**으로 향합니다. 제 속으로 낳은 자식도 아닌데, 아직까지 **장 승상**과 **부인**은 숙향이 죽은 줄로만 알고 제사를 지내고 있었습니다. 숙향은 그 모습을 보고 감동을 받아 자신이 숙향이라며 그동안 있었던 일을 모두 이야기합니다. 그런데 반야산의 도적을 빠뜨렸죠? 숙향은 오랜 시간이 지나 정렬왕비가 되어서야 그를 만나게 됩니다. 기이한 도적 한 명이 오랑캐의 난이 일어난 곳에서 잡혀 오는데요. 숙향은 그를 알아보고 그에게 큰 상을 내리며 은혜를 갚습니다.

숙향이 은혜를 갚느라 바쁘게 움직이는 동안 김전은 새로 부임한 **형주 자사 이선** 덕분에 양양 태수로 일하고 있었습니다. 다시 말해서, 사위가 장인의 벼슬을 높여 준 거죠. 둘 다 서로가 누군지도 모르는 상태에서요. 김전은 자신의 실력을 인정해 준 이선에게 인사를 하러 가기로 합니다.

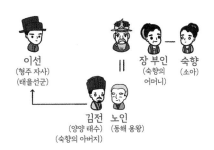

이쯤이면 김전에게도 힌트를 남겨야겠죠? 곧 있으면 딸을 만날 거라고요. 김전은 길에서 한 노인을 만나게 됩니다. 노인은 거북의 아버지, 동해 용왕이었죠. **동해 용왕**은 그동안 숙향이 겪은 고초를 모두 알려 주며 곧 딸을 만날 것이라는 말만 남기고 사라집니다. 멀고 먼 길을 돌아 양양에 도착한 숙향은 드디어 어머니를 만납니다. 두 사람은 서로 나누어 가진 **옥가락지**를 확인하고 기뻐하며 눈물을 흘리죠.

개인적인 어려움이 끝나는가 했더니, 이번에는 나라에 위기가 닥칩니다. 황태후가 유방염을 앓게 된 거죠. 증상이 두루 퍼져 귀와 눈이 멀고 말문마저 막힐 정도로 심각했는데요. 지나가던 도사가 신선의 땅, 봉래산에서 나는 개언초와 천태산의 벽이용 그리고 **서해 용왕**으로부터 계안주를 얻어야 살 수 있다는 말을 남깁니다.

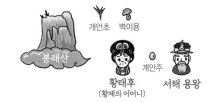

양왕은 자신의 딸 **매향**을 아내로 맞아들이지 않는 이선을 곤란에 빠뜨리기 위해 그를 추천합니다.

"조정에 이선만 한 신하가 없사오니, 이선을 보내 약을 구해 오라 하옵소서."

이선은 물러서지 않습니다. 용감하게 바닷길에 올라 **남해 용왕의 셋째 아들**과 길동무가 되어 어려운 길을 헤쳐 나가죠. **봉래산**에 도착한 이선은 양왕의 딸, **매향**의 비밀을 알게 됩니다. 매향의 천상계 이름은 설중매로 **태을선**

군의 부인이었습니다. 그런데 태을선군은 소아에게 빠져서 설중매를 홀대했습니다. 이 때문에 설중매의 부모였던 능허선생 부부는 매일 소아를 미워했죠. 그래서 능허선생은 이승에서 소아와 부녀지간으로 만나 15년 동안 애를 태워야 했습니다. 설중매는 이승에서라도 태을선군을 보려고 스스로 약수에 빠져 인간 세상에 다시 태어났다고 합니다. 결국 하늘에서 맺어진 인연대로 양왕의 딸 매향은 이선의 두 번째 부인이 됩니다.

어쨌든 이선은 첫 번째 목적지인 봉래산에서 **구루선**을 만나 개언초를 구합니다. 구루선은 개언초 외에도 환혼수와 회환단을 챙겨 주면서 약을 사용하는 법을 알려 줍니다. 숙향에게서 받은 옥가락지를 황태

후 몸에 올려놓으면 썩은 살이 되살아나고, 환혼수를 마시면 혼백이 다시 돌아오며, 개언초를 먹이면 말을 하게 된다고 말이죠. 마지막으로 회환단은 일흔 살이 되는 해에 이선과 숙향을 위해 준비한 약입니다. 다시 신선계로 돌아가게 해 주는 약이에요.

두 번째 목적지, **천태산**으로 간 상서는 벽이용을 찾기 위해 마고선녀를 수소문합니다. 벽이용은 천태산에서 자라는 버섯이었는데요. 마고선녀는 이번에도 역시 꿈으로 이선을 실컷 놀리고 시험하고 나서야 벽이용을 줍니다. 마지막으로, 계안주는 찾

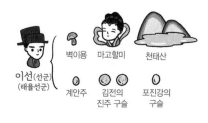

을 필요가 없었습니다. 이미 계안주가 김전과 숙향의 손에 있었거든요! 김 상서가 거북을 살려 줄 때 받은 구슬과 숙향이 포진강에서 제사를 지낼 때 받았던 구슬이 바로 계안주였던 것입니다.

이선이 구해 온 약으로 황태후가 살아나자, 황제는 이선의 충심에 감격합니다. 덕분에 이선은 초왕이 되고, 숙향은 정렬왕비가 되어 행복하게 살죠. 그렇게 나이가들고 일흔 살이 되어, 숙향과 이선은 하늘의 뜻대로 다시 천상계로 올라갑니다.

○——— 나오며

내용이 길지만 탄탄한 이야기 구조 때문에 사랑을 많이 받은 작품입니다. 크게 숙향의 고난과 이선이 황태후를 위해 약을 구하러 가는 여정으로 나뉘면서 풍부한 이야깃거리를 제공합니다. 예를 들어 김전이 동물을 구해 주어 진주 구슬을 받고, 그 구슬이 나중에 계안주가 되는 설정이라든가, 숙향이 꿈속에서 본 장면을 수놓은 작품이 조장의 손을 거쳐 이선의 손에 들어가게 되는 설정은 이야기를 그럴듯하게 만들죠. 황태후의 약을 구하기 위

해 여행을 하다가 능허선생 부부와 설중매의 비밀을 알게 되는 것 역시 흥미롭습니다. 이렇게 구체적으로 천상계가 묘사되어 있고, 인물의 행동이 사건 전개에 중요한 역할을 하기 때문에 비현실적인 내용이지만 마냥 터무니없게 느껴지지 않습니다.

핵심 체크

1 숙향은 다섯 번의 액운을 만나지만 이선의 도움으로 극복했다. **O, X**

2 양왕의 딸 매향은 천상계에서 김전 부부의 딸이었으며, 이선의 부인이었다. **O, X**

3 이선은 황태후를 구하기 위해 선계의 약을 구하러 떠났다. **O, X**

개념 노트

숙향의 조력자들

첫 번째 액운에서는 늙은 도적이, 두 번째 액운에서는 후토부인이, 세 번째 액운에서는 월궁 선녀들과 동해 용왕의 딸이, 네 번째 액운에서는 화덕진군과 이화정 할미가, 마지막 액운에서는 이화정 할미가 남

김전이 구해 주었던 거북

긴 청삽사리와 여 부인이 숙향을 도와줍니다.

1.X 2.O 3.O

⑪ 전우치전 田禹治傳

작자 미상

◦── 들어가며

겉모습을 자유자재로 바꾸는 이야기 속 존재들은 장난스럽고 악동 같은 성격인 경우가 많습니다. 애니메이션 〈모아나 Moana〉에는 '마우이'가, 영화 〈토르Thor〉에는 '로키'가 있다면 한국에는 **전우치**라는 악동이 있죠. 사람들이 이들을 '악마' 가 아니라 '악동'이라고 부르는 이유는 아마도 마냥 미워할 수 없기 때문인 듯합니다. 장난기가 가득한 캐릭터로 사람들의 마음을 사로잡았던 이야기. 그래서 전우치전은 이본이 21종(국문필사본 7종, 국문경판본 3종, 국문활자본 9종, 한문필사본 2종)[3]이 나 됩니다. 이본마다 이야기가 조금씩 다른데요. 이번에는 도승지의 일화가 실린 이본으로 들려 드릴게요. 전체적인 구성은 '기이한 탄생 – 신이한 능력 – 도술의 행적 – 영주산으로 들어감'이라고 볼 수 있습니다.

기이한 탄생 그리고 신이한 능력

고려 말 남서부 땅에 전숙이라는 사람이
운화 선생 · 전우치의 아버지
살았습니다. 원래는 명문가 자손이었지만
조선 인조 때를 배경으로 하는 다른 본에는
산속에 숨어 지내고 있었죠. 그와 함께하
전우치의 아버지가 노비 출신으로 나오기도 함
는 **최씨 부인**은 아름답고 덕이 높은 사람
전우치의 어머니
이었습니다. 자식이 없어 고민하던 두 사
람은 꿈에서 푸른 옷을 입은 동자를 만나
기이한 태몽을 제시하여 인물의 신이성 강조
고 아들을 낳게 됩니다. 보통 푸른 옷을 입

었다는 것은 기이한 인물, 천상계의 인물을 뜻한다고 보시면 됩니다. 자신을 영주산의 선동 仙童
신선계에 사는 어린 신선
이라고 소개한 아이는 **전우치**가 되어 운화 선생의 아들이 되죠. 열 달이 지나고 누가 보아도 아
름다운 옥동자가 태어납니다.

전우치가 처음부터 도술을 쓸 줄 알았던 것은 아니에요. 선동이 나오는 태몽으로 태어난 아
이일 뿐, 별다른 일 없이 자랐죠. 전우치가 신비한 능력을 얻게 된 것은 한참이 지난 뒤였습니

다. 열 살에 아버지를 병으로 잃은 전우치는 아버지의 친구였던 **윤공**을 스승으로 모
<u>전우치의 스승</u>
시며 학문을 배웠는데요. 하루는 서당에 가는 길에 **소복을 입은 여인**을 만나게 됩니다. 열다섯 살이나 열여섯 살 정도 되어 보이는 여인은 대나무 숲에서 소복을 입고 눈물을 흘리고 있습니다. 자세히 보니 얼

굴이 아주 아름다운 여인입니다! 서당에 가는 길에는 급해서 지나쳤는데, 서당 수업을 마치고 집에 돌아갈 때까지 여인이 울고 있습니다. 말을 안 걸 수가 없겠죠?

여인의 사연은 매우 슬펐습니다.

"저는 맹 어사의 딸입니다. 다섯 살 때 어머님을 잃고 계모가 들어왔는데, 계모가 아버님께 거짓으로 저의 죄를 고해 나를 죽이려 합니다. 그래서 밤낮으로 서러워 울면서 스스로 목숨을 끊으려 하나, 차마 하지 못하고 이렇게 울고만 있습니다."

그날부터 전우치는 아름다운 여인에게 빠져 함께 시간을 보냅니다.

전우치의 속내를 꿰뚫어 본 선생님, 윤공이 하루는 이런 말을 합니다.

"네가 돌아가면서 그 여인을 다시 만날 것이다. 여인이 입에 구슬을 머금고 있을 것이니, 그 구슬을 빼앗아다가 내게 보이거라."

전우치는 다시 한번 여인을 만나고 구
<u>신이한 능력을 얻게 되는 계기 ①</u>
슬을 보여 달라며 조릅니다. 그리고 여인이 입속에서 구슬을 꺼내자 자신의 입속에 넣고 돌려주지 않다가 구슬을 삼켜 버립니다. 알고 보니 소복을 입은 여인은 여우가 변신한 모습이었고, 구슬은 여우의 넋이었던 것입니다. 여우의 넋을 삼킨 전우치는 천문과 지리에 통달하게 되고, 72가지의 변화를 부리게 됩니다. 윤공은 '이후의 일들을 조심하라'며 당부하지만, 글쎄요, 과연
<u>전우치의 스승</u>
전우치가 선생님의 말씀을 새겨들었을까요?

도술의 행적

열다섯 살이 된 전우치는 과거에 장원급제를 하고 산천을 구경하며 돌아다닙니다. 여기저기

떠돌아다니던 전우치는 **세금사**와 **성림사**라는 절에 다다르죠. 두 절은 나름 규모가 있었지만 4~5년 사이에 천여 명이나 되는 중이 흩어지고 이제는 네댓 명의 승려만 남았습니다. 전우치는 심상치 않은 기운을 느낍니다. 그도 그럴 것이, 세금사로 올라오는 길에 절벽 위에서 허름한 옷을 입은

노인을 만났는데요. 노인은 오랫동안 이곳에서 전우치를 기다렸다며 끈과 부적 한 장을 건네
<u>구미호에 대항할 무기를 준 조력자</u>
주고는 갑자기 사라졌거든요.

어디에 쓰라는 뜻일까요? 곧 쓸 일이 생깁니다. 전우치는 세금사로 들어가 방에 자리를 잡고 글을 읽는데요. 삼경에 문이
밤 11시에서 새벽 1시 사이
열리더니 아주 고운 여인이 들어옵니다. 눈치가 빠른 전우치는 여인에게 홀린 척합니다. 그리고 합환주를 마시자며 꾀를 부
전통 혼례식에서 신랑 신부가 서로 잔을 바꿔 마시는 술
리죠. 술을 몇 잔 들이켜던 여인은 갑자기

쓰러집니다. 전우치는 이때를 놓치지 않고 여인의 가슴에 붉은 글씨로 진언眞言을 씁니다. 진언
진실을 드러내는 글
이란 주문과도 같아서 만일 아무 흔적이 나타나지 않으면 여우라는 뜻입니다. 역시나 여인은 구미호가 둔갑한 모습이었습니다. 전우치는 노인에게 받았던 끈으로 구미호의 손발을 동여매고 정수리에 송곳을 꽂은 뒤 등에 부적을 붙입니다. 그제야 구미호는 본모습을 드러내고 살려 달라며 애원하죠.

구미호는 자신의 목숨을 구하기 위해 전
신이한 능력을 얻게 되는 계기 ②
우치에게 천서 세 권을 줍니다. 하지만 인
하늘의 계시를 적은 책
간이었던 전우치는 천서에 쓰인 글을 읽을 수가 없었죠. 전우치는 구미호의 도움을 받아 하룻밤 만에 상권을 모두 배웁니다. 기분이 좋아진 전우치는 구미호를 풀어 주는 실수를 저지르죠.

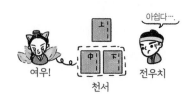

"내 너를 죽여 후환을 없애려고 했으나 도리어 네 은혜를 입었기에 살려 보내 주마. 앞으로 다시는 변고를 일으키지 마라."

구미호가 전우치의 말을 들을 리가 없죠. 부적을 떼자마자 도술을 부려 전우치를 농간합니다. 한번은 윤공 선생님을 등장시켜서, 한번은 어머니가 죽었다는 소식을 전하러 온 유모를 등
<u>구미호가 나머지 천서 두 권을 빼돌린 방법</u>
장시켜서 정신을 쏙 빼놓은 거죠. 구미호는 그 틈을 타서 상·중·하 세 권 중에 중·하 두 권은 도로 빼앗아 갑니다. 아쉽기는 하지만 상권을 통달한 전우치는 이제 술법을 자유자재로 부리는 존재가 됩니다.

전우치는 도술을 마음껏 사용하며 거침없는 행보를 보입니다. 먼저 어머니를 봉양하려면 돈이 필요하다면서 임금을 이용합니다. 전우치는 하늘에서 내려온 선관인
<u>도술 사용: 옥황상제의 권위를 이용해 나라의</u>
척하며 임금에게 황금 대들보를 만들도록
<u>재산을 취하려 함</u> <u>기둥과 기둥 사이를 건너지른 큰 들보</u>
시킵니다. 그러지 않으면 큰 변이 일어날

도술의 행적
황금 들보
의금부 금부도사
선관으로 변신한 전우치
왕

것이라고 겁을 주죠. 그리고 남몰래 황금 대들보의 장식을 팔다가 걸립니다. 하지만 상관없어요. **의금부 금부도사**가 전우치를 잡으러 와
<u>죄인을 검거하고 심문하는 벼슬</u>
도 먹물이 담긴 병에 몸을 숨기는 술법으로 위기를 모면하고, 병째로 임금 앞에 끌려가서도 조롱을 멈추지 않습니다. 화가 난 임금이 병을 산산조각 내지만, 전우치의 모습은 온데간데없고 병 조각들이 임금 앞으로 달려 나옵니다. 조각들이 약 올리면서 이렇게 말하죠.

"소신 전우치 여기 있나이다."

마냥 철없이 굴기만 했던 것은 아닙니다. 전우치는 마음이 참 따뜻한 사람이었거든요. 힘없는 백성이 살인자로 몰리자,
<u>도술 사용: 백성을 도움 ①</u>
죽은 사람으로 변해 진범을 찾아가서 스스로 죄를 고백하도록 만들기도 합니다. 또
호조에서 일하던 선량한 청년이 한 번의
<u>조선 시대에 나라의 세금과 호적을 관리하던 중앙 관청</u>
실수로 큰 빚을 지고 형벌을 받게 될 위기
<u>도술 사용: 백성을 도움 ②</u>
에 처하자 바람으로 변해 청년을 구해 주는 일도 하죠. 아버지 장례 비용이 없어서 슬퍼하는 이
<u>도술 사용: 백성을 도움 ③</u>
에게는 매일 돈이 나오는 그림을 선물하기도 합니다.

억울한 백성
귀신으로 변해 진범 찾아가기
호조에서 일하는 청년 구해 주기
돈 나오는 그림 선물

못된 사람을 응징하는 일도 서슴지 않습니다. 부패한 관리가 부당하게 돼지고기를 빼앗아 가려고 행패를 부리면 돼지에 주술을 걸어 관리를 물어 뜯게 하고요. 사람을 은근히 무시하는 거만한 선비들에게는 고환이 사라지는 도술을 선보이기도 합니다.

도술 사용: 못된 관리를 응징함 ①

도술 사용: 거만한 자들을 응징함

돼지고기 빼앗으려다가
돼지에 물린 탐관오리

고환이 사라진
거만한 선비

전우치

더 이상 전우치를 통제할 수 없었던 조정에서는 선전관 사복시 내승이라는 벼슬을 내려 전우치를 다스리려고 합니다. 사복시라는 것은 궁중의 가마나 말을 관리하는 직책이었어요. 선전관은 당시 기강을 바로 잡는다는 구실로 아랫사람들을 때리고 '허참례'라는 관습을 강요했습니다. '허

가마와 말을 관리하는 벼슬

"여, 여보?"

"선배님~
많이 드세요"

허참례
(후배가 선배에게
음식을 대접하는 관습)

전우치

참례'는 새로 부임하는 벼슬아치가 선배들에게 음식을 대접하는 관습이었어요. 전우치는 호락호락하게 당하지 않습니다. 겉으로는 접대하는 척하면서 꾀를 부리죠.

도술 사용: 못된 관리를 응징함 ②

"아무도 없이 노는 것이 무슨 재미가 있겠습니까? 친했던 계집들을 좀 데려오겠습니다" 하고 여인들을 차례로 데려와 선배들 옆에 앉히는데요. 알고 보니 데려온 여인들이 모두 선전관의 아내들이었습니다. 선전관은 자신의 아내들이 몰래 기생으로 일하는 줄 알고 놀라면서도 누가 알까 봐 말도 못하고 끙끙거리다가 집에 돌아옵니다. 재미있는 사실은 선전관의 아내들은 이 모든 일을 꿈이라고 생각했다는 것입니다.

전우치는 나라가 어려움에 처할 때마다 발 벗고 나서서 도와주지만 결국 모함을 당하고 맙니다. 호서 지방에서 역모를 꾸미던 일당이 잡혔는데 그중 한 사람이 이런 말을 했기 때문이죠.

"전우치를
왕으로!"

왕

역모를 꾸미던
일당

"전우치를 임금으로 삼고자 하였으나 이제 일이 발각되었으니, 만 번 죽어도 애석하지 않습니다."

억울한 누명을 쓰고 포박당한 전우치는 마지막으로 그림을 한 장 남기고 싶다고 부탁합니다.

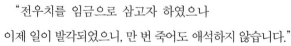

2008학년도 9월 모의

만학천봉에 만 길이나 되는 폭포를 산꼭대기에서 흘러내리게 하고, 시냇가에는 버들가지를
겹겹의 깊고 큰 골짜기와 수많은 산봉우리
늘어뜨린 다음, 그 아래 안장 얹은 나귀를 그립니다. 그리고 임금 앞에서 네 번 절하더니 그림

속으로 사라져 버립니다.

불쌍한 여인을 구함 / 전우치로 변한 타락한 중 / 구미호로 변한 왕연희 / 이무기로 변한 여인

사라진 전우치를 찾기 위해 온 나라가
떠들썩하지만, 잡혀 온 전우치만 360명입
니다. 모두 진짜 전우치도 아니죠. 그중에
는 타락한 중도 있었는데요. 남편을 잃은
여인을 겁탈한 죄를 지었죠. 전우치는 자
결하려던 여인을 구해 주고, 중을 자신의
도술 사용: 못된 중을 응징함
모습으로 변신시켜 붙잡게 만듭니다.

진짜는 어디 있느냐고요? 산속에 숨어 편히 살고 있습니다. 간간이 도술을 부리면서 말이죠.
자신을 죽이려고 하는 도승지 왕연희를 구미호로 변하게 하여 수모를 당하게 하고, 질투 많은
황의 명령을 관리하던 직책
여인인 민 씨를 이무기로 만들어 곤욕을 치르게 합니다. 정말 하고 싶은 대로 하고 살죠? 그런
도술 사용: 자신이 원하는 대로 사용함
데 전우치의 행보에 제동을 거는 사람이 나타났으니, 바로 서화담입니다.

영주산으로 들어감

서화담은 황진이의 유혹을 물리친 인
서경덕
물로 잘 알려진 유학자인데요. 여기에서
는 수준 높은 도술을 자유자재로 사용하는
도인의 성격으로 나옵니다. 서화담은 멀
전우치가 서화담과
리 있는 **운수 선생**에게 전하지 못한 편지
함께 영주산으로 들어가게 되는 원인을 제공한 사건
가 있다며 전우치에게 넌지시 부탁을 하는

서화담과 함께 영주산으로

운수 선생 / 영주산 / 가자 우치야 ♥ / 전우치 서화담

데요. 이때 전우치는 자신이 순식간에 다
녀오지 못하면 다시는 산문山門을 나가지 않겠다며 가볍게 입을 놀리는 실수를 지지릅니다. 전
절의 바깥문
우치는 자신만만하게 보라매로 변신해서 바다 한가운데로 날아갔는데요. 사실 운수 선생이 계
신 곳에는 공중 그물이 있어서 아무나 닿지 못하도록 설계되어 있었습니다. 자신의 어리석음
을 깨달은 전우치는 도망치려 하지만 서화담을 당해내지 못합니다. 그리하여 세상을 떠들썩하
게 했던 전우치는 어머니가 세상을 떠난 후, 서화담의 뒤를 따라 영주산으로 들어갔고 그 뒷일
서화담은 전우치가 요술로 세상을 어지럽히지 않도록 이끎
은 아무도 모른다고 합니다.

⊶—— 나오며

전우치는 착하고 바른 영웅들만 있었던 고전 소설계의
아이돌이에요. 홍길동이나 조웅처럼 어렵게 얻은 도술
을 전쟁이나 남 좋은 일에만 쓰는 영웅들보다 훨씬 더
인간적이라고 할까요? 약자를 괴롭히는 도적이나 관리
들을 약 올리고 임금을 겁주어 금을 빼돌리기도 하고,
자신을 잡으려는 도승지를 구미호로 변하게 해서 골탕
먹이는 장면까지. 아마도 억압받는 당대 사람들이 가진
모든 욕망이 전우치라는 인물의 행동으로 나타난 것이
아닐까 싶습니다.

홍길동&조웅   전우치

1 전우치는 신선의 태몽을 통해 태어난 인물로 날 때부터 신이한 능력을 갖추었다. **O, X**

2 전우치는 도승지 왕연희를 구미호로 변하게 만들어 곤경에 빠뜨렸다. **O, X**

3 나랏일에 관심이 없었던 전우치는 과거에 장원 급제하였으나 벼슬에 오르지 않았다. **O, X**

전우치의 매우 사적인 도술 사용법

전우치는 억울한 사람들을 구하기 위해 도술을 사용하기도 하지만 거만한 선비나, 자신에게 피해를 주는
왕연희 같은 사람을 괴롭히는 일에 도술을 사용하기도 합니다. 이는 전우치가 '개인적인 욕망'을 위해 도
술을 이용했다고 볼 수 있습니다.

1.X 2.O 3.X

⑫ 흥보가 興甫歌

놀보   흥보

"놀보와 흥보의 가문이 원래 종의 집안이었다."
"놀보가 흥보의 부인에게 술타령을 해 보라며 행패를 부렸다."
"흥보는 양반의 겉치레를 포기하지 못했다."

(창본마다 내용이 조금씩 달라요!)

○── 들어가며

〈흥보가〉는 제목부터 굉장히 익숙한 작품이죠? 못된 형이 아우를 박대하고, 쫓겨난 아우는 신비로운 제비의 도움을 받아 가난을 극복하고 결국 형제가 우애 좋게 살게 되는 내용이에요. 그런데 혹시 이런 내용 들어보신 적 있으세요?

> 놀보와 흥보의 가문이 원래 종의 집안이었다.
> 놀보가 흥보의 부인에게 술타령을 해 보라며 행패를 부렸다.
> 흥보가 양반의 겉치레를 포기하지 못했다.

이 모든 이야기가 〈흥보가〉에 들어 있는 내용이에요. 어릴 때 '놀보는 나쁘고, 흥보는 착하다' 정도의 주제만 듣고 자랐기에 모두 생소한 내용일 거예요. 하지만 〈흥보가〉와 같은 판소리는 다양한 장면을 통해 현실을 풍자하고 그 주제가 드러나기 때문에 장면을 하나씩 들여다보아야 합니다. 하지만 부르는 사람에 따라, 지역에 따라 내용이 조금씩 달라지는 것이 바로 판소리예요. 판소리는 크게 동편제와 서편제 그리고 중고제로 나뉘는데요.⁴ 〈흥보가〉 역시 여러 가지 창본이 있기 때문에
경기 · 충청
섬진강 동쪽   섬진강 서쪽의 보성 · 광주 · 나주 등
창본마다 장면이 조금씩 다르다는 점 미리 알아 두시면 좋겠어요. 지금은 정광수 명창의 〈흥보가〉를 주제가 드러나는 **다섯 가지 장면**으로 함께 볼게요.

우선 주인공부터 소개하죠. 옛날에 반남
전라남도 나주시 반남면을 본관으로 하는 한국의 성씨
潘南 박씨 양반 가문에 형제가 살았어요. 형님 **놀보**부터 소개할게요. 놀보의 별명은 오장칠부였습니다. 왜냐구요? 하도 심술이 많아서 오장육부에 심술보까지 더해서 오장칠부라고 불린 거죠. 하는 행실을 보면 별명이 찰떡입니다. 호박에 말뚝 박기, 초
놀보의 못된 성격
상난 데 춤추기, 불난 데 부채질하기. 삼강오륜을 알기는커녕 어른에게 예의 없고 아이에게 함
유교 도덕의 기본이 되는 세 가지 강령과 다섯 가지 도리

반남 박씨 가문,
양반 형제

놀보
삼강오륜도 모르는 사람
오장칠부(오장육부+심술보)

흥보
어른을 공경하고
이웃을 돌보는 착한 사람

부로 하는 욕심꾸러기였습니다. 반대로 아우 **흥보**는 어른을 공경하고 착한 사람이었어요. 이웃
에게 다정하고, 길 가다가 굶주린 사람이 있으면 도왔죠. 이렇게 남의 일만 하느라고 돈 한 푼
<u>흥보의 착한 성격</u>
벌어오지 못합니다.

어느 날 놀보는 흥보를 내쫓습니다. 나
름대로 논리가 있어요. '너는 지금까지 돈
한 푼 못 벌어 왔고, 부모님이 물려준 재산
을 내가 불린 거니까 나가!'라는 거죠. 맨
몸으로 내쫓긴 흥보는 비참하게 구걸하며
살아갈 수밖에 없었어요. 여기저기 구걸하
던 흥보네 가족은 **복덕**福德이라는 마을로

"나가래 돈도 한 푼
못 벌어 온 주제에!"

놀보   흥보   흥보 부인   흥보 자식들

복덕(福德) 마을에 자리 잡음

복과 덕을 누리며 사는 마을이라는 뜻으로 흥보 가족의 빈곤한 삶과 대비되는 이름
들어가죠. 인심 좋은 마을이라 허름한 빈집을 하나 구할 수 있었는데요. 덕분에 겨우 노숙자 신
세를 면할 수 있었습니다. 이런 사정을 뻔히 아는 자식들이지만 아직은 철이 없어요. 노래로 부
모님에게 이것저것 해 달라고 조릅니다. 떡 달라는 둥, 엿을 사 달라는 둥 게다가 흥보 큰아들
은 장가를 보내 달라고 떼를 씁니다. 지금 당장 먹고살 돈도 없는데, 장가를 어떻게 보내겠어
요. 일단 먹을 것부터 해결하기 위해서 흥보는 관청으로 향합니다.

주제가 드러나는 **첫 번째 장면**이죠. 흥보
가 양반으로서의 한계를 드러냅니다.
흥보는 환자를 얻으러 관청으로 향합니
다. 여기서 환자는 춘궁기에 백성에게 곡식
을 꿔 주고 추수 후에 이자를 붙여 돌려받
던 제도 또는 곡식을 말합니다. 그런데 곡
식을 꾸기 위해 관청으로 가면서 양반 치
장을 고민합니다. 얼마나 우스워요. 흥보는

양반 걸치레를 포기하지 못하는 흥보

환자
춘궁기 때 꿔 준 곡식을 추수 때 다시 받음

노당줄   헌 파립(갓)
(당줄: 상투를 묶는 줄)
헌 망건   관자(망건에 달린 고리)
떨어진 부채   끈을 묶어 만든 갓끈
열두 도막 이은 실 띠   곱돌조대(담뱃대)
(허리띠)
헌 베 도포

몇 년 동안 거리에서 노숙했고 지금은 집이 있지만 겨우 비바람이나 피하는 곳이라고요. 그런
데도 양반의 걸치레를 전혀 포기하지 못하죠.

흥보가 들어간다. 흥보 치레 볼작시면, 편자 떨어진 헌 망건 밥풀 관자 노당줄 뒤로 잔뜩 졸라매고,
흥보가 양반 체면 때문에 치장을 포기하지 못하는 모습을 통해 양반의 허세를 풍자함
철대 부러진 헌 파립 벌이줄 총총 매어 조사갓끈 달아 쓰고 떨어진 헌 베 도포 열두 도막 이은 실

띠 고픈 배 눌러 띠고, 한 손에다가 떨어진 부채 들고, 또 한 손에다 곱돌조대를 들고, 그래도 양반 이라고 여덟팔자걸음으로 비스듬하게 들어간다.

전체적으로 거지꼴이라고 해도 손색이 없겠네요. 그렇게까지 갖춰 입을 필요는 없는데도, 양반 체면에 모든 격식을 갖추려고 하는 흥보의 한계가 보이죠?

두 번째 장면, 흥보는 또다시 양반의 권위를 포기하지 못하는 한계를 드러냅니다.

'내가 아무리 궁핍을 걱정하는 남자가 되었을망정 반남 박가 양반인데 호방 을 보고 하대를 하나 존대를 하나? 아 서라, 말은 허되 끝은 짓지 말고 웃음으 로 얼버무릴 수밖에 없다.'

지방 관아의 벼슬

부탁하는 처지임에도 양반의 권위를 생각함

양반의 권위를
포기하지 못하는 흥보

환자   호장   매품팔이

'존대를 해야 하나
하대를 해야 하나…'

흥보

쫄쫄 굶는 상황에서도 양반으로서의 자존심을 굽히고 싶지 않은 거죠. 여기서 호장은 흥보 에게 품팔이를 해 보는 것이 어떠냐고 제안하죠. 그리고 선금으로 차비 다섯 냥을 받아 옵니다.

각 고을의 벼슬아치 밑에서 일하는 사람들 가운데 우두머리

품삯을 받고 남의 일을 해 주는 일

바로 **세 번째 장면**으로 이어집니다. 바로 매품팔이 대목이죠.

우리가 발품 판다고 하죠? 품은 노동이 란 말이에요. 그런데 이 품이 어떤 품이에 요? 매품이에요. 좌수 대신 곤장 열 대를 맞고 서른 냥을 받는 일이었습니다. 흥보 는 좋다고 일거리를 받아 왔지만 흥보의

돈이 있으면 죄를 지어도 다른 이가 대신 벌을 받는

세태가 반영됨

매품팔이 대목

환자

흥보 부인

좌수 대신 곤장 열 대!

매품팔이

흥보

부인은 이 소식을 듣자마자, 울면서 절대 안 된다고 합니다. 곤장 열 대라면 사람이 죽을 수도 있으니까요.

"가지 마오 가지 마오, 불쌍한 영감, 가지를 마오! 병영 영문 곤장 한 대 맞고 보면 죽도록 골 병 된답디다. 여보 영감 불쌍한 우리 영감, 가지를 마오!"

다행히 홍보는 곤장을 맞지 않습니다.
그 자리마저 몰래 빼앗은 사람이 있었거든
요. 홍보 부인이 우는 소리를 들은 옆집 **꾀**
수 애비가 먼저 곤장을 맞고 돈을 받아 갔
답니다.

꾀 : 매품 자리조차 경쟁해야 하는 세태가 반영됨

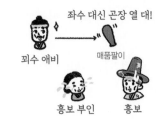

좌수 대신 곤장 열 대!

꾀수 애비   매품팔이

홍보 부인   홍보

참 이상하죠? 매는 누가 맞는 거죠? 잘
못한 사람이 맞아야죠. 그런데 죄지은 사
람이 돈을 주고 매를 대신 맞을 사람을 구합니다. 빈민층은 이것도 기회라고 덥석 매를 맞겠다
고 하고요. 여기에서 **물질만능주의, 배금주의가** 팽배했던 당시 시대상을 볼 수 있습니다.

배금주의 : 돈을 최고로 여김

네 번째 장면, 선한 홍보를 기이한 승려
와 제비가 도와줍니다.

결국 배고픔을 참지 못한 홍보는 놀보
를 찾아갑니다. 말씀드렸죠? 놀보는 성미
가 고약하다고요. 남이 이렇게 빌면 더 안
주고 싶어 하죠. 홍보는 매만 실컷 맞고 형
수에게 도움을 청해 보지만 놀보의 부인은

기이한 승려와 제비의 도움

놀보 부인   놀보   홍보

더 무서운 사람이었습니다. 주걱으로 홍보의 뺨을 후려치죠. 여러분 이 시기의 주걱은요, 보통
주걱이 아니에요. 가마솥에서 밥을 푸는 주걱입니다. 얼마나 크고 단단했겠어요? 요새의 주걱
과는 비교가 안 되죠. 놀보의 집을 나서는 홍보는 마치 강도 떼에게 얻어맞은 몰골처럼 됩니다.
그 모습으로 집에 오니, 홍보의 부인이 모르겠어요? 서러워진 두 사람은 스스로 목숨을 끊으려
다가 한바탕 통곡을 합니다.

그때, 갑자기 지나가던 승려가 시주를
구합니다. 아니, 보는 눈도 없나, 돈도 없는
홍보에게 무슨 시주예요? 승려는 가만히
홍보의 사정을 듣더니 부귀를 불러오는 땅
을 홍보에게 가르쳐 주고, 집터를 잡아 준
뒤 갑자기 사라집니다. 초월적인 존재였
던 거죠. 정광수 창본에서는 도승이 와서

도승 : 겨울을 나도록 도와준 기이한 승려

"여기가 좋은 집터!"

승려   홍보 부인   홍보

집터를 다시 잡아 주는 내용이 들어가 있어요. 덕분에 흥보는 극심한 가난 속에서도 목숨을 잃지 않고 살게 되고, 제비도 만나게 됩니다. 약간의 개연성이 가미되었다고 할까요? 만약 도승이 없었다면 흥보는 겨울을 날 수 있었을까요? 아니죠. 얼어 죽었겠죠. 흥보는 혹독한 겨울을 도승의 도움으로 버티면서 봄을 맞을 수 있었고, 덕분에 은혜 갚는 제비를 만납니다. 다시 말하면, 이야기 속에서야 기이한 존재들이 도움을 주지만 실제로는 흥보와 같은 처지의 가난한 사람들이 쉽게 목숨을 잃었을 것임을 알 수 있어요.

봄이 되고, 제비가 흥보네 집에 둥지를 틀더니 새끼를 낳고 잘 삽니다. 그러던 어느 날, 대망大蟒 한 마리가 제비집을 습격
_{큰 구렁이}
해서 새끼를 공격합니다. 여섯 마리 중에 다섯 마리나 잡아먹히고, 한 마리는 다리가 부러진 채 거의 죽을 뻔했죠. 마음이 착한 흥보는 오색 실을 가지고 와서 제비 다

흥보 제비   흥보 흥보 부인

_{다친 제비를 정성껏 돌보아 주는 착한 흥보}
리를 묶어 주고 정성스럽게 돌보아 줍니다. 시간이 지나고 날이 쌀쌀해지는 9월이 되자 제비는 먼 길을 떠나게 됩니다.

여기서 재미있는 부분이 나옵니다. 바로 제비 세상의 모습이죠. 여러 나라에서 살던 제비들은 9월 그믐에서 10월 초에 장수에게 현신現身하는데요. 쉽게 말하면 자신의
_{아랫사람이 윗사람에게 예를 갖추어 자신을 보이는 일}
상사에게 첫인사를 드리러 가는 때입니다. 제비 세상에도 서열이 있었나 봐요. 장수
_{장군}
는 절뚝거리는 박흥보 집의 제비를 보더니

흥보   보은포 박씨   흥보 흥보 부인
제비   (은혜를 갚는 박씨)

사연을 묻습니다. 흥보의 착한 행실을 말하니, 장군은 다음 해 2월에 길을 떠날 때, 보은포報恩匏
_{은혜를 갚는 박씨}
박씨를 하나 내줍니다. 한달음에 날아온 제비는 흥보를 보더니 이렇게 말합니다.

지지지지 주지주지 거지년지 래우지배오 낙지각지

知之知之 主知主知 去之年至 來又之拜오 落之脚之

절지연지 은지덕지 수지차로 함지포지 래지우지배오

折至燕之 恩至德之 酬之次로 含之匏之 來之于之拜오

마치 '지지배배' 하는 제비의 울음소리를 흉내 낸 것처럼 들리지만, 사실은 '아시는지요, 아시는지요, 주인님. 지난해에 갔던 제비가 다시 돌아와 인사를 드립니다. 떨어져서 부러진 다리를 이어 주신 은혜를 갚으려고 박씨를 물고 와서 인사드립니다'라는 뜻이에요. 진짜 재밌죠?

홍보 앞에 떨어진 박씨를 발견한 부인은 '보은포'라는 글자를 보며 일단은 박씨를 심어 보기로 합니다. 시간이 흐르고 박이 자라자, 가난에 허덕이던 홍보는 박을 타고 합니다. 속은 끓여서 박죽으로 먹고 바가지는 팔기로 한 거죠.

홍보　홍보 부인

진귀한 약들　보은포　홍보 제비
돈과 쌀이 나오는 궤　(은혜를 갚는 박씨)

첫 번째 박을 타자, 푸른 옷을 입은 동자가 나오며 묻습니다.

"이곳이 홍보 씨 댁인가요?"

홍보는 깜짝 놀라죠. 동자는 홍보에게 자신은 삼신산의 신선이 보내온 동자라고 소개를 하고, 여러 약을 선물하러 왔다고 말합니다.

권선징악: 홍보가 받는 상 ①
죽은 사람을 다시 살리는 술, 눈을 뜨게 하는 약, 말을 하게 되는 약, 귀가 열리는 약, 병이 없
환혼주　　개안초　　능언초　　천태산 벽이초　만병초
게 만드는 풀, 늙지 않게 만드는 풀까지 여러 약이 들어 있습니다.
불로초

그리고 동자가 사라진 박 속을 보니까 궤가 두 개 있어요. 역시 보통 궤가 아니에요. 한 궤에서는 쌀을 퍼도 퍼도 끝이 없이 나오고, 다른 한 궤에서는 돈을 써도 써도 계속 나옵니다.
권선징악: 홍보가 받는 상 ②

두 번째 박에서는 온갖 비단이 나옵니
권선징악: 홍보가 받는 상 ③
다. 게다가 온갖 가구와 이불, 그릇까지!
세간이 다 나와요. 신이 난 두 사람은 예쁜
집안 살림에 쓰는 물건
비단으로 서로 치장을 합니다. 홍보 부부
너무 귀여워요.

그리고 마지막 박을 타죠. 그랬더니, 연
장을 손에 쥔 사람들이 안개 속에서 나오
권선징악: 홍보가 받는 상 ④
더니 퉁탕거리며 순식간에 기와집 한 채를

홍보　홍보 부인

비단 옷감들　대궐 같은 집
세간살이(가구, 이불, 그릇)

떡하니 짓습니다.

이렇게 부자가 된 흥보를 질투하는 사람이 있었으니 바로 놀보였습니다.

흥보 제비

권주가(술 권하는 노래)를 부르라니, 웃기고 있네!

놀보   흥보   흥보 부인

놀보는 흥보에게서 부자가 된 과정을 듣게 되는데요. 바로 제비 다리 고쳐 주기였습니다. 놀보는 여전히 흥보가 미운가 봐요. 놀보는 마음을 못되게 먹고, 흥보의 부인을 비아냥거리는데요. 술상을 내온 흥
<u>아우가 잘되는 모습을 배 아파하는 못난 놀보</u>
보의 부인에게 기생에게나 시킬 법한 권주가를 한번 부르라는 것이었습니다. 솔직히 여러분이 흥보 부인 같으면 술상 차려 오고 싶겠어요? 저였으면 내 집에 발을 들이기도 전에 주걱으로 쳐서 벌써 내쫓았어요. 어쨌든 흥보의 부인도 저랑 같은 마음이었나 봐요. 화가 나서 술잔을 공중에 내던지며 쏘아붙입니다. 독자들은 이 대목에서 십년 묵은 체증이 다 내려가죠.

"여보 시숙님, 여보 아주버님, 제수더러 권주 하라는 말은 세상 어디 가서 보았소. 나도 이
<u>아우의 아내</u>
제는 쌀과 돈이 많이 있소. 돈과 쌀 있다고 너무 뻐기지 마오. 추운 겨울날 자식들을 앞세우고 구박당하여 나오던 일은 죽어서도 못 잊겠소. 보기 싫소. 어서 가시오."

무식하고 욕심 많은 놀보는 기어이 제비 다리를 부러뜨려 박씨를 받아 냅니다. 박씨에는 갚을 보, 원수 구, 바람 풍 자를 써서 보구풍報仇風이라는 글자가 적혀 있었죠. 원수 갚을 바람이라는 뜻이었습니다.

"재앙인 것 같은데…"

놀보 부인   놀보

원수를 갚는 박씨

놀보 제비

놀란 놀보의 아내가 박씨를 버리려 하지만, 놀보는 이미 재물에 눈이 멀어 박을 심고 기다립니다. 놀보의 기대에 부응이라도 하듯이 아침에 심은 박은, 오후가 되더니 눈에 띄게 굵어지기 시작합니다. 어유, 말도 안 되게 빨리 자랐네요. 그만큼 제비가 복수를 빨리하고 싶었나 봐요.

이때 놀보의 부인이 한 번 더 경고합니다.

"이것 급히 빼 버리오. 은나라 상상곡처럼 아침에 났던 것이 저녁에 커서 열매가 된 것은 요
<u>은나라 태무 때 뽕나무와 닥나무가 대궐 뜰에 나서 하룻밤 사이에 갑자기 자랐다는 기록이 있음</u>
물이라 하였으니, 정녕 재변이오!"
<u>재앙</u>

박이 자라는 기세가 진짜 무서워요. 여기저기 집 안 세간에 줄기를 뻗치면서 집을 무너뜨리기 시작하죠.

놀보는 집이 무너져도 아랑곳하지 않고 다섯 개의 박을 타기로 합니다. 드디어 **다섯 번째 장면**입니다. 욕심 많은 사람은 벌을 받죠. 놀보의 최후입니다.

놀보의 최후

놀보 부인　놀보　　－7천 냥　　원수를 갚는 박씨

놀보의 할아버지(덜렁쇠)의 상전

첫 번째 박에서는 놀보의 할아버지가 모시던 상전이 나옵니다. 알고 보니까, 놀보의 할아버지 '덜렁쇠'는 신분이 종이었어요. 그런데 주인이 과거를 보러 간 사이에 주인의 재산을 모두 도둑질해서 양반 행세를 하고 살았던 거예요. 사실은 양반도 아니었던 거죠. 상전은 무섭게 놀보를 꾸짖으면서 7천 냥을 바치도록 요구합니다. 시작부터 벌써 돈을 뜯기네요.

권선징악: 놀보가 받는 벌 ①

두 번째 박에서는 사당패가 나와서 수천 냥을 달라고 하죠. 여기서 사당패는 공연을 하며 돌아다녔던 극단입니다. 놀보는 또 돈을 뜯기네요.

권선징악: 놀보가 받는 벌 ②

세 번째 박에서도 마찬가지입니다. **각설이패며, 풍각쟁이 초라니패**가 판을 벌이고

춤과 노래, 기예 따위를 팔아서 생계를 유지하였던 패거리

대가를 요구합니다. 집문서까지 다 잡혀서 5천 냥이래요. 놀보가 여기서 그만두었으면 좋았으련만, 도박하는 심정이랄까요? 고집 센 놀보는 돈을 쓰면 다시 돌아오기 마련이라며 계속 박을 탑니다.

권선징악: 놀보가 받는 벌 ③

놀보 부인　놀보　　－수천 냥　　원수를 갚는 박씨

사당패　각설이패 풍각쟁이 초라니패

네 번째 박에서 나온 상여꾼은 명당터 값으로 3만 냥을 받아갑니다. 이 정도 상황이 되니까, 놀보도 포기를 하긴 해요. 톱질꾼들에게 남은 박을 버리라고 하죠. 하지만 세상이 어디 그리 호락호락하던가요? 마지막 다섯 번째 박은 저절로 열립니

묘지까지 관이나 시체를 나르는 사람

권선징악: 놀보가 받는 벌 ④

놀보 부인　놀보　　－3만 냥　　원수를 갚는 박씨

상여꾼 명당터 값 요구

다. 그리고 무시무시하게 생긴 장비가 나와 호통을 치기 시작하죠.

촉나라의 장군 · 유비, 관우와 의형제   권선징악: 놀보가 받는 벌 ⑤

"놀부 네 이놈, 내가 원래 제비턱이라 제비를 좋아하는데, 너 이 녀석 제비 말을 들어 보니,

밑이 두툼하고 널찍하게 생긴 턱

멀쩡한 다리를 꺾었다며? 내가 성미가 좀 불꽃 같거든. 그래서 제비 왕께 자원하고 너 죽이러

여기 왔다. 어서 목을 바치거라!"

놀보는 놀라서 그만 기절하고 맙니다.
이렇게 간도 작으면서 지금까지 나쁜 짓은
어떻게 했대요? 다행히 이 모습을 본 놀보
의 마당쇠가 흥보에게 소식을 전하러 가지
요. 후다닥 달려온 흥보는 장비 앞에 엎드
려서 빕니다. 장비는 흥보의 모습에 감동
을 받아서 떠나고, 기절했던 놀보는 깨어

주제: 형제 간의 우애와 권선징악

난 뒤 흥보에게 사죄하고 사이좋게 지냅니다.

○── **나오며**

〈흥보가〉의 주제는 크게 세 가지라고 할 수 있습니다.
먼저 첫 번째와 두 번째 장면을 통해서, 양반의 허례허
식을 보여 주고 이를 비판하죠. 세 번째 매품팔이 대목
에서는 물질만능주의가 팽배한 조선 후기 사회의 모습
을 지적했습니다. 네 번째와 다섯 번째 장면에서는 착
한 흥보는 상을 받고 나쁜 놀보는 벌을 받죠? 권선징
악의 주제를 드러냈다고 볼 수 있습니다.

1 흥보는 매품을 팔러 가려다가 아내의 만류로 그만두었다. **O, X**

2 놀보는 흥보가 부자가 된 것을 보고 찾아가 직접 그 방법을 물었다. **O, X**

3 흥보는 양반으로서 지켜야 할 도리와 격식을 포기하지 못했다. **O, X**

 **개념 노트**

<u>놀보와 흥보는 천민?</u>

놀보가 박 타는 대목에서 나오는 내용은 소개해 드린 정광수 창본에만 해당되는 내용이에요. 남원문화원의 〈흥보가〉에 따르면, 놀보가 박을 탈 때 노승과 무당 그리고 째보가 나옵니다. 또 다른 창본에서 놀보는 천민이지만 흥보는 양반으로 나오는 경우도 있죠. 이런 경우에는 놀보는 신흥 자본 계층을 상징하는 인물로, 흥보는 몰락하는 양반을 상징하는 인물로 설정되어 있다고 보면 됩니다. 〈흥보가〉는 여러 지역에서 불렸던 만큼 내용이 다양하니, 조금 다른 내용이 있어도 놀라지 마세요!

선천적으로 입술갈림증이 있는 사람

1.X 2.O 3.O

⑬ 성조成造풀이

10분의 문학

작자 미상

성조풀이: 성조는 어떻게 태어났고, 어떻게 신이 되었는가

들어가며

과거에 우리 조상들은 이사를 하거나 새로 집을 지으면 굿을 했습니다. 요새는 굿을 한다고 이야기하면 미신에 빠진 사람처럼 보거나, 공포스러운 분위기를 떠올리는 사람들이 많은데요. 아마도 매체에서 악귀와 관련된 굿을 자극적으로 연출하면서 이러한 인식이 굳어진 것 같습니다. 하지만 굿이라는 것은 전통 의례이고, 굿을 하며 부르는 무가(굿을 할 때 무당이 부르는 노래)는 신의 이야기로서 전통적인 가치가 높은 예술입니다. 〈세경본풀이〉와 〈바리데기〉 역시 무가로 분류되는데요. 각각 농사의 신과 영혼을 이끄는 신이 된 일대기를 담고 있습니다. 그렇다면 오늘 함께 볼 〈성조풀이〉 역시 집을 보호하는 신인 성조신이 '어떻게 태어났고 어떻게 신이 되었는지', 그 내력을 풀이한 무가이겠죠?

기이한 탄생

성조신(집을 보호하는 신)은 아주 오래전에 태어났습니다. 그 시간을 묘사하기 위해 구체적인 예시들이 나열되는데요. 예를 들어, '헌원씨(중국 전설의 제왕) 뒤에 나시어/높은 산의 나무를 베어/서너 척의 배를 만들어/만경창파에 띄워 놓고'와 같이 고대 중국 황제들과 중국 창세 신화에 나오는 신들의 업적이 등장합니다. 그때 그 시절에 성조신은 **서천국**(지금의 인도 땅)에서 태어났습니다. 그의 아버지는 **천궁 대왕**이고 어머니는 **옥진 부인**이었죠. 부부는 늦은 나이임에도 자식이 없어 슬퍼하고 있었습니다. 점쟁이는 부부에게 선한 마음으로 공덕을 드리라며 귀띔을 해 줍니다.(기이한 탄생: 부처께 간절히 빌어 얻은 자식) 옥진 부인은 그때부터 열심히 운문사雲門寺(절 이름)에 찾아가 지성으로 공을 드리죠.

어느 날 부부는 세 번 꿈을 꿉니다. 첫 번째 꿈에서는 검정새 두 마리가 푸른 벌레를 물고 베개 좌우편에 앉아 있고, 국화꽃 세 송이가 베개 위에 피어납니다. 꿈을 해몽하는 사람에 따르면, 이 꿈은 천궁 대왕과 옥진 부인의 운수와 혼령을 뜻하는데요. 푸른 벌레 두 마리는 부부 사이가 아주 좋은 것

검정새와
국화꽃 세 송이

삼태육경 자미성
금쟁반과 붉은 구슬

삼신제불

옥진 부인

천궁 대왕

을 뜻합니다. 국화꽃 세 송이는 이 나라에 삼태육경이 태어날 꿈이었어요. 다시 말하면 높은 벼
정승과 판서처럼 높은 벼슬을 가리킴
슬을 할 만한 인재가 태어난다는 거죠. 두 번째 꿈에서는 앞에서 말한 **삼태육경 자미성**이 부인에
천자의 운명과 관련된 별 이름
게 내려옵니다. 그리고 금쟁반에 붉은 구슬 세 개가 구르죠. 여기서 자미성은 북두칠성을 이루는
천궁 대왕
별 중의 하나인데요. 하느님이 거처하는 별자리라고 알려져 있습니다. 이는 삼신제불이 대왕에
사람의 수명과 자손을 관장하는 신. 삼신제석이라고도 함
게 아기를 점지하겠다는 말이죠. 그러니 다음에 나오는 붉은 구슬은 왕자가 태어난다는 의미
로 해석됩니다.

마지막 꿈에서는 도솔천의 왕이 학을 타고
불교 세계관에 속한 하늘의 이름으로 미륵보살이 사는 곳
와서 자식의 이름과 별명을 정해 줍니다. 이
름은 '**안심국**', 별명은 '**성조씨**'였죠. 해몽
을 모두 합치면 '안심국'이라는 이름을 가
질 왕자가 부부 사이에 태어날 텐데, 그는
하늘이 내려준 인물로 삼태육경과 같은 인
재가 될 상이었죠. 열 달이 지나고 태어난

"안심국 성조씨"

도솔천 왕

옥진
부인

천궁
대왕

왕자는 빼어난 얼굴에 풍채가 두목지입니다. 두목지는 당나라 말기의 멋쟁이 시인인데요. 시도
잘 쓰는데 얼굴도 얼마나 잘생겼는지 그가 술을 마시고 수레를 타고 지나가면, 기생들이 귤을
취과양주 귤만거醉過揚洲 橘滿車
던져 수레가 가득 찰 정도였다고 합니다.

아이가 태어나면 부모 마음은 다 같나
봐요. 부인은 아직 몸도 힘들 텐데 관상객
사람의 얼굴 생김새를 통해 운명을 읽는 사람
을 시켜 아이의 관상을 풀어 봅니다.
　"이마가 높으니 어려서 이름을 떨치고,
코끝이 높아 부귀공명이 따르고 양미간이

"귀양 갈 팔자!"

옥진
부인

천궁
대왕

아기 성조씨

관상객

깊어 부인을 박대하고, 앞이마의 왼쪽과 오른쪽 부분이 낮으니 18세에 산도 없고 사람도 없는
_{성조의 미래를 예견}
곳에 3년 귀양을 갈 팔자입니다."

이 말을 듣고서 옥진 부인이 얼마나 슬펐겠어요. 귀하디 귀한 아들이 멀리 떠날 운명이라니요!

뛰어난 능력: 어릴 때부터 총명함

성조는 걱정과 다르게 올바르게 자랍니

다. 두 살에는 씩씩하게 걸어 다녀 못 갈

곳이 없었고요. 세 살에는 말을 하는 솜씨

가 소진과 장의 저리 가라네요. 네 살에는
_{중국 전국 시대에 활동했던 정치가로 말솜씨가 빼어났음}
예의를 알고, 다섯 살에는 마치 귀가 예민

한 사광처럼 들으면 모르는 것이 없을 정
_{중국 진나라의 음악인}
도로 총명했습니다. 그러니 열다섯 살에는

옥황상제에게 받은 솔씨

지하궁

더욱 명석해집니다. 하루는 성조가 지하궁을 내려다보더니, 인간들이 먹고살기는 넉넉하지만
_{인간이 사는 세상 · 지하국이라고도 함}
더위와 추위를 피할 집이 없다는 것을 발견합니다. 성조는 인간들을 돕고 자신의 이름을 남기
_{인간들에게 집을 지어주게 되는 계기}
고 싶어 집을 짓기로 합니다. 그런데 쓸 만한 나무가 없네요? 어떤 나무는 산신이 깃들어 있고,

어떤 나무는 당산을 지키는 나무이고, 어떤 나무는 까마귀와 까치가 집을 지어 놓고 사는 나무
_{마을의 수호신이 머무는 언덕}
이고, 어떤 나무는 국수를 지키는 나무입니다. 그러나 성조는 포기하지 않았습니다. 그는 옥황
_{신을 모시는 사당으로 국사당 또는 성황당으로 불림}
상제에게 간청하여 솔씨를 받아 내고, 솔씨를 지하궁의 산에 뿌립니다.
_{소나무 씨앗}

어느덧 성조는 열여덟 살이 됩니다. 분

명히 관상객이 말했어요. '18세에 산도 없

고 사람도 없는 곳에 3년 귀양을 갈 팔자'

라고요. 하지만 대왕과 부인은 관상객의

예언조차 잊고 성조의 부인감을 고르는 데

정신이 팔립니다. 마침 **황휘궁의 공주**가 마

땅하다는 말을 듣고 **계화 공주**를 성조의

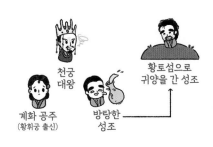

천궁
대왕

황토섬으로
귀양을 간 성조

계화 공주
(황휘궁 출신)

방탕한
성조

아내로 맞아들입니다. 그런데 이때 성조는 술과 여자에 정신이 팔려, 계화 부인을 점점 박대합
_{관상객의 예언과 동일}
니다. 네다섯 달이 지나니 더 이상 눈을 뜨고 봐 줄 수 없는 지경에 이르죠. 간신은 임금 앞에서
_{임금에게 잘못된 일을 바로잡으라고 조언하는 신하}
왕자를 처벌할 것을 요구합니다. 예언대로, 성조는 황토섬에 3년을 갇히게 됩니다.
_{서천국의 귀양지}

섬으로 들어간 성조는 깊이 뉘우치며 시간을 보냅니다. 그런데 3년이 지나고, 4년이 다 되어 가는데도 고국에서는 돌아오라는 소식이 없습니다. 먹을 것도 떨어지고 입을 것도 부족한 성조는 소나무 껍질을 벗겨 먹고 해초와 산나물을 캐어 먹으며 연명하게 됩니다. 마치 산짐승처럼 온몸에 털까지 나죠.

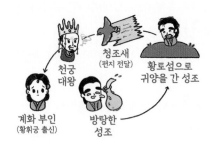

천궁
대왕

청조새
(편지 전달)

황토섬으로
귀양을 간 성조

계화 부인
(황휘궁 출신)

방탕한
성조

귀양지에서의 비참한 삶

봄이 오고 청조새가 성조 앞에 나타납니다. 여기서 청조새는 원래 서왕모의 먹을 것을 마련해 준다는 전설 속의 새인데요. 이 작품에서는 성조의 편지를 전달하는 존재로 등장합니다. 성조는 자신의 관대 자락을 찢어서 혈서를 씁니다. 계화 부인에게 마음을 전하기 위해서였죠.

전설 속의 파랑새

옛날에 벼슬아치들이 공식적인 자리에 입던 옷   성조의 부인

계화 부인은 청조새가 전해 준 편지를 받자마자 얼른 옥진 부인에게도 편지의 내용을 전합니다. 이때 옥진 부인은 아들을 그리워하는 마음에 몸져누워 있었거든요. 대왕은 편지를 읽고 바쁘게 배를 보내 아들을 구합니다. 읽다 보면 이런 생각이 들죠?

성조의 어머니

성조

천궁 대왕

천궁
대왕

옥진
부인

성조

황토섬으로
귀양을 간 성조

계화 부인

"왜 3년이 지나자마자 바로 아들을 데리고 오지 않았을까?"

글쎄요. 여기에서는 그 이유가 자세히 나오지 않습니다. 하지만 옥진 부인이 울면서 '대왕님도 무정하고/조정 간신 무심하다' 하고 말하는 것으로 보아 아마도 대왕은 조정의 눈치를 보느라 데려오지 못한 것이 아닐까 싶습니다.

드디어 금부도사는 성조를 구합니다. 궁으로 돌아온 성조는 계화 부인과 화해를 하고 아들 다섯 명과 딸 다섯 명을 낳아 행복하게 삽니다. 성조의 나이는 어느덧 일흔 살이 됩니다. 그리고 과거에 자신이 지하궁에 심어 둔 소나무 씨를 떠올리

죄인을 검거하고 심문하는 벼슬

성조의 부인

인간이 사는 세상 · 지하국이라고도 함

성조신과 자식들

죠. 그사이 나무가 무럭무럭 자라서 숲이 되었습니다. 성조는 아들과 딸을 거느리고 온갖 연장을 준비합니다. 도끼, 자귀, 톱, 집게, 망치, 끌, 칼, 대패, 송곳, 괭이, 호미, 낫, 못 이렇게 수많은 연장을 갖추어 놓고 33명의 목수를 골라

집을 지을 때 필요한 도구들

집 지을 나무를 준비하도록 하죠.

들보
주춧돌
패철
성조신과 자식들

준비를 마친 성조는 마치 우리의 조상들처럼 천지성신께 제사를 올립니다. 그리고 백성들을 위해 정성스럽게 집을 한 칸 짓죠.

우리나라 민속 신앙의 신령

집의 기반이 되는 돌   사람이 갖추어야 할 도리   세상의 모든 현상을 음양으로 표현한 것

오행에 따라 주춧돌을 놓고, 인의예지 기둥을 세워, 삼강오륜으로 들보를 얹고, 팔패로 서까래 걸어 집을 만들고, 패철을 놓아 동서남북으로 재해를 막을 수 있도록 합니다.

우주 만물의 원리   좋은 집터를 잡기 위한 나침반   유교 도덕의 기본   기둥 위에 놓여 집을 떠받치는 나무
지붕의 판과 추녀가 되는 구조물

집 주위로는 사신도에 등장하는 신의 이름을 가진 산들이 보이죠.

청룡·백호·주작·현무를 그린 그림

동편에는 **청룡산**이 있어 **화재의 신**을 막아 내며 곳간이 가득 차게 하고, 남편에는 **주작산**이 보이도록 해서 관재구설, 즉 음흉한 소문에 시달리는 것을 막아 줍니다. 서편에는 **백호산**을 두어 자식들이 튼튼하

공적인 일과 관련한 재판과 소문

고 올바르게 자라도록 하고, 북편에는 **현무산**을 두어 경제적으로 풍요로워지도록 하죠. 이렇게 성조는 인간 세상에 내려와 수많은 백성에게 집을 지어 주며 집을 지키는 수호신이 됩니다. 무가의 마지막은 성조신이 집에 오시기를 간절히 비는 것으로 끝이 납니다.

보통 성조신의 내력을 풀이하는 무가는 집을 짓거나 이사할 때 부르기 때문에 성조신이 새로운 집에 오시기를 바라며 끝남

> **여하해지성덕**如河海之聖德**이요,**
>
> 큰 강과 바다 같은 성스러운 덕이요,
>
> **여태산지보공**如泰山之報功**이라.**
>
> 갚아야 할 공이 태산과도 같아라.
>
> **근축성조**謹祝成造**는 상량**上梁**에 응접**應接**하옵소서.**
>
> 삼가 축원하기를, 성조는 대들보에 내려와 주시옵소서.[5]

○── 나오며

성조는 기이한 태몽과 함께 태어나 귀양을 다녀오는 시련을 거쳐 70세가 되어서야 어엿한 성조신이 됩니다. 성조신이 되기까지 그토록 긴긴 시간이 걸렸던 이유가 뭘까요? 아마도 우리 조상들은 집을 단순한 건물이 아니라 '한 사람의 인생을 담는 그릇'으로 생각했던 것이 아니었을까요. 아무리 뛰어난 능력을 타고난 성조신이라도, 세상을 경험하고 자식을 낳아 기른 뒤에야 인간의 인생을 담는 집을 지을 수 있다고 말이죠.

1 성조는 인간 세계에 나무를 심기 위해 옥황상제에게 부탁해 솔씨를 받아 낸다. **O, X**

2 황토섬에 귀양 간 성조가 전혀 뉘우치지 않자, 대왕은 성조를 3년이 넘도록 데리고 오지 않는다. **O, X**

3 성조는 집이 없는 인간들을 위해 인간 세상에 집을 지어 주기로 결심한다. **O, X**

무당이 부르는 무가는 모두 같은 가사일까?

무가는 지역마다, 부르는 사람마다 다른 것이 특징이에요. 수능특강에 실린 〈성조풀이〉는 **경남 동래군**에
지금의 부산 북구 구포동
서 **채록**된 작품인데요. 무가를 부르는 무당의 목소리를 녹음해서, 글로 남기고 연구하는 과정을 통해 후
자료를 찾아서 녹음함
대에 전해지게 됩니다.

1.O 2.X 3.O

⑭ 콩쥐팥쥐전

10분의 문학

작자 미상

○── 들어가며

제목을 보자마자 '이 내용 다 알아!' 하고 생각하는 분들 계시죠? 전래동화로도 많이 접하는 작품이라 익숙한 내용인 것은 사실이에요. 착한 콩쥐가 계모와 팥쥐의 학대를 이겨 내고 행복하게 산다는 내용이죠. 권선징악형 이야기의 전형이라고 할 수 있습니다. 어렸을 때 들은 콩쥐팥쥐 설화는 **콩쥐**가 사또와 결혼하는 장면이 마지막인데요. 실제로는 그 뒤의 내용이 더

감사라고도 불림

있습니다. 결혼 이후에도 팥쥐와 계모는 포기하지 않고 콩쥐를 계속 괴롭히거든요. 이 작품은 크게 두 부분으로 나눌 수 있습니다. 집에서 학대를 받던 콩쥐가 감사와 결혼하기까지와 팥쥐가 콩쥐를 살인하는 부분이죠.

옛날 옛적, **조선 시대 전주**에 **최만춘**이라
는 퇴직 관리가 살았습니다. 최만춘과 부인

콩쥐의 아버지

조 씨는 혼인한 지 오랜 시간이 지났지만

콩쥐의 어머니

아이가 없었죠. 당시에 할 수 있는 방법은
전부 썼습니다. 불공도 드리고, 가난한 사
람도 도와주고, 약도 써 봤죠. 그러던 어느

최만춘   조씨 부인

콩쥐

날 같은 꿈을 꾸고, 아름다운 아이가 태어나는데요. 이름은 **콩쥐**입니다. 그런데 콩쥐가 태어난 지 100일 만에 안타깝게도 부인이 세상을 뜹니다.

콩쥐는 무럭무럭 자라 열네 살이 되었습
니다. 그리고 인생의 첫 시련이 닥치죠. **계
모 배 씨**가 아버지의 후처로 들어오게 된

재혼하여 맞은 아내

것입니다. 배 씨는 팥쥐라는 딸을 데리고
와서 함께 사는데요. 못되기가 이루 말할
수가 없습니다. 그 어머니에 그 딸이 아니

계모   팥쥐   콩쥐
배 씨

모래밭   돌밭

랄까 봐, 두 사람은 서로 나쁜 짓을 하는 데에 손발이 척척 맞습니다. 배 씨는 밭일을 시키면서
콩쥐에게는 나무 호미를 주어 돌밭을 매게 하고, 팥쥐에게는 쇠호미를 주어 모래밭을 매게 합니
다. 구멍 난 빈 독에 물을 채우라고도 하죠. 이럴 때마다 콩쥐는 신이한 동물의 도움을 받습니다.
검은 소가 돌밭을 갈아 주고요, 늙은 두꺼비가 구멍을 막아 줍니다. 배 씨는 콩쥐가 할 수 없는
일을 해내는 모습을 보고, 시기하는 마음이 생겨서 어떻게든 콩쥐를 해치워 버리려고 합니다.

하루는 조씨 가문에서 잔치가 열립
니다. 조씨 가문이 어디죠? 돌아가신 어머니의
가문, 콩쥐에게는 외갓집이죠? 그런데 계
모 배 씨는 체면도 없이 그 잔치에 갑니다.
한술 더 떠서 콩쥐에게 이렇게 말하죠.

"가고 싶으면 베를 마저 짜고 겉껍질을
벗기지 않은 피를 석 섬만 **쓿어** 놓고 오
너라."

여기서 '쓿다'라는 것은, **거친 곡식을 찧어서 속꺼풀을 벗기고 깨끗하게 해 놓으라는 뜻입니다.**
혼자서는 할 수 없는 분량의 일이었어요. 베 한 필은 40척짜리였고, 한 섬은 180리터였습니다.
엎친 데 덮친 격으로 새들이 피가 있는 멍석에 구름처럼 모여듭니다. 콩쥐는 자신의 신세가 너
무 가련해 울음을 터뜨립니다. 그런데 울음을 그치고 보니, 새들은 곡식을 쪼아 먹은 것이 아니
라 콩쥐를 도와준 것이었어요. 어느새 직녀까지 나타나 베를 대신 짜 주겠다고 합니다.

콩쥐는 새 옷과 댕기, 신발까지 받아 외
가댁으로 향합니다. 오랜만에 쉬면서 밖으
로 나오니 콩쥐는 기분이 좋기만 합니다.
이때 콩쥐의 뒤로 새로 온 감사가 임소에
도착하는 행차를 하는 중이었습니다. 감사
의 종은 갑자기 큰 소리로 외칩니다.

"여봐라! 길을 썩 비우거라!"

이 소리에 놀란 콩쥐는 그만 신발 한 짝을 냇물에 빠뜨리고 맙니다. 혼자서 신발을 찾을 수
없던 콩쥐는 걸음을 재촉해서 외갓집으로 갑니다. 감사는 상서로운 기운을 감지하고 하급
관리를 시켜서 신발을 찾은 뒤 주인을 수소문하기 시작합니다.

레몬의 시선 ◆연계 영감◆

처음에 관리가 조씨 가문 잔칫집에 도착했을 때, 배 씨는 뻔뻔하게 자기 신발이라고 말합니다. 하지만 관리가 눈이 없나요? 관리는 화를 내며 다른 사람에게 신을 신겨 보다가 콩쥐를 찾아냅니다. 콩쥐는 관리와 함께 감사가 있는 관가로 갑니다.

내 것이오!

심각하네…

계모 배 씨 (팥쥐의 어머니)　콩쥐

김 감사는 권세가 대단한 사람이었습니다. 벼슬이 종일품에 승지와 참판을 지냈고, 이번에는 **전라 감사**로 임명된 양반이었죠. 김 감사는 부인을 잃고 외로운 신세였는데요. 원래부터 신기한 일이라면 사족을 못 쓰는 사람이라 콩쥐에게 이것저것 묻습니다. 콩쥐는 감사 앞에서 그동안 신이한 동물들이 자신을 도와주었던 일이며, 직녀가 나타났던 일까지 사실대로 말하죠. 콩쥐의 덕행을 들은 감사는 크게 기뻐하며 그녀를 아내로 맞이합니다.

왕의 명령을 관리하던 직책
18품계 중 두 번째로 높은 품계　부서에서 두 번째로 높은 직책

콩쥐　김 감사

종일품 벼슬
승지와 참판 경력
전라 감사

배 씨와 팥쥐는 도무지 콩쥐를 가만히 내버려 두지 못합니다. 팥쥐는 감영으로 콩쥐를 만나러 가서 기어이 콩쥐를 해치죠. 콩쥐를 꼬드겨 연못에서 목욕을 하자고 한 뒤 익사시킨 것입니다. 무시무시하죠?

감사가 나랏일을 처리하는 곳

팥쥐의 악행

콩쥐　팥쥐　김 감사

출제자의 시선

그때부터 팥쥐는 콩쥐 행세를 하기 시작합니다. 김 감사는 처음에는 콩쥐의 얼굴이 이상하다고만 생각합니다. 팥쥐는 얼굴이 탔다고 둘러대거나, 얼굴을 부딪혀서 얽었다고 거짓말을 하죠.

아내가 바뀐 상황을 알아차리지 못하는 김 감사

며칠 뒤 홀로 연못을 구경하던 감사는 전에 없던 연꽃이 피어난 것을 봅니다. 감사는 연꽃을 매우 마음에 들어 하며 별당 앞에 꽂아 놓죠. 연꽃은 바로 콩쥐의 혼이었습니다. 혼이 들린 연꽃은 팥쥐가 별당 근처로 올 때마다 손을 뻗어 팥쥐의 머리를 쥐어뜯죠. 화가 난 팥쥐는 연꽃을

콩쥐의 현신으로 팥쥐의 머리를 뜯으며 복수함

본 건물 곁에 있는 집이나 방

아궁이 불에 넣어 버립니다. 하지만 호락
호락하게 사라질 콩쥐가 아니었습니다. 콩
쥐는 불 속에서 살아남아 **오색을 띠는 구슬**
_{콩쥐의 현신으로 이웃 할멈에게 자신이 당한 억울한 일을 전달}
로 변합니다. 그때 이웃에 사는 **할미**가 불
_{콩쥐의 조력자 · 노파로도 불림}
씨를 얻으러 감사댁에 왔다가 아궁이에 구
슬이 떨어져 있는 것을 보고 욕심이 나서
몰래 가져옵니다. 그런데 집에 들어오니 갑

김 감사 / 팥쥐 / 오색 구슬 / 이웃 할멈

자기 누군가 '할멈!' 하고 부르며 자신을 찾는 거예요. 돌아보니 콩쥐가 앉아 있습니다. 콩쥐는
노파에게 팥쥐의 만행을 모두 털어놓고, 팥쥐를 물리칠 전략을 알려 줍니다.

　며칠 후 **할미**는 거짓으로 생일상을 차리
고, 김 감사를 초대합니다. 노파가 개인적
으로 **사또**만을 자신의 생일 잔치에 초대하
다니 이상한 일이죠? 착한 감사는 거절하
지 못하고 노파네 집으로 갑니다. 그런데
잔칫상 차림이 엉망이에요. 젓가락 짝부터
맞지 않습니다. 큰 실례를 범한 것이죠. 감

이웃 할멈네

사가 노파를 꾸짖자, 병풍 뒤에서 갑자기 사람 목소리가 들립니다.
　"젓가락 짝이 틀린 것은 저렇게 똑똑히 아시는 양반이, 사람 짝 틀리는 것은 어찌 그렇게 모
르시는지?"
　콩쥐는 자신이 살해당한 일과, 상제가 살려 준 일까지 모두 감사에게 들려줍니다.
_{하느님}
　"의붓동생인 팥쥐라 하는 계집아이의 독살스러운 해를 입어 몸은 이미 연못 귀신이 되었사
오나, 본디 첩의 성질이 악하지 않으므로 상제께서 특별히 세상에 재생케 하였습니다."
_{다시 나게}

　사또는 급하게 집으로 가서 팥쥐를 문초
하고 연못을 파 봅니다. 그곳에 콩쥐가 웃
는 얼굴을 하고 누워 있네요. 사또가 슬퍼
하며 콩쥐를 염습하려 하니, 갑자기 시체에
_{시신을 정리하고 베로 감싸는 일}
숨이 돌아오면서 노파의 집에 있던 콩쥐는
완전히 사라집니다.

감영(전라 감사의 처소)

사또는 살인이라는 악행을 저지른 팥쥐에게 극형을 내립니다. 팥쥐의 팔다리를 수레에 묶어 찢도록 하고, 그 시체로 젓갈을 담가 팥쥐의 어머니에게 전하죠.

배 씨는 젓갈을 받자마자 그대로 쓰러 져 일어나지 못하고, 모녀는 함께 지옥으 로 끌려갑니다. 평생 못된 마음으로 살았 던 배 씨와 팥쥐는 영원한 고통을 겪게 되 겠죠?

권선징악: 배 씨와 팥쥐의 최후

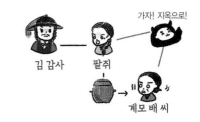

가자! 지옥으로!

김 감사　　팥쥐

계모 배 씨

○—— 나오며

콩쥐와 팥쥐는 선과 악의 대표적인 인물입니다. 팥쥐의 어머니 배 씨와 팥쥐의 악행은 사소한 것부터 시작하 여 점점 질이 나빠지는데요. 콩쥐와 김 감사가 결혼한 후에는 그 행복을 시샘하여 살인까지 저지릅니다. 현실 이라면 여기서 끝이 났겠지만, 이야기 속에서는 콩쥐가 되살아나는 비현실적인 전개를 통해서 권선징악의 주 제를 더욱 뚜렷하게 부각시킵니다. 선한 콩쥐는 천상계 의 상제로부터 도움을 받고, 인간계에서는 할멈의 도움 을 받아 악인을 물리칩니다. 반대로 악한 팥쥐는 김 감 사로부터 벌을 받고, 천상계에서 다시 한번 지옥에 떨 어지며 영원한 벌을 피하지 못하게 됩니다.

영원한 벌!

패배　　승리

팥쥐　　콩쥐

핵심 체크

1 이웃집 할미는 아궁이 속에서 콩쥐의 목소리를 듣고 오색 구슬을 집에 가지고 왔다. **O, X**

2 이웃집 할미는 김 감사보다 먼저 살인 사건의 진상을 파악했다. **O, X**

3 콩쥐가 외가댁 잔치에 가지 못할 상황에 놓이자 새들과 직녀가 나타나 도와준다. **O, X**

개념 노트

콩쥐의 세 가지 노력

콩쥐를 못살게 굴고자 하던 팥쥐의 노력 못지않게 콩쥐 또한 자신의 억울함을 알리기 위해 부단히 노력합니다. 첫 번째, 살해당한 콩쥐는 연꽃으로 다시 태어나 팥쥐의 머리를 쥐어뜯습니다. 두 번째, 팥쥐가 연꽃을 아궁이에 넣어 버리자 콩쥐는 오색 구슬로 변하여 할미에게 도움을 요청합니다. 세 번째, 콩쥐는 잔칫상에 일부러 짝이 맞지 않는 젓가락을 놓아 김 감사의 곁에 있는 사람은 자신이 아닌 팥쥐라는 사실을 일깨웁니다.

1.X 2.O 3.O

⑮ 주생전周生傳

주생의 시집 《화간집花間集》

액자식 구성

외부: 권필과 주생의 이야기
1인칭 관찰자 시점

권필 주생

주생

선화   배도

내부: 주생의 사랑 이야기
전지적 작가 시점

○── 들어가며

이 작품은 중국을 배경으로 펼쳐지는 애정 소설입니다. 애정 소설이라니 눈이 번쩍 뜨이시죠? 무려 삼각관계랍니다. 17세기의 삼각관계라니, 신선하죠? 얼른 이야기를 들어 보고 싶으시겠지만 그 전에 알아 두어야 할 것이 있습니다. 바로 《주생전》의 구성 방식인데요. 이 소설은 액자식 구성으로, **액자 안의 이야기는 주생의 사랑 이야기**이고 액자 밖의 이야기는 권**필 선생과 주생의 이야기**입니다. 시점으로 정리하자면, 액자 안의 이야기는 **전지적 작가 시점**이고, 액자 밖의 이야기는 권필 선생이 관찰자로 등장하는 **1인칭 관찰자 시점**이죠. 마지막에 권필 선생은 이 소설이 주생에게 직접 전해 들은 이야기임을 밝히면서, 그가 남긴 책이라며 《화간집花間集》을 소개하는데요. 화간집에는 주생이 연인들과 주고받았던 시가 100편 정도 실려 있었습니다. 실제로 《주생전》을 읽어 보시면 시가 굉장히 많이 나오는데요. 시만 따라가도 인물들의 감정을 섬세하게 느낄 수 있으니, 시가 나오면 주의 깊게 봐 주세요.

《화간집》은 중국에서 18명의 문인이 쓴 사詞 500수를 모은 책으로 실존함

명나라 때 전당錢塘에 **주생**이라는 사람이
중국의 지명   주희라고도 불림
살고 있었습니다. 그는 어릴 때부터 무척
똑똑해서 남에게 뒤처지는 일이 없었는데
요. 태학에 들어가서도 늘 우수한 성적을
과거 중국의 고등 교육 기관
받았죠. 그런데 첫 과거 시험부터 미끄러
지더니, 두 번째, 세 번째 시험에도 낙방합
시험에 실패
니다. 자존심이 상한 주생은 이번이 마지

태학에서
우수한 성적

주생
(주희)

과거 시험에서
계속 낙방

불합격이오!

막이라는 생각으로 네 번째 시험을 보는데요. 야속하게도 또 불합격입니다.

주생은 깔끔하게 공부를 접고 작은 배를 마련합니다. 그리고 여기저기를 떠돌며 잡화 장사를 시작하죠. 어느 날 주생은 친구를 만나러 악양성으로 갔다가 한껏 취해 배로 돌아옵니다.
중국의 지명
주생은 참 자유로운 영혼이었어요. 배를 물 위에 띄워 놓고 그냥 잠이 듭니다. 바람을 맞은 배

는 제멋대로 흘러갔죠. 어디까지 갔느냐고요? 바로 고향 땅, 전당까지 갔습니다. 잠에서 깬 주생은 반가운 마음에 시를 한 수 짓습니다.

"우와! 우연히 내 고향 땅, 전당에 오다니!"

> 악양성 밖 목란 삿대에 기대었더니
> 바람 따라 하룻밤 사이 취해서 고향으로 돌아왔네
> 두견새 지저귀고 봄 달이 이운 새벽녘인데
> 놀랍게도 몸은 이미 전당에 와 있네

→ 악양성에서 목란 나무로 만든 삿대(배를 물가에 댈 때 사용하는 긴 막대기)에 잠깐 기대어 잠들었는데 고향인 전당까지 온 일이 놀랍다고 함

고향의 모습은 많이 변했지만 소꿉친구는 여전했습니다. **배도**는 주생을 기억하고 있었고, 주생 역시 배도를 기억하고 있었죠. 오래전에 고향을 떠났으니 주생은 전당에서 머물 곳이 없겠죠? 배도는 기꺼이 주생을 자신의 집으로 초대합니다. 사

뛰어난 기생이며 주생을 사랑함

주생의 고향 이름

별실을 내어 줄게!

배도야, 오랜만이야!

배도   주생

실 배도는 마음속으로 주생을 좋아하고 있었어요. 그래서 주생에게 별실을 내어 주며 배로 돌아가지 말라고, 이곳에서 배필을 구할 수 있도록 자신이 도와주겠다고 하죠. 주생도 배도가 마음에 들기는 마찬가지였습니다. 배도는 재주가 뛰어난 기생인 데다가 얼굴까지 아름답잖아요.

따로 마련된 손님방

하지만 주생의 마음을 진정으로 사로잡은 것은 바로 배도의 작문 실력이었습니다. 별실 벽에는 배도의 시가 붙어 있었는데요. 내용은 이렇습니다.

배도는 미모만 출중한 것이 아니라 작문 실력도 뛰어나구나!

주생

레몬의 시선 ◆ 연계 예감 ◆

> 비파여 상사곡을 연주하지 마라
> 곡조가 높을수록 애만 더욱 끊는구나
> 꽃 그림자 주렴에 가득 어리어도 님 없어 쓸쓸하구나
> 봄마다 황혼을 바라보며 얼마나 마음을 삭혔던고

→ 비파에게 남녀가 서로 그리워하는 곡을 연주하지 말라고 하며, 그 곡조가 마음을 더욱 애타게 한다고 말함. 즉 사랑과 관련된 노래만 들어도 애가 탐

→ 봄이 오고 꽃은 가득 피었는데 화자에게는 사랑하는 님이 없어 그리운 마음을 담음

여기서 상사곡은 사랑하는 사람들이 서로 그리워하는 노래입니다. 홀로 외롭고 쓸쓸한 마음을 정말 잘 표현한 시죠? 배도를 마음에 품고 잠을 뒤척이던 주생은 자리를 박차고 일어납니다. 마음이 들뜨는데 잠이 오겠어요? 주생은 괜히 달빛을 맞으며 마당을 서성입니다. 배도 역시 시의 뒷부분을 마무리하지 못해서 잠을 이루지 못하고 있었죠.

이때를 놓치지 않고 주생은 자신의 실력을 발휘합니다. 배도가 마치지 못한 시를 완성시키면서 동시에 자신의 마음도 고백하는 거죠.

> **봉래산 열두 섬을 잘못 들어가**
> **번천이 갑자기 방초를 찾게 될 줄 누가 알았으리오**
> **홀연히 나뭇가지 위에서 우는 새소리 듣고 잠에서 깨니**
> **푸른 주렴에 그림자는 사라지고 붉은 난간엔 새벽빛만 어리었네**

신선이 산다는 봉래산에서 길을 잃은 번천은 주생을, 향기로운 풀을 의미하는 방초는 배도를 비유함. 즉, 악양성에서 배를 타고 흘러와 전당에 이른 주생이 배도를 만난 일을 비유함

새소리에 잠에서 깬 화자는 붉은 난간 너머로 날이 밝아오는 것을 봄

번천은 당나라 시인 '**두목**'의 호인데요. 여기서는 **주생**을 가리키고요. 뒤에 나오는 **방초**는 **향기로운 풀**이라는 뜻으로 **배도**를 의미합니다. 쉽게 말하자면, "배도야, 나도 너한테 마음 있어. 나도 설렌다" 하고 슬쩍 고백한 거죠.

"배도야 나도 네가 좋아!"

배도   주생

하지만 배도는 마냥 신나게 주생의 마음을 받을 수가 없었습니다. 기생 신분이니 신분의 차이가 있죠. 배도는 이렇게 부탁합니다.

"제가 비록 비천한 몸이지만, 영원히 그대를 남편으로 섬기려 합니다. 부디 저버리지 말아 주세요. 입신양명해서 높은 지위에 오르시면 기생 명부에 박힌 제 이름을 지워 주세요."

"낭군은 이익과 곽소옥의 사연을 알지 않습니까? 맹세의 글을 써 주십시오"

곽소옥

배도   주생

기생 명부에서 이름을 지우고 신분의 제약으로부터 자유롭고 싶은 배도의 마음이 드러남
출세하여 이름을 세상에 떨침   기생의 이름을 등록해 놓은 장부

주생은 배도의 말을 듣고 너무 기뻐서 배도를 끌어안습니다. 하지만 배도는 정색을 하며 이렇게 말하죠.

"낭군은 **이익과 곽소옥의 사연**을 알지 않습니까? 낭군이 만약 저를 버리지 않을 것이라면 맹

세의 글을 써 주십시오."

여기서 곽소옥은 실존했던 인물로 기생 신분인데요. 이익이 맹세를 저버리고 다른 여자와
<곽소옥전>은 실제 이야기를 소설로 만든 작품
결혼을 하는 바람에 비극을 맞습니다. 그러니 배도의 입장에서는 자신이 곽소옥과 같은 신세
가 될까 봐 두려웠던 것이죠.

주생은 타고난 사랑꾼이었습니다. 망설
이지 않고 바로 맹세의 글을 휘갈겨 쓰죠.

"산과 물과 달에
맹세해!"

배도   주생

'푸른 산은 늙지 않고 푸른 물은 내내
한결같은 산과 늘 흐르는 물 그리고 밝은 달에
흐르듯, 그대가 내 말을 믿지 않는다면
자신의 사랑을 맹세한 주생
밝은 달에 맹세하리라.'

즉, 주생은 산과 물과 달에 대고 자신의 마음을 맹세한 것입니다. 이때부터 주생과 배도는 함
께 살아갑니다. 배도의 걱정과는 다르게 주생은 자나 깨나 배도 생각뿐이에요. 이렇게 두 사람
의 행복이 영원할 것만 같았는데 어느 날 일이 생깁니다.

다들 아시겠지만, 기생 신분이면 연회
자리에 불려 나가는 일이 일상이에요. 악
기를 연주하고 술을 따르다 보면 하루가
훌쩍 지나가죠. 그날은 노승상댁 마님의
잔칫날이었습니다. 우리의 사랑꾼 주생은
배도 없이는 잠시도 견디기가 힘들었나 봐
요. 배도가 보고 싶어서 노승상댁까지 몰래

선화
선화의 어머니

주생   배도   노승상댁
마님

찾아가죠. 그런데 점점 불안해집니다. 잔치가 다 끝나고 사람들이 모두 돌아가는데, 여전히 배
도의 모습이 보이지 않는 거예요. 주생은 홀린 듯이 대감집 안으로 들어가서 몰래 배도를 찾습
니다. 그때 배도는 노승상댁 마님과 마님의 딸인 **선화 낭자**와 함께 담소를 나누고 있었습니다.
주생이 선화를 처음 보게 됨

아, 이런 일을 운명의 장난이라고 하나요? 주생은 분명히 배도가 너무 보고 싶어서 찾아왔는
데요. 그 자리에서 선화 낭자에게 첫눈에 반하고 맙니다. 선화를 보자마자 뭐라고 생각하느냐
면요.

'배도는 그 소녀에 비하면 봉황에 섞인
갈가마귀나 올빼미요, 옥구슬에 섞인 모래
나 자갈일 뿐이구나.'

"선화 낭자는 정말 봉황이나
옥구슬과도 같구나!"

배도가 들었으면 가만 안 두었을 말이
죠? 이제 주생에게 배도는 안중에도 없고
요. 자나 깨나 선화 생각뿐입니다. 주생의
마음이 이렇게 흔들리는데 상황까지 딱 알
맞게 흘러갑니다. 주생이 노승상댁의 과외 선생님이 된 거죠. 승상 부인에게는 **국영**이라는 열
두 살 난 아들이 있었는데요. 주생이 국영을 가르치게 됩니다. 그것도 입주 과외 선생님으로 들
어가죠. 목적은 뻔합니다. 가까이에서 선화를 보고 싶었던 거예요.

무사히 승상댁에 들어오긴 했지만, 주생
은 열흘이 지나도록 선화의 얼굴을 볼 수
가 없었어요. 그럴 수밖에 없죠. 승상댁이
얼마나 넓은데요. 게다가 외간 남자의 방을
딸의 방과 가까이 두겠어요? 주생의 방은
선화가 머무는 별채와 안채의 정반대 쪽이
었어요. 그 사이에 중문이 있었는데 국영

"사람인 줄 알았는데,
그냥 바람이었구나!"

이가 드나들 때 빼고는 문이 항상 잠겨 있었죠. 주생은 선화의 얼굴을 보기 위해 한밤중에 담을
넘습니다. '내가 잡혀서 죽더라도 선화의 얼굴은 한번 보고 죽자!'라는 결심이었죠. 이때 선화
는 혼자 악곡을 연주하며 '하신랑 賀新郞'이라는 사곡을 읊습니다.

> 주렴 밖에 누가 와서 비단 창을 두드리는고
>
> 안타깝게도 요대에서 노니는 꿈 깨뜨리네
>
> 아아, 대밭을 스치는 바람인가

주렴 밖에서 누군가 창을 두드리는 바람에 서왕모가 있는 요대에
서 노는 꿈에서 깼는데, 결국 창을 두드린 것은 사람이 아니라
바람이었다는 아쉬움을 드러냄

해석해 보면 '밖에 찾아온 것이 사람인 줄 알았는데, 그냥 바람이었구나' 하는 뜻이죠?

주생은 선화의 시를 듣자마자 바로 머리를 굴립니다. '오늘이 아니면 나의 존재를 알릴 수가
없다'는 마음이었겠죠. 주생은 바로 선화의 시에 답을 합니다.

바람이 대밭에 스친다 말하지 말라
바람이 아니라 님이 온 것이라는 주생의 대답으로
바로 고운 님이 온 것이라네
여기서 '고운 님'은 주생을 지칭함

오늘이 아니면,
더 이상 기회는 없어!

주생   선화

선화는 가만히 주생의 시를 듣더니 아무 말 없이 촛불을 끕니다. 이렇게 두 사람은 매일 밤 몰래 만나다가 결혼까지 약속하는 사이가 되죠. 이쯤 되면 우리는 뻔뻔한 주생의 태도에 화가 나서 궁금해집니다. 언제쯤 주생이 양다리를 걸쳤다는 사실이 들통날까요?

먼저 선화가 눈치챕니다. 모든 것은 **푸른 주머니로**부터 시작되죠. 주생의 푸른 주머니에는 배도의 시가 담겨 있었는데요. 선화가 무심코 책상 위에 있던 푸른 주머니를 열어 보았다가 그 시를 읽게 됩니다. 그 시가 보통 시였겠어요? 서로의 마음을 주고받은 시였겠죠. 선화는 주생이 배도와 정을 통한 사이라는 사실을 알고 분노합니다. 마침 주생은 배도의 집에 가 있어서 변명할 기회도 없었죠. 선화는 배도의 시를 먹물로 새카맣게 칠한 다음에 그 아래에 〈안아미眼兒眉〉라는 시를 씁니다.

주생   배도

선화

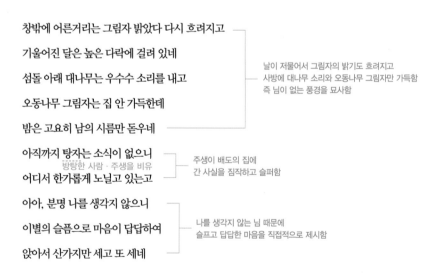

창밖에 어른거리는 그림자 밝았다 다시 흐려지고
기울어진 달은 높은 다락에 걸려 있네
섬돌 아래 대나무는 우수수 소리를 내고
오동나무 그림자는 집 안 가득한데
밤은 고요히 남의 시름만 돋우네

— 날이 저물어서 그림자의 밝기도 흐려지고
사방에 대나무 소리와 오동나무 그림자만 가득함
즉 님이 없는 풍경을 묘사함

아직까지 탕자는 소식이 없으니
방탕한 사람 · 주생을 비유
어디서 한가롭게 노닐고 있는고

— 주생이 배도의 집에
간 사실을 짐작하고 슬퍼함

아아, 분명 나를 생각지 않으니
이별의 슬픔으로 마음이 답답하여
앉아서 산가지만 세고 또 세네

— 나를 생각지 않는 님 때문에
슬프고 답답한 마음을 직접적으로 제시함

주생이 배도를 만나러 갔다는 사실을 직감한 선화가 질투하는 마음을 적은 것이죠. 하지만 선화는 주생에게 직접 따지지는 않습니다. 스스로 알아차리기를 바랐죠. 그런데 눈치 없는 주생은 선화가 화가 났는지도 모릅니다.

이렇게 주생이 정신을 못 차리고 취해 있는 사이에 배도 역시 주생의 본모습을 알게 됩니다. 문제의 푸른 주머니를, 이번에는 배도가 발견했거든요.

배도는 시가 까맣게 지워진 자국을 보고 <u>한 번 화가 났다가</u>, 그 아래 쓰인 〈안아미〉
주생과 선화의 사이를 알게 되는 계기
라는 시를 보고 두 번 화가 납니다. 과외

"아내의 동생에게 공부를 가르치느라 바쁘시군요?"

"선아, 그러지 말고 내 말 좀 들어 봐"

배도   주생

자리를 마련해 주었더니, 바람을 피우고 있다니요! 배도는 주생이 술에서 깨기를 기다렸다가 차갑게 묻습니다.

"대체 왜 돌아오지 않으시는 겁니까?"

"그게 무슨 말이오. 이 댁 국영이가 공부를 끝마쳐야지."

"바쁘시겠군요. 아내의 동생에게 공부 가르치시랴."
국영을 가리킴
여기서 아내는 선화 낭자를 말하겠죠? 당황한 주생은 일단 배도를 달래려 합니다.

"선아 그러지 말고 내 말 좀 들어 봐."
배도의 애칭
선아는 여기서 주생이 배도를 부르는 애칭인데요. '선녀', '천사'와 같은 의미라고 생각하시면 됩니다. 배도 역시 주생을 선랑이라고 부르곤 했지만, 바람피운 일이 발각된 뒤로는 절대 그
주생의 애칭
별명을 입에 올리지 않았습니다.

배도는 배신감에 치를 떨며 승상 부인에
선화의 어머니
게 모든 사실을 말하겠다고 합니다. 당연하죠. 부모 몰래 만나는 것은 양반의 법도에 어긋나는 일이었으니까요. 주생은 배도에게 싹싹 빌며 그녀를 말립니다. 배도는 여기서 제안을 합니다. 주생이 자신과 함께 집으로 돌아가면 아무 말도 하지 않겠다고

"마님께 이를 거예요"

배도   주생

하죠. 주생은 어쩔 수 없이 다시 배도의 집으로 돌아갑니다. 여전히 선화를 그리워하면서요.

세 사람의 관계는 점점 비극으로 치닫습니다. 노승상댁에도 불운의 그림자가 드리웠죠. 어린 국영이 갑자기 세상을 뜬 것이었습니다. <u>선화의 남동생</u> 엎친 데 덮친 격으로 선화도 주생을 그리워하느라 몸이 많이 야위었습니다. 가장 슬프게 마지막을 맞은 사람은 배도였습니다. 그녀는 몇 달 뒤 병에 걸려서

주생

배도   선화

<u>주생의 배신과 배도의 죽음으로 주생과 배도의 사랑은 이어지지 못함</u>
쓰러집니다. 세상을 뜨면서 배도가 남긴 유언은, 선화를 배필로 맞이하고 자신을 큰길가에 묻어 달라는 것이었습니다. 주생은 차마 선화와 인연을 맺지 못하고 전당을 떠납니다.

그는 다시 고향을 떠나 어머니 쪽 친척<u>전당</u>인 **장 노인**을 찾아갑니다. 장 노인은 호주<u>중국의 지명</u>의 부자였는데요. 마음이 넉넉하여 주생을 기꺼이 받아 주었습니다. 장 노인이 부족한 것 없이 잘 챙겨 주는데도, 주생의 몰골은 점점 피폐해집니다. 1592년에는 그 모<u>임진년</u>습을 보기가 안쓰러울 정도였죠. 선화를

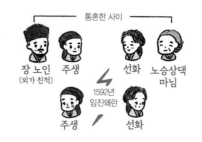

통혼한 사이

장 노인   주생   선화   노승상댁
(외가 친척)   마님
          1592년
          임진왜란
      주생   선화

그리워하느라 생긴 병이었어요. 장 노인은 주생으로부터 모든 사실을 듣더니 이렇게 질책합니다.

"너에게 그러한 사연이 있었다면, 왜 일찍 말을 하지 않았느냐? 내 처가 노 승상과 동성으로, <u>주생이 선화와 인연을 다시 맺을 수 있도록 기회를 제공함</u>그 집안은 대대로 우리와 통혼했던 사이다. 내가 마땅히 너를 위해 혼사를 추진하겠다."<u>혼인 관계를 맺음</u>
장 노인 덕분에 주생에게는 희망이 생겼습니다. 노승상댁 부인도 혼담을 받고 무척 기뻐했<u>선화의 어머니</u>죠. 선화 역시 상사병으로 죽어 가고 있었거든요. 서로 결혼을 약속한 두 사람은 빠르게 몸이 좋아졌지만 예상치 못한 난관이 기다리고 있었어요. 바로 **전쟁**입니다. 아까 1592년이라고 말씀드렸죠? 조선에 임진왜란이 일어난 해입니다. 이때 주생도 명나라 군대의 서기로 징병되어 <u>주생과 선화의 사랑은 전쟁으로 맺어지지 못함</u>조선 땅에 가게 되죠. 상사병이 점점 심해진 주생은 몸을 가누지 못하고 그만 전쟁터에서 몸져 눕습니다.

그리고 1593년 계사년 봄, 송도의 한 여관에서 '나'는 주생을 만나게 됩니다. 여기서 '나'는 <u>송경: 개성의 옛 이름</u>처음에 말씀드렸듯이 **작가인 권필 선생**이죠. '나'와 주생은 서로 말이 통하지 않아 필담을 나누<u>글로 의사소통을 함</u>

었는데요. 이때 주생은 〈**답사행**踏沙行〉이라는 시 한 수를 '나'에게 보여 줍니다.

외로운 그림자는 의지할 데 없고
이별의 회한은 토로하기 어려운데

> 이별 때문에 외롭고 슬픈
> 주생의 상황이 드러남

어둠 속에서 돌아가는 기러기는 강가 나무숲에 이르렀네
이미 객사의 희미한 등불에 마음 설레었으니
어찌 다시 황혼에 내리는 빗소리를 감내하리오

> 어둠 속 나는 기러기는 돌아가는 길이 힘들어
> 객사(여관)의 불빛을 보고 다시 길을 갈 엄두를 내
> 지 못함. 기러기를 주생으로 본다면 그는 병 때문
> 에 객사에 발이 묶여 움직이지 못하는 상황을 기
> 러기에 빗대어 표현한 것으로 보임

낭원은 구름이 아득하고
영주는 바다에 막혔으니
옥루의 구슬 주렴은 어디에 있는가
외로운 발자취 물 위의 부평초 되어
하룻밤 사이에 오강으로 떠가길 바랄 뿐

> 낭원과 영주는 신선이 사는 땅이고 오강은 중국에 있는 강 이름으로 선
> 화와의 혼인 약속을 지키러 고향으로 돌아가고 싶지만, 가지 못하는 주
> 생의 마음이 드러남

이 시가 바로 주생과 배도 그리고 선화
낭자 이야기의 시작이었습니다. 선화와의
혼인 약속을 지키러 고향으로 돌아가고 싶
지만, 가지 못하는 주생의 마음이 잘 드러
나는 시입니다.

시를 읽어 보니,
사연이 있구나…

권필 '나'　　　주생

작가는 이 시를 읽자마자 주생에게 그리
워하는 사람이 있느냐고 묻게 되었고, 주
생은 '나'에게 지금까지의 이야기를 모두
털어놓았죠. 사실 주생은 자신의 이야기가
알려지기를 원치 않았지만, '나'는 그들의
사랑이 너무 슬퍼 <u>글로 남기게 됩니다.</u>
　　　　　　이 작품을 쓰게 된 동기

〈주생전〉

그리운 사람이
있습니까?

권필 '나'　　　주생

○── **나오며**

주생은 확실히 욕심이 많은 인물이었습니다. 책임감도 없이 맹세를 어기고 배도를 배신했죠. 탐욕스럽게 노승상댁 규수 선
화를 노리고 국영의 과외 선생님으로 취직한 부분도 못마땅합니다. 하지만 주생은 그만큼 사랑에 적극적이고 자신의 마음
　　　　　　　　　　　　　　　　　　남의 집 여인을 높이는 말
에 솔직한 인물이었습니다. 이 점은 배도와 선화도 마찬가지였죠. 배도는 주생이 자신에게서 마음이 떠난 줄을 알면서도
　선화의 남동생

주생을 다시 자신의 집으로 데리고 왔고 죽기 전까지 선화와의 사이를 인정하지 않았습니다. 선화 역시 배도와 주생의 관계를 알았지만, 오히려 배도의 시를 지우며 자신과의 관계를 확실하게 하려 했죠. 그러나 결말은 비극적이었습니다. 배도의 사랑은 죽음 앞에서 무력했고, 주생과 선화의 사랑은 전쟁에 가로막히고 맙니다. 결국 인간들이 아무리 노력해도, 운명을 이길 수는 없었습니다.

핵심 체크

1 주생은 배도와 함께하기로 하지만 우연히 노승상댁에 갔다가 선화에게 반하고 만다. **O, X**

2 주생은 국영을 가르친다는 핑계로 노승상댁에 머물며 선화를 만났다. **O, X**

3 선화는 배도의 시를 발견하고 화가 나서 시를 지운 뒤 배도를 추궁했다. **O, X**

이생과 주생

《이생규장전》의 이생은 사랑하는 여인과 고난 끝에 결혼하지만 전쟁 때문에 헤어져야 했습니다. 그는 아
김시습 선생 · 15세기   홍건적의 난
내가 이 세상 사람이 아닌 줄을 알면서도 죽을 때까지 오로지 그녀만을 사랑했죠. 반면 《주생전》의 주생
권필 선생 · 17세기
은 배도와 영원을 약속하고도 선화에게 빠졌습니다. 하지만 생과 사의 갈림길에서 배도를 잃고, 전쟁 때
임진왜란
문에 선화와 헤어집니다. 주생은 결국 어느 누구와도 인연을 이루지 못합니다.

1.O 2.O 3.X

⑯ 최척전 崔陟傳

10분의 문학

작자 조위한

이런 우연이!

이옥영
(최척의 부인)　최척　몽석

진위경

○── 들어가며

이제는 혼자라고 생각했던 사람에게, 어느 날 갑자기 죽은 줄로만 알았던 아내와 아들, 사돈까지 나타난다면 어떨까요? 그것도 한 명씩 차례대로요. 아마도 '정말 기이한 우연이다' 하고 생각하겠죠. 이 소설의 주인공 **최척**은 기이한 우연을 여러 번 겪은 인물입니다. 임진왜란과 정유재란을 배경으로 펼쳐지는 최척의 일대기는 읽어 보지 않은 사람은 상상할 수 없는 만남으로 가득하죠. 그래서 우리는 이 작품을 **기우록**, 즉 **기이한 만남에 관한 기록**이라고도 합니다.

주인공 **최척**은 **전라도 남원**에 사는 소년이었습니다. 어려서 어머니를 잃고 서문 밖 만복사 동쪽에서 아버지와 외롭게 살았 _{최숙} _{남원시 기린산에 있었던 절 이름} 죠. 최척은 착했지만 친구들과 어울리느라 공부와는 담을 쌓은 상태였습니다. 최척을 걱정한 아버지는 **정 상사**에게 아들을 맡깁 _{정 생원 또는 정 진사라고도 불림}

최 공
(최숙)

정 상사
(최척의 스승)

만복사　최척

니다. 좋은 선생님께 배우면 공부도 재미있잖아요? 그런 의미에서 정 상사는 아주 좋은 스승이었습니다. 공부를 시작한 지 얼마 안 되어서 최척의 실력이 엄청 좋아졌거든요.

그런 최척을 지켜보는 한 소녀가 있었습니다. 이름은 **이옥영**, 어머니인 심 씨와 함 _{정 상사의 사촌 여동생} 께 정 상사의 집에 살고 있었어요. 이 낭자 _{이옥영} 의 아버지이자 심 씨의 남편이 일찍 세상을 뜨고 전쟁까지 일어나면서, 갈 곳이 없

내 마음을 받아라!

심 씨
(옥영의 어머니)

이옥영　최척

었던 거죠. 겉보기에 열일곱에서 열여덟 살 정도 되어 보이고, 까만 머리가 아름다운 소녀입니다. 남몰래 최척을 좋아하던 옥영은 자신의 마음을 전하기 위해 최척의 방문 틈으로 쪽지를 던집니다!

한편 쪽지를 받은 최척의 머릿속은 복잡하기만 합니다. 소녀의 쪽지를 받은 것이 내심 들뜨는 일이긴 하지만, 공부도 해야 하니 마음이 싱숭생숭했겠죠? 하지만 마음이 더욱 복잡한 쪽은 쪽지를 준 옥영이었나 봅니다. 기다리다 못한 옥영은 자신의 몸종 춘생을 시켜서 답장을 써 달라고

요청합니다. 그렇게 주고받기 시작한 편지 덕분에 두 사람은 서로 마음을 확인하고 결혼까지 약속하게 됩니다.

두 사람의 사랑이 이루어지기까지는 결코 순조롭지 않습니다. 먼저 최척의 아버지 최 공부터 고개를 가로젓습니다.

"그들은 지체가 높은 사람이라 반드시 부자가 아니면 혼인하려 하지 않을 것이다. 우리 집은 가난해서 허락하지 않을 거다."

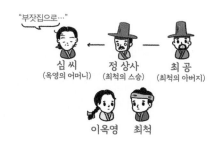

이렇게 아들을 단념시키면서도, 정 상사를 찾아가 아들의 혼사 얘기를 꺼내 보기는 합니다. 그러나 역시 최 공의 예상이 맞았어요. 심씨는 단칼에 거절합니다.

"아시다시피 제가 집을 버리고 피란을 나와 의탁할 곳이 없습니다. 다만 딸 하나뿐이니 그 딸은 부잣집으로 출가시키고 싶습니다."

그날 밤, 옥영은 부끄러움을 무릅쓰고 어머니께 혼사 이야기를 꺼냅니다.

"어머니, 제가 보니, 옆 방에서 공부를 하는 최 공의 아들 최척이 괜찮은 사람 같습니다. 재물만 보고 결혼을 한다면, 일생을 그르치는 일이 될 거예요. 이것은 깨진 병을 다시 원 상태로 할 수 없고, 물들인 실을 다시 희게 할 수 없는 것과 마찬가지입니다. 그리고 요새 적병이 이웃 마

을까지 쳐들어오는 상황인데 이런 다급한
시기에 마음이 선하고 좋은 사람이 아니면
누가 어머니를 잘 모시겠어요?"

엄마, 마음이 선하고
좋은 사람이 최고!

심 씨 　　이옥영
(옥영의 어머니)

　아주 훌륭한 설득 전략입니다. '재물만
보고 결혼해서는 안 된다'는 보편적인 기
준을 제시하고, 물들인 실의 비유를 써서
듣기 쉽게 풀었고, 마지막으로 마음이 선
한 사람이 현실적으로 어떤 도움이 되는가를 잘 풀어냈습니다. 이 말을 들으니 어머니 마음이
움직이지 않고는 못 배기죠. 다음부터는 일사천리예요. 혼인 날까지 잡았습니다.

　하지만 이렇게 쉽게 해결되면 소설이 아
니죠. 부모님의 허락을 받았더니 군대에서
오라고 하네요. 임진왜란 때문입니다. 남
원부에서 의병이 모일 때, 최척은 당연히
의병으로 뽑힐 수밖에 없었습니다. 글만

"감히 어디서
혼례 이야기를!"　　　"저 혼인 휴가 좀…"

변사정　　최척
(의병장)

최척과 옥영의 혼사가 어려운 이유 ②

조선시대 의병장

잘 읽는 게 아니라, 활도 잘 쏘고 말도 잘
탔거든요. 국가를 위해 의병으로 나서기
는 했지만 꿈에 그리던 옥영 낭자와의 결혼은 어떡하죠? 그러니 혼례 날짜가 다가오면 다가올
수록 최척은 마음이 급해집니다. 조바심이 난 최척은 의병장인 변사정에게 휴가를 신청합니다.
사실 거절당할 수밖에 없는 요청이었어요. 일단 변사정이 무척 엄한 데다가, 그는 나라를 구하
는 일보다 개인의 일을 앞세우는 최척을 이해하지 못합니다.

　"감히! 어디서 혼례를 올린다고 휴가를 내는가? 왜적을 다 격파하고 나서 혼인을 올리도록!"

　이 한마디에 우리의 최척, '찍' 소리도 못하고 기가 죽습니다.

　이 틈을 놓치지 않고, 옥영을 노리던 양
생이 움직이기 시작합니다. 부유한 양생에
게 돈을 받은 정 공의 아내는 이런 말을 살
살 흘리죠.

　"아유~ 그 최생이라는 자, 너무 빈곤하
잖아요? 부친을 봉양하기도 어렵고요. 그

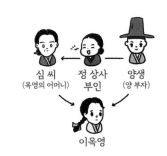

최척의 약혼자

최척과 옥영의 혼사가 어려운 이유 ③

정 상사

최척

심 씨　　　정 상사　　　양생
(옥영의 어머니)　부인　　（양 부자）

이옥영

런데 양 씨는 원래부터 알아주는 부자가 아니겠어요? 게다가 아들의 성품도 좋아서 최생만 못지 않으니 아주 금슬 좋은 부부가 될 거예요."

심 씨는 이 말에 혹해서 양 부자와 딸을 혼인시키기로 약속해 버립니다. 어머니 마음도 공감이 됩니다. 언제 돌아올지도 모르는 최척을 마냥 기다리고 있기에는 불안했을 거예요. 옥영이 필사적으로 반대했지만 소용없었습니다.

"어찌 네 고집만 부리느냐! 어느 앞이라고 감히 시집가는 문제를 네가 옳다 그르다 하느냐?"

지금 상식으로는 이해할 수 없는 말이죠? 혼인 문제가 집안의 결정이었던 시대라 가능한 일이었습니다. 옥영이 호락호락하게 집안의 결정을 따를 사람은 아닙니다. 좋아하는 사람에게 먼저 쪽지를 던진 사람도 옥영이었고, 어머니를 설득시킨 사람도 옥영이었잖아요? 그만큼 주체적이고 또 집요한 성격입니다. 어머니인 심 씨가 끝끝내 마음을 돌리려 하지 않자 옥영은 극단적인 선택을 하기에 이릅니다. 다행히 목숨이 끊어지기 전에 딸을 발견한 심 씨는 다시는 양 부자와의 혼인을 입에 담지 않습니다.

한편 최척은 이런 이야기를 편지로 전해 듣습니다. 안 그래도 빨리 결혼하고 싶어서 마음이 힘든데, 이제 앓아누워 버립니다. 마음의 병이죠. 아무것도 하지 못하고 끙끙 앓는 최척의 모습을 보고, 의병장도 집으로 돌아가라고 사정을 봐줍니다. 드디어 두 사람은 무사히 혼례를 치릅니다. 두

사람이 함께 힘을 합치니, 살림도 점점 나아집니다. 주위 사람들에게 본보기가 되는 부부로 소문이 나죠.

그런데 또 새로운 걱정거리가 생깁니다. 아이가 생기지 않았거든요. 과거에는 불임을 의학적으로 해결할 수가 없었으니 신의 능력에 기대었습니다. 빠지지 않고 성실하게 만복사에 불공을 드리고 돌아온 어느 날, 갑자기 옥영의 꿈에 장육금불이 나타나십니다.

장육금불이 지켜보고 있다

이옥영   몽석   최척
        (첫째 아들)

"나는 만복사의 부처이다. 내가 기남자奇男子 하나를 점지해 주겠다."

재주와 슬기가 뛰어난 남자 　　　부처가 사람에게 자식을 갖도록 함

드디어 두 사람은 첫째 아들 최몽석을 얻게 됩니다. 몽석이라는 이름은 등에 붉은 사마귀가
있어서 붙인 이름이에요. 이제 귀엽고 잘생긴 아들도 얻었겠다, 아무 걱정 없이 삶을 누리기만
나중에 몽석이 최척의 아들임을 확신하게 되는 요소 　　　혹은 손바닥 만한 붉은 점이라고도 함
하면 될 줄 알았는데 또 왜적이 들끓기 시작합니다.
　　　　　정유재란

지리산 연곡의 왜적들

"명나라로 데려가
주십시오"

천총 여유문　　최척
(명나라 장수)

정유년, 최척의 가족은 남원으로 쳐들어
1597년 8월
온 왜적을 피해서 지리산 연곡 깊숙이 몸
연곡사 근처의 지명
을 숨깁니다. 하지만 마냥 왜적이 물러가
기를 기다리기에는 식량이 너무 부족했습
니다. 최척은 가족을 남겨 두고 잠깐 먹을
정유재란으로 가족이 뿔뿔이 흩어지게 됨
것을 구하러 나갔다가 다시 가족에게 돌아
가지 못합니다. 왜적이 연곡으로 가는 길
을 감시하고 있었으니까요. 그렇게 며칠이 지나고, 최척이 겨우 연곡사에 도착했을 때에는 시
체가 절에 가득히 쌓이고 피가 흘러 내를 이루고 있었습니다. 그는 가족들이 몰살당한 줄로만
알고 크게 절망합니다. 스스로 목숨을 끊으려 하기도 했어요.

이때, 새로운 인물이 등장합니다. 바로 **명나라의 장군**인 천총 **여유문**입니다. 최척은 명나라에
무관의 관직 이름
가서 살고 싶다고 장군에게 간청합니다. 아무래도 조선에 있으면 자꾸 가족 생각이 날 테니까요.

정말 최척의 가족은 모두 세상을 떠났을
까요? 일단 옥영의 어머니 **심 씨**와 최척의
아버지 **최 공**은 왜적의 손아귀에서 빠져나
와 몰래 산골짜기에 숨었다가 목숨을 구합
니다. 그렇다면 어린아이였던 몽석은 어떻
최척과 옥영의 아들
게 되었을까요? 심 씨와 최 공은 산을 떠
우연한 만남 ①
돌다가 연곡사에서 아기 우는 소리를 듣습
절 이름

울음소리를
따라왔더니…

몽석　　　연곡사　　최 공　　　심 씨
(첫째 아들)　스님　(최척의 아버지) (옥영의 어머니)

니다. 그런데 그 소리가 꼭 몽석이 우는 소리와 똑같은 거예요. 알고 보니 몽석을 구해 준 사람
은 연곡사 스님이었습니다. 왜적이 한바탕 살육을 하고 지나간 뒤, 시체 더미에서 울고 있는 아
기를 발견하고 연곡사로 데리고 온 것이죠.

그럼 옥영은 어떻게 되었을까요? 남장을 한 옥영은 왜병 돈우에게 붙잡혀 왜국으로 가는 길에 목숨을 버리려 합니다. 하지만 옥영은 꿈속에서 장육금불을 만나 마음을 고쳐먹죠. <u>삶의 뜻을 잃은 옥영이 의욕을 갖도록 함</u> 다행히 돈우는 좋은 사람이라 친 아들처럼 옥영을 돌보았고, 옥영도 그를 따르게 되어 함께 장사를 하게 됩니다.

좋아, 버텨 보자!

장육금불이 지켜보고 있다

왜병 돈우 <u>일본</u>

이옥영 (남장)

명나라로 떠난 최척은 여유문이 세상을 뜨자, 산천을 떠돌아다니다가 영혼의 동반자인 **주우** <u>여 공</u> 라는 친구를 만납니다. <u>여유문이 세상을 떠난 뒤 세상을 등지고 신선이 되는 법을 배우려던 최척에게 삶의 의욕을 갖게 함</u> 주우는 함께 배를 타고 장사를 하자면서 최척에게 제안을 합니다. 최척은 이 제안을 받아들이고, 여기저기를 유랑하다가 **안남**에도 들르게 됩니다. 그런데 그날따라 <u>베트남</u> 안남 항구 어딘가에서 염불 외는 소리가 들립니다. 염불 소리를 듣고 마음이 울적해진 최척은 통소를 꺼내어 부는데요. 갑자기 염불을 외는 소리가 뚝 그치더니, 조선어 시가 들립니다. 안남 <u>옥영이 직접 지은 시로, 최척과 옥영을 만나게 하는 과거의 경험이자 기억</u> 에서 조선말을 듣는 것도 놀라운데, 그 시 는 바로 아내가 썼던 시였습니다. 최척은 너무 놀란 나머지 통소도 떨어뜨립니다. 그리고 바로 찾으러 갔느냐고요? 아뇨, 너 무 놀라서 그 자리에서 털썩하고 기절해 버렸습니다.

이것은 조선어!

안남(베트남)의 항구

주우 (최척의 친구)

다음 날 최척은 항구로 가서 조선말로 묻습니다. "혹시 여기 조선인이 있소?"
이 말을 듣자마자 놀란 발걸음이 우당 <u>우연한 만남 ②</u> 탕탕 소리를 내면서 배에서 뛰쳐나옵니다. 몸도 제대로 가누지 못할 만큼 놀라서 허 겁지겁 나온 사람은 바로 옥영이었습니다. <u>최척의 아내</u> 이 극적인 광경을 보고 놀라지 않는 사람

"정말 놀라운 일이구나!"

이옥영 (남장) 최척 왜병 돈우 주우 (최척의 친구)

도, 눈시울이 붉어지지 않는 사람도 없었습니다. 그동안 옥영을 돌봐 주었던 왜인은 흔쾌히 최 <u>왜국 사람 · 돈우</u> 척에게 옥영을 보내 줍니다.

다시 만난 최척과 옥영은 일단 주우의 고향으로 함께 돌아가 정착을 하고, 둘째 아들 **몽선**을 낳습니다. 둘째 역시 등에 붉은 사마귀가 있죠. 시간은 무심하게도 흐릅니다. 몽선은 하루가 다르게 자라서 어느덧 혼처를 정할 때가 왔죠. 몽선의 짝은 이웃에 사는 진씨 가문의 딸, **홍도**였습니다.

혹은 손바닥만 한 붉은 점이라고도 함

진위경의 딸

둘째도 등에
붉은 사마귀가!

이옥영 — 최척

홍도 — 몽선
(몽선의 부인) (둘째 아들)

그런데 홍도의 사연이 특이합니다. 홍도의 아버지는 명나라 병사로 조선에 출정했다가 세상을 떴는데요. 이런 사연 때문에 홍도는 몽선과 결혼을 하고, 언젠가는 조선에 가 보고 싶다는 소망을 내비칩니다.

진위경
홍도의 남편

다음 해인 **무오년**에 명나라는 위기를 맞습니다. **누르하치**가 **요양**으로 쳐들어오자, 명나라 황제를 지키기 위해 소주 사람 **오세영**이 최척을 서기로 삼아 함께 요양으로 출정합니다. 역사를 살펴보면 당시 조선의 병사들도 명나라를 돕기 위해 출정했죠?

1618년
후금 태조 중국의 지명
중국의 지명

완전 수상해,
이 사람

오세영 최척 몽석 강홍립
(소주 사람) (첫째 아들)

이곳에 조선의 대원수 **강홍립 장군**도 함께 합니다. 하지만 누르하치를 너무 만만히 봤던 탓일까요. 조선군과 명군은 모두 포로가 되고 말

나라의 모든 군사를 통솔하는 최고 계급

았습니다. 최척도 당연히 포로 신세였죠. 그런데 놀랍게도 포로 중에는 몽석도 있었어요. 연곡사 스님이 구해 주었던, 첫째 아들 몽석이 기억나시죠? 몽석은 강홍립 장군을 따라 조선의 군사로 왔던 거예요.

최척과 옥영의 첫째 아들

하지만 너무 오랜 시간이 지난 탓일까요? 두 사람은 서로를 알아보지 못합니다. 오히려 서로 감추고 있는 것은 없는지 의심하는 상황이죠. 몽석은 최척이 말을 더듬거리는 것을 보고 명나라 병사가 조선 사람 흉내를 낸다고 생각하고요. 최척도

"나도… 등에
붉은 사마귀…"

몽석 최척
(첫째 아들)

오랑캐가 실상을 조사한다고 생각해서, 전라도에 있었다고 했다가 충청도에 산다고 했다가 오

락가락합니다. 이럴 때에는 시간이 답이에요. 두 사람은 몇 개월 동안 포로 신세로 함께 시간을 보내다가 가까워지는데요. 최척은 자신의 기구한 인생 이야기를 몽석에게 털어놓게 됩니다. 이
우연한 만남 ③
야기를 듣던 몽석은 얼굴이 굳어지며 이렇게 묻습니다.

"그렇다면 잃은 아들의 나이가 몇이며 몸에 어떤 특징이 있습니까?"

"흠, 내 아들은 갑오년 10월에 나서 정유년 8월에 잃었습니다. 등에는 붉은 사마귀가 있죠."
혹은 손바닥만 한 붉은 점이라고도 함
대답을 듣자마자 몽석은 기절합니다. 이전에 최척이 안남에서 아내의 시를 듣고 기절했던 것을 떠올려 보면, 역시 부전자전입니다. 몽석은 정신을 차리자마자 자신이 최척의 아들이라는 사실을 밝힙니다. 최척은 아들을 만난 기쁨과 함께 아버지와 장모인 심 씨가 살아 있다는 사실
최 공 옥영의 어머니
도 알게 되며 기뻐합니다.

여기서 더 놀라운 우연이 또 있습니다. 바로 세상을 떠난 줄로만 알았던 홍도의 아버지를 최척이 만나게 되는 일입니다.
진위경
포로들을 지키던 늙은 오랑캐가 최척과 몽
후금의 군사
석이 특별한 사이이고 오랜만에 상봉했다는 것을 알았는지, 몰래 두 사람을 풀어주

는데요. 최척은 살아 있는 가족을 빨리 보고 싶다는 마음에 걸음을 재촉하다가 그만 병이 나고, 은진의 여관에서 시름시름 앓게 됩니다.
충남 논산의 옛 이름
그때 우연히 여관에서 만난 사람이 의술로 최척을 구해 주고, 덕분에 최척은 무사히 최 공과 심 씨를 만나게 되죠. 그런데 고향에 도착해서 알아보니 그 사람이 바로 **홍도의 아버지, 진위경**이
우연한 만남 ④ 몽선의 부인 · 최척의 며느리
었습니다. 세상에, 결혼식에서도 보지 못한 사돈을 조선 땅에서 그것도 우연히 다시 만나다니요! 대단한 우연이죠?

문제는 이런 사실을 전할 방법이 없습니다. 아무것도 모르는 옥영은 명나라 관군이 호병에게 전멸했다는 소식을 듣고 죽어
후금의 군사
가고 있었죠. 부처님은 또다시 그녀의 꿈
장육금불
에 나와 위로의 말을 전하십니다.

"헛되게 죽으려 하지 말아라! 죽지 않고 살아 있으면 반드시 좋은 일이 있을 거야!"

옥영은 다시 마음을 고쳐먹고, 배를 타고 조선으로 돌아갈 계획을 세웁니다. 일단 몽선과 홍도에게 조선말과 일본말을 가르치고, 왜병을 따라 뱃길을 다니던 때를 떠올리며 능숙하게 일을 처리합니다. 이렇게 준비가 철저해도 일이 틀어질 수 있나 봅니다. 불행하게도 해적을 만난 세 사람은 배를 빼앗기고 무인도에 버려집니다.

> 최척과 옥영의 둘째 아들
> 진위경의 딸 · 몽선의 부인
> 남장한 옥영을 친아들처럼 키워주었던 조력자

하지만 부처님이 말씀하셨죠? 죽지 않고 살아 있으면 좋은 일이 생긴다고요. 세 사람은 다행히 지나가던 조선 배를 만나고, 경신년에 드디어 남원 땅을 다시 밟게 됩니다. 옛집 앞에 도착하니, 최척과 심 씨가 모두 달려 나옵니다. 온 가족이 다시 만나는 순간입니다. 그리고 마지막은 이렇게 정리됩니다.

> 1620년
> 옥영의 어머니

심 씨
(옥영의 어머니)　이옥영　　몽석
(첫째 아들)　몽선
(둘째 아들)

최공
(최척의 아버지)　최척　　진위경
(홍도의 아버지)　홍도

"최척 부부는 모두 살아서 아들들의 영광스러운 봉양을 많이 받았으니, 참 희한한 일이로다!"

○── 나오며

《최척전》은 네 번의 우연으로 이야기가 전개되어 기우록이라는 또 다른 이름을 얻습니다. 정유재란 이후 최척은 가족이 몰살당한 줄로만 알고 명나라로 떠납니다. 이때 최 공과 심 씨는 **우연히** 연곡사에서 몽석을 다시 만납니다. 최척과 옥영은 안남에서 퉁소를 불고 시를 읊다가 **우연히** 다시 만나죠. 최척과 몽석은 명과 후금의 전쟁에서 각각 명군과 조선군으로 포로 생활을 하다가 **우연히** 만나게 됩니다. 또한 최척은 조선으로 가는 길에 아파서 치료를 받았는데, **우연히도** 치료를 해 주었던 명의가 사돈 진위경이었습니다. 이 네 번의

> 최척의 아버지　옥영의 어머니　최척의 첫째 아들
> 베트남

우연히 최 공과 심 씨가
몽석을 찾다　　우연히 옥영과
최척이 만나다

우연히 최척과
몽석이 만나다　　우연히 진위경과
최척이 만나다

우연을 통해 우리는 최척이 가족과의 오랜 이별 끝에 기적적으로 다시 만나는 모습을 보게 됩니다.

1 최척은 처음에 몽석을 알아보지 못하고 의심한다. **O, X**

2 옥영은 절망에 빠져 목숨을 끊지만, 장육금불의 도움으로 환생한다. **O, X**

3 최척은 몽선과 홍도가 도착하고 나서야 진위경이 자신의 사돈임을 알아차렸다. **O, X**

 개념 노트

옥영의 적극적인 면모

옥영은 최척에게 먼저 호감을 고백하며, 적극적으로 마음을 표현합니다. 이후에 옥영의 어머니 심 씨가 최척의 집안이 가난하다는 이유로 반대하자, 논리적으로 설득을 하기도 하고 목숨을 버리려 하기도 하죠. 옥영의 적극적인 태도는 결혼 후에도 드러납니다. 옥영은 전쟁에 나갔다가 소식이 끊긴 남편을 찾아 배를 타고 조선으로 가는 결단을 내리기도 합니다.

1.O 2.X 3.X

⑰ 바리데기

작자 미상

죽은 이의 넋을 위로하고 영혼을 인도하는 신

○─── 들어가며

고귀한 신분이지만 태어날 때부터 부모에게 버림받은 존재가 있습니다. 일곱 번째 딸로 태어났기 때문이죠. 이미 여섯 명의 딸을 키우고 있던 부모는 가차없이 딸을 바다로 흘려보냈죠. 하늘은 이들을 벌하기 위해 죽을병을 내리지만, 부모를 구하고자 먼 길을 떠난 것은 주인공, 바리공주입니다. 바리공주의 이야기는 지금까지 '무가'로 불리며 전승되었습니다. **무가는 무당이 굿을 할 때 부르는 노래**로 어떻게 신이 되었는가에 대한 내용이 곧 가사죠? 그러니 바리공주 역시 기이한 탄생을 통해 세상에 나고, 역경과 고난을 거쳐 신이 된다는 점을 예상할 수 있습니다. 그렇다면 바리공주는 어떤 신이 될까요? 바로 죽은 이의 넋을 위로하고 영혼을 극락세계로 인도하는 신입니다. 그렇기 때문에 이 작품은 죽은 사람의 넋을 위로하는 **오구굿**에서 불리죠.

바리공주는 천별산을 다스리는 **오구 대왕**과 **길대 부인** 사이에서 태어난 막내 공주입니다. 오구 대왕은 용하다는 **천하궁**의 **갈이 박사**에게 국가의 길흉을 묻죠. 여기서 갈이 박사는 **박수**, 즉 **남자 무당**이라고 생각하시면 돼요. 갈이 박사는 올해에 길례를 올리면 딸만 일곱 명을 낳지만 다음 해에

"올해에 결혼하면 딸이 일곱 명, 내년에 결혼하면 아들이 세 명!"

갈이 박사
(남자 무당)

오구
대왕

길대
부인

길례를 올리면 아들만 셋을 낳는다고 말합니다. 대를 이어야 하는 왕의 입장에서는 당연히 내년을 기다리는 편이 옳았지만, 오구 대왕은 갈이 박사의 예언을 무시하고 당장 혼례를 올립니다.

"점복이 용하다 한들 점복마다 맞히겠느냐."

고집이 대단하죠? 갈이 박사가 그렇게 이야기했는데도 오구 대왕은 점괘를 믿지 않고 멋대로 생각합니다. 하지만 예언대로 길대 중전마마는 계속 딸을 낳아 여섯 명의 공주를 둡니다.

그런데 이번에는 왠지 다를 것 같은 느낌이에요. 길대 부인의 태몽이 심상치 않았거든요.

기둥과 기둥 사이를 이어 집을 떠받치는 나무 · 나라의 운명을 좌우할 중요한 사람의 비유

"**대명전** 대들보에 **청룡 황룡**이 엉킨 모습

궁전 이름

이 보이고 오른손에 **보라매**, 왼손에 **백마**를

사냥에 사용하는 매

받아 보이고 왼 무릎에 **흑거북**이 앉아 뵈고

양쪽 어깨에는 **일월**이 돋아 보였습니다."

해와 달

청룡, 황룡부터 해와 달까지, 엄청난 인물

기이한 태몽

이 날 태몽이네요. 오구 대왕은 몽사만 듣

꿈

고 당연히 아들이 태어날 것을 기대합니다.

"꿈 한번 대단하군!
이번에는 틀림없이
왕자야!"

드디어 열 달이 지났습니다. 이번에도
공주였죠. 실망한 오구 대왕은 일곱 번째
딸을 바다에 버리기로 합니다. 중전마마

길대 부인

가 차라리 자식 없는 신하에게 맡기라고
해도 고집을 꺾지 않습니다. 우선 옥함을

옥으로 만든 상자

만들어 국왕 공주라 새기고, 양 마마의 생

오구 대왕과 길대 부인

월일시와 아기의 생월일시를 옷고름에 맨

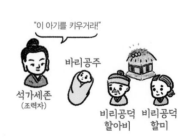

"또 딸이라니,
옥함에 넣어 버려라!"

오구   바리공주   길대
대왕   부인

금거북(조력자)

후, 금 자물쇠와 흑 자물쇠를 채워 바리공주를 바다에 버립니다. 하지만 옥함은 쉽게 물에 가라
앉지 않습니다. 세 번이나 물에 던진 후에야 **금거북**이 나타나 옥함을 지고 사라집니다.

바다에서 바리공주를 구하는 조력자

바다에 떠도는 옥함을 발견한 존재는 **석
가세존**이었습니다. 석가세존은 **비리공덕**

부처 · 석가모니 · 바다에서 바리공주를 구함

할아비와 **비리공덕 할미**에게 바리공주를

바리공주를 키워 준 조력자

맡기고자 하죠. 이들 역시 보통 인물이 아
니었는데요. **공덕을 많이 쌓아 공덕 할아비,
할미**로 불렸습니다. 아무리 마음이 착해도
아이를 키울 처지가 되지 못하면 아이를
맡을 수가 없겠죠?

"이 아기를 키우거라!"

석가세존
(조력자)

바리공주

비리공덕   비리공덕
할아비   할미

"봄과 가을에는 들에서 머무르고 겨울에는 굴속에서 머무는데 어찌 귀한 자손을 데려다 기

바리공주

르겠습니까?"

그러자 석가세존이 말하죠.

"이 아기를 데려다 기르면 집도 생기고 옷과 밥이 절로 생길 것이다."

할아비와 할미는 우선 옥함에서 아이를 꺼내 깨끗하게 씻깁니다. 그랬더니 석가세존의 말씀
석가세존, 비리공덕 할아비와 할미의 도움을 받는 바리공주
처럼 그들의 눈앞에 갑자기 집이 생깁니다. 이렇게 바리공주와 비리공덕 부부의 거처가 마련
되죠.

바리공주는 자라면서 가르치지 않아도
뛰어난 능력
세상 모든 학문을 다 알고 있었습니다. 다
만, 부모가 누군지는 몰랐죠. 그렇게 바리
공주는 열다섯 살이 되었습니다.

그 무렵 대왕 부부는 모두 위중한 병이
오구 대왕과 길대 부인
들어 생사를 넘나들고 있었어요. 모든 약
을 써도 소용이 없자, 대왕은 신하를 보내

갈이 박사에게 점괘를 받아 오라고 하죠. 갈이 박사가 누구였죠? 맞습니다. '올해 결혼하면 딸
남자 무당
만 일곱 명, 다음 해에 결혼하면 아들이 세 명'이라고 예언했던 무당이었죠. 하지만 갈이 박사
로부터 들은 점괘는 비참하기만 합니다.

"동쪽에는 해가 떨어지고 서쪽에는 달이 떨어지니 양전 마마가 한날시에 승하할 것입니
다. 바리공주의 **사처**私處를 찾으십시오."
오구 대왕과 길대 부인

여기서 사처는 **개인이 거처하는 곳**이라는 뜻입니다. 즉, 바리공주가 사는 곳으로 가 보면 방
법이 있다는 이야기이겠죠. 그런데 세월이 15년이나 흘렀잖아요. 대왕은 푸욱, 하고 긴 한숨만
내쉽니다.

엎친 데 덮친 격으로 궁중에 **푸른 옷을**
옥황상제의 심부름꾼
입은 동자가 나타나서 이렇게 말합니다.

"옥황상제가 점지한 칠공주를 버린 죄
바리공주
로 두 분은 한날시에 세상을 뜨게 되실
겁니다. 지금 사자들이 오고 있습니다!"
죽은 이의 혼을 거두는 존재
벼랑 끝에 몰린 부부는 동자에게 방법을
구합니다. 동자는 아무렇지 않게 방법을
가르쳐 주죠.
건강을 되찾음
"회춘하려면 동해 용왕과 서해 용왕이 있는 용궁에서 약을 잡수시거나, 삼신산 불사약과
전설 속 봉래산 · 방장산 · 영주산을 아우르는 이름

봉래산 · 방장산을 가리킴
봉내방장 무장승의 양현수를 얻어 잡수시면 될 것입니다.”
약수를 지키는 존재   약수

그게 말처럼 그렇게 쉽냐고요! 용궁에 가는 길이 동네 마트 가는 길이에요? 심지어 봉내방장

은 죽은 혼백만 갈 수 있는 곳이라고요! 사정이 이러니, 앞에서는 ‘대왕님, 대왕님’ 하고 신하들

이 떠받들어도, 대왕 부부를 위해 약을 구하러 가겠다는 사람은 아무도 없습니다. 누가 자신의
약을 구하러 가는 길이 고생스러운 길임을 암시
생명을 담보로 위험을 무릅쓰겠어요? 과연 대왕 부부는 살아남을 수 있을까요?

이때 대왕 부부가 눈물을 흘리는 모습을

보고, 한 신하가 바리공주를 찾아오겠다면

서 나섭니다.

“간밤에 천기를 잠깐 보니 서쪽에 밤이

면 서기가 하늘에 가득하고 낮에는 운무가
상서로운 기운   구름과 안개
자욱합니다. 그곳에 공주가 계신 것 같습

니다. 소인이 찾으러 가겠습니다.”

역시 바리공주는 보통 인물이 아니었습니다. 신하는 까마귀와 까치 그리고 풀과 나무가 인

도하는 대로 방향을 잡아 드디어 바리공주를 찾아냅니다.

15년 만에 바리공주를 만난 대왕이 무

슨 할 말이 있겠어요. 매몰차게 버렸던 자

식을 오랜만에 만난 대왕은 눈물을 흘립

니다. 바리공주는 도량이 넓은 영웅이었어

요. 자신을 버린 부모를 위해 험한 길을 자

처합니다.

오구 대왕은 바리공주에게 비단 창옥,

비단 고의, 고운 패랭이, 무쇠 질방, 무쇠
            바지   모자   지팡이 또는 질방구리
주령, 무쇠 신발을 내려줍니다. 고의를 입고 패랭이를 덮은 것으로 보아 공주는 남장을 하고 떠
방울 또는 지팡이
나려 하는 모양이에요.

무쇠 지팡이를 한 번 짚을 때마다 바리공주는 천 리를 갑니다. 눈 깜짝할 사이에 몇천 리를

달려왔으니, 당연히 어딘지 분간하지 못하겠죠? 바리공주는 아래를 굽어보다가 석가세존을 만
                                                바리공주를 살려준 조력자
납니다. 그는 부모를 위해 험한 길을 자처하는 바리공주를 돕기로 하죠. 이번이 두 번째 도움이

죠? 석가세존은 바리공주에게 낭화 꽃 세
가지와 금주령을 선물합니다. 이 금주령만
_{열매를 맺지 못하는 꽃}
_{금방울 또는 금지팡이}
있으면 험한 길이 평탄해지고 대해도 거뜬
히 건널 수 있대요.
_{넓은 바다}

역시 약을 구하러 가는 길은 험난합니
다. 온갖 죄인들이 모인 지옥에서는 우는
소리가 들려옵니다. 여기서 바리공주의 진
면목이 나오는데요. 바리공주는 낭화를 흔
_{열매를 맺지 않는 꽃}
들어 죄인들을 풀어 주고 그에게 매달리는
_{무조신의 면모 ①}
죄인들을 위해 염불을 외워 극락에 가도록
빌어 주죠. 이것이 나중에 공주가 무조신이
_{무당의 조상신·영혼을 저승으로 인도함}
되고 나서 할 일이 되겠죠?

끔찍한 지옥을 겪었는데도 목적지가 보
이지 않습니다. 이번에는 넓은 바다를 만
나죠. 세존님이 주신 금주령을 사용할 때
_{금방울 또는 금지팡이}
가 되었네요. 바리공주는 금주령을 하늘에
던져 무지개 다리를 만듭니다. 그곳에서
우리의 바리공주는 자신의 반쪽을 만나게
되죠. 바로 **무장승**이었습니다. 키는 하늘에
_{약수를 지키는 존재}
닿을 것 같고, 눈은 등잔 같고 얼굴은 쟁반 같은 존재였죠.

바리공주가 무장승에게 약수를 달라고
부탁하자, 무장승은 노동을 요구합니다.
장장 9년 동안의 노동이었죠. 3년 동안 나
무하기, 3년 동안 불 때기, 3년 동안 물 길
어 오기였습니다. 바리공주는 성실하게
9년의 노동 시간을 채웁니다. 그러자 무
장승은 또 바리공주에게 요청을 합니다.

아들 일곱 명을 낳아 달라고 한 거죠. 세월이 또 갑니다. 드디어 무장승의 모든 소원을 이루어 준 바리공주는 **약수와 개안초, 숨살이꽃, 뼈살이꽃, 살살이꽃**을 구해서 바쁘게 떠납니다. 무장 승과 아들들도 따라오죠.

고향으로 돌아오는 길에 바리공주는 또 다시 무조신으로서의 면모를 보입니다. 피바다 위에는 네 척의 배가 지나가고 있 었죠. 한 척은 공덕을 베풀었던 사람들이 극락세계 연화대로 가는 배였고요. 한 척 은 충신, 효자의 배로 극락왕생하러 가는 배였고요. 한 척은 역적과 불효자, 살인하 고 험담한 자들이 화탕지옥과 칼산지옥으로 끌려가는 배였죠. 마지막 배는 자식이 없는 귀신 과 해산길에 죽은 망자, 49재 지노귀새남을 받지 못한 사람, 즉 죽은 이를 인도하는 굿을 받지 못한 사람들이 탄 배였습니다. 바리공주는 이 배를 향해 염불을 외워 극락왕생할 수 있도록 해 주죠.

서둘러 돌아왔지만, 오구 대왕과 길대 중전은 이미 세상을 뜬 뒤였습니다. 괜찮 아요. 바리공주에게는 온갖 약이 다 있으 니까요! 죽은 사람을 다시 살릴 수 있느냐 고요? 그럼요. 전부 선계에서 온 약들이라 충분히 가능하답니다.

오구 대왕   개안초
뼈살이꽃
살살이꽃
피살이꽃   길대 부인

바리공주는 우선 부모님의 입에 약수를 넣고, 개안초는 품에 넣고, 뼈살이꽃, 살살 이꽃, 피살이꽃을 눈에 넣습니다. 그러자 대왕 부부는 기지개를 켜며 거짓말처럼 되 살아납니다. 이렇게 대단한 일을 하고도 바리공주는 부끄러워했으니, 바로 부모님 모르게 무장승과 혼인하고 아이를 낳았기

오구
대왕   길대
부인   바리공주   무장승과 아이들

때문입니다. 하지만 대왕은 '그 죄는 네 죄가 아니라 우리 죄'라고 말하며 무장승을 사위로 인정하고, 바리공주에게 무척 고마워합니다.

그리하여 무장승은 산신제와 평토제를
_{산신에게 올리는 제사}
_{무덤을 만들 때 올리는 제사}
받아먹으며 살게 됩니다. 여기서 '제를 받아먹는다'는 말이 조금 어색할 수도 있는데요. 마치 우리가 용돈을 받는 것처럼, 신들 역시 제사를 받았다고 생각하시면 쉬울 거예요. 바리공주의 아이들은 저승의
_{죽은 이의 선악을 심판하는 판관}
십대왕이 되고요, 마지막으로 주인공 바리

저승의 십대왕이
된 아이들

무조신이 된
바리공주
인도국 보살
들판의 무당

무장승
산신제와
평토제

_{무조신이 된 바리공주}
공주는 인도국 보살로서 절에서 공양을 받고, 들판에서는 무당이 되어 죽은 영혼을 저승으로 인도합니다.

○—— 나오며

바리공주는 천별산의 공주로 태어났지만 딸이라는 이유로 태어나자마자 버림받는 신세가 됩니다. 다행히 금거북과 석가세존 그리고 비리공덕 할아비와 할미의 도움을 받아 장성하지만 또다시 시련을 겪습니다. 부모님의 약을 구하러 가기 위해서죠. 석가세존의 도움을 받아 무사히 약수가 있는 곳까지 다다르지만, 거기에는 노동과 출산이라는 고통이 기다리고 있었습니다. 여기에서는 전통 사회에서 만연했던 '남아 선호 사상'을 엿볼 수 있습니다.

딸이라는 이유로
버림받다

저승의 공간은
선악으로 나뉜다

 **핵심 체크**

1 오구 대왕은 바리공주의 태몽을 듣고 세자 대군을 얻을 꿈이라고 생각했다. **O, X**

2 바리공주는 스스로 자신의 부모를 찾기 위해 떠났다가 대왕 부부가 아프다는 소식을 들었다. **O, X**

3 바리공주는 부모에게 알리지 않고 무장승과 혼인한 일을 부끄럽게 여겼다. **O, X**

 **개념 노트**

오구 대왕의 성격

바리공주의 아버지이자 천별산의 왕인 오구 대왕은 고집스러운 인물입니다. 분명히 갈이 박사가 경고를 했는데도, 그의 예언을 무시하고 혼례를 올리죠. 또 바리공주를 바다에 버리지 말고 자식 없는 신하에게 주라는 길대 부인의 말 역시 무시합니다. 굉장히 '**가부장적**'이라고 할 수 있죠. 여기서 가부장적이라는 말의 뜻은, **가장이 가족과 관련된 일에 절대 권력을 가지는 것**을 의미합니다.

1.O 2.X 3.O

⑱ 임진록 壬辰錄

작자 미상

임진록		
	전쟁 중	
전쟁 전	전반부	후반부

◦── 들어가며

《임진록》은 **임진왜란**을 배경으로 하는 역사 소설입니다. 역사를 알면 읽기 쉬운 작품이기는 하지만, 《임진록》은 '역사'가 아니라 역사 '소설'입니다. 역사를 소재로 허구적인 설정과 상상력을 덧붙인 거죠. 덕분에 조상들은 이 작품을 통해 왜군에게 받았던 상처를 조금이나마 위로받을 수 있었죠. 전쟁이 배경인 만큼, 《임진록》에는 다양한 인물이 등장하고 고정된 주인공이 없습니다. 그래서 더 어렵게 느껴지죠. 인물로 내용을 따라가기 어려울 때는 사건을 기준으로 삼아 내용을 파악하면 됩니다. 지금부터 우리는 임진록을 크게 **전쟁 전**과 **전쟁 중**으로 나누고, 전쟁 부분 역시 **일본의 공격에 정신없이 당하는 전반부**와 **뛰어난 장수와 사명당의 등장으로 조선이 승리를 거머쥐는 후반부**로 나누어서 보도록 할게요.

임진왜란 전

임진왜란이 일어나기 전, 장군 평수길ᅮ

풍신수길 · 도요토미 히데요시
秀吉은 사람들의 신임을 받아 일본 땅에서 능력을 인정받습니다. 여기서 평수길은 임진왜란을 일으킨 장본인, 도요토미 히데요시豊臣秀吉를 가리킵니다. 《임진록》에서는
풍신수길
평수길이라는 이름으로도 등장하니 같은 인물이라고 생각하시면 됩니다. 그는 조선을 정복하기 위한 야망을 품고 조선에 여덟 명의 장군을 정찰군으로 보냅니다. 정
적을 미리 살피는 군인
찰군은 3년 동안 한 도씩 맡아 감시하고 자세한 조선 지도까지 만들어 올리죠. 꼼꼼하게 준비를 마친 평수길은 본격적으로 장군들을 앞세워 전략을 펼칩니다. 네 명의 날랜 장수를 뽑아서
청정 · 평행장 · 마다시 · 심안둔
먼저 두 장수가 조선 삼남을 공격하면 이때 왜군은 도성을 점령할 계획을 세웁니다. 나머지 두
충청도 · 전라도 · 경상도   황이 있던 도읍지
장수는 무엇을 하느냐고요? 서해에 군사를 주둔시키고, 조선이 명나라에 도움을 요청하지 못
군대를 배치함

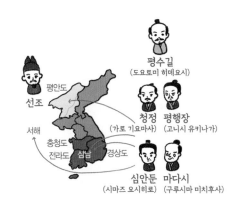

평수길
(도요토미 히데요시)

일본군

선조
평안도
서해
충청도
전라도 삼남 경상도

청정
(가토 기요마사)
평행장
(고니시 유키나가)

심안둔
(시마즈 요시히로)
마다시
(구루시마 미치후사)

하게 막기로 합니다. 안타깝게도 조선의 왕 선조는 일본의 계획을 전혀 눈치채지 못합니다.
조선의 14대 왕

임진왜란 전반부 요약

명나라 군대의 도움을 받기 전, 전반부에
는 정신없이 전쟁이 전개됩니다. 청정을 중
심으로 왜적을 대표하는 평행장과 마다시
그리고 심안둔이 전략적으로 조선을 공격
했기 때문이죠. 이 네 명의 왜장들은 계속
나오니 잘 기억해 두세요. 이들의 공격을
받은 사람들의 반응은 두 가지였습니다.
죽기까지 싸움을 멈추지 않거나, 싸우기도 전에 도망치거나. 동래 부사 **송상현**과 **이일, 신립, 유
극량, 김명원**은 끝까지 죽을힘을 다해 싸웁니다. 자신의 고집대로 행동하다가 안타까운 목숨을
잃은 **신각**과 **신길** 역시 임진왜란 전반부에 목숨을 잃습니다. 이들과 달리 **국경인**은 왜장 **청정**과
손을 잡기 위해 왕자를 팔아넘깁니다.

왜국의 계획은 완벽했습니다. 왜군이 **부
산 동래**로 향할 때, 조선은 아무런 준비도
되어 있지 않았습니다. 함성이 백 리까지
뒤흔들자 조선의 군사는 너무 놀라 제대
로 싸우지도 못하거나 무기를 버리고 도망
가죠. 마지막까지 군을 지휘하던 **송상현**은
자신이 살아남지 못할 것이라는 사실을 알
고 피로 시를 한 수 남기고 왜군의 칼에 숨을 거둡니다.

왜의 기세에 놀란 선조는 **이일**과 승지
김성일을 보내어 왜군을 막고자 하지만 쉽
지 않습니다. 그나마 남아 있던 군사들과
수령은 오히려 장수들이 왕명을 받고 온다
는 전갈을 듣고 모두 도망칩니다.
먼저, 이일이 **경상도**에 도착해서 싸워

보려 하지만 조선의 군사는 오합지졸이었죠. 게다가 왜군은 조총을 가지고 있었기 때문에 상
불을 이용한 구식 총
대가 되지 않습니다. 이일은 다시 **충주**로 향하여 **신립**의 진에 합류하게 되지만, 왜군은 빠르고
또 많았습니다. 그들은 산과 들을 가득 메우고 비바람 같이 달려오는 중이었죠. 결국 신립은 전
투 중에 총에 맞아 죽고 이일은 온힘을 다해 왜적과 싸우다가 **통영**으로 향합니다.

신립 장군마저 세상을 떴다는 소식은
선조와 조정 대신들 그리고 성안에 있는
백성들까지 두려움에 떨게 만듭니다. 이
때 선조는 몸을 피해 **임진**에서 **개성**으로
황주에서 **평양**으로 계속 거처를 옮깁니다.
청정은 약삭빠른 장군이었습니다. 예상대
가토 기요마사
로 선조가 **평안도**로 몸을 옮기자, 청정과
고니시 유키나가
평행장은 경성을 공격해 경복궁을 차지했
한양 : 서울

습니다. 왜군은 도성 안의 마을에 불을 지르고 정·선릉을 파헤칩니다. 도성을 차지한 청정은 평
정릉은 중종릉, 선릉은 성종과 성종비 정현왕후의 능
행장을 시켜 선조가 피신해 있는 **평양성**까지 점령해 버리라고 하죠. 만약 선조가 **의주**로 달아
구루시마 미치후사   대동강 근처의 성
나면 마다시와 심안둔을 추가로 보내서 선조를 아예 **함경도**에 가둘 계획까지 세워 놓았습니다.
시마즈 요시히로

도성을 지키던 부원수 **신각**은 뛰어난 장
수였습니다. 그런데 **이양원**의 명을 듣지
않은 것이 문제가 됐죠. 신각은 도성을 버
리자고 주장했습니다. 적은 군사로 도성을
지키다가 양식이 떨어지면 어차피 성을 지
키지 못하니 차라리 일찍 성을 버리고 **함**
경도로 들어가 군사를 준비하자는 뜻이었

는데요. 이양원은 신각의 의견을 끝내 허락하지 않고, 부원수였던 신각은 군법을 위반하며 멋
군사의 규칙
대로 움직입니다. 사실 신각의 결정이 훨씬 전략적인 방안이었습니다. 결국 이양원은 도성을
빼앗기죠. 이때 신각은 **함경도 안변**으로 들어갔다가 군사를 모아 다시 도성으로 향하는데요. 중
간에 강원도에서 왜적을 상대로 대승을 거두기도 합니다. 하지만 이 같은 상황을 몰랐던 대신
들은 신각이 멋대로 자리를 벗어났다며 군법에 따라 그의 목을 뱁니다. 그가 전투에서 이겼다
는 소식을 들은 선조가 뒤늦게 신각의 죄를 사하려 하지만 이미 그는 세상을 떠난 뒤였죠.

한편 평행장은 **임진**에서 옴짝달싹하지
도 못하고 발이 묶였습니다. 배가 없으니
물을 건널 수가 없는 데다가, 세 사람이 든
든하게 임진을 지키고 있었거든요. 그런
데 여기서 신길이 욕심을 냅니다. 그는 밤
에 물을 건너 적진을 습격하자는 제안을
합니다. 유극량이 말려 보려고 하지만 신

길은 군사를 이끌고 물을 건너 공격을 시작합니다. 이때 평행장은 꾀를 냅니다. 후퇴하는 척하
며 조선군을 유인하고 물가 근처에 숨어 있다가 신길의 군사들이 타고 온 배를 훔쳐 물을 건
너갑니다. 신길은 자신이 속았다는 것을 깨닫지만, 너무 늦었죠. **김명원**은 죽기 전까지 싸우다
가 겨우 평양으로 도망쳤지만, **신길**은 죽고 **유극량**은 스스로 목숨을 끊습니다. 조선이 이렇게
전쟁에서 계속 밀리자, 매국노까지 등장합니다. 경성 장교 **국경인**은 왕자를 팔아 **청정**의 부하
로 들어가죠.

명나라 원병 요청

평행장은 이제 평양을 눈앞에 두고 있습
니다. 이번에도 역시 물에 가로막히죠. 대
동강 왕성탄을 건너지 못한 것입니다. 배
가 없어서 대동강을 건너기 어려운 데다,
왜군이 물가에 나오기라도 하면 공격을 퍼

부었습니다. 선조는 두려움에 질려 **의주**로
몸을 피하고, 명나라에 사람을 보내 원병
을 요청합니다. 그렇게 약 20일이 지났습니다. 여전히 평행장은 평양성을 공격하지 못하고 있
었죠. 사실 주변의 왕성탄은 그리 깊지 않은 물이었지만 이런 사실을 알 리가 없는 왜장은 시
간만 보내고 있었습니다. 한편 **김명원**은 이때가 공격의 기회라고 생각하고 급습 명령을 내립니
다. 왜군은 혼비백산하지만, 곧 포를 쏘며 반격했죠. 반격에 놀란 조선군은 치명적인 실수를 하
고 맙니다. 놀라서 후퇴하던 조선 군사들이 왕성탄으로 뛰어든 것이죠. 배를 타지 않아도 된다
는 사실을 깨달은 왜군은 바로 평양성을 공격합니다.

임진왜란 후반부 요약

후반부에는 명나라에서 보낸 장수들이 등장합니다. 제대로 힘을 써 보지도 못하고 패배한 **요동도독 조승훈**, 거만한 **이여송**도 있습니다. 하지만 이들은 조력자라기보다는 오히려 걸림돌에 가깝게 묘사됩니다. 소설 속에서 조선이 승리하는 이유는 명나라 군사의 도움이 아니라, 바로 조선의 힘에 있습니다. 전략적으로 적을 공격하는 **이순신**과 같은 장수가 늘어나고, 의병이 일어나고, **사명당**과 같은 귀인이 나타나면서 반격이 시작되죠.

조승훈 (요동도독) 이여송 곽재우 (의병장) 이순신 사명당 (사명대사) 김덕령 (의병장)

김덕령 · 곽재우 등

도술을 부리는 승려 · 사명대사

명나라 황제는 조선을 구하기로 하고, **요동도독 조승훈**을 보냅니다. 그는 기세 좋게 바로 평양성으로 들어갔다가 완전히 패배하고 다시 요동으로 돌아가 버립니다.

"바로 패배나?" "집에 갈래!" 평양 "다신 오지 마라!"
명나라 황제 조승훈 (요동도독) 평행장

한편 살아남은 **이일**은 황해도에 있는 절에서 **한명현**과 함께 왜군을 물리칠 방안을 마련합니다. 이들은 왜병의 모습으로 변장하여 적진을 기습해서 승리를 거두죠.

전반부에서 신립과 함께 싸웠던 인물

용강의 **김응서**는 왜장 종일의 목을 벱니다. 이때 기생 **계월향**이 김응서를 돕죠. 그녀는 종일의 잠버릇을 알려 주며, 죽이기

"함께 물리치재!" 평양 황해도 왜장 종일
한명현 이일 김응서 계월향

좋은 시간이 사경 이후라고 일러 줍니다. 김응서는 종일의 머리를 베는 데 성공했지만, 계월향을 구하지는 못했습니다. 그녀는 왜군의 손에 잡혀 최후를 맞습니다.

새벽 1시~새벽 3시 사이

전라좌도 수군절도사 **이순신**은 바다에서 크게 활약합니다. **원균, 이억기**와 함께 왜군에 대적하죠. **마다시**와 **심안둔**, 두 장수는 바닷길로 들어와 이들을 공격하는데요. 이순신은 거짓으로 도망치는 척하며 일부러 넓은 바다로 왜군을 유인합니다. 그러더니 갑자기 왜군을 향해 배를 돌리고 일시에 화포를 쏩니다. 이때 물에 빠져 죽은 적군이 만여 명입니다. 이순신의 능력은

시마즈 요시히로

구루시마 미치후사

탁월했습니다. 역사 속에서도 뛰어난 장군이었지만, 소설 속에서도 이순신은 영웅이었습니다. 한때 이순신은 자신을 시기하는 무리들 때문에 모함을 당해 옥에 갇히기도 합니다. 하지만 그 후에도 제자리로 돌아와 나라를 지키죠. 정유년 9월 16일에는 **명량해전**을 치르고, **노량해전**을 마지막으로 54세의 나이에 세상을 뜹니다.

바다에 이순신이 있다면, 땅에는 **정문부**가 있습니다. 정문부는 일단 **회령**을 지키고 있던 **왜장 경감로**를 몰아냅니다. 회령의 관리들이 '조선의 군사 십만이 성 아래에
<u>관리들의 거짓말에 도망친 경감로</u>
이르렀다'고 엄포를 놓았더니 금방 도망을 쳤죠. 경감로는 회령 백성들의 손에 붙들려 최후를 맞습니다. 회령을 회복한 정문

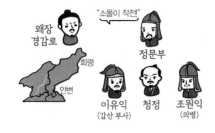

부는 왜국의 장수 **청정**을 노립니다. 정문부는 **조원익** 그리고 **갑산 부사 이유익**과 함께했는데요.
<u>평안도 강동 땅에서 유배 중에 의병을 일으킴</u>
정문부의 작전은 이랬습니다.

"원익은 5천 군을 거느리고 먼저 동문을 쳐라. 나는 후군이 되어 남문에 불을 놓고 치면 반드시 서문으로 도적이 갈 것이니, 우리가 양쪽 문으로 급히 몰아 함께 공격하면 성공할 것이네."

정문부와 조원익이 왜군을 궁지로 몰아넣으면, 이유익이 이끄는 군대가 공격하는 것이죠. 이 작전으로 **청정**의 군사 절반이 목숨을 잃고 청정은 안변으로 도망칩니다.

승려도 나섰습니다. **사명당**은 금강산
<u>사명대사</u>
유점사의 승려였습니다. 그는 천 리 밖에
<u>절 이름</u>
서도 왜군이 어떻게 움직이는지 정확하게 예측할 수 있었는데요. 사명당의 어마어마한 능력을 본 청정은 '요란한 전장에 머물지 말고 산으로 들어가 불도佛道를 닦으
<u>불교의 도</u>
시라'며 몸을 낮춥니다. 하지만 사명당은

승려를 모아 승병을 일으키고, **의주로** 향하죠.
_{승려로 조직된 의병}

각 지역에서도 의병이 일어났습니다. **회
람** 사람 **곽재우**는 의병장이 되어 **왜장 안국
사**를 물리칩니다. 안국사의 병사들은 80만
명이나 되었는데요. 곽재우는 안국사가 물
_{안국사의 전략을 역이용하여 함정에 빠뜨림}
을 건너기 위해 만들어 둔 표식을 몰래 깊
은 쪽으로 옮겨 둡니다. 이를 까맣게 몰랐
던 왜군은 제대로 싸워 보지도 못하고 물

에 빠져 죽습니다. **의병장 김덕령**은 청정을 말로 물리친 사람입니다. 키도 아주 크고, 도술에도
_{왜국의 장수} _{기이한 인물 · 의병장}
뛰어났습니다. 하지만 실상을 모르는 사람들은 김덕령이 왜국의 앞잡이가 되었다고 생각하죠.
임금은 김덕령을 죽이고 싶어 하지만 몽둥이도 칼도 말을 듣지 않습니다. 그만큼 대단한 인물
_{선조}
로 그려지죠. 김덕령은 스스로 죽겠다며 마지막 소원으로 '만고 효자 충신 김덕령'이라는 현판
을 요구하고, 세상을 뜹니다.

전쟁이 계속되면서 왕은 다시 한번 명나
_{선조}
라에 구원병을 요청합니다. 명나라 천자 역
_{중국 황제를 가리키는 호칭}
시 난처했지만 꿈에서 관운장에게 조선 왕
_{촉나라 장수 관우}
을 도우라는 말을 듣고 군대를 보냅니다.
이번에는 **요동제독 이여송**이 출발합니다.
이여송의 무리는 평양성을 공격하여 **평행
장**을 물리칩니다. 하지만 반쪽짜리 승리였
_{왕성탄을 건너 평양성을 빼앗은 장수}

습니다. 왜군의 대부분이 도망쳐 버렸고, 이여송은 그 이후 제대로 싸우려 하지 않습니다. 명나
라 장수 심유경 역시 별로 도움이 되지 못합니다. 그는 화친을 논의하기 위해 사신이 되어 왜국
_{외교관}
으로 떠나지만 중간에서 역할을 제대로 하지 못해 상황을 악화시키기만 합니다.

왜군이 도성에서 물러가자 드디어 선조
는 경성으로 향합니다. 임금은 의기양양해
져서 왜국을 공격하고 항서를 받기 위해
_{항복 문서}
김응서와 강홍립을 보냅니다. 배를 타고 가

던 중에 김응서는 어둑강이라는 귀신을 만납니다. 귀신은 급하게 서두르지 말고 사흘만 있다가 행군하라는 조언을 하죠. 김응서는 귀신의 말대로 강홍립에게 귀띔을 하지만 강홍립은 이를 허락하지 않습니다. 오히려 험한 길에도 계속 행군을 고집하죠. 결국 어둑강 귀신의 예언을 듣지 않은 강홍립 때문에 조선군은 왜군에 붙잡히게 됩니다.

"두 명의 장수가 없는 조선이라…"

왜왕
김응서   강홍립

왜왕은 두 사람을 포섭하려 합니다. 자신의 매서妹婿로 삼고자 하죠. 강홍립은 쉽게 승낙하지만 김응서는 분개합니다. 그렇게 3년이 지났습니다. 그동안 강홍립은 이미 왜국에 적응했지만 김응서는 조선으로 돌아가려 합니다. 강홍립은 망설이지 않고 모든 사실을 왜왕에게 고자질해 버리죠.

> 강홍립은 왜왕의 여동생과, 김응서는 왜왕의 딸과 결혼시킴
> 누이의 남편과 사위라는 뜻
> 두 인물의 대조적인 모습

죽을 위기에 처한 김응서는 먼저 강홍립을 죽이고, 자신 역시 목숨을 끊습니다. 그러고 보니 조선의 장수가 둘이나 없어졌죠? 왜왕은 이제 더 이상 무서울 것이 없다며 조선을 다시 침략할 계획을 세웁니다.

실제 역사에서는 다시 한번 왜국이 조선을 침범하지만, 소설에서는 다릅니다. 왜국의 침략을 완벽하게 저지했던 사람은 바로 **사명당**이었습니다. 사명당은 서산대사의 제자였는데요. 서산대사는 어느 날, 익성이 자리를 벗어난 것을 보고, 왜인이 다시 조선을 침범하려 한다는 사실을 알게

> 사명대사
> 왕을 해치려는 인물을 가리키는 별

"이럴 수가…"

사명당
(사명대사)   왜왕

됩니다. 사명당은 바로 일본으로 떠나 왜왕을 만나죠. 왜왕은 몰래 사명당을 시험하려 합니다. 길의 양옆에 1만 구가 넘는 글을 지어 병풍으로 만들어 놓고, 말을 타고 들어오는 동안 글자를 다 읽었느냐고 묻습니다. 찬찬히 읽은 것도 아니고 어떻게 말을 타고 오면서 그 많은 구절을 다 읽어요? 그런데 사명당은 그 일을 해냅니다. 왜왕은 놀라서 안색이 변하죠.

> 사명당이 왜국으로 간 사건에서는 공간이 국외로 바뀌고 여러 차례 시험이 거듭되면서 서사적 긴장감이 고조됨
> 사명당의 신이한 능력 ①

두 번째 시험에 들어갑니다. 왜왕은 사명당에게 방석을 주면서 물 위에 띄우고 놀아 보라고 하는데요. 그가 앉은 방석은 절대 물 아래로 가라앉지 않습니다. 사람들은 사명당을 가리켜 생불

> 사명당의 신이한 능력 ②
> 살아 있는 부처

이라고 수군거리죠.

세 번째 시험으로는 사명당의 방에 뜨겁게 달군 철을 깔아 놓습니다. 보통 사람이라면 벌써 죽었겠죠? 하지만 사명당은 가만히 앉아 《팔만대장경》을 외웁니다. 그랬
_{고려 때 부처의 힘으로 외적을 물리치기 위해 만든 경전}
더니 지하에서 불이 스스로 꺼지고 찬 기
_{사명당의 신이한 능력 ③}
운이 올라와 서리가 맺히죠. 다음 날 아침,

사명당은 일본이 덥다더니 왜 이렇게 춥냐며 도리어 화를 냅니다.

사명당이 보통 사람이 아니라는 것은 명백한 사실이니, 왜왕은 어떤 계획을 세울까요? 그를 없애려 들겠죠. 조선으로 돌아가면 반드시 왜국에 해가 되는 인물이니까요. 글쎄요. 저라면 하루빨리 항서를
_{항복 문서}
쓰고 보냈을 텐데, 왜왕은 무리수를 둡니다. **채만홍**은 철마를 만들어서 불같이 달
_{왜왕의 부하} _{철로 만든 말}

구고 사명당을 태워 죽이려고 합니다. 잠자는 사자의 콧털을 건드린다는 말이 이럴 때 쓰는 말이죠. 사명당은 용왕을 불러 바람을 몰아치게 하고, 성안을 물로 가득 채웁니다. 왜인들이 물난리로 수없이 죽어 가지만, 사명당이 서 있는 곳은 비 한 방울 젖지 않습니다.
_{사명당의 신이한 능력 ④}

이때 **노산홍**은 왜왕에게 부처의 말대로
_{왜왕의 부하}
하라라고 간언합니다. 결국 왜왕은 항복하기로 합니다. 그런데 사명당이 요구한 대가
_{사명당의 복수를 통해 민중의 고통을 보상받음}
는 왜왕의 머리였습니다. 감히 자신을 해치려고 하고, 속이려 한 죗값이죠. 여러분 상상해 보세요. 용이 무섭게 울부짖으며 사방에서 물이 쏟아져 나오는데, 막을 방

법이라곤 왕의 죽음뿐입니다. 왜왕은 눈물을 흘리며 스스로 목을 베려 합니다. 이때 왜국의 대신들은 모두 사명당 앞에 머리를 조아리며 사죄합니다.

그러자 사명당은 이렇게 말합니다.

"인피 3백 장씩 매년 진공하도록 해라."
사람의 가죽   공물을 바침

그제야 사명당은 바람과 구름, 우레와 비를 거둡니다. 이 사건으로 사명당은 조선에 이름을
널리 떨칩니다. 후에 사람들은 묘향산에 묘당을 만들어 그의 행적을 기렸다고 하네요.

○—— **나오며**

역사적인 내용과 비슷한 구간이 많고, 실존 인물들이
등장해서 익숙한 작품이었습니다. 하지만 인물들의 면
면을 기록하다시피 하며 소설을 쓴 이유가 무엇일까
요? 아마도 전쟁 상황에서 왕과 신하들에게 느꼈던 실
망감과 좌절감 그리고 용감한 장수와 의병들, 승려들의
모습에서 느꼈던 감동을 그대로 후대에게 전해 주고 싶
었던 것이 아니었을까요. 비록 비참하게 패한 전쟁이지
만 소설에서만큼은 조선이 왜국에 승리하는 모습을 그
리며 독자들에게 심리적인 보상을 주었던 소설이었습
니다.

실존 인물들

김덕령 이순신 곽재우
김응서 계월향

패배한 전쟁의 상처 극복

사명당
(사명대사) 왜왕 채만홍

1 평행장은 대동강을 건널 방법을 찾지 못해 며칠 동안 평양성 근처에서 기다렸다. **O, X**

2 김응서는 왜왕에게 붙잡혀 3년 동안 왜국에 있었지만, 조선으로 돌아가고자 했다. **O, X**

3 왜왕은 사명당의 능력을 일찍이 알아채고, 항복하려 하였다. **O, X**

 개념 노트

《임진록》의 계열

임진왜란은 조선 역사의 기준점이 될 만큼 민족에게 큰 상처를 안겨 준 사건이에요. 특히 문학사에서도 임진왜란의 중요성을 느낄 수 있는데요. 《임진록》만을 연구한 기록이 엄청나고, 이본 또한 많습니다. 역사 계열, 최일영 계열, 이순신 계열, 관운장 계열 등이 있고, 각 계열마다 등장인물과 줄거리가 다르죠. 그만큼 사람들이 이 소설을 읽고 전하고 다시 쓰는 일에 적극적으로 참여했다고 볼 수 있겠습니다.

연도별 이름 정리

1592년	1593년	1594년	1595년	1596년	1597년	1598년	1599년
임진년	계사년	갑오년	을미년	병신년	정유년	무술년	기해년

1.O 2.O 3.X

⑲ 수로 부인 水路夫人

〈헌화가〉 〈해가〉

노인   수로 부인   바다의 용

○── 들어가며

옛날부터 미인에 관한 이야기 중에는 재미있는 이야기들이 많았습니다. 두꺼비 같은 흉한 껍질을 벗기 전까지 냉대를 당했던 박 씨나, 선군을 앓아눕게 했던 숙영 낭자의 이야기도 흥미롭죠. 그중에서도 일연 스님이 정리하신 《삼국유사》 중 〈수로 부인〉의 주인공은, 꼭 실제로 만나 보고 싶을 만큼 궁금한 인물입니다. 이 작품은 **수로 부인**에 얽힌 두 개의 이야기를 소개하는데요. 하나는 한 늙은이가 수로 부인에게 꽃을 바치는 내용이고요. 다른 하나는 한 늙은이가 용에게 납치된 수로 부인을 구하는 내용입니다. 두 이야기는 〈헌화가〉와 〈해가〉라는 향가의 배경 설화가 되면서 지금까지 전해 내려오게 되었습니다. 도대체 수로 부인이 얼마나 아름다웠기에, 그녀를 위한 노래가 두 개나 있을까요?

먼저 첫 번째 이야기부터 볼까요? **수로 부인**은 성덕왕 때 **순정공의 아내**였습니다. 순정공은 성덕왕 당시에 강릉 태수 자리를 맡았죠. 신라 시대에 '공'이라는 호칭을 쓴 것으로 미루어 보았을 때, 순정공은 신분이 무척 높은 사람임을 알 수 있습니다. 여기에 강릉 태수까지 맡은 것으로 보아, 아

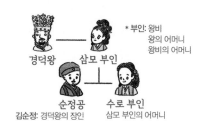

경덕왕 —— 삼모 부인

순정공   수로 부인
김순정: 경덕왕의 장인   삼모 부인의 어머니

* 부인: 왕비
왕의 어머니
왕비의 어머니

마도 **진골 귀족**이었을 가능성이 크죠. 역사가들은 진골 귀족에 순정이라는 이름까지 더해 구체적인 인물을 찾아냈는데요. 바로 **경덕왕의 장인, 김순정**이었습니다. 즉 순정공은 삼모 부인의 아버지라는 것이죠. 충분히 설득력이 있습니다. 삼척 향토문화백과에 따르면 부인夫人이라는 호칭은 왕비, 왕의 어머니, 왕비의 어머니만 사용할 수 있는 호칭이었다고 해요. 그러니 수로 부인이라는 칭호는 **왕비의 어머니**라는 신분에서 왔음을 짐작할 수 있습니다.

출제자의 시선

EBS 수능특강

고귀한 신분에 얼굴까지 아름다웠던 수로 부인은 남편과 함께 바닷가에서 점심을 먹다가 철쭉꽃을 발견합니다. 아주 아름다웠죠. 수로 부인은 꽃을 꺾어 바칠 사람을 찾습니다. 하지만 아무도 감히 나서지 못했습니다. 철쭉꽃이 가파른 절벽에 피어 있었거든요. 그때, **한 늙은이**가 암소를 몰

순정공　수로 부인　노인

위험을 무릅쓰고 꽃을 꺾어올 사람이 없음

고 가다가 멈추더니 노래와 함께 꽃을 바칩니다. 무척 용감하죠? 노래의 내용은 이렇습니다.

자줏빛 바위 가에

잡고 있는 암소 놓게 하시고

나를 아니 부끄러워하시면

꽃을 꺾어 바치오리다

몸이 건장한 청년도 아닌, 나이 든 사람이 한 여인을 위해 목숨을 바쳐 꽃을 꺾는다는 것은 그만큼 순수한 애정을 드러냈다고 볼 수 있어요. 게다가 '나를 아니 부끄러워하시면' 하고 신중하게 수로 부인의 허락을 구합니다. 즉, 노인은 스스로를 뽐내고 수로 부인의 환심을 사기 위해서 위

"아니 부끄러워하시면…"

순정공　수로 부인　노인

성숙한 애정의 표현

노인은 〈헌화가〉를 통해 수로 부인을 예찬함

험을 무릅쓴 것이 아닙니다. 오직 수로 부인이 그 꽃을 원했기 때문이죠. 아주 성숙한 애정의 표현이라고 할 수 있습니다.

두 번째 이야기에서는 급박한 상황이 펼쳐집니다. 바로 수로 부인이 바다의 용에게 납치된 사건이죠. 남편인 순정공이 어찌할 바를 몰라 하니까, 갑자기 한 늙은이가 나타나더니 여러 백성들이 모여서 **노래를 부르며 막대기로 언덕을 치면** 부인이 돌

거북

노인　순정공　바다의 용

여봇~

아울 것이라고 가르쳐 줍니다. 이번 노래는 가사가 조금 익숙합니다.

> 거북아 거북아, 수로 부인을 내놓아라!
>
> 남의 아내를 약탈해 간 죄 얼마나 큰가.
>
> 네가 만약 거역하고 내다 바치지 않으면
>
> 그물을 쳐 잡아서 구워 먹으리라.

〈구지가〉와 비슷하죠? 차이가 있다면,
〈구지가〉에서는 신적인 존재인 거북에게
머리를 달라며 요구하고 위협했지만, 〈해
임금
가〉에서는 거북이 수로 부인을 납치한 범
수로 부인을 돌려 보내기를 요구하며 '구워 먹으리라' 하고
인이기 때문에 거북을 협박하고 있습니다.
위협함
노인의 조언은 바로 효과를 드러냈어요.
용은 금방 수로 부인을 모시고 나옵니다.
거북

순정공 수로 부인   바다의 용

수로 부인이 경험한 바닷속은 정말 아름다운 곳이었습니다. 일곱 가지 보물로 꾸민 궁전은 향
기롭고 깨끗하였으며 음식들은 맛이 달았다고 말하죠. 이후에도 수로 부인은 깊은 산이나 큰
연못을 지날 때면 이렇게 자주 신물에게 납치를 당하곤 했습니다.
신적인 존재

이것이 수로 부인과 관련된 모든 이야기
입니다. 내용도 짤막하고 어려운 말도 없
어요. 하지만 내용이 간결하면 간결할수록
우리가 추측하고 해석할 수 있는 여지가
충분합니다.

수로 부인의 이야기는 보통 세 가지로
해석이 가능합니다.

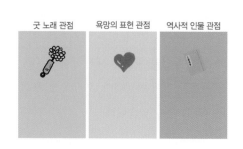

굿 노래 관점   욕망의 표현 관점   역사적 인물 관점

첫 번째, 굿을 할 때 부르는 노래로 보는 관점이에요. 두 번째, 나이와 신분을 넘어서는 애정
관점에 따라 다양한 해석 가능
과 욕망의 표현으로 보는 관점, 마지막으로는 역사적 인물 중 한 명으로 보는 관점입니다.

사실 첫 번째 관점으로 가장 풍부한 해석을 할 수 있을 것 같은데요. 굿 노래 관점에서는 수
로 부인이 무당으로 해석됩니다. 실제로 《삼국유사》 기이 편의 〈성덕왕〉 이야기를 보면, 706년

에 흉년이 심하게 들어 백성들이 몹시 굶주렸다는 이야기가 나옵니다. 그러니 무당이 나라 곳곳을 돌아다니며 민심을 달래기 위해 굿을 했다고 볼 수 있죠. 그렇다면 노인이 바친 꽃은 남녀간 애정의 의미라기보다는 진정한 아름다움을 향한 **존경의 의미**라고 볼 수 있습니다. 여기서 진정한 아름

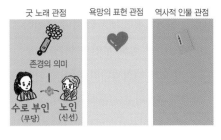

다움이란 무당으로서 수로 부인이 지닌 덕과 능력이라고 할 수 있겠죠? 이러면 젊은 종자는 나서지 않았는데, 노인은 나섰던 이유도 납득이 됩니다. 아무래도 상대적으로 젊은 종자의 눈에는 무당의 권위나 진정성이 보이지 않았겠죠. 더 나아가 노인을 신선으로 해석하기도 합니다. 즉, 무당 수로 부인은 이미 높은 경지에 오른 사람이었기 때문에, 나이가 들고 경험이 많은 노인 또는 신선만이 그녀를 제대로 볼 수 있었다, 이렇게 말할 수 있습니다.

또한 흉년의 원인이 가뭄이라면, 막대기로 언덕을 두드리며 〈해가〉를 부른 것도 비가 오기를 바라며 제사를 드린 것으로 해석할 수 있습니다. 실제로 언덕을 두드리는 빗방울 소리를 흉내 내면서 굿을 하는 경우도 있었대요. 또한 바다의 용이 수로 부인을 납치했다는 이야기도 복을 빌기

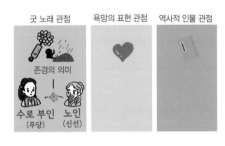

위해 무녀가 용신에게 제사를 드린 것을 비유한 것으로 볼 수 있습니다.

두 번째 관점은 단순합니다. '꽃을 꺾는다'는 의미는 여인을 취하는 행위를 빗댄 표현인데요. 노인이 수로 부인을 위해 꽃을 꺾어 왔다는 의미는 순수한 애정과 욕망의 표현입니다. 수로 부인이 용에게 납치되었을 때 부른 〈해가〉에서도 거북은 수로 부인을 욕망하며 데려간 것이니 똑같이 애정과

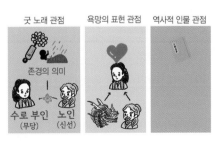

욕망의 표현이라고 볼 수 있습니다. 그만큼 수로 부인의 모습이 아름다웠다고 생각할 수 있죠.

마지막, 역사적 인물로 보는 관점에서는 맨 처음에 이야기했던 것처럼, **수로 부인**이 경덕왕의 왕비인 **삼모 부인의 어머니**, 즉 경덕왕의 장모로 해석됩니다. 왕비의 어머니가 이렇게 아름답고 신물이나 용이 욕망할 만큼 대단한 인물로 그려진 것이죠. 하지만 삼모 부인은 아이를 낳지 못하면서

둘째 왕비, 만월 부인에게 자리를 내어 주게 되는데요. 이 때문에 수로 부인의 이야기가 삼모 부인의 이야기로 이어지지 못한 게 아닌가 싶습니다.

○—— **나오며**

짧은 설화에 해석이 이렇게 풍부하다니 놀라셨죠? 어떤 해석은 조금 어렵다고 받아들이실 수도 있고요. 다만 굿 노래로 보는 관점, 욕망의 표현으로 보는 관점, 역사적 인물로 보는 관점으로 기준을 잘 구분해 놓으면 나중에 떠올리실 때 헷갈리지 않으실 거예요.

 **핵심 체크**

1 수로 부인이 철쭉꽃을 따올 사람을 구하자, 종자가 먼저 나섰다. **O, X**

2 수로 부인은 용에게 붙잡혀 갔던 바닷속의 궁전을 기억하고 있었다. **O, X**

 **개념 노트**

〈헌화가〉와 〈해가〉

〈헌화가〉는 늙은이가 수로 부인에게 꽃을 꺾어 바치며 부른 노래로 알려져 있습니다. 그러니 부인을 흠모하는 노인의 개인적인 마음이 잘 드러나죠. 한편 〈해가〉는 용에게 붙잡혀 간 수로 부인을 구하기 위해 여러 백성들이 부르는 노래이기 때문에 집단적이고 주술적인 성격이 강합니다.

1.X 2.O

⑳ 육미당기 六美堂記

 기이한 탄생
 형제의 질투
 약을 찾기 위한 여행(조력자)
 악한 형제 때문에 겪는 고난

 중국에 머무름 (조력자)
 공주와 사랑에 빠짐
 공주와 결혼
 악한 형제를 물리치고 고국으로 돌아와 왕위에 오름

○── 들어가며

옛날 사람들은 공간의 이름을 지을 때 본인이 좋아하는 문구나 자신의 인생을 대표하는 글귀로 이름을 붙였습니다. '육미당'의 **육六**이 여섯을, **미美**가 미인을 나타낸다면, **육미당**은 **여섯 미인과 함께하는 곳**이라고 풀이할 수 있습니다. 이 육미당은 나중에 주인공 소선이 사는 집의 이름입니다. 예측해 보자면, 주인공의 삶에는 여섯 명의 여인이 생기겠죠? 그러니 《육미당기》는 '김소선의 일대기' 정도로 이해할 수 있습니다. 다소 긴 내용이라 먼저 짧게 정리하고 가 볼게요. ① 기이한 태몽으로 태어난 소선 태자는, ② 못된 형제의 시기 질투를 받고, ③부모의 약을 찾기 위해 여행을 떠납니다. ④ 소선 태자는 형제의 공격을 받고 눈이 멀게 되죠. ⑤ 지나가던 조력자는 소선 태자를 구출해 중국으로 데려가고, ⑥ 주인공은 황제의 비호를 받으며 공주와 사랑에 빠집니다. 마침 주인공이 키우던 기러기가 어머니의 편지를 전하러 중국으로 오면서 ⑦ 멀었던 눈이 뜨이죠. 주인공은 공주와 결혼하여 신라로 돌아옵니다. ⑧하지만 여전히 못된 마음을 고쳐먹지 못한 형이 다시 소선 태자를 위험에 빠뜨리려다가 실패하고, 주인공은 왕위에 오르며 이야기가 마무리됩니다. 전체적인 구성과 줄거리는 《적성의전》이나 《선우태자전》과 비슷하지만, 분량은 훨씬 많습니다. 특히 주인공이 중국에서 활약하고, 여인들과 인연을 맺는 내용이 자세하고 길게 나와 있습니다. 그렇기 때문에 ⑦에서 ⑧로 넘어가기까지 아주 오래 걸리죠. 그래서 우리는 '소선 태자가 눈을 뜨는 사건'을 기준으로 삼고 전반부와 후반부, 두 부분으로 나누어서 보겠습니다.

전반부: 약을 구하러 떠났다가 액운을 만나 중국의 황성으로 들어가다

① 기이한 탄생

주인공 **김소선 태자**는 **기이한 태몽**으로 태어납니다. 오색의 구름을 타고 온 잘생긴 동자인 왕자진王子晉이 왕비 석 씨의 품에 안기죠. 왕자진은 피리를 아주 잘 부는 사람으로 나중에 신선이 된 인물입니다. 그래서 소선의 이름도, 피리를 가리키는

왕자진
소성왕 (신라의 왕)
왕비 석 씨
김소선 태자

소簫와 신선을 가리키는 선仙을 합쳐 '피리의 신선'이라는 뜻으로 정했습니다.

② 형제의 질투 + ③ 약을 찾기 위한 여행(조력자)

소선은 아주 총명한 소년으로 자랍니다. 글과 문장은 말할 것도 없고, 배우지 않고도 퉁소를 아주 잘 붑니다. **소성왕**은 소선
소선의 아버지
이 열 살이 되던 해 그를 태자로 책봉하죠.
왕위를 이을 왕자
소선은 마음씨까지 착합니다. 거북을 삶아
은혜 갚는 조력자 역할
먹으려는 어부들에게 값을 치르고 거북을
살려 주기도 하죠. 하지만 착한 소선을 시

기한 사람들이 있었으니, 바로 **박 귀인**과 그의 아들 **세징**입니다. 이들은 태자 자리를 빼앗으려
후궁의 품계 중의 하나　왕자 신분　간악한 마음을 품고 질투하는 세징 왕자
고 남몰래 악한 마음을 품죠. 그러던 어느 날 부왕이 병에 걸립니다. 아무리 효과가 좋다는 약을
써도 소용이 없는 상황이에요. 지나가던 도인이 말하기를, 먼바다 한가운데에 있는 보타산 대나
신성한 땅에 있는 산 이름
무 숲에서 천 년이 된 영순靈筍을 얻어 와야 한다고 가르쳐 줍니다. 효심이 깊은 소선 태자는 당
신령한 대나무 죽순　효심 깊고 착한 소선 태자
장 남해로 길을 떠나죠. 음흉한 세징은 그를 뒤따라가며 해칠 기회를 엿봅니다.

④ 악한 형제 때문에 겪는 고난(눈이 멀게 됨)

소선이 **보타산**에 도착하여 만난 사람은 바로 궁에서 만났던 도인이었습니다. 그는 웃으면서 소선을 맞이하죠. 도인의 도움으로 약을 찾은 소선은 기쁜 마음에 출발하려다가 난데없는 경고를 듣습니다.

"돌아가는 길에 참혹한 재액을 만날 것입니다. 그러나 중국 귀인이 그대를 구할
지위가 높고 귀한 사람이라는 뜻
것이니 수년 동안 액운이 있더라도 나중에는 운수가 트일 것입니다. 이것은 하늘의 뜻이니 태자
불행한 일　김소선
는 알고 계십시오."

재액을 일으킬 장본인은 바로 태자 자리를 노리는 박 귀인의 아들 세징이었습니다. 세징은 소선의 배를 가로막고 거짓말을 꾸며냅니다.

"아버지가 아프신데도 네가 외국으로 나가 모반을 도모하다니, 아버지께서 너를 죽이라신다."
반역
세징은 소선의 눈에 독약을 바르고 바다에 던집니다. 이런 사건을 모르는 왕은 소선이 바다
눈이 멀게 된 이유　소성왕

에 빠져 죽었다고 생각하며 슬퍼합니다.

⑤ 중국에 머무름(조력자)

바다에 빠진 소선을 구해 준 것은 거북
이었습니다. 앞에서 소선이 구해 주었던
거북이가 있었죠? 그 거북이 은혜를 갚으
러 돌아온 거예요. 이때까지도 소선은 세
징이 거짓말을 한 줄도 모르고, 자신의 신
세를 슬퍼하며 단소를 불면서 마음을 달
랩니다. 도인이 말한 '참혹한 재액'이 바

로 세징의 공격이었네요. 그럼 이제 '중국 귀인'을 만날 차례죠? 이때 어사중승 **백문현**이 소선
을 발견합니다. 그는 황제의 명을 받아 유구국에 갔다가 돌아오는 길이었죠. 소선은 일부러 자
신이 신라의 태자라는 사실을 숨기고 백문현을 따라갑니다. 돌아온 백문현은 황제의 명에 따라
태자소부가 되고 그때부터 '**백 소부**' 혹은 '**소부**'로 불립니다.

소부는 소선을 데려와 자신의 집에 머물
게 할 만큼 좋아했지만, 한편으로는 의심
을 떨칠 수가 없었습니다.

'이렇게 훌륭한 공자가 왜 눈이 멀어 떠
돌아다닐까?'

소선은 자신을 꿰뚫어 보는 소부에게 어
쩔 수 없이 과거를 밝힙니다. 소부는 참 입

이 무거운 사람이었습니다. 깜짝 놀라면서도 아무에게도 이 사실을 말하지 않죠. 심지어 가족
들에게도 비밀에 부칩니다. 그리고 소부는 자신의 딸, **운영 소저**의 남편감으로 소선을 선택합
니다. 소부의 **부인 석 씨**는 강력하게 반대했지만, 소부는 딸을 소선과 혼인시키겠다는 고집을
꺾지 않습니다.

이때 방해 세력이 등장합니다. 바로 조정에서 권력을 쥐고 있는 **승상 배연령**이었죠. 그에게
는 **배득량**이라는 아들이 있었는데요. 방탕하고 어리석은 사람이었습니다. 안타깝게도 백 소저
가 그의 표적이 됩니다. 하지만 소부는 절대 배연령과 사돈이 되려 하지 않습니다. 배연령은 조

정을 쥐락펴락하는 간신이었고, 백 소부는 청렴한 선비 집안이었으니까요. 백 소부를 못마땅히 여긴 배연령은 수를 씁니다. 우선 소부를 모함해서 감옥에 보냅니다. 위협이죠. '너 감옥에서 나오고 싶으면, 네 딸이랑 내 아들 혼인시켜!'라는 의미가 담긴 행동이었습니다. 뜻을 굽히지 않는 소부와

달리 석 씨는 오히려 배 승상 가문과 사돈 맺기를 원합니다. 백 소부도 없겠다, 석 씨는 걸림돌을 제거하기 위해 소선을 집에서 쫓아냅니다.

여기저기 떠돌아다니던 소선은 **보제사**라는 절에서 장과 선생을 만나 예언을 듣습니다. '**화음현**에 가면 귀인을 만날 것'이라는 말이었죠. 소선은 일단 화음현을 찾아가, 거리에서 단소를 불며 시간을 보냅니다. 그런데 단소를 불지 않았으면 귀인을 만나지 못할 뻔했습니다. 두 번째 조력자는 **이원제자梨園弟子 이모李謨**라는 사람인데요. 소선은 그의 추천을 받아 천자 앞에서 단소를 불게 됩니다. 아시죠? 소선의 단소 실력은 신선급이잖아요? 천자는 소선을 눈여겨보고, 궁에서 살도록 허락합니다.

⑥ 공주와 사랑에 빠짐

천자만 소선을 눈여겨본 것이 아니었습니다. 천자의 딸, **옥성공주** 역시 음악을 좋아하고, 또 퉁소를 잘 부는 재주가 있어서 그의 실력을 알아보죠. 두 사람은 지음知音이 되어, 함께 시를 짓고 연주를 합니다. 물론 공주가 외간 남자와 한 공간에 있는 것은 법도에 어긋나는 일이었죠. 하지만 공주는 소선의 눈이 보이지 않으니, 그를 자주 부릅니다.

한편 신라의 왕자 세징은 소선으로부터
태자 자리를 노리는 박 귀인의 아들
빼앗은 약으로 아버지의 병을 낫게 하고,
소성왕
기세등등한 상태입니다. 하지만 왕과 왕비
는 점점 세징을 의심하게 됩니다. 물어볼
때마다 말의 앞뒤가 달랐으니까요. 하루는
왕비 석 씨가 소선이 키우던 붉은 기러기
소선의 어머니   소선의 반려동물
를 보고 문득 아들이 그리워져 이렇게 말
합니다.

앞뒤가
안 맞아…

세징   소성왕   왕비   붉은
(신라의 왕) 석 씨 기러기

"붉은 기러기야, 만일 태자가 살아 있으면 나의 편지를 전하고 답을 받아 올래?"
소선의 눈을 뜨게 하고 후에 공주와 인연을 맺도록 함
　그런데 갑자기 붉은 기러기가 고개를 끄덕이는 거예요! 놀란 왕비는 다급하게 편지를 써서
기러기 다리에 묶고 부디 아들이 살아 있기만을 기도합니다. 똑똑한 기러기는 소선이 있는 중
국으로 단숨에 날아가죠.

⑦ 눈을 뜨고 공주와 결혼

　때마침 소선은 공주와 함께 이야기를 나
누고 있었습니다. 사람이 하나의 감각을
못 쓰게 되면 다른 감각이 예민해진다고
하잖아요? 소선은 멀리서 날아오는 붉은
기러기의 울음소리를 듣자마자, 자신의 기
러기라는 사실을 알아챕니다. 그때부터 소
선은 통곡을 합니다. 공주는 정신없이 울

눈을 뜨다니!

설향   옥성공주
(옥성공주의 (요화)
시녀)

편지   김소선 태자

고 있는 소선을 보다가, 기러기 다리에 매인 편지를 발견합니다. 꽤 긴 편지였는데요. 요약하자
면 이렇습니다.

　'태자야, 너를 보낸 지 4년이 지났구나. 세징은 네가 바다에 빠졌다고 하지만 그 말이 너무
모호하여 믿기가 힘들구나. 내가 내 아들을 다시 볼 수 있을까?'
　　　　　　　　　　　　　　　소선
　공주가 읽어 주는 편지를 듣고 있던 소선 태자는 갑자기 피눈물을 흘리더니, 눈을 뜨고 시력
을 회복합니다. 그는 바로 어머니께 지난 4년 동안의 일을 자세히 답장으로 씁니다. 단 한 가지
만 빼고요. 착한 소선은 세징의 악독한 행실은 군이 고자질하지 않습니다.

후반부 : 입신양명, 세 부인과 세 잉첩

소선의 비밀을 알게 된 천자는 기뻐하며
<u>중국의 황제</u>
그를 한림학사에 제수합니다. 게다가 집
<u>임금이 직접 벼슬을 내림</u>
이 없는 소선을 위해 저택과 노비까지 상
으로 내리죠. 승승장구하는 소선과 달리
백 소저의 처지는 너무나 불행합니다. 원
<u>백 소부의 딸</u>
하지도 않는 결혼을 해야 하니까요. 석 씨
<u>배 승상댁과의 혼인</u> <u>백 소저의 어머니</u>
는 이미 딸 몰래 폐백까지 받습니다. 백 소
<u>신랑이 보내는 예물</u>

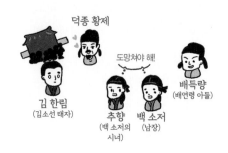

덕종 황제

도망쳐야 해!

배득량
(배연령 아들)

김 한림
(김소선 태자)

추향
(백 소저의
시녀)

백 소저
(남장)

저는 배 승상의 행실이 너무나 역겹고, 어머니의 어리석음이 안타까워 <u>스스로</u> 목숨을 끊으려
합니다. 그제야 석 씨는 딸의 의지가 얼마나 굳은지 알게 됩니다. 때늦은 후회였습니다. 이제
배득량은 납치를 해서라도 백 소저와 결혼하려 하죠. 백 소저는 독한 마음을 먹고 **시녀 추향**과
<u>배 승상의 아들</u>
도망칩니다.

백 소저는 남장을 하고 이름까지 **백운경**
<u>백 소저가 남장했을 때의 이름</u>
으로 바꿉니다. 그런데 길을 가다가, 아버지
<u>백 소부</u>
의 친구인 **설 공**을 만나게 되면서 일이 꼬
입니다. 설 공이 자신의 딸을 부인으로 삼
<u>서란 소저</u>
아 달라고 한 거죠. 사실 굉장히 감사한 일
입니다. 백 소부는 지금 배 승상의 모함으
<u>승상 배연령</u>
로 죄인이 되었잖아요. 어느 누가 백씨 가

"마침 잘됐군!
가문끼리 연을
맺읍시다!"

설 공
(서란 소저의 아버지)

추향
(백 소저의
시녀)

백운경
(백 소저
남장)

서란 소저
(설 소저)

문과 연을 맺고 싶겠어요. 이게 다 설 공이 훌륭한 인품을 지닌 사람이었기에 가능한 일이었죠.
가문이 아니라 사람 됨됨이를 보고 혼인을 청한 거니까요. 백 소저는 도저히 이를 거절하지 못
하고, **서란 소저**와 혼인을 약속하게 됩니다.
<u>설 소저</u>

하지만 백운경은 한가롭게 결혼생활을
<u>백 소저가 남장했을 때의 이름</u>
누릴 처지가 아니었습니다. 그는 설 공과
설 소저에게 귀양을 떠난 아버지를 뵙고
<u>백 소부</u>
오겠다는 뜻을 밝히죠. 그런데 아버지 대
신 보타산의 도인을 만나게 됩니다. 기억
<u>소선의 조력자</u>
나시죠? 소선의 액운을 예측했던 도인이

"공부 좀
해 볼까?"

천서

추향
(백 소저의
시녀)

백운경
(백 소저 남장)

보타산 도인

었잖아요! 알고 보니 백 소저 역시 소선과 마찬가지로 액운 때문에 잠시 몸을 피해야 할 운명

백운경 · 백 소부의 딸

이었습니다. 그동안 백 소저는 **보타산 해운암**에서 시녀 추향과 함께 공부만 합니다. 도인은 백

소저에게 천서를 가르쳐 도술을 배우게 하죠.

하늘의 뜻이 담긴 책

시간은 빠르게 흘러 드디어 산에서 내
려갈 날이 왔습니다. 백 소저는 시녀 추향
과 함께 산을 내려오자마자 정혼자였던
김소선을 만납니다. 얼마나 놀랍고 반가웠

소선 태자 · 김 상서

겠어요? 눈이 보이지 않던 사람이 두 눈을
뜨고, 예부상서 겸 한림학사의 모습을 하
고 있잖아요. 반대로 소선은 백운경이 훌

백 소저가 남장했을 때의 이름

"훌륭한
인재구나!"

추향
(백 소저의
시녀)

백 학사 ·
여릉공
(백 소저 남장)

김 상서
(김소선 태자)

룽한 인재라는 생각만 할 뿐, 자신을 구해 준 백 소부의 딸, 백 소저라는 사실을 눈치채지 못합
니다. 생각해 보세요. 소선이 백 소부의 집에 살았을 때에는 눈이 보이지 않았기 때문에 한 번
도 백 소저의 모습을 본 적이 없잖아요. 백운경은 군이 급하게 자신의 정체를 드러내지 않습니
다. 우선 그동안 갈고닦은 실력으로 나라를 위하여 일하고 아버지의 억울함을 풀고자 하죠. **백**

백 소부

운경은 이제 **백 학사** 또는 **여릉공**으로 불리며 황제를 모시게 됩니다.

레몬의 시선
◆ 연계 예감 ◆

그런데 백 소저가 백운경으로 살아가는

백 소부의 딸

사이에, 소선에게 부인이 생깁니다. 소선
은 **옥성공주**와 결혼하여 부마가 되죠. 붉은

요화   공주의 남편

기러기가 맺어 준 인연입니다. 이것은 누
가 봐도 하늘이 내려준 인연이죠? 황제가
부마를 예뻐하지 않을 수가 없었죠. 게다
가 부마는 예쁜 행동만 골라 합니다. 모두

소선

가 쉽게 나서지 않는 토번 사신 자리에 자진해서 나섭니다.

부마 간택 자리에서 소선의 붉은 기러기가 옥성공주에게 날아오자,
황제는 공주와 소선 사이에 있었던 일을 알게 되고 부마로 간택함

덕종황제

옥성공주
(요화)

부마
(김소선 태자)

백운경 · 백 학사
(백 소저 남장)

여릉도 돕습니다. 먼저 여릉은 위험을 무릅쓰는 부마에게 비단 주머니를 주며 위급할 때 열

백 소저 · 백운경   소선

어 보라고 합니다. 예전에 백 소저가 보타산에서 도인에게 천서를 배웠던 것 기억나시죠? 천서
를 배우면 미래도 예측할 수 있고, 기이한 약도 만들 수 있나 봐요. 비단 속에는 냉기를 이기는

차가운 기운

약이 들어 있었는데요. 부마는 거짓말처럼 냉옥, 즉 차가운 감옥에 포로로 갇히게 됩니다. 여릉

이 준 약으로 냉기를 이겨 냅니다. 다음으로 여릉은 부마를 구하기 위해 토번을 공격합니다. 토번의 장수, **찬보**와 **아이영**은 백 원수를 대적해 보려 하지만 실패하고 말죠. 토번을 무찌른 두 사람은 사람들의 환영을 받으며 궁으로 돌아옵니다.

"쓸 일이 있을 겁니다"
여릉·백 원수
(백 소저 남장)
부마
(김소선 태자)
찬보
(토번 장수)
아이영
(토번 장수)

그런데 이때 처음으로 낙랑왕의 마음속에 의구심이 듭니다. '혹시 백 원수는 여자가 아닐까?' 사실 진상이 이상한 얘기를 했었거든요.

> 소선 · 부마의 다른 호칭

> 부마의 부하 이름

여릉이 백 소저였다니!

옥성공주
(요화)
낙랑왕
(김소선 태자)
백 원수·여릉
(백 소저)

"제가 천문을 잘하는 사람에게 듣기로, 백 원수는 원래 태음성으로, 천상계의 존재인데 세상에 인간으로 태어나 여자가 되었다고 합니다."

> 백 원수가 백 소저일지 모른다는 생각을 하게 된 계기

사람이 한번 의심이 생기면 과거에 했던 말과 행동을 하나하나 다시 되짚어 보잖아요? 부마는 그동안 여릉이 백 소저 얘기만 나와도 입을 꾹 다물던 것을 떠올립니다. '여릉이 백 소저였구나.' 낙랑왕은 겉으로 티를 내지도 못하고, 마음을 다잡지 못합니다. 마음이 무겁기는 여릉도 마찬가지였죠. 처음에 남장을 하고 과거에 급제했을 때만 해도 아버지의 억울함만 풀고 나면 낙랑왕과 결혼하기를 꿈꾸었거든요. 그런데 낙랑왕은 이미 부마가 되어 버렸잖아요. 부마는 공주의 남편이라 두 명의 부인을 둘 수가 없거든요. 여릉은 이제 모든 것을 내려놓기로 결심해요. 그리고 천자에게 자신의 정체가 담긴 글을 바치고 궁을 떠납니다. 여릉이 여자였다는 소식은 모두를 놀라게 만들었습니다. 낙랑왕 역시 백 소저의 편지를 받고 깜짝 놀랐습니다. 피를 토하고 쓰러질 정도였죠. 시간이 지나면서 낙랑왕은 백 소저를 그리워하며 마음의 병을 앓게 됩니다.

> 소선 · 부마   백 소저

> 소선 · 부마   여릉

한편 백 소저는 아예 보타산에 자리를 잡을 생각이었습니다. 속세와 멀리 떨어져서 도를 닦으려 했죠. 그런데 이때 황성에서 큰 사건이 일어납니다. **곽 귀비**가 황후가 이상한 인형을 이용해 주술을 건다며 모함합니다. 이 상황을 해결할 사람은 한

> 황제의 정실 부인

> 후궁의 품계

"범인은 곽 귀비!"
보타산 도인
덕종 황제
추향
(금성공주의 시녀)
금성공주
(백 소저)
곽 귀비
황후

사람뿐이었습니다. 백 소저는 황궁으로 돌아와 황후의 무죄를 밝히고, 죽어 가던 낙랑왕도 살립니다. 황제는 백 소저의 공을 인정해 **금성공주**의 호칭을 내리고, 낙랑왕의 두 번째 부인이 될 수 있도록 허락합니다.

그럼 설 소저는 어떻게 하죠? 아마 지금쯤 설 소저가 기억 속에서 가물가물하신 분들 계실 거예요. 백 소저가 남장을 해서 백운경으로 불리던 시절에 결혼을 약속했던 사람이 바로 설 소저죠. 설 소저는 아버지를 찾아 떠난 남편을 오매불망 기다리고 있었습니다. 그런데 갑자기 설 소저의 부

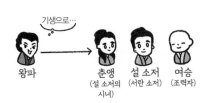

모님이 돌아가시면서 설 소저가 기댈 데가 없게 되고, 안 좋은 일까지 겹칩니다. **왕파**라는 사람이 설 소저를 탐내어 기생으로 만들고자 했거든요. **설 소저**와 **시녀 춘앵**은 남장을 하고 기생집에서 몰래 도망칩니다. 다행히 여승의 도움을 받아 목숨을 구하죠.

하지만 곧장 도인을 만날 수 있었던 백 소저와 다르게 설 소저의 고통은 끝이 없습니다. 술 취한 무리들을 만나 곤욕을 겪게 되는데요. 설 소저가 잘생긴 남자인 줄 알고 질투를 한 것입니다. 게다가 설 소저는 지나가는 행인으로부터 청천벽력 같은 소리를 듣게 됩니다. 백 소저가 여자였다

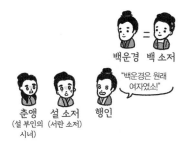

는 이야기였죠. 충격을 받은 설 소저는 모든 세상일을 잊고자 남장을 한 채로 옥천암으로 들어갑니다.

하지만 운명은 설 소저를 다른 곳으로 이끕니다. 우연히 절에 들렀던 낙랑왕이 남장을 한 설 소저의 총명함을 알아봤던 거죠. 금성공주는 이 소식을 듣고, 그가 바로 설 소저라는 사실을 알아차립니다. 얼

마나 미안했겠어요? 남자도 아닌 정혼자를 오래도록 기다리게 하고, 시련까지 겪게 했으니까
요. 금성공주는 옥성공주와 상의하여 설 소저를 낙랑왕의 세 번째 부인으로 천거합니다. 결국
부부의 연을 맺었던 백 소저와 설 소저는 이제 낙랑왕의 부인으로 함께 살게 되었네요.
<small>소선의 첫 번째 부인</small>   <small>추천</small>

'여섯 미인'과 함께한다고 했는데, 아직
세 명밖에 등장하지 않았죠? 나중에 세 부
인의 시녀들이 모두 낙랑왕의 첩이 됩니
다. 원래 귀족 가문의 시녀나 공주를 모시
<small>설향, 추향, 춘앵 모두 자태가 아름답고 지혜로운 인물임</small>
는 궁녀는 일정한 나이가 되면 남편을 만
나 결혼하게 되어 있습니다. 퇴직하는 거
죠. 그런데 시녀들이 모두 자신의 주인과

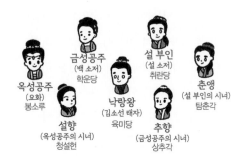

헤어지기를 거부하자, 세 명의 부인들은 시녀를 모두 낙랑왕의 잉첩으로 추천합니다. 여섯 명
의 여인들은 각각 봉소루, 학운당, 취란당, 청설헌, 상추각, 탐춘각이라는 집을 지어 살았고,
<small>옥성공주의 거처</small>   <small>설 부인의 거처</small>   <small>금성공주의 시녀 추향의 거처</small>
부마는 그 가운데에 **육미당**을 짓고 살았습니다.
<small>금성공주의 거처</small>   <small>옥성공주의 시녀 설향의 거처</small>   <small>설 부인의 시녀 춘앵의 거처</small>
<small>소선</small>

그런데 혹시 김소선이 어느 나라 사람
이었는지 잊지는 않으셨죠? 김소선은 신
라의 태자였습니다. 이제 고국으로 돌아갈
시간이 되었죠. 사실 부마는 계속 고국으
<small>김소선</small>
로 돌아가 부모님을 뵙고 싶다는 청을 올
렸지만 부마를 너무 사랑했던 덕종 황제는
<small>당나라 제9대 황제(재위 779~805)</small>
허락하지 않았는데요. 덕종 황제가 세상을

뜨고 순종 황제가 즉위하면서 주변의 간신들이 부마를 보내고 싶었나 봐요. 부마가 고국으로
돌아간다고 청하니, 앞다투어 천자에게 부마의 마음을 고합니다.

⑧ 악한 형제를 물리치고 왕위에 오름

악한 형제, 세징은 끝까지 나쁜 마음을
<small>태자 자리를 노리는 박 귀인의 아들</small>
버리지 못하지만 결국 하늘은 소선의 편
이었습니다. 무사히 왕궁에 도착한 태자를
<small>소선</small>
보고, 세징을 따랐던 악한 자들은 모든 죄

를 고백합니다. 하늘이 무서웠겠죠. 왕은 화가 나서 세징을 옥에 가두지만, 소선 덕분에 목숨은 구할 수 있었습니다. 소선 태자는 드디어 왕위를 이어받고, 왜국의 침략에서 나라를 지켜 내며 행복하게 살다가 학을 타고 하늘로 올라갑니다.

○—— **나오며**

《육미당기》는 주인공의 영웅적인 면모에 집중하면서도 소선이 여인들과 인연을 맺는 이야기까지 짜임새 있게 담고 있습니다. 덕분에 중국으로 가기 전까지는 소선의 영웅적인 면모에 집중하고, 중국으로 넘어간 이후에는 여인과의 결연담을 중심으로 읽어 나가면서 내용을 쉽게 정리할 수 있습니다.

김소선 태자의 영웅적인 면모   여섯 여인과의 결연담

 핵심 체크 ▶

1 붉은 기러기가 전달한 편지는 소선이 눈을 뜨는 계기가 되었다. O, X

2 소선은 보타산에서 내려온 백운경을 보며 백 소저를 떠올렸다. O, X

3 소선은 끝까지 자신을 해치려던 세징을 용서했다. O, X

 **개념 노트** ▶

소선 태자와 단종

실제 역사 속에서 신라 소성왕의 아들은 '청명 태자'입니다. 청명 태자 또한 단종과 같은 비극을 겪은 인물이죠. 그는 어린 나이에 왕이 되었다가 숙부에게 왕위를 빼앗겼습니다.[6] 즉, 신라를 배경으로 하는 소설이지만 조선의 단종을 떠올리게 하죠. 서유영 선생의 행적을 보았을 때, 아마도 1860년에 사릉思陵의 참봉이 되면서 단종의 이야기에 관심을 갖게 된 것으로 보입니다. 단종의 비극적인 마지막과는 다르게 소설 속의 소선 태자는 이름을 떨치고 오래오래 삶을 누립니다. 문학은 이렇게 종종 역사와는 정반대의 이야기로 사람들의 마음을 위로하는 기능을 하기도 합니다.

조선 시대 벼슬 이름   단종의 비였던 정순왕후의 무덤

1.O 2.X 3.O

㉑ 예덕선생전 穢德先生傳

박지원 선생

친구

친구

선귤자
(이덕무 선생)

예덕 선생
(엄 행수)

○── 들어가며

〈예덕선생전〉은 《연암집》 방경각외전放璚閣外傳에 실려 있는 작품으로, 주인공으로 등장하는 예덕 선생은 이덕무 선생의 벗이었습니다. 이덕무 선생은 박지원 선생과 절친한 사이였죠. 그러니 '친구의 친구' 이야기를 쓴 것이죠. 여기서 이덕무 선생은 <u>조선 후기 실학자</u>을 잠깐 설명드리면, 아주 능력이 뛰어난 분이었지만, 서출이라 높은 관직에는 오르지 못한 선비였습니다. 이분의 별명이 선귤자蟬橘子였는데요. 이것은 매미와 귤이라는 뜻으로, 서재가 매미 껍질이랑 귤껍질처럼 작았기 때문에 붙은 별명입니다. <u>첩의 자식</u>제가 이렇게 자세하게 선귤자에 대해 설명한 이유는, 이 작품이 형식상 선귤자와 자목의 대화이기 때문입니다. 그러니 선귤자가 주인공인 예덕 선생을 어떻게 평가하는지 주목해서 보시면 쉽겠죠? <u>선귤자의 제자</u>

먼저 **예덕 선생**穢德先生의 이름부터 풀이해 볼까요? 더러울 **예**穢, 덕 **덕**德으로 '**더러운 것으로 덕을 쌓아 가는 사람**'이라는 뜻입니다. 예덕 선생의 직업은 마을의 똥을 푸는 일이었죠. 마을 사람들은 그를 **엄 행수**라고 불렀어요. 그의 성이 **엄씨**였고, **행수**라는 건 **막일하는 사람 중에 나이 든 사람**을 가리키는 말이거든요.

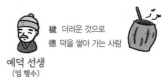

穢 더러운 것으로
德 덕을 쌓아 가는 사람

예덕 선생
(엄 행수)

선귤자가 아무리 서출이라지만 그래도 양반 가문의 자식일 텐데, 똥을 푸는 막일꾼과 친구라니 당시 시대를 돌아보면 어울리지 않는다는 느낌을 받으실 수도 있어요. 우리만 그렇게 느낀 것이 아니었죠.

어떻게
엄 행수와 친구?

선귤자
(이덕무 선생)

자목
(선귤자의 제자)

<u>첩의 자식</u>

자목이 하루는 스승 선귤자에게 따지기 시작합니다.

선귤자의 제자

"아니 선생님, 예전에 벗이 중요하다면서요. '벗은 같이 살지 않는 아내요, 피를 나누지 않은 형제이다.' 이렇게 얘기하셨잖아요. 세상의 유명한 선비들과 벼슬아치들이 선생님을 모시겠다고 오는 것도 천박하다고 마다하셨으면서, 엄 행수라는 사람과 어울리다니요? 하층 계급인 것

자목의 기준: 신분이 낮고 천한 일을 하는 이와 친구로 지낼 수 없음

으로도 모자라서, 하는 일도 똥을 푸는 일인데요. 저는 부끄러워서 선생님 문하에서 떠나겠습니다."

제자 자리

그러자 선귤자는 이렇게 말했습니다.

"그래, 사람을 사귀는 일이라…… 어떻게 사귀면 좋을까? 단점은 은근히 피하고 장점을 칭찬해주며 마음을 얻으면 되는가? 그래. 자네 말이 맞네. 이것은 시정잡배의 친구 사귀는 법이지. 시정잡배가 사람을 사귀는 것은 이익 때문이고, 안면을 트는 것이야 아첨을 하면 그만이란다. 아무리 가까운 사이라도 세 번 부탁하면 그 부탁 때문에 사이가 갈라지기도 하고, 원수라도 세 번 이익을 주면 또 곧 친해지기 마련이야. 이렇게 이익으로 하는 사귐은 지속되기가 어렵지. 아첨도 마찬가지이다. 진정으로 사람을 사귀는 데에는 지나친 친절이나 아첨이 필요 없단다. 마음으로 사귀고, 덕으로 벗을 하는 거지. 그게 도의에 맞는 거야. 엄 행수라는 사람은, 나에게 사귀어 달라고 부탁한 적도 없다. 그런데도 나는 그를 칭찬하고 싶단다."

시정잡배의 친구 사귀는 법 / 이익 / 아첨 / 선귤자 (이덕무 선생) / 자목 (선귤자의 제자)

"그래, 네 말대로 행실을 보자면 좀 어리

겉으로 보이는 것만 봐서는 예덕 선생의 진면목을 알 수 없음

석어 보이기도 한다. 먹는 것도 느릿느릿, 행동은 뭘 망설이는 것처럼 하고, 조는 모습은 정신이 없는 것 같고, 웃는 소리는 낄낄거리지. 그의 사는 곳은 흙벽에 볏짚으로 지붕을 덮은 모습이야. 그래서 그 안에 들어가려면 새우처럼 등을 구부려야 한다.

어수룩한 엄 행수의 겉모습 / 선귤자 (이덕무 선생) / 성실하고 부지런한 엄 행수의 행동

그런데도 아침에는 즐겁게 일어나서 삼태기를 매고, 마을의 뒷간마다 돌아다니면서 똥을 나르

예덕 선생의 장점 ①: 자신의 직분에 최선을 다함

는데, 늘 최선을 다하지. 똥 하나하나를 아주 소중히 여긴단다. 청렴하고, 마을 사람들 어느 하

나 그에게 염치없다는 말도 하지 않지."

"그는 이미 부귀를 부러워하지 않고, 칭찬을 들어도 영광스럽게 생각하지 않고, 누군가 자신을 헐뜯는다고 해도 욕되게 생각하지 않는단다. 보거라. 연희궁도 매번, 그가 퍼 온 분뇨를 사용해서 밭에서 매년 6천 냥을 벌어들인다고 하는구나. 그런데 그는 욕심 한번 내지 않고, 아침밥 한 그릇, 저녁 밥 한 그릇, 자기 분수에 만족하지."

"그는 만족을 아는 재"

아침밥 한 그릇~ 저녁밥 한 그릇~

선귤자 (이덕무 선생)

자목 (선귤자의 제자)

조선 시대의 궁 이름

예덕 선생의 장점 ②: 자기 분수와 처지에 만족함

"겉모습이 비루한 것은 나도 안다. 하지만 그가 의로움을 지키는 것에는 조금도 굽히는 뜻이 없어. 그 뜻을 우리가 돈으로 살 수 있는 것 같으냐? 내가 밥을 먹을 때 반찬이 너무 없으면 견딜 수가 없다는 생각이 든단다. 그런데 엄 행수의 행실을 떠올리면 스스로 부끄러워진단다. 그는 아마 처음부터 도적질할 마음조차 없었을 것이야. 이 마음을 더 키워나간다면, 성인의 경지에 도달하지 않겠느냐? 그런 이유로 나는 엄 행수를 스승이라고, 예덕 선생이라고 부르며 감히 이름을 부르지 않는 거야."

"그는 성인과도 같다!"

선귤자 (이덕무 선생)

자목 (선귤자의 제자)

존경받을 만한 사람

선귤자의 기준: 가식 없이 관계를 맺고 자신의 직분을 성실하게 다하는 사람이므로 친구로 지낼 수 있음 (주제)

마음(한) 묘사

○── 나오며

스승 선귤자의 말에 박지원 선생이 하고 싶은 말이 모두 담겨 있어요.
'벗을 계급과 이익으로 사귀지 말자.'
'진정한 친구는 신분이 높고 낮음에 관계없이 배울 만하고, 덕이 높은 친구이다.'
'자기 자신을 되돌아보게 만드는 사람, 그 사람이 곧 선생이다.'
엄 행수, 즉 예덕 선생은 위의 모든 조건을 충족하는 사람이기에 선귤자가 선생이라 부르는 것입니다. 반면에 자목은 스스로 지체 높은 양반이라는 생각에 갇혀서 다른 사람의 가치를 제대로 보지 못하는 사람이었죠.

"벗을 계급과 이익으로 사귀지 말자!"
"진정한 친구는 덕이 높은 친구다!"
"스스로를 되돌아보게 하는 사람이 스승이다!"

1 선귤자는 엄 행수가 비록 인분을 나르는 일을 하지만 그를 본받을 만하다고 생각한다. **O, X**

2 자목은 선귤자가 엄 행수를 예덕 선생이라 부르며 가까이하는 것을 못마땅하게 여긴다. **O, X**

 개념 노트

박지원 선생의 통찰력

박지원 선생의 글을 읽으면 시대를 벗어난 남다른 시선과 통찰을 느낄 수 있습니다. 이것은 어렸을 때의 경험 덕분입니다. 선생은 10대였을 때 우울증과 불면증을 앓았습니다. 큰 재능에 따랐던 큰 대가랄까요? 어렸을 때부터 뛰어난 글재주로 가문에서도 자랑스럽게 여기는 박씨 집안의 막내아들이었지만, 마음으로는 앓고 있었던 거죠. 박지원 선생은 우울증을 이겨 내기 위해 건강한 방법을 사용합니다. 우울하다고 술을 마시거나, 사치를 하거나, 노름을 하면서 순간의 즐거움에 기대는 것이 아니고, 거리에 다니는 이야기꾼을 청해서 세간의 재미있는 이야기를 듣고는 했는데요. 그래서 박지원 선생의 작품에는 잘생기고 아름다운 주인공만 등장하는 것이 아니라, 못나지만 마음씨가 따뜻한 거지 광문도 있고, 몰락한 양반인 허생도 있죠. 호랑이에게 꾸지람을 듣는 겉과 속이 다른 위선자, 북곽 선생도 있습니다. 그때의 경험이 박지원 선생 문학의 밑거름이 된 것이겠죠.

1.O 2.O

㉒ 상녀 孀女

남자라면 그런 일을 해서는 안 돼!
여자가 그런 일을 하다니!
어린애가 나서지 마라!

관습·규범

○── 들어가며

'행복하게 사는 법'은 풀리지 않는 숙제입니다. 행복은 '자신답게 사는 것'이라는 명확한 정답이 있지만 누구나 쉽게 할 수 있는 일은 아니거든요. 개인이 지닌 고유한 욕망을 드러내려면 사회화된 개인들과 맞서 싸워야 합니다. '사회화'를 쉽게 풀이하면 관습과 규칙을 몸에 익히는 것을 가리킵니다. 주변에서 쉽게 찾아볼 수 있으니, 어렵게 생각하지 않으셔도 됩니다.

"남자라면 그런 일을 해서는 안 돼!" "여자가 그런 일을 하다니!" "어린애가 나서지 마라!"

사회화된 개인이 주로 하는 말입니다. 관습이나 규범은 사회를 지탱하는 축이기도 하지만, 동시에 사람을 옭아매는 창이기도 합니다. 이 작품의 등장인물인 젊은 과부 역시 그 창에 희생당할 뻔한 여인이죠. 이 이야기는 〈연상녀재상촉궁변憐孀女宰相囑窮弁〉이라는 제목으로 《청구야담》에 실려 있는데요. 여기서 상녀孀女는 홀로된 여인이나 과부를 가리키는 말로, 제목을 [남편이 먼저 세상을 뜬 여자] 풀이하면 '과부가 된 딸을 불쌍히 여긴 재상이 가난한 무인에게 딸을 시집보내다'라는 뜻이 됩니다.

옛날 옛적에 **젊은 과부**가 살았습니다. 그 녀는 재상의 딸로 시집을 갔다가 1년도 지 [임금을 보좌하고 모든 관리를 통솔했던 버슬] 나지 않아 친정으로 돌아왔습니다. 남편이 먼저 세상을 떠났기 때문이죠. 아마도 재 상의 딸은 10대 중반 정도의 나이로 앞날 이 창창한 여인이었겠죠? 그런데 당시 사 회의 규범으로는 여인이 재가한다는 것은

재가(재혼) 금지

설마 지체 높은 집안에서 재가를 하지는 않겠지?

재상 젊은 과부
      (재상의 딸)

낯부끄러운 일이었습니다. 박지원 선생이 쓴 〈열녀함양박씨전〉에 등장하는 박 씨처럼 남편을 [재혼] 따라 스스로 목숨을 끊는 여인까지 있는데, 재가라니요! 사람들이 쑥덕거릴 것이 불 보듯 뻔한 일이었습니다.

재상의 딸도 잘 알고 있었을 거예요. 자신은 평생 혼자 살아야 하며, 지금의 아름다움과 젊음 [재상집 딸이기 때문에 남의 눈을 의식하며 더욱 철저히 규율을 지킬 수밖에 없음]

은 이대로 흘러가 버릴 것이라는 사실을
요. 재상 역시 마음이 답답하기는 마찬가
지였습니다. 딸이 곱게 단장을 하다가, 거
울을 내던지는 모습은 아버지의 마음을 찢
<u>재상</u>
어지게 만들었죠.

재상   젊은 과부
(재상의 딸)

　　재상은 진정으로 딸을 사랑한 아버지였
습니다. 그는 딸을 평생 볼 수 없더라도, 딸
이 행복하기를 바랐죠. 그래서 젊고 건강
한 무인에게 은덩이를 주며 자신의 딸을
딸의 행복을 위해 재상이 고안한 방법
데리고 **함경도 땅**에 가서 살라고 합니다.
다른 사람들과 가족에게는 딸이 자결했다
며 거짓 장례를 치르고요.
표면적으로는 딸이 수절을 위해 자결했다며 규범을 지킨 것처럼 포장

자결했다고 거짓말 / 함경도 땅
재상   젊은 과부   무인
　　　(재상의 딸)

　　오랜 시간이 흘러 재상의 아들이 암행어
임금의 명령으로 지방관의 행실을 살폈던 벼슬
사로 함경도 지방에 갔다가 한 집을 방문
하게 됩니다. 이런 것을 혈육의 정이라고
할까요? 어사는 자신도 모르게 이 집에서
우연히 누이의 집에 들르게 된 재상의 아들
가족의 기운을 느낍니다. 알고 보니 그 집
은 도망간 누이와 무인의 집이었습니다.
재상의 딸
밤이 깊자, 죽은 줄로만 알았던 누이가 어

함경도 땅
재상 아들   젊은 과부   무인
(암행어사) (재상의 딸)

사의 방으로 들어와 고백을 했죠. 그들은 밤중에 함경도 땅으로 도망친 뒤 두 아이를 낳고 살고
있었습니다.

　　어사는 놀라서 서울에 있는 집으로 돌아
와 재상에게 함경도에서 겪은 이야기를 들
아버지
려 드리려고 하지만, 재상은 아들의 첫 마
디를 듣자마자 두 눈을 부릅뜹니다. 결국
두 사람은 아무 대화도 나누지 않고, 이야
재상이 자신의 아들과 이야기를 거부할 정도로 당대 규범이
기는 끝이 나죠.
엄격했음을 보여줌

재상   재상 아들

거짓으로 장례를 치러야 했을 만큼, 사랑하는 딸을 영원히 먼 땅에 두어야 할 만큼, 규범이란 두려운 것이었습니다. 재상은 모든 관원을 다스리는 높은 위치였기에 더더욱 사회의 규범에 얽매일 수밖에 없었죠. 하지만 그는 딸의 희생을 요구하기보다는 지혜롭게 꾀를 내어, 딸의 행복을 빌었습니다. 아들에게조차 진실을 밝히지 않은 것은 당시의 규범이 얼마나 무서운가를 증명하면서, 딸이 자유롭기를 바라는 재상의 마음이 드러난 것이 아닐까 싶습니다.

거짓 장례 　재상　무인　젊은 과부
(재상의 딸)

재가 금지

핵심 체크

1 재상은 사회의 규범보다 딸의 행복을 더욱 중요하게 여겼다. **O, X**

2 무인은 재상의 제안으로 재상의 딸과 함께 함경도 땅에서 가정을 꾸렸다. **O, X**

3 어사는 누이가 함경도 땅에 살아 있는 것을 알고, 아버지에게 진실을 추궁했다. **O, X**

개념 노트

청구야담

《청구야담》은 19세기 중엽에 쓰인 책으로 사람들 사이에 떠돌았던 이야기가 담겨 있습니다. **조선 후기**의
1700~1800년
현실을 들여다볼 수 있는 중요한 자료로 꼽히죠. 오래전에 쓰인 이야기인 만큼, 이본이 여러 개 있는데요. 제가 소개한 내용은 버클리대 소장 한문본으로 다른 이본들 가운데 **선본**이라고 합니다.
보존 상태가 좋거나, 본문의 계통이 오래된 책

1.O 2.O 3.X

10분의 문학

㉓ 금방울전 金鈴傳

작자 미상

〈김원전〉

방울로 태어난
금령

〈지하국 대적 퇴치 설화〉

요괴를 물리친
해룡

⚬── 들어가며

여기 방울로 태어난 영웅이 있습니다. 주인공 **금령**은 기이한 능력으로 어려움을 극복하고 해룡과 결혼하여 부귀영화를 누리게 되죠. 기이한 출생에 고난과 역경, 행복한 결말까지 들어 있는 완벽한 영웅 소설 구조입니다. 《금방울전》을 읽다 보면, 작품 속의 작품을 발견하는 재미가 있는데요. 동그란 방울이었던 금령이 껍데기를 벗고 아름다운 여인이 되는 장면에서는 《김원전》이 떠오르고, 지하국에서 해룡이 요괴를 죽이는 장면에서는 《지하국 대적 퇴치 설화》가 생각나죠. 이처럼 사람들에게 익숙한 화소가 많은 작품이라 오랜 세월 동안 독자의 공감을 이끌어 낼 수 있었던 것 같습니다.

> 금방울
> 이야기를 구성하는 가장 작은 단위

기이한 탄생과 고귀한 혈통

인간 세상에 태어나기 전, 금령과 **해룡**은 모두 고귀한 신분이었습니다. 금령은 남해 용왕의 딸이고, 해룡은 동해 용왕의 아들이었죠. 둘은 부부의 연을 맺자마자 큰 시련을 겪게 됩니다. 남선진주라는 요괴가 이들을 덮치는 바람에 용녀는 죽고, 용자는 겨우 목숨을 부지합니다.

> 금방울
> 용녀
> 용자

장원
(장 공)

장 공
부인

"살려 주세요!"

해룡
(동해 용왕의 아들 · 용자)

요괴

금령
(남해 용왕의 딸 · 용녀)

기력이 다해서 다급했던 용자는 도망치다가 **장원**을 만납니다. 장원은 원나라 말년에 한림원에서 일하던 관리였는데, 원나라가 망하면서 이풍산에서 은둔하고 있었어요. 하루는 꿈에 산신령이 나타나서 위험이 닥칠 거라며 어서 떠나라고 경고하지 않겠어요? 꿈에서 깬 장 공은 부인과 함께 부랴부랴 길을 떠나다가 붉은 옷을 입은 용자를 만납니다.

> 장 공
> 임금의 명령을 받아 문서를 쓰는 일을 맡던 부서
> 산 이름

"바라건대 부인께서 잠깐 입을 벌리시면 소자가 그 안에 들어가 몸을 피하겠습니다. 부인은 저를 불쌍히 여겨 주세요. 뒷날 그 은혜를 꼭 갚겠습니다."

> 장 공의 부인

부인이 붉은 기운을 삼키니 용자의 모습은 사라지고 미친 듯이 바람이 불며 이상한 소리가 들려옵니다.

기이한 일을 겪은 장 공 부부는 **산골짜기 작은 마을**에 자리잡습니다. 절개 있는 선비와 선하고 인자한 사람이 많았죠. 이 곳에서 장 공 부부는 새로운 생명을 점지 받습니다. 부인의 몸으로 들어왔던 용자가 옥황상제의 명에 따라 두 사람의 아들로 태어나게 된 것이죠. 이렇게 우리의 첫 번째 등장인물 **장해룡**이 인간 세상에 나옵니다. 특이하게도 등에 **북두칠성 모양의 붉은 사마귀**가 있었는데요. 이런 신체 특징은 나중에 단서가 되니 기억해 두시면 좋답니다.

"사마귀가 북두칠성 모양이네?"
옥황상제
장원 (장 공)
장 공 부인
장해룡

한편 동해 호숫가에 사는 **남선진주 요괴**에게 목숨을 잃은 용녀 역시 옥황상제의 명령을 받습니다. 용자와 부부의 인연을 맺기 위해 **막 씨**의 딸로 태어나게 되는데요. 막 씨가 효심 깊은 며느리였기 때문에 하늘이 감동하여 상을 내린 것입니다. 막 씨의 꿈에 나타난 노옹들은 그녀에게 용녀를 소개하며 이렇게 말합니다.

남해 용왕의 딸 · 금령
옥황상제
금령의 어머니
다섯 노옹
막 씨
금령 (남해 용왕의 딸 · 용녀)
할아버지

"지금으로부터 16년 뒤에 그 얼굴을 볼 수 있을 것이니, 자세히 보아 두었다가 후에 착오가 없도록 하라."

처음에 막 씨는 무슨 말인지 몰랐어요. 아마 용녀의 아름다운 자태를 보느라 정신이 없었을 거예요.

노옹들은 용녀를 위해 다섯 가지 선물을 남깁니다. 붉은 옷을 입은 선관은 계절을 마음대로 보낼 수 있는 **오색명주**를 주었고, 푸른 옷을 입은 선관은 천 리를 하루에 갈 수 있는 **부채**를, 흰 옷을 입은 선관은 바람과 안개를 마음대로 부릴 수 있는 **붉은 부채**를, 검은 옷을 입은 선관은 **힘**을 줍니다. 마지막 선물은 조금 특별합니다. 바로 **김삼랑의 혼령**이죠. 김삼랑은 막 씨의 남편으

오색구슬

금령의 어머니

다섯 노옹

로 이미 저세상 사람이었어요. 그러니 만약 남편도 없는 막 씨가 아이를 낳으면 사람들에게 손가락질을 당하겠죠. 아버지가 누구인지 모르니까요. 그래서 누런 옷을 입은 선관은 용녀가 이름 없는 자식이 되지 않도록 '아버지의 영혼'을 선물로 주고 갑니다. 다른 사람들에게는 김삼랑이 마치 살아 있는 것처럼 보이도록요. 열 달 뒤에 막 씨는 금빛을 찬란하게 발하는 금령을 낳습니다.

> 금방울 · 용녀

기괴한 모습에 겁을 먹은 막 씨는 금령을 버리려고 물속에도, 불 속에도 던져보지만 소용이 없

> 금령의 시련을 구체적으로 형상화

습니다. 이렇게 우리의 두 번째 등장인물 금령이 인간 세상에 나오게 됩니다.

어려서 겪는 고난과 역경

이때 명나라는 아직 안정되지 않은 상태로, 사방에서 도적이 일어났던 시기입니다. 장 공 부부도 도적을 피해 도망치는 중

> 장 처사

이었죠. 해룡 때문에 걸음이 더뎌진 부부

> 장 공의 아들 · 용자

는 해룡을 길가에 숨기고 잠깐 달아났다가 돌아오기로 하죠. 하지만 해룡이 처절하게 우는 바람에 금방 도적떼에 발각되고 맙니

다. 이때 **장삼**이라는 사람이 해룡을 발견하는데요. 해룡이 범상치 않은 인물임을 알아보고, 그

> 해룡의 조력자

를 구해 달아납니다. 장삼은 원래 도적떼에 합류하고 싶지도 않았어요. 강요에 못 이겨 참여한 사람이었죠.

장삼은 해룡을 고향으로 데려와 친자식처럼 키웁니다. 하지만 장삼의 부인, **변 씨**의 마음은 달랐죠. 변 씨는 남편이 누구의

> 해룡을 미워하는 이유 ①

자식인지도 모르는 아이를 데려왔다는 사실이 무척 불쾌했습니다. 게다가 **아들 소룡**

> 해룡을 미워하는 이유 ②

까지 낳으면서 해룡을 더욱 미워하고 질투하죠. 자신의 아들인 소룡보다 해룡이 너

> 장 공의 아들 · 용자

무 뛰어났으니까요. 그나마 해룡이 열세 살이 될 때까지는 장삼이 곁에 있었기 때문에 큰 탈은 없었습니다. 하지만 장삼이 세상을 뜨자 변 씨와 소룡은 해룡을 학대하기 시작하죠.

한편 금령은 자라면 자랄수록 마을의 명물이 됩니다. 고운털과 빛나는 모습이 신기했기 때문이죠. 그런데 이 동네의 욕심쟁이 부자 **목손**이 못된 마음을 먹습니다. 가질 것도 다 가진 사람이 요술처럼 신기한 금령까지 탐을 내네요. 욕심도 많아요!

그는 막 씨가 잠든 사이에 금령을 몰래 훔쳐 옵니다. 그런데 이런 일을 당하고 가만히 있을 <u>금령</u>이 아니죠? 금령은 날 때부터 신선들에게 신이한 능력을 선물로 받은 존재라고요. 그날 밤, 금령은 목손에게 본때를 보여 줍니다. 일단 그의 곳간을 불태우고 집과 재물까지 모조리 재로 만들어 버립니다. 다음으로 목손 부부를 공격합니다. 얼음처럼 차가워졌다가 불처럼 뜨거워졌다가 하면서 사람을 놀리죠. 목손은 위기를 면하기 위해 막 씨에게 금령을 돌려주기는 했지만, 앙심을 품고 금령을 관가에 고발합니다.

지현이 보기에 금령은 평범한 물건이 아니었습니다. 그래서 금령을 요괴스러운 물건으로 단정짓고 없애려 하죠. 하지만 금령은 호락호락하지 않습니다. 쇠몽둥이로 깨뜨리려고 해도, 도끼로 내려쳐도, 칼로 베어도, 기름에 튀겨도 없어지지 않아요. 화가 난 지현은 막 씨를 감옥에 가두지

만 금령은 막 씨가 옥살이를 견딜 수 있도록 돕습니다. 지현의 부인은 금령이 보통 물건이 아니라며 그를 말리지만 지현은 고집을 부리죠. 그리고 고난이 시작됩니다. 지현은 바닥에 누워 잠을 잘 수가 없습니다. 방바닥이 너무 뜨거워서 살이 탈 것만 같았거든요. 음식도 먹지 못합니다. 너무 뜨겁거나 차가워서 입에 넣을 수가 없었어요. 사흘을 굶고 잠을 못 자니, 지현은 거의 죽을 지경이었습니다. 지혜로운 지현의 부인은 당장 막 씨를 풀어 주라며 지현을 설득하고, 결국 지현은 잘못을 뉘우칩니다. 그는 막 씨에게 큰 집을 지어 주고 평안히 살 수 있도록 도와줍니다.

여기서 놀라운 사실! 금령을 없애려 했던 지현은 **해룡의 아버지 장 공**입니다. 하마터면 장 공이 미래의 며느리를 해칠 뻔한 사건이죠. 그럼 도망자 신세이던 장 공이 어떻게 한 고을의 지현이 되었을까요? 도적떼를 피해 달아났던 장 공 부부는 해룡을 찾으러 산속을 떠돌아다니가 **조나라**

장수 위세에게 붙잡혔는데요. 위세가 장공의 비범함을 알아보고 그에게 뇌양현의 지현 직분을 맡겼던 것입니다.

아들과 헤어진 지 십여 년이라는 세월이 흘렀지만 장 공 부부는 아직도 밤낮으로 해룡을 생각하며 슬퍼했습니다. 언젠가 다시 만날 것이라는 기대는 있었지만 기다리는 시간이 길어지면서 괴로움은 더해 갔죠. 장 공 부인은 병까지 얻어 그만 숨이 끊어지고 맙니다. 금령은 장 공 부인이

어머니를 구해 주었던 은혜를 잊지 않고 '보은초'라는 글씨가 새겨진 나뭇잎을 구해 옵니다. 장 공이 그것을 부인의 입에 넣으니 부인이 건강하게 다시 살아나죠. 장 공의 부인은 거듭 막 씨에게 고맙다고 하며 의형제까지 맺습니다. 장 공 부부와 막 씨는 더더욱 금령을 귀엽게 여기며 화목하게 지냅니다.

그러던 어느 날, 금령은 그림이 그려진 족자 하나를 장 공 부부에게 주더니 그때부터 자취를 감춥니다. 그 그림은 장 공 부부가 해룡을 길가에 숨기고 왔을 때를 묘사한 그림이었고, 마지막에는 한 도적이 아이를 업고 시골집으로 가는 모습까지 담겨 있었습니다. 해룡이 살아 있음을 암시

하는 족자였죠. 하지만 장 공 부부의 시름은 조금도 덜어지지 않았는데요. 해룡이 살아 있을 가

능성은 있었지만 어디에 있는지도 모르고 게다가 금령까지 간데없이 사라졌기 때문입니다.

한편 금령은 무척 바빴습니다. 해룡을 구하러 가야 했으니까요. **변 씨**는 해룡을 마치 머슴처럼 부려 먹는 중이었습니다. 밭 갈기, 논매기, 소 여물 먹이기와 김매기, 나무 베어 오기 등등 쉴 시간도 없을 정도로 해룡을 괴롭혔죠. 밥도 제대로 주지 않았습니다. 금령은 추위에 떠는 해룡에게 따뜻한 기운을 주고, 하던 일도 도와주어 빨리 끝낼 수 있도록 합니다.

장삼의 부인 · 소룡의 어머니

해룡의 시련

조력자로서의 금령

"밭도 갈고, 논도 매고, 소 여물도 먹이고…"

소룡　변 씨 (장삼의 부인)　금령 (금방울)　장해룡

해룡의 조력자

EBS 수능특강

변 씨는 더욱 불안해집니다. 변 씨는 아예 해룡을 죽일 계획을 세우죠. 직접 해치지는 못하고, 호랑이가 자주 나오는 곳에 일부러 해룡을 보냅니다. 호랑이 밥이 되라는 거죠. 한꺼번에 호랑이가 두 마리나 달려듭니다. 하지만 여기에서도 금령이 해룡을 지킵니다. 금령은 빠르게 굴러 연속으로 호랑이를 들이받습니다. 마치 볼링공처럼요. 그리고 아무 일도 없었다는 듯이 밭도 싹 갈아 놓죠.

조력자로서의 금령

"호랑이 가죽은 우리 것!"

금령이 구한다!

장해룡

뻔뻔한 변 씨는 호랑이 가죽을 이용해 상을 가로채기로 합니다. 아들 소룡이가 호랑이를 잡은 것처럼 관가에 알리고, 상금 2천 냥을 받은 거죠. 이를 괘씸하게 여긴 금령은 두 사람에게 강도 떼를 보냅니다. 강도들은 두 사람이 가진 돈도 모두 빼앗고 알몸으로 나무에 매달아 두죠.

버슬아치들이 일하는 곳

이 정도 당했으면 정신을 차려야 하는데, 변 씨 모자는 또 흉악한 일을 저지릅니다. 소룡이 밖에서 사람을 죽이고 오자, 이를 해룡에게 덮어씌운 거죠. 해룡은 누명이라는 것을 다 알면서도 장삼에게 받은 은혜를 생각하여 순순히 살인죄를 인정합

장 공 (뇌양현 지현)　장해룡　장해룡

해룡을 도와준 도적

니다. 관가에 잡혀간 해룡은 드디어 친아버지를 다시 만납니다. 살인죄를 심문하던 지현이 바로 장 공이었거든요. 물론 아직은 서로 눈치채지 못합니다. 해룡이라는 이름이 흔했나 봐요. 아들 해룡과 이름이 같다는 걸 알면서도 알아보지 못했거든요. 해룡이 감옥에 들어온 뒤 장 공은 기이한 일에 시달립니다. 이때 장 공에게는 늦둥이 아들이 있었는데요. 겨우 세 살이었습니다. 그런데 해룡이 곤장을 맞을 때마다 아기가 울며 까무러치더니, 한밤중에 사라져 자꾸만 해룡이 있는 감옥으로 갑니다. 아기가 해룡 곁을 떠나지 않으려 하자, 장 공은 해룡을 관가의 별채에 살게 하고 아이를 맡깁니다.

"내 신세가 너무 가련하구나~"

소룡 변 씨 금령 장해룡
(장삼의 부인) (금방울)

죄짓고는 못 사는 모양입니다. 변 씨는 해룡이 귀한 대접을 받으며 관가에서 산다고 하니 혹시나 진실이 밝혀질까 불안에 떱니다. 변 씨는 해룡을 집으로 유인하고, 집을 불태워 버립니다. 해룡은 금령 덕분에 간신히 목숨을 구하지만 자신의 신세를 한탄하며 변 씨의 집을 떠납니다.

요괴를 물리치고 공주를 구하다

"제가 구해 드릴게요!"

장해룡 금선공주 요괴
(금돼지)

해룡은 금령이 인도하는 길을 따라 정처 없이 떠납니다. 그런데 갑자기 금털이 돋은 괴이한 짐승이 튀어나와 해룡을 공격합니다. 금령이 그를 구하려 하자 짐승은 머리 아홉 개 달린 괴물로 변하더니 금령을 삼키고 골짜기 속으로 도망칩니다. 얼이 빠진 해룡을 다그치는 것은 하늘의 목소리였습니다.

"그대는 어찌 금령을 구하지 않고 방황하는가? 어서 금령을 구하라!"

해룡은 골짜기 속으로 들어가 한참을 기어갑니다. 긴긴 어둠을 지나니 갑자기 너무 아름답고 해가 빛나는 곳이 나와요. 그곳은 **금선수부**, 즉 **금빛 신선이 사는 수도**였습니다. 문밖에서 상황을 지켜보던 해룡은 빨래를 하러 나온 여인들의 이야기를 엿듣습니다. 아까 보았던 짐승은 이곳에 사는 **금돼지**였어요. 그는 변신술도 뛰어나고 신통력도 좋아서 당할 자가 없었습니다.

게다가 6년 전에는 태조 고황제의 외동딸 **금선공주**를 납치해서 이곳에 가두어 두었습니다. 해
_{명나라 주원장}
룡은 가만히 귀를 기울이다가 모습을 드러내고, 도움을 청하죠.

"그대들은 놀라지 마시오. 나는 악귀를 없애려고 여기에 들어온 사람입니다. 악귀가 있는 곳
을 알려 주세요."

이때 금령을 삼킨 요괴는 피를 토하고
_{금돼지}
신음하며 쓰러져 있었습니다. 해룡은 금선
공주에게 칼을 받아 요괴의 가슴을 가르고
_{명나라 공주}
금령을 구합니다. 요괴를 없앤 해룡은 지
_{해룡의 활약}
상으로 올라가 군대를 이끌고 예를 지켜
금선공주를 구출합니다. 덕분에 해룡은 금
선공주의 남편이 되어 장 부마로 불리며
_{공주의 남편}
황제의 신임을 얻습니다.

나라를 구하고 부모와 다시 만나다

아직 해룡의 영웅담은 끝나지 않았습니
다. 지하국에서 요괴를 물리치고 왔더니
지상에서는 **북흉노**가 기승을 부리고 있
었죠. 북흉노는 원나라를 구하기 위해 백
만 대병을 모아 명나라에 쳐들어옵니다.
원수가 된 해룡은 진북대장군 겸 수군도독
_{국경을 지키는 군사의 최고 책임자}
이 되어 정벌 작전을 폅니다. **원수**와 북흉

노의 장수 **호각**은 일대일로 붙어 합을 겨루지만 승부를 내지 못합니다. 호각은 꾀를 써서 산골
짜기로 원수를 유인하여 불을 지르는데요. 궁지에 몰린 원수를 돕는 것은 또 금령입니다. 금령
은 찬바람을 일으키며 불을 끕니다. 호각은 원수가 죽은 줄로만 생각하고 그날 밤에 명나라의
_{조력자로서의 금령}
군대를 기습하기로 합니다. 원수는 작전을 미리 꿰뚫어 보고, 몰래 숨어 있다가 호각을 덮쳐 목
을 벱니다. 전쟁의 공으로 원수는 정북장군과 위국공 겸 좌승상의 벼슬을 받고 **장 승상**으로 불
리게 됩니다. 황후는 전공을 세우고 돌아온 승상에게 간밤에 금령이 놓고 간 족자를 전합니다.
그 족자에는 장 공 부부가 받았던 족자와 똑같은 그림이 있었어요. 어린아이가 전쟁 중에 부모
_{해룡과 그의 부모가 서로를 확인하게 된 계기}
를 잃는 모습이었죠. 아무리 벼슬이 높아지고, 아무리 이름을 널리 떨쳐도 해룡의 마음 한구석
_{해룡의 부모님}

은 뻥 뚫린 것처럼 허했을 거예요. 부모님이 많이 그리웠겠죠.

한편 바쁘게 돌아다니던 금령은 드디어
집으로 돌아옵니다. 장 공 부부와 막 씨는
오랜만에 돌아온 금령을 껴안고 좋아서
어쩔 줄 모르죠. 그날 밤, 장 공 부인과 막
씨의 꿈에 선관이 나타나 이런 말을 전합
니다.

"두 사람의 액운이 다 끝났으니, 머지않
아 그대의 자녀를 만나게 될 것이다. 해룡이 이 길로 지나갈 것이니 때를 잃지 말라. 그대는 아
마 여자아이의 얼굴을 보면 자연 알게 되리라."

꿈속에서 선관이 금령을 어루만지니 갑자기 동그란 방울의 모습이 선녀의 모습으로 바뀝니
다. 선관은 잊지 않고 선물로 주었던 보배들을 다시 가지고 하늘로 갑니다. 여기서 꿈은 끝나
요. 그런데 막 씨의 눈앞에 꿈속에서 보았던 선녀가 다소곳이 앉아 있습니다! 드디어 금령이
16년 만에 인간이 된 거죠. 금령은 방울일 때의 일을 전혀 기억하지 못하지만 막 씨를 자신의
동그란 금방울의 모습을 벗고 사람이 됨
어머니로 깍듯하게 모십니다.

이번에는 장 공 부인이 해룡을 만날 차
례죠? 해룡은 이때 **위왕**의 자리에 안주하
지 않고 스스로 청해서 순무도찰어사가 됩
니다. 순무도찰어사는 지방에서 난이나 재
해가 일어났을 때 인심을 진정시키는 일을
합니다. 여러 고을을 돌아다니던 **어사**는
해룡
드디어 장 공 부부가 있는 뇌양현을 지나
해룡의 부모님

게 됩니다. 어사는 보통 고을의 지현과 인사를 나누는 것이 관례였는데요. 뜻밖에 뇌양현의 지
현령 · 사또
현이 너무나 어사와 말이 잘 통하는 거예요. 그날 밤 어사는 꿈에 나타난 노인의 말에 잠을 설
칩니다. '부모도 찾지 않는 죄인이 되려느냐'는 꾸중이었죠. 중간에 잠이 깬 어사는 관가에 딸
린 객사에서 나오다가 지현을 만납니다. 그리고 벽에 걸린 족자를 발견하죠. 자신이 가지고 있
각 고을에 있는 전용 숙소
는 족자와 똑같은 족자를요. 둘 다 금령이 가져다준 족자라는 것도 기이한 일이었습니다. 사또
장 공
는 조심스럽게 말합니다.

"내 아이는 등에 북두칠성처럼 생긴 사마귀가 일곱 개 있소. 이것으로 그대가 내 아들인지 아닌지 알 수 있을 것이오."

어사는 이 말을 듣자마자 지현이 자신의 아버지임을 깨닫습니다. 어사는 이 모든 사실을 황제에게 편지로 전합니다.

편지의 내용을 들은 <u>금선공주</u>는 금령의
해룡의 부인 · 명나라 공주
공과 은혜를 갚아야 한다고 주장합니다.
이에 황후는 금령을 양녀로 삼아 금령공주
로 받아들여 해룡과 부부의 연을 맺을 수
있도록 돕습니다. 위왕과 금선공주 그리고
해룡
금령공주는 행복하게 남은 생을 살다가 신
주제: 천상계에서 이어지지 못한 인연이 맺어짐
선의 구름을 타고 승천하며 이야기는 마무
리됩니다.

금령공주   위왕   금선공주
(황후의 양녀)   (장해룡)

○── **나오며**

《금방울전》을 다 읽으시면, 두 가지가 눈에 띄실 거예
요. 먼저 금령의 적극적인 애정 공세죠. 해룡과의 사랑
을 쟁취하기 위해 언제 어디서든 등장하는 금령의 모습
이 아주 인상적입니다. 해룡이 변 씨에게 구박을 당할
때에도, 호랑이에게 공격을 당할 때에도, 요괴를 물리칠
때에도, 전쟁에서 죽을 위기에 처했을 때에도 금령은
어김없이 나타나 그를 구하죠. 다음으로 황제의 딸을
구하여 승승장구하게 된 해룡의 모습을 통해서 당시에
입신양명의 기회를 갖지 못했던 계층의 욕망을 엿볼 수

금령(금방울)의 적극적인 애정 공세

해룡의 입신양명

있습니다. 물론 해룡의 신분이 미천한 것은 아니었지만, 어릴 때 부모와 헤어졌기 때문에 능력을 펼칠 기회가 적었죠. 예전
에는 해룡처럼 훌륭한 재주를 가지고도 신분 제약 때문에 벼슬길에 오르지 못하는 사람이 많았답니다.

1 금령은 16년 만에 선녀가 되어 막 씨를 만나 그동안 해룡을 구해 준 이야기를 들려주었다. **O, X**

2 변 씨는 해룡을 시기하여 학대하고, 살인 누명을 씌웠다. **O, X**

3 해룡은 장 공의 객사에서 나와 족자를 발견하고 이야기를 나누다가 서로 혈육임을 알게 되었다. **O, X**

 개념 노트

금령의 활약

- 막 씨가 옥에 갇혔을 때 보살피고 지현을 괴롭힘
- 변 씨의 학대로 해룡의 목숨이 위험할 때 수차례 구함
- 장 공 부부에게 족자를 주어 해룡이 살아 있다는 힌트를 제공함
- 황후에게 족자를 주어 해룡의 손에 들어가도록 함
- 해룡과 함께 북흉노를 물리침

노옹들이 준 선물

금령은 다섯 노옹에게 다섯 가지 선물을 받습니다. 계절을 마음대로 부릴 수 있는 오색명주와 천 리를 하루에 갈 수 있는 부채, 바람과 안개를 마음대로 부릴 수 있는 붉은 부채, 힘과 아버지 김삼랑의 혼이었죠. 그런데 막상 이야기를 읽어 보면 금령이 부채나 오색명주를 들고 있는 모습은 나오지 않습니다.

다만 금령이 활약하는 장면에서 선물의 위력을 파악할 수 있죠. 지현을 괴롭힐 때 자유자재로 온도를 조절하는 모습에서 '오색명주'의 힘을 느낄 수 있고요. 동에 번쩍 서에 번쩍하며 해룡을 구출하는 모습에서는 '부채'의 힘이, 해룡이 북흉노와 맞서 싸우다가 위험에 빠졌을 때 찬바람을 일으키는 모습에서는 '붉은 부채'의 능력이 드러납니다. 마지막으로 해룡이 호랑이에게 잡아 먹힐 뻔했던 사건 기억나시죠? 한 번에 호랑이 두 마리를 무찔렀으니 금령의 '힘'을 짐작할 수 있죠. 이렇게 노옹이 준 선물들은 때에 알맞게 사용되었답니다.

1.X 2.O 3.O

2

현대 문학

10분의
문학

작자 성석제

① 황만근은 이렇게 말했다

"그럼 그럼~"

"안 들을래~"

○── 들어가며

우리는 언제 다른 사람의 의견에 동의할까요? 논리적으로 옳은 말이라고 생각하거나 공감이 될 때, 사람들은 고개를 끄덕이고 인정합니다. 하지만 논리나 공감보다 강력한 것이 바로 '호감'이죠. 우리는 대개 자신과 친하거나 호감을 느끼는 사람의 말을 가장 잘 믿는다고 합니다. 다르게 생각해 보면, 자신이 싫어하거나 무시하는 사람의 말은 아무리 맞는 말이라도 흘려듣게 되겠네요.

주인공 황만근은 그런 사람이었습니다. 아무도 귀 기울이지 않는, 모두가 무시하는 인물이었죠. 그에 대한 평가는 마을에서 불리는 '황만근가歌'만 들어 보아도 알 수 있었습니다.

황만근

황! 마안-그은.
백 분(번), 찝 원(십 원), 여 끈(열 근), 팔 푼, 두 바리(마리),
그래 , 바안-그은.　　**황만근가歌(노래)**

> "**황!** 마안-그은, **백 분(번), 찝 원(십 원),**
> 　황만근가: 황만근에 대한 평가를 압축해 놓은 곡
> **여 끈(열 근), 팔 푼, 두 바리(마리), 그래, 바안-그은.**"

가사를 하나씩 뜯어보자면, 우선 '황'은 그의 성씨입니다. 그가 이곳, **신대리** 토박이라는 사실을 보여 주죠. 신대1리는 황씨들이 모여 사는 집성촌입니다. '만근'이라
　　　　같은 성씨끼리 모여 사는 마을
는 이름은, 그의 집에서 보이는 **만근산**의
　　　　주인공 이름의 유래
이름을 딴 것이죠.

신대리　　황만근　　만근산

출제자의 시선

EBS 수능특강

'백 분(백 번)'은 황만근이 땅바닥에 넘어진 횟수입니다. 사실 그는 어릴 때부터 자주 넘어졌는데요. 언제부터인가 몇 번 넘어졌느냐고 묻는 질문에는 무조건 백 번이라고 대답하기 시작합니다. 백은 황만근이 셀 수 있는 가장 큰 단위였으니까요. 하루에도 백 번, 한 달에도 백 번이라고 했죠.

황만근에 대한 평가 ① 어리석음

'찝 원(십 원)'은 그의 혀가 얼마나 짧은지 보여 주는 별명입니다. 황만근이 열서너 살 때였어요. 더벅머리 황만근이 국숫집에 와서 "꾹찌 찝 원어찌만 쪼요" 하고 말하는 바람에 모두가 그를 놀리게 되었습니다.

황만근에 대한 평가 ② 혀가 짧고 어수룩함

"꾹찌 찝 원어찌만 쪼요"

'팔 푼'은 황만근이 여덟 달 만에 태어난 것을 가리킵니다. 만근의 아버지는 전쟁 중에 계곡을 오가는 포탄과 총알의 불빛을 구경하다가 유탄에 맞아 허망하게 세상을 떠났는데요. 그 소식에 놀란 어머니가 벌떡 일어나다가 황만근을 낳는 바람에 머리가 앞뒤로 긴 남북 짱구가 되었다고 합니다. 그래서 열 달에서 두 달이 모자라는, '팔푼'이라는 별명을 갖게 된 것입니다.

황만근에 대한 평가 ③ 어딘가 모자름

만근 아버지   만근 어머니

마지막으로 '두 바리(마리)'는 '두 마리'의 벌레를 가리킵니다. 황만근의 집은 동네의 제일 바깥 마을 어귀에 있었는데요. 두 개밖에 없는 방을 하나는 **고등학생인 아들이** 하나는 **만근의 어머니가** 씁니다. 황만근은 남은 방이 없어서 밖에서 자죠. '황만

황만근에 대한 평가 ④ 지저분함

바보…

황만근   우체부

근이 자고 간 방에는 살충제를 한 통씩 뿌려도 잡히지 않는 벌레가 남는다'는 소문 때문이었습니다. 그만큼 사람들이 황만근을 지저분하게 여겼기 때문에 가족조차도 그를 방에 들이지 않았습니다. 어느 날, 우체부가 집에 누가 있느냐고 물었더니 황만근이 가슴을 열어젖히며 "두 바리"라고 말했다고 합니다. 우체부는 다소 과장된 이야기를 동네방네 퍼뜨렸고, 그때부터 사람들은 황만근을 바보의 대명사로 여깁니다. 다른 사람이 한 실수나 잘못, 바보짓도 모두 황만근이 했다는 식으로 소문이 나면서 그는 더욱 바보가 되어 갔죠.

<u>점점 더 바보 취급을 받는 황만근</u>

이 정도면 그가 신대리에서 어떤 대우를 받으며 살아가는지 아시겠죠? 황만근의 진면목을 볼 줄 아는 사람은 **민 씨**뿐입니다. 그는 두 달 전 도시에서 신대리로 귀농한 인물이죠. 민 씨가 황만근을 눈여겨

<u>다른 이들과 달리 황만근에 대한 편견이 없음</u>

보게 된 이유는 한 잔치에서 우연히 그와 아들의 대화를 엿들었기 때문입니다. 당시

<u>민 씨가 황만근을 제대로 평가하게 된 계기 ①</u>

"체면이 뭐가 문제라"

저 사람은 바보가 아냐!

만근의 아들 황만근   민 씨

만근의 아들은 황만근에게 화를 내며, 제발 체면 좀 지키라고 하죠. 그에 대한 황만근의 대꾸가 인상적입니다.

"체면이 뭐가 문제라. 사람이 지 손으로 일하고 지 손으로 농사지어 지 입에 밥 들어가마 그마이지. 남 쳐다볼 기 뭐 있노."

<u>구어체 사투리로 생생한 현장감을 느낄 수 있음</u>

남의 눈치 볼 것 없이 자신의 일만 열심히 해서 남에게 손 벌리지 않으면 그만이라는 말. 사람들이 '바보'라고 놀리는 사람의 입에서 나올 수 있는 말은 아니었죠. 그래서 민 씨는 황만근을 제대로 보게 되었습니다.

황만근의 아들 이야기가 나왔으니, 아내 이야기도 해 볼까요? 그에게는 아내가 있었습니다. 지금은 사라졌죠. 그가 아내를 만나게 된 사연은 참 기이합니다. 젊은 시절 황만근은 징집영장을 받고 신체검사를

<u>병역의 의무가 있는 사람에게 신체검사를 요구하는 명령서</u>

위해 군청에 갔다가 깜깜한 밤에 토끼 고개를 넘게 됩니다. 그때 그의 눈앞에 털이

어머니 아내 아들

눈부시게 하얀 토끼가 나타나죠. 거대한 토끼는 만근이 여기서 죽을 거라고 외치더니, 진공청

소기처럼 그를 빨아들이기 시작합니다. 그는 나무를 힘껏 붙들고 동이 틀 때까지 버팁니다. 황만근과 실랑이를 벌이던 토끼는 항복을 하고는 소원 세 개를 들어주기로 합니다. **어머니가 오래 사시는 것, 아내가 생기는 것, 아들이 생기는 것**이 만근의 소원이었죠. 토끼는 송편을 세 번 먹으면 아내가 생길 것이고, 아내가 생기면 자연스럽게 아들도 생길 것이라고 합니다.

이 이야기를 들은 동네 사람들은 모두 황당한 이야기라며 무시했지만 정말 3년쯤 뒤에 만근에게 아내가 생깁니다. 아내는 이웃 군에서 농기계상을 하는 사람의 수양딸이라고 알려졌죠. 아내를 처음 만나던 날, 그녀는 목숨을 끊으려던 참이었습니다. 만근은 물에 빠진 아내를 구해 주었

토끼에게 빈 소원이 이루어짐

고, 그것이 인연이 되어 함께 살게 됩니다. 함께 산 지 일곱 달도 지나지 않아 조금 이르게 아들이 태어납니다. 그때부터 만근의 아내에 관한 흉한 소문이 돌기 시작하죠. 만근의 아내가 사실 친척에게 성폭행을 당한 여인이었고, 임신을 한 채 집에서 쫓겨났다는 거예요. 소문이 진실이었는지는 모르겠지만 여인은 아이를 낳은 지 3주 만에 사라집니다.

만근은 늘 아내를 그리워했지만, 무너지지는 않았습니다. 그는 충실하게 한 가정을 이끌어 나갔어요. 고기도 잘 잡고 요리도 잘했고, 무엇이든 잘 고쳤으며, 농사도 잘 짓고 연장도 잘 정리할 줄 알았습니다. 동네 일이라면 기꺼이 나서서 도와주었죠. 그런데도 마을 사람들은 고맙다는 인사조차 없었습니다.

"반근아, 너는 우리 동네 아이고 어데 인정 없는 대처 읍내 같은 데 갔으마 진작에 굶어 죽어

뻔뻔한 마을 사람들의 태도

도 죽었다. 암만 바보라도 고마와할 줄 알아야 사람이다. 아나 어른이나 너한테는 다 고마운 사람인께 상 찡그리지 말고 인사 잘하고 다니라. 아이?"

아시죠? 꼭 해 준 것 없는 사람들이 생색내잖아요. 만근은 그런 말을 듣고도 헤실헤실 웃을 정도로 사람이 좋았습니다.

그리고 황만근이 사라졌습니다. 마을 사람들이 만근을 마지막으로 본 날은 '**농가부**
_{농업을 하는 사람들이 진 빚}
채 해결을 위한 전국농민 총궐기대회' 전날
_{평소 원칙을 잘 지키고 성실한 만근의 성품을 드러내는 사건}
이었습니다. 이장은 궐기대회를 준비하기
_{사람들이 목적을 달성하기 위해 모임}
위해 농민들을 소집했죠. 당시 시대 상황
을 잠깐 정리해 보면, 농민들은 각자 진 빚

농가부채 해결을 위한 전국농민 총궐기대회 D-1
연대 보증 → 연쇄 파산

이장

도 문제였지만 서로 연대 보증을 서는 바
_{빚을 진 사람이 파산하면 보증자가 빚을 다 갚아야 함}
람에 한 가구가 파산하면 보증을 선 사람 역시 연쇄적으로 파산하곤 했습니다. 그러니 농가부
채를 탕감해 달라는 요구를 하기 위해 시위를 준비하기로 한 것이었죠.
_{부채의 구조적인 원인: 기관들이 갚을 능력이 없는 농민에게까지 무분별하게 자금을 대출해 주어 파산 위기에 처하게 함}

모임을 마치고 민 씨는 황만근과 함께
술을 한잔하기로 합니다. 대화를 하면 할수
록 놀라웠습니다. 황만근은 너무나 똑똑한
사람이었어요. 신대리에서 유일하게 황만
근만 빚이 없었습니다. 그의 주장은 이랬습
니다. 농부는 빚을 지면 안 되며, 기계화를
한다고 집집마다 농기계를 두게 되면 그게

서로 돕는 풍습이 사라짐
쌀값 비싸짐!
빚지면 안 됨
기계화는 빚
황만근   민 씨

다 빚이 된다는 이야기였습니다. 만일 서로 기계를 빌리고 빌려주며 함께 농사를 지으면 마을에
기계 몇 대로도 충분한데, 지금은 서로 돕는 풍습이 사라져서 안타깝다고요. 그리고 그렇게 빚
진 돈으로 벼를 키우지만 겨우 먹고살 만큼의 가격으로 팔린다고 하죠. 마을에서 가장 무시당했
던 황만근만이 가장 농부다운 태도로 농사를 짓고 있었던 거예요. 모든 상황을 통찰해 가면서
_{민 씨가 황만근을 제대로 평가하게 된 계기 ②}
요. 마을 사람들은 그의 말을 제대로 들어 볼 생각도 하지 않고 황만근을 무시했던 거죠.

그가 사라졌다는 소식에 발을 동동 구르
_{모두 황만근의 안위에 관심이 없음}
는 사람은 민 씨뿐입니다. 민 씨는 먼저 이
장에게 다그쳐 묻습니다. 특히 황만근에게
꼭 경운기를 타고 궐기대회에 오라고 신신
_{논밭을 갈아 엎는 기계}
당부했던 사람이 바로 이장이었으니까요.
이장은 뻔뻔하게도 자신은 트럭을 타고 다
녀오느라 황만근을 보지 못했다고 합니다.

"왜 경운기 타고 오랬어요?"
이장   민 씨

게다가 은근히 황만근을 깎아내리기까지 하면서 뻔뻔한 태도를 보입니다. 민 씨가 화가 날 만하죠?

일주일 뒤에 황만근은 마을로 돌아옵니다. 항아리 속에 뼈로 담겨서요. 우직했던 황만근은 춥게 비가 쏟아지는 날 경운기를 타고 고속도로를 달렸습니다. 빚도 없는 황만근이 '부채 탕감을 위한 농민 총궐기대회'를 위해서 그토록 애쓴 것이죠. 묵묵히 갈 길을 갔던 황만근은 어둠과 추위

그는 정말 진실된 사람이었어…

민씨

<u>자신의 문제가 아니어도 진실하게 돕는 성격</u>

를 버티지 못하고 길가의 논에서 경운기와 함께 차갑게 식어 갔어요. 그리고 소설은 민 씨가 황만근에게 바치는 제문으로 끝이 납니다.

죽은 사람을 애도하는 글

○── 나오며

착하고 우직한 황만근의 모습과 교활하고 이기적인 마을 사람들의 모습이 극명하게 대비되는 작품이었습니다. 마을에서 알려진 황만근의 모습과 민 씨가 본 황만근의 모습은 너무나 달랐습니다. 어쩌면 마을 사람들은 그의 진가를 알면서도 그를 부려 먹고 놀리기 위해 모른 척하며 소문을 만들었을지도 모르죠. 아니, 어쩌면 진가를 알아볼 노력조차 하지 않았을지도 모르겠습니다.

이장　　　　황만근　　　　민 씨

1 황만근은 마을 사람들에게 놀림을 받으면서도 다른 이들을 잘 돕는다. **O, X**

2 황만근은 트럭을 타고 가자는 이장의 권유에도 불구하고 경운기를 고집하다가 사고를 당한다. **O, X**

3 민 씨는 황만근의 진가를 알아보고 그를 무시하는 이장에게 분노한다. **O, X**

 **개념 노트**

황만근이 사라졌다!

사람들은 황만근이 사라졌다는 사실을 자연스럽게 느끼게 됩니다. 그가 마을에서 맡은 일이 많았기 때문이죠. 분뇨를 퍼내는 일, 분뇨를 공평하게 나누는 일, 아이들끼리 시비가 붙었을 때 해결해 주는 일까지 모두 만근이 담당했습니다. 사람들이 귀찮아하고 더럽게 여기는 일을, 황만근은 군말 없이 늘 웃는 얼굴로 했던 것입니다.

1.O 2.X 3.O

❷ 도시와 유령

10분의 문학

작자 이효석

"귀신은 산골짜기나 무덤 근처에 있는 것 아냐?"

○── 들어가며

어렸을 때 친구들끼리 모였다가 밤이 되면 꼭 나오는 이야기가 있죠? 바로 귀신 경험담입니다. 어린 마음에 놀라서 잘못 본 것이 대부분일 테지만, 그 경험을 함께 나누고 공포에 살짝 떠는 재미까지 쏠쏠했죠. 이 소설의 주인공 '나' 역시 서울에서 유령을 봤답니다. 그것도 아주 끔찍한 유령을요. 지금이야 유령 이야기가 익숙하죠? 영화로 만들어진 경우도 많고요. 그런데 이 소설의 배경이 되는 일제 강점기 때만 해도, 사람들은 귀신이란 존재는 산골짜기나 무덤 근처에만 있다고 생각했습니다.

주인공 '나'는 서울에서 미장일을 하는
~~진 서방~~
일꾼이에요. **미장이는 공사를 할 때 벽이나**
바닥에 시멘트를 바르는 직업을 말합니다.
동대문 밖에 상업학교가 지어질 무렵이었
어요. 주인공은 학교 집터를 만드는 일을
했죠. 아주 고된 노동이었어요. 아침부터
저녁까지 체로 모래를 치랴, 시멘트에다
~~가루를 걸러서 곱게 만드는 기구~~

일본인 감독

미장이

김 서방   나(진 서방)

모래를 섞고 반죽하랴, 잠시도 쉴 틈이 없었습니다. 기계도 이렇게 사용하면 고장날 정도인데,
~~고된 일을 하는 주인공~~
더운 여름에 얼마나 일하기가 힘들었겠어요? 일을 마치고 나면 콧구멍이 턱턱 막힐 지경이고
온몸에는 시멘트 가루가 뽀얗게 내려앉습니다. 여름이라 냄새는 또 얼마나 난다고요. 이렇게
일을 마치고 나면, 일본인 감독의 집으로 가서 삯전을 얻습니다. 그 돈으로 주인공은 김 서방
~~동료~~
과 술 한잔을 하곤 했습니다. 그게 낙이었죠.

'나'는 하루종일 일해도 잠자리를 청할 방 한 칸이 없습니다. 노숙하는 노동자 신세인 거죠.
~~식민지 조선에서 살아가는 빈민들의 사실적인 모습~~
그런데 놀라운 점은, 노숙을 하기 위해서 자리 싸움을 해야 한다는 거예요. 동묘가 명당인데요.
~~《삼국지》의 인물, 관우를 모시는 사당~~

늦은 시각에는 이미 노숙하는 사람들로 가득 차 있습니다. 왜 이렇게 집 없는 사람이 많을까요? 일제 강점기에는 조선인 모두가 핍박을 받았지만 특히 하층민은 더했습니다. 일본인 사업가들이 조선 사람은 아예 쓰려고 하지 않거나, 임금을 주지 않고 쫓아내기도 했죠.

'나'와 김 서방은 동묘의 문이 살짝 열려 있는 것을 보고 안에 들어가서 편하게 자려고 합니다. 지금은 동묘하면 아마 옷시장을 많이 떠올리실 텐데, 원래 동묘는《삼국지》의 영웅 관우를 모시는 사당 건물이에요. 함부로 들어가서는 안 되는 곳이죠. 하지만 '나'는 어차피 내일 아침 일찍 일어

'나'가 유령을 목격하는 공간

나 관리하는 사람들이 오기 전에 나가면 되겠다고 생각하고 김 서방과 함께 안으로 들어갑니다. 그런데 겉모습과는 다르게 안이 무척 음산했어요.

'나'는 이렇게 생각하죠.

'여러 해 동안 버려두었던 빈집터같이 어둠 속으로 보아도 길이 넘는 잡풀이 숲속같이 우거져 있고 낮에 보아도 칙칙한 단청이 어둠에 물들어 더한층 우중충하고 게다가 비에 젖어서 말할 수 없이 구중중한 느낌을 주었다. 똑바로 말이지 청안에 안치한 그림 속에서 무서운 장사가 뛰어 내닫지나 않을까 하고 생각할 때에 머리끝이 쭈뼛하여지는 것을 어찌할 수 없었다.'

길이의 단위로 한 길은 대략 3미터

그때, 얼마 떨어지지 않은 곳에서 갑자기 파란 불덩이가 번쩍거립니다. 김 서방은 무서워서 '나'의 곁으로 찰싹 붙었죠. 주인공은 김 서방을 비웃으면서, 그냥 개똥불이라고 그를 안심시킵니다. 그래서 그 앞으로 돌을 던지죠. 그런데 돌을 던지면 흩어져야 할 반딧불이 전혀 사라지지 않고, 오히려 한군데에 모여서 이쪽을 노려봅니다. '나'는 그

'나'와 김 서방을 놀라게 하는 존재

겁이 많은 김 서방

반딧불

곳을 자세히 들여다보려니가 깜짝 놀랍니다. 협수룩한 산발에 희끄무레한 형상이었습니다. 흐릿하지만 분명히 봤어요! 홍, 홍, 하는 소리도 들려왔죠. 그렇게 당당하던 '나'는 중간에 기억을 잃을 정도로 놀랐습니다. 정신을 차렸을 때에는 동묘 밖 버드나무 아래 쓰러져 있었죠. 김 서방은 곁에서 덜덜 떨고 있었습니다.

'나'가 공포에 질린 이유

진짜 이야기는 이제부터입니다. '나'는 간밤의 이야기를 동료들에게 들려주죠. 반응은 매한가지였어요. 맹꽁이 유 서방은 놀랐고, 덜렁이 최 서방은 괜히 센 척하면서 큰소리를 칩니다.

그런데 **박 서방**은 이야기를 듣고 그다지 놀라지 않는 눈치였습니다. 박 서방은 진

"혁!"
맹꽁이 유 서방

"내가 있었으면… 흠흠…"
덜렁이 최 서방

박 서방

"어제 동묘에서… 귀신이…"
나(진 서방)

짜 유령 이야기를 시작합니다. 그의 말에 따르면 박 서방네 옆집은 빈집이었어요. 골목에도 빈집이 꽤 있었죠. 벽도 다 떨어진 흉물스러운 건물들이었습니다. 비어 있는 공간이니 당연히 인기척이 없어야 하는데, 저녁을 먹고 골목을 걸으면 빈집에 불이 하나씩 둘씩 꺼졌다 켜졌다 했습니다. 나중에는 말소리에 먹는 소리, 싸움 소리까지 들렸습니다. 그리고 밤이 깊으면 다시 고요해졌습니다. 박 서방은 그런 유령들이 많다면서 주인공에게 오늘 밤, 다시 동묘로 가서 살펴보라고 합니다.

'나'는 일을 마친 후 몽둥이를 들고 혼자서 동묘 안으로 들어갑니다. 전날 밤에 유령이 나타났던, 바로 그 자리에 여전히 두 개의 그림자가 있어요. 주인공은 겁에 질려서, 몽둥이로 그림자를 두들겨 패려고 하는데요. 다시 보니, **여인네와 어린아이**였습니다. 사람이었던 거예요. 사정을 들

유령을 정복하겠다는 마음을 먹은 '나'

동묘

"어제 우리는 성냥불을 붙인 거였어요!"

나(진 서방)   여인네   어린아이

어 보니까 여인은 다리를 크게 다쳤고, 어제 어두운 곳에서 약을 바르려고 성냥을 그었다고 합니다. '나'는 성냥불을 보고 귀신불이라고 생각했던 거죠. 여인네의 다리 상태는 심각했습니다. 발목이 끊어졌고, 장딴지는 나뭇가지처럼 마른 데다가 제대로 아물지 않아서 시퍼렇게 질린 곳도 있었죠. '나'는 한 가지 기억을 떠올립니다. 그들은 달포 전 일어났던 자동차 사고의 피해

과거 회상

자였습니다. 당시 여인네와 아이는 길가에서 구걸을 하고 있었는데요. 불량배와 기생패가 탄 자동차에 다리가 깔리는 사고를 당했습니다. '나'는 그들의 안타까운 사연을 듣고 마음이 참담해져서 주머니에 있는 돈을 있는 대로 쥐어서 주고 나옵니다.

나(진 서방)　여인네　어린아이

○── 나오며

그들은 말 그대로 정말 유령이었습니다. 아무도 그들의 고통에 관심을 주지 않았고, 그들의 이야기를 들으려 하지 않았죠. 그러니 살아 있어도 죽어 있는 존재, 유령이라고 할 수 있습니다. 마지막에, 주인공 '나'는 이렇게 말합니다.

현명한 독자여! 무엇을 주저하는가. 이 중하고도 큰 문제는 독자의 자각과 지혜와 힘을 기다리고 있지 않은가!

나(진 서방)　여인네　어린아이

직접적으로 독자에게 행동할 것을 권유하고 있죠? 이런 종류의 문학을 '경향 문학'이라고 하는데요. 쉽게 생각하면 '목적의식을 가지고 쓴 소설'이라고 할 수 있습니다. 여기서는 시대를 고발하고, 대중을 계몽하려는 의도가 보이죠?

작가는 독자에게 하층민이 유령이 될 수밖에 없는 현실의 문제를 함께 풀어야 한다고 말하고 있습니다. 시대와 연결해서 살펴보면, 일제 강점기의 하층민은 모두 조선인이었습니다. 즉 하층민의 문제를 드러내고 비판하는 것은 곧바로 일제 강점기의 상황을 비판하는 것으로 연결됩니다.

 **핵심 체크**

1 '나'는 김 서방과 동묘에 갔다가 귀신을 보고 놀라서 도망친다. **O, X**

2 '나'는 다시 한번 김 서방과 함께 동묘로 찾아가서 귀신의 정체를 이해한다. **O, X**

 **개념 노트**

유령의 정체

일제 강점기 도시의 빈민은 사람들에게 보이지 않는 유령이나 마찬가지였어요. 사람들은 유령의 목소리를 간간이 듣고, 어렴풋이 존재감을 느끼지만 그들이 겪는 아픔에는 관심이 없었습니다. 작가는 이런 현실을 드러내기 위해 이 작품을 쓴 것이죠.

1.O 2.X

❸ 고향

작자 이기영

먼저 개명한 사람들

안갑숙 김희준

"그렇게는 안 돼!"

"억압하고 부려 먹어야지~"

농민과 노동자

○── 들어가며

일제 강점기의 '고향'은 아픈 공간입니다. 추억처럼 아름답게 남아야 할 곳이 수탈과 억압의 현장이 되었거든요. 먼저 개명
開明한 사람들은 농민과 노동자를 억압하곤 했습니다. 당연한 이야기이지만 빈민에게는 교육받을 기회가 적었습니다. 가난

> 지혜가 계발되고 문화가 발달

하여 교육을 받지 못하니 부당한 일을 당하고 그로 인해 더욱 가난해지는 구조였죠. 하지만 이 소설의 등장인물들은 시대
의 문제에 지지 않고 싸우며 성장합니다. 이 과정을 통해 작가는 당시 사람들이 겪어야 했던 불평등을 날카롭게 지적하죠.

시공간적 배경은 1920년대 중반 원터라

> 일제의 토지 조사 사업으로 토지를 빼앗겨 소작농이 급증했던 시기

는 충청도의 한 농촌입니다. 주인공은 5년

> 작가 역시 충청남도 천안에서 자람

만에 동경 유학을 마치고 고향으로 돌아온

김희준이죠. 동경 유학이라는 것을 말로만

들어 왔던 마을 사람들은 잔뜩 기대를 했

죠. 하지만 예상과 다르게 **희준이 꾀죄죄**

"돈도 못 벌어 왔나…?"

김희준

한 차림으로 돌아오자, 유학에 실패했다면서 대놓고 비아냥거립니다.

> 희준의 겉모습만 보고 판단하는 마을 사람들

"글쎄유 아마 돈도 좀 못 벌어 온 게지유?"

"돈이 무슨 돈이야. 돈을 벌었으면 저렇게 초라한 꼬락서니로 들어오겠나. 비 맞은 장닭같이
후줄근하게."

5년 동안 마을은 많이 변했어요. 읍내에 시가지까지 생기고 전등과 전화가 설치되고, 공장도

> 도시의 큰 길거리 지역

들어섰습니다. 마을의 발전과는 상관없이 농민들은 하루가 다르게 살기 어려워집니다. 술지게미

> 술을 만들고 남은 찌꺼기 · 재강

를 먹기도 하죠.

희준을 더욱 놀라게 만든 것은 청년회였습니다. 청년회는 마치 오락 기관처럼 변질되어 있었어요. 청년들이 모여서 장기를 <u>두고 마당에서는 테니스를 치고 있더라지</u>
<u>요.</u> 청년회를 관리해야 할 청년회 위원장은 말만 번지르르하고 비겁한 데다 실행력도 없는 사람이었어요. 희준은 고향집에서 많은 고민을 합니다.

> 청년회의 기능을 상실함

> 노동을 소중하게 여기며 늘

> 자신이 할 일을 고민하는 지식인

'생각이 멈추어 있는 청년회에서 내가 무엇을 할 수 있을까?'

'나는 그동안 무엇을 했는가?'

'차라리 공부를 더 해야 하는가?'

그리고 긴 고민 끝에 자신이 할 수 있는 일을 찾습니다.

출제자의 시선

희준은 야학을 운영하며, 돈이 궁한 농부들을 위해 두레를 내는 데 앞장섭니다. 아무래도 농사는 손이 많이 가는 일이기 때문에 일꾼이 많이 필요했거든요. 가난한 소작인들이 일꾼의 일당과 식사까지 제공하려면 큰 부담이었습니다. 그런데 두레를 조직하면, 한 번에 마을 사람들을 모아

> 밤에 공부하는 학교

> 농민들이 농사일을 공동으로 하기 위해 만든 조직

일을 할 수 있으니 따로 일꾼을 부르는 것보다 저렴하겠죠? 또 일이 끝나면 다 같이 풍물을 울리면서 식사도 하고 놀기도 하죠. 여러분도 공부할 때, 혼자 하는 것보다 그룹을 만들어서 같이 하면 공부 효과가 더 좋잖아요. 게다가 두레 풍습이 자리를 잡으면, 농민들끼리 단결력도 높아지고 서로 유대 관계도 깊어지게 됩니다. 물론 마름 노릇을 해야 하는 **안승학**은 마뜩잖게 여기죠. 혹시나 희준을 따르는 세력이 커질까 봐요. 안승학은 대놓고 반대하지는 못하고, 자신의 끄나풀인 **학삼이**를 시켜서 은근히 두레를 훼방 놓으려 하지만 실패합니다. 희준이 이끄는 두레는 성공적이었습니다. 힘을 합치면 된다는 생각에 농민들의 사기도 많이 올라갔죠.

> 지주를 대신하여 소작권을 관리하는 사람 · 사음이라고도 함

> 민 판서댁 마름

> 안승학이 불안해하는 이유

> 안승학의 위선적인 성격

> 안승학네 일꾼

주인공 김희준을 중심으로 보았을 때, 이 마을 사람들은 두 부류로 나눌 수 있습니다. **김원칠, 김 선달, 조 첨지**와 같은 사람들은 오랫동안 땅을 빌려서 먹고 산 농부들이에요. 이들은 소작인이면서 빈농입니다. 사실 이들은 희준처럼 배운 사람이 농사일을 하는 것을 이상하게 여깁니다. 배우지 못한 사람이나 노동을 한다는

<u>가난한 농가</u>
<u>논을 빌려서 농사를 짓는 사람</u>

빈농들

"배운 사람이 농사를
왜 지어…?"

김원칠   김 선달   조 첨지

생각을 가지고 있죠. 배운 사람이라면 으레 공무원이나 회사원이 되는 것으로 알고 있습니다. 아무리 노동이 귀중하다고 설명을 해도, '놀면서 잘사는 사람'을 부러워하죠.

<u>땀 흘려 일하는 노동을 비천하게 생각하며 농민과 지식인은 전혀 다른 부류라는 편견을 가짐</u>
<u>희준의 노동에 대한 생각</u>   <u>농민들의 노동에 대한 생각</u>

다른 편에는 마름 노릇을 하면서 중간에서 농민들을 수탈하는 **안승학**과 고리대금업을 하는 **권상철**이 있습니다. 특히 안승학은 아주 악독하기 그지없는 사내인데요.

<u>안승학의 이기적이고 속물적인 성격</u>

남은 어떻게 되든 본인만 떵떵거리면서 잘살 수 있으면 된다고 생각하는 사람입니다. 여자 욕심도 많아서 해마다 첩을 갈아치우는 바람에, 자식 네 명의 어머니가 제각각입니다.

나만
잘살면 돼   높은 이자…

안승학   권상철
(마름)   (고리대금업)

사실 20년 전만 해도 안승학은 다 찌그러진 오막살이에서 콩나물죽으로 연명하던 처지였어요. 먹고살기 위해서는 일본어를 배워야 했습니다. 그러니 남들보다 먼저 개화가 되었죠. 깨어난 머리는 나쁜 쪽으로만 굴러갑니다. 안승학은 지주인 **민 판서**에게 **이근수**를 모함합니다. 이전의

"전부 이근수
때문이죠~!"

이근수
(전 마름)

안승학의 과거   안승학   민 판서
                 (마름)   (민 지주)

<u>민 지주</u>

마름이었던 이근수가 유부녀를 유혹했고, 논을 늘리기 위해 제방을 허술하게 해서 전장이 못 쓰게 되었다고요. 민 판서는 분노하며 이근수를 해고하고, 마름 자리는 안승학의 차지가 되죠.

<u>개인이 소유하는 논밭으로 여기서는 민 판서의 논밭</u>
<u>물가에 흙이나 돌, 콘크리트 따위로 쌓은 둑</u>

안승학이 얼마나 농민들을 쥐어짜는지, 농민들의 입으로 들어갈 것이 없을 정도였습니다. 아무리 열심히 농사를 지어도 구조적으로 소작인들은 도저히 돈을 벌 수가 없는 처지였습니다. <u>빈농과 소작농의 현실</u> 농사를 짓는 데 들어가는 비룻값은 모두 소작인이 대야 했고요. 만약에 금비를 안 쓰면, 벼가 잘 자라지

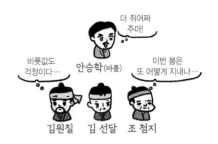

않으니 그다음 해에 소작권을 잃을 수도 있었어요. <u>비료</u> 풍년이라고 해도 널뛰는 곡식 가격 때문에 마음이 복잡하기는 매한가지입니다. <u>지주는 매해 소작인을 평가해 소작권을 빼앗을 수 있었음</u> 특히 가을은 추수를 하는 계절이라 곡식이 많이 나오고, 곡식 값이 떨어지기 쉬운 때입니다. 이렇게 생각하시는 분도 계실 거예요.

"그럼 비쌀 때까지 쟁여 놓았다가 팔면 되잖아요?"

맞아요. 부자들은 가능해요. 당장 먹고살 걱정이 없으니까요. 그런데 소작인들은 농사를 지을 때 졌던 빚을 갚기 위해서 추수를 하자마자 쌀을 팔아야 합니다. 가난한 사람은 계속 가난하고 부자인 사람은 계속 부자인 구조이죠. <u>구조적 모순이 가난을 만듦</u>

이런 상황인데 물난리까지 납니다. 추수도 마치지 못한 논이 몽땅 물에 잠겼고 사람도 다쳤어요. 앞에서 소개했던 소작인 중에 **김원칠**이라는 농민이 있었죠? 그의 아들이 바로 **김인동**인데요. 인동의 아내 음전이 흙에 깔립니다. 마을 사람들은 재해 상황이니 소작료를 탕감해 달라고 안승학에게 부탁합니다. <u>빚이나 요금 등을 없애주거나 덜어줌</u> 알다시피 안승학은 이기적인 사람입니다. 마름 뒤에 숨은 지주,

민 판서도 얄미운 인간이죠. 안승학은 머리를 굴린답시고 같잖은 꾀를 냅니다. 모 <u>민 지주</u> <u>안승학의 속물적인 성격</u> 두 다 소작료를 탕감해 줄 수는 없으니, 몇 명만 해 준다는 조건으로 단체 행동을 하

지 말라고 회유하죠. 하지만 희준은 농민들을 다독이면서 끈질기게 맞섭니다. 맞불 작전까지 펼칩니다. 소작료를 탕감해 주지 않으면 일을 하지 않겠다고요.

안타깝게도 싸움이 계속되면, 물자가 부족한 쪽이 먼저 무너지기 마련이죠? 농민들이 밥도 못 먹고 싸울 수 있겠어요? 몇몇 사람들은 마름이 시키는 대로 벼를 베겠다고 난리입니다. 이때 도움을 주는 사람들이 있습니다. 바로 새로운 시대를 열어 나갈 젊은 인물들! **갑숙, 방개, 인동**이에요.

도움을 주는 사람들

안갑숙
(마름 안승학의 딸)

방개

김인동
(김원칠의 아들)

먼저 김희준의 소꿉친구 **갑숙**을 소개할게요. 갑숙은 안승학의 딸입니다. 서울에서 공부를 하다가 잠깐 고향으로 돌아왔죠. 새로운 가치를 모색하는 인물형입니다. 아버지와는 딴판이죠? 안승학은 귀하게 기른 딸을 좋은 가문에 시집보내려 하지만, 갑숙은 이미 권경호와 연애 중이었

"감히
내 딸을!"

안승학
(마름)

?

권상철
(고리대금업)

안갑숙
(마름 안승학의 딸)

권경호
(권상철의 양아들)

어요. 안승학은 이 사실을 알고 불같이 화를 내며 밥도 먹지 않고 한탄만 합니다. 이상하죠? 권상철의 집안도 원터에서 둘째가라면 서러울 정도로 부잣집인데요. 돈을 그렇게 좋아하는 안승학이 도대체 왜 이럴까요? 그에게 돈보다 중요한 것이 딱 하나 있었거든요. 체면입니다. 그럼 왜 자신의 딸을 부잣집 아들 권경호와 맺어 주는 일이 체면을 구기는 일이 될까요?

사람들은 권경호를 고리대금업자 권상철의 아들로 알고 있었지만, 사실은 달랐습니다. 권경호의 어머니는 불량한 중이었던 **박수월**의 아내였습니다. 박수월은 패악스러운 데다가 변태스럽기까지 했죠. 그녀는 박수월을 떠나 잠시 홀아비와 함께 살았는데요. 그 홀아비가 바로 구장집 머슴

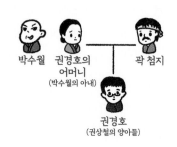

박수월

권경호의
어머니
(박수월의 아내)

곽 첨지

권경호
(권상철의 양아들)

이었던 **곽 첨지**였습니다. 곽 첨지와의 사이에서 낳은 아들이 바로 권경호입니다. 권경호의 양아버지인 권상철은 친아버지가 누구인지는 몰랐습니다. 권상철 부부는 자식이 없어 일심사에 불공을 드리러 갔다가 중으로부터 업둥이를 얻은 것뿐이니까요. 누구의 자식인 줄도 몰랐지만

너무나 간절히 아이를 원했기에 상관없었습니다.

춘학이라는 소작인으로부터 박수월의 이야기를 듣게 된 안승학은 곽 첨지를 불러 옛날 일을 물어보게 됩니다. 짐작했던 대로 경호의 친아버지는 곽 첨지였습니다. 안승학은 남의 비밀을 이용해 단단히 한 <u>좋은 가문과 혼인시키려는 계획</u> 몫 챙기려 하면서, 자신의 딸을 양반 가문에 땅도 있는 이씨 집안의 아들과 정략결

이거 잘만 이용하면…

춘학 (소작인)　안승학 (마름)

권경호 (권상철의 양아들)　권상철 (고리대금업)

혼을 시키려 합니다. 그런데 그의 계획에 차질이 생깁니다. 또 다른 비밀이 드러났거든요. 자신의 딸 갑숙과 경호가 깊은 사이였다는 사실이었죠. 과거형입니다. 갑숙은 희준의 모습에 흔들리며 경호와의 사이를 이미 정리했습니다. 안승학은 끝까지 자신의 이익만을 생각합니다. 아직 사돈도 아닌 권상철에게 위자료까지 요구하죠. 이런 상황에서 갑숙의 선택은 하나뿐이었습니다. 집에서 도망치는 거죠. 갑숙은 이름을 <u>나옥희</u>로 바꾸어, <u>제사 공장</u> 직원으로 취직합니다.
갑숙의 다른 이름　　실이나 직물을 만드는 공장

귀하게만 자랐던 옥희는 그곳에서 부당한 계급 차이를 실감하죠. <u>옥희는 사람들에게 노동이 얼마나 중요한 일인지 가르치</u> <u>옥희(갑숙)는 새로운 가치를 위해 실천하기 시작함</u> 고, 공장 직원들을 모아 파업을 합니다. 파업하는 장면은 검열로 삭제된 상태라, 책에서 읽을 수는 없지만 아마도 비합리적인 대우를 개선해 달라는 요구였을 듯합니다. 공장 사장이 부리는 패악에서 그녀는 무엇을 느꼈을까요? 아마도 자신의 아버지 안승학의 횡포를 봤을 것입니다. 아버지 역시 마름으로서 소작인을 부당하게 대우하고 있었을 테니까요. 그래서일까요? <u>옥희</u> <u>는 자신의 월급을 희준에게 건네주며 사정</u> <u>사람들을 돕는 옥희</u> 이 어려운 농민들을 도와줍니다. 지주와 마름의 횡포에 무너지지 말라고요.

사람들을 이렇게까지 착취하다니!

공장 사장　나옥희 (안갑숙의 가명)　공장 직원들

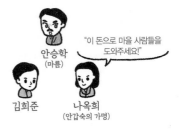

안승학 (마름)

"이 돈으로 마을 사람들을 도와주세요!"

김희준　나옥희 (안갑숙의 가명)

방개 역시 힘들 때 도움을 주는 사람입니다. 방개는 원래 인동과 사랑하는 사이였는데요. 부모님의 강요로 **기철**에게 시집을 갔다가, 참지 못하고 뛰쳐나옵니다. <u>방개는 이후 공장 직원이 되어서 새 생활을 시작하죠.</u> 옥희와 마찬가지로 월급을 농민들에게 기부합니다. 마지막으로 **인동**은 발로 뛰는 사람입니다. 여기저기로 농민들을 설득하러 다니며 애를 쓰죠.

<u>사람들을 도우며 스스로의 삶을 개척함</u>

"우리도 도울게!"

방개 　 김인동
(음전의 남편)
김희준

이야기는 다시 홍수가 난 원터 마을로 돌아옵니다. 여전히 가진 자와 가지지 못한 자는 대립하고 있죠. 땅도 있고 돈도 있고 거기에 뒷받침해 주는 세력까지 있는 사람을 어떻게 이겨야 할까요?

희준은 안승학이 가장 두려워하는 것을 노립니다. 아까 말씀드렸죠? 그가 가장 중

"왜 욕심꾸러기처럼 구십니까?"

안승학
(마름)
김희준

요하게 생각하는 것은 바로 체면입니다. 안승학은 자신의 체면을 위해 두 가지를 감추고 싶어 합니다. 먼저 위자료를 운운하며 권상철을 협박했던 일, 그리고 갑숙이 경호와 함께하며 몸을 허락했다는 사실이었죠. 희준은 안승학을 이렇게 위협합니다.

"올 같은 수해이기에 도지를 탕감하야 달라는 것인데 서울 있는 지주 영감은 반대지도 않는 것을 사음 보시는 어르신네가 맘대로 지주보다도 더 욕심꾸러기 짓을 하려고 하니 말이 됩니까…… 일찍이 문제를 해결해 주지 않는다면 댁에서는 아무리 이 동네서 행세를 하고 싶어도 딸을 팔어 가지고 위자료 오천 원을 받어먹으려고 하다가 코가 납작해지구, 게다가 그 딸의 정조를 유린한 청년이라는 것이 중놈에게 끌려다니던 여자의 몸에서 애비가 누군지도 잘 알 수 없게 생겨난 사람이라면! 만일 이 사실을 동리 사람들이 안다면 얼마나 조롱거리가 되겠습니까……."

결국 안승학이 소작인들의 요구를 들어주기로 하면서 소설은 농민의 승리로 끝이 납니다.

○—— **나오며**

소설 속 공장 노동자들과 농민들은 정당한 권리를 누리기 위해 싸웠습니다. 살인적인 노동 환경과 터무니없는 소작료가 사람들을 사지로 내몰았으니까요. 다행히 주인공 희준을 중심으로 농민들이 똘똘 뭉쳐 긍정적인 결말로 끝이 났지만, '과연 이런 결말이 현실에서는 얼마나 있을까' 하고 떠올리면 막막해지는 소설입니다.

"지지 않는대"

먼저 개명한 사람들

농민과 노동자

안갑숙 김희준

1 탐욕스러운 인물인 안승학은 권상철에게 위자료를 요구했다. **O, X**

2 희준은 동경 유학 후, 자신이 할 수 있는 일을 모색하며 농민을 돕는다. **O, X**

3 안승학이 희준을 따르는 무리에 훼방을 놓는 바람에 소작인들의 두레가 실패한다. **O, X**

지주 – 마름(사음) – 소작인의 관계

마름 안승학은 땅 주인인 민 판서의 대리인입니다. 민 판서는 왜 자신의 땅을 직접 관리하지 않을까요? 원터에 살지 않기 때문이죠. 원터뿐만 아니라 다른 지역에도 토지를 갖고 있었으니 일일이 관리하기가 어려웠습니다. 덕분에 안승학은 주인 대신 생산 활동, 추수 활동을 관리 감독하면서 지주와 같은 권세를 누릴 수 있었죠. 게다가 소작료를 결정하거나 소작권을 박탈하는 것까지 마름이 관리했으니 소작인들은 안승학의 눈치를 살필 수밖에 없었습니다.

1.O 2.O 3.X

기회주의자를 대표하는 인물
꺼삐딴 리

이해받지 못하는 인물
어리석긴…
치숙 어린아이

❹ 미스터 방

작자 채만식

○── 들어가며

제목이 인물의 이름이거나 또는 인물을 가리키는 경우에는 두 가지를 생각해 볼 수 있어요. 이 사람이 당시 사회의 한 부류를 대표하는 인물이거나, 사회의 주류에서 밀려나 이해받지 못하는 인물일 수 있습니다. 대표적으로 전광용의 소설 〈꺼삐딴 리〉의 제목이 가리키는 이인국 박사는 일제 강점기를 거쳐 한국 전쟁까지 정신 없던 한국의 근현대사에서 기회주의자처럼 권력에 빌붙는 부류의 인물을 대표하죠. 채만식의 〈치숙〉에서는 어린 서술자가 이해할 수 없는 인물, 치숙이 등장합니다. 독립 투쟁을 하는 주인공을 일부러 어리석다고 서술하는 장면에서는 읽는 사람 스스로 자연스럽게 비판점을 찾을 수 있죠. 그렇다면 우리의 주인공 '미스터 방'은 어떤 쪽일지 함께 읽어 볼까요?

어리숙한 아저씨

먼저 **미스터 방**을 소개할게요. 본명은 **방**
삼복인데요. 올해 서른일곱입니다. 할아버
지는 조선 시대 때 아전으로 일했고, 아버
관아의 벼슬아치 밑에서 일하던 사람
지는 짚신 장수였습니다. 방삼복은 상일꾼
막일을 하는 사람
이었죠. 서른 살이 다 되도록 남의 집 머슴
을 살면서 이집 저집 옮겨 살았고, 판무식
이에요. 아주 무식하다는 뜻이죠. 생김새
미스터 방의 생김새
는 눈망울이 툭 튀어나와서 부리부리한 모습에, 왼편으로 30도 정도 삐뚤어진 코는 말할 때마

눈방울이
툭 튀어나옴
코가
삐뚤어짐
미스터 방

본명: 방삼복
나이: 37세
특징: 상일꾼에서 권세가 된 인물

다 벌름벌름거려서 우습게 보입니다. 그래서 사람들은 방삼복을 '코삐뚤이 삼복이'라고 부르며
우습게 여기곤 했어요. 하지만 그것도 모두 옛날 말입니다. 방삼복은 미스터 방이라고 불리면
서 권세가 대단해지죠. 사람들이 이 집을 찾아오느라 문턱이 닳을 지경입니다.

사실 코삐뚤이 방삼복은 권세가 된 지 얼마 안 된 사람이에요. 출발이 순탄치는 않았어
요. 12년 전에 해외로 돈을 벌러 나가겠다고 일본으로 갔다가, 8년을 일본에서 고생했죠. 고생

은 고생대로 하고 별 소득이 없었습니다.
다시 중국 상해로 떠났던 방삼복은 행색
이 떠날 때보다 더 안 좋아져서 돌아옵니
다. 완전히 망했죠. 그는 늙은 어머니 아버
지가 벌어다 주는 돈으로 허랑방탕하게 한
1년을 보내더니, 갑자기 처자식을 데리고
서울 현저동으로 와서 행랑살이를 했습니

중국
일본
되는 일이 없구나
방삼복(신기료 장수)

다. 돈을 벌어야겠다고 생각했는지, 용산에 있는 연합군 포로 수용소에 왔다 갔다 하면서 입에
풀칠을 했어요. 구두 직공 일도 했지만 일본이 전쟁에서 지면서 일자리가 없어집니다. 하는 수
없이 궤짝 하나 들고 신기료 장수까지 하게 되죠.
헌 신을 꿰매어 고치는 일을 하는 사람

우리가 흔히 생각하는 권세가의 역사와
는 전혀 다르죠? 그렇다면 도대체 어떤 계
기로 코삐뚤이 방삼복이 미스터 방이라고
불리면서 권세가가 되었을까요?
미스터 방의 모습을 잘 나타내 주는 장

"우랄질!
독립이 배부른가?"
방삼복(신기료 장수)

면은 세 가지입니다.
첫 번째, 1945년 8월 15일에 독립이 되고 난 후, 미스터 방은 소리칩니다.
"우랄질! 독립이 배부른가?"
역사의식이 없는 미스터 방
신발을 고쳐야 하는데, 사람들이 만세를 외치면서 뛰어다니니 도무지 손님이 없어서 뱉은
말입니다. 이렇게 방삼복은 국가의 일이나 사회에는 눈곱만큼도 관심이 없는 사람이에요. 독립
하고 나서 사회가 급변하니, 물가도 출렁이겠죠? 이때도 독립을 탓하며 욕을 합니다.

두 번째 장면은 서울에 미군이 주둔하기
시작하는 상황을 배경으로 합니다. 미국
병정들이, 거리를 구경하면서 물건을 사려
하는데 말이 전혀 통하지 않습니다. 방삼
복은 이때가 자신의 실력을 발휘할 기회라
고 생각합니다. 그동안 해외를 돌아다니면
서 고생할 때 영어를 좀 배웠거든요. 방삼

노예도 상전을
선택할 권리가 있지!
미스터 방
(방삼복)

복은 눈으로 미군을 골라 보며 생각하죠.

노예도 노예 이전이면, 상전을 선택할 자유를 가지는 수도 있다고.
비굴한 데다 기회주의적인 미스터 방

자기가 새로 섬길 주인을 고르기 위해 탐색에 나선 거예요. 본인 스스로 본인을 노예라고 생각하고, 어떻게든 좋은 장교를 골라 상전으로 삼으려 하죠. 아주 수동적인 세계관을 보이는 인물이면서 기회주의적인 인간입니다.

그는 S 소위를 도와주면서 그의 전담 통
장교 계급
역관이 됩니다. 이때부터 미스터 방이라고
불리죠. 미스터 방은 통역뿐만 아니라 여
미스터 방의 역할
러 가지를 도와줘요. 좋은 술집도 데려가
고요. 놀기 좋은 곳도 알려 주죠. 그에 따라
서 살림도 점점 좋아집니다. 통역을 맡은

"제가 도와 드리죠!"

미스터 방
(방삼복)
S 소위

지 사흘 만에 호화 저택으로 이사를 해요.
그 저택은 광복 이전에 어떤 은행 중역의 사택이었는데요. 이런 집을 적산 가옥이라고 합니다.
식민지에서 적국이 소유한 집
쉽게 말하면 일본인 소유였던 집인데 일본이 전쟁에 지면서 주인이 없어진 거죠.

미스터 방의 성격을 드러내는 세 번째
장면입니다.
"내 말 한마디에 죽을 놈이 살아나구, 살
권력에 기생하여 교만하게 구는 미스터 방
놈이 죽구 허는 줄을 모르구서. 흥, 이 자식
경 좀 쳐 봐라……."
점점 미스터 방은 오만하기가 그지없습

"내 말 한마디면!"

미스터 방
(방삼복)

니다. 남의 권력에 기대어 치사하게 가짜
권력이나 휘두르는 인간인 거죠. 어쨌든 사람들은 문턱이 닳도록 미스터 방의 집에 드나들어요. 물론 빈손으로 오지 않구요. 맛있는 과자에 두툼한 봉투까지 챙겨 오죠. 덕분에 미스터 방은 양식과 일식으로 호화스럽게 꾸민 저택에 정원에는 연못까지 딸려 있는 집에서 식모에 침모에 심부름꾼까지 부리며 떵떵거리고 살게 됩니다.

이것을 아니꼽게 여기면서도 어떻게든 <u>겉으로 아첨하여 자신의 지위를 회복하고자 함</u>
빌붙으려는 사람이 바로 같은 고향 출신인 <u>이중적이고 기회주의적인 백 주사의 태도</u>
백 주사입니다.

"친일파 놈들!"

백 주사의
아들
(일본 경찰)

백 주사
(친일파)

백 주사는 족보 있는 가문이라고 고개 빳빳하게 들며 방삼복을 무시하던 사람인데요. 일제 강점기 때에 아들이 친일파인데다가, 경찰서에서 일을 했기 때문에 권력의 핵심이었습니다. 일본이 전쟁에서 지기 전까지는요. 광복되고 난 후 사람들은 백 주사의 가문을 손수 벌합니다. 물건도 다 빼앗고 부수죠. 동네에 있다가는 죽을 것 같으니, 목숨이라도 부지하자고 서울로 올라온 백 주사는 멀리서 미스터 방의 모습을 보고 놀랍니다. 동네의 천덕꾸러기 방삼복이 번듯한 차를 타고 지나갔거든요.

백 주사의 부탁은 친일파로 불린 자신의 재산을 다시 찾아 달라는 것입니다. 보통 사람이라면 대번에 거절하겠지만, 미스터 방은 거들먹거리면서 자기 권세를 자랑하는 데 몰입합니다. 그는 백 주사가 보는 앞에서 술과 안주를 먹다 말고 냉수로 양치를 하면서 발코니 쪽으로 걸어갑니다. 미

"내 권세로
말할 것 같으면…"

참자, 참자…

미스터 방
(방삼복)

백 주사
(친일파)

스터 방의 새로운 습관이거든요. 화장실에서 양치를 하는 것이 아니라 술을 먹다 말고 냉수로 <u>입을 헹군 뒤 발코니 밖으로 뱉습니다</u>. 그 순간, 그의 권세는 끝이 날 위기에 처합니다.
<u>자신의 알량한 권세에 도취되어 우월감을 과시하며 유난스럽게 깨끗한 척하는 모습</u>

1층에는 S 소위가 미스터 방이 뱉은 물세례를 받고 서 있습니다. 미스터 방은 갖은 욕을 들으며 S 소위에게 매질을 당하고, <u>S 소위 앞에서는 납작 엎드리는</u> 그렇게 이 소설은 끝이 납니다. 영원할 것 _{미스터 방의 이중적 태도. 미스터 방을 희화화하여 웃음을 유발함} 같았던 권력이 양칫물 세례라는 어처구니 없는 사건으로 끝이 나죠.

"너… 이 자식…"

S 소위

미스터 방
(방삼복)

○── 나오며

이 소설에서 방삼복은 우스꽝스럽고 못난 인물로 풍자의 대상입니다. 그는 시대의 문제를 파악하지 못하고 권력에 빌붙어서 자신의 이익만을 좇습니다. 처음에는 그의 선택이 꽤 합리적으로 보입니다. 좋은 집을 가지고 풍족한 생활을 누릴 수 있으니까요. 하지만 양칫물 세례 때문에 그의 생활은 위기에 처합니다. 아마도 S 소위는 그를 용서할 생각이 없는 듯하죠? 권력에 기생하여 얻은 부귀영화는 이렇게 하루아침에 사라져 버릴 수 있는 허망한 것이었습니다.

권력에 기생하여 얻은 부귀영화는 헛된 것

핵심 체크

1 미스터 방은 S 소위의 통역관을 담당하면서 승승장구했다. **O, X**

2 백 주사는 자신을 친일파로 오해하는 사람들 때문에 방삼복에게 도움을 청한다. **O, X**

개념 노트

역사의식이란?

역사의식은 역사적 사건을 배우고 경험하며 한 개인이 지니게 되는 주체적인 생각입니다. 방삼복이 역사의식이 있었다면, 지금까지 우리 민족이 겪었던 아픔과 고통을 떠올렸을 것입니다. 또 앞으로 우리 민족이 어떤 방향으로 나아가야 할지, 어떻게 살아야 할지, 일본에는 어떤 보상을 요구해야 할지도 생각해 볼 수 있었겠죠. 이렇게 다양한 사회 문제들을 고민하게 만드는 동력이 바로 역사의식입니다. 그렇기 때문에 자신의 이익만을 생각하는 방삼복을 가리켜 우리는 '역사의식이 없다'고 평가합니다.

1.O 2.X

⑤ 동행

형사는 왜 살인범을 체포하지 않았을까?

키 큰 사내　키 작은 사내
(형사)　　(살인범)

○── 들어가며

흰 눈이 내리는 겨울, 살인범과 형사는 눈길을 함께 걷습니다. 형사의 역할은 범인을 체포하는 것이지만, 소설의 결말은 전혀 다릅니다. 형사는 오히려 범인을 놓아주고, 삶을 포기하지 않도록 범인을 다독이기까지 하죠. 형사의 행동을 이해하려면 두 사람이 함께 걸으며 나누었던 이야기를 들어야 합니다. 이를 통해 범인이 살인을 저지른 이유를, 형사가 그를 체포하지 않고 돌려보낸 이유를 들을 수 있죠.

　여정은 한밤중에 시작됩니다. **춘천**에서 와야리로 가는 길이죠. 이 길을 걷는 두 사람은 서로 달라도 너무 다릅니다. 대비되는 인물형이죠. 앞선 사람은 키가 작은 사내였습니다. 이름은 **최억구**이고요. 하얀 셔츠에 양복 재킷 차림이었고 걸음걸이도 허전한 데가 있습니다. 서너 걸음쯤 뒤에

키 큰 사내　특징: 방한복 차림
(형사)　　　　정확한 발걸음

키 작은 사내　특징: 셔츠에 양복 차림
(살인범 최억구)　허전한 발걸음

서 함께 걷는 사람은 중절모를 쓰고 밤색 방한복을 입은 **키 큰 사내**입니다. 그의 발걸음은 마치 훈련이라도 받은 사람처럼 정확했죠. 이미 예상하셨겠지만, 앞서 걷는 사내인 최억구가 살인범이고 그 뒤를 따르는 키 큰 사내는 형사입니다. 표면적으로 두 사람은 밤길을 함께 걷는 동행이었죠.

　작은 사내, 최억구는 난데없이 큰 사내에게 묻습니다.

"참, 선생은 춘천에서 오신다기에 말씀입니다만, 혹시 어제 **근화동**에서 **살인사건**이 생긴 걸 아시우?"

지레 찔려서 묻는 말입니다. 그런데 큰 사내의 대답이 놀랍습니다. 우연히 현장까지 가 봤다고 대답하지 뭐예요. 그러더니 큰 사내는 조심스럽게 이렇게 묻습니다.

"그런데 노형은 아까 원주에서 오신다고 하신 듯한데 어떻게 벌써 그 사건을 그렇게…… 역시 소문이란……"

상대를 높이는 말 · 최억구를 가리킴

"원주에서 오셨다면서 근화동 살인 사건은 어떻게?"

"내가 언제!"

키 큰 사내
(형사)

키 작은 사내
(살인범)

작은 사내, 최억구는 불안한 마음에 자신은 그런 말을 한 적이 없다고 시비조로 대꾸합니다.

"아아니 선생, 이거 왜 이러슈. 그래, 내가 언제 원주에서 온다고 했단 말이유?"

이 대화에서도 성격 차이가 확연히 보이죠? 키 큰 사내는 굉장히 조심스럽고 내성적인 성격인 데 비해서 작은 사내, 최억구는 아주 감정적이고 되는 대로 말하는 성격입니다.

두 사람은 얼마쯤 가다가 **고개**를 만납니다. 고개를 넘으면 빨리 가기는 하겠지만 눈이 많이 와서 위태로운 길이었죠. 최억구는 아랑곳하지 않고 먼저 발을 뗍니다. 얼어붙은 개울도 그의 걸음을 멈출 수는 없었죠. 키 큰 사내 역시 그를 따라갑니다.

첫 번째 고개

구듬치 고개

와야리 →

춘천 →

갈등 고조

갈등 해소

눈길의 시작

보득솔밭

소나무 사잇길

큰길

날이 어두워 눈길에서 길을 제대로 찾기가 쉽지 않습니다. 두 사람은 개울을 따라서 걸어 올라가다가 길을 잃고 말죠. 다행히 근처에 있던 어느 집주인에게 와야리로 가는 길을 물을 수 있었습니다. 그런데 여기서 억구의 과거가 살짝 드러납니다. 집주인은 '최억구'라는 이름을 듣더니 와야

첫 번째 여정: 억구를 아는 사람을 만남

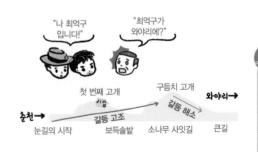

"나 최억구입니다!"

"최억구가 와야리에?"

첫 번째 고개

구듬치 고개

와야리 →

춘천 →

갈등 고조

갈등 해소

눈길의 시작

보득솔밭

소나무 사잇길

큰길

리를 제 발로 갈 것이냐며 놀랍니다. 추측해 보자면 최억구는 와야리가 고향인데, 그곳에서 뭔가 큰 잘못을 저지른 모양입니다. 어쨌든 작은 사내, 최억구는 그 말이 미처 끝나기도 전에 구듬치 고개로 발걸음을 돌리죠.

레몬의 시선 ◆ 연계 예감 ◆

두 사람은 이제 **구듬치 고개**를 향해 **보득솔밭**을 걷습니다. 이 고개를 넘는 동안 우리는 두 사람의 과거를 엿볼 수 있는데요. 먼저 키 큰 사내의 이야기입니다. 그는 중학교 2학년 때, 학교 뒷산으로 나무를 심으러 갔다가 새끼 토끼를 잡았던 기억이 있습니다. 본인이 잡았던 것은 아니고, 생

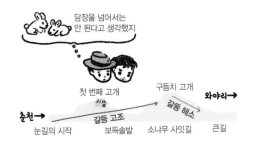

물 선생님이 잡은 새끼 토끼를 잠깐 들고 있었죠. 그런데 그때, 새끼를 구하기 위해 어미 토끼가 나타났습니다. 어미 토끼의 눈빛은 아주 매서웠죠. 그날 밤, 키 큰 사내는 생물 선생님의 집에 잡혀 있는 토끼를 구하러 갔습니다. 겨우 기어다니는 토끼를 함부로 잡았으니 풀어 주는 것이 옳은 일이었어요. 하지만 그는 토끼를 구하지 못했습니다.

정의로운 마음을 지녔지만 용기가 없었던 지난날의 키 큰 사내

'남의 집 담장을 넘어서 무언가를 훔치는 것은 도덕에 어긋난다'는 원칙 때문에, '나쁜 놈이 되기는 싫다'는 소심한 생각 때문에, 그는 담장만 돌다가 빈손으로 돌아왔습니다.

작은 사내, 억구는 토끼 이야기를 끝까지 듣지도 않고 자기 이야기를 시작합니다. 역시 여기서도 성격 드러나죠? 그는 아홉 살 때 득수라는 친구와 눈덩이를 만들며 경쟁을 했습니다. 득수는 덩치가 커서 억구보다 큰 눈덩이를 만들었는데요. 그가 놀리는 말에 모멸감을 느낀 억구는 그의

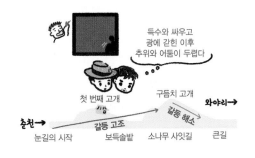

모멸감을 이기지 못하고 폭력으로 표출한 억구

손을 물어뜯었습니다. 장갑과 함께 손등의 살점까지 뜯겨 나갈 정도로요. 그때 이에 끼인 실오라기가 아무리 침을 뱉어도 빠지지 않았죠. 그는 계모의 손에 이끌려 이틀이 넘도록 광에 갇히는 벌을 받았습니다. 그때부터 억구는 추위와 어둠을 극도로 두려워하게 됐죠.

두 사람은 이제 **보득솔밭의 끝**을 지나 **소나무 사잇길**에 도착합니다. 억구의 이야기

두 번째 여정: 한국 전쟁 당시 억구의 이야기를 들음

는 점점 더 심각해집니다. 한국 전쟁이 일어나고, 동네가 뒤숭숭할 때였습니다. 어릴 때부터 천덕꾸러기 취급을 당하며 컸던 그

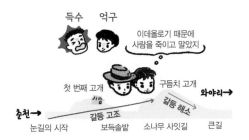

는, 처음으로 가져 보는 권력에 그만 이성을 잃고 말았죠. 그의 말에 따르면 '빨갱이들'은 너무
쉽게 그를 이용했습니다. 위원회 부위원장이라는 감투까지 씌워 가면서요. 억구는 맹목적으로
인민군 즉 북한군을 가리킴
그들의 이데올로기를 따르며 마을 사람들에게 폭력을 휘둘렀고, 이때 득수도 죽입니다.

국군이 마을로 들어온다는 소식이 들리
대한민국 군인
면서 억구는 단숨에 죄인이 됩니다. 사람
들은 자신들의 손으로 '빨갱이' 억구네를
처단하기로 했죠. 그는 간신히 뒷산에 올
라 도망쳤지만, 아무 죄 없는 아버지는 득
수의 동생, 득칠에게 죽창을 맞아 돌아가
십니다. 비극적인 역사죠. 이데올로기가
득수와 억구네 아버지, 두 사람의 목숨을 빼앗아 간 것입니다.

고개를 따라 올라가며 억구의 목소리는
점점 높아졌습니다. 대화의 내용도 위태
로워지죠. 억구는 스스로 **춘천**에서 득칠과
만났다는 사실을 털어놓으며 자신을 범인
으로 생각하느냐고 다그칩니다. 긴장감이
극에 달하죠. 두 사람은 어느새 **고개 마루**
세 번째 여정: 어제의 살인사건에 대한 억구의 반응
턱, 꼭대기까지 올라와 있었습니다.

고개를 내려와 **큰길**에 들어서자 때마침
마지막 여정: 억구의 고백과 키 큰 사내의 용기
옆 산의 소나무 가지가 눈의 무게를 견디
억구가 느끼는 현실의 중압감과 죄책감을 상징
지 못해 부러지는 소리가 들립니다. 그리
고 억구는 다 하지 못했던 고백을 모두 쏟
아 내죠.

"선생, 난 득수 동생놈을, 그 김득칠일
모든 것을 쏟아내는 심정으로 고백하는 억구
어제 죽였단 말이요. 이렇게 온통 눈이 내
리는데 그까짓 걸 숨겨 뭘 하겠소. 선생은 아주 추악한, 사람을 몇 씩이나 죽인 무서운 놈과 함
께 서 있는 거유. 자, 날 어떻게 하겠수?"

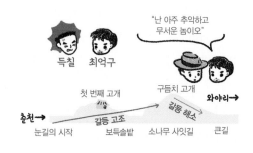

문득, 키 큰 사내는 원칙에 얽매여 새끼 토끼를 구하지 못했던 과거를 떠올립니다. 원칙을 지키는 일은 결국 위험을 무릅쓰지 <u>않겠다는 말과 같았고, 자신을 보호하는 일이었죠.</u> _{키 큰 사내가 지녔던 한계} 키 큰 사내는 결심한 듯 작은 사내를 부르지만, 작은 사내의 모습을 보고 망설입니다. 억구가 품속의 무언가를 움켜

쥐고 있었거든요. 누군가를 해칠 무기라도 들어 있을 줄 알았는데 양복 윗주머니 사이로 보인 것은 소주병의 노란 덮개였습니다.

_{키 큰 사내를 망설이고 긴장하게 했던 소지품의 정체}

키 큰 사내는 드디어 결심한 듯 자신의 주머니에서 손을 뺍니다. 그의 손에 들린 것은 담배였습니다. 열여덟 개비가 남아 있는 새것과도 같은 담배 한 갑이었죠. 그 _{인간애와 생명을 상징} 는 억구에게 이것을 내밀며 말합니다.

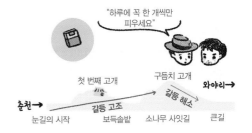

"제가 지금 드린 담배는 하루에 꼭 한 _{억구를 살리기 위해 준 선물} 개씩만 피우셔야 합니다."

이렇게 키 큰 사내는 억구에게 새로운 18일을 선물하며 발걸음을 돌립니다.

○── **나오며**

키 작은 사내, 최억구의 삶은 우리의 현대사 그 자체라고 할 수 있습니다. 이념으로 갈려 상처를 주고받았던 그 역사를 어떤 방법으로 치유할 수 있겠어요? 그래서 작가는 키 큰 사내, 형사에게 담배를 꺼내도록 만들었을 거예요. 답이 없는 대립을 멈추고, 이제는 서로 이해하고 화해해야 한다는 주제를 전달하고 싶었던 것입니다.

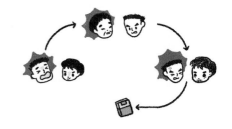

1 억구는 키 큰 사내의 물음에 발끈하며 살인을 부인하지만 나중에는 자백한다. **O, X**

2 키 큰 사내는 토끼를 구하지 못했던 경험을 떠올리며, 규범을 어기더라도 이번에는 억구를 구하기로 한다. **O, X**

3 키 큰 사내는 억구의 품 안에 있던 물건의 정체가 소주병이라는 사실을 알게 되고, 담배 열여덟 개비를 선물한다. **O, X**

 **개념 노트**

여로형 소설

이렇게 등장인물들이 걷는 길을 중심으로 사건이 전개되는 소설을 '여로형 소설'이라고 합니다. 함께 여정을 따라가다 보면, 등장인물의 심리 변화나 사건의 양상이 달라지는 것을 자연스럽게 느낄 수가 있죠. 예를 들어 '큰길'에 다다랐을 때 범인이 자백을 한다거나, '눈 무더기가 와르르 쏟아지는' 장면에서 마음의 갈등을 털어 버리려는 주인공의 심리 변화를 확인할 수 있습니다.

1.O 2.O 3.O

⑥ 모래톱 이야기

10분의 문학

작자 김정한

그때로
돌아간다면…

나
(현재)

조마이섬

건우
(나룻배 통학생)

나
(20년 전)

갈밭새 영감
(건우 할아버지)

○── 들어가며

살다 보면 오랫동안 잊히지 않는 일이 있습니다. '내가 할 수 있는 일이 있지 않았을까?' 하고 후회하기도 하고, '그때로 돌아간다면…' 하고 아쉬운 상상을 하기도 하죠. 이 소설의 서술자 역시 그랬습니다. 낙동강 근처의 모래톱, '조마이섬'에서 일어난 이야기를 눈으로 보고 생생하게 느꼈지만, 20년이 지나서야 이야기를 쓸 수 있었죠. 관찰자인 '나'는 20년 전에 만난 조마이섬 학생과 그 가족들의 이야기를 회상하는데요. 현재에서 과거로 돌아간다는 의미에서 '역순행적 구성'이라고 할 수 있고, 또 과거 이야기와 현재 이야기를 나누어 썼다는 점에서 '액자식 구성'이라고도 할 수 있습니다.

액자 밖의 이야기는 간단합니다. '나'는 20년 만에 이 이야기를 써야 했습니다. 이 기막힌 이야기를 침묵할 도리가 없어서요.

관찰자

'나'는 늦게나마 20년 전의 사건을 고발하려 함

액자 내부의 이야기, 과거의 사건은 20년 전으로 거슬러 올라갑니다. '나'는 K라는 일류 중학교의 선생님으로 일하고 있었습니다. 그때 '나'의 눈에 건우라는 학생이

조마이섬

건우
(나룻배 통학생)

나(20년 전)
K 중학교 선생님

들어왔죠. 첫 번째 이유는 동정심 때문이었어요. 건우는 조마이섬에서 나룻배를 타고 통학하는 학생이었습니다. 얼마나 힘들었겠어요? 게다가 아버지마저 안 계시다고 하니 '나'는 마음이 찡해졌죠. 별명도 거무입니다. 거무는 거미의 사투리인데요. 거미가 물에서도 날쌘 존재라서 그런 별명을 붙여 주었다고 합니다. 사실 조마이섬은 실제 있는 섬 이름은 아니고요, 낙동강 하구에 있는 부산 사하구의 을숙도가 배경이라고 합니다. 지금의 을숙도야 낙동강 하굿둑으로 연결되어 있어서 왔다 갔다 할 수 있지만, 예전에는 그렇지 않았는데요. 조마이섬도 마찬가지였습니다. 꼭 배를 타야 했죠.

두 번째 이유는 그 아이가 쓴 작문 때문이었습니다. 그 내용이 끔찍했죠. 조마이섬의 내력이 적혀 있었습니다. 예전에 모래가 밀려서 된 땅, 조마이섬은 일제 강점기에는 억울하게 일본 사람의 소유가 되었다가, 해방 후에는 어떤 국회의원의 명의로 둔갑이 되었다가 그 뒤에는 유력자의

조마이섬의 소유권 변화

앞으로 넘어가게 되었습니다. 즉, 그곳에 사는 사람과 관련 없이 소유자가 멋대로 뒤바뀌고 있다는 내용이었어요. 아이답지 않게 날카롭고 누군가를 저주하는 듯한 글이었습니다. '나'는 그것을 마음에 깊이 담아 두죠.

어느 날 '나'는 건우네 집에 가정 방문을 합니다. 예전에는 담임선생님이 학생 집을 방문하는 것이 의무였다고 하죠. 물론 미리 환경 조사표를 확인하기는 했습니다. *예전에 가족 관계, 재산 정도를 적어 놓던 학생 기록부* 건우의 아버지는 한국 전쟁 때 돌아가셔서 안 계셨죠. 어머니는 부지런히 농사일을 하시고, 할아버지는 어업을 하시

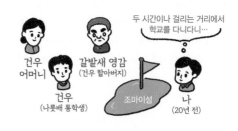

면서 생계를 꾸려 가는 형편이었습니다. '나'는 당연히 육지에 사니까 조마이섬은 처음이죠. 그런데 생각보다 조마이섬이 정말 먼 곳이었습니다. 버스를 사오십 분 타고 나룻배 터까지 가서 기다리다가, 또 나룻배를 타고 가 보니 두 시간은 걸리더라고요. 건우는 매일 이 거리를 통학했던 거예요.

'나'는 집에 들어서면서 놀랍니다. 어머니와 할아버지 모두 바깥일로 바쁘실 텐데, 살림이 가난하기는 하지만 먼지 하나 없이 깨끗한 집이었어요. 그러고 보니, 건우 역시 한 번도 지저분하게 하고 다닌 일이 없었죠. 공부방으로 눈을 돌린 '나'는 〈섬 얘기〉라는 노트를 발견합니다. 그것은

건우가 지금까지 섬에 일어났던 일을 엮어 둔 일기였어요. '나'는 젊은 선생으로서의 열정으로 건우를 독려합니다. 그의 손을 잡으면서 '넌 희망을 가지고 살아야 한다'고 다독이죠.

어머니는 건우가 무척 좋은 선생님을 만나 기쁘다며, 좋은 이야기를 많이 들었다고 합니다. 누구에게 들었을까요? 조마이섬에서 건우 외에 '나'를 아는 인물이 한 명 더 있었습니다. 바로 윤춘삼 씨입니다. 윤춘삼 씨는 행동파로, 부당한 일을 당하면 참지 않았습니다. '큰집'까지 다녀왔죠.

"왜 조마이섬을 멋대로?"

윤춘삼
(송아지 빨갱이)

갈밭새 영감
(건우 할아버지)

나(20년 전)

별명은 송아지 빨갱이

여기서 큰집은 교도소의 은어입니다. 그렇다고 윤춘삼 씨가 흉학한 죄인은 아니었어요. 그는 당시 힘을 쓰던 청년단이 자신의 송아지를 잡아먹은 것에 불평을 했다가 교도소에 가게 된 것입니다. 한때 국가가 멋대로 조마이섬을 한센병 환자의 거주지로 정하고 환자들을 이주시키겠다는 결정을 한 적도 있었습니다. 국가의 일방적인 결정에 윤춘삼 씨가 분노한 거죠. 사실 선생님인 '나'도 교도소에 다녀왔습니다. 정확히는 나오지 않지만, 한국 전쟁 때 어떤 혐의를 받고

피부의 살점이 떨어져 나오는 병

육군 특무대에 갇혔었죠. 아마도 윤춘삼 씨처럼 폭력적인 국가의 권력에 저항했을 가능성이 크겠죠?

육군 특무대의 주된 활동은 이념 대립이 극에 달한 상황에서 첩보 및 정보를 수집하는 일

당시 한국 정치인들을 사찰하는 등 부당한 첩보 활동이 문제가 됨

윤춘삼 씨는 가정 방문을 마치고 돌아가려던 나를 불러세우고 갈밭새 영감과 함께 술을 마시며 한참 동안 섬 이야기를 들려줍니다. 두 어르신은 그동안 힘 있는 자들이 얼마나 조마이섬을 괴롭혔는가를 토로하며 분노를 표현했죠. '나'는 일제 강점기에 시행했던 부당한 '조선 토지 사업'에 대해 들으면서 조마이섬 사람들의 억울함을 짐작합니다.

건우 할아버지

그 만남으로부터 두어 달이 지났습니다. '나'도 건우와 많이 친해졌죠. 오랜만에 건우의 초대로 수박을 먹으러 건우네로 가려던 때즈음이었습니다. 하필이면 비가 내리기 시작하더니, 폭풍우로 변합니다. 번개에 비바람까지 너무너무 사납습니다. 낙동강이 불어 넘치면 피해가 크기 때문에 소

조마이섬이 위기에 처함

방대원과 경찰관이 벌써 근처를 지키고 있었습니다. 피해는 오직 조마이섬의 몫이었습니다. 육

지에 있는 사람들은 조마이섬에서 빠져나오는 수박이나 호박이 떠내려가는 것을 구경하죠.

'나'는 정말 좋은 선생님이었어요. 건우
와 건우네 가족들이 걱정되어서 섬에서
가까운 쪽으로 달려갑니다. 우연히 점낫
패들에게 조마이섬이 위험하다는 이야기
_{홍수에 떠가는 물건을 건지는 패거리}
를 들었죠. 유력자가 보낸 사람들이 육지
와 섬을 잇는다고 매립을 시작해서, 비가
_{하천 바닥을 흙으로 메움}
많이 오면 위험해질 정도로 허술하게 둑을
_{조마이섬이 위험해진 원인은 유력자의 횡포에 있음}

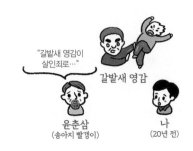

"갈밭새 영감이
살인죄로…"
갈밭새 영감
윤춘삼   나
(송아지 빨갱이)   (20년 전)

쌓아 올렸던 것이 원인이었습니다. 조마이섬 사람들이 원하지도 않는데 말이죠.

'나'는 긴 다리 끝에서 겨우 윤춘삼 씨를 만납니다. '나'는 건우네의 안부부터 묻습니다. 다행
히 목숨은 모두 건졌는데, 갈밭새 영감이 살인죄로 붙잡혀 경찰서에 끌려갔다고 합니다. 갈밭
새 영감처럼 곧은 분이 그럴 리가 없잖아요? 알고 보니 허술하게 쌓은 둑이 문제였습니다. 물
_{건우 할아버지}
이 불어나서 둑이 터지면 사람들이 한꺼번에 목숨을 잃을 수 있거든요. 지혜로운 갈밭새 영감
이 미리 둑의 결함을 눈치채고, 둑을 무너뜨리려고 하자 갑자기 깡패 같은 사람들이 몰려왔대
요. 한시가 급했던 갈밭새 영감은 젊은이를 밀치며 화를 냈죠.

"이 개 같은 놈아, 사람의 목숨이 중하냐, 네놈들의 욕심이 중하냐?"
_{조마이섬 사람들을 대표하여 울분을 토함}
불행하게도 젊은이는 물에 휩쓸려 목숨을 잃었고 갈밭새 영감은 옥살이를 하게 됩니다.

○──── 나오며

'나'의 고백으로 시작된 이야기는 조마이섬에 사는 억울
한 민중들의 이야기로 마무리됩니다. 조마이섬의 주민
들을 지키려던 건우 할아버지는 감옥에 가고, 조마이섬
에는 군대가 들어옵니다. 힘 있는 사람들이 저지른 패
악은 슬그머니 감춰지고, 피해자의 목소리는 사라지죠.
이 작품은 이렇게 현실적인 결말을 통해 권력의 횡포를
해결하는 일이 얼마나 힘든지 보여 주고 있습니다.

갈밭새 영감   나
(건우 할아버지)   (20년 전)

 **핵심 체크**

1 건우는 그동안 조마이섬이 경험한 횡포를 잘 알고 있었다. **O, X**

2 갈밭새 영감은 유력자의 횡포에 분노하여, 유력자를 물속에 던지고 말았다. **O, X**

3 '나'는 윤춘삼 씨를 통해 갈밭새 영감이 경찰서로 끌려간 이야기를 들었다. **O, X**

 **개념 노트**

조마이섬의 역사

- 일제 강점기에는 일본에 토지 소유권을 빼앗김

- 국가에서 일방적으로 한센병 환자를 이주시키려 함

- 돈이 많은 유력자들의 소유가 되어 조마이섬이 위험에 처함

- 조마이섬을 지키는 갈밭새 영감은 살인죄로 끌려감

1.O 2.X 3.O

7 만무방

"일은 내가 다 했는데…"

지주   소작농

o━━ 들어가며

만무방은 '염치가 없이 막된 사람'이라는 뜻입니다. 언뜻 보면 굉장히 무례하고 불쾌한 사람처럼 보이는데요. 소설의 배경이 되는 1930년대에는 1년 내내 열심히 땅을 갈고, 씨를 뿌리고, 거름을 주고, 일꾼을 사서 모내기를 하고, 추수를 한 뒤, 그 땅에서 나오는 곡식의 80퍼센트를 소작료로 내지 않으면 '염치가 없는 인간'이 되는 세상이었습니다. 그렇다면 이 소설에서 등장하는 만무방은 사회의 구조가 만들어 낸 존재라고 할 수 있겠네요.

먼저, 주인공 응칠과 응오 형제를 소개
형   동생
할게요. 응칠은 거처도 없이 여기저기 떠
도는 떠돌이 생활을 오래 해 오고 있어요.
송이파적으로 겨우 밥벌이를 하는데요, 제
심심풀이로 송이버섯을 캐먹음
대로 된 밥을 챙겨 먹지 못하기 일쑤입니
다. 허기가 지면 산에 돌아다니는 닭을 그
자리에서 잡아 생살을 뜯어 먹기도 했죠.

난 분명히
열심히 일한 것 같은데…

송이파적   응칠   생닭 뜯기
(응오의 형)

굉장히 행동이 거칠고 야생적이죠? 오래전부터 도박과 절도 때문에 죄가 쌓여서 전과 4범이라 제대로 된 일도 구하지 못하고, 5년 전에는 아내와 아이들과도 헤어졌습니다. 불어나는 빚을 감당하지 못했기 때문이죠. 개인의 노력으로는 극복할 수 없는 현실 원래 이런 사람은 아니었습니다. 가족들과 함께 살 때에는 농사를 무척 열심히 지었는데요. 참 이상한 점이, 분명히 열심히 일을 하는데도 빚만 쌓이는 거예요. 나중에는 가족이 전부 구걸을 해야 할 정도였죠. 구조적인 모순이죠? 일을 하면 할수록 가난해지니까요. 그렇게 응칠은 생활고 때문에 가족과 헤어져야 했습니다.

레몬의 시선 ◆ 연계 예감 ◆

나름의 생활 방식으로 버텨 가던 응칠은
동생이 사는 **응고개**까지 넘어오게 됩니다.
오랜만에 동생 얼굴도 보고 싶었죠. 그런
데 하필이면 응고개에는 흉흉한 소문이 돌
고 있었습니다. 동생 응오가 경작하는 응
고개의 논에서 벼가 없어졌다나요. 응오가
벼를 추수하기도 전에 누가 자꾸 벼를 훔

쳐 간다는 거예요. 응칠은 속으로 걱정을 합니다. 자기가 우연히 동생 사는 곳에 왔는데, 때마
침 벼가 없어진다면 곤란하잖아요. 이런 경우를 오비이락, 까마귀 날자 배 떨어진다고 하죠. 응
칠은 그동안의 행실이 좋지 않아서 충분히 의심을 받을 수 있는 처지였거든요.
노름과 도둑질을 하며 전과 4범이 된 응칠

출제자의 시선

동생 응오는 응칠과는 정반대 성격입니
다. 이렇게 모범적인 청년일 수가 없어요.
'응오는 진실한 농군이었다'라고 직접적인
성실한 농부인 응오
묘사가 나오기도 합니다. 올해 나이 서른
하나인데요. 무척 부지런하고, 아내를 얻
기 위해 꼬박 3년을 일해 주었던 성실한
머슴살이
사내예요. 예전에는 아내를 맞이하기 전

에 아내의 친정집에서 일정 기간 동안 일을 해 주기도 했습니다. 다른 때 같으면 벌써 추수를
시작했겠지만, 올해는 아내가 많이 아파서 추수를 시작하지 못하고 있습니다. 이런 상황이다
보니, 장리를 꾸어 주었던 **김 참판**도 와서 한마디씩 거들고, 도지를 내주었던 지주도 자꾸만 뭐
돈이나 곡식을 꾸어 주고 이자를 붙여 받는 제도   대가를 받고 빌려주는 토지   땅 주인
라고 하는 거예요. '응오가 빨리 벼라도 타작을 해서, 아내 약값이라도 마련해야 하지 않나?' 하
곡식을 털어 낟알을 거두는 일
는 생각이 들 거예요. 하지만 작년에 응오가 추수하는 것을 도와주었던 주변 사람들이라면, 그
가 벼를 베지 않는 이유를 짐작할 것입니다.

작년은 응오의 첫 수확이었습니다. 열심
히 키운 곡식이라 밤이 깊어질 때까지 정
성스레 벼를 수확했죠. 타작은 일손이 많
이 들기 때문에 사람들이 품앗이를 해서
힘든 일을 서로 거들어 주는 것
도와주었습니다. 거두어들일 때 응오의 기

분이 얼마나 좋았다고요. 날아갈 것 같았죠. 그런데 추수한 곡식으로 지주에게 도지를 내고, 장
리쌀을 내고, 색조까지 내고 나니까 남는 쌀이 한 톨도 없었습니다. 여기서 **장리쌀은 식량이 부
족한 봄에 쌀을 빌리고 추수 때에 갚는 쌀인데요.** 이자율이 어마어마했어요. **색조는 조세로 바치
는 곡식과 환곡에 붙는 이자랍니다.** 도와준 사람들 보기에도 미안하고 어찌나 부끄럽고 서럽던
지 말도 못 했습니다. 작년에도 주머니가 텅텅 비었는데, 올해는 흉년이라 보나 마나 거둬들인
쌀은 전부 남의 주머니로 들어갈 게 뻔합니다.

풍년에도 구조적인 이유로 돈을 벌 수 없으니, 흉년에는 빚만 남을 것으로 예상함

안 그래도 사정이 좋지 않은데, 응칠이
기름을 붓습니다. 형으로서 해결을 해 보
겠다는 생각에 지주를 찾아가서 올해 농사
가 별로 상황이 좋지 않으니 도지를 면해
달라고 한 거예요. 지주도 응오의 사정은
대충 알고 있었지만, 소작인이 여러 명이
다 보니까 함부로 응오만 특별 대우 할 수

는 없었어요. 그런데 오히려 이런 사정을 알게 된 응칠은 더욱 화가 납니다. 남을 도울 수 있는
상황에도 계산기를 두드려 남을 돕지 않는 것이니까요. 응칠의 손은 어느새 지주의 뺨을 후려
치고 있었습니다.

섣부른 행동으로 일을 그르친 응칠

응칠의 속이 타 들어가는 동안 여전히
벼 도둑은 야금야금 벼를 훔쳐 갑니다. 응
칠은 응고개를 드나드는 **재성**이나 **성팔**을
의심해 보지만, 두 사람 다 벼 도둑이 아닙
니다. 도둑이 아니라 도박꾼이었죠. 응고
개 근처는 은밀한 도박판이 벌어지는 소
굴이었어요. 그곳에는 재성, 기호, 용구가

앉아서 한탕으로 농촌을 떠나겠다는 마음을 먹고 있습니다. 당연히 이들은 모두 빈농이에요.
가능할까요? 불가능하죠. 서로 주머니 사정이 뻔한데요. 네다섯 명이 모인다고 판돈이 크겠어
요? 다만 이들은 농촌의 현실이 갑갑해서 도박으로 도피를 한 거예요. 미래가 보이지 않으니
까요. 응칠은 조금 도박을 하다가 논밭 근처에 숨어 도둑을 기다립니다.

구조적인 모순 때문에 평범한 농부들은 헛된 꿈을 좇는 노름꾼이 됨

그때, 그림자가 나타나서 응오의 벼를 몰래 벱니다. 응칠은 현장을 잡았다는 기쁨에 바로 범인을 쫓아가 몽둥이로 내려칩니다. 그런데 복면 아래에 드러난 얼굴은 바로 동생 응오였습니다. 응오가 도둑이었어요.

불쌍한
내 동생

"형 나야,
내가 도둑이라고!"

응칠
(응오의 형)

응오

"내 것 내가 먹는데 누가 뭐래?"

정식으로 벼를 추수하면 여기저기서 빚을 갚으라고 난리일 테니, 밥을 먹을 만큼만 몰래 훔치고 있었던 거예요. '내 걸 내가 훔쳐야 할 그 운명'. 이것이 응오가 처한 비극적 현실이었습니다.

비극적인 현실을 단적으로 제시함

○─── 나오며

이 소설에서 만무방은 한두 명이 아니에요. 그 시대를 힘겹게 살아가는 모두가 만무방이었죠. 동생의 동네에 와서 무위도식하는 응칠도, 자기의 논에서 벼를 훔치는 응오도, 몇 푼 안 되는 돈으로 새로운 삶을 살아보겠다고 도박에 빠진 사람들도, 모두 만무방입니다. 하지만 우리는 과연 그들이 열심히 살지 않는다고, 막된 인간이라고 비판할 수 있을까요? 일제 강점기에 수탈이 일어나지만 않았어도, 도지가 그렇게 비싸지만 않았어도, 장리쌀의 이자가 50퍼센트만 아니었어도 아마 그들의 삶은 지극히 평범했을지 모릅니다.

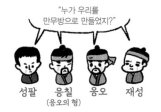

"누가 우리를
만무방으로 만들었지?"

성팔   응칠   응오   재성
      (응오의 형)

핵심 체크

1 응칠은 벼 도둑으로 성팔을 의심한다. **O, X**

2 응칠은 지주의 뺨을 때려 응오의 도지를 감면해 주었다. **O, X**

3 응오는 자신의 논에서 벼를 훔치다가 형 응칠에게 붙잡힌다. **O, X**

'내 걸 내가 훔쳐야 할 그 운명'

구조적인 모순은 인간이 아무리 노력해도 늘 부당한 결과를 맞게 만드는 사회에 있습니다. 소설 속에서도 잘 살고자 노력하던 농부들은 죄다 빚을 지고 불량배나 도박꾼이 되어 사회 질서를 위협하게 되었죠. 심지어 자신이 노동한 것에 대한 대가를 제대로 받지 못해 훔쳐야 하는 상황에 이릅니다. '내 걸 내가 훔쳐야 할 운명'이라는 말은 당시 소작농이 겪어야 했던 현실을 단적으로 보여 주는 말이라 할 수 있습니다.

1.O 2.X 3.O

⑧ 우리 동네

10분의 문학
작자 이문구

1970년대 농촌 근대화 현실

갑질

농업 차별

문화 변질

소비 문화

○── 들어가며

《우리 동네》는 1970년대 농촌 근대화가 일어나는 시기를 배경으로 하는 연작 소설입니다. 농촌의 현실을 담은 내용이 사실적으로 그려진 작품이라 당시 농촌의 모습을 미리 살펴보면, 훨씬 수월하게 소설을 이해하실 수 있습니다. 첫째, 농민들은 온갖 갑질을 당합니다. 정부는 쌀 가격을 통제하고, 통일벼 품종을 심으라고 강요했죠. 게다가 농민들은 담당 공무원들의 눈치까지 봐야 했습니다. 일하면서 눈치 보는 격이죠. 둘째, 상공업과 비교해서 농업이 차별을 당합니다. '모이 값'으로 전락한 곡물 가격에 농민들은 서럽기만 합니다. 셋째, 외부에서 농촌을 핍박하는 문제뿐만 아니라, 내부에서도 서서히 농촌의 문화가 변질됩니다. 남을 잘 돕고 서로 끈끈한 관계를 유지했던 농민들은 이익을 따져 가며 셈을 하고 서로를 속입니다. 넷째, 소비 문화 때문에 빚에 시달리기도 하죠. 남들이 다 사는 냉장고며 TV, 전기 밥솥까지 들여 놓고 관광도 다녀야 했으니까요. 지금부터 '우리 동네'에 사는 아홉 명의 이야기를 차례대로 보실 텐데요. 각 인물이 드러내는 농촌의 문제점이 어떤 것인지 생각하면서 읽으시면 좋겠습니다.

우리 동네 김씨

본명은 **김승두**, 그는 부지런한 농부였습니다. 하지만 훌륭한 일꾼도 날씨를 바꿀 수는 없었습니다. 비를 내리지 않는 야속한 하늘 때문에 땅은 가물기만 하죠. 특히 그가 몸을 담고 있는 **천동면 놀미 마을**은 지대가 높아서 지하수가 좀처럼 나오지 않습니다. 그는 '제 힘으로 재변을 이겨 낼

김씨의 성격이 드러남

땅 속에서 나오는 물

천동면 놀미 마을

김승두 (김씨)
남병만
양수기

줄 알아야 흙을 부리는 농군이 된다'는 신념으로 스스로 물을 대어 보기로 합니다. 같은 마을에 사는 남병만의 양수기를 빌리고, 사다리로 전봇대에 올라 전선을 연결합니다. 덕분에 김씨의

물을 퍼 올리는 기계

김승두

논에는 제법 물이 차오릅니다. 천북면 장승골 저수지에서 오는 물이었죠. 남병만은 자기 논에도 조금 물을 대어 볼까 하고 김씨에게 알랑거리기 시작합니다.

그런데 그때 **무솔리 이장 아들 유순봉**과
양수기를 써서 논에 물을 대는 김씨에게 시비를 거는 무리들
방앗간집 아들 장재원이 옵니다. 김씨와 장재원은 같은 학교를 다니기는 했지만 별로 친한 사이는 아니었고, 유순봉 역시 타지에서 학교를 다녀서 김씨와는 데면데면한 사이입니다. 이들은 괜히 시비조로 물을 훔치는 것 아니냐며 김씨에게 트집을 잡

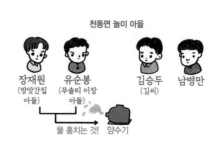

습니다. 여기서 벌써 농촌의 변화가 느껴지실 거예요. 남의 물과 전기를 몰래 가져다 써야만 하고, 또 그런 상황을 꼬투리 잡아 이용해 보려는 이기심이 여실히 드러나는 장면입니다. 유순봉이 양수기를 마음대로 끄자 김씨는 더 이상 참지 못하고 그에게 소리를 칩니다.

"이게 무슨 잡곡으루 모이를 처먹는 작것이여."
잡것

그런데 이때 김씨 뒤에는 더욱 큰 문제가 다가와 있었습니다. 한국전력 출장소 직원이었어요. 중간에 전기를 끌어다 쓴 것이
전기를 몰래 쓰는 김씨를 혼내는 인물
문제가 되었죠. 김씨를 데려가려던 직원은 그를 못 잡아먹어 안달인 유순봉에게 가로막히는데요. 물을 훔쳐 간 것이 더 나쁜 죄냐, 전기를 훔쳐 간 것이 더 나쁜 죄냐 한참

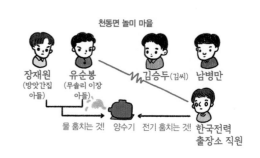

실랑이가 벌어집니다. 다행히 민방위 교육 시간이 되면서 양수기 사건은 흐지부지되죠.

겨우 도착한 민방위 교육장은 아수라장입니다. 부면장 **신을종**은 목청을 높여 가
면의 행정을 담당하는 직책
며 풀을 베어서 **퇴비**를 하라고 당부하는
거름
중이었죠. 사실 말이 좋아 민방위 교육이지, 바쁜 농사철에 출석을 부르는 데 한 시간, 담배 피우며 쉬는 데 한 시간씩 걸리는

겉치레였습니다. 그런데 그때, '헥타르'라는 말이 김씨의 귀에 걸려듭니다. 김씨는 자신도 모르
_{넓이를 측정하는 단위}
게 툭 내뱉습니다.

"모냥 내구 있네. 몇 평이 일 헥타른지 위치기 알어."

부면장은 시간도 남아도는 판에 잘 걸렸다 싶은지, 말꼬리를 잡고 입씨름을 시작합니다. 김
_{신을종}
씨는 한 마디도 지지 않아요. '우리나라 말을 써야 한다는 것도 국가 시책'이고, '1 헥타르가 3천
평인데 그런 큰 단위를 기본으로 할 만큼 땅을 많이 가지고 있는 사람이 여기 어디 있냐'고 대
_{겉치레뿐인 민방위 교육을 지적하는 김씨}
꾸를 하죠. 말문이 막힌 부면장은 하는 수 없이 사람들에게 담배나 피우면서 쉬라고 하고, 사람
들은 박수로 답합니다. 김씨는 그 박수가 자신의 것이라고 생각하며 속으로 웃죠.

우리 동네 리씨

본명은 **이낙천**, 그는 마을이 점점 변해
_{변화하기 전의 마을의 모습을 소중히 여기며 자신을 지키고자 함}
가는 모습이 마음에 들지 않는 사람입니
다. 연말이라고 징글벨을 울리는 모습이
며, 크리스마스라고 들떠서 구경 가자는
막내아들 만근이의 모습, 아들을 내세워
바가지를 긁는 아내까지 하나같이 못마땅
하죠. 동네에서는 새마을 부녀회 회원들이

리씨의 아내   만근   리낙천(리씨)

관광계 계원들과 함께 망년회를 한다며 떠들썩합니다. 여기서 계는 주로 경제적인 도움을 주
고받으려고 매번 돈을 모으는 조직입니다. 보통 친한 사람들끼리 계를 만들죠.
_{한 해를 마무리하는 모임}

리씨는 빚가림도 제대로 못하는 사정이
뻔한데 사람들이 여행이며 잔치며 헛바람
만 들었다고 생각합니다. 농사를 짓는 데
에만 빚이 들어간 것이 아니라 전자 제품
을 들이는 데에도 꽤 많은 돈이 들었습니
다. 텔레비전이며 선풍기, 전기밥솥을 합
친 요금이 불도저 사용 요금에 맞먹을 정

리씨의 아내   만근   리낙천(리씨)

도였죠. 하지만 영농 조합에서 전자 기기를 외상으로 판매하면서 집집마다 TV에 안테나까지
생기는 판에 따르지 않을 수가 없었습니다.

농촌의 문화가 바뀐 데에는 다 이유가 있었습니다. 장년층이 된 사람들이 소위 도시 물을 먹어 본 사람들이었으니까요. 공장 직원으로, 뜨내기 상인으로 일하다가 실패하고 돌아온 사람들이 도시에서 하던 버릇을 그대로 가지고 온 거죠. 리씨는 새로운 물결을 못마땅하게 여기며 저항 의지

리낙천(리씨)

를 드러냅니다. 그것의 결과물이 바로 '리'라는 성이었죠. 원래 이씨였던 성을 '리씨'로 고치면서 자신은 다른 사람과 다르게 근대화의 물결에 휩쓸리지 않겠다는 결심을 표현합니다.

같은 동네에 사는 **윤선철**은 리씨와 정반대였습니다. 자신의 부모 생일마다 마을 사람들을 초대해서 환타, 콜라, 사이다를 내어놓고 사람들의 환심을 샀죠.

가뜩이나 지나치게 화려한 잔치가 마음에 들지 않았던 리씨는 농민들과 지 서기가 하는 말싸움을 듣다가 폭발합니다.

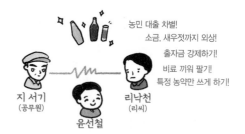

지 서기
(공무원)

윤선철

리낙천
(리씨)

농민 대출 차별!
소금, 새우젓까지 외상!
출자금 강제하기!!
비료 끼워 팔기!
특정 농약만 쓰게 하기!

그가 하는 말은 조목조목 일리가 있습니다. 농민들에게 대출할 때는 까탈스럽게 굴면서 장사꾼에게는 조합돈을 제발 써 달라며 알랑거리는 행태, 비료 살 때 한 포대에 백 원씩 출자금을 내게 하기, 필요 없는 비료까지 끼워 팔기, 특정 회사의 농약만 쓰게 하기, 소금이나 새우젓까지 이자를 붙여서 외상 놓기, 해도 해도 너무했으니까요.

한참 무르익던 이야기는 세무서에서 밀주 단속이 나오면서, 뚝 끊깁니다. 몰래 술을 담그는 것이 금지였으니 다들 분주하게 누룩을 숨기러 가죠. 리씨는 가족들을 집 밖으로 내보내고 문을 잠가 놓는 방법을 택합니다. 그가 나가려던 찰나, 단속원

밀주 단속원

리낙천(리씨)

이 들이닥칩니다. 리씨는 자기는 '리씨'가 아니며 근처에 사는 '이씨'라고 속입니다. 자신이 만든 이름, 자신의 의지를 돋보이고자 만들었던 이름을 부정하고 만 것입니다.

그는 부끄러움을 느끼며 영농 교육장으
로 향합니다. 매번 똑같은 소리만 되풀이
하는 영농 교육도 마음에 들지 않기는 마
찬가지입니다. 일본 벼 아키바레를 심지
말고, 통일계나 유신 계통으로 볍씨를 바
꾸라는 말이었죠. 강사는 수확량이 높다
는 점을 강조하며 통일벼를 심을 것을 강

영농 교육장
(농업 경영법을 가르치는 곳)

수확…
수확량이…
수확량이 높다…

통일벼

병충해가 많음!
볏짚도 약해!
아키바레 종보다 낮은 품질!

영농 교육 강사

리낙천(리씨)

조합니다. 하지만 다들 말을 듣지 않는 분위기죠. 그럴 만합니다. 그동안 관리자들은 농민을
속이거나 무시했어요. 농민들도 더 이상 여유가 없습니다. 빚이 엄청났으니까요. 빚은 돈이 아
니라 현물로 갚아야 유리했는데, 얻어 쓴 쌀이 품질이 좋기로 유명한 아키바레였으니 갚을
때에도 같은 품질로 갚아야 했습니다. 게다가 통일 계통의 볍씨는 면역성도 약해서 키우기가
힘들고, 볏짚도 너무 약해서 그걸로 물건을 만들 수가 없어요. 추수를 하고 나면 남은 볏짚으로
가마니를 만들어 팔기도 했거든요. 큰돈은 아니지만 꽤 벌이가 되는 일입니다. 결정적으로 통
일벼는 맛이 없습니다. 소도 여물로 안 먹을 정도예요.

리씨는 증산만이 답이 아니라는 것을 압니다. 생산량을 늘려 봐야 서울 아파트 값 오르는 것
에 비해서 쌀 가격은 터무니없었으니까요. 그는 더 강사를 몰아세우려다가, 당당하지 못했던
자신의 행실을 돌아보며 입을 다물고 밖으로 나가 버립니다.

우리 동네 최씨

본명은 **최진기**, **관향리**에서 가장 살림이
어려운 집의 가장입니다. 딸 다섯 명에 아
들 한 명을 키우고 있죠. 아이들은 자꾸 커
가는데 손에 쥔 것이 없어 먹고살기가 너
무 빠듯합니다. **종진**과 **종선**을 공장에 보내
고, 몰래 서울에 가서 더부살이를 하고 있
는 **종미**도 선뜻 데리고 오지 못하는 처지

관향리에서 가장 살림이 어려운 가족

공장 근무

고지논으로 생계 유지

종미
(서울에서
더부살이)

최씨 아내

최진기
(최씨)

종진

종선

입니다. 그래도 최씨는 큰 욕심 없이 남을 부러워하지 않고 꿋꿋이 살았습니다. 그저 자식들이
안 아팠으면, **고지 쓰는 논이 끊기지 않았으면** 합니다. 여기서 고지는 **모내기부터 마지막 김매기
까지 해 주는 작업**이었는데요. 남의 논 키우기가 얼마나 힘든지, 밥값에 사람들 부리는 품삯까
지 빼면 남는 것이 별로 없었습니다. 하지만 자신의 논이 없었던 최씨는 그렇게라도 생계를 유

지하고 있었죠.

　넷째 딸 **종애**와 막내 딸 **종순**은 나물을 뜯어 용돈 벌이를 합니다. 사실 공부를 해야 하는 나이인 것을 알면서도 최씨는 그들을 선뜻 말리지 못합니다. 아이들이 추수 때에 **한상완**네 논에서 새를 쫓는 일을 하고 받아 오는 품삯이 벼 한 가마니는 되었거든요. 새가 뜸하면 종애와 종순은 산

관향리에서 가장 살림이 어려운 가족

서울에서 더부살이　고지논으로 생계 유지　공장 근무

종미　최씨 아내　최진기(최씨)　종진　종선

농가 허드렛일

종순　종애　한상완

기슭에서 싸리나 칡, 아카시아 잎을 뜯어서 단위 조합에 팔았습니다. 참 부지런하죠?

　　　　콩 종류의 식물

　고지논을 새로 계약하는 시기가 오면 최씨는 걱정이 이만저만이 아닙니다. 적정한 가격에 고지논을 계약해야 하는데, 혹시라도 잘못되면 1년 동안 일자리가 없어지니까요. 논 주인 **성낙근**은 소를 쓰게 해 주는

고지논 계약 체결

소 쓰게 해 줄게!

성낙근　최진기(최씨)

조건으로 이전과 동일한 가격으로 계약하자고 합니다. 원래는 가격을 올려야 맞지만, 소를 쓰게 해 준다는 조건에 최씨는 눈이 번쩍 뜨였죠.

　최씨는 무엇이든 자연스러운 것을 좋아
어려운 삶에도 순리대로 살아가려고 함
했습니다. 농부라면 가장 미워할 수밖에 없는 새, 참새를 대할 때에도 그랬죠. 새 사냥이 허용되고 사냥꾼들이 마을에 드나드는 모습을 마뜩잖게 여기면서 사람이 매나

사냥꾼　최진기(최씨)　참새

부엉이를 보호해 주면 자연스레 해결될 일이라고 생각합니다.

　어느 날, 타지에서 온 청년 두 명이 여자
촌으로 다니며 사냥하는 것이 유행처럼 번짐
친구들까지 데리고 와서 최씨 논을 헤집으며 총질을 합니다. 최씨는 몇 마디 훈계를 하고서 청년들을 보냅니다. 그리고 논을

청년 무리들　　　　최진기(최씨)

죽은 최씨네 암탉

둘러보다 사냥꾼들이 두고 간 참새 세 마리를 발견하죠. 그런데 죽은 참새를 들고 집에 돌아와 보니, 아내가 암탉이 죽은 것도 몰랐느냐며 씨근댑니다. 워낙 푸드덕거리며 돌아다니기를 잘해서 남의 밭까지 망친 이력이 있는 암탉이었습니다. 아까 최씨 논에서 죽은 것이 참새만이 아니었나 봐요. 암탉 값도 받지 못하고 사냥꾼을 돌려보냈으니, 최씨는 너무나 억울했죠.

아내는 군식구로 눌러앉은 명순이 때문에 더욱 짜증을 냅니다. 명순은 딸 종진의 친구였는데요. 미한방직에 다니다가 노동조합에 가입해서 해고를 당했습니다. 그들이 내건 조건은 너무나 당연했습니다. 강제로 청소를 시키지 말고, 출퇴근 시간을 지켜 주고, 월급을 제날짜에 달라는 것이

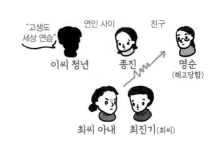

었죠. 당연한 말을 하는데도, 비난이 따르는 시대였습니다. 오히려 아내는 명순이 멀쩡하게 선일방직을 다니고 있는 종진을 망칠까 봐 날이 잔뜩 서 있었죠.
<u>일자리에서 해고되었다는 사실로 명순을 불량한 친구 취급하는 최씨의 아내</u>

종진을 망치고 있는 사람은 명순이 아니라 **이씨 성을 가진 청년**이었습니다. 사실 종진이 공장을 그만두지 않은 이유는 바로 이씨와의 연애 때문이었죠. 이씨 청년은 회사의 운전수였는데요. 그는 지금 힘든 것이 다 거친 세상을 사는 연습이라는 투로 종진을 다독이고 있었습니다. 최씨는 아무래도 그가 회사의 명령으로 종진을 세뇌하고 조종하고 있다고 느낍니다. 최씨는 딸에게 경고를 해 주고 싶었습니다. 하지만 어디서부터 이야기를 꺼내야 할지 막막했죠.

어느 날 최씨는 **부락개발위원회** 앞에서
<u>마을</u>
낯선 자동차를 봅니다. 공장의 작업복을 걸친 중년 사내와 젊은 청년은 멀쩡한 까치를 총으로 쏜 모양이었습니다. 최씨는 왜 공유 재산을 해치느냐고 화를 냈지만 그들은 연습 삼아서 쏜 게 까치에 맞았다며 도

<u>생명을 귀하게 여기지 않음</u>
리어 뻔뻔하게 굽니다. 그리고 최씨 귓가에 대고 총을 비껴 쏜 뒤 뺑소니를 치죠. 살인 미수급입니다. 최씨는 확신이 듭니다. 어떤 근거도 없이, 차를 운전해서 내빼는 청년이 **종진**의 남자 친구일 것 같았죠. 그리고 고민 없이 당장 말해야겠다고 생각합니다. 분명 딸의 남자 친구는 그녀를 이용하는 중이고, 여차하면 지금처럼 '연습 삼아' 쏴 버릴 수도 있다는 것을요.

우리 동네 정씨

　본명은 **정승화**, 일손이 바쁠 때에 학생을 좀 부려 보려다 큰코다친 인물입니다. 어떻게 학생을 공짜로 부려 먹느냐고요? 바로 일손돕기 동원령이 내려질 때까지 기다리는 거죠. 품삯을 아껴 보려는 꾀였습니다. 사람들의 입방아에 오르내려도 하는 수 없었습니다. 공짜로 일손을 부려도 시

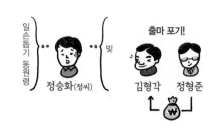

설비가 너무 많이 들어 적자인 농사였거든요. 게다가 괜히 **김형각**의 선거원으로 나섰다가 돈만 쓰고 버림을 받아서 빚더미에 앉았습니다. 김이 당선되면 콩고물이라도 떨어질 줄 알았죠. 김형각은 이기적인 인물이었습니다. 후보로 등록할 사람이 세 명밖에 없자, **정형준**에게 돈을 받고 후보 등록을 포기합니다. 후보가 한 명이면 투표를 거치지 않고 당선될 수 있었거든요. 정씨는 그야말로 닭 쫓던 개 신세가 되었죠. 그동안 생활 방식이 달라진 것도 문제였습니다. 주머니가 가벼워도 씀씀이는 이미 커피와 맥주에 적응되어 되돌릴 수 없는 지경이었습니다.

　변차섭 이장에게 밥을 사며 중학생으로 배치해 달라고 그렇게 부탁을 했는데도 고등학생만 30명이 왔습니다. 공짜 일손으로 중학생을 부리려는 이유는, 그만큼 아직 머리가 덜 깨어 있어서 부리기가 쉬운 데다가 딴짓을 하는 아이들이 별로 없기 때문이에요. 그 속을 빤히 들여다보기나 한

듯이 일이 틀어집니다. 고등학생만 잔뜩 온 것부터 심상치 않았는데, 갑자기 사람이 60명으로 늘어났습니다. 알고 보니 김씨네로 가야 하는 봉사대까지 정씨의 논으로 넘어온 거죠. 학생들은 먹을 것부터 달라며 노래를 부르고 데모를 합니다. 정씨의 마음은 참담합니다. 몰래 볍씨를 틔우는 일이 얼마나 어려웠다고요. 통일계 볍씨만 심으라고 관에서 들들 볶고, 심지어 멀쩡히 심어 놓은 볍씨까지 훼손하는 바람에 남의 눈을 피해서 방 안에서 재래종 볍씨를 틔웠습니다.

　정은 농사를 망칠 수는 없다는 생각에 중화요리점 우춘옥의 주인 **우승민**을 찾아가 사정합니다. 우승민 역시 정씨에게 음식 외상값을 받지 못해 사정이 어려웠습니다. 선거철에 자주 하는 말 있죠? 아마 '당선만 되면 문제없다'며 외상을 달았을 것입니다. 결국 정씨는 어렵게 돈을 마

련해서 학생들에게 짜장면을 시켜 주었지만 도착할 때쯤, 학생들은 모두 자리를 떠나고 없습니다. 마을 사람들은 갈 곳 잃은 60그릇의 짜장면으로 정씨네 집에서 잔치를 벌이는 중이었습니다. 그는 제 꾀에 속아 넘어간 허탈함에 웃음을 터트리죠.

우리 동네 류씨

본명은 **류상범**, 신품종 벼를 심느라 건
<small>동일 인물임에도 류상범과 류석범이라는 두 개의 이름으로 등장함</small>
강까지 망친 인물입니다. 볍씨 침종 검사
<small>씨를 뿌리기 전에 물에 담가 불리는 일</small>
를 하러 온 사람들은 류씨가 몰래 키우는
<small>농약</small>
재래종 벼에 마세트 입제를 부어서 죽이고
<small>예전부터 키우던 종</small>
협박까지 합니다. 류씨도 다른 농민들처럼
어쩔 수 없이 신품종 노풍을 사다가 심었
<small>통일계 벼 품종</small>
죠. 〈우리 동네 리씨〉에서도 보셨듯이, 신
품종은 병충해에도 약하고 밥맛도 좋지 않습니다.

류상범(류씨)　　볍씨 침종 검사원

몰래 키우던 재래종

남들에게 강요를 당하며 짓는 농사도 서
러운데 날씨까지 훼방을 놓습니다. 처음에
는 가뭄이 왔고, 벼 포기가 좀 괜찮게 자란
다 싶으면 장마가 왔습니다. **목도열병**까지
겹쳤습니다. 목도열병은 벼에 생기는 병인
데요. **벼의 목 부분이 밤색으로 짙어지다가**
<small>신품종을 심어서 생긴 피해</small>
열매를 맺지 못하고 목이 똑 부러지는 병입

류상범(류씨)　　볍씨 침종 검사원

가뭄　　　장마　　목도열병

니다. 병충해를 막아 보겠다고 농약을 뒤집어쓰며 이리저리 뛰어다니던 류씨는 그만 농약 중독으로 몸져눕고 맙니다.

정부에서는 신품종을 키우다가 문제
가 생기면 보상을 해 주겠다고 했지만 피
해 보상액은 턱없이 부족합니다. 농경지
의 70% 이상 피해를 본 농가의 경우, 일
부 금액은 보리가 섞인 혼합곡으로 돌려주
고, 나머지 손실액은 **취로 사업장**에 나오면

보상　　　　　류그르트
(유산균 음료 판매원)

품삯으로 준다고 합니다. 여기서 **취로 사업은 생계를 유지하기 어려운 사람을 돕기 위해 정부에서 실시하는 사업을** 말합니다. 주로 하천이나 도로에서 일을 하고 일당을 받죠. 정부 말을 들었다가 피해를 입었는데, 왜 보상은 값싼 곡식으로 돌려받나요? 취로 사업장에서 받은 품삯은 일을 한 대가인데 그것이 어떻게 피해 보상이 되나요?

상황이 답답하니, 류씨의 아내는 논밭은 거들떠보지도 않습니다. 그녀는 발 벗고 나서서 유산균 음료수를 배달하죠. 그녀의 별명은 이제 류 서방네와 야쿠르트를 합쳐서 '류그르트'가 됩

<small>류씨의 아내를 가리키는 호칭</small>

니다. 류그르트는 장터로 출퇴근을 하며 마을의 소식통이 되죠.

어느 날의 화제는 정씨의 폭행 사건 소

<small>〈우리 동네 정씨〉의 주인공 · 정승화</small>

식이었어요. 정씨는 그날따라 기분이 좋지 않았습니다. 쌀 등급 판정을 받으러 갔다

<small>양곡 검사</small>

가 꼴찌나 다름없는 '**잠정등외**' 판정을 받았거든요. 사실 양곡 검사는 겉치레였습니다. <u>그동안 관공서에 협조를 잘한 사람들</u>

<small>농민들을 좌절시키는 관의 행태</small>

을 미리 골라 놓고 그들의 쌀에 높은 등급

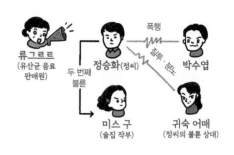

을 주는 것이 관례였죠. 정씨는 다른 사람들과 함께 술집에 갔다가 미스 구와 불륜을 저지릅

<small>술집 작부</small>

니다. 천일여관에 방을 잡은 정씨는 옆방 사람들과 시비가 붙는데요. 하필이면 옆방에 있던 여자가 첫 번째 불륜 상대, **귀숙 어매**였습니다. 정씨는 돈이 필요하면 귀숙 어매에게 부탁하면서 몸을 섞곤 했거든요. 소리칠 입장이 아니면서도 정씨는 귀숙 어매를 몰아세웁니다. 귀숙 어매도 보통이 아닌지라 지지 않습니다. 싸움이 격해지자 정씨는 귀숙 어매와 한 방에 있던 **박수엽**까지 다치게 만듭니다. 박수엽은 법을 들먹이면서 그를 고소하고 경찰서로 끌고 가죠. 남자들은 이 사건을 쉬쉬했지만, 마침 천일여관에 유산균 음료를 배달하러 온 류그르트에게 딱 걸리면

<small>류씨의 부인</small>

서 마을에 소문이 쫙 퍼집니다.

또 어느 날의 화제는 '이쁜이계'였습니다. 중요 부위 성형을 하기 위한 계모임이었죠. 류그르트는 장터에서는 이 수술이

<small>사람들의 헛된 욕망을 부채질하여 이득을 꾀함</small>

유행이라며 사람들의 마음을 부채질했고, 관향리에서도 이쁜이계를 만들고자 합니다. 그러면서 자신이 잘 아는 천안 버들성

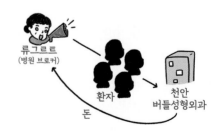

형외과를 소개해 주려고 하죠. 사실 류그르트는 브로커였습니다. 아무것도 모르는 사람을 꾀어
　　　　　　　　　　　　　중개 역할을 하는 사람
서 필요 없는 수술을 하게 하고 중간에서 이득을 챙기려 했던 것입니다.

　　그러던 어느 날 **순덕 어매**의 큰딸 **순이**
가 몇 년 만에 동네에 찾아오면서 또 시끄
러워집니다. 그동안 소문으로만 들었던 순
이의 얼굴을 보게 된 관향리 사람들은 무
척 놀라죠. 얼굴이 화사하고 옷도 화려하
게 입은 순이는 더 이상 예전의 순이가 아
니었습니다. 자동차를 굴려서 이곳으로 들

선우선　순이　관향리 주민들
(순이 딸·아역 배우) (부동산 부자)
류그르트
(유산균 음료 판매원)

어오는 모습부터가 남달랐죠. 순이는 부동산 투기꾼 남편을 만나 집을 서너 번 옮겼고, 그것으
　　　　　　　　　　　　도시 생활에 적응한 순이
로 꽤나 큰돈을 만졌다고 했습니다. 게다가 순이의 딸 **선우선**은 아역 배우로 유명했죠. 순이가
이곳에 온 것도 딸이 출연하는 단막극 드라마의 배경으로 자신이 자랐던 마을을 소개하기 위
해서였습니다. 촬영팀에게는 나름대로 자랑을 해 두고 온 참인데, 어쩐지 마을 사람들의 반응
은 미지근합니다. 방송국 사람들이 와서 마을을 헤집는 게 싫다는 식이에요. 순이는 면사무소
의 권력을 동원해서 사람들을 '찍어 내리기'로 합니다.

　　예상대로 다음 날 아침, 관향리 주민들
은 억지로 촬영에 동원됩니다. 확성기에
대고 외치는 소리에 사람들은 어쩔 수 없
이 모이고 맙니다. 타지에서 온 방송국 직
원들은 하나같이 무신경했습니다. 순이의
딸 선우선은 꼬질한 옷을 입기 싫다면서
앙탈을 부렸고, 애써 밥을 해 주었더니 촌
음식은 먹기 싫다며 투정까지 합니다. 마

선우선　순이
(순이 딸·아역 배우) (부동산 부자)
류그르트　관향리
(유산균 음료　주민들
판매원)
강요
변차섭　류상범
이장　(류씨)

을 사람들도 답답하기는 마찬가지였죠. 이장 변차섭은 류씨를 찾아와 엉망진창이 된 논을 갈
아 줄 테니, 촬영팀이 촬영할 수 있도록 허락해 달라고 합니다. 류씨는 절대 안 된다고 막아서
　　　　　　　　　　　　　　　농약 중독으로 몸이 아픈 상태임
지만 트랙터를 운전하던 서울 운전수는 막무가내로 논을 향해 돌진합니다. 이때, 류씨가 그를
저지하려다가 트랙터에 치여 병원에 실려 갑니다.

우리 동네 강씨

본명은 **강만성**, 다리가 부러져서 만사에
짜증이 난 인물입니다. 이번 이야기는 그
의 다리가 부러지게 된 사건으로 거슬러
올라갑니다. 그의 부인은 냉장고를 들이기
위해 마늘 농사를 했다가 완전히 망했습니

농민은
의붓 국민인감!

강씨 아내   강만성 (강씨)

다. 작년에 정부에서는 외국 마늘을 수십
억 원어치 수입했고, 농협에서는 터무니없는 가격에 마늘을 수매해 갔죠. 부인은 생산비도 안
나오는 농사에 분통을 터뜨리며 이렇게 말했습니다.
<u>거두어 사들임</u>

"농사꾼은 호적 파갖구 물 근너온 <u>의붓 국민인감</u>. 다른 물건은 죄다 <u>맹그는</u> 늠이 기분대루
<u>원래 그 나라 국민이 아닌 것처럼 차별받는 사람이나 계층</u>   만드는
값을 매기는디 워째서 농사꾼만 남이 긋어 준 금에 밑돌어야 혀?"

보리 수매 가격은 더욱 터무니없었습니
<u>농민은 정부에서 정한 가격으로 곡물을 팔아야 함</u>
다. 3등은 8,960원이었죠. '모이 값'이나
다름없었습니다. 보리쌀 한 되 가격이 커
피 한 잔, 막담배 한 갑, 시내버스 요금이었
으니 농민들이 한탄할 만했죠. 보리를 키
우는 일은 매일매일 꼬박 노동력이 들었습
니다. 다 키우고 나서도 탈곡기를 써야 했
<u>낟알을 털어 내는 기계</u>

보리 수매 가격   커피 한 잔 가격
(8,960원)

최가   안동삼
(탈곡기 소유)   (방앗간 기사)

보리 판매
가격은 싸고

강만성 (강씨)
보리를 만드는
가격은 비싸구나

죠. 탈곡기를 가진 **최가**는 웬만해서는 빌려주려 하지 않았습니다. 기계를 돌리는 기름값이 워
낙 비싸다면서요. 새마을 운동이 한창일 때 마을에서 공동으로 방앗간을 지었지만 전기 사용료
를 내기에도 빠듯했습니다. 그는 방앗간 기사로 일하는 **안동삼**에게도 찾아가 보지만, 전기비며
기름값이 문제라면서 하루 품삯이 나올 만큼 보리를 모아 오든지 아니면 읍내 정미소로 가라고
합니다. 읍내 정미소는 한 가마에 도정료가 넉 되입니다. 한 가마가 80킬로그램이고, 쌀 한 되의
<u>곡식을 찧는 곳</u>
무게가 1킬로그램 정도라고 생각하면, 도정을 할 때 5퍼센트의 보리가 없어지는 셈이죠.

여기에 강씨는 수매량 차별까지 당합니
<u>거두어 사들이는 양</u>
다. 열 가마씩 팔 수 있는 다른 농민들과는
다르게 강씨는 보리 두 가마만 할당을 받
았죠. 조합에서 준 보리씨를 키운 사람만

열 가마   두 가마

조합에서 보리씨를 받은 사람들   강만성 (강씨)

많이 사 주는 것입니다. 억울해도 호소할 데가 없습니다. 강씨는 어쩔 수 없이 사람들과 함께 공판장으로 향합니다.

첫 번째 관문은 검사원이었습니다. **이장 변차섭**은 검사원의 비위를 맞춰 가며 겨우
보리 수매 현장에서 일어나는 부조리한 행태. 가난한 농민들을 울림
3등을 받습니다. 1등과 2등이 되려면 무엇이 필요한지, 안 봐도 뻔한 일이었습니다. 두 번째 관문은 창고지기였죠. 공판장 안에는 효도 관광이라는 명목으로 노인 관광 회원을 모으는 새마을여성봉사단까지 끼

첫 번째 관문 — 3등! 검사원, 변차섭 이장
두 번째 관문 — 창고지기, 강만성(강씨)

어들어 안 그래도 얇은 주머니를 털어 갈 궁리를 하고 있었습니다. 창고지기는 관광권을 사지 않으면 이런저런 핑계를 대서 곡식을 받지 않으려 했죠.

그때, 술을 마시던 정씨와 조씨, 리씨는
정승화   조태갑 리낙천
소란을 피웁니다.

"서민 보호를 위해서 곡가를 붙잡아 놨으면, 농민은 서민 축에두 못 든다 이 얘기여? 잘헌다. 서민은 곡식만 먹구 공산품은 안 쓰니께, 곡가만 땅에 떨어뜨리구 공산품 값은 시렁에 올려놨구면?"

서민 보호를 위해서 곡가를 붙잡아 놨으면, 농민은 서민 축에두 못 든다 이 얘기여?

정승화(정씨)   조태갑(조씨)   리낙천(리씨)   강만성(강씨)

이렇게 당시 농민들의 설움은 극에 달해 있었습니다. 강씨가 다리를 다치게 된 이유는 마지막 장면에 나옵니다. 비가 오고, 보리가 젖기 시작하자, 강씨와 마을 사람들은 경운기에 보리를 싣고 창고에 경운기를 들이려고 합니다. 강씨는 경운기의 뒤를 봐 주면서 방향을 지시하고 있었죠. 그때, 경운기의 바퀴가 창고 문턱에 걸리면서 보릿가마가 그의 몸쪽으로 쏠렸고, 그의 다리는 부러지고 말았습니다.

우리 동네 장씨

이름은 **장일두**, 그는 어릴 때 한국 전쟁을 겪으며 느꼈던 굶주림의 기억을 아직도 생생하게 간직하고 있습니다. 그는 잡초처

땅 장사로 인생 역전! 장일두(장씨)

럼 생명력이 강해서 배가 고프면 쑥이며, 찔레순이며 칡뿌리까지 캐 먹었습니다. 영원히 가난의 계보에서 벗어나지 못할 줄 알았는데, 땅 장사 한 번으로 그는 한몫 단단히 쥐게 됩니다.

장씨는 1977년에 130만 원 주고 산 땅을 4,300만 원에 팔아넘깁니다. 그 땅은 **서일원**에게 산 것이었는데, 그의 아들 평석이 절도 미수 혐의로 구속된 사건 때문이었습니다. 평석이 일하던 대화금속공업사의 사장은 남모르게 시설을 무리하게 확장하려다 부도를 내고 달아났는데요. 평석 회사가 망함

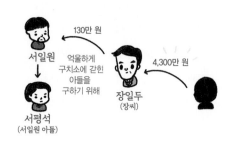

은 밀린 월급을 받기 위해 다른 공장 직원들과 농성에 나섰고, 무료한 농성 시간을 달래기 위해 지위 공장장 **염씨**의 트랜지스터라디오를 몰래 꺼냈습니다. 그 일이 화근이 되어 절도 혐의로 구치소에 갔고, 서일원은 구치소에서 아들을 빼낼 돈을 마련하기 위해 장씨에게 땅을 판 것이었죠.

장씨 아내는 잠시도 집에 붙어 있지 않고, 끼리끼리 어울려 관광을 다닙니다. 부동산 투기를 일삼는 사람들이 왔다 갔다 부동산 투기 때문에 농촌에 등장한 새로운 풍경 하면서 택시 노릇을 하니, 편안하게 이동할 수 있었죠. 투기꾼은 믿을 만한 내부 정보를 알 수 있어서 좋았고, 아낙네들은 공짜로 자동차를 타서 좋았습니다. 땅값

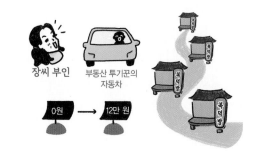

은 하루도 빠짐없이 출렁거리며 새로운 가격표를 써냈습니다. 이제 하루아침에 버려진 논이 12만 원이 되는가 하면 주인이 계속 갈리며 얼굴도 모르는 사람이 땅 주인이 되죠. 그사이 읍내 복덕방은 47군데나 되었습니다. 땅을 팔아 돈으로 바꾸어도 농민들은 딱히 쓸 데가 없습니다. 도시로 가 아파트를 사서 세라도 놓으면 될 텐데, 삶의 방식을 완전히 바꾸는 일은 할 수 없었습니다.

하지만 장씨는 다른 사람들과는 달리 농업에서 벗어나고 싶었습니다. 영농 자유도 없고, 유 비롯값도 나오지 않는 농사와 부조리한 구조적 모순을 견디기보다는 투기 사업을 하기로 작정한 장씨 통 구조도 마땅치 않으며 희생을 강요하는 직업이었으니까요. 장씨는 유득종이 운영하는 중 부동산 중개인 앙부동산에 출근하며 돈을 불릴 생각을 합니다. 점점 부동산 투기가 뜸해지면서 일단 땅 주인

과 만나는 일이 중요해지자, 정보가 힘이
됩니다. 장씨는 하루 세끼를 밖에서 먹고,
다방 일곱 곳을 모두 돌아다니며 몰래 사
람들의 대화를 수집합니다. 다방은 정보의
집합소입니다. 잡화 공단이 토성리 근방에
들어서느냐 마느냐로 입씨름을 벌이는 사
람들도 보입니다. 공장이 생기면 직장도

유득종
(부동산 중개인)

장일두
(장씨)

다방 손님들

생기고, 소비도 활발해져서 토성리의 입장에서는 공단이 꼭 조성되기를 바라고 있었는데요. 또
다른 쪽에서 들리는 소문으로는, 경제 불황으로 서울 한 대학의 분교 자리로 넘어갈 수도 있다
는 말이었습니다. 이렇게 부동산 브로커로 활약하는 장씨는 자신의 새로운 생활 양식을 '근대
화'라고 부르며 도시화 물결에 빠르게 적응해 가고 있었습니다.

우리 동네 조씨

　본명은 **조태갑**, 소비문화에 찌들어 가
는 농촌을 보며 씁쓸해하는 인물입니다.
안 그래도 돈 없이는 외출하기도 껄끄러
웠는데, **이낙만**이 마을에 온 이후로는 바
람 잘 날이 없습니다. 그는 중동을 다녀오
더니 곤댓짓으로 나대며 사람들의 심기를
불편하게 합니다. 말은 또 어찌나 살벌하

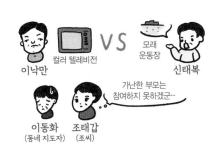

이낙만　　컬러 텔레비전　VS　모래
운동장　신태복

서아시아 일대

잘난 척

이동화
(동네 지도자)　조태갑
(조씨)

가난한 부모는
참여하지 못하겠군…

게 하는지, **동네 지도자 이동화** 역시 맥을 못 춥니다. 학부모 회의에서 **신태복**이 진흙 운동장에
다 같이 모래를 깔아 주자는 의견을 내자, 이낙만은 바로 비웃습니다. <u>그는 바야흐로 영어화 시</u>
이낙만의 이기적인 행동
<u>대라며 학교에 컬러 텔레비전을 사 주자고 하죠.</u> 그의 속셈을 모를 리가 없습니다. 자신이 들여
온 컬러 텔레비전을 촌동네에서 팔 수가 없으니 이럴 때 처리해 버리자는 심산이겠죠. 그가 이
기적인 인물이라는 사실은 차치하고라도, 좋은 방법이 아니었습니다. 가난한 집 부모는 참여할
수가 없어서 상대적인 박탈감을 느끼도록 했으니까요.

　이낙만처럼 짜증을 부르는 인물이 있었으니 바로 **황선평**이었습니다. 황선평은 학부형 대표
육성회 이사 감투를 쓰고는 이리저리 사람들을 모으며 남의 주머니로 자신의 공적 쌓을 궁리
만 하고 있었습니다. 황선평은 건달이나 다름없는 인물이었는데요. 사사건건 남에게 부담감만

주는 성가신 인간이었습니다. 황씨의 부인 **병시 어매** 역시 마찬가지였습니다. 아이들 용으로 계를 만들고 자신의 아들 병시나 조씨의 아들 두영이를 계주로 삼자고 합니다. 돈 놀음에 아이들을 떠밀다니요! 그러면서 <u>겟돈으로 아이들이 맛있는 음식도 사</u>

<u style="font-size:smaller">아이들 계를 운영해야 하는 이유</u>

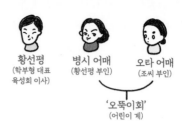

황선평
(학부형 대표
육성회 이사)

병시 어매
(황선평 부인)

오타 어매
(조씨 부인)

'오뚝이회'
(어린이 계)

<u>먹게 하고, 야구 장비나 운동 기구도 마련</u>하고, 그런 계들이 있으면 교사가 알아서 비밀도 지켜 준다며 꼬드깁니다. 생활 수준을 맞춰 계원을 뽑고, 유유상종하자며 아이들을 영악하고 찌들게 만들려고 작정한 사람처럼 굴어요. 결국 **조씨의 부인, 오타 어매**도 '**오뚝이회**'를 만드는 데 가담하죠.

결국 오뚝이회와 황선평 그리고 이낙만이 손을 붙잡고, 컬러 텔레비전을 처분합니다. 여기에 돈을 기부한 사람들은 운동회 때 따로 단상에 올라가 감사패까지 받

<u style="font-size:smaller">아이들의 잔치에 어른들의 욕망을 끼얹음</u>

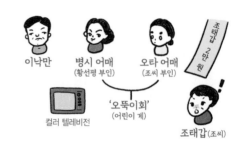

이낙만

병시 어매
(황선평 부인)

오타 어매
(조씨 부인)

조태갑
2만
원

컬러 텔레비전

'오뚝이회'
(어린이 계)

조태갑(조씨)

기로 하죠. 운동회 당일, 조씨는 사람들과 어울려 다니며 겉치레가 늘어나는 아내가 영 못마땅했지만, 굳이 하는 일에 참견하지 않습니다. 학교 안은 시장판입니다. 건전한 운동회가 아니라 잡상인들이 모여드는 소굴 같죠. 음료수를 파는 사람과 장난감 총칼, 전쟁놀이 도구를 파는 사람들이 늘어서서 잘못하면 발을 걸려 넘어질 판입니다. 하지만 그보다 더욱 놀라운 것은 하늘에 달린 종이 리본입니다. 찬조금을 낸 사람들의 이름과 금액이 적힌 종이였죠. 그곳에 2만 원짜리, 조씨의 이름이 있습니다.

<u style="font-size:smaller">아내가 몰래 2만 원을 기부하여 자신의 이름이 쓰인 종이 리본이 달린 것을 보고 부끄러움을 느끼는 조씨</u>

조씨는 얼굴을 붉히고 더 이상 견딜 수 없어 집으로 향합니다.

우리 동네 황씨

본명은 **황선주**, 돈을 불리는 재주와 그 욕심이 남달라 사람들의 눈총을 받는 인물입니다. 앞서 〈우리 동네 조씨〉에서 소개했던 황선평의 형제죠. 다만 이번 편에서는 바로 황씨의 이야기가 나오는 것이 아

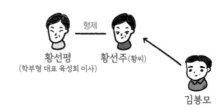

황선평
(학부형 대표 육성회 이사)

형제

황선주 (황씨)

김봉모

니라 '**김봉모**'라는 인물이 먼저 나오면서 그의 눈으로 황씨를 보게 됩니다.

김봉모의 목소리는 집안에서 도통 먹혀
들지 않습니다. 아내와 아들 **복성**까지 텔
레비전과 사랑에 빠진 것처럼 그 앞을 떠

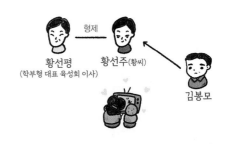

텔레비전이 만들어낸 새로운 농촌 풍경

나지 않죠. 텔레비전을 보면서 신칙하는
아내를 보고 김씨는 그냥 대화를 포기합니
다. 여기서 **신칙하다**는 말은, '**단단히 타일
러서 경계하다**'라는 뜻인데요. 드라마를 보
면서 이러쿵저러쿵 잘잘못을 따지는 모습을 묘사한 말이죠. 김씨는 이런 생활이 썩 마음에 들
지 않습니다. 아이는 더 이상 책을 읽지 않았고, 밤늦게까지 텔레비전을 보던 아내는 너무 게을
러졌습니다. 그전 같으면 마당에 평상이나 멍석을 펴고 밤하늘을 보며 세상 사는 이야기로 시
간 가는 줄을 몰랐거든요.

어쨌든 김씨는 답답한 집을 나와 **산업계**
장 김신철, 이장 이주상과 함께 산으로 솔나
방을 잡으러 갑니다. 그 산은 김씨 소유의
산이었는데요. 얼마나 면사무소에서 귀찮

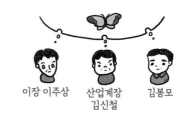

다갈색 나방

게 하는지, 생각지도 않은 돈이 자꾸만 들
어갑니다. 면에서는 나무가 병들지 않도록
약을 배급하거나 애벌레 따기를 시키거든
요. 약만 주면 누가 뿌리겠어요? 산 주인이 하거나 품삯을 들여서 사람을 써야 합니다. 또 시찰
나온 사람들 식사라도 대접해야 하죠. 이것이 전부 군에 보고하기 위한 절차에 불과합니다. 사
진 찍으면 끝이에요.

김씨는 마을 회관 앞을 지나다가 자신이
며칠 전에 만들어 둔 작품을 봅니다. **황선
주의 헌 팬티가 마치 깃발처럼 막대에 걸**

뻔뻔하게 헌 팬티를 기부한 황선주

려 있죠. 안양과 시흥 지역에서 물난리를
겪은 사람들을 위해서 성금과 물품을 모

으기로 했는데, 황씨가 사람으로서는 하지 못할 짓을 했거든요. 황씨는 고리대금업을 하면서 넓은 땅까지 가진 땅부자면서도 수재민을 돕는 일에 인색했습니다. 걸레라고 해도 믿을 정도의 헌 팬티를 내놓았죠. 놀보가 따로 없습니다. 쌀 두 되 값으로 600원씩 내자고 합의한 성금도 560원만 냈습니다. 쌀 한 되는 300원이 아니라 280원이라는 논리였죠. 김씨와 이장, 홍사철, 반장 장병찬은 황씨를 골탕 먹이기 위해 팬티 깃발을 만듭니다. 뻔뻔한 황씨는 화를 내지도, 팬티를 찾아가지도 않았습니다.

김씨가 산에 도착했을 때는 벌써 이장과 마을 사람들이 관공서에서 받은 타이어에 불을 붙여 솔나방을 잡고 있을 때였습니다. 사람들은 주위에 앉아서 간식과 술을 나누어 먹죠. 산업계장은 그곳에서 황씨의 만행을 말합니다. 황씨는 선거에서 계장을 뽑아 주겠다며 단위 조합에서 자신이 운영

하는 형제상회에서 새우젓과 호렴을 사 달라고 흥정을 했다고 합니다. 속셈은 뻔합니다. 조합 물건이라고 하면 싫어도 어쩔 수 없이 사야 하니까요. 그렇다고 계장이 정직한 사람인 것도 아닙니다. 계장은 지금 마을 사람들의 불만을 이용해 흥정 가격을 높이려는 것뿐이에요. 계장이 그동안 형제상회에서 받아 간 뇌물만 해도 엄청나다는 것을 모두가 압니다.

때마침 황이 오토바이를 타고 지나가다가 무리에 끼어듭니다. 벼르고 별렀던 사람들은 황씨의 행태를 까내리죠. 그래도 황씨가 뻔뻔하게 나오자, 한마디씩 조목조목 따집니다. 우리를 속이지 마라, 네 장삿속 빤히 보이니 너무 사람들을 우습게 보지 마라, 장사꾼이라고 인심부터 내버리지

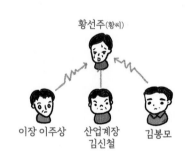

마라. 꿀먹은 벙어리가 된 황씨의 뒤로 으악새 숲에서는 으악새와 여치, 베짱이도 울음을 보탭니다. 이장은 할 말을 모두 쏟아내고 그래도 아직은 황씨를 이웃으로 생각한다며 동트기 전에 팬티부터 걷어가라고 입씨름을 마무리합니다.

나오며

《우리 동네》의 아홉 명의 이야기는 농민의 울음소리를 골고루 담고 있습니다. 교육 없는 민방위 교육, 무턱대고 통일벼를 심으라는 정부의 정책, 허울뿐인 보상, 곡식 수매 현장에서 일어나는 부조리, 작은 동네에서도 권력자에게 아부해야 하는 현실, 건강을 해칠 정도로 일해야 하는 현장, 농민들은 이 모든 것을 감당했습니다. 하지만 녹록지 않은 현실과 다르게 텔레비전 속의 세상은 너무나 빨리 바뀌고 있었습니다. 농촌에도 소비·관광 문화가 자리 잡으며 유대 관계와 신뢰 관계가 깨지기 시작하죠. 남을 속이고, 남에게 피해를 주더

라도 자신의 이익만을 추구하는 사람들도 생깁니다. 하지만 마지막 단편, 〈우리 동네 황씨〉에서도 알 수 있듯이 작가는 포기하지 않고 있습니다. 황씨를 타박하며 '더불어 사는 삶'의 가치를 이야기하는 대목에서 우리는 농촌의 포용력을 간접적으로 경험하게 됩니다.

 **핵심 체크**

1 이낙천은 '리낙천'으로 성씨를 바꾸었으나, 정작 밀주 단속원 앞에서 자신을 '이씨'라고 하며 '리씨'임을 부정한다. O, X

2 김씨와 마을 사람들이 황씨의 낡은 속옷을 걸어 두자, 창피해진 황씨는 속옷을 감추고 마을 사람에게 따져 물었다. O, X

개념 노트

일상을 침범하는 국가의 폭력

그동안 다양한 매체에서 그려진 1970~1980년대 '국가의 폭력'이란 물리적이고 신체적인 폭력에 가까웠습니다. 실제로 국가의 폭력은 훨씬 더 평범한 모습을 하고 있습니다. 소설 속 인물들을 통해 보았듯이, 국가가 운영하는 정책과 시행하는 법이 작은 권력과 만나면 언제든지 개인의 일상은 제한될 수 있습니다. 내가 원하는 가격에 농작물을 팔 수도 없고, 원하는 품종을 심지도 못합니다. 부당한 쌀 등급 판정도 견뎌야 하죠. 당장 뺨을 맞거나 걷어 차이지는 않습니다. 하지만 조합의 권위나 나라의 정책을 들먹이며 차별적인 행위가 계속되고, 억압당한 농민들의 일상은 점점 피폐해지게 됩니다.

1.O 2.X

❾ 목마른 뿌리

2002년
통일된 대한민국에서는
무슨 일이 벌어질까?

김태섭
(이복형)

'나'
(김호영)

○── 들어가며

만약 우리나라가 통일이 된다면, 만약 나에게 배다른 형제가 있다면, 만약 내가 그 형제를 39년 만에 처음 만난다면 어떻게 될까요? 〈목마른 뿌리〉는 통일 이후에 다시 만난 이복형제의 이야기를 그리며 한편으로는 생소하고 또 한편으로는
다른 어머니로부터 태어난 형제
익숙한 상상으로 우리의 호기심을 자극합니다.

시간적인 배경은 2002년, 통일된 한국입
김호영
니다. 주인공 '나'는 떨리는 마음으로 아내
와 함께 만남의 광장으로 향하죠. 조금 늦
은 발걸음입니다. 1999년에 통일이 되자마
통일된 한국이라는 작가의 상상
자, 남한과 북한으로 헤어져 살던 가족들은
벌 떼처럼 이곳에 모여 서로의 생사를 확
인하고 눈물을 흘렸거든요. 통일이 된 지

39년 만에
처음 만나는 형…

만남의 광장

김태섭
(이복형)

'나'
(김호영)

3년이나 지난 지금, 만남의 광장은 미지근한 공기가 익숙하게 풍기는 곳이 되었습니다.

　주인공이 만난 사람은 이복형 **김태섭**입
어머니가 다른 형
니다. 자줏빛 코트를 입고 서 있는 그의 모
태섭의 외양
습은 실제보다 훨씬 더 나이 들어 보이는
모습이었죠. 몸도 성치 않은 듯했습니다.
기침도 심하고, 왼쪽 다리도 절고 있었거
든요. 사실 주인공은 진작에 형을 만나 보

고향: 함경도 성진

'나'
(김호영)

할아버지의 성함: 김태성

고 싶었지만, **아버지** 고향이 **함경도 성진**이라는 사실과 할아버지의 성함이 김태성이라는 것 이외에는 정보가 없어 찾기가 쉽지 않았습니다. 김태섭은 돌아가신 아버지가 북한에 남겨 두고 온 아들로, 계속 고향 땅 성진에 살고 있었습니다. 원래 김태섭은 자신의 어머니와 둘이 살고 있었지만 얼마 전에 어머니가 돌아가시면서 혼자가 되었습니다. 아버지가 북한에 두고 온 부인의 이름은 최옥분. '나'는 그 이름을 정확하게 기억합니다.

전쟁 중에 미처 고향으로 돌아가지 못한 아버지는 남한에 남아 새로운 가정을 꾸림

최옥분 · 김태섭의 어머니

레몬의 시선 ◆ 연계 예감 ◆

아버지는 '나'가 대학교 3학년에 재학 중이던, 1985년에 돌아가셨습니다. 당시 '나'는 휴학하고 군 입대를 기다리고 있었죠. 아버지는 지독하게 무능했고, 몸까지 아팠습니다. 어머니가 채소 장사를 하며 근근이 버텨 가기는 했지만 형이 스스로 목숨을 끊으면서 상황은 더욱 나빠졌습

'나'의 기억 속 아버지
'나'의 어머니
김현

"오우부이…"

아버지   젊은 '나'
(김호영)

최옥분
(김태섭의 어머니)

니다. 충격으로 중풍이 도져 쓰러진 아버지는 끝끝내 자리에서 일어나지 못했습니다. 주인공은 맨 정신으로 아버지의 임종을 지킬 수가 없었습니다. 아버지가 북한을 얼마나 그리워하는지 알았거든요. 생명의 불이 꺼져 가는 그 순간에도, 아버지는 '오우부이' 하면서 북에 두고 온 아내의 이름을 외치셨으니까요. '나'에게는 그 기억이 아버지에 대한 깊은 반항심의 씨앗이 되었습니다.

옥분이

아버지의 마음속에는 언제나 가족이 둘이었습니다. 절반짜리 사랑은 늘 부족하죠. '나' 역시 북한에 있는 어머니를 '큰어머니'라고 부르며 존대하고, 이복형 태섭역시 '나'의 어머니를 '작은어머니'라 부르며 존중했지만 서로 부족함을 느끼기는 마찬가지였을 거예요.

'나'는 북한을 그리워하는 아버지에 대한 상처가 있고, 태섭은 아버지 없이 자란 상처가 있음

"오마니가 아바이 무덤에 같이…"

"안 돼요!"

김태섭
(이복형)

최옥분
(큰어머니)

'나'의 어머니
(작은어머니)

'나'의 어머니 역시 '최옥분'의 존재를 달갑게 여기지 않으십니다. 처음에는 집에 온 태섭을 정중하게 맞이하며 살갑게 대하지만, 그가 들고 온 흰 상자가 유골 상자라는 사실을 알고 노여움을 감추지 못하시죠. 어머니는 자리를 박차고 일어나 문밖에 소금까지 뿌립니다. 그런데 태섭은 불난 집에 기름을 붓습니다. 차분하게 큰어머니의 유언을 전달하죠.

북에서 온 이복형
최옥분의 유골

"오마니가 돌아가시면서 유언을 남겼디요. 꼭 아바이 무덤에 같이 묻어 달라구요."

주인공의 어머니는 떨리는 목소리로 단칼에 거절합니다. 아버지의 옆자리는 당신 자리라면서요. 충분히 이해할 수 있습니다. 함께 고생하며 오랜 세월 살았는데, 마지막 묫자리를 다른 사람에게 빼앗길 수 없다는 생각이 떠올랐겠죠. 집은 삽시간에 아수라장이 됩니다. 태섭은 심한 기침을 하며 갑자기 가슴을 쥐고 쓰러졌고, 어머니는 분노에 휩싸이셨죠. 두 사람을 함께 둘 수 없다고 생각한 주인공은 자신의 누나에게 연락해서 어머니를 당분간 모시게 합니다.

'나'는 한편으로는 태섭을 이해하면서도 한편으로는 그를 의심합니다. 아버지로 핏줄이 이어졌다고는 하지만 오랫동안 남남으로 지냈으니 당연한 일이죠. 이 소설에서 '나'는 이복형 태섭에게 두 가지 의문을 품게 됩니다.

'그가 어떻게 아버지의 시계를 가지고 있는가?'
'그는 어쩌다가 다리를 절게 되었는가?'
두 가지 비밀은 잠시 후 한꺼번에 풀리게 됩니다.

이튿날 아침, '나'와 '나'의 아내 그리고 태섭은 아버지 묘에 성묘를 가기로 합니다. 새벽같이 사라졌던 태섭은 호수 공원에 가서 목욕재계를 하고 옵니다. 자연에서 나오는 물로 씻어야 정말 깨끗해지는 거라면서요. 엉뚱하지만 참 우직하고 순수하죠? 주인공은 태섭에게 조금씩 마음을 엽니다.

그리고 묘지까지 가는 차 안에서 대화를 나누며 자신 못지않게 태섭에게도 상처가 있다는 사실을 깨닫죠. 태섭은 아버지가 월남, 즉 남한으로 떠났다는 이유로 북한에서 **동요 계층 취급**을 받으며 자랐습니다. 동요 계층은 기본 계층의 아래였죠. '후레아들 놈' 소리를 듣는 것은 예사였고요.

"아우님이야 허나사나 애비라고 부를 사람이 있었지 않은가?"

태섭은 어릴 때 아버지의 얼굴을 본 적도 없으니 그런 말을 할 만했습니다. 얼마나 한이 깊었 겠어요? 묘지에 다다라 비석을 마주한 태섭은 엉엉 울다가 결국 기진맥진하게 됩니다. 주인공 이 주차장까지 그를 업고 내려와야 했을 정도였죠.

그날 밤, 태섭과 함께 술을 마시던 '나' 는 무릎을 꿇고 정중하게 시계의 진실에 대해 물어봅니다. 그전에는 태섭이 어디선 가 얻었다는 식으로 얼버무렸거든요. '나' 는 이미 그 시계가 아버지의 것임을 눈치채 고 있었습니다. 아버지는 일본 세이코SEIKO 시계를 사용하셨는데, 어릴 때 주인공이

'나'가 아버지의 시계를 알아본 근거
시계를 분해해 SEIKO를 SIEKO로 바꾸어 놓았거든요. 손목에 있는 형의 시계 역시 아버지의 시계와 똑같이 브랜드의 철자가 바뀌어 있었고요.

EBS 수능특강

사실 태섭은 아주 오래전에 남한에 온 적이 있습니다. 1972년, 주인공 '나'가 초
'나'의 과거 회상
등학교 3학년이었을 때 두 사람이 '나'를 찾아온 일이 있었죠. 한 사람은 쥐색 양복 에 맥고 모자를 쓰고 있었고, 다른 한 사람 은 야자수 이파리가 그려진 헐렁한 셔츠를
밀짚이나 보릿짚으로 만든 모자
입은 젊은이였습니다. '나'도 어렴풋이 그 일을 떠올립니다. 당시에 굉장히 익숙한 느낌을 받았 는데, 알고 보니 두 사람은 작은아버지와 태섭이었습니다. 북의 공작원으로서 남한에 온 것이었 죠. 태섭은 아버지와 함께 다시 북한으로 돌아가기 위해 '나'의 집을 찾아왔던 것입니다.

아버지는 북한으로 돌아가지 않으셨습 니다. 눈물을 흘리면서 태섭에게 말씀하
힘겹게 결정을 내린 아버지
셨죠. 북쪽은 모두 잊었다고요. 태섭은 그 때 아버지로부터 시계를 받았고 지금까지 간직하고 있었습니다. 아버지와 생이별을 하고 북으로 돌아가던 태섭은 되돌아가는

길에 사고를 당합니다. 그 사고로 함께 있던 작은아버지는 돌아가시고, 태섭 역시 크게 다치면
서 왼쪽 다리를 절게 되었죠. 직접적으로 나오지는 않지만, 왼쪽 다리에 파편이 남아 있다고
한 것으로 보아서, 지뢰를 밟았을 가능성이 커요.

사고 이후 태섭은 동요 계층에서 기본 계층으로 상승할 수 있었음

태섭이 떠나는 날, '나'는 그의 다리에
난 상처에 손을 얹으며 이렇게 말합니다.

"형님! 우린 누가 뭐래도 한 뿌리입니
다!"

주제: 서로가 한 핏줄임을 확인한 두 사람

"우리는 한 뿌리!"

김태섭
(이복형)

'나'
(김호영)

"기거를 새삼 말하믄 무얼 하겠음? 타고
난 핏줄인 것을…… 서로에게 가 닿지 못
해서 그동안 얼마나 애달프고 목마른 뿌리로 살아왔음둥? 이제는 그런 일 없어야 함둥!"

'나'는 태섭의 말에 '단비를 잔뜩 머금은 나무의 뿌리처럼 내 몸 안에서 뭔가 알 수 없는 축축
함이 샘솟듯 힘차게 차오르는 느낌'을 받습니다.

○── 나오며

이 소설에서 '나'와 태섭은 모두 상처받은 이들입니다.
'나'에게 아버지는 무능력한 가장이었고, 태섭에게 아버
지는 애증의 대상이었죠. 아버지가 결국 남쪽의 가족을
선택했으니까요. 두 사람의 상처는 서로의 삶을 털어놓
고 이해하면서 치유됩니다. 통일은 아직 다가오지 않은
현실이지만, 상상을 통해 분단의 상처가 어떻게 극복되
어야 하는지 보여 주는 소설이라고 할 수 있습니다.

김태섭
(이복형)

아버지

'나'
(김호영)

핵심 체크

1 '나'의 어머니는 태섭이 가져온 상자의 정체가 최옥분의 유골함이라는 사실을 듣고 태도가 돌변한다. **O, X**

2 태섭은 오래전에 남한에 방문하여 어린 '나'를 만난 적이 있다. **O, X**

3 태섭과 작은아버지는 임무를 수행하지 못하고 서둘러 돌아가다가 변을 당했다. **O, X**

개념 노트

시계의 의미

이 소설에서 시계는 주인공의 궁금증을 유발하는 물건입니다. '어렸을 때 아버지가 차고 있었던 시계를 어떻게 태섭이 갖고 있게 되었는가?'를 시작으로 아버지가 남한에 남기로 했던 순간의 이야기를 듣게 되죠. 덕분에 '나'는 북에 사랑하는 가족을 두고도 남한에 남아 있기로 결심했던 아버지의 복잡한 감정을 이해하게 됩니다.

1.O 2.O 3.X

⑩ 원숭이는 없다

작자 윤후명

우주의 진리를
가르치는 원숭이

볼썽사납게
구경거리가 되는 원숭이

배우 김 형   나(주인공)

○── 들어가며

〈원숭이는 없다〉는 원숭이를 찾아 떠나는 '나'와 김 형의 이야기입니다. 심심풀이로 원숭이를 찾으려던 그들의 여정은 시장
과 버려진 도시를 지나며 점점 심각해지고, 마지막에 두 사람의 얼굴이 원숭이로 변하며 끝이 납니다. 제가 이렇게만 말씀
드리면 '도대체 무슨 이야기야?' 하고 의아하실 텐데요. 먼저 이 작품에서 '원숭이'는 두 가지 의미를 갖습니다. 하나는 **거대
한 원숭이**로 우주의 진리를 가르쳐 줄 수 있는 존재이고요, 다른 하나는 **철창 속에 갇혀 구경거리가 되는 원숭이**로 무기력
한 존재입니다. 그럼 등장인물은 왜 원숭이를 찾아 떠났는지, 과연 여정의 끝에서 원숭이의 존재를 발견했는지 살펴볼까요?

등장인물은 세 명입니다. '**나**'와 **연출가
김 형, 배우 김 형**은 서로 이웃이죠. 연출가
김 형은 재주도 좋고, 세상에 불만도 많은
사람이죠. 늘 '캬를캬를캬를'거리며 칠면
조 소리를 닮은 웃음소리를 냅니다. 배우
김 형은 언제나 눈을 일부러 크게 껌벅여

"캬를캬를캬를"

연출가   나   배우
김 형   (주인공)   김 형

보이려는 듯한 버릇이 있습니다. 원래 면사무소 직원이었지만 배우를 하기 위해 일을 그만두
었죠.

세 사람 모두 아내를 등쳐 먹는 '등쳐가'
라고 손가락질을 받는 처지라 동류의식이
있었지만, '나'의 시선에서 본 두 사람은
서로 다릅니다. 연출가 김 형은 자존심이
굉장히 강한 사람으로 시대가 자신을 몰라

"자존심이
중요하지!"

연출가   나
김 형   (주인공)

"시대를
고민해야 해"

배우
김 형

주는 것을 안타깝게 여깁니다. 반대로 배우 김 형은 시대를 고민하는 사람이었는데요. '1노 3김
<u>배우 김 형의 성격</u>   <u>13대 대통령 선거의 후보 상황을 가리키는 말</u>
인지 뭔지 도통 답답한 시대'라며 한탄합니다. 배우 김 형은 '숨 막히는 시대'라고도 표현하며
시대를 정의하죠.

<u>레몬의 시선 ◆ 연계 예감 ◆</u>

세 사람은 아파트 정기 소독날을 맞아
모두 집을 비우고 밖으로 나왔습니다. 할
일이 없으니, 따분한 이야기로 시간을 때
울 수밖에 없죠. 여기서 원숭이를 먹는 이
야기가 나오면서, '원숭이'에 대한 얘기가
시작됩니다. '나'는 원숭이에 대한 다섯 가
지 기억을 가지고 있었는데요. 그중 첫 번

첫 번째 원숭이: 홰를 타고 앉아
광활한 우주 공간을 응시하는 거대한 원숭이

째가 바로 **신문기사**였습니다. 과학자들이 화성에서 50만 년 전의 문명 흔적을 발견했는데, 그
흔적이 '<u>홰를 타고 앉아 광활한 우주 공간을 응시하는 거대한 원숭이의 얼굴 모습</u>'이라는 내용이
<u>존재의 의미를 통찰하는 원숭이</u>
었습니다. 여기서 홰는 새장 속에 새가 올라앉을 수 있도록 놓은 나무 막대를 가리키죠.

'나'는 금방 두 번째 기억을 떠올립니다.
의붓아버지를 따라 곡마단을 보러 갔을 때
<u>서커스단</u>
였죠. 어린 '나'는 그곳에서 **목줄에 매인 작**
은 원숭이를 봅니다. 원숭이는 출입구 옆 가
로막대를 지지대 삼아서 쭈그리고 앉아 있

함부로 감정을
드러내지 말아야지…

나
(주인공)

두 번째 원숭이: 곡마단 원숭이

었습니다. '나'는 그때 괜히 부모와 떨어져
있는 원숭이를 불쌍하게 여기며 동질감을 느낍니다. 그런데 갑자기 원숭이가 팔을 뻗어 내 스웨
<u>같은 부류라는 생각</u>
터를 옭아 쥡니다. '나'는 잔뜩 겁에 질렸습니다. 그때 원숭이의 얼굴은 '나'에게는 교훈이었습니
다. 아무리 외로워도 함부로 다른 사람에게 감정을 드러내고 함께 나누기를 바라지 말자는 것이
었죠.

<u>출제자의 시선</u>

기억을 더듬던 '나'는 갑자기 두 사람에
게 원숭이 구경을 가자고 합니다. 무기력
<u>자아 찾기의 시작</u>
하게 소독이 끝나기를 기다리느니 원숭이
를 찾아서 바람이라도 쐬자고요. 장에 가

"원숭이를 찾으러
가 봅시다!"

배우   나
김 형   (주인공)

면 원숭이가 있을 거라고요. 약장수가 사람들을 모으기 위해 동물들을 데리고 다니기도 했으니 아예 말도 안 되는 일은 아니었습니다. 연출가 김 형은 아내가 곧 일을 마치고 돌아온다며, 거절합니다. 결국 '나'와 배우 김 형만 택시를 타고 장터로 향하죠.

'나'는 길에서 '부처님 오신 날' 플래카드를 보며 원숭이에 대한 세 번째 기억을
_{여정 ①}
떠올립니다. 그것은 화보에 실린 사진이었습니다. 크메르 왕조의 불상은 오랫동안
_{9~15세기에 동남아시아 역사상 가장 번성했던 왕국}
버려져서 밀림에 둘러싸여 있었는데요. 그 **불상을 타고 오르내리던 원숭이**가 있었죠. '나'는 예전에 사진 속의 원숭이를 '경망스

세 번째 원숭이: 불상을 타고 오르내리던 원숭이

럽다'고 생각했지만 지금은 다른 해석을 내어 놓습니다. 원숭이 덕분에 부처의 얼굴이 살아난 것처럼 보였죠.

장에 도착한 두 사람은 파장 분위기인
_{여정 ②} _{배우 김 형과 '나'}
데다가 약장수 패거리도 없는 모습에 실망합니다. '나'는 이미 포기한 상태인데, 배우 김 형은 끈질기게 원숭이를 찾으려 합니다. 약장수가 산다는 언덕 너머로 가 보기로 하죠.

그 사이 '나'는 네 번째 원숭이를 떠올립

배우 김 형 · 나 (주인공)

네 번째 원숭이: 봉산탈춤 원숭이
다섯 번째 원숭이: 서유기 원숭이

니다. **봉산탈춤에 나오는 원숭이**였죠. 소무와 어울려 엉덩이를 흔들며 음란한 장면을 연상시키는
_{봉산탈춤의 등장인물로 젊은 여자}
춤을 추었다는 기억만 어렴풋했습니다. 마지막으로는 《서유기》의 주인공, 손오공도 떠올렸죠.

두 사람은 어느새 언덕 너머 돌산을 지나 버려진 개펄에 도착합니다. 해가 져서
_{여정 ③}
공기는 꽤 으스스합니다. 사람도 없고, 우중충하고 죽은 도시 같았죠. 그때, 한 사내가 의심스러운 눈초리로 뭐 하는 사람들이냐고 묻습니다. 두 사람이 원숭이와 약장

"큰일날 사람들!"

배우 김 형 · 나 (주인공) · 한 사내

수를 찾으러 왔다고 대답하자 사내는 펄펄 뛰며 화를 냅니다.

"이 사람들이 누굴 놀리나…… 원숭이 따윈 옛날부터 없었소. 그리구 어서들 돌아가쇼. 여긴 해가 진 후에는 출입이 금지돼 있는 곳이니까. 경고문을 못 읽었소? 일몰 후에 어정거리다간 꼼짝없이 간첩이 돼요. 총 맞아 죽어도 말 못해요. 아닌 밤중에 원숭인 무슨 원숭이. 어서들 가쇼. 큰일날 원숭이, 아니 사람들이군."

이제 두 사람은 말이 없습니다. <u>그토록 열성적으로 원숭이를 찾던 배우 김 형</u>은 고개를 푹 수그리고 걸으며, 다시는 원숭이 얘기를 하지 말자고 합니다. 그 순간, 그의 얼굴이 원숭이로 보입니다. 입이 튀어나오고 가장자리에 털이 나죠. '나' 역시 원숭이로 변합니다.

진짜 원숭이를 찾아 자신들은 그들과 같이 무기력하고 착취당하는 원숭이가 아니라는
사실을 확인하고 싶었으나 실패함 ／ 배우 김 형

'나'와 배우 김 형은 이유도 모르고 못난 원숭이 얼굴이 됩니다. 두 사람이 할 수 있는 일이라곤 모든 힘을 다해 일상으로 돌아가는 것뿐이었죠.

결코 무기력한 일상에서 벗어날 수 없는 처지의 '나'와 배우 김 형

소설의 마지막은 이렇게 끝이 납니다.

'아무 말도 없이 우리는 앞을 향해 걸었다. 그가 몸을 앞으로 구부린 것처럼 나도 덩달아 몸이 앞으로 구부러졌다. 잘 보이지 않는 길을 더듬어 될수록 발걸음을 빨리하자니 자연 몸이 뒤뚱거릴 수밖에 없었다. 우리 둘은 극도의 공포에 쪼그라진 원숭이 얼굴을 하고 어둠 속을 허둥거리며, 그토록 우리가 벗어나고자 몸부림쳤던 일상을 향하여, 거의 사력을 다해 발걸음을 옮겨 놓고 있었다.'

○── 나오며

'나'와 김 형이 찾고 싶었던 원숭이는 아마 **거대한 원숭이**였을 거예요. 우주 공간에서 진리를 꿰뚫는 원숭이를 찾으면 의미 있는 인생을 살 수 있다고 생각했을지도 모르죠. 하지만 마지막 장면에서, 두 사람은 **원숭이를 찾는 데 실패하고**, 철창 속에 갇혀 웃음을 파는 원숭이

의 '볼썽사나운' 모습으로 변합니다. 다시 말하면 그들의 도전은 실패했고, 여전히 희망이 없는 공간에서 무기력한 일상을 살아가야 한다는 말이겠죠. '원숭이는 없다'는 좌절을 품은 채로요.

핵심 체크

1 '나'와 배우 김 형 그리고 연출가 김 형은 '등처가'라며 손가락질을 받는다. **O, X**

2 '나'와 배우 김 형은 원숭이를 찾기 위해 장터와 개펄을 돌아다녔다. **O, X**

3 원숭이를 찾는 데 실패한 '나'는 필사적으로 일상으로부터 도망치려 한다. **O, X**

개념 노트

원숭이 찾기와 자아 찾기

소설 속 '원숭이 찾기'는 '자아 찾기'로 설명되기도 합니다. 자아를 찾는다는 것은 쉽게 말하면 자기 자신을 정의하는 일입니다. 스스로 어떤 사람인지, 다른 사람과 어떻게 구별되는지를 확인하는 일이죠. '나'와 배우 김 형은 무기력한 일상을 보내며 자조적인 삶의 태도를 보이고 있습니다. 이들은 일상에서 벗어나 자아를 발견하겠다는 희망을 품고 여정을 떠나지만, 결국 서로의 얼굴에서 흉한 원숭이의 모습만을 확인하고 다시 일상으로 복귀합니다.

1.O 2.O 3.X

⑪ 정읍사 - 그 천년의 기다림

10분의 문학

작자 문순태

내 남편 도림…

○── 들어가며

백제 가요 〈정읍사〉에 얽힌 이야기를 소재로 남편 **도림**을 기다리는 **월아**를 그린 작품입니다. 월아는 소금을 팔러 나간 남편 도림이 군에 징병된 줄도 모르고 매번 고개에 올라 남편을 위한 노래를 부르는데요. 그 노래가 바로 〈정읍사〉입니다. 덕분에 정읍사를 노래했던 백제 여인의 마음을 막연히 짐작하는 대신, 구체적으로 상상해 볼 수 있죠. 내용은 크게 세 부분으로 나눌 수 있습니다. 도림과 월아가 혼인하기까지의 과정, 두 사람이 혼인한 뒤의 행복한 삶, 마지막으로 월아의 영원한 기다림입니다.

도림과 월아가 혼인하기까지

배경은 **백제 의자왕 때, 정읍시 신정동**新 井洞에 있는 **샘바다 마을**입니다. 도림은 보름달이 뜨는 날이면 큰샘거리 옆 왕버드나무 숲정이에서 단소를 불었습니다.
_{마을 근처의 수풀}
'달님이시여 간절한 이내 마음을 월아
_{달: 도림이 소원을 비는 존재}
낭자에게 전해 주시어요.'

사윗감!

해장　월아　월아
　　　아버지　어머니

도림　월아

아주 깨끗하고 아름다운 마음이었죠. 도림이 월아를 처음 본 날은 추수가 끝나고 풍년제를 올리는 날이었습니다. 첫눈에 반한 도림은 그때부터 월아를 마음에 품습니다. 이제 갓 열일곱 살이 된 월아는 밤마다 울려 퍼지는 단소 소리에 가슴이 두근거립니다. 사실 월아의 부모님은 월아가 **해장**이라는 사내와 혼인했으면 하지만, 그녀는 해장의 거만한 모습과 거친 성격을 싫어합니다. 게다가 혼인은 해장의 혼자 생각일
_{해장이 마을에서 가장 부유한 집의 자제이기 때문}
뿐 해장의 부모는 월아를 반대합니다. 해장의 가문이 문벌이 좋아서 월아의 가문을 마음에 들지 않아 했죠. 장자댁이라고 부르는 그의 집은 샘바다 마을 한복판에 있었고, 마을에서 하나뿐인 기와집이었으며, 돌담장 안에는 문간채와 안채 그리고 노비가 사는 집이 두 채나 있었습니다.
_{해장의 집}　　　　　　　_{대문 옆에 있는 집　　안쪽에 있는 집}

해장은 도림이 월아를 좋아한다는 사실을 알아챕니다. 그리고 도림에게 대결을 청하죠. 다음 달 보름, 호랑이와 마귀할미가 나온다는 **망해봉**에 한밤중에 올랐다가 내려오자고요. 목숨을 건 대결이었습니다. 도림은 별로 내키지 않았습니다. 어차피 누구를 좋아하는가는 월아의 결정인데 산

을 오르내리는 일로는 결정할 수 없다는 생각이었죠. 하지만 해장에게 지고 싶지 않다는 생각에 망해봉에 오르기로 합니다.

레몬의 시선 ◆연계 예감◆

마을에는 가난한 약초꾼과 부잣집 도련님이 월아를 두고 대결한다는 소문이 쫙 깔립니다. 아마 해장이 의도적으로 퍼뜨린 소문이겠죠. 드디어 보름날이 되고, 해장은 꾀를 부립니다. 도림이 먼저 정상에 올라가서 나무에 흰 천을 매어 놓으면 자신이 뒤따라 오르며 그것을 가지고 오겠다

고 하죠. 도림은 두려움을 꾹 참고 정상에 오릅니다. 그때 호랑이의 울음소리가 들립니다. 조금 떨어진 곳에서 호랑이는 눈을 번뜩이며 이쪽을 보고 있죠. 상상만 해도 무섭죠? 도림은 떨리는 손으로 단소를 꺼내어 붑니다. 신기하게도 호랑이는 도림의 연주를 듣더니 그대로 사라집니다. 그 틈을 타서 도망친 도림은 다행히 목숨을 구할 수 있었죠.

해장은 처음부터 망해봉에 오를 생각이 없었습니다. 도림을 함정에 빠뜨린 거죠. 해장은 도림이 살아 돌아온 줄도 모르고, 도림이 간밤에 죽었다며 소문을 냅니다. 그런데 그날 밤, 갑자기 큰샘거리 숲정이에서 도림의 단소 소리가 들려옵니다. 월아는 두려움도 잊고 소리를 따라가죠. 그

날부터 두 사람은 다른 사람의 눈을 피해 밤마다 만나 실컷 이야기합니다.

도림과 월아의 행복한 한때

해장은 자신의 잘못을 인정하고, 도림과
친구가 됩니다. 마을 사람들도 망해봉에서
살아 돌아온 도림을 귀인으로 대접하죠.
처음에는 도림을 마음에 들어 하지 않던
월아의 부모님도 점점 도림에게 마음이 기
울기 시작합니다. 제 앞가림도 잘하는 데
다가 효자에, 몸이 건강한 사내이니, 남자

의 가문에서 반대하는 혼사를 시키는 것보다는 훨씬 부모의 마음이 편하죠. 그런데 좋은 소식
을 앞두고 도림의 어머니는 그만 눈을 감습니다. 어머니를 잃은 도림은 폐인이 되어 삶을 놓으
_{해장과의 결혼을 뜻함}
려고 하지만, 마음씨 좋은 월아의 부모님과 월아의 도움으로 다시 일어섭니다.

2년이 훌쩍 지나갑니다. 그사이 도림과
월아는 결혼을 하고, **아들 방출**도 세상에
태어났죠. 도림은 소금 장수로 크게 성공
을 합니다. 예전에는 겨울나기도 힘들었던
_{도림과 월아의 행복한 모습이 구체적으로 그려짐}
월아네가 지금은 양식도 풍족하고, 고기반
찬도 자주 올리게 되었죠. 소금 장수라고
다 잘되나요? 도림이 성실하니까 잘되는

거죠. 그는 장사할 때 주막에는 절대 묵지 않고, 외간 여자는 쳐다보지도 않습니다. 월아는 무
_{친척과 가족 이외의 여자}
척 행복해하지만 남편이 좀 더 오래 집에 있었으면 좋겠다고 생각합니다. 그만큼 두 사람 사이
가 애틋하거든요.

도림이 한번 소금 장사를 하러 떠나면
소금을 사러 염전 근처까지 갔다가 소금
_{소금밭}
을 팔면서 돌아와야 하니 짧게는 닷새에서
길게는 열흘이 넘게 걸리는 여정이었습니
다. 도림은 월아가 아쉬워하는 줄 알면서
도 꿈을 위해 더 열심히 일했어요. 새해에
는 식구들에게 새집을 지어 주고 싶었거든

요. 그러기 위해서는 가을 대목에 한몫 단단히 챙겨야 했죠. 도림은 소금을 대량으로 사기 위해 해장에게 돈을 빌려 여물치와 함께 떠납니다.

월아를 좋아했던 도련님   도림의 친구

월아의 영원한 기다림

바로 이 친구, 여물치 때문에 일이 꼬이기 시작합니다. 여물치는 아버지가 살아 계실 적의 소원이 금마 金馬에서 미륵사지 석탑을 보는 것이었다며 오는 길에 꼭 금마에 들르고 싶다고 합니다. 그래서 장사를 마치고 만경강에서 만나 배를 함께 타기로 하죠. 하지만 여물치는 약속한 시각

지금의 익산

전라북도의 강 이름

"난 금마에 가고 싶어!"

여물치

미륵사지 석탑

"당장 따라와라!"

백제 군사   도림

에 나오지 않는데요. 하염없이 여물치를 기다리던 도림은 배에서 내리던 백제 군사의 눈에 띄어 바로 전쟁터로 끌려갑니다. 집에 먹여 살릴 식구들이 있다고 빌어도 소용이 없었죠.

목적지도 모르고 끌려간 도림은 **금마 왕궁**에 도착합니다. 당시 백제는 신라의 공격을 받아 위태한 상황이었는데요. 지금처럼 소식이 빠를 때가 아니었기 때문에 도림은 전쟁 소식을 잘 몰랐던 것입니다. 며칠 뒤 여물치 역시 그곳으로 끌려왔습니

백제와 신라의 전쟁

월아는 아무것도 모를 텐데…

도림

다. 도림은 월아를 생각하며 늘 도망칠 궁리만 하지만 경비가 삼엄해서 도저히 빠져나갈 곳이 없습니다.

무섭게 질서가 잡혀 있음

다섯 달이 지났습니다. 월아는 애가 탔죠. 꿈자리가 뒤숭숭했거든요. 꿈에서 남편이 단소를 불면, 돌아가신 시부모님이 온갖 동물과 함께 나왔다가 단소 소리가 그치자마자 모두 사라집니다. 그러면 월아는 울부짖다가 깨어나게 되죠. 그녀는 늘 고개에 올라 남편을 기다렸습니다. 월아의

혹시 도림이가…

월아 아버지   월아 어머니

이제 월아는 내 것!

해장

부모님은 걱정 반 의심 반이었어요. 혹시나 도림이 떠돌이 습성을 버리지 못하고 어디론가 떠난 것은 아닌지 심기가 불편하기도 합니다. 엎친 데 덮친 격으로 해장은 거짓말까지 하죠. 그가 빚을 갚지 못할 경우 월아를 넘기기로 약속했다고 말입니다. 월아는 절대 믿지 않습니다. 그토록 사랑하는 아내를 담보로 설정했을 리가 없잖아요. 월아는 악다구니를 쓰며 해장을 향해 소리칩니다. 빚은 어떻게든 갚을 테니 집에 찾아오지 말라고요.

월아를 좋아했던 도련님

마음이 답답해진 월아는 보름달이 솟은 날 도림을 만났던 **큰샘거리**로 갑니다. 달을 보며 생각에 잠겼죠. 그렇게 날이 새도록 큰샘거리에서 달님에게 빌다가 정신을 잃고 쓰러지곤 했습니다. 그때부터 정신이 오락가락하던 월아는 몸져누워서도 계속 노래를 부릅니다. 월아의 마음속은 온전히 〈정읍사〉의 노래였습니다.

달: 월아가 소원을 비는 존재

달님이시여,
높이높이 돋으시어,
멀리멀리
환하게 비추어 주소서.

월아

"달하 노피곰 도도샤 어긔야 머리곰 비취오시라 어긔야 어강도리 아으 다롱디리"
달님이시여, 높이높이 돋으시어, 멀리멀리 환하게 비추어 주소서.

이때 용화산성에 배치된 도림은 난생처음으로 전쟁을 몸소 겪습니다. 당나라 장군 소정방이 이끄는 13만 대군과 김유신이 이끄는 신라군 5만이 사비성을 공격한다는 소문이 돌더니 곧 현실이 되었죠. 신라군은 무서운 속도로 금마 왕궁까지 쳐들어 와 불을 지릅니다. 이때, 무슨 일이 있어

전라북도 익산시 금마면

부여

신라군

"으아악"

백제군

도림

도 집으로 돌아가야겠다고 생각한 도림은 무기를 버리고 도망치기로 합니다. 하지만 불이 붙은 막사가 무너지면서 크게 다치고 맙니다. 다행히 목숨을 잃지는 않았지만, 도림은 왼쪽 얼굴에 엄청난 화상을 입어요. 핏발이 돋은 왼쪽 눈알은 툭 튀어나오고, 지렁이 모양의 큰 흉터가 뺨에 남았죠.

아내 월아에게 돌아가고자 전쟁터에서 도망치려 함

불의의 사고로 얼굴이 흉측해진 도림

그는 당장 집으로 돌아가려 했지만, 거리에 나와 사람들의 눈총을 받으며 깨닫습니다. 돌아가 봤자 이전의 자신이 아니라는 사실을요. 그는 그때부터 저잣거리를 떠돌며 소금을 팔아 생계를

가게가 늘어서 있는 거리

유지합니다. 사람들은 그의 흉측한 얼굴에 놀랐다가도 애절한 단소 가락에 주머니를 열고 소금을 사 갔죠.

이 얼굴로
돌아갈 수는 없겠지

도림

하지만 그는 더 이상 남부끄럽게 살 수가 없었습니다. 도림은 다시 여물치에게 찾아가 백제군으로서 신라군과 싸우러 가자고 하죠. 상황이 좋지는 않습니다. 백제군은 금마와 황산벌에서 이미 졌고, 의자왕과 태자는 당나라에 <u>투항한</u> 상황이었습니다.

<u>항복</u>

백제 광복군은 아랑곳하지 않고 극렬하게 저항했습니다. 정무와 흑치상지 그리고 복신과 도침이 항전에 나섰죠. 도림의 이야기는

도침   복신

흑치상지 정무

"싸우러 가재!"

여물치   도림

<u>도림의 친구</u>

<u>백제 부흥 운동을 주도한 인물들</u>

주류성 싸움터를 향해 가는 모습으로 끝이 납니다.
<u>백제 부흥 운동의 근거지</u>

한편 월아는 2년을 홀로 지내면서도 여
<u>정읍사 노래의 유래</u>
전히 도림을 잊지 못하고 노래를 부릅니다. 이제는 동네 아이들까지 그 노래를 따라 부를 정도였죠. 해장이 하루가 멀다 하고 월아를 찾아와 구애를 했지만 소용없었습니다. 보름달이 뜨는 날, 월아는 끊어질 듯 말 듯 한 숨결을 붙들고 고개를 올라 꿀

참나무 옆에 자리를 잡았습니다. 도림을 기다리던 월아는 끝내 달을 보며 숨을 거두죠. 생명이
<u>주제: 도림과 월아의 사랑 그리고 월아의 간절한 기다림</u>
다한 그녀의 몸은 벌떡 일어서더니 달빛을 받으며 돌처럼 굳어져 망부석이 됩니다.

○── 나오며

소설은 끝이 났지만 기다림은 끝나지 않았습니다. 망부석으로 변한 월아의 기다림은 영원히 계속되겠죠. 이 소설에서 '기다림'은 사람과 사람을 연결하는 가장 끈끈한 감정의 역사가 됩니다. 도림은 늘 우물 근처를 일부러 지나며 월아의 모습을 한 번이라도 보기를 기다렸죠. 도림이 소금 장사를 떠날 때면 월아는 늘 달을 보며 도림을 기다렸습니다. 도대체 기다림이 무슨 의미가 있느냐고 묻는다면 저는 도림 어머니의 말을 빌리고 싶습니다.

"누구를 기다리고 산다는 거는 좋은 거제"

도림 어머니

"누구를 기다리고 산다는 거는 좋은 거제. 기다릴 사람조차 없다면 무신 낙으로 살것냐. 기다릴 사람이 암도 없다면 그거는 사는 거가 아니겄제."

 핵심 체크

1 도림은 해장과의 내기에서 물러서지 않고 망해봉 꼭대기까지 올라갔다. **O, X**

2 도림이 갑자기 군대에 끌려가는 바람에 월아는 아무것도 모르고 계속 기다려야 했다. **O, X**

3 월아는 도림을 그리워하는 간절한 마음을 담아 노래를 불렀다. **O, X**

 개념 노트

〈정읍사〉 속의 달

'달하 노피곰 도드샤/어긔야 머리곰 비취오시라'
달님이시여! 높이높이 돋으시어 멀리멀리 비춰 주세요!
〈정읍사〉의 가사에서 '달'은 화자가 소원을 비는 대상입니다. 소설과 연관 지으면, 월아는 도림이 무사히 돌아오기를 바라며 달을 바라보고, 도림은 달을 보며 월아를 그리워합니다.

1.O 2.O 3.O

⑫ 동행

이 길이 아닌데···

◦── 들어가며

옳은 길인 줄 알면서도 함께 걷기 힘들 때가 있습니다. 먹고살기가 바빠서, 가족 때문에, 힘들고 지쳐서. 변명거리는 점점 많아지고 용기는 점점 사라집니다. '나' 역시 한때 민주화 운동을 하면서 민주주의를 부르짖었지만, 결국 일상에 적당히 순응하는 삶을 택했죠. 그러던 어느 날 '나'의 안락한 삶은 흔들리기 시작합니다. 지명 수배자로 쫓기는 '너'가 1년 반 만에 나타난 것이죠. '너'는 '나'에게 M시까지 동행해 달라는 부탁을 하고, '나'는 불안감과 죄책감을 느끼면서 그 길에 함께합니다.

민주화 운동으로 수배자가 된 인물
　오후 3시, '나'는 '너'와 전화박스 옆에서
안락한 일상을 누리고 있었던 인물
만나기로 합니다. '나'가 '너'를 다시 만난
것은 일주일 전이었습니다. 1년 반 동안
사라졌던 '너'는 어제 '나'에게 전화를 걸
어 M시까지 함께 가 달라고 부탁하죠.
　그 무렵 '나'는 조심스럽게 휴식을 즐기
'나'는 현실에 순응하며 살아감
며 일상을 유지하고 있었습니다. '나'의 마

"같이 가 줄래?"

너

'너'의 존재를 경계하는 소리

파괴의 북소리

나

음속에는 두 가지 소리가 있었죠. 하나는 '너'의 존재를 경계하며 신호를 울리는 소리였고, 다
나쁜 일이 생기지 않도록 주의함
른 하나는 '너'가 몰고 온 불길한 파괴의 북소리였습니다. '나'는 두려웠지만 '너'의 부탁을 받
아들였고, 마음속의 불안을 감당하기로 합니다.

　불안은, '접선'이라는 단어로 피어올랐
습니다. '나'가 '너'와 전화박스 옆에서 만
나기로 한 약속을 누군가가 '만남'이 아닌
'접선'으로 생각할지도 모른다는 사실이

접선?

전화박스 옆　　S읍　　　　　　　M시

두려웠죠.

잠시 후 '너'는 H 건설 회사라고 쓰인 두툼한 검은색 점퍼에 차양이 넓은 모자로 어색한 변
장을 하고 나타났습니다. 얼굴을 가리기 위해 거뭇한 수염까지 기르고 있었죠. 나름의 변장술
이었습니다. 두 사람은 함께 택시를 타고 S읍으로 간 다음, S읍에서 기차를 타기로 합니다.

택시를 타고 목적지로 이동하는 동안,
'나'는 일주일 전 '너'와 재회하던 순간을
떠올립니다. 친구 K의 전화를 받고 K의 집
으로 가 보니, 죽은 줄로만 알았던 '너'가
있었습니다. 고향으로 돌아오기까지 1년
동안 열네 번이나 거처를 옮겼다는 '너'는
몰골이 해쓱해져 있었죠. 그런데 뭉클한
반가움보다, 죄스럽고 쑥스러우며 꺼림칙하고도 불편한 감정이 올라옵니다. 서먹한 분위기가
감춰지지 않죠.

이런 경험을 하지 못한 분들은 이해하
기 어려운 감정일 거예요. '나'와 '너'는 친
구이기도 했지만, 민주화 운동을 함께하
던 동료이기도 했어요. 동료는 같은 목표
를 가진 존재이죠. 그들의 목표는 독재 정
권을 몰아내는 일이었습니다. 하지만 신군
부 세력은 민주화 운동을 극심하게 탄압한
이후 독재 정권을 이어 갔습니다. 민주화 운동을 하던 사람들은 목숨을 잃거나 다치고, '너'처
럼 숨어 살기도 했어요. '나'와 같은 이들은 아무것도 달라지지 않는 현실에 답답해하면서도
어쩔 수 없이 합리화를 하며 살아갔죠. 솔직히 '너'가 기억 속에만 있을 때에는 잠이라도 잘 수
있었습니다. 일상을 바쁘게 지내다 보면 함께 겪었던 민주화 운동의 아픔과 고통은 저절로 지
워질 테니까요. 그래서 '너'의 존재가 '나'에게는 불편하고, 또 어렵습니다. 그해 5월이 악몽이
아니었다는 증거이며, '나'가 '너'를 적극적으로 돕지 않았다는 은밀한 배신의 증거이기도 하
니까요.

기차역에 도착한 '나'와 '너'는 선뜻 대합실에 들어가지 못합니다. 건물 외벽에 지명 수배자들의 사진이 붙어 있었으니까요. 그중에는 분명 '너'의 사진도 있을 것입니다.

가마니에
덮여 있던 시체

나   너

● 전화박스 옆   ● S읍   M시

기차는 M시를 향해 달리다가 갑자기 급정거를 합니다. 한 여자가 빗속에서 급히 뛰어오다가 기차가 오는 것을 보지 못해서 일어난 사고였죠. 이때 '나'와 '너'는 모두 5월을 떠올립니다. <u>독재 정권에 함께 대항하며 겪은 기억을 떠올림</u> 가마니에 덮여 있던 시체를요. 얼굴이 하얗게 질려서 아무 말도 하지 못하죠. 그 정도로 두 사람이 함께 겪은 트라우마는 의식 깊숙이 박혀 있습니다.

두 사람은 기차 안에서 술을 마십니다. 옛날에는 이렇게 기차 안에서 술을 팔기도 했었죠. '너'는 술김에 마음을 고백합니다. 처량한 마음으로 고향을 떠나기가 싫어서 '나'에게 함께 M시로 가 달라고 부탁했다는 사연이었죠. 하지만 '너'는 다시 돌아올 것이라는 약속을 남깁니다.

"그걸 아직도
모르겠어"

"이제부터가
시작이니까"

'나'는 '너'에게 말합니다.

"뭔가…… 뭔가 말야. 내가 해야 할 일이 있지 않을까. 하지만…… 난 그걸 아직도 모르겠어."
<u>'나'는 그동안의 삶을 돌아보며 반성하고 고민하기 시작함</u>

"글쎄, 그렇지만 누구도 그걸 가르쳐 줄 수는 없겠지. 자기 몫의 삶을 결정하는 건 오직 자기 스스로일 뿐일 테니까 말야. 어쨌든 모든 게 잘될 거야. 무엇보다도 넌 현명하잖니. 하지만 이것만은 잊지 말자. 아직은 아무것도 끝나지 않았어. 이제부터가 시작이니까……."

'너'의 마지막 말이 곧 작가가 우리에게 말하고자 하는 주제입니다. '너'라는 인물은 열네 번씩 거처를 옮겨야 하는 상황에도 포기하지 않고 상처를 극복하려 하죠. <u>그리고 뒤로 물러나 있던 '나'에게 죄책감과 고통에서 벗어나 적극적으로 행동할 것을 제안합니다.</u>
<u>독자 역시 행동하기를 바라는 저자의 의도가 담김</u>

〈동행〉은 '너'라는 2인칭 대명사로 시작하여, '너'와 동행하는 길의 끝에서 마무리되는 작품입니다. '나'는 '너'의 표정과 행동을 관찰하면서 '너'가 겪었을 고통과 심리를 추측하는데요. '∼것이리라, ∼주는 듯한, ∼듯했다'[7]와 같은 어미 표현을 사용합니다. 이를 통해 '나'가 '너'에게 어느 정도 거리감을 느끼고 있음을 짐작할 수 있죠. 거리감의 원인은 바로 죄책감입니다. 덕분에 읽는 사람은 자연스럽게 '나'의 입장이 되어 독재 정권을 살아가는 청년의 고뇌에 공감하며 '너'를 연민하게 됩니다.

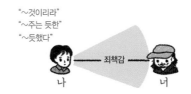

"∼것이리라"
"∼주는 듯한"
"∼듯했다"

나 ──── 죄책감 ──── 너

핵심 체크

1 '너'는 지명 수배자임을 감추기 위해 H 건설 회사의 옷과 모자로 변장했다. **O, X**

2 '나'는 처음에는 1년 반 만에 나타난 '너'에게 거리감을 느끼며 동행을 거절했다. **O, X**

개념 노트

5·18 민주화 운동

1980년은 5·18 민주화 운동이 일어난 해입니다. 신군부 세력이 쿠데타를 일으켜 권력을 장악하고, 민주
군사를 일으켜 정권을 빼앗으려 함
정치 지도자들이 감옥에 갇히자 국민들은 저항했죠. 계엄군은 학생들과 시민들을 무차별하게 탄압했습
정해진 곳을 통제하는 병력
니다. 스물일곱 살, 전남대학교 학생이었던 작가는 민주화 운동의 생생한 목격자로 동료들이 죽어 가는
모습을 보았고, 살아남아서는 죄의식과 불안에 시달려야 했습니다.[8] 그의 손에서 〈동행〉과 〈사산하는 여
름〉, 〈직선과 독가스〉 장편 《봄날》까지 탄생했죠. 그 정도로 1980년 광주의 5월은, 작가가 종이 위에 쏟
아 내지 않고는 버틸 수 없는 사건이었던 것 같습니다.

1.O 2.X

⑬ 해산바가지

해산바가지 사용법
1. 쌀을 씻는다.
2. 미역을 불린다.
3. 산모를 위해 첫국밥을 만든다.

○── 들어가며

아이를 낳는 일은 예나 지금이나 참 어려운 일입니다. 자신에게 기대어 오는 한 생명의 무게를 수백 일 동안 지탱해야 하니까요. 우리나라에서는 아이를 낳은 산모에게 제일 먼저 흰밥과 미역국을 끓여 주는 풍속이 있는데요. 이것을 첫국밥이라고 합니다. 소설의 제목, '해산바가지'는 바로 첫국밥을 만들 때 쌀을 씻고 미역을 불리는 바가지를 가리킵니다. 소설의 제목이 사물인 경우에는 중심 소재일 가능성이 크겠죠. 그러니 해산바가지가 주인공에게 어떤 의미일지 궁금해하면서 읽어 내려가면 소설을 훨씬 더 깊이 음미할 수 있습니다.

우선 주인공 '**나**'는 **5남매의 어머니로 중년의 나이**입니다. 이제 출산과는 거리가 먼 나이이지만 **친구의 며느리가 해산을 했다**는 소식에 젊은 시절의 일을 떠올리게 됩니다. '나'는 두 살 터울로 아이를 다섯 명 낳았습니다. 첫째부터 넷째까지는 딸이었

딸 넷에 아들 하나…

나(주인공)

고, 막내가 아들이었죠. 이 소설이 1985년에 발표되었고, 소설 속의 '나'는 아직 결혼한 자식이 없는 것으로 보아서 아마도 '나'는 1960년대에 아이를 낳았을 거예요. 당시에는 남아 선호 사상이 팽배했습니다. 즉 딸보다 아들을 더욱 귀하게 여기던 시대였죠. 딸을 낳으면 죄인이 되어, 힘도 없는 산모가 울음부터 터뜨렸습니다. '나'도 마찬가지였어요. '나'는 딱히 아들을 바랐던 것은 아니었지만, 넷째도 딸이라는 소식을 들었을 때에는 절망감에 눈물을 쏟기도 했습니다.

그런데 주인공이 중년이 되고 나서도 사회는 크게 달라지지 않았습니다. 친구는 전화 통화 중에 양수 검사를 하지 않은 자신의 며느리를 흉보며 차가운 말들을 흘립니다.
"딸을 아들 만들지는 못해도 딸인 줄 알면 안 낳을 수는 얼마든지 있잖으냐 말야. 다들 그러

려고 양수 검사하지, 미리 궁금증이나 풀
어보려고 하는 사람이 어딨니? 요새 애 떼
는 게 무슨 큰일이라고."

<u>생명을 소중하게 여기지 않음</u>

이렇게 친구는 아들을 낳겠다는 신념이
없는 며느리를 못마땅해하죠. 그러면서 혼
자 며느리 병실에 가기 싫다고, '나'에게
병원에 함께 가자는 제안을 합니다.

다음 날 K 대학 병원에 방문한 '나'는 병
실에 도착하고는 예상보다 더욱 좋지 않은
일이 일어날 것을 직감합니다. 하필이면 아
들을 낳은 다른 산모와 친구의 며느리가
회복실을 함께 쓰게 되었거든요. 와자지껄
한 저편의 방문객들은 아들을 낳아 다행이
라며 편견에 찌든 축하 세례를 내뱉습니다.

<u>딸과 아들을 차별하는 당대의 현실</u>

친구의 며느리는 이불을 머리끝까지 덮
은 채 일어나지도 않았고, 친정어머니는
마치 죄인이라도 된 것처럼 침울한 표정
으로 앉아 있었죠. 주인공인 '나'는 민망한
마음에 친구의 며느리와 그의 어머니를 위
로하려 합니다. 일부러 저쪽의 무심함과
무식함을 강조하며 나지막이 말하죠.

<u>며느리의 어머니</u>

"천하에 무식한 것들 같으니라구."

맞는 말이었어요. 직업에 귀천을 따지는 것도 얄팍한 일인데, 생명에 귀천을 따지는 일은 천
박하기 그지없는 일이죠. 하지만 편견의 벽은 너무 견고했던 것일까요? 지식의 창으로는 부술
수 없는 것이었나 봅니다. 옆 자리 산모의 남편은 K 대학의 공대 교수였고, 친구들도 대부분 교
수들이었으며, 심지어 그들 가운데는 여권 신장 운동가도 있었습니다.

<u>여성의 권리를 높이기 위해 일하는 사람</u>

이들의 대화를 가만히 듣고 있다가 화가
<u>친구는 며느리가 딸을 낳은 것이 못마땅함</u>
<u>치밀어 오른 친구는 누워 있는 며느리와</u>
<u>그의 어머니를 향해서 분노를 쏟아 내고</u>
<u>병실을 박차고 나옵니다.</u> 친구의 뒤를 따
라온 '나'는 택시를 타려다 말고 대학 캠퍼
스의 잔디밭에 앉아 자신의 이야기를 들려
줘야겠다고 생각합니다. 이 세상에 두려운
<u>과거 이야기를 들려주는 이유</u>
거라곤 없는 것처럼 구는 친구가 겁을 먹고, 세상 무서운 줄을 알며 살기를 바라는 마음이었죠.

'나'는 지식욕이 아주 강한 어머니 밑에
서 자랐습니다. 세상 돌아가는 일에 관심
이 많으셔서 신문이 제때 오지 않는 날에
는 신문사에 전화해서 호통을 치실 정도였
죠. 그래서인지 '나'는 어머니와는 정반대
인 시어머니에게 끌렸습니다. '나'의 **시어
머니**는 어수룩한 분이었습니다. 한글을 배
우신 적은 있지만 제대로 해독하실 줄도 몰랐고 지적 호기심이 없으셨어요. 결혼할 때 '나'의
집에서는 이런저런 걱정을 했습니다. 남편이 홀어머니를 모시고 살아온 외동아들이었거든요.
가족들은 시집살이가 남다를 것이라는 둥, 아들을 놓아주지 않을 것이라는 둥 입에 올리기도
부끄러운 괴담으로 '나'를 괴롭혔지만 '나'는 속으로 '편한 시집살이를 하겠다' 싶었습니다.

예상은 적중했죠. 사실상 시집살이라고
할 것도 없었습니다. '나'가 아이를 다섯이
나 낳았지만 실제로 기른 것은 시어머니였
거든요. 아이를 먹이고, 입히고, 재우는 과
<u>생명을 진심으로 소중하게 대하는 시어머니</u>
정 하나하나를 모두 당신 손으로 하셔야
하는, 나름의 '확고한 사랑법'을 가진 분이

었습니다. 가끔 옆방에서 부르시는 자장가를 듣고 있자면, 아이 엄마가 된 '나'마저도 온갖 세
상 시름과 악으로부터 보호받는다는 느낌이 들 정도로 따뜻한 분이었습니다.

편안한 일상이 쌓여 십수 년이 훌쩍 가고, 어느새 시어머니는 70대가, '나'는 40대가 되었습니다. 한 번 고혈압으로 쓰러지신 후에도 여전히 그분은 정정하셨지만 병은 그분의 육체가 아닌 정신을 갉아 먹기 시작했습니다. 처음에는 이름을 헷갈

'나'와 시어머니의 갈등 요인: 치매

리시더니 나중에는 사람 얼굴도 알아보지 못하실 지경이 되었죠. 하루 내내 반복되는 질문도 '나'를 지치게 만듭니다.

그런데 소리 지르고, 욕하고, 씻지 않겠

'나'를 힘들게 했던 시어머니의 증상 ①

다고 떼쓰는 것보다 더욱 끔찍한 일이 있었습니다. 바로 시어머니의 '욕망'을 목격하는 일이었죠. 그동안 억압되었던 시어머니의 성적 욕망은 관음증으로 드러났습니다.

다른 이를 훔쳐보는 행동

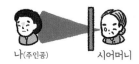

다. 그분은 종종 '나'의 방 창호지를 뚫어

'나'를 힘들게 했던 시어머니의 증상 ②

방을 들여다보았고, '나'는 그 눈빛을 느끼며 마음속에 드는 혐오감을 감출 수가 없었습니다. 하지만 '나'는 여전히 착한 며느리 역할을 포기할 수가 없었습니다. 신경안정제까지 먹어 가며 시어머니를 정성으로 모셨죠.

그러던 어느 날, 집안일을 돕는 파출부가 '나'를 효부라며 치켜세웁니다. 그때

효심이 깊은 며느리

'나'는 전에 없던 절망감을 느끼죠. '나'는 시어머니에 대한 혐오감과 증오를 완전히 감추고 싶었고, 성공했지만 결국 자신이 얼마나 숨 막히는 삶을 살고 있는지 깨달은 것입니다. 참을 수 없는 갑갑함에 '나'

는 파출부가 보는 앞에서 모든 분노와 증오를 쏟아 냅니다. 필요 이상으로 시어머니를 폭력적

시어머니를 요양원에 보내기로 결심한 결정적 사건

으로 다루면서요.

그 사건 이후 '나'는 어머니를 적당한 요양 기관에 맡기기로 하고, 암자라는 이름
_{작은 절}
이 붙은 요양 기관을 방문해 보기로 하는데요. 그곳으로 가는 길에 해답을 만나게
됩니다. 그 답은 바로 초가지붕에 열린 '박'
_{과거 회상의 매개체}
이었죠. 드디어 여기서 '해산바가지'가 등
_{시어머니의 사랑을 떠올리게 하는 매개체}
장합니다.

남편 나
(주인공)

박을 물끄러미 보던 주인공은 시어머니
의 '해산바가지'를 떠올립니다. '나'가 첫아
이를 임신했을 때 시어머니는 사람을 시켜
좋은 해산바가지를 구해 오도록 했습니다.

이번에도
딸인데…

딸이든 아들이든
상관 없다네~

"잘생기고, 여물게 굳고, 정한 데서 자란
_{새로운 생명을 맞이하는 시어머니의 경건한 태도}
햇바가지여야 하네. 첫 손자 첫국밥 지을
미역 빨고 쌀 씻을 소중한 바가지니까."

시어머니 덕분에 '나'까지 덩달아 경건한 기쁨이 느껴질 정도였죠. 사실 나는 딸을 낳고 마음
이 불편했습니다. 시어머니도 손자를 기대하면서 해산바가지를 준비하셨다고 생각했거든요.
그러나 그분은 조금도 섭섭해하지 않으셨어요. 정성껏 미역국과 밥을 만들어 해산바가지에 담
_{성별에 관계 없이 생명 그 자체를 존중하는 시어머니}
아 주셨는데, 그 모습이 얼마나 진지하고 아름다웠는지 몰라요. 둘째도, 셋째도, 넷째도 딸이었
지만 그분의 경건한 의식은 조금도 달라지지 않았습니다. 그분은 아들이든 딸이든 생명을 똑
같이 귀하게 여길 줄 아는, 고귀한 정신을 가진 분이었어요. 지금은 많이 아프시지만, 그렇게
아름다운 분이셨다고요.

'나'는 그 순간, 시어머니를 어디에도 보
_{'나'는 시어머니가 한없는 사랑을 베푸신 만큼 그런 사랑을}
내지 않기로 마음먹습니다. 그분은 그로부
_{돌려받으셔야 한다고 생각함}
터 3년을 더 살다 가셨어요. 여전히 감당
하기 힘든 병세를 보이셨지만, '나'는 위선
_{겉으로 선한 척하는 것}
을 포기하고 감정을 있는 그대로 그분과
나눕니다. 큰 소리로 분풀이도 하고, 조금

"아, 저도 힘들어요!"

"호호~"

나 (주인공) 시어머니

거칠게 다루기도 하고요. 물론 애정 표시도 했죠. 솔직해진 '나'를 시어머니는 잘 따라 주셨습

니다. 그분의 마지막 얼굴은 너무나 편안해 보여서 마치 아기 같았고 그 고운 얼굴 보며 '나' 역시 무척 뿌듯했답니다.

○── 나오며

주인공의 시어머니는 많은 것을 배우지 않고도 모든 생명을 귀하게 여길 줄 아는 사람이었어요. 그분의 사랑은 '해산바가지'라는 사물로 드러나죠. 그 사랑은 오래 배우고도 편견으로 작은 생명을 대하는 사람들이 따라올 수 없는 경지였습니다. 그리고 그런 사랑을 받았던 '나'는 시어머니의 손을 놓기 직전에 그분의 가르침을 몸소 실천하기로 합니다. 아프고 힘든 사람을 놓지 않기로, 솔직하게 대하기로 한 거죠. 이렇게 사랑의 고리가 만들어지고, 그 고리가 연결되면서 인간 존엄성의 역사가 되는 것이겠죠?

아, 친구를 잊었네요. 이 이야기를 친구가 어떻게 받아들였는지, 소설에는 나오지 않아요. 어쩌면 '나'의 의도대로 겁을 먹었을 수도 있습니다. '지금 내가 갓 태어난 아이의 가치를 저울질하는 것처럼 내가 늙어서 생명의 빛이 꺼져 갈 때쯤, 누군가 내 삶을 저울질할 수도 있겠구나.' 굳이 앞날을 두려워하며 계산기를 두드리지 않더라도, 충분히 울림이 있는 이야기였습니다.

 **핵심 체크**

1 '나'의 친구는 며느리가 딸을 낳자 이를 못마땅해한다. **O, X**

2 '나'는 착한 며느리 행세를 하기 위해 스트레스를 참아 가며 시어머니를 간호했다. **O, X**

3 '나'는 남편에게 기도원의 환경이 심각하다는 사실을 듣고 더 이상 노인 수용 시설을 찾아보지 않고 시어머니를 직접 간호하기로 한다. **O, X**

개념 노트

해산바가지

해산바가지는 시어머니의 사랑이 담긴 사물이자, 주인공 '나'가 그동안 시어머니로부터 받은 사랑을 깨닫게 만드는 사물입니다. 이것은 딸이든, 아들이든, 젊고 건강한 육체든, 늙고 병든 육체든, 생명은 그대로 존엄하고 소중하다는 가치를 담고 있습니다.

1.O 2.O 3.X

⑭ 칼의 노래

"장군님, 그때 무슨 생각이 드셨습니까?"

'나'(이순신 장군)

들어가며

소설 속에 등장하는 전쟁 장면이라면, 으레 영웅이 등장해서 멋지게 적을 물리치고 상을 받는 내용을 상상하게 됩니다. 임진왜란을 배경으로 하는 고전 소설 《임진록》에서도 이순신 장군이 왜적을 무찌르는 모습이 통쾌하죠. 그런데 한번쯤 이런 생각 안 해 보셨어요? 전쟁터 한복판에서, 도대체 영웅은 무슨 생각을 하고 있을까? 그 궁금증을 조금이나마 해결할 수 있는 작품이 바로 《칼의 노래》입니다. 이순신 장군이 1인칭 주인공 '나'로 등장하거든요. 1인칭 주인공 시점의 장점은 주인공의 속마음을 그대로 독자가 읽을 수 있다는 것인데요. 이순신 장군이 느끼는 고뇌와 갈등이 생생하게 그려지니 재밌게 읽으실 수 있을 거예요.

시간적인 배경은 정유년 초하룻날 '나'
1597년 4월   이순신 장군
가 서울 의금부에서 풀려난 이후부터 **노량**
죄인을 신문하는 기관
해전까지의 20개월입니다. 역사를 잘 알고
있는 분들은 머릿속에 벌써 연표가 그려지
실 텐데요. 기록 속에 담긴 이순신 장군을

정유년 4월 초하룻날   노량해전
(1597년)   (1598년)
'나'
(이순신 장군)

잠시 내려놓고, 소설 속 인물인 '나'로 읽으시면 훨씬 재미있게 작품을 즐기실 수 있습니다.

'나'는 정유년 2월에 한산 통제영에서
1597년
체포됐습니다. 출정 명령을 듣지 않았다는
임금이 나라의 정치를 의논하는 곳
이유였습니다. 병신년에 조정의 명령을 어
1596년
겼기 때문이죠. 부하의 생명을 걸고 험악한
'나'가 출정하지 않은 이유
겨울 바다를 감수하며 적에게 다가갈 수는
없었습니다. 하지만 평양을 거쳐 의주까지
도망친 임금은 자신의 체면을 위해 가토
선조   임금이 '나'에게 출정하라고 명령했던 이유

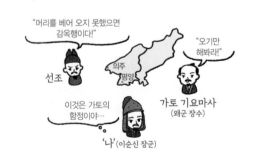

"머리를 베어 오지 못했으면 감옥행이다!"

"오기만 해봐라!"

선조

의주
평양

가토 기요마사
(왜군 장수)

이것은 가토의 함정이야…

'나'(이순신 장군)

기요마사의 머리를 간절히 바랐고, 그것을 이루지 못한 '나'는 죄인이 되었습니다.

왜군 장수 이름　　　　　　　　　　　　　　　　　　　　　　　이순신 장군

　주인공이 체포된 후 **원균**이 삼도 수군통
제사의 직분을 넘겨받았지만, 그는 칠천량
거제도 부근의 해협
앞바다 전쟁에서 그만 모든 함대를 잃고
맙니다. 스스로의 목숨조차 구하지 못했
죠. '나'에게 별 혐의를 물을 수 없었던 의
금부는 정유년 4월 초하룻날 '나'를 놓아
줍니다. 감옥에서 나서자마자 '나'는 **백의**

종군을 시작해서 한 달 만에 순천에 도착하죠. 여기서 백의종군은 **벼슬 없이 군대를 따라 전쟁에
나서겠다**는 뜻입니다.

　　　　　왕이 신하에게 내리는 글
　임금은 교서를 내려 '나'를 다시 삼도 수
　　충청·경상·전라도의 수군을 지휘하는 직책
군통제사와 전라 좌수사 자리에 앉힙니다.
　　　　　　좌수영의 우두머리

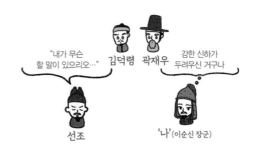

　…… 지난번 그대의 벼슬을 빼앗고 그
대로 하여금 백의종군케 한 것은 역시
나의 모책이 어질지 못함에서 생긴 일
　어떤 일을 처리하는 계획
이거니와, 그리하여 오늘 이같은 패전의
　　　　　　전쟁에서 짐
욕됨을 만나게 된 것이니 내 무슨 할 말이 있으리오. 내 무슨 할 말이 있으리오……
왜적이 쳐들어온다는 첩보가 들어오자 임금은 '나'를 살려줌. 결국 '나'를 살린 것은 적이라고 볼 수 있음

　'나'는 임금의 마음을 훤히 들여다볼 수 있었습니다. 임금은 똑똑하고 강한 신하들을 두려워
역모를 일으킬까 봐 두려워함
했습니다. 김덕령이 올바른 이야기를 해도 쳐 죽였고, 곽재우를 지독하게 심문하여 산으로 달
의병장　　　　　　　　　　　　　　　　　　의병장
아나게 만들었죠.

　임진년에도 임금의 두려움은 죄 없는 사
1592년
람의 목숨을 빼앗아 갔습니다. 역모의 주
동자라는 '길삼봉'을 찾기 위해 정여립과
임금을 교체하고자 일을 꾸밈
　　　　　　　길삼봉으로 몰려 자살
최영경을 죽였고, 그들과 관련된 사람까지
길삼봉으로 몰려 고문 끝에 죽음
목숨을 지키지 못했습니다. 결국 왜적의

앞잡이로 소문이 났던 길삼봉이 누구인지는 영영 밝혀지지 않았습니다. 임금의 눈에는 누구나 길삼봉이었으나 사실은 누구도 길삼봉이 아니었던 거죠. 길삼봉은 '강력한 헛것'이었습니다.

다시 수군통제사로 돌아온 '나'에게는 얼마 안 되는 군사와 배가 주어집니다. 허탈해할 틈도, 두려워할 틈조차 없었어요. '나'는 바다에서 싸울 무기를 준비했습니다. 이때 '도鍍'라는 글자 대신 '염染'이라

"일자진으로!"

'나'
(이순신 장군)   임준영

레몬의 시선 ◆연계 예감◆

사물에 스며들어 물들임
사물의 겉면을 칠함
는 글자를 새긴 칼을 만들죠. '염染'은 왜적
색을 덧바르는 것이
을 베어 소탕하고 싶은 '나'의 소망이었습
아니라 스며들 만큼 왜적을 완전히 소탕하고자 함
니다. 정유년 9월 14일, '나'는 **부하 임준영**으로부터 적들이 전투를 준비하고 있다는 첩보를 받
1597년
고 명량에서 적을 맞기로 합니다. 우선 날개처럼 둥글게 감싸고 들어오는 왜선 앞에 **배를 일렬**
전남 진도와 육지 사이 해협
로, 즉 **일자진**으로 늘어놓습니다. 그리고 바닷물의 방향이 바뀔 때까지 적을 좁은 물길로 유인
하죠. 바닷물의 흐름을 이용한 탁월한 전략이었습니다. 이를 까맣게 몰랐던 왜적은 역류를 감
당하지 못하고 완전히 패배합니다.

통쾌한 승리로 끝났지만 두 가지 이유로 '나'의 마음은 여전히 조심스럽고 무겁습니다. 먼저 임금이 여전히 '나'를 경계했기
임금은 전투에서 승리한 '나'를 경계함
때문입니다. 임금은 혹시라도 주인공이 반란을 일으킬까, 사람을 보내어 감시하기도 하죠. 다음으로, '나'는 **아들 이면**이 아산에서 왜적에게 목숨을 잃었다는 보고를 받습니다.

왕은 나를 경계하고, 아들은 세상을 떠났구나

선조   '나'
(이순신 장군)   이면

면은 '나'를 닮은 아이였습니다. 칼을 잘 쓰고 용감했죠. '나'는 깊은 슬픔을 느낍니다. 그리고 슬픔은 고요한 밤을 틈타 꿈으로 찾아옵니다. 아들은 칼을 맞은 몸으
이면
로 꿈에 나오는데요. 꿈에서 깬 '나'는 왜

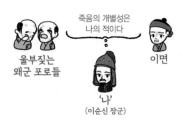

죽음의 개별성은 나의 적이다

울부짖는
왜군 포로들   이면

'나'
(이순신 장군)

군 포로 가운데 아산 작전에 참여했던 청년을 찾아 손수 목을 베어 복수를 합니다. 어쩌면 '나'
<u>'나'는 아들의 복수를 위해 직접 칼을 듦. 통제사 직분으로는 보통 포로를 처단하는 일을 하지 않음</u>
는 이때 '개별성'에 눈을 떴는지도 모릅니다. 여기서 개별성이란 왜군 역시 개인적인 사정과 아
픔이 있다는 사실 정도로 이해하시면 돼요. 그렇죠. 전쟁에 참여한 군사들, 왜군이든 조선군이
든 모두 역시 나라로부터 징병되어 온 개인이었으니까요. 하지만 이렇게 생각하면 전쟁을 치
를 수가 없겠죠? 이때부터 '나'는 '죽음의 개별성'을 적으로 여깁니다.

뜬소문 역시 '나'의 적이었습니다. 정유년
<u>1597년</u>
가을에는 강화 협상이 진행된다는 소문이
<u>싸움을 그치고 평화 상태로 돌아가기 위한 협상</u>
돌았지만, 왜적은 공격적인 태세로 **남해 동**
부 해안선으로 집결했습니다. '나'는 경계
태세를 늦추지 않고, 뜬소문이 아닌, 눈에
보이는 사실만으로 판단합니다. '나'는 군대
<u>수군통제사가 머무는 본부</u>
를 정비하며 고금도로 통제영을 옮기고 싸
<u>전남 완도군에 딸린 섬</u>
움을 준비하죠.

이때 **명나라 장수 진린**이 수군을 데리고
남해안으로 들어옵니다. 그는 도요토미 히
<u>임진왜란을 일으킨 장본인</u>
데요시가 세상을 떴다며, 왜군이 곧 떠날
것이라는 말을 전합니다. 그런데 왜군이
떠나는 마당에 진린은 도대체 왜 천병을
<u>중국 군대</u>
이끌고 이곳으로 왔을까요? 명분 때문입
니다. 진린은 이미 적이 철수할 것을 알고
<u>이기적이고 계산적임</u>
마지막으로 공적을 챙기려 한 것입니다.

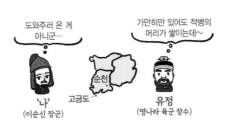

명나라 장수들은 하나같이 도움이 되지
않습니다. **명나라 육군 장수 유정**도 '나'를
배신했죠. '나'는 유정에게 수륙 합동 작전
<u>바다와 육지에서 동시에 공격하는 작전</u>
을 제안했었는데요. 순천 기지에 적이 몰
려 있으니, 유정의 군대가 내륙에서 왜적
을 쫓아 바다로 몰아내 주면 '나'가 바다에

서 공격하기로 했습니다. 하지만 유정은 군대를 움직이지 않았습니다. 전쟁의 공을 증명하기
위해서는 적병의 머리만 있으면 되고, 왜군은 명나라 군과 싸우고 싶지 않으니 거래를 한 거죠.
유정은 싸우지 않는 조건으로 왜군에게 머리를 받아 챙겼습니다.

이기적이고 계산적임

무술년 동짓달 '나'는 함대를 **광양만으**

1598년

로 출격시킵니다. 순천과 남해도, 남과 북
에서 몰려오는 적의 움직임을 파악하고,
'나'는 그 사이에 조선의 함대와 진린의 함
대를 배치시켰습니다. 양쪽에서 한 번에
적이 몰려오면 감당이 되지 않으니까요.
그런데 그 사이 **진린**과 **고니시 유키나가** 사

우리 편인 줄
알았더니…

'나'
(이순신 장군)

순천

남해도

진린
(명나라 장수)

수급
이천 개?

고니시
유키나가
(왜군 장수)

이에 거래가 진행됩니다. 수급 2천 개를 대가로 남과 북을 오가는 물길을 잠깐 열어 주기로 한

왜군 장수 이름

것이었죠. 수급이란 전쟁을 할 때 적의 목을 베어서 얻은 머리인데요. 전쟁의 공을 말하는 지
표와 마찬가지였습니다. 소설에서는 명확히 나오지 않지만, 사람의 머리가 2천 개라면, 일본
사람인지 조선 사람인지 구분하기 힘들겠죠? '나'는 저지하고 싶었어요. 하지만 명나라 장수

수급을 실은 배라고는 하지만, 만일 남북에 위치한 적이 함께 공격하자고 합심하면 속수무책기 때문

여기서는 진린

와 다투는 순간 감당할 수 없는 또다른 시련이 시작되겠죠? 결국 바닷길은 열리고, 왜군은 재
빠르게 순천 기지에서 봉화를 올리며 공격을 시작하죠.

우려는 현실이 됨

'나'는 **노량 바다**로 갑니다. 치열한 전쟁
에서 **관음포**로 방향을 틀던 '나'는 왼쪽 가
슴에 총알을 맞고 쓰러집니다. '나'는 적의
탄알에 맞아 죽기 전에 세상의 끝을 바라
봅니다.

차라리 적의 탄알에
세상을 뜨니 다행이다…

'나'
(이순신 장군)

노량

'세상의 끝이…… 이처럼…… 가볍
고…… 또…… 고요할 수 있다는 것이……, 칼로 베어지지 않는 적들을…… 이 세상에 남겨 놓

눈에 보이는 왜적이 아닌, 조선 내부에 있는 적들을 베지 못함

고…… 내가 먼저……, 관음포의 노을이…… 적들 쪽으로……'

이렇게 마지막 말을 마치지 못한 '나'의 모습으로 소설은 끝이 납니다.

○—— 나오며

이 소설에서 '나', 이순신 장군의 가슴속에는 늘 칼이 '징징징' 하며 노래하고 있었습니다. 그는 확실한 적을 찾고 있었죠. 그 적은 잡힐 듯하면서도 확실히 잡히지 않죠. 역사를 아는 우리의 입장에서는 쉽게 추측할 수 있을 거예요. 외부의 적은 칼로 베어 버릴 수 있었지만 '칼로 베어지지 않는 적들'은 조선의 내부에 있었으니까요. 전쟁으로 혼란한 틈을 타서 '무내용'으로 죄 없는 사람을 죽이라고 부추기던 신하들과 무능함으로 일관했던 선조, 자신의 이득만을 챙기던 명나라 군대까지.

'나'
(이순신 장군)

호시탐탐 조선을 노리는 왜군
도움이 되지 않는 명나라 원군들
무능한 왕과 대신들

그의 가슴속에서 '징징징' 하면서 울리는 칼의 노래는 왜군만을 향한 것은 아니었을 것입니다.

 **핵심 체크**

1 '나'는 전략적으로 가토의 군대를 공격하지 않았다가 의금부에 끌려갔다. **O, X**

2 명량에서 '나'가 승리한 이후, 임금은 의심을 거두고 주인공에게 상을 내렸다. **O, X**

3 '나'는 전쟁을 위해 '죽음의 개별성'을 무시하기로 했다. **O, X**

 **개념 노트**

임금은 장수의 용맹이 필요했고 장수의 용맹이 두려웠다

소설 속에서 임금은 왜적을 무찌르기 위해 장수가 필요했지만, 한편으로는 뛰어난 장수가 자신의 자리를
위협할까 봐 늘 전전긍긍했습니다. 그렇기 때문에 이순신 장군은 명량에서의 승전 소식을 전할 때조차
고민에 고민을 거듭했습니다. 적은 병사로 많은 적군을 이긴 대단한 전투였지만, 임금의 불안한 마음을
자극할까 봐 조심스러웠죠. 적병의 숫자를 거짓으로 부풀려 적은 것이 아니냐고, 임금을 기만했다며 죄를
물었던 적도 있었습니다. 그래서 소설 속 이순신 장군은 명량해전 보고서에 물리친 적병의 숫자를 적지
않습니다.

1.O 2.X 3.O

⑮ 탈출기

작자 최서해

무엇으로부터 탈출한 기록일까?

편지(집에서 나오는 것을 말림)

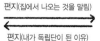
편지(내가 독립단이 된 이유)

김 군　　　　　　　　　　　　　'나'(박 군)

◦── 들어가며

'무엇으로부터 탈출한 기록일까?' 이 소설은 제목부터 궁금증을 불러일으킵니다. 표면적으로는 '가장의 의무'로부터의 탈출이라고 할 수 있습니다. 주인공 '나'가 가족을 등지고 독립단에 가입하여 투사가 될 수밖에 없었던 이유를 편지로 고백하는 내용이기 때문이죠. 그런데 '탈출'이라는 말은 머물러 있기 싫은 상황이나 구속으로부터 자유로워질 때 쓰는 말입니다. 아무리 힘들어도 사랑하는 가족을 등지는 일인데, 어떻게 된 걸까요? 그 이유가 바로 '나'가 보내는 편지 형식으로 쓰인 이 작품에 담겨 있습니다.

'나'는 얼마 전에 김 군의 편지를 받았습

니다. 그 내용은 '집을 나오지 말고, 음험한

이역에 늙은 어머니와 어린 처자를 버리지

말라'는 것이었습니다. **이역은 다른 나라의**

땅을 가리키는 말로, 여기서는 '간도'를 뜻

합니다. 1920년대에 발표된 소설인 만큼

당시 일제 강점기의 상황을 잘 반영한 부분

'나'에게 가정을 지키라고 조언한 친구

백두산 북쪽의 만주 지역

"음험한 이역에
늙은 어머니와 어린 처자를
버리지 말라!"

김 군　　　간도　　　'나'(박 군)

인데요. '나'는 일제의 수탈을 견디지 못하고 새 땅을 찾아 간도로 떠난 사람 중의 한 명입니다. 이렇게 사람들이 떠난 집은 마을에서 흉가가 되기도 하고, 아예 한 마을이 폐허가 되기도 했죠.

박 군　　일제 강점기의 비극적 현실

'나'는 5년 전에 처음으로 고향을 떠나

아내 그리고 어머니와 함께 간도로 이사를

했습니다. '간도는 천부금탕'이라는 뜬소문

때문이었죠. **천부금탕은 본래 금이 많이 나**

는 곳 정도로 이해하시면 되는데요. 다시

깨끗한 초가도 짓고,
행복하게 살아야지!

아내　　'나'(박 군)　　어머니

출제자의 시선

EBS 수능특강

말하면 간도는 기름진 땅이 흔해서 농사도 잘 지을 수 있고, 삼림이 많아 나무 걱정도 없는 곳이라는 뜻이었습니다. '나'는 나름의 포부가 있었어요.

<u>'간도로 가서 깨끗한 초가를 짓고 글도 읽고 무지한 농민을 가르쳐 이상촌을 건설하겠다!'</u>
'나'의 희망

주인공은 그때 무척 활력이 넘쳤습니다. 희망이 있었으니까요. 하지만 간도에 도착하는 순간, '나'의 꿈은 산산조각 납니다.

간도의 현실 ①　　　　　　　　　　　　　　　　　　　　　　　　　　중국인
밭을 구하려고 보니 빈 땅이 하나도 없어서 돈을 주고 사야 했고요. 그러지 않으면 지나인支
남의 논밭을 빌려서 부치고 해마다 벼로 무는 세금
那人에게 빚을 내서 농사를 지어야 했습니다. 도조나 타조로 농사를 지으면 빚이 어마어마했죠.
간도의 현실 ②　　　　　　　　　　　　벼를 타작한 뒤 그 수확량에 따라 지주가 일정한 양을 도조로 거두어들이던 제도
처음에 정착할 때 양식이 넉넉하지 않으면 계속 중국 사람에게 곡식을 꾸게 되고, 가을 추수는 모두 빚을 갚는 데 들어가는 구조입니다. 그러면 또 빚을 져야 하는 악순환이 계속되는 것이죠. 물론 농사를 제대로 지어 본 일이 없는 주인공에게는 밭을 맡기는 사람조차 없습니다.
간도의 현실 ③

'나'는 H라는 촌 거리에 셋방을 얻고 한 달을 보냈습니다. 여전히 밭도, 일자리도 구하지 못한 상황이죠. 그래도 나는 포기하지 않았어요. 이리저리 돌아다니면서 허드렛일을 했죠. 구들도 고쳐 주고 가마도
어려운 현실을 극복하기 위한 '나'의 행동 ①
온돌
붙여 주었답니다. 어떤 일도 마다하지 않았습니다. 삯김도 매고 꼴도 베어 팔았죠.
자기 밭이 아닌 곳에서 일당을 받고 잡초를 뽑음
말이나 소의 먹이로 쓰는 풀
어머니와 아내도 쉬지 않았습니다. 삯방아를 찧고 강가에 나가서 부스러진 나뭇개비를 주워서 겨우 살림을 살았죠. 정말 열심히 일했어요. 어떤 때에는 몸이 너무 아파서 일어날 수도 없었죠.

일자리를 구하지 못하는 날도 있었습니다. 그런데 그날, 부엌 앞에 앉아 있던 아내가 무엇을 몰래 먹고 있는 거예요. '나'에게 들키니 그것을 곧장 아궁이에 집어넣

더라고요. 이때 아내가 임신 중이라 배가 남산만 했거든요. 그래요. 입이 하나가 아니니 얼마나 배가 고프겠어요. 하지만 몰래 먹었다는 생각을 하니, 주인공은 불쾌한 마음이 들었습니다. 그 <u>가난한 현실 때문에 아내를 의심하게 됨</u>
래서 아내가 아궁이에 버린 게 무엇인지 찾아봤죠. 그랬더니, 잿더미 사이로 보이는 것은 귤껍질이더라고요. 우리 집에 귤이 있었겠어요? 누가 먹다 버린 귤껍질을 주워 먹은 거예요. 주인공은 임신한 아내를 배불리 먹이지 못하는 자신이, 감히 아내를 의심했던 자신이 한심스러워서 눈물을 흘립니다.

'나'는 장사에도 뛰어들었습니다. 두부 <u>어려운 현실을 극복하기 위한 '나'의 행동 ②</u>
를 만들어 팔아 보려 했죠. 3원을 주고 대구 열 마리를 사서 등에 지고 산골로 다니면서 콩과 바꾸었습니다. 그 콩을 두부로 만들기 위해 종일 맷돌질을 했습니다. 팔이 떨어질 것 같았죠. 해산한 지 얼마 되지

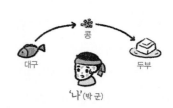

않은 아내도 함께해야 했어요. 그런데 두부를 만드는 게 생각보다 힘들었어요. 세 식구 모두 두붓물이 가마에서 끓기 시작하면 마음을 졸였죠. 우윳빛 같은 두붓물 위에 버터 빛 같은 노란 기름이 엉기면 안심이에요. 잘될 징조니까요. 하지만 두붓물이 희멀끔해지고 기름기가 돌지 않으면 심장이 덜컥 내려앉습니다. 그렇게 쉰 두부가 나오는 날에는 그걸로 끼니를 때우는 수밖에 없습니다.

두부를 팔아야 얼마나 되겠어요? 고작 20전이나 30전이에요. 그런데 그 돈에도 어머니는 울고 아내는 기운이 줄어들고 '나'까지 가슴이 바짝바짝 조입니다. 두부를 하려면 땔나무도 필요해요. 그런데 나무 살 돈이 있어야죠. 산에 몰래 들어가 나 <u>간도의 현실 ④</u>
뭇가지를 도적질해야 합니다. 이 위험한

작업을 아내도 거들어야 합니다. 아이를 낳고 몸조리도 못했는데 말이죠. '나'는 경찰서에 잡혀가서 여러 번 맞기도 했습니다. 나중에는 주인공이 하지도 않은 일인데 으레 붙잡혀 가기도 합니다.

그렇게 겨울은 점점 깊어가죠. '나'는 이런 생각에 잠깁니다.

"우리는 험악한 제도의 피해자였어!"

'나'(박 군)

　'나는 여태까지 세상에 대하여 충실하였다. 어디까지든지 충실하려고 하였다. 내 어머니, 내 아내까지도…… 뼈가 부서지고 고기가 찢기더라도 충실한 노력으로 살려고 하였다. 그러나 세상은 우리를 속였다. 우리의 충실을 받지 않았다. 도리어 충실한 우리를 모욕하고 멸시하고 학대하였다. 우리는 여태까지 속아 살았다. 포악하고 허위스럽고 요사한 무리를 용납하고 옹호하는 세상인 것을 참으로 몰랐다. 우리뿐 아니라 세상의 모든 사람들도 그것을 의식치 못하였을 것이다. 그네들은 그러한 세상의 분위기에 취하였다. 나도 이때까지 취하였다. 우리는 우리로서 살아온 것이 아니라 어떤 험악한 제도의 희생자로서 살아왔다.'

자신의 이익을 위하여 나쁜 꾀를 부리는

'나'가 집을 나서게 된 결정적인 이유

주인공은 끔찍한 고통에 시달리며 개인의 노력으로 도저히 극복할 수 없다는 생각을 합니다. 사실 주인공이 겪는 가난의 원인은 구조적인 문제에 있습니다. 애초에 주인공이 간도에 온 이유도, 일제의 수탈이 점점 심해졌기 때문이니까요. 총독부는 대한제국의 정부 소유 땅과 황실 소유의

식민지를 다스리는 기관

"땅문서를 내놓아라!"

조선 총독부　　'나'(박 군)

땅, 신고되지 않은 땅들을 모두 강제로 빼앗습니다. 소작농은 사정이 더욱 좋지 않았어요. 기한을 정해 놓고 계약에 따라서 토지를 빌려야 했으니 소작권을 얻기도 어려웠고, 내야 하는 세금도 훨씬 많아졌습니다. 농민뿐만 아니라, 회사령을 통해 회사 설립을 통제하고, 조선인이라 취직이 안 되는 경우도 많았습니다. 손님일 때에도 차별당하기는 마찬가지였죠.

○── 나오며

'나'는 가난에 맞서 싸우기 위해 XX단에 가입합니다. 더
독립단
이상 '허위와 요사와 표독과 게으른 자를 옹호하고 용납하는 이 제도'를 두고 볼 수 없기 때문이죠. 결국 그가 말하는 '탈출'이란, 단순히 부양의 의무를 버리는 의미의 '탈출'이 아니었던 거죠. 진짜 문제는 외면한 채,

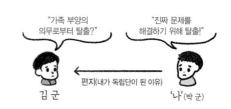

"가족 부양의 의무로부터 탈출?"　　"진짜 문제를 해결하기 위해 탈출!"

김 군　←　편지(내가 독립단이 된 이유)　　'나'(박 군)

잘 살기 위해 아등바등 노력하던 과거를 떠나 진짜 문제를 해결하기 위한 방향으로의 탈출을 의미하는 것이라 할 수 있습니다. 소설의 마지막에, '나'는 이렇게 말합니다.

> 나는 나의 목적을 이루기 전에는 내 식구에게 편지도 하지 않으려고 한다. 그네가 죽어도, 내가 또 죽어도……
> 나는 이러다가 성공 없이 죽는다 하더라도 원한이 없겠다. 이 시대, 이 민중의 의무를 이행한 까닭이다.

 **핵심 체크**

1 '나'는 김 군에게 그동안 간도에서 겪었던 일들과 그때의 심정을 편지로 적었다. O, X

2 김 군은 '나'에게 가족에게 돌아가라는 조언이 담긴 편지를 보냈다. O, X

3 '나'는 부지런하면 가난에서 벗어날 수 있다는 생각으로 XX단에 가입했다. O, X

 **개념 노트**

서간체 소설

이 소설은 김 군의 편지에 대한 답글 형식으로 쓰여 있습니다. 박 군은 왜 가정으로 돌아갈 수 없는가에 대해 쓰면서 그동안 간도에서 경험했던 가난을 구체적으로 나열하는데요. 토지를 구하지 못했던 일, 아내를 의심했던 일, 두부를 만들며 일희일비했던 일까지. 덕분에 읽는 사람들은 주인공 박 군이 간도에서 어떤 일을 겪었으며, 어떤 마음이었는지 그 내면까지 구체적으로 알 수 있게 됩니다.

1.O 2.O 3.X

⑯ 아우를 위하여

작자 황석영

10분의 문학

○── 들어가며

'권력은 항상 부패한다.' 권력의 크기에 상관없이 적용되는 말입니다. 자신이 조금만 우위에 있다고 생각하면 소위 '갑질'에 시동이 걸리니까요. 모든 사람이 알고 있는 사실이지만, 부패한 권력을 뿌리 뽑는 일은 참 어렵습니다. 지금도 뉴스 검색어로 '갑질'을 넣으면 얼마나 많은 기사가 쏟아지는지, 다 읽기도 어려울 지경이죠. 이 낡은 문제가 해결되지 않는 이유는, 우리가 늘 낡은 방식으로 대처하기 때문입니다. 침묵이죠. 그런데 이 소설에서 주인공은 오랜 습관이었던 침묵을 깨고 저항하기 시작합니다. 과연 우리의 주인공에게 어떤 일이 벌어질까요?

출제자의 시선 (EBS 수능특강)

편지를 쓰는 주인공, '나'는 군대에 간 동생에게 첫사랑 이야기를 들려주겠다며 글을 씁니다. 즉, 이 소설은 '나'가 동생에게 보내는 편지글이죠. 서른 살이 된 지금 돌아보면 한참 어린 나이인, 열한 살 때의 이야기입니다.

김수남

외부 이야기

열한 살 때의 / 내부 이야기

노깡(토관)

11세 때의 이야기

편지

동생   어른이 된 '나'(김수남)

어릴 때 '나'는 정신적 충격을 겪습니다.

아버지가 다니시던 공장 근처의 땅에 반쯤 묻힌 노깡이 있었는데요. 아이들이라면 당연히 노깡 속이 어떤지 궁금했을 텐데, 그곳이 얼마나 무시무시한 기운을 풍겼는지 다들 설설 피하기만 했습니다. '그 안에서 사람이 많이 죽었다'는 흉흉한 소문도 돌았죠. 하지만 총알을 모으는 일에 혈안이었던 '나'는 토관 안에 총알이 많다는 이야기를 듣고 겁 없이 그곳으로 향합니다. 정신없이 기관포 탄환을 줍던 '나'는 사람 뼈를 발견하고 놀라서 기절합니다. 다행히 실개천에서 빨래하던 아주머니가 '나'를 구해 주었죠. 하지만 노깡에서의 경험은 공포심으로 자리잡았고, '나'는 몸이 아플 때마다 항상 노깡 꿈을 꾸었습니다.

토관의 일본어·흙으로 된 배수관

한국 전쟁 이후라 총알이 있었음

총알

공포를 극복하도록 도와준 사람이 바로 '병아리 선생님'이었습니다. 병아리 선생님은 사범 대학을 막 졸업하고 교생 실습을 하기 위해 우리 학교에 오신 분이었죠. 전쟁 직후라 학교생활은 험하기만 했습니다. 학교 건물에는 미군 부대가 들어와 있었

"알아서
자습들 하거라!"

"열심히
해 봅시다!"

메뚜기 선생님

어린 '나'(김수남)
11세

병아리 선생님

열악한 학교 환경
고, 학생들은 창고 흙바닥에 주저앉아 공부를 했습니다. '메뚜기'라고 불리는 담임 선생님은 학생들에게는 조금도 관심이 없었어요. 수
아이들을 방관하며 훈육하지 않는 메뚜기 선생님
업도 엉망이었죠. 틈만 나면 자습을 하라거나, 그림을 그리라고 했습니다. 부업으로 운영하는 가게에만 온통 신경이 쏠려 있었으니 그럴 만도 합니다.

가르치는 사람이 없으니 아이들은 자꾸만 엇나갑니다. 덩치가 크고 나이가 많은 아이들 몇몇이 모여서 교실을 쥐락펴락했죠. 처음에 장판석과 임종하, 박은수가 이끌던 교실은 이영래가 등장하면서 권력 구조가 조금 달라집니다. 우두머리인 판석을 몰아내고 영래가 그 자리를 차지한 거죠.

장판석

임종하 이영래 박은수

전쟁 후 혼란했던 학교에서는 비슷한 나이를 묶어 함께 가르치곤 했음
영래의 나이는 열다섯이었고, 미군 부대에서 싸젠Sergeant의 심부름꾼으로 일하며 그곳에서 자
하사관
랐습니다. 이영래는 학급 회의를 강압적인 분위기로 몰고 가더니 반장 자리까지 꿰찹니다.

영래의 학급 운영 방식은 '단체'와 '폭력'이었습니다. 단체 생활을 강요하고, 어
군사 독재를 연상시킴
기는 사람은 무조건 폭력으로 다스렸죠. 임종하와 박은수는 착실하게 그의 손발 노릇을 했습니다. 폭력으로 얻어 내는 것은 참 많았어요. 반 전체로부터는 복종을, 부잣집 아이들에게는 극장표, 장난감 그리고 돈을 받았죠.

임종하 이영래 박은수

복종

극장표·장난감·돈

'나'를 비롯해서 공부를 좀 하고 머리가

침묵으로 일관하며 그들을 피하는 '나'. 소시민을 연상시킴

영리하다 싶은 아이들은 그냥 입을 다물어 버립니다. 침묵으로 무시하죠. 아예 영래의 무리와 부딪히지 않으려 합니다. 좀 거슬리는 부분이 있기는 했습니다. 선생님 선물을 산다거나 청소 도구를 구입한다는 구실로 걷은 학급비가 좀 과하기는 했죠.

"모르는 척하자"

임종하 이영래 박은수

공부 잘하는 무리

희생양 동열

영래는 이런 이야기가 도는 것을 알고 바로 **동열**을 희생양 삼아서 일부러 아이들이 보는 데서 두들겨 팹니다. 효과적으로 아이들의 공포심을 불러일으킬 수 있는 행동이었죠. '너희도 까불지 마. 이렇게 되고 싶지 않으면'이라는 메시지라고나 할까요?

이렇게 학급이 엉망진창으로 굴러갈 무렵, **병아리 선생님**이 오신 것입니다. 병아

교생 실습을 나온 선생님

리 선생님은 무척 미인인 데다 아주 성실하고 똑똑했습니다. 아이들을 차별 대우하지 않으면서도 한 명 한 명에게 관심을

사랑과 관심으로 아이들을 대하는 병아리 선생님

가지고 있었죠. 사실 '나'는 학급에서 가장

난 공부도 잘하는데…

어린 '나'(김수남)
11세

병아리 선생님

공부를 잘하는 아이라, 내심 선생님이 '나'를 특별 대우 해주시기를 바랐거든요. 아쉽게도 그런 일은 일어나지 않지만, 선생님은 주인공의 이름과 특징을 잘 파악하고 계셨습니다.

레몬의 시선 ◆ 연계 예감 ◆

처음으로 단둘이 이야기를 나누어 보던 날, 선생님은 영래가 어떠냐고 묻는 내 은근한 질문에 이런 이야기를 해 주십니다.

"혼자서만 좋은 사람이 될 수는 없다고

병아리 선생님의 가르침

생각합니다. 또 한 사람이 잘못 생각하고 있었다면 여럿이서 고쳐 줘야 해요. 그냥 모른 체하면 모두 다 함께 나쁜 사람들입니다."

이영래 기지촌 아이들

"이영래를
어떻게 생각하세요?"

"잘못을
모르는 체하면 안 됩니다"

어린 '나'(김수남)
11세

병아리 선생님

'나'는 정확한 속뜻을 파악하지는 못했지만 스스로 무언가 잘못했다는 느낌을 받습니다.

병아리 선생님이 오시고 나서도 학급은 여전히 영래의 손아귀에서 벗어나지 못합니다. 이때 기지촌에 사는 가난한 아이들은 영래네 패거리의 눈과 귀가 되어 주고 있었는데요. 누군가 영래를 욕하거나 그의 행실을 고자질하려고 하면 재빨리 영래에게 알리는 역할이었습니다. 앞서 말한 동열 역시 기지촌 아이들의 밀고로 덜미가 잡힌 것이었죠.

<u>미군 기지 주변 마을</u>

정보를 주는 대신 기지촌 아이들이 얻는 것은 작은 권력이었습니다. 기지촌 아이들은 영래의 보호를 받으면서 반 아이들을 괴롭혔는데요. 특히 점심 도시락을 자주 빼앗아 먹었습니다. 이것을 본 병아리 선<u>기지촌 아이들은 가정 환경이 넉넉지</u> <u>않아 도시락을 가져오지 못했음</u>생님은 갑자기 도시락을 빼앗긴 아이를 착하다고 칭찬합니다. 폭력의 피해자가 '가

"선생님 저도
도시락 두 개예요!"

어린 '나'(김수남)
11세

병아리 선생님

난한 친구를 위해 도시락을 준 착한 학생'으로 바뀐 거죠. 집안 형편이 넉넉한 아이들은 그 다음 날부터 도시락을 두 개씩 챙겨 옵니다. 너무 귀엽죠? 선생님의 말씀 한마디에 다들 좋은 일에 동참하기로 한 것입니다. 도시락이 남으니 도시락을 빼앗을 일도 없었고요. 밥을 나누어 먹은 친구들은 자연스럽게 서로 친해집니다.

그리고 자치회 시간에 사건이 터지죠. 다른 때처럼 영래네 패거리는 단체 생활에서 빠지려는 아이들을 멋대로 벌주고 있었습니다. 병아리 선생님은 침착한 목소리로<u>아이들을 올바로 가르쳐 잘못된 점을 바로잡고자 함</u>단체 행동을 하려 할 때 아이들의 의견은 물었는지, 혼자만의 주장은 아닌지, 급장<u>반장</u>이라면 아이들의 불만까지 살필 줄 알아야

"짜증 나!"

이영래

임종하   박은수

음담패설
쪽지

"급장이라면
급장답게!"

병아리 선생님

한다고 훈계합니다. 이때부터 영래네 패거리는 선생님을 미워합니다. 게다가 선생님을 제압하기 위해 음담패설이 담긴 쪽지를 돌리고 뒤에서 쑥덕거리죠.

아주 고전적인 방법입니다. 사람을 괴롭히는 가장 간단한 방법이에요. 그 사람을 평가받는 대상으로 전락시키는 것입니다. 그것도 엉뚱한 부분에서요. 논리 자체에 대해서는 이렇다 저렇다 제대로 된 평가나 반박을 하지도 못하면서 외모를 지적하거나, 출신을 언급하거나, 성적 지향 또는 인종을 비하하는 모습들이 모두 여기에 포함됩니다. 이런 방법은 보통 진실하지도 정

당하지도 못한 사람들이 씁니다. 영래네 패거리가 딱 이런 모습이었죠.

그 쪽지가 '나'에게까지 왔을 때, '나'는
더 이상 쪽지를 전달하지 않고 수업 시간
이 끝나기만을 기다립니다. 어디서 갑자기
병아리 선생님의 가르침 덕분에 달라진 '나'
그런 용기가 났을까요? 주인공 '나'는 자
리에서 벌떡 일어나 사과를 요구합니다.

"사과해, 너는 선생님을 욕보인 나쁜 놈
이다."

종하는 바로 폭력으로 맞대응하죠. '나'의 멱살을 잡아 던져 버립니다. 그런데 뜻밖에 아이들
이 한꺼번에 몰려들면서 한마디씩 거듭니다.

"우리는 병아리 선생님을 좋아한다."

"그분은 훌륭한 사람이야."

"학급비를 거둬다 우리한테 알리지두 않구 맘대로 쓴 건 잘못이다."

"요전에 동열이를 때린 것두 잘못이라구 생각한다."

"한 번도 자치회에서 물어 보지도 않구 혼자 맘대로 한 건 더욱 잘못이다."

그동안 쌓였던 말들이 막 터져 나오죠? 아이들이 저항하고 나서자, 영래네 패거리의 횡포는
저항하는 국민들을 연상시킴
수그러듭니다.

이런 일이 있고 난 후에 '나'는 어머니께
졸라 병아리 선생님을 집으로 초대합니다.
그리고 노깡에서 겪은 끔찍한 공포에 대
해 말씀드리죠. 선생님은 애써 보지도 않
고 덮어놓고 무서워만 하면 비굴한 사람이
주제: 두려움에 맞서는 용기의 중요성
된다며, 그러면 영영 무서움에서 벗어날
수가 없다고 조언합니다. 덕분에 주인공은
노깡으로 다시 들어갈 용기를 내고 두려움을 극복합니다.

○── 나오며

주인공이 19년 전의 이야기를 군대에 있는 동생에게 들려준 이유가 무엇일까요? '나'는 11세 때 전쟁을 겪었으니, 현재는 독재자가 군림하는 시대입니다. 동생이 겪고 있을 현실은 이야기보다 더했으면 더했지 덜하지는 않겠죠. 그의 이야기 속 교실이 독재자의 나라라면 영래의 패거리들은 '단체'를 부르짖으며 함부로 군림하는 권력자이고, 그에 맞서는 병아리 선생님은 '진보의 의미와 사랑의 가치'를 가르치며 사람들에게 저항 정신을 일깨우는 사람입니다. '나'는 동생에게 전하고 싶었던 거예요. 정의를 이야기하는 사람에게는 아직 희망이 있다고요.

교실	영래네 패거리	병아리 선생님
독재 국가	권력자	저항 정신을 일깨우는 사람

 핵심 체크

1 '나'는 병아리 선생님이 지적하기 전까지 영래가 하는 행동의 문제점을 몰랐다. **O, X**

2 병아리 선생님은 자치회에서 영래의 행동을 지적하고 훈계했다. **O, X**

3 '나'는 병아리 선생님의 가르침으로 노깡에 대한 두려움을 극복했다. **O, X**

 **개념 노트**

침묵을 이기는 방법

소설 속에서 주인공은 노깡을 두려워합니다. 이유는 제대로 알아보려고 하지 않기 때문이죠. 제대로 알아보지 않으면 쓸데없는 공포에 사로잡히고, 두려움 때문에 아무것도 하지 않고 떨게 됩니다. 병아리 선생님은 두려움 때문에 침묵하고 아무것도 하지 않으면, 비굴한 사람이 된다며 무서움에서 벗어나기 위해서는 '행동해야 한다'고 말합니다. 즉, 병아리 선생님이 노깡에 대해 한 말은 영래네 패거리에도, 불의한 사회에도 그대로 적용이 될 수 있죠. 행동하지 않는 지식은 침묵이며, 침묵이야말로 가장 강력한 권력의 하수인이니까요.

1.X 2.O 3.O

⑰ 누이와 늑대

10분의 문학

작자 한승원

인간과 자연이 조화롭게 살아가자

환경 문제와 인간의 이기심 비판

○── 들어가며

〈누이와 늑대〉라는 소설에는 생태 소설의 대표작이라는 수식어가 따릅니다. 생태 소설이란 도대체 어떤 소설을 말할까요? 먼저 생태주의는 생물을 있는 그대로 놔두고 보존해야 한다는 주장입니다. 인간이 필요에 따라 자연을 파괴하고 변형하는 것에 반대하죠. 결국 인간도 생태계의 일부이기에, 언젠가는 피해를 입을 수 있으니까요. 이런 생각이 소설이 된다면 두 가지의 주제를 반드시 포함하게 됩니다.

첫째, 자연과 조화롭게 살아가자는 성찰
둘째, 생태계를 위협하는 환경 문제와 인간의 이기심을 향한 비판

현대 사회는 환경 문제를 고질병처럼 떠안고 있으니, 생소한 주제는 아닙니다. 창문만 열려고 해도 '미세먼지가 어느 정도일까?' 하고 고민하게 되니까요. 그렇다면 처음에는 어땠을까요? 환경 문제가 없는 시대를 살았던 사람들이 처음으로 매스꺼운 공기를 마신다면요? 처음으로 오염된 물을 마신다면 어떨까요? 아마 이유를 모르고 쓰러지거나, 병이 들거나, 죽어 가겠죠. 무엇인가 이상하다는 것은 느끼지만 정확한 원인은 찾지 못할 것입니다. 개인의 건강 문제라고 생각하면서 오랜 시간을 보내겠죠. 〈누이와 늑대〉는 그 시절로 우리를 데려갑니다. 어느 날 갑자기 한 가족에게 닥쳐 온 비극을 어린아이의 시선으로 포착해 예리하게 드러내죠.

주인공 '나'의 이름은 **김방철**입니다. 열 살 정도 되는 국민학생이죠. '나'는 이 집 안의 막내고요. 위로 스물한 살짜리 누님 **방임**과 큰형 **방식**, 작은형 **방흠**이 있습니다. 큰형과 작은형은 광주에 살고 있는데요. 큰형은 직물점 직원이고, 작은형은 중학생입니다. 아버지는 쇠장사를 하시고,
_소를 사고 파는 일_
어머니는 작은형과 큰형을 보살피기 위해 자주 광주에 오가십니다. 그러니 집에 남은 누님이
_방임_

초등학생

누님
(김방임)

큰형
(김방식)

아버지

어머니

'나'
(김방철)

작은형
(김방흠)

'나'의 엄마 노릇에 농사일까지 처리하죠. 누님에게는 버거운 하루하루였지만, 젊음이 있었습
<u>평소 소처럼 일하는 누님의 모습</u>
니다. 온종일 농약을 치고 와도, 샘물로 몸을 벅벅 씻으면 누님은 금세 건강한 아름다움으로 빛
이 났습니다.

아버지는 누님에게 농약을 뿌리도록 시
키면서도 못 미더운 눈치입니다. 화학 비
료를 쓰고 나서부터 나락이 약해진 기분이
<u>벼의 방언</u>
들었거든요. 농부답게 이상한 점을 눈치채
신 거죠. 그런데 '나'는 아버지를 무식하게
여깁니다.

"화학 비료를 자꾸 쓰니 나락이
약해지는 것 같아"
아버지

문명이
발달한 건데…
'나' (김방철)
국민학생

'나라의 문명이 발달되었기 때문에 화학 비료 공장이나 농약 공장이 세워지고, 농민들은 보다 편
<u>어린아이의 시선이 지닌 한계</u>
하게 농사를 지을 수 있고, 더욱 많은 수확을 거둘 수 있게 되었다는 것을 왜 모르고 있을까.'

주인공은 학교에서 배운 농촌 근대화의 장점을 떠올리며 아버지를 속으로 무시합니다.

아마 '나'는 학교에서 배운 내용을 전부 정답으로 알고 있을 거예요. 이 부분만 보면 채만식
작가의 〈치숙〉이 떠오르죠? 일부러 무지한 주인공의 의견을 그대로 서술해서, 읽는 사람 스스
로 잘못된 점을 집어내도록 합니다.

주인공은 아이답게 엉뚱한 꿈을 꿉니다.
바로 **황새**가 되어 날아가는 꿈이죠. '나'의
동네에는 정씨네 문중산이 있었는데요. 그
<u>가문에서 관리하는 산</u>
곳에는 황새가 여러 마리 살았습니다. '나'
는 2학년 때부터 그곳을 좋아했어요. 황새
나 왜가리를 보려고 일부러 갈 정도였죠.
'나'는 나중에 황새 스무 마리가 이끄는 그

'나' (김방철)
정씨네
문중산
"아주 귀한
점박이 황새예요!"
점박이 황새
찾으러 온 사람
이장
(영철 아버지)

물을 타고 날아가는 상상을 하며 꼭 황새를 키우겠다는 다짐을 합니다. 그런데 점점 황새의
수가 줄어듭니다. 누가 일부러 사냥을 하는 것도 아니고, 오히려 마을 사람들은 황새나 학을
<u>환경이 오염되고 있음을 암시</u>
신묘한 동물로 여겨서 잘 죽이지도 않는데 그냥 사라져요. 결국에는 겨우 한 쌍만 남습니다.
그마저도 눈에 잘 띄지 않아요. 알고 보니 우리나라 전체에서 황새가 사라져 가는 모양이에요.

다른 도시에서 카메라를 들고 온 사람이 이장에게 신신당부하기도 했거든요. 이제 점박이 황새는 이 동네밖에 없다고요. 앞으로도 황새는 이야기 속에 계속 등장하는데요. 여기서 황새는 사람 손을 타지 않은 **처음 그대로의 생명력**을 뜻합니다. 주인공이 지키고 싶어 하는 존재이기도 하죠.

어느 날 밤, 황새가 있는 산 쪽에서 **늑대의 울음소리가** 들립니다. 이때, 주인공은 처음으로 늑대 울음소리를 듣습니다. 아버지와 어머니 모두 외할아버지 제사 때문에 집에 안 계시던 날이었죠. 주인공은 황새를 아끼고 좋아하지만 늑대의 '호르흐' 하는 울음소리에는 소스라치며 무서워하는

데요. '나'의 상상 속에서 늑대는 꼭 만석의 모습을 하고 있습니다. 만석은 지호네 집에서 머슴 일을 하는 청년이었죠. 만석은 거무튀튀하고 길쭉한 세모꼴의 얼굴에 꼭 킹콩 같은 모습이었습니다. 만석은 종잡을 수 없는 인물입니다. 머슴살이를 하다가도 돈이 모이면 늘 바람같이 떠났다가 다시 돌아와 또 머슴살이를 하고 다시 사라지기를 반복했습니다. 그러다가 군대를 다녀와서부터는 지호네에서 쭉 일을 하고 있었죠.

'나'는 예전에 아버지와 어머니가 나누었던 이야기를 떠올립니다. 아랫마을에 살던 **만석의 아버지**는 **정씨네 머슴**이었는데요. 그는 그 집안의 며느리였던 **성옥이네를** 겁탈하려 했다는 죄로 정씨네 가족들에게 맞아 죽었습니다. 만석은 평생 죄인의 아들로 살아야 할 운명이죠. 하지만 실제로

성옥이네는 만석의 아버지를 애인으로 삼았던 것이었고 한밤중에 불륜을 들키자, 만석의 아버지를 배신했던 것입니다. 이런 이야기를 들었기 때문인지, '나'는 꼭 늑대의 울음소리에 누님을 빼앗길 것 같은 기분을 느낍니다.

'나'는 만석이 마냥 싫지는 않습니다. 만석이 주인공에게 황새를 한 마리 잡아다 주었거든요. 그런데 황새가 이상해요. 놓아주어도 날아가지를 못합니다. 아버지는 황새를 잡아먹자고 하지만, 주인공은 절대 안 된다며 끝까지 황새를 살리려 합니다.

"이제부터
네 것!"

'나'
(김방철)

황새

만석
(지호네 머슴)

레몬의 시선 ◆ 연계 예감 ◆

먹이를 구하러 산으로 들로 다니죠. 이때 '나'는 재앙의 징조를 계속 보지만 알아차리지 못합니다. 아마 어린 나이여서 그랬을 거예요. 논바닥에는 피라미 새끼나 죽은 개구리가 떠 있었죠. 우렁이는 여름 내내 한 마리도 보이지 않았고, 메뚜기는 사라졌습니다. 황새가 다시 날 수 있을까요? 제가 말씀드렸듯이, 황새는 자연 그대로의 생명력을 의미했습니다. 주인공이 아무리 노력해도, 자연에서의 삶을 그대로 돌려줄 수는 없어요. 비극은 이미 시작된 거죠. 황새의 생명력은 점점 쇠하고, 황새를 품은 주인공 가족의 생명력마저 점점 사그라들게 됩니다.

(이미 농약에 중독된 황새)
(환경이 파괴된 모습)

누님이 아프기 시작한 것은 황새를 키우기 시작하고 며칠 뒤부터였습니다. 배가 아프고 머리가 지끈거리던 누님은 아예 혀까지 굳더니 쓰러지기도 합니다. 대변에는 검붉은 피가 묻어 있었죠. 하지만 사람들은 아픈 누이를 걱정하기보다는, 입방아

(방임)
(꼭 황새와 비슷한 모습으로 농약에 중독되어 가는 누님)

"방임이 없는
세상은 싫어요!"

"너 혹시…"

만석
(지호네 머슴)

누님
(김방임)

아버지

를 찧어 댔습니다. 누이가 헛구역질에 시달리는 모습을 본 마을 사람들이 아직 결혼도 안 한 누이가 아이를 가졌다며 소문을 냈죠. 아버지 역시 누님을 의심했는데요. 만석이 '방임을 하루만 안 보면은 세상이 그냥 팍팍하고 살맛이 안 난다'고 말하는 바람에 일이 더욱 커집니다. 사실 '나'조차도 누님이 아이를 가졌다면, 만석의 아이일 것이라고 생각할 정도로 두 사람 사이는 깊은 것 같았죠.

누님 다음으로 **어머니**가 아프기 시작합니다. 갑자기 다리가 풀린 어머니는 혀가 굳은 듯 말씀을 잇지 못했습니다. 누님과 어머니 다 눈이 붉어졌죠. 두 사람은 밥을 먹다가 갑자기 힘이 센 사람이 뒤에서 머

아버지

누님(김방임)

어머니

큰형
(김방식)

'나'(김방철)

작은형
(김방흠)

리를 누르는 것처럼 고개를 가누지 못합니다. 마치 목을 비틀어 떨어뜨리는 황새의 모습처럼요. **아버지**도 병이 났습니다. 광주에 사는 큰형과 작은형까지도 똑같은 증상이었어요. 배가 살살 아프고 머리도 지끈거리고 눈도 흐릿하고 사람 얼굴이 둘, 셋으로 보이고 다리에 힘이 쭉 빠져 버리기도 하죠.

'나'(김방철)

병원에서 진찰을 받았지만 쌀, 김치, 물 등을 조사해 봐야 한다는 얘기만 되풀이하고 뾰족한 치료법이 없다고 합니다. 게다가 임시방편인 주사도 꽤 비싸서 '나'의 가족은 감당할 수가 없었죠. 대신 우리 집은 굿을 합니다. 무당은 오른손에 식칼을 잡고 아버지의 눈, 가슴, 머리, 허벅다리를 찌르는 시늉을 하며 악귀를 물리치려 합니다.

EBS 수능특강
출제자의 시선

병원의 진단도, 무당의 굿도 '나'의 가족을 치료하지는 못합니다. 병의 기세는 심상치 않았습니다. 마을 사람들 모두 '나'의 가족을 '염병'에 걸렸다면서 피했는데, 사실 그보다 더욱 심각한 상태였습니다. 겨울에는 방송국에서 사람이 나와 아버지를 취재했고, 쌀과 김치, 물까지 가져가서 검사했습니다. 이날 밤, 늑대는 유달리 슬피 울었죠.

전염성 질병

일가족이 모두 농약에 중독된 사건으로 놀라운 일이었음

"언제부터 이런 증상이 나타났나요?"

아버지 기자

마지막으로 쓰러진 사람은 '나'였습니다. 이제 '나'의 가족은 엘리베이터까지 있는 큰 병원에 모두 모여 치료를 받게 됩니다. 나중에는 큰형과 작은형까지 합류했죠. 그렇게 시간이 꽤 지났지만 아무런 차도가 없어요. 게다가 원인도 밝히지 못하고 있습니다. 의사들은 수은 중독이라고 하는데, 보사부에서는 생물학적 세균 감염이라고 하는 상황이에요. 양쪽의 말이 달라서 이러지

지금의 보건복지부

"수은 중독!" "생물학적 세균 감염!"

의사 보사부

도 저러지도 못하는 상황입니다. 결국 떠들썩한 문제가 생기지 않게 주인공의 가족을 병원에

<u>정부가 농촌 근대화와 식량 증산을 대대적으로 외치며 농약 사용을 권장하던 때로,</u>

감금해 두는 상황이 된 거죠. 누님이 수술을 받기는 합니다. 하지만 병증과는 아무런 상관이 없

<u>정부는 문제를 축소하기 위해 소극적으로 대처함</u>

는, 임신 중절 수술이었습니다. 임신에 관련된 소문은 사실이었어요. 누님은 수술을 받고 싶어

하지 않았지만 부모님의 강요로 수술을 받습니다.

'나'의 가족은 더 이상 병원 생활을 버티
지 못하고 밖으로 나와 버립니다. 오랜만에
돌아온 집은 아주 깨끗하고 따뜻합니다. 그
동안 만석이 집을 잘 관리했거든요.

<u>방임의 남자 친구</u>

하지만 누님은 결국 아이를 지운 사실을
<u>방임</u>
견디지 못하고 농약을 먹고 스스로 목숨을
끊습니다. 누님의 마지막 모습에는 건강했

"우리가
잘 돌보아 주마"

누님(김방임)   '나'(김방철)   이장
(영철 아버지)

던 시절의 아름다움은 찾아볼 수가 없습니다. 마치 쥐약을 먹고 죽은 강아지와 같은 눈빛을 하
고 있었죠. 어머니는 가족들을 대신해 고생만 하다 간 딸을 떠올리며 울부짖었고, 정씨네 문중
산에서는 늑대의 울음소리가 마치 소쩍새 울음소리처럼 처량하고 슬프게 들려왔습니다.

<u>누님의 죽음을 애도하는 늑대의 울음소리. 만석의 사랑으로도 해석이 가능함</u>

누님을 저세상으로 보내고, '나'는 또다시 소중한 존재를 잃어버립니다. 동네 이장인 **영철이
네 아버지**와 **순경**이 황새를 빼앗아 가죠. 아픈 황새를 잘 돌보아 주겠다면서요.

친구 **영철**은 다음 날 신문을 가지고 와서
나에게 황새의 소식을 들려줍니다. 그 사진
밑에는 이런 말이 쓰여 있었습니다.

'농약 중독으로 다리와 날개를 쓰지 못
하고 죽게 되어 있는 점박이 황새. 이
황새는 한 소년이 삼 개월 동안이나 키

허가 굳고
몸이 움직이지 않아···

영철   '나'(김방철)

워 온 것을 동물원에서 가까스로 입수한 것이다. 앞으로 한 열흘쯤 치료를 하면 중독 증세가 어느
정도 가시게 되고 건강해질 것이라고, 동물원 수의사 정진동 씨는 말한다.'

이를 읽은 '나'는 또다시 주저앉으며 혀가 굳고 몸이 움직이지 않는 고통을 느낍니다. 이때
주인공의 귀에 늑대 울음소리가 들리며 소설은 마무리됩니다.

∘──── 나오며

작품에서 가족이 차례로 건강을 잃어 가는 전개는 당시 산업화가 만들어 낸 문제를 생생하게 보여줍니다. 특히 '누이'와 '황새'는 생생한 생명력의 상징이었지만 결국 그 빛을 잃게 됩니다. 화학 비료 때문에 생태계가 파괴되었고, 파괴된 자연이 다시 인간을 공격했기 때문이죠. 더불어서 늑대의 울음소리로 나타나는 만석의 사랑 역시 안타깝게 끝을 맺습니다.

 핵심 체크

1 누님은 바쁜 부모님을 대신해 농사와 집안일을 도맡았다. **O, X**

2 만석은 '나'의 가족이 입원해 있는 동안 아버지의 부탁을 받아 우리 집을 대신 돌보아 주었다. **O, X**

3 '나'는 황새의 먹이를 구하러 다니며, 황새가 병든 이유를 발견했다. **O, X**

 **개념 노트**

1970년대의 농약 중독 피해

실제로 1976년에 전라남도 담양군의 고 씨 가족 여섯 명이 농약으로 인한 수은 중독으로 전신 마비를 일으켰습니다. 소설 속의 이야기처럼 고 씨 가족 역시, 농사일을 맡은 큰딸이 가장 먼저 아프기 시작해서 여섯 명의 가족이 모두 차례로 마비 증세를 보였다고 합니다. 1978년 기사에 따르면[9] 발병한 지 2년이 지난 그때까지도 '수은 중독이다' '아니다' 하며 당국과 현지 조사 의료진들이 입씨름을 했다고 합니다.

1.O 2.X 3.X

⑱ 완장

○── 들어가며

때로는 제목이 모든 것을 말해 줄 때가 있습니다. 사물이 제목인 경우에는 사물의 쓰임새가 곧 주제를 암시하기도 하죠. '완장'은 지위를 나타내기 위하여 팔에 두르는 것을 가리킵니다. 벌써 '권력'과 관련된 이야기가 진행될 것 같다는 느낌을 받으시죠? 하지만 마냥 심각한 내용만은 아닙니다. 이 소설은 권력에 대한 집착을 경고하면서도, '해학'이라는 무기를 사용해 독자들에게 웃음을 줍니다. 작가의 말처럼, '완장'의 '해학'은 '힘없고 소외된 자가 웃으며 힘센 자에게 똥침을 가하고 웃음으로 끌어안는 파괴력'을 유감없이 보여줍니다.

배경은 **전라북도의 마을, 이곡리**입니다. 주인공 **임종술**은 집안의 골칫덩어리이죠. 나름대로 서울에서 장사도 좀 해 보고 사
허세가 가득하고 제멋대로인 인물
장님 소리도 들어 보았던 종술은 웬만해서는 촌에서 일을 하려 들지 않았습니다. 자존심을 부릴 때가 아닌데 말이죠. 그의 아내는 집을 나간 지 오래이고 딸 정옥은

흥,
이놈의 촌구석!

운암댁   임종술   정옥
(임종술 어머니)   (임종술의 딸)

할머니의 손에서 자라고 있습니다. 홀어머니인 운암댁은 한숨만 푹푹 내쉬었죠. 그런데도 그는
운암댁   임종술의 어머니
판금板琴 저수지에서 도둑 낚시질이나 하며 시간을 보냈습니다.

이때 저수지의 소유자인 **최 사장**이 저수
진짜 권력의 소유자
지를 감시할 사람을 구합니다. **최 사장**은 농부로 시작해서 운수 회사까지 세운 사업
자신이 쌓아 올린 권력으로 사람을 이용하는 최 사장
가였죠. 주머니가 꽤 두둑했는데도 얼마나 인색한지 사람에게 돈을 쓰려고 하지 않습

감독

임종술

걸려들었군!

최 사장   최익삼
(이곡리 이장)

니다. 그는 자신의 먼 친척이자, 마을의 이장직을 맡고 있는 최익삼을 닦달하며 값싸게 부려 먹을 사람을 찾는 중이었죠. 그런데 최 사장은 무슨 생각인지 갑자기 종술을 점찍습니다. 종술은 감시원 자리를 제안받자마자 모욕을 당한 것처럼 핏대를 세우며 씨근거립니다. 종술은 스스로를 대단한 일을 해야 할 인물이라고 여겼거든요. 익삼은 그를 달래려다가 이런 말을 흘립니다.

"그냥 소일 삼아서 감시원 완장 차고 물 가상으로 왔다리 갔다리 허면서……."

그때, '완장'이라는 말을 들은 임종술은 매우 민감하게 반응합니다. 최 사장은 눈치가 빨랐죠. 큼지막한 빨간 글씨로 감시원이라는 완장을 채워 주기로 약속합니다. 결국 하늘 같았던 종술의 자존심은 완장 앞에서 무너지고 말았습니다.

> *이곡리 이장* — 최익삼
> *지위를 나타내기 위해 팔에 두르는 띠* — 완장

도대체 종술은 왜 완장에 맥을 못 출까요? 그는 완장에 한이 맺힌 사람이었거든요. 예전에 서울 동대문 시장에서 장사를 할 때, 그가 두려워했던 사람들은 모두 완장을 차고 있었습니다. 경비나 방범대원들을 보면 꼭 완장을 차고 있잖아요? 훨씬 더 이전으로 거슬러 올라가 보면, 국민학

> *완장에 얽힌 종술의 과거 ①*

방범대원의 완장 / 나도 완장을…? / 반장의 완장 / 임종술

교 때에도 완장은 그에게 멀고도 두려운 것이었습니다. 늘 말썽만 피우던 종술이 완장을 찰 수 있을 리가 없었죠. 반장은 완장을 차고 선생님을 대신해서 아이들을 훈계했습니다. 4학년 때의 반장은 유독 심술궂었는데요. 종술이 구구단을 외우지 못하자 머리에 피가 나도록 그를 때렸습니다. 그러니 종술에게 완장은 곧 권력이었고, 선망의 대상이었죠.

> *지금의 초등학교* — 국민학교
> *완장에 얽힌 종술의 과거 ②*

하지만 어머니의 반응은 조금 달랐습니다. 아들이 오랜만에 직장을 얻은 것은 너무 기뻤지만, '완장'이라는 말에 어머니의 얼굴은 기쁨보다는 두려움으로 얼룩집니다.

> *완장의 허위성을 간파한 운암댁*

임종술의 아버지 / 완장♥ / 운암댁(임종술 어머니) / 임종술

"오매 시상에나, 니가 완장을 다 둘러야?"

어머니 운암댁의 두려움에는 이유가 있습니다. **종술의 아버지** 역시 완장에 집착하다가 일찍 세상을 뜨셨거든요. 운암댁은 종술이 남편의 미래까지 닮을까 걱정이 이만저만이 아닙니다. 종술의 아버지는 일제 강점기에 헌병들에게 모진 고문을 당하면서 완장의 위력을

체험했습니다. 그 뒤로 아버지는 완장에 집착하며 권력을 휘두르고 보복 살인까지 감행했죠.

<u>남편의 끝은 처참했습니다.</u> 한 시절을 <u>인민군</u> 자위대 완장으로 요란을 떨던 그는 <u>국군</u>에게 쫓
<small>가짜 권력인 완장에 도취되어 죄를 저지른 종술의 아버지</small>　　　<small>한국전쟁 당시 북한의 군대</small>　　　　　<small>대한민국의 군대</small>

기며 산으로 도망갔습니다. 생사조차 알 수가 없었죠. 그의 완장 욕구 때문에 하마터면 운암댁
과 종술도 목숨을 잃을 뻔했습니다.

　운암댁은 너무나 잘 알고 있습니다. 완장은 '가짜 권력'이라는 것을요. 완장을 차고 있는 사
람은 어디까지나 심부름꾼에 불과했고, 언제나 진짜 권력을 가진 사람은 완장을 방패 삼아 안
전하게 숨어 있었습니다.

　어머니가 걱정하거나 말거나 종술은 자
신의 돈을 들여서 완장까지 새로 고칩니
다. 노란 바탕에 파란 글씨로 '감독'을 새
기고, 그 뒤로 빨간 가로줄 세 개를 둘렀죠.
완장의 위력은 정말 대단했습니다. <u>종술은
어렵지 않게 선생님 소리를 들었고, 조금</u>
<small>권력에 도취된 종술</small>
만 성깔을 부리면 버스도 무료로 탈 수 있

었습니다. 자신도 모르게 걸음걸이까지 **갈지자**로 바뀌죠.

가족들과 마을 사람들에게 완장을 실컷 자랑한 그는 **실비 주점**으로 갑니다. 작부 <u>부월</u>이 있
<small>술집에서 일하는 접대부</small>　　　　　　　　　<small>미스 킴으로도 불림</small>
는 곳이었죠. 싸움닭으로 유명한 종술은 늘 부월 앞에서는 작아졌습니다. 종술이 무어라무어라
떠들면 늘 부월은 눈을 흘기며 <u>몰풍스럽게</u> 대꾸했습니다. 여기저기에서 세상 풍파를 모두 겪
<small>퉁명스럽게</small>
다 보니 무서울 것도, 놀라울 것도 없다는 투였죠. 그래서 종술은 더욱 부월에게 완장을 인정받
고 싶었습니다. 하지만 역시 부월은 남달랐습니다. <u>완장을 무시하면서 '그래 봐야 너나 나나 다
를 것이 없다'고 퉁명스럽게 굴었죠.</u> 사실 부월이 종술을 미워하는 것은 아니에요. 그보다는 오
<small>완장이 가짜 권력임을 간파한 부월</small>
히려 동류애를 느끼며 동정하는 쪽입니다. 부월도 종술처럼 냉혹한 도시에서 젊음을 소모하며
여기까지 왔으니까요. 마음 한편에는 종술의 진심을 받아들여 가정을 꾸리고 싶다는 유혹까지
느낍니다.

　종술은 부월의 속마음도 모르고 완장으로 만든 권력를 다지는 데 온 힘을 기울입니다. 이제
저수지를 '내 땅'으로 생각할 지경이죠. 마을 사람들에게도 각박하게 굴어서 원성을 삽니다. 저
수지에서 거름 지게를 씻는 **옥당 영감**도 쫓아 보내고요. 동네 동생인 **인배**가 저수지 근처에서
<small>원망의 소리</small>
<u>캠핑을 하자, 도둑 낚시꾼으로 몰아세우며 지나치게 의심합니다.</u> 같은 마을 사람에게도 야박하
<small>완장을 차고 지나친 감시를 일삼는 종술</small>

기가 이루 말할 수 없는데, 다른 마을 사람들이 저수지에 낚싯대라도 드리웠다가는 돌주먹을 면치 못했죠.

옥당 영감 "다 나개" 임종술 感독 인배 텐트

이때까지는 종술이 좀 미운데, 다음 모습을 보면 또 엉뚱하고 우스운 구석이 있습니다. 수리 조합에서 나온 **정 주사**에게까지 횡포를 부리거든요. 가뭄 때문에 저수지의 물문을 열어서 논으로 물을 흘려보내기로 한 것인데요. 종술은 화를 내며 반대합니다. 수리 조합 직원에게 잘못 보이면 사업에 지장이 있을 수도 있지만 아랑곳하지 않습니다. 이장 익삼이 말려도 소용이

<small>지금의 한국 농어촌공사</small>

<small>저수지가 마치 자신의 것인 양 안하무인으로 행동하는 종술</small>

수리 조합 직원 임종술 感독 최익삼 (이곡리 이장) "다 나개" "미친 건가?"

없죠. 좋게 말하면 앞뒤가 같고, 나쁘게 말하면 똥과 된장도 가리지 못하는 푼수죠. 물을 한 방울이라도 빼앗기면 자신의 권력이 사라지는 것처럼 난리를 부립니다.

날씨는 종술의 속을 아는지 모르는지 점점 뙤약볕을 내리기만 합니다. 가뭄 때문에 저수지의 물은 점점 줄어 가죠. 그는 권력이 줄어드는 불안감을 떨쳐 내기 위해 도둑 낚시꾼을 사냥하는 데 심혈을 기울입니다. 밤을 새워 저수지를 지키죠. 한밤중에 도둑 낚시질을 하는 범인은, 국민학교

<small>완장을 지키기 위한 종술의 노력</small>

김준환 아들 김준환 (임종술의 동창) 임종술 感독 "돈도 명예도 말짱 다 완장이여"

<small>임종술의 동창</small>

동창생 김준환이었습니다. 중학생 아들과 돈 몇 푼 더 벌어 보겠다고 밤에 몰래 낚시를 하러 왔던 거예요. 당연히 종술은 봐주려 하지 않는데요. 그때 준환이 울부짖으며 하는 말이 그의 마음을 울립니다.

"못난 조상 만난 죄로 지 애비나, 애비에 애비나, 애비에 애비에 애비맨치로 한펭생 땅만 파먹고 살게코롬 맨들 수야 없잖겠는가? 가난이 웬수고 그놈 지긋지긋헌 가난이 도적이지."

그는 어쩔 수 없이 친구를 그냥 돌려보내고 깨닫습니다. 세상에는 다양한 완장이 있으며 그것을 손에 넣었다면 반드시 지켜야 한다고요.

<small>종술이 완장에 더욱 집착하게 된 이유</small>

"돈도 완장이고 지체나 명예도 말짱 다 완장이여."

한편 부월은 종술에게 마음을 열어 한밤
중에 저수지 감시소로 찾아옵니다. 부월은
(실비 주점 작부)
종술에게 엄청난 제안을 하죠. 다른 도시
로 가서 함께 살자고요. 두 사람 사이가 사
뭇 진지하죠? 하지만 이런 분위기는 곧 깨
지고 맙니다. 종술은 부월의 첫사랑인 마
선생님의 존재를 알게 되고, 그로 인해 두

사람의 사이는 더 깊어지지 못하고 종술은 심한 배신감을 느낍니다. 안 그래도 심술 맞던 종술
은 더더욱 심술 맞아지죠.

하필이면 이때 최 사장이 저수지에 자신의 친구들과 작부들을 데리고 놀러 옵니다. 사실 최
진짜 권력의 소유자 · 저수지 주인
사장은 놀러 다닐 만큼 마음이 좋지는 않았습니다. 화물차의 기사가 다른 용달차를 들이받는
바람에 합의금으로 거액이 날아갔고, 가뭄 때문에 양어장에도 문제가 생겼어요. 그래서 답답한
팔기 위해 물고기를 기르는 곳
속을 풀어보기나 하려고 낚시를 하러 저수지에 온 것이죠. 그런데 종술은 최 사장에게도 고개
를 숙이지 않습니다. 당연히 최 사장은 그 자리에서 종술을 해고하죠.

종술은 개의치 않습니다. 그는 여전히
완장을 차고 저수지를 돌며 감시원 노릇을
했죠. 익삼은 종술을 몰아내기 위해 다른
이곡리의 이장
일꾼을 구하려 하지만 만만치 않았습니다.
종술이 감시원 후보들을 은근히 위협해서
완장에 집착하는 종술
감시원 자리를 맡지 못하게 했거든요. 하
지만 종술이 간과한 점이 있었습니다. 저

레몬의 시선 ◆ 연계 예감 ◆

수지 감시원이 존재하려면 '저수지가 있어야 한다'는 사실을요. 날씨가 계속 가물면서 물이 말
라가자, 최 사장은 저수지에 남아 있는 물을 근처에 있는 논밭으로 모두 흘려보내고, 저수지 사
업을 접기로 합니다.

이제 임종술은 미친 사람처럼 마을을 돌아다니면서 소리를 칩니다.
"으떤 개자식이고 간에 내 물문에 손만 댔다봐라아! 그날이 그놈 지삿날인지 알거라아!"

이 상황에서도 자기 저수지이고, 자기 물문이래요. 아직도 정신을 차리지 못했습니다. 자신의 목숨이 경각에 달린 줄도 모르죠. 저수지가 없어지면, 그동안 종술에게 당한 사람들이 가만히 있겠어요? 최익삼부터 발 벗고 나서서 종술을 잡아넣으려 하겠죠.

운암댁은 남편 때와 같은 위기감을 느끼고, 부월을 찾아갑니다. 그리고 종술과 손녀 정옥을 데리고 떠나 달라고 부탁하죠. 그런데 종술을 만나야 데리고 떠나든지 말든지 할 거 아니에요? 부월은 겨우겨우 저수지에서 종술을 찾습니다. 한밤중인데도, 그는 뗏목을 띄우고 저수지 위를 집요하게

왔다 갔다 하고 있었죠. 아직도 팔에는 완장을 차고요. 부월은 한탄 어린 목소리로 설득합니다.

"눈에 뵈는 완장은 기중 벨볼일없는 하빠리들이나 차는 게여! 진짜배기 완장은 눈에 뵈지도 않어!
자기는 지서장이나 면장 군수가 완장 차는 꼴 봤어? 완장 차고 댕기는 사장님이나 교수님 봤어?
권력 중에서도 아무 실속 없이 넘들이 흘린 뿌시레기나 줏어 먹는 핫질 중에 핫질이 바로 완장인
게여! 진수성찬은 말짱 다 뒷전에 숨어서 눈에 뵈지도 않는 완장들 차지란 말여!"

저수지에 물이 빠지는 날, 운암댁은 사람들 사이에 끼어서 저수지 물이 빠지는 모습을 지켜보고만 있었죠. 곧 물에 휩쓸려 온 완장이 발견됩니다. 부월이 종술과 함께 떠나면서 저수지에 완장을 버렸거든요. 운암댁은 남편과 아들의 혼을 빠지게 만들었던 그 요물에서 영영 눈길을 떼지 못합니다.

○── 나오며

임종술은 진짜 권력에 희생당하며 가짜 권력에 집착하는 인물형입니다. 그의 집착은 완장을 새로 칠하는 데에서 끝나지 않고 저수지의 진짜 주인인 최 사장마저 무시하는 데까지 이르죠. 하지만 저수지 물을 빼기로 결정하면서 결국 가짜 권력의 허망함이 드러나게 됩니다. 그래서 이 작품을 한 번 읽으면, 주인공 임종술의 행보에 저절로 혀를 끌끌 차게 되고 두 번 읽으면 그 뒤에 숨어서 진짜 권력을 휘두르는 최 사장의 모습에 혀를 내두르게 되죠.

진짜 권력   가짜 권력

최 사장   임종술

 **핵심 체크**

1 운암댁은 종술이 완장을 차게 되었다는 소식에 불안함을 느낀다. **O, X**

2 최 사장은 종술이 마음에 들어 웃돈을 얹어 주며 감시원 자리를 맡긴다. **O, X**

3 부월은 이미 완장이 가짜 권력이라는 사실을 파악하고 있다. **O, X**

 **개념 노트**

등장인물들에게 완장이란?

운암댁에게 완장은 원망스러운 요물이지만, 임종술에게 완장은 선망의 대상이고, 부월에게 완장은 헛된 권력의 상징입니다.

1.O 2.X 3.O

⑲ 이재수의 난

10분의 문학

원작 현기영
각색 박광수 외

방성칠란 이재수의 난

제주도

군역·공물

◦──── 들어가며

제주도를 생각하면 아름답고 푸른 바다와 같이 휴양지의 이미지가 먼저 떠오르죠. 하지만 100여 년 전만 해도 제주도는
원악도遠惡島라고 불리는 곳이었습니다. 제주 백성들의 삶은 눈물겨웠습니다. 그들은 심각한 군역에 시달렸고, 임금께 바쳐
_{멀고 살기 힘든 섬} _{군대에 들어가서 하는 일}
야 하는 물량이 너무 많아 쉴 틈이 없었습니다. 게다가 작품 속에 그려진 모습에 따르면, 왜구와 제국주의를 등에 업은 교
인들까지 제주 백성들을 못살게 굴었죠. 더 이상 참을 수 없었던 제주 도민들은 20세기로 접어들 무렵, 두 번의 민란을 일
_{일본 해적}
으켰습니다. 1898년에는 '**방성칠의 난**'이, 1901년에는 '**신축제주항쟁**'이 일어났죠. 이 작품에서는 신축제주항쟁 사건만을 배
_{이재수의 난}
경으로 삼지만, 방성칠의 난까지 살펴보아야 당시 백성들의 울분에 더욱 공감할 수 있습니다.

먼저 방성칠란은 방성칠이 이끄는 **남학
당**南學黨이 주축이 되어 일어난 민란입니
_{80세의 노장}
다. 방성칠은 동학도였어요. **동학 농민 운동**
은 많이 들어 보셨죠? **평등사상을 중심으로
신분제 사회와 외세에 반발하며 일어난 혁명**
이죠. 하지만 우리가 역사를 통해 알고 있

남학당

방성칠

방성칠란

듯이, 동학 농민 운동은 실패로 돌아갔습
니다. 그 결과 동학의 지도자들은 체포되어 처형을 당하거나 뿔뿔이 흩어지게 되었는데요. 전
라도 출신이었던 방성칠은 제주도로 향하여 남학당을 이끕니다.

이때 제주도는 전라남도에 포함되어서 **제주군, 정의군, 대정군**이라는 행정 구역으로 구분되
었죠. 제주목사, 제주군수, 정의군수, 대정군수가 다스리는 제주도는 생지옥이었습니다. 방성칠
이 난을 일으킬 수밖에 없는 상황이었죠. **가렴주구**苛斂誅求, **가혹하게 백성을 괴롭히며** 세금을 걷

는 **제주목사 이병휘**가 가장 큰 문제였습니다. 이병휘는 자신에게 반기를 든 방성칠과 그의 무리를 괘씸하게 여겨서 잡아들이려다가 오히려 수만 명의 민중을 화나게 하는 바람에 몽둥이로 얻어맞습니다. 제주성을 장악한 방성칠은 제주도에서 독립된 나라를 세우는 꿈을 꿉니다. 하지만 홍재진과 송두옥이 이끄는 창의군에 패하면서
전 정의 현감   의병
방성칠란은 실패하죠.
전 대정군수

신축 제주 항쟁이라 불리는 이재수의 난은 조금 더 복잡합니다. **이재수**와 **좌수 오대현**, 그리고 **대정군수 채구석**이 이끄는 '**상무사**'라는 비밀 조직이 **천주교도**와 봉세관에
세금을 징수하는 관리
게 대항했던 민란이죠. 당시 천주교는 라쿨 신부가 부임하면서 신도들이 많이 늘
한국명 구마슬·구 신부
었는데요. 교회가 확장되면서 제주 도민의 민간 신앙을 무시하는 행위와 도민들을 착

취하는 행위가 계속되었습니다. 도민들의 분노로 민란이 일어나면서 천주교도 300여 명이 목숨을 잃습니다. 이를 알게 된 프랑스 함대가 개입하면서 난은 종료되고, 이재수는 처형을 당합니다.

작품 속 '이재수의 난'은 오 노인의 수치
오신락·오 장의
와 죽음으로 시작됩니다. 오 노인은 살기 좋은 마을, **효돈리**에 사는 양반이었습니다. 장의掌議까지 지낸 사람으로 마을에서 존
향교의 으뜸 직책
경받는 사람이었죠. 그를 죽음으로 내몬 사람들은 바로 성교 교인들이었습니다. 교
천주교
인들은 오 노인의 상투를 말꼬리에 묶어서

끌고 다니며 능욕했습니다. 그날 밤 오 노인은 피투성이가 된 몸을 감나무에 매고 말았죠.

여기에서 두 가지 의문이 듭니다. 첫 번째, 성교 교인들이라면 신을 믿는 사람들일 텐데 어떻게 이토록 흉악한 일을 저질렀을까요? 두 번째, 오 노인이 이런 일을 당하고 있을 동안 제주의 관리들은 왜 아무도 나서지 않았을까요?

신을 믿는 사람들이
왜 이토록 흉악한 일을 저질렀나?

제주의 관리들은
무엇을 하고 있었나?

첫 번째 질문에는 꽤 쉽게 답할 수 있습니다. 작품 속에서 성교 교인들은 대부분 신이 아니라 이익을 좇는 사람들이었습니다. 이들은 봉세관 강봉헌의 부하가 되어 마름 노릇을 했습니다. 성교를 믿기만 해도 세금이 감면되었으니 너도나도 교인이 되었고, 그들이 면제받은 세금은 고스란히

신을 믿는 사람들이
왜 이토록 흉악한 일을 저질렀나?

성교꾼들…

성교를 믿으면 세금을 깎아 주지!

교인이 아닌 제주 도민들

봉세관 강봉헌

성교(천주교) 교인들

다른 도민들의 부담으로 돌아갔습니다. 제주도로 귀양을 온 최 선달까지 강봉헌의 옆에 붙어 주민들을 닦달했죠. 그래서 당시 제주도에서는 성교를 믿는 사람들을 가리켜 '성교꾼'이라고 부를 정도로 그 인식이 좋지 않았습니다. 물론 봉세관이 감색을 파견해서 세금을 걷는 일은 당연한 업무예요. 하지만 왕실에서는 터무니없이 많은 세금을 원했습니다. 공물은 공물대로 바치는데 미역이나 전복에도 세금이 붙을 정도였으니까요.

물론 성교의 폐단에 질린 교인도 있었습니다. 대정 고을 사람 강우백은 입으로는 올바른 교리를 말하면서 교리대로 행동하지 않는 종교는 믿지 못하겠다며 배교背教합니다. 아직 성교에 희망을 품고 있던 양 베드로가 말려 보지만 강우백은 단칼에 거절하죠. 그는 이미 **마찬삼, 오달문, 채 군수**

교리대로 행동하지 않는 종교는 믿을 수 없네!

이재수

채구석

마찬삼

오달문
상무사

강우백
(강 별감)

양 베드로

그리고 여러 유생들과 함께 비밀 결사인 **상무사**商務社를 만들어 활동하는 중이었어요. 상무사는 겉으로는 이익을 꾀하는 회사 이름처럼 보이지만, 안으로는 교인들로부터 자신들을 지키기 위해 만든 단체였습니다. 여기서 처음으로 주인공의 이름이 등장합니다. 바로 상무사의 소식통

역할을 맡은 **이재수**이죠. 이재수는 노비 출신이지만 머리가 좋고 민첩해서 채 군수의 통인으로

심부름하는 사람

일하고 있었습니다.

두 번째 질문에는 '더 이상 교인들을 견
제할 세력이 없었다'고 답할 수 있습니다.
법국에서 온 **구 신부**는 '**여아대**如我待'라는

프랑스

첩지를 이용하여 교인들을 감싸고 돕니다.

어떤 직책으로 임명할 때 관련된 명령을 적은 문서

이는 '**임금과 같이 대하라**'는 뜻이었는데
요. 마치 왕을 대하듯, 법국 신부를 대하라

프랑스

는 명령이었습니다. 교인들은 이제 관리들

법국과 조선의 왕을 등에 업은

조차 건드릴 수 없는 세력이 되었죠.

신부들은 마음대로 관아에서 죄인을 풀어주는 등 도를 넘는 행동을 함

제주의 관리들은
무엇을 하고 있었나?

아주
제멋대로…

임금과 같이
대우하시오!

채구석
(대정군수)

구 신부
(법국인)

그들의 오만함을 여실히 보여 주는 사건
이 바로 최제보의 납치 사건입니다. 최제
보라는 교인은 오 좌수의 첩이었던 **월계**를

오대현

납치하고도 뻔뻔하게 굽니다. 만약 자신에
게 손을 댔다가는 교당에서 가만히 있지
않을 것이라는 엄포까지 놓았죠. **채 군수**는
아랑곳하지 않고 벌을 주려 하지만 사령들

관아의 심부름꾼

교인들의 권세가
대단하구나!

자, 때려
보라고!

월계

최제보
(성교 교인)

오대현
(오 좌수)

은 두려움 때문에 제대로 매를 치지도 못합니다. 사실 이때 첩을 제대로 관리하지 못했다는 죄

채 군수는 성교 교인들이 오 좌수를 해코지할까 봐 함께 벌을 줌

목으로 오 좌수 역시 곤장을 맞았습니다. 그런데 정작 죄를 저지른 최제보의 태도를 보세요. 당
시의 교인들이 누렸던 권세가 어느 정도였는지 알 수 있겠죠?

오 좌수와 상무사의 일원들은 통문을 돌

오대현   소식을 알리는 문서

려 사람을 모읍니다. 통문에는 과도한 세
금과 교인들의 횡포로 삶이 어려워진 백성
들을 보호하기 위해 함께 나서자는 내용을
담았죠. 이 작품에서는 문제를 해결하기
위해 모인 사람들을 가리켜 **회민**이라고 하
는데요. 회민들은 이제 **창의군**이 되어 교

의병

난
도망칠래!

봉세관
강봉헌

사과까지 했는데
싸우지 맙시다!

경계해야
합니다!

문 신부
(법국인)

구 신부
(법국인)

화해의 편지 →

오대현
(오 좌수)

강우백
(강 별감)

마찬삼

상무사

인과 맞서 싸우기로 합니다. 그런데 제대로 협상을 해 보기도 전에 제주도로 돌아온 문 신부와 **구 신부**가 갑자기 오 좌수에게 화해의 뜻을 담은 편지를 전합니다. 그사이 제주 도민들을 괴롭 혔던 **강봉헌**은 신부들이 타고 온 배를 타고 육지로 도망쳐 버리죠. 여기에서 상무사의 지도부 는 의견이 서로 엇갈립니다. 오 좌수는 이왕 저쪽에서 사과까지 했는데 뭐 하러 싸우느냐는 입 장이지만 강우백과 마찬삼은 아직 경계를 풀기는 힘들다며 결코 회민들을 해산해서는 안 된다 는 입장을 취합니다.

교인들이 진짜 화해하려 했을까요? 아 니었습니다. 이튿날 아침, 구 신부와 최 선 달을 따르는 교인들은 채 군수가 다스리는 신부들과 성교 교인들의 배신 대정군의 관아를 습격해 무기고를 털었습 니다. 그리고 화해하기 위해 모인 회민의 무리를 공격하죠. 결국 오 좌수와 유생들 은 교인의 포로로 잡혀 제주성으로 끌려갑 니다. 채 군수는 싸움을 말리기 위해 구 신

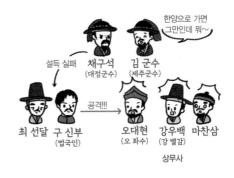

부와 김 군수를 차례로 찾아가지만 소용이 없습니다. 구 신부는 자신이 대신 폭도를 다스려 주 제주군수 는 것이라는 뻔뻔한 말을 늘어놓더니 이미 법국 군함을 불렀다고 말합니다. 만약 함대가 정말 강대국인 자신의 나라를 믿고 뻔뻔하게 구는 구 신부 제주도에 들어오기라도 하면 수많은 백성이 목숨을 잃을 수 있는 일이었습니다.

함께 힘이 되어 주어야 할 **김 군수**는 자신은 한양으로 돌아가면 그만이라며 술이나 마시겠 다고 합니다. 남의 나라에서 왕처럼 구는 신부들, 자신의 나라도 돌보지 않는 관리들 사이에서 채 군수는 절망합니다.

이재수는 달랐습니다. 천하다는 노비 출 신, 배운 것 없는 통인. 그러나 그는 백성들 의 억울함을 알았고 용기 있게 장두狀頭로 우두머리 나섰습니다. 그의 곁에는 지금까지 함께했 던 마찬삼과 오달문이 있죠. 채 군수는 법 국 군대가 금방이라도 제주에 도착할 수 있다며 걱정하지만, 이재수는 자신의 목숨

까지 내어놓기로 결심했다고 고백합니다. 채 군수는 그의 결연한 의지를 들으며 눈시울을 붉

힐 수밖에 없었죠.

채 군수는 어떻게든 더 큰 희생을 막기 위해 구 신부를 설득합니다. 교인 중에 가장 사람들을 못살게 굴었던 다섯 명을 민당에게 넘기라고요. 하지만 구 신부는 곧 법국의 함대가 도착할 것이라며 미소를 짓습니다. 그동안 이재수와 민당들은 지체하지 않고 행동에 들어갑니다. 우선 연을 띄

프랑스 함대가 온다니까~
구 신부 (법국인)

어서 교인을 넘기시오!
채구석 (대정군수)

교인들을 내어 놓아라!
이재수 (장두)

사태를 진정시키려는 채 군수의 노력

워 성안의 백성들에게 뜻을 알리죠. 만일 교인들을 내어놓지 않으면 성안에 있는 백성들도 목숨을 부지할 수 없을 것이라는 내용이었습니다. 백성들은 두려움에 떨며 앞다투어 성문을 나섰고, 그중에는 악덕한 교인이었던 최제보도 끼어 있었습니다. 최제보처럼 성 밖으로 몰래 나온 교인들은 회민의 손에 이끌려 이재수 앞에 끌려왔고, 비굴하게 목숨을 구걸하지만 죽음을 맞이합니다.

성안에 있는 교인들도 비참하기는 마찬가지였습니다. 제주성에 갇혀 있는데 법국의 군함은 온다는 소식조차 없었습니다. 처음에는 함대를 믿고 거만하게 굴던 신부들도 제발 성문을 열지 말라며 채 군수에게 사정을 했죠. 채 군수 역시 더 이상 사람이 다치는 것을 원하지 않았기 때문에

성문을 열면 우리 다 죽어요, 제발!!
구 신부 (법국인)

채구석 (대정군수)

교인들을 잡아 바치자!
교인이 아닌 성 안의 백성들

레몬의 시선 ◆연계 예감◆

자신이 위험에 처했음을 감지한 구 신부

교인과 민당의 의견을 조율하려 합니다. 하지만 성안의 백성들은 이미 마음이 돌아섰습니다. 그들은 성문이 열리기 전에 교인들을 사냥해서 민당에 바치기로 하죠.

성문이 열리고 이재수는 성안의 백성들에게 열렬한 환호를 받으며 들어옵니다. 그는 마치 그날만이 기회인 것처럼 쉬지 않고 교인들을 처형했죠. 이날 150명이 목숨을 잃습니다. 이틀 뒤 프랑스 함대와 정

교인을 처형하라!
이재수(장두)

이재수를 처형하라!
프랑스의 개입

벌금

부군, 일본 군함까지 도착하면서 이재수의 난은 끝이 납니다. 이재수는 성교의 폐단과 봉세관의 폐단을 개혁한다는 조건으로 항복하죠. 얼마 뒤 그는 <u>법국인</u>이 간섭하는 재판을 받고 처형을 당합니다. 민란을 주도하거나 방관했다는 죄목으로 잡혀간 다른 사람들 역시 부당한 재판을 받기는 마찬가지였습니다. 프랑스는 기회를 놓치지 않고 엄청난 배상금을 요구하는데요. 이 벌금은 제주 도민들이 기꺼이 떠안습니다. 채 군수를 먼저 석방하는 조건으로요. 눈치만 보고 있던 무능한 정부로서는 참으로 반가운 소식이었죠.

프랑스인

외세에 목소리를 제대로 내지 못했던 우리나라의 현실을 보여줌

○── **나오며**

실패로 끝이 난 민란 뒤에는 끔찍한 20세기가 성큼 다가와 있었습니다. 우리나라는 을사늑약과 한일 강제 병합이라는 치욕스러운 역사로 20세기를 시작해야만 했죠. 백성을 잊은 나라에 미래는 없었습니다. 그래서 더욱 기억하고 싶습니다. '힘들다'고, '우리를 좀 생각해 달라'고 발버둥 쳤던 평범한 사람들의 이야기를요.

1 구 신부가 교세를 늘리기 위해 '여아대'를 이용하자, 교인들의 횡포는 날로 심해졌다. **O, X**

2 채 군수는 민당과 교인들 사이에서 큰 희생이 일어나는 일을 막기 위해 노력하지만 실패한다. **O, X**

3 이재수와 채 군수는 법국이 간섭하는 심판을 받고 목숨을 잃는다. **O, X**

개념 노트

각색 시나리오

시나리오는 장면 단위로 구분되어 있어 영화나 드라마를 만들기에 적합한 대본입니다. 감독이나 작가가 상상하여 시나리오를 쓰는 경우를 **창작 시나리오**라고 한다면, 다른 작품을 원작으로 하는 시나리오를 **각색 시나리오**라고 합니다. 〈**이재수의 난**〉은 각색 시나리오로, 현기영 작가의 소설 《**변방에 우짖는 새**》가 원작입니다.

1. O 2. O 3. X

미주

고전 문학

1 〈지하국 대적 퇴치 설화〉　　한국민속대백과사전 참고.
2 〈창선감의록〉　　조동일, 《소설의 사회사 비교론 2》, 지식산업사, 2001.
3 〈전우치전〉　　조희웅, 《고전소설 이본목록》, 집문당, 1999.
4 〈흥보가〉　　판소리학회, 《판소리의 세계》, 문학과지성사, 2000.
5 〈성조풀이〉　　손진태, 《조선 신가 유편》, 박이정, 2012.
6 〈육미당기〉　　장효현 역, 《육미당기: 한국고전문학전집 17》, 고려대학교 민족문화연구소, 1995.

현대 문학

7 〈동행〉(임철우)　　홍인영, 〈2인칭 소설의 수사적 읽기 연구: 임철우, 동행을 중심으로〉, 《학습자중심교과교육연구》 제18권 제1호, 2018.
8 〈동행〉(임철우)　　우찬제, 〈역사적 상처와 서정적 치유 – 임철우의 소설〉, 《문학과 사회》 제23권 제4호, 2010.
9 〈누이와 늑대〉　　김국후 기자, "농약과신… 짙은 농도로 과용 담양 일가족 6명 수은중독 사건의 현장", 《중앙일보》, 1978. 03. 29.

출처

현대 문학

1 〈황만근은 이렇게 말했다〉　　성석제, 《황만근은 이렇게 말했다》, 창비, 2018(1판 28쇄).
2 〈도시와 유령〉　　이효석, 《메밀꽃 필 무렵: 이효석 단편선》, 문학과지성사, 2018(1판 13쇄).
3 〈고향〉　　이기영, 《고향》, 문학과지성사, 2019(1판 15쇄).
4 〈미스터 방〉　　채만식, 《레디메이드 인생: 채만식 단편선》, 문학과지성사, 2014(1판 12쇄).
5 〈동행〉　　전상국, 《제3세대 한국문학 11》, 삼성출판사, 1991(39판).
6 〈모래톱 이야기〉　　김정한, 《사하촌, 모래톱 이야기, 추산당과 곁사람들, 수라도》, 창비, 2016(개정판 4쇄).
7 〈만무방〉　　김유정, 《동백꽃: 김유정 단편선》, 문학과지성사, 2018(1판 28쇄).
8 〈우리 동네〉　　이문구, 《우리 동네》, 민음사, 2019(3판 11쇄).
9 〈목마른 뿌리〉　　김소진, 《신풍근배커리 약사: 중단편소설 – 김소진 전집 04》, 문학동네, 2009(1판 3쇄).
10 〈원숭이는 없다〉　　윤후명, 《원숭이는 없다: 윤후명 소설전집 08》, 은행나무, 2017(1판 1쇄).
11 〈정읍사 – 그 천년의 기다림〉　　문순태, 《정읍사 – 그 천년의 기다림》, 이룸, 2001(1판 1쇄).
12 〈동행〉　　임철우, 《그리운 남쪽》, 문학과지성사, 1985(1판).
13 〈해산바가지〉　　박완서, 《복원되지 못한 것들을 위하여》, 문학과지성사, 2020(1판 2쇄).
14 〈칼의 노래〉　　김훈, 《칼의 노래》, 문학동네, 2018(1판 15쇄).
15 〈탈출기〉　　최서해, 《탈출기: 최서해 단편선》, 문학과지성사, 2017(1판 11쇄).
16 〈아우를 위하여〉　　황석영, 《가객: 한국문학전집 021》, 문학동네, 2017(1판).
17 〈누이와 늑대〉　　한승원, 《누이와 늑대: 한승원 중단편전집 03》, 문이당, 1999(1판 1쇄).
18 〈완장〉　　윤흥길, 《완장》, 현대문학, 2018(4판 9쇄).
19 〈이재수의 난〉　　현기영(원작)·박광수·오승욱·도성희·심재현(각색), 《이재수의 난》, 커뮤니케이션북스, 2018(2판 1쇄).

★★★★★

레몬과 함께 문학 완성!

★★★★★

레몬노트도 준비했어~

레몬의
10분의 문학
별책부록

문학캐스터 레몬 지음

떠먹여 주는

레온
노트

고전소설부터 현대소설까지
42개 문학작품 줄거리·인물관계 완전 정복!
레몬노트와 함께 탄탄한 마무리!

김영사

떠먹여 주는

레몬 노트

문학캐스터 레몬 지음

김영사

1

고전 문학

❶ 이춘풍전

침재 · 길쌈
장옷 짓기
헌옷 깁기
새 버선 만들기
월수 · 장변 놓기

술 마시기
기생집 드나들기
활 쏘기 · 장악원 가기
바둑 · 장기 · 쌍륙 · 골패

걱정 →

서울 다락골에서

김씨 부인 (춘풍의 아내)
=김 부인·회계 비장
부지런하고 손재주가 많아
재물을 모으는 데 탁월한
인물.

이춘풍
글공부에는 관심도 없는
방탕한 양반. 술과 기생에
빠져서 가산을 탕진하지만
부지런한 부인 덕에 또다
시 헛된 꿈을 꿈.

 **10줄 갈무리**

갈래 판소리계 소설 · 풍자소설
주제 남성 중심 사회의 허위성을 비판하고 진취적인 여성상 제시

○— 잘생긴 청년 이춘풍은 부모를 일찍 여의고 방탕한 생활을 했다.

○— 그의 아내인 김씨 부인이 말렸지만 듣지 않았다.

○— 가산을 탕진해서 먹을 것도 없어지자 춘풍은 각서를 쓰고 정신을 차리겠다고 다짐했다.

○— 부지런한 김씨 부인은 열심히 일해서 재물을 모았다.

○— 살림이 넉넉해지자 춘풍은 호조에서 돈을 빌려서 사업을 하러 평양에 가겠다며 고집을 부렸다.

평양 감사
(대부인의 아들)
=김 승지·김 감사
남장한 김씨 부인을 회계
비장으로 고용해 평양에
동행.

아들에게 김씨 부인의
이야기를 들려줌

대부인
(평양 감사의 어머니)
김씨 부인의 사정을 듣고
자신의 아들인 평양 감사
를 통해 김씨 부인을 도와
준 인물.

회계 비장(김씨 부인)

벌주고 구함

벌주고 돈을 찾음

평양으로

이춘풍
평양에서 장사를 해보겠다
며 나섰다가 유추월에게
돈을 탕진하고 하인으로
전락함.

유추월
(평양 기생)
돈을 가장 중요하게 여기
는 인물. 춘풍의 신분이 양
반인 것을 알면서도 돈이
없다는 사실을 알게 되자
바로 무시함.

○— 아내를 뿌리치고 평양에 온 춘풍은 기생 추월의 덫에 걸렸다.

○— 춘풍은 호조에서 대출받은 2천 냥을 모두 탕진하고 기생 추월의 종이 되었다.

○— 김씨 부인은 남장을 하고 회계 비장으로 취직한 뒤 평양 감사를 따라 평양으로 갔다.

○— 김씨 부인은 춘풍에게 호조의 돈을 탕진한 죄를 물어 곤장을 때리고 추월에게서 돈을 받아 냈다.

○— 집으로 돌아온 춘풍은 뻔뻔하게 성공한 척 허풍을 떨다가 부인이 자신을 구했다는 사실을 알고 민망해
했다.

② 심청가

장승상댁 부인

심청에게 도움을 주는 인물. 청이를 수양딸로 들이려 한다. 아버지를 홀로 둘 수 없다는 이유로 심청이 이를 거절하자, 그 효심에 감동하며 선택을 존중함. 나중에 심청이 공양미 때문에 팔려갈 때에 왜 진작 자신에게 돈을 빌려 달라고 하지 않았냐며 속상해 할 만큼 청이를 아끼던 사람.

심청을
도움

옥황상제 남해 용왕

용궁에서 3년을 보냄

인당수 →

심청

원래 천상계 인물로 서왕모의 양녀였음. 아버지의 눈을 뜨게 하기 위해 자신의 목숨을 버린 효녀로, 옥황상제와 용왕의 도움을 받아 목숨을 구하고 다시 인간 세상으로 올라와 황후가 됨.

10줄 갈무리

갈래 판소리 사설
주제 부모에 대한 지극한 효심

- 심 봉사와 곽씨 부인은 행복한 부부였으나, 심청을 낳고 곽씨 부인은 일찍 세상을 뜬다.
- 심 봉사는 심청을 정성으로 키우고, 심청은 효성이 지극하여 어릴 때부터 동냥을 하여 아버지를 봉양했다.
- 이를 기특하게 여긴 장승상댁 부인이 심청을 수양딸로 삼으려 하지만 심청은 아버지를 생각해 사양했다.
- 심 봉사는 홀로 심청을 마중 나갔다가 몽은사 화주승을 만나고, 공양미 300석을 약속하고 말았다.
- 심청은 제물을 구하는 남경 선인에게 자신의 목숨을 팔아 쌀 300석을 마련했다.

곽씨 부인(옥진 부인)
원래 천상계 인물로 옥진 부인이라고 불림. 병으로 일찍 세상을 뜨지만, 심청이 인당수에 빠져 용궁으로 들어오면서 잠시 함께 하게 됨.

— 사별 —

심 봉사(심학규)
심청이를 지극 정성으로 키우지만, 분에 넘치는 시주를 약속하여 심청이를 인당수에 빠지게 하는 인물. 행실이 나쁜 뺑덕어멈에게 넘어가 가산을 탕진하고, 나중에는 뺑덕어멈에게 버림받기까지 하지만 결국 맹인 잔치에서 눈을 뜨며 심청이와 다시 만나게 됨.

뺑덕어멈의 도주

뺑덕어멈
물질적인 가치만을 추구하는 속물. 심 봉사의 재물이 떨어지자 젊은 황 봉사와 달아남.

꿈 해몽

신이한 능력을 지닌 맹인으로, 꿈에서 계시를 받아 심 봉사와 인연을 맺게 됨. 꿈을 해몽하는 탁월한 능력으로 심 봉사의 미래를 예측함.

맹인 안 씨

황후가 됨

심 황후(심청)

— 극적 재회 —

심 봉사(심학규)

○— 심청은 조력자의 도움을 받아 다행히 목숨을 건지고, 용궁에서 3년의 시간을 보냈다.

○— 열여덟 살이 된 심청은 연꽃을 타고 인당수 위로 올라와 황후가 되었다.

○— 심 봉사는 뺑덕어멈을 만나 방탕하게 살며 가산을 탕진했다.

○— 황후 심청이 맹인 잔치를 베풀자 모든 맹인들이 황성으로 향했고, 그 사이 뺑덕어멈은 젊은 황 봉사와 눈이 맞아 도망쳤다.

○— 우여곡절 끝에 황성에 도착한 심 봉사는 황후가 된 심청을 만나고 눈까지 뜨게 되었다.

③ 지하국 대적 퇴치 설화

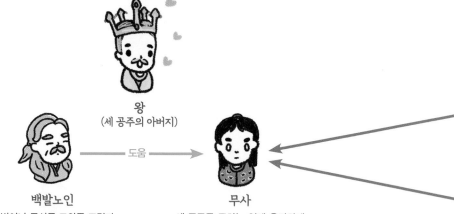

왕
(세 공주의 아버지)

백발노인 — 도움 → **무사**

백발노인
두 번이나 무사를 도와준 조력자. 길을 잃고 헤맬 때 꿈에서 한 번, 부하들에게 공격을 받아 지상으로 올라갈 수 없을 때 다시 한번 도와줌.

무사
세 공주를 구하는 일에 용감하게 나서서 후에 막내 공주와 결혼하는 영웅. 중간에 길을 헤매거나 부하들로부터 공격을 당할 때 백발노인의 도움을 받음.

10줄 갈무리

갈래 영웅 설화, 민담
주제 선한 무사가 공주를 구하고 악한 대적을 상대로 승리함

○— 마귀에게 세 공주가 납치되었다.

○— 왕이 공주들을 구해 올 사람을 찾자 한 무사가 나섰다.

○— 무사는 부하들을 데리고 마귀의 소굴을 찾아 헤맸다.

○— 꿈에서 만난 백발노인은 마귀의 소굴이 어디인지 가르쳐 주고, 무사는 바위 밑에서 지하국으로 들어가는 구멍을 발견했다.

마귀(아귀 · 도적)
공주들을 지하국으로 납치한 존재. 신이한 능력이 있으나 겨드랑이의 비늘이 약점임.

공주들
마귀에게 납치되어 지하국에 끌려감. 무사와 함께 마귀를 물리치기 위해 적극적으로 행동하고 결정적인 순간에 재를 뿌려 마귀의 목이 다시 붙지 못하도록 함.

부하들
두려워서 지하국으로 내려가지도 못한 주제에 공을 가로채기 위해 무사를 공격한 인물들. 후에 무사가 돌아와 진실을 밝히자 벌을 받음.

○── 무사는 겁에 질린 부하들 대신 홀로 지하국에 내려가 막내 공주를 만나고 수박으로 변해 마귀의 집으로 들어갔다.
○── 마귀의 병이 낫고 연회가 열리자 세 공주들은 강한 술을 준비하여 마귀를 취하게 했다.
○── 술에 취한 마귀는 겨드랑이 아래의 비늘이 자신의 약점이라는 사실을 털어놓았다.
○── 공주는 장도칼을 들어 마귀의 비늘을 제거하고 잘린 목에 재를 뿌려 다시 붙지 못하도록 했다.
○── 지상에서 기다리던 부하들은 공주를 구출한 무사를 지하국에 버려두고 공을 가로챘다.
○── 다시 한번 백발노인의 도움을 받은 무사는 단숨에 궁으로 돌아가 진실을 밝히고 막내 공주와 결혼했다.

❹ 김현감호

감응!

호랑이 처녀

탑돌이를 하며 주인공 김현과 연을 맺음. 자신의 오빠들을 위해 기꺼이 죽기로 결심할 만큼 용감하고 김현을 위해 꾀를 낼 만큼 똑똑한 존재.

호원사

김현

정성스러운 마음으로 탑돌이를 하며 부처를 감응시킨 인물로 호랑이 처녀와의 인연을 소중하게 여김. 후에 호랑이 처녀의 도움을 받아 2급 벼슬을 얻고 호원사를 세움.

 **10줄 갈무리**

갈래 사찰이 건립된 내력을 밝힌 설화, 변신형 설화
주제 자기희생의 고귀한 사랑과 부처의 감응

○— 김현은 음력 2월 탑돌이를 하며 복을 빌다가 한 처녀와 정을 통했다.

○— 김현은 처녀의 집에 따라가고, 처녀가 호랑이라는 사실을 알게 됐다.

○— 처녀에게는 오빠 호랑이가 세 마리 있었는데 그들은 김현의 냄새를 맡으며 입맛을 다셨다.

○— 그때 하늘에서 호랑이를 한 놈 죽여 악한 행실을 징계하겠다는 목소리가 들렸다.

○— 처녀는 자신이 세 오빠 대신 죽겠다며, 김현에게 자신의 죽음을 이용해 벼슬을 얻으라고 조언했다.

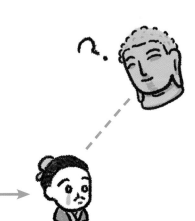

신도징

임무를 수행하러 가던 중 한 처녀를 만나 부부의 인연을 맺지만 아내는 결국 호랑이로 변해 산속으로 사라짐.

신도징 호랑이 처녀

원래 호랑이였으나 잠시 신도징을 만나 그의 아내로 살았음. 하지만 고향집에서 호랑이 가죽을 보자마자 다시 가죽을 뒤집어쓰고 사라져 버림.

○━ 김현은 그럴 수 없다며 거절하지만 지혜로운 호랑이 처녀는 자신의 죽음으로 다섯 가지 이로움이 생긴다며 그를 설득했다.

○━ 호랑이 처녀의 계획대로 김현은 2급 벼슬을 얻게 되고, 김현은 그녀를 기리기 위해 호원사를 지었다.

○━ 신도징은 김현과 마찬가지로 호랑이 처녀와 정을 통했으나 그 인연은 오래가지 못했다.

○━ 고향에 돌아온 신도징의 호랑이 처녀는 가죽을 뒤집어쓰고 다시 산속으로 향했다.

○━ 일연 스님은 이 모든 것이 김현이 부처님께 지극 정성을 보였기 때문에, 부처님이 호랑이 처녀에게 감응한 것이라고 덧붙였다.

⑤ 공방전

공방의 조상

천(공방의 아버지)
주나라의 재상이 되어 세금 매기는 일을 담당함.

오나라 비왕
공방과 더불어 큰 이익을 챙긴 인물. 사전(가짜 돈)을 만들어 재정을 충당함.

무제 염철승 근
소금과 철을 담당하는 승상이라는 뜻. 무제의 염철 전매 정책을 떠올리게 함.

윤(공방의 아들)
수형령으로 일했지만 장물이 발각되어 처형당함.

남송 유안
당나라의 탁지판관을 맡았을 때 공방의 술법을 사용함. 상평창으로 곡물의 가격을 조절함.

남송 왕안석
청묘법을 도입해 나라의 재정을 안정시키고자 함.

갈래 가전체假傳體
주제 돈을 탐하는 세상과 인간에 대한 비판

○━ 공방의 조상은 수양산에 은거하다가 황제黃帝 때 등용되어 세상에 처음으로 나왔고 공방의 아버지 천은 주나라 재상으로 일했다.

○━ 공방은 탐욕스럽고 염치가 없었고, 벼슬을 사고팔았으며 돈이 많으면 어떤 친구도 가리지 않고 사귀었다.

○━ 한나라 때 공방은 외국 손님을 접대하는 홍려경이 되어 오나라 비왕과 친하게 지냈다.

○━ 무제 때 공방은 부민후가 되어 염철승 근과 친하게 지냈다.

진나라 노포

《전신론》으로 화교를 비판한 인물. 돈을 신처럼 여기는 모습을 싫어함.

원제 공우

공방을 싫어하여 그를 벼슬에서 쫓아내라는 상소를 올린 인물.

진나라 왕이보

공방을 '그것'이라고 부르면서 입에 담지도 않을 만큼 공방을 싫어함.

공방

탐욕스럽고 염치가 없으며 타고난 아첨꾼에다가 돈 욕심이 많은 인물. 돈의 의인화.

화교

화교전벽이라는 별명으로 불리며 돈을 너무나 사랑한 인물. 늘 돈을 세고 있었다고 함.

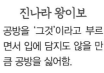

남송 사마광

왕안석이 만든 모든 제도를 없애고 공방의 세력을 축소시킴.

위나라 완적

조정에서 물러난 사상가로 돈 욕심은 적으나 술을 좋아하여 술을 마실 때만 공방과 어울림.

○── 원제 때 공방은 공우의 상소로 조정에서 쫓겨났지만 후에 자신을 다시 찾게 될 것이라며 반성하지 않았다.

○── 진나라 때 화교는 공방을 지나치게 사랑했고 노포는 공방을 숭배하는 현실을 강하게 비판했다.

○── 완적은 술마실 때만 공방과 어울렸고 왕이보는 공방의 이름을 입에 담지도 않았다.

○── 당나라 때 유안은 공방의 술법을 사용하여 곡물의 가격을 조절했다.

○── 남송 때 왕안석은 공방을 이용하여 다양한 정책을 펼쳤으나 후에 사마광이 왕안석의 정책을 모두 없앴다.

○── 공방의 아들 윤은 그 경박함 때문에 질책을 받고 죄를 지어 처형을 당했다.

❻ 만복사저포기

은그릇
양생과 여인의 부모를
연결시키는 매개체

여인
젊은 나이에 왜구의 습격으로
목숨을 잃었으나, 이승에 혼으
로 남아 양생과 인연을 맺게 됨.
나중에 보련사에서 부모를 만나
지만 여인의 모습은 오직 양생
에게만 보임.

개령동 집
신비한 장소. 이곳에서의
사흘은 현실에서의 3년.

10줄 갈무리

갈래 한문소설, 전기(傳奇)소설, 명혼(冥婚)소설
주제 죽음을 초월한 양생과 여인의 애절한 사랑

○— 남원 땅의 선비 양생은 만복사에서 외롭게 살고 있었다.

○— 양생은 부처님께 저포 놀이를 하자며 내기를 걸었다.

○— 내기에서 이긴 양생은 불상 아래 숨어서 인연을 기다리다가 한 여인을 만났다.

○— 여인을 따라 개령동으로 간 양생은 그곳에서 행복한 사흘을 보냈다.

○— 사실 여인은 왜구가 침입했을 때 정절을 지키려다 이른 나이에 목숨을 잃은 인물이었다.

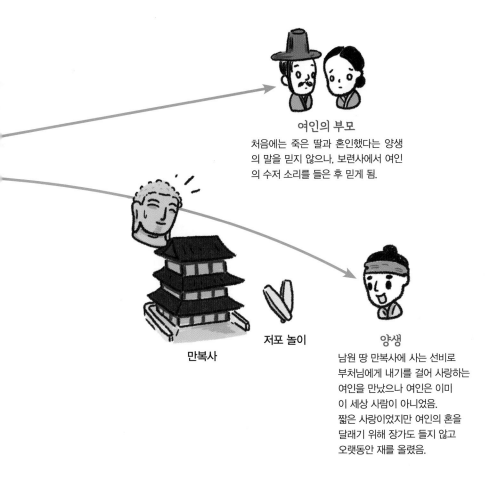

여인의 부모
처음에는 죽은 딸과 혼인했다는 양생의 말을 믿지 않으나, 보련사에서 여인의 수저 소리를 들은 후 믿게 됨.

저포 놀이

만복사

양생
남원 땅 만복사에 사는 선비로 부처님에게 내기를 걸어 사랑하는 여인을 만났으나 여인은 이미 이 세상 사람이 아니었음. 짧은 사랑이었지만 여인의 혼을 달래기 위해 장가도 들지 않고 오랫동안 재를 올렸음.

- ○— 여인은 양생에게 은그릇을 마지막 선물로 주며 자신의 부모와 함께 보련사에 가 달라고 부탁했다.
- ○— 처음에 여인의 부모는 딸의 혼과 결혼했다는 양생의 말을 믿지 못했다.
- ○— 여인의 부모는 은수저가 저절로 달그락거리는 소리를 내자 비로소 양생을 믿었다.
- ○— 이승에서의 시간이 다 된 여인은 저승길로 떠났다.
- ○— 양생은 그 후로도 오랫동안 장가도 들지 않고 여인을 위해 재를 올렸다.

❼ 창선감의록

엄숭=엄 승상
나라를 쥐고 흔드는 간신
으로 화진에게 위협을 가함.

서산해=신해·서왕
화진의 군대와 대립, 자객
을 보내 화진을 죽이려 함.

조 씨=조 부인
화춘의 첩으로 들어왔다가 부인 자리를 꿰찬 간
악한 인물. 범한과 불륜을 저지르며 화씨 가문을
통째로 삼킬 계략을 펼치지만 실패함.

누생=누급
범한과 조 씨가 고용한
자객. 심 씨를 살해하려
하지만 실패함. 화진이
점점 승승장구하는데도
범한이 계속 화진을 죽
이자며 귀찮게 하자 범
한을 살해하고 그 머리
를 관아에 가져감.

범한
화춘의 못된 친구1. 조
씨와 불륜을 저지르며
화춘을 이용함. 끝까지
화진을 해치기 위해 날
뛰다가 누급(누생)의 칼
에 맞아 최후를 맞이함.

장평
화춘의 못된 친구2. 범한
을 대신하여 화춘을 이용
하기 위해 조 씨와 범한
의 불륜 사실을 화춘에게
고자질함. 윤 씨를 엄세번
에게 바치자는 흉악한 꾀
를 내기도 함. 후에 관아
에 붙잡혀 벌을 받음.

난향
심 씨의 몸종으로 각종
계략에 참여. 조 씨가 고
용한 자객인 누급의 칼
에 맞아 죽음. 누급은 원
래 심 씨를 살해하기 위
해 고용되었지만 그의 실
수로 난향이 죽은 것임.

10줄 갈무리

갈래 가정소설, 도덕소설
주제 화씨 가문에서 일어나는 갈등과 권선징악

○— 화욱은 첫째 부인 심 씨의 아들 화춘을 못마땅해하고 셋째 부인 정 씨의 아들 화진을 총애했다.

○— 간신 엄숭이 정권을 잡자 화욱은 자신의 가족들과 함께 고향인 소흥으로 떠났다.

○— 화욱과 정 씨가 세상을 떠나자 집안은 심 씨와 화춘의 소굴이 되고 화욱의 누이 성 부인이 없을 때 화진
과 화빙선은 학대를 받았다.

○— 화진은 장원급제 하여 한림학사가 되었으나 화춘의 말에 따라 고향에 머물렀다.

화욱=화공·병부 상서 여양후
엄숭이 정권을 장악하자 사직하고 소흥(고향의 지명)으로 귀향. 화진을 총애하고 화춘을 못마땅하게 여김.

성 부인(화욱의 누나)
젊은 나이에 남편을 잃고 아들 성준과 함께 화욱의 집에서 함께 지냄.

심 씨=심 부인
화욱의 첫째 부인이며 화춘의 친어머니. 화춘의 적장자 자리를 지키기 위해 화진을 구박하며 못되게 굴지만 후에 깊이 뉘우침.

정 씨
화욱의 셋째 부인이며 화진의 친어머니.

화춘=경옥
화욱과 심 씨의 아들. 어질고 지혜로운 첫째 부인 임 씨를 내쫓고 간악한 조 씨를 정실 부인으로 데리고 올 만큼 어리석은 인물. 범한과 장평처럼 자신을 이용하려는 사람들과 어울려 나쁜 짓을 일삼지만 후에 자신의 죄를 깨닫고 깊이 뉘우침.

화빙선
=화 부인 · 유 학사 부인
화욱과 요 씨의 딸. 유성양(유담의 아들)과 혼인함. 심 씨와 화춘에게 심한 말을 들으며 학대를 받음.

화진=형옥·화 한림·화 원수·진공
화욱과 정 씨의 아들. 윤옥화(윤혁의 딸)와 남채봉(남자평의 딸)을 동시에 아내로 맞음. 총명하고 효심이 깊어 심 씨와 화춘의 해코지를 묵묵히 견딤. 조 씨 일당의 계략으로 몇 번이나 죽을 위기에 처하지만 다행히 조력자를 만남.

최형

하춘해
조력자들

유성희

은진인

청원 스님

윤옥화=윤 부인
(윤혁의 친딸)

남채봉=남 부인
(윤혁의 양딸·남자평의 친딸)

- 화춘의 부인 자리를 꿰찬 조 씨는 범한과 손을 잡고 흉계를 꾸몄다.
- 화진은 심 씨를 살해하려 했다는 죄목으로 관아에 끌려가지만 조력자 최형과 하춘해가 그를 도왔다.
- 화진은 처형을 면하고 촉 땅으로 유배를 가다가 독살을 당할 뻔하지만 조력자 유성희가 그를 도왔다.
- 촉 땅에 도착한 화진은 조력자 은진인을 만나 병법서를 배우고 붉은 부적과 지형이 그려진 족자를 받았다.
- 화진은 장수 유성희와 함께 해적 서산해를 물리치고 황제의 인정을 받았다.
- 심 씨와 화춘은 자신의 죄를 뉘우치고 범한과 장평 그리고 조 씨는 벌을 받았다.

⑧ 옥루몽

도화성

남방의 오랑캐 축융왕의 딸. 양창곡과 강남홍의 인품에 반해 명나라 군대를 도움.

제천선녀

강주의 기녀로 양창곡과 연을 맺음. 황 소저에게 괴롭힘을 당하여 집에서 쫓겨나기도 하지만 다시 돌아옴.

제방옥녀

윤형민의 딸로 지혜로운 여인. 손삼랑을 보내 강남홍을 구함.

일지련

벽성선

윤 소저

10줄 갈무리

갈래 한문소설, 군담소설, 영웅소설
구성 환몽 구조, 현실(천상계) – 꿈(인간계)
주제 양창곡과 다섯 여인이 인간 세상에서 누리는 부귀영화

○── 선관 문창성은 인간 세계를 그리워하다가 다섯 선녀 홍란성·제천선녀·제방옥녀·천요성·도화성과 함께 인간으로 태어나게 되었다.

○── 양현의 아들로 태어난 양창곡은 과거를 보러 가기 위해 떠났다가 소주에서 기생 강남홍을 만나 연을 맺고 강남홍은 양창곡의 부인으로 윤 소저를 천거했다.

○── 황 자사(황여옥)가 강남홍을 자신의 첩으로 만들기 위해 탐욕을 부리자 강남홍은 수치심을 견디지 못하고 물에 몸을 던졌다.

○── 윤 소저는 수영을 잘하는 손삼랑을 시켜 강남홍을 구하게 했지만 두 사람과 소식이 끊기는 바람에 생사를 알 수 없게 되었다.

○── 강남홍은 자신을 구해 준 손삼랑과 함께 배를 타고 탈탈국까지 가서 조력자인 백운도사를 만나 도술과 병술을 익혔다.

○── 황 각로는 자신의 딸인 황 소저와 양창곡을 억지로 맺어 주려 하고 그가 거부하자 강주로 유배를 보냈다.

백운도사
강남홍과 손삼랑이 탈탈국에서 정착할 수 있도록 돕고 도술과 병술을 가르침.

손삼랑
키가 8척(2m)으로 아주 크고 물속으로 오륙십 리쯤은 쉽게 오감. 수영 실력으로 강남홍을 구한 인물.

황 각로=황 승상
(본명 황의병, 황 자사와 황 소저 아버지)
양창곡과 자신의 딸, 황 소저를 혼인시키려다가 마음대로 되지 않자 양창곡을 강주에 유배 보내기까지 함.

황 자사
(본명 황여옥, 황 각로 아들)

괴롭힘

도움

문창성
선관 문창성의 인간계 이름으로 과거에 급제하여 한림학사가 된 후 남만을 정벌하며 승승장구함.

양창곡

홍란성
항주의 기녀로 유명했으나 소주 자사 황여옥이 억지로 첩을 삼으려 하자 스스로 목숨을 끊고자 함. 남장을 하고 남만의 장수 홍혼탈로 활동하다가 양창곡을 만나 다시 명나라 군대로 건너감.

강남홍   홍혼탈·홍 사마

천요성
황 각로의 딸로 질투심이 많아 벽성선을 집에서 쫓아내기 위해 흉계를 꾸밈. 후에 뉘우침.

황 소저

○— 양창곡은 강주에서 기생 벽성선을 만나 인연을 맺고 어쩔 수 없이 황 소저와도 결혼한 뒤 남만을 토벌하기 위해 명나라 군대를 이끌고 전쟁터로 떠났다.

○— 양창곡은 죽은 줄로만 알았던 강남홍을 전장에서 만나고 이후 강남홍은 명나라의 사마대장군이 되어 양창곡을 도왔다.

○— 남만의 왕 나탁은 축융왕에게 도움을 청하지만 그의 딸 일지련이 양창곡과 강남홍의 인품에 반하여 명나라 군대에 항복하기로 했다.

○— 이후 양창곡과 다섯 여인들은 훌륭한 가문을 이루고 천수를 누리며 행복하게 살았다.

⑨ 유우춘전

호궁기
유우춘의 음악을 알아주는 유일한
친구이지만 그 또한 완전히 이해하
지는 못함.

유우춘의 어머니   유운경
(이장군댁 여종) (유우춘의 아버지)

유우춘
정조 때 최고의 해금 연주가. 자신의
연주를 이해하는 사람이 없다고 생각
하여 어머니가 돌아가신 뒤에는 더 이
상 해금을 연주하지 않음.

**종실·
고관대작**   **유명한
선비들**
유우춘의 해금을 이해하지 못함.

10줄 갈무리

갈래 한문소설, 전계소설
주제 이상과 현실 사이에서 예술가가 겪어야 하는 고뇌

○— '나(유득공)'는 서기공 앞에서 해금을 연주했다가 '비렁뱅이 깡깡이 소리'라는 평을 들었다.

○— 서기공은 '나'에게 유우춘과 호궁기가 해금으로 유명하다고 덧붙였다.

○— 어느 날 '나'는 유운경의 아들 금대 거사를 만나고 그의 이복 동생이 유우춘이라는 말을 듣게 되었다.

○— 유우춘은 유운경과 이장군댁 여종 사이에서 태어난 아들로, 용호영에서 악사로 일하고 있었다.

서기공

조선 후기 화가로 활동했으며 음악에 대해 일가견이 있었음. '나'의 해금 연주를 듣고 꾸지람하며 유우춘에게 해금을 배우라고 함.

'나' 유득공

유우춘을 보며, 예술적 이상을 추구하지만 이해받지 못하는 현실을 안타까워 함.

금대 거사(유우춘의 이복형)

유우춘의 이복 형제로 '나'에게 유우춘을 소개한 인물.

- 금대 거사의 소개로 유우춘을 처음 만났을 때, 그가 진실되고 충직한 사람이라는 것을 느꼈다.
- 금대 거사가 떠나는 날 '나'는 유우춘의 초대를 받아 그의 집으로 갔다.
- '나'는 비렁뱅이 깡깡이 같은 해금 실력을 면하고 싶다고 털어놓았다.
- 하지만 유우춘은 비렁뱅이의 소리와 자신의 연주 소리는 모두 생계를 유지하기 위해 연주하는 것이기에 차이가 없다고 말했다.
- 유우춘은 오히려 기예 수준을 높이면 높일수록 대중은 음악을 이해할 수 없어 살림이 전혀 나아지지 않는다고 말했다.
- '나'는 이러한 현실은 해금에만 해당하지 않는다고 안타까워하며 글을 마쳤다.

⑩ 숙향전

늙은 도적

동해 용왕의
셋째 딸

조력자들

마고할미

후토부인

화덕진군

김전=김 자사 · 김 상서

숙향의 친아버지로 거북을
구해 주었던 인물. 사실 거
북은 동해 용왕의 셋째 딸
로, 숙향을 구하는 조력자
역할을 함. 낙양 부사로 일
할 때에는 숙향을 알아보지
못하고 죄인으로 여겨 죽이
려 하기도 함.

장씨 부인

숙향의 친어머니로 다
섯 살 때 숙향을 잃고
딸을 몹시 그리워 함.

옥지환 (옥가락지 · 옥반지)

옥가락지에 박힌 진주 덕분에 숙향과 이선이 인연을
확인함. 어머니와 만나 서로 모녀지간임을 확인함.

 **10줄 갈무리** ▶ **갈래** 염정소설, 적강소설, 영웅소설
주제 고난을 극복한 숙향과 이선의 사랑

○— 숙향은 김전과 장 씨 사이에서 태어났고 이선은 이정과 왕 씨 사이에서 태어났다.

○— 숙향은 다섯 번의 죽을 액을 만나지만 그때마다 조력자의 도움으로 위기를 면했다.

○— 도적떼에 죽을 뻔하고, 명사계로 들어갔다가, 모함을 당해 포진강에 몸을 던지기도 하고, 불에 타 죽을
뻔하기도 했다.

○— 이화정에 자리 잡은 숙향은 꿈에서 이선을 만나고 그 장면을 수놓았다.

○— 수를 놓은 그림을 발견한 이선은 숙향과 만나기 위해 이화정 할미의 시험을 통과했다.

선녀 설중매

천상계의 인물로 태을선군의 부인이었으나 그가 소아에게 빠져 홀대를 당함.

태을선군

천상계 인물로 소아와 정을 주고 받다가 인간 세계에 내려옴. 다행히 옥황상제의 총애를 받아 소아처럼 고생을 하지는 않음.

선녀 소아

천상계의 인물로 태을선군과 정을 주고받다가 옥황상제와 항아에게 발각되어 인간 세계로 내려오게 됨.

매향

=정숙왕비

양왕의 딸이며 이선의 두 번째 부인이 됨.

이선

=이생 · 이 상서 · 초왕

이정과 왕씨 부인 사이에서 인간으로 태어남. 이화정 할미의 시험과 아버지의 반대를 뚫고 숙향을 만남. 황태후의 유방염 치료약을 구하기 위해 선계로 여정을 떠나고 무사히 돌아와 일흔 살까지 세상을 누림.

숙향

=정렬부인 · 정렬왕비

다섯 살 때부터 시작된 다섯 번의 액운을 넘기고 나서야 부귀 영화를 누리게 됨.

- 이선은 고모 여 부인의 도움을 받아 숙향과 몰래 혼인하고, 이를 알게 된 이선의 아버지 이 상서는 낙양 부사에게 숙향의 죄를 물어 죽이도록 명령했다.
- 한편 낙양 부사는 숙향의 친아버지 김전이었으나 숙향을 알아보지 못하고, 낙양에서 추방당한 숙향은 도적의 표적이 되었다.
- 우연히 숙향을 만난 이선의 어머니는 그녀의 생시를 듣자마자 아들의 배필임을 알아차리고, 이선이 과거에 급제하자마자 두 사람은 집안에서 인정을 받게 되었다.
- 숙향은 자신이 도움을 받았던 곳에 고마움을 표하며 길을 가다가 양양에서 부모님을 되찾았다.
- 이선은 황태후의 유방염을 치료하기 위해 선계에 약을 구하러 떠나고 무사히 돌아와 황제의 인정을 받았다.

⑪ 전우치전

최씨 부인
아름답고
덕이 높은 인물.

전숙(운화 선생)
명문가의 자손이나 산속
에 은둔함. 전우치가 열
살 때 병으로 세상을 뜸.

기이한 탄생과 신이한 능력

소복 입은 여우의 넋

구미호의 천서
(하늘의 뜻을 담은 책)

— 도술 습득 →

전우치
여우의 넋을 삼키고 천서를 배워 도술
을 터득한 인물. 장난기가 많고 제멋대
로이기는 하지만 못된 사람을 응징하
고 힘없는 백성을 구하기도 함.

10줄 갈무리

갈래 영웅소설, 군담소설
주제 전우치가 도술을 터득한 과정과 도술의 행적

○— 전우치는 전숙과 최 씨 사이에서 기이한 태몽을 통해 태어났다.

○— 전우치는 다른 영웅들과는 다르게 처음에는 도술을 쓸 줄 몰랐고, 스승 윤 공에게 학문을 배웠다.

○— 전우치는 여인으로 변신한 여우에게 홀려 정을 통하고, 여우의 넋이라 불리는 구슬을 삼켜 도술을 부리게 되었다.

○— 세금사에서 또 다른 여우를 만나게 된 전우치는 기이한 노인의 도움으로 여우에게 천서 세 권을 빼앗았다.

서화담
수준 높은 도술을 자유자재로
사용하며 전우치를 데리고
영주산으로 들어간 인물.

영주산

영주산으로 들어감

선관으로 변신해
황금 대들보를 차지한 전우치

호조에서 일하는
청년 구해 주기

먹물 병에
숨어 버리는 전우치

도술의 행적

불쌍한
여인을 구함

전우치로 변한
타락한 중

구미호로 변한
왕연희

이무기로 변한
여인

○── 여우의 도움을 통해 천서 한 권을 통달한 전우치는 기분이 좋아지는 바람에 방심을 하고 천서 두 권과 여우를 놓쳤다.

○── 어머니를 봉양하기 위해 돈이 필요하자, 전우치는 거짓으로 선관인 척하며 임금에게 황금대들보를 만들어 바치라고 명령했다.

○── 거짓이 들통나자 전우치는 갖은 도술을 부리며 위기를 모면했다.

○── 전우치는 억울한 백성을 구하고 부패한 관리와 거만한 선비들을 괴롭혔다.

○── 억울하게 역적으로 몰린 전우치는 그림 속으로 도망쳐 위기를 면했다.

○── 서화담은 제멋대로 도술을 부리는 전우치를 데리고 영주산으로 들어갔다.

⑫ 흥보가

놀보의 박 타기
(타면 탈수록 재물이 줄어드는 신비!)

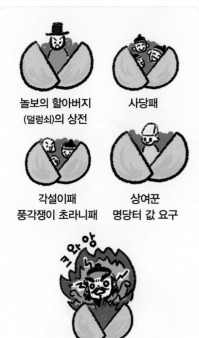

놀보의 할아버지
(떨렁쇠)의 상전

사당패

각설이패
풍각쟁이 초라니패

상여꾼
명당터 값 요구

장비

보구풍
원수를 갚는 박씨

놀보 부인　　놀보

흥보의 형. 별명은 오장육부에 심술보까지 더해서 오장칠부라고 불림. 그만큼 행실이 나쁘고 욕심이 많음. 자신의 욕심을 채우기 위해 제비 다리를 일부러 부러뜨리기도 함. 나중에 박에서 나온 존재들에게 크게 벌을 받음.

 **10줄 갈무리**

갈래 판소리 사설
주제 형제의 우애와 권선징악

○── 놀보는 흥보의 가족을 집에서 내쫓았다.

○── 흥보의 가족은 복덕 마을의 허름한 빈집에 자리를 잡았지만 먹을 것이 없어 고생했다.

○── 흥보는 곡식을 꾸기 위해 관청으로 향하면서 자신의 옷차림을 양반 격식에 맞추어 차려입지만 겉으로 보기에는 거지꼴이나 다름없었다.

○── 관청에 도착한 흥보는 곡식을 꾸는 입장인데도 자신이 양반임을 생각하여 호장에게 반말을 해야 할지 존댓말을 해야 할지 고민했다.

'존대를 해야 하나
하대를 해야 하나…'

흥보의 한계점
양반 겉치레와 양반으로서의
자존심을 포기하지 못하는 흥보

흥보의 박 타기
(타면 탈수록 재물이 늘어나는 신비!)

보은포
은혜를 갚는 박씨

온갖 진귀한 약과
돈과 쌀이 끝없이
나오는 궤

비단 옷감들
세간살이
(가구, 이불, 그릇)

흥보   흥보 부인

놀보의 동생. 마음씨가 착하고 따뜻한
인물이지만 여전히 양반으로서의 허
례허식을 버리지 못함. 제비의 다리를
정성껏 치료해 주어서 복을 받음.

대궐 같은 집

○— 호장은 흥보에게 매를 맞고 돈을 받는 자리를 소개하고 신이 난 흥보는 집에 가서 가족들에게 이야기했다.

○— 흥보의 아내는 매품을 팔러 가지 말라며 엉엉 울었고 사정을 엿들은 옆집의 꾀수 애비가 몰래 매를 먼저 맞고 돈을 받아 갔다.

○— 배고픔을 이기지 못한 흥보는 놀보를 찾아가지만 형과 형수에게 흠씬 두들겨 맞고 내쫓겼다.

○— 봄이 오고 제비 다리를 고쳐 준 흥보는 '보은포'라는 박씨를 받아 부자가 되었다.

○— 놀보는 흥보의 경험을 재현하기 위해 제비의 다리를 부러뜨렸고, 놀보의 제비는 원수를 갚는 박씨를 선물하여 놀보가 벌을 받도록 했다.

○— 흥보는 자신의 형을 용서하고 놀보는 자신의 죄를 뉘우치며 두 사람은 행복하게 살았다.

⑬ 성조풀이

기이한 태몽

검정새와
국화꽃 세 송이

삼태육경
자미성

삼신제불

금쟁반과
붉은 구슬

도솔천 왕

옥진 부인 　천궁 대왕

황토섬으로
귀양을 간 성조

계화 부인

성조신의 부인. 황휘궁의 공주로 성조의 아내가 되었으나 혼인하자마자 남편에게 박대당함. 나중에 성조가 크게 뉘우치고 아들 다섯과 딸 다섯을 낳아 행복하게 삶.

성조

집을 짓는 신으로 서천국의 천궁 대왕과 옥진 부인 사이에서 태어남. 태몽이 대단하여 큰 인물이 될 것이라는 기대를 받았으나 18세에 귀양을 갈 운명이라는 관상객의 예언대로 3년 동안 벌을 받음.

 **10줄 갈무리**

갈래 서사무가, 무속신화
주제 성조신의 탄생과 업적

○— 서천국의 천궁 대왕과 옥진 부인은 아이가 생기지 않아 공덕을 드리다가 세 번의 태몽을 꾸게 되었다.

○— 성조는 훌륭한 인물이 될 것이라는 기대를 받고 태어났다.

○— 관상을 보고 운명을 읽는 관상객은 성조가 3년 동안 귀양을 갈 운명이라고 예언했다.

○— 성조는 무럭무럭 자라 열다섯 살이 되고 지하궁(인간 세계)을 보다가 인간들에게는 집이 없음을 발견했다.

○— 성조는 집을 지을 나무를 키우기 위해 옥황상제에게 솔씨를 받아 지하궁의 산에 뿌려 두었다.

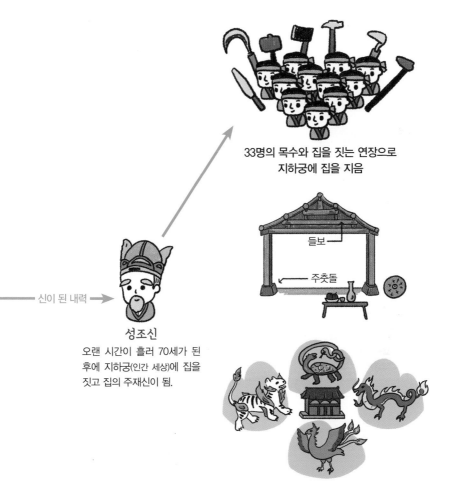

33명의 목수와 집을 짓는 연장으로
지하궁에 집을 지음

들보

주춧돌

신이 된 내력 →

성조신

오랜 시간이 흘러 70세가 된
후에 지하궁(인간 세상)에 집을
짓고 집의 주재신이 됨.

○── 열여덟 살이 된 성조는 황휘궁의 계화 공주를 아내로 맞지만 주색에 빠져 부인을 홀대했다.

○── 신하들은 왕자를 처벌할 것을 요구했고, 성조는 황토섬이라는 귀양지에 3년 동안 갇히게 되었다.

○── 궁으로 돌아갈 날이 되었는데도 아무도 그를 구하러 오지 않자 성조는 혈서를 써서 청조새 편에 보냈다.

○── 편지를 받은 천궁 대왕은 성조를 데리고 오도록 했고, 성조는 잘못을 뉘우치고 계화 부인과 행복한 날
     을 보냈다.

○── 70세가 된 성조는 예전에 심어 둔 소나무를 기억하고 그 나무로 백성들에게 집을 만들어 주고 집의 주
     재신인 성조신이 되었다.

⑭ 콩쥐팥쥐전

계모 배 씨
팥쥐의 어머니. 콩쥐에게 인간이 할 수 없는 일들을 시켜 가며 구박함.

팥쥐
콩쥐를 질투하고 못살게 구는 인물. 콩쥐를 살해하고 스스로 콩쥐 행세를 하며 부귀를 누리려 하지만 잘못이 드러나 처형을 당함.

구박하고 학대함

조력자의 도움으로 이겨냄

질투하여 살인함

연꽃이 되어 팥쥐의 머리채를 쥐어뜯음

아궁이에 버림

오색 구슬로 다시 태어남

10줄 갈무리

갈래 국문소설, 가정소설, 애정소설
주제 권선징악

○── 콩쥐는 어린 나이에 어머니를 잃고 배 씨와 팥쥐에게 구박을 당했다.

○── 배 씨와 팥쥐는 콩쥐가 외갓집에서 열리는 잔치에 오지 못하도록 어마어마한 양의 일을 시켰다.

○── 콩쥐는 낙심하지만 새들과 직녀가 도와준 덕분에 제시간에 일을 마쳤다.

○── 새옷과 새신발을 신고 길을 가던 콩쥐는 감사의 행렬을 피하려다가 신발 한 짝을 놓치게 되었다.

○── 평소에 신기한 기운을 좋아하던 김 감사는 신발의 주인인 콩쥐를 찾았다.

최만춘 **조씨 부인**

아내 조 씨와 사별한 뒤 배 씨를 후처로 맞음.

콩쥐의 어머니. 콩쥐가 태어난 지 100일 만에 세상을 떠남.

콩쥐 **김 감사**

계모와 팥쥐의 학대를 이겨 내고 부귀영화를 누리는 인물. 검은 소와 두꺼비, 직녀와 새 등 신이한 조력자들을 만나 위기를 모면하고 김 감사와 혼인함. 간악한 팥쥐에게 살해당하지만 옥황상제와 이웃 할멈의 도움으로 팥쥐의 악행을 밝혀내고 다시 살아남.

콩쥐의 남편. 권세가 대단한 양반 가문 출신으로 부인을 잃고 외로운 처지였음. 본래 신기한 일에 관심이 많은 성격으로 콩쥐가 놓친 신발의 주인을 찾다가 콩쥐와 혼인을 하게 됨.

이웃 할멈

김 감사를 집으로 초대해 콩쥐와 만날 수 있도록 도와줌.

검은 소는 돌밭을 갈아주고,

두꺼비는 깨진 독을 막아주고,

직녀는 베를 대신 짜주고,

새는 곡식을 쓿어 준다!

○— 김 감사는 콩쥐를 부인으로 맞고 팥쥐는 이를 질투하여 콩쥐를 연못에서 살해했다.

○— 팥쥐는 콩쥐 행세를 했고, 연꽃으로 변신한 콩쥐는 그런 팥쥐의 머리채를 쥐어뜯으며 복수하려 했다.

○— 팥쥐가 연꽃을 아궁이에 넣어 버리자 연꽃은 곧 오색 구슬이 되었고 이웃 할멈은 아궁이에 버려진 구슬을 보고 욕심이 생겨 그것을 집에 가져 왔다.

○— 콩쥐는 옥황상제와 이웃 할멈의 도움으로 김 감사를 다시 만나고 억울함을 호소했다.

○— 김 감사는 팥쥐를 처형하여 벌하고 배 씨 역시 이 소식을 듣고 쓰러져 지옥으로 떨어졌다.

⑮ 주생전

외부 이야기

 ← 이야기를 털어 놓음 ─

권필 '나'
이 글을 쓴 사람. 송도의 여관에서 주생을 만나 그의 이야기를 듣고 글을 씀.

주생
타지에서 시름시름 앓으며 자신의 사연을 들려줌.

 **10줄 갈무리**

갈래 한문소설, 액자소설
구성 액자 소설 구조 　외부　 '나'와 주생의 만남
　　　　　　　　　　　　내부　 주생과 배도 그리고 선화의 엇갈린 사랑
주제 주생과 배도 그리고 선화의 엇갈린 운명과 비극적인 사랑

○─ 명나라 전당 출신 주생은 과거에 네 번이나 불합격하여 공부를 접고 장사를 시작했다.

○─ 어느 날 주생은 잔뜩 취하고 배에서 잠들어 고향 땅에 돌아왔다.

○─ 소꿉친구였던 기생 배도를 다시 만난 주생은 사랑에 빠지고 두 사람은 함께 살게 되었다.

○─ 주생은 배도가 연회에 갔다가 돌아오지 않자 노승상댁까지 찾아갔다.

○─ 그곳에서 주생은 선화 낭자에게 마음을 빼앗기고 동생 국영의 과외 선생님이 되어 노승상댁으로 들어갔다.

○─ 주생은 노승상댁에서 선화 낭자와 정을 통하게 되었지만 선화 낭자는 곧 배도와 주생의 사이를 눈치챘다.

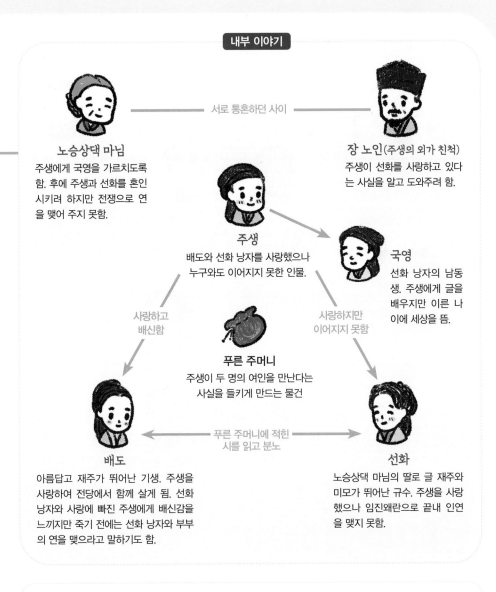

노승상댁 마님
주생에게 국영을 가르치도록
함. 후에 주생과 선화를 혼인
시키려 하지만 전쟁으로 연
을 맺어 주지 못함.

서로 통혼하던 사이

장 노인(주생의 외가 친척)
주생이 선화를 사랑하고 있다
는 사실을 알고 도와주려 함.

주생
배도와 선화 낭자를 사랑했으나
누구와도 이어지지 못한 인물.

국영
선화 낭자의 남동
생. 주생에게 글을
배우지만 이른 나
이에 세상을 뜸.

사랑하고
배신함

사랑하지만
이어지지 못함

푸른 주머니
주생이 두 명의 여인을 만난다는
사실을 들키게 만드는 물건

푸른 주머니에 적힌
시를 읽고 분노

배도
아름답고 재주가 뛰어난 기생. 주생을
사랑하여 전당에서 함께 살게 됨. 선화
낭자와 사랑에 빠진 주생에게 배신감을
느끼지만 죽기 전에는 선화 낭자와 부부
의 연을 맺으라고 말하기도 함.

선화
노승상댁 마님의 딸로 글 재주와
미모가 뛰어난 규수. 주생을 사랑
했으나 임진왜란으로 끝내 인연
을 맺지 못함.

○— 주생을 위한 연회가 열리는 날 배도 역시 선화 낭자와 주생의 사이를 알게 되었고, 당장 집으로 돌아오
지 않으면 노승상댁 마님께 알리겠다고 말했다.

○— 이후 배도는 병으로 시름시름 앓다가 세상을 떠나고, 주생은 차마 선화와 연을 맺지 못하고 친척 장 노
인을 찾아갔다.

○— 주생과 선화 낭자의 사이를 알게 된 장 노인이 혼사를 추진하지만 임진왜란으로 주생은 명나라 군대의
서기가 되어 조선으로 떠나야 했다.

○— 송도의 여관에서 주생의 이야기를 들은 '나(권필)'는 그들의 사랑 이야기가 너무 슬퍼 글로 남겼다.

⑯ 최척전

첫 번째 우연한 만남

우연히 최 공과 심 씨가
몽석을 찾다

두 번째 우연한 만남

우연히 옥영과
최척이 만나다

장육금불
옥영의 꿈에 나타
나 삶을 포기하지
않도록 위로함.

왜병 돈우
남장한 옥영을 아
들처럼 생각하며
돌봄.

심 씨(옥영의 어머니)
이옥영의 어머니. 처음에
는 최척과의 혼인에 반
대함. 정유재란 때 가족
과 헤어지고 몽석은 금
방 찾지만 딸 옥영과는
한참 후에야 만남.

------- 헤어짐과 -------

이옥영

심 씨의 딸. 정 상사의 집에 머물 때 최척을 마음에 품고 쪽지를 전달
함. 어머니의 반대와 최척의 의병 생활 때문에 혼인이 어려워졌으나
그때마다 강력한 의지를 표현하여 결국 최척과 혼인함. 그것을 인연
으로 부부가 되어 정유재란 때 헤어졌다가 안남에서 다시 만남. 후에
몽선이와 홍도를 데리고 조선으로 감. 좌절하고 포기하고 싶어질 때
마다 장육금불의 위로를 받아 힘든 세월을 버팀.

------- 헤어짐과 -------

몽선(둘째 아들) 홍도

갈래 한문소설, 애정소설, 전기소설, 군담소설
주제 전쟁으로 인한 최척 가족의 헤어짐과 재회

○— 최척은 스승 정 상사의 집에 머물던 옥영과 사랑에 빠졌다.

○— 처음에는 옥영의 어머니가 반대하는 바람에, 다음에는 최척이 의병으로 뽑히면서 두 사람의 혼인이 어려
    웠지만 결국 최척과 옥영은 혼인을 하게 되었다.

○— 옥영은 장육금불이 등장하는 꿈을 꾸고 귀한 아들(최몽석)까지 얻었지만 곧 정유재란이 일어나면서 온가
    족이 뿔뿔이 흩어지게 되었다.

○— 최척은 가족이 몰살당했다고 생각하여 중국으로 떠나 장사를 했고, 옥영은 남장을 하고 왜병 돈우을 도
    와 장사를 했다.

○— 두 사람은 안남 항구에서 서로를 알아 보고 중국에 정착하여 둘째 아들 몽선을 얻었다.

최 공(최숙)

최척의 아버지. 일찍 아내를 잃고 홀로 최척을 키움. 정유재란 때 아들과 헤어져 한참 후에야 만남.

천총 여유문
(명나라 장수)

최척을 데리고 중국으로 감.

주우
(최척의 친구)

최적과 함께 장사를 하며 유랑함.

세 번째 우연한 만남

우연히 최척과 몽석이 만나다

── 다시 만남 ──

최척

최숙의 아들. 옥영과 결혼하여 첫째 아들 몽석을 낳고 행복한 가정을 꾸리지만 정유재란으로 가족과 헤어져 중국으로 떠남. 안남에서 옥영을 다시 만나 중국에 정착했으나 후금과 명나라의 전쟁 때문에 또다시 서기로 징병되어 가족과 헤어짐. 다행히 포로 무리 사이에서 몽석을 만나 함께 조선으로 떠나고 남원에서 가족을 다시 만남.

네 번째 우연한 만남

우연히 진위경과 최척이 만나다

── 다시 만남 ──

진위경(홍도의 아버지)

은진에서 최척의 병을 치료해 준 귀인. 남원에 도착해서 알고 보니 최척과 사돈 사이였음.

몽석
(첫째 아들)

○── 시간이 흘러 몽선은 홍도와 혼인을 했는데, 홍도는 자신의 아버지가 명나라 병사로 조선에 갔다가 세상을 떴다고 생각했다.

○── 무오년에 누르하치가 명나라를 공격하자 최척은 서기로 징병되고 포로들 사이에서 몽석을 만나게 되었다.

○── 최척은 몽석과 함께 조선으로 향하다가 병을 앓게 되었으나 진위경의 도움을 받아 병을 치료했는데 알고 보니 그는 홍도의 아버지였다.

○── 최척은 남원에 도착하여 자신의 아버지와 옥영의 어머니를 만나고 그 사이 옥영은 몽선과 홍도와 함께 배를 타고 조선으로 향했다.

○── 남원에서 다시 만난 최척의 가족들은 놀라고 또 기뻐했으며 이 이야기를 들은 사람들은 최척의 경험담을 가리켜 '기이한 만남에 관한 기록'이라 불렀다.

⑰ 바리데기

갈이 박사
박수 즉, 남자 무당으로
오구 대왕의 후사에 대한
예언을 함.

— 예언 →

오구 대왕
갈이 박사의 예언을 무시하
여 일곱 공주를 얻은 인물.
바리공주를 버리라고 명함.

길대 부인
바리공주를 버리지 말고 자식 없
는 신하에게 주라고 요청하지만
오구 대왕의 고집을 꺾지 못함.

조력자들

석가세존
바리공주의 조력자. 비리공덕 할아
비와 할미에게 바리공주를 키우도
록 부탁함. 후에 약을 구하러 가는
바리공주를 만났을 때 낭화와 금주
령을 선물로 주기도 함.

**비리공덕
할아비·할미**
석가세존의 명에 따라
바리공주를 키운 인물들.

바리공주
대단한 태몽으로 아들일 것이
라는 기대를 받고 태어나지만
공주라는 이유로 태어나자마
자 버림받음. 아픈 부모님을
위해 약을 구하러 떠남. 후에
무장승과 혼인하여 일곱 명의
아들을 낳음.

갈래 무조巫祖신화, 서사무가
주제 바리공주의 고난 극복과 무조신이 된 내력

○— 오구 대왕은 갈이 박사의 예언을 듣지만 무시했다.

○— 오구 대왕과 길대 부인은 여섯 명의 공주를 낳고 또 바리공주를 낳게 되자 낙심했다.

○— 부모에게 버려진 바리공주는 석가세존의 도움으로 비리공덕 할아비와 할미의 손에서 컸다.

○— 오구 대왕과 길대 부인이 위중한 병에 걸리자 갈이 박사는 바리공주를 찾으라고 조언했다.

○— 바리공주는 자신이 기꺼이 부모님을 위해서 약을 찾아 오겠다며 길을 나섰다.

부모를 구하고
무조신이 됨

약을 찾으러 떠남 →

무장승
바리공주의 남편. 약수를
구하러 온 바리공주에게 그
대가로 9년의 노동과 일곱
명의 아이를 요구함.

○— 석가세존은 바리공주에게 낭화 세 가지와 금주령을 선물로 주었다.

○— 바리공주는 가는 길에 죄인들이 가득한 지옥을 만나자 염불을 외워 그들이 극락에 가도록 빌어 주었다.

○— 무장승은 바리공주에게 9년의 노동과 일곱 명의 아들을 요구했다.

○— 바리공주는 자신이 구한 약으로 부모님을 구했다.

○— 이후 바리공주는 무조신이 되어 영혼을 저승으로 인도했다.

⑱ 임진록

명나라에서 온 장수들

조승훈(요동도독)
평양성을 점령한 평행장과 싸워 보려 하지만 완전히 패배한 후 다시 요동으로 돌아감.

이여송(명나라 제독)
조선으로 와서 평양을 회복함.

심유경
조선과 왜국의 화친을 논의하기 위해 왜국으로 떠나지만 중간에서 역할을 제대로 하지 못해 상황을 악화시킴.

왜장 평행장
평양성을 점령한 왜장.

왜장 청정
경성을 공격해 점령함. 후에 정문부에 의해 군사 절반을 잃음.

경성장교 국경인
임해군과 순화군을 넘겨 청정의 부하가 되고자 했던 파렴치한 인물.

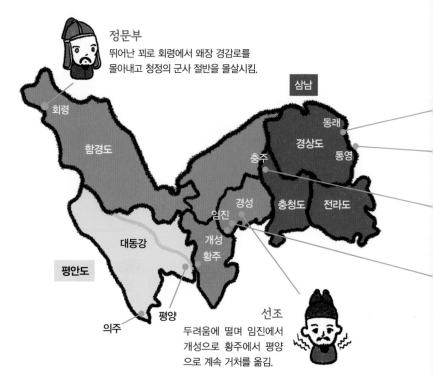

정문부
뛰어난 꾀로 회령에서 왜장 경감로를 몰아내고 청정의 군사 절반을 몰살시킴.

삼남

회령

함경도

동래

경상도

통영

충주

대동강

경성

충청도

전라도

임진

개성

황주

평안도

의주　평양

선조
두려움에 떨며 임진에서 개성으로 황주에서 평양으로 계속 거처를 옮김.

 **10줄 갈무리**

갈래 역사소설, 군담소설
주제 임진왜란 패배에 대한 정신적 보상과 승리

- 평수길은 호시탐탐 조선을 노려 정찰군 여덟 명을 보냈다.
- 갑자기 왜군이 몰려오자 어떤 이는 끝까지 싸우다가 칼에 맞아 죽기도 하고 어떤 이는 정신없이 도망치기도 했다.
- 아무런 준비가 되지 않았던 조선군은 제대로 싸우지도 못하고 도망쳤고 그 사이 선조는 겁에 질려 계속 거처를 옮겼다.

사명당(사명대사)

도술로 응징!

왜왕

금강산 유점사의 승려이자 서산대사의 제자. 승려들을 모아 의병을 일으키고 다시 한번 조선을 침략하려는 일본에 찾아가서 신이한 능력으로 저지함.

송상현(동래 부사)

부산 동래 부사. 스스로 살아남지 못할 것을 알고 끝까지 싸우다가 왜군의 칼을 맞고 죽음.

이일

경상도에서 충주로, 충주에서 통영으로 향하며 계속 싸움. 후에 한명현과 함께 왜군으로 변장하여 승리를 거두기도 함.

신립

충주에서 이일과 함께 싸우지만 총에 맞아 죽음.

유극량

임진에서 벌인 평행장과의 전투에서 패배하고 스스로 목숨을 끊음.

강홍립

김응서의 말을 무시하고 행군했다가 왜군에 붙잡힘. 왜왕의 매부가 되어 적응하고 살다가 김응서의 손에 죽음.

김응서

조선으로 돌아가고자 하지만 강홍립이 훼방을 놓는 바람에 그를 죽이고 스스로 목숨을 끊음.

이순신

전라좌도 수군절도사. 탁월한 전쟁 실력을 보임. 노량해전을 마지막으로 세상을 뜸.

김덕령

말로 청정을 물리쳤으나 왜국의 앞잡이로 몰림. 신이한 능력 탓에 몽둥이도 칼도 말을 듣지 않자 스스로 목숨을 내놓음.

곽재우

의병장이 되어 왜장 안국사와 대적하여 왜군을 격퇴함.

○── 평행장이 이끄는 왜군은 임진을 건너 평양성까지 차지했다.

○── 명나라에서 보낸 요동도독 조승훈은 평양성에서 패했고, 심유경은 사신으로서의 역할을 제대로 하지 못했다.

○── 의병장 곽재우와 의병장 김덕령은 왜군을 물리치고 공을 세웠다.

○── 정문부와 이순신은 육지와 바다에서 크게 활약했다.

○── 다시 도성으로 돌아온 선조는 김응서와 강홍립에게 항서를 받아 오라며 두 사람을 왜국으로 보냈지만 왜왕은 두 사람을 포섭하려 했고, 결국 김응서가 강홍립을 죽이고 자결했다.

○── 사명당은 왜왕이 다시 한번 조선을 침략하려 하자 이를 직접 저지하기 위해 길을 떠났다.

○── 사명당의 능력을 시험하던 왜왕과 부하들은 그의 무시무시한 능력을 보고 나서야 잘못을 빌었다.

⑲ 수로 부인

헌화가

수로 부인
고귀한 신분에 아름다운 여인.
해석에 따라 무당이나 역사적
인물로 해석 가능. (삼모 부인의
어머니로 추정 가능)

순정공
수로 부인의 남편. '공'의 호칭
으로 보아 신분이 높은 사람이
었음을 짐작할 수 있음.

〈헌화가〉의 노인
오직 수로 부인을 위해 순수한
마음의 표시로 철쭉꽃을 꺾어
온 인물. 애정·존경으로 해석
가능.

삼모 부인
경덕왕(신라의 35대왕)의 왕비. 역사적으로 삼모 부인은 아이를 낳
지 못하면서 둘째 왕비 만월 부인에게 자리를 내어줌. (수로 부인
의 딸로 추정 가능)

 **10줄 갈무리**

갈래 설화
주제 수로 부인의 아름다움에 얽힌 이야기와 노래

o— 수로 부인은 순정공의 아내로 고귀한 신분에 얼굴도 무척 아름다웠다.

o— 남편과 바닷가에서 점심을 먹던 수로 부인은 절벽 위에 핀 철쭉꽃을 발견했다.

o— 수로 부인은 꽃을 꺾어서 바칠 사람을 찾았지만 아무도 감히 나서지 않았다.

o— 그때 한 늙은이가 암소를 몰고 가다가 멈추더니 〈헌화가〉를 부르며 꽃을 바쳤다.

o— 어느 날 수로 부인이 바다의 용에게 납치되었다.

해가

바다의 용

순정공

〈해가〉를 가르쳐 줌

〈해가〉의 노인
용이 아내를 납치해 가고 순정
공이 어쩔 줄 몰라하자 '해가'
를 가르쳐 주며 도와준 인물.

○— 남편인 순정공은 어찌할 바를 몰라했다.

○— 그때 한 늙은이가 나타나 여러 백성들이 모여서 〈해가〉를 부르며 막대기로 언덕을 치라고 조언했다.

○— 얼마쯤 뒤 용이 수로 부인을 모시고 나왔다.

○— 수로 부인이 경험한 바닷속은 화려한 궁전과 맛있는 음식이 있으며 맑고 깨끗한 곳이었다.

○— 수로 부인은 그 이후로도 신물에 자주 납치를 당하곤 했다.

⑳ 육미당기

전반부

 소성왕 (신라의 왕)

 왕비 석 씨

 ① 기이한 탄생

김소선(신라 소성왕의 아들)
=소선 태자 · 소선 · 부마 · 낙랑왕
아버지의 병을 고치기 위해 길을 떠났다가 악한 형제 세징에게 공격을 당하고 눈이 멀게 됨. 백 중승의 도움으로 목숨을 구하고 중국 황성에서 피리를 불며 지내다가 극적으로 눈을 뜸. 옥성공주, 운영 소저, 서란 소저와 차례로 결혼하고 각 부인의 시녀를 잉첩으로 들임.

박 귀인 (소성왕의 후궁)
세징 왕자의 어머니로 소선을 못마땅해 함.

세징 (박 귀인의 아들)
소선을 시기하는 악한 형제.

 ② 형제의 질투

 ③ 약을 찾기 위한 여행(조력자)

 ④ 세징 때문에 눈이 멀게 됨

 ⑤ 중국에 머무름 (조력자)

 ⑥ 공주와 사랑에 빠지고 눈을 뜸
⑦ 공주와 결혼

 여인들과의 결연담

⑧ 악한 형제를 물리치고 고국으로 돌아와 왕위에 오름

 **10줄 갈무리**

갈래 한문소설, 영웅소설
구성 [전반부] 형제 갈등과 구약 여행 + [후반부] 여인들과의 결연담
주제 신라 태자 김소선의 영웅적 일대기

- 김소선 태자는 신라 소성왕과 왕비 석 씨의 아들로 기이한 태몽을 통해 태어난다.
- 그의 형 세징은 박 귀인의 아들로 마음이 악하고 질투가 많아 아버지의 약을 구하러 갔던 소선을 해치고 약을 빼앗는다.
- 소선은 눈이 멀게 되고, 목숨이 위험해졌지만 다행히 백문현의 도움을 받아 중국에 머무른다.
- 소선은 백문현의 딸 백 소저와 혼인을 약속했지만 승상 배연령과 백 소저의 어머니 때문에 이루어지지 못한다.
- 황성으로 들어간 소선은 옥성공주와 이야기하다가 자신의 기러기 울음 소리를 듣고 극적으로 눈을 뜬다.

학운당

금성공주

＝백 소저·백운경·백 학사·여릉공·백 원수

백문현의 딸. 본래 김소선과 정혼한 사이였으나
승상 배연령이 자신의 아들 배득량과 엮으려 하
자 시녀 추향과 함께 집에서 도망쳐 나옴. 후에
남장을 하고 백운경이라는 이름으로 공을 쌓고
황제의 명에 따라 김소선의 두 번째 부인이 됨.

취란당

설 부인

＝서란 소저·설 부인

설 공의 딸. 아버지 설 공이
백운경이 남자인 줄 알고 혼
담을 청함. 백운경이 백 소저
라는 말을 듣고 충격을 받아
절에 들어감. 후에 소선과 인
연이 닿아 세 번째 부인이 됨.

봉소루

옥성공주
(요화)

천자의 딸. 소선의 피리
소리를 좋아하여 자주
어울렸음.

육미당

낙랑왕 (김소선 태자)

청설헌

설향
(옥성공주의 시녀)

상추각

추향
(금성공주의 시녀)

탐춘각

춘앵
(설 부인의 시녀)

○— 소선은 옥성공주와 결혼하여 부마가 되고, 백 소저는 남장을 하여 백운경으로 살아간다.

○— 소선과 백운경은 토번 전투에 출정하여 공을 세우고 이 전쟁 이후 소선은 백운경이 백 소저라는 사실을
알게 된다.

○— 이 모든 사정을 알게 된 황제는 백 소저에게 금성공주의 호칭을 내리고 소선의 두 번째 부인이 되도록
허락한다.

○— 한편 서란 소저는 백운경과 혼인을 약속하였기 때문에 그가 원래 여인이었다는 사실을 듣고 크게 낙심
했다가 소선을 만나 그의 세 번째 부인이 된다.

○— 소선은 자신의 부인과 잉첩들을 데리고 고국으로 돌아가 세징을 용서하고 신라의 왕이 된다.

㉑ 예덕선생전

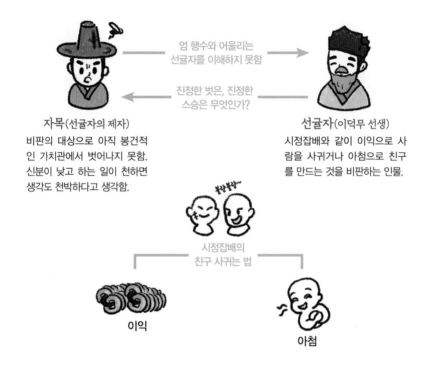

엄 행수와 어울리는
선귤자를 이해하지 못함

진정한 벗은, 진정한
스승은 무엇인가?

자목(선귤자의 제자)
비판의 대상으로 아직 봉건적
인 가치관에서 벗어나지 못함.
신분이 낮고 하는 일이 천하면
생각도 천박하다고 생각함.

선귤자(이덕무 선생)
시정잡배와 같이 이익으로 사
람을 사귀거나 아첨으로 친구
를 만드는 것을 비판하는 인물.

시정잡배의
친구 사귀는 법

이익

아첨

10줄 갈무리

갈래 한문소설, 단편소설, 풍자소설
주제 참된 벗을 사귀는 올바른 방법

○── 자목은 스승 선귤자가 엄 행수와 친구인 것이 불편하고 마음에 들지 않았다.

○── 평소에 스승 선귤자는 유명한 선비들과 벼슬아치들도 천박하다고 함께 어울리지 않았다.

○── 자목은 하는 일이 천하고 신분이 낮은 이와는 어울릴 수 없다고 생각했다.

○── 선귤자는 사람을 이익과 아첨으로 사귀어서는 안 된다고 말했다.

○── 이해타산적으로 관계를 맺으면 사귐이 지속되기가 어렵기 때문이다.

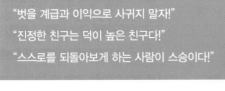

"벗을 계급과 이익으로 사귀지 말자!"
"진정한 친구는 덕이 높은 친구다!"
"스스로를 되돌아보게 하는 사람이 스승이다!"

예덕 선생 穢 더러운 것으로
= 엄 행수 德 덕을 쌓아가는 사람

마을의 인분을 치우는 일을 하고,

행실이 어리석어 보이지만

자신의 처지에 만족하며

매사에 최선을 다함

○— 엄 행수는 조금 어리석어 보이고, 집도 형편없지만 자신의 일에 게으름을 피우지 않고 늘 열심히 했다.

○— 엄 행수는 욕심을 부리지 않고 늘 자신의 분에 맞게 생활했다.

○— 엄 행수의 겉모습은 초라할지 몰라도 그의 의로움은 대단했다.

○— 엄 행수는 마음이 곧고 존경받을 만했다.

○— 그러므로 선귤자는 엄 행수를 '예덕 선생'이라고 불렀다.

㉒ 상녀

재상
진정으로 딸을 사랑한 아버지. 재가하기 힘든 현실을 직시하고 딸의 죽음을 위장하여 재가할 수 있도록 도와줌. 후에 아들이 딸에 대해 물을 때도 입을 열지 않음.

죽어야만 빠져나올 수 있는 ─

설마
양반가에서
재혼을?

갈래 야담野談
주제 양반가의 재혼 금지 현실과 인간의 기본 욕구를 억압하는 사회 고발

○━ 재상의 딸은 시집간 지 1년도 채 지나지 않아 과부가 된다.

○━ 양반 가문에서 재가는 있을 수 없는 일이었다.

○━ 재상은 딸이 곱게 단장하다 말고 거울을 집어던지는 모습을 보고 마음이 아팠다.

○━ 재상은 젊고 건강한 무인을 불러 자신의 딸과 함께 함경도 땅에 가서 살라고 한다.

○━ 오랜 시간이 흘러 재상의 아들은 암행어사로 함경도 지방에 들른다.

죽음보다 못한 현실 →

젊은 과부(재상의 딸)
젊은 나이에 남편을 잃고 과부가 됨. 남편을 따라 세상을 뜬 것으로 위장하고 함경도로 떠남. 후에 동생을 만나 모든 것을 털어놓음.

무인
젊고 건강한 인물. 재상의 딸과 혼인하여 함경도 땅에서 정착함.

함경도 땅

재상 아들(암행어사)
함경도에서 자신의 누이를 만나고 놀라 아버지에게 자초지종을 물으려 하다가 실패함.

재상

- 어사는 우연히 누이의 집에 방문한다.
- 밤이 깊자 누이는 어사의 방으로 들어와 사실을 고백한다.
- 재상의 딸과 무인은 두 아이를 낳고 행복하게 살고 있었다.
- 집으로 돌아온 재상의 아들은 아버지에게 함경도에서 겪은 이야기를 들려 드리려 한다.
- 하지만 재상은 무서운 눈으로 아들을 응시하고 아들은 아무 이야기도 꺼내지 못하고 돌아간다.

㉓ 금방울전

막 씨
금령의 어머니. 효심이 깊은 며느리로 마음이 착하여 하늘이 금령을 선물로 내림.

목손
욕심이 많아 금령을 훔치고, 금령에게 해코지를 당하자 지현에게 요물이라며 고자질함.

해룡이 부모와 만나도록 도움

해룡을 위협하는 존재로부터 해룡을 지키고 도움

금령 = 금령공주
본래 남해 용왕의 딸로 동해 용왕의 아들과 부부가 되자마자 남선진주 요괴에게 습격을 당함. 막 씨의 품에서 금방울로 다시 태어나 해룡이 위기에 처할 때마다 도와줌. 16년 후에 인간의 모습으로 변하고 해룡과 혼인함.

김삼랑의 혼령

힘 · 부채 · 오색 명주(오색 구슬) · 붉은 부채

막 씨에게 금령을 소개한 존재들. 세상에 태어날 금령에게 선물을 주고 16년 뒤에 얼굴을 볼 수 있으리라는 예언을 남김.

10줄 갈무리

갈래 한글 영웅소설, 전기소설
주제 장애를 극복하고 혼사에 성공하는 금방울의 삶

○— 금령과 해룡은 본래 용왕의 딸과 아들로 부부의 연을 맺었으나, 요괴에게 쫓겨 인간 세상에서 태어난다.

○— 금령은 효심이 깊은 막 씨의 딸로 태어나 마을의 명물이 되지만 요물 취급을 받기도 한다.

○— 해룡은 장 공 부부의 아들로 태어났으나 어릴 때 부모와 헤어져 장삼의 집에서 살게 되고 장삼의 부인 변 씨에게 학대를 당한다.

○— 금령은 위험에 처한 해룡을 여러 번 구하고 해룡과 함께 금선공주를 구한다.

장 공(장원)

장해룡의 아버지. 처음에는 금령을 요물로 취급하며 없애려 하고, 어릴 때 잃어 버린 아들을 기억하지 못하고 살인범 취급하며 심문을 함. 해룡이 부마가 되고 북흉노와 전쟁을 치른 후에야 다시 만나게 됨.

장 공 부인

억울하게 갇힌 막 씨를 풀어 주라고 남편에게 조언함. 어릴 적 잃어 버린 해룡을 무척 그리워함.

족자

해룡과 부모가
서로 부모 자식 사이임을
확인하게 해 주는 매개체

금선공주

태조 고황제의 외동딸. 괴물한테 납치되지만 해룡과 금령이 구해줌. 후에 해룡과 혼인.

장해룡

=장 부마·장 원수·장 승상·위왕·장 어사

본래 동해 용왕의 아들이었으나, 장 공 부부의 아들로 태어남. 어릴 때 부모와 헤어지고 장삼의 집에서 자람. 변 씨와 소룡의 해코지로 여러 번 죽을 위기에 처하지만 그때마다 금령이 도와줌. 괴물에게 붙잡힌 금선공주를 구하고 부마가 됨.

도움

장삼

도적떼 사이에서 해룡의 목숨을 구하고 자식처럼 키움.

호각

북흉노의 장수. 자신의 작전이 성공했다고 착각하여 도리어 해룡에게 당하는 인물.

요괴=금돼지·
머리 아홉 개 달린 괴물

금선공주를 납치한 범인. 금령과 해룡에게 당함.

**장삼의 부인
변 씨**

소룡
(변 씨의 아들)

해룡을 싫어하고 괴롭힘. 장삼이 세상을 뜨자 더욱 심하게 괴롭힘.

○— 해룡은 금선공주와 결혼하여 부마가 되고, 나라를 지키기 위해 북흉노의 장수 호각과 겨룬다.

○— 호각의 꾀 때문에 해룡이 궁지에 몰리지만 다시 한번 금령이 도와준다.

○— 금령이 태어난 지 16년이 흐르자 방울의 모양에서 여인의 모습으로 변한다.

○— 해룡은 어사가 되어 지방을 순찰하다가 장 공 부부가 있는 뇌양현을 지나고 장 공이 바로 자신의 아버지임을 깨닫는다.

○— 황후는 금령의 은혜에 감동하여 양녀로 삼고 해룡과 부부의 연을 맺을 수 있도록 돕는다.

○— 금령공주와 해룡 그리고 금선공주는 행복하게 남은 생을 살다가 신선의 구름을 타고 승천한다.

2

현대 문학

① 황만근은 이렇게 말했다

백은 만근이 셀 수 있는
가장 큰 단위

황만근

동네에서 반편이 취급을 당하는 인물. 사실은 동네에서 가장 부지런하고 재주가 많음. 농사일에 대한 통찰도 있어서 민 씨를 놀라게 함.

편견 없이 바라 봄 ◄──────

만근산

황! 마안-그은.
▶ 백 분(번), 찝 원(십 원), 여 끈(열 근), 팔 푼, 두 바리(마리).
그래, 바안-그은.

황만근가歌(노래)

"꾹찌 찝 원어찌만 쪼요."

혀가 짧은 만근

여덟 달 만에
태어난 만근

지저분한 만근

 **10줄 갈무리**

갈래 단편소설, 농촌소설
시점 전지적 작가 시점(부분적으로 민 씨의 관점에서 서술됨)
주제 황만근의 생애와 그의 행적

○── 황만근은 황씨 집성촌인 신대1리에 살고 있으며, 그의 이름은 집에서 보이는 만근산에서 따왔다.

○── 황만근은 여덟 달 만에 태어났는데, 어머니가 아버지의 부고를 듣고 놀라는 바람에 갑작스럽게 태어났다고 한다.

○── 황만근은 지저분하기로 유명해서 집에서도 가족과 함께 방을 쓰지 못한다.

민 씨

결국 황만근은
세상을 뜸

농가부채 해결을 위한 전국농민 총궐기대회 D-1

이장
황만근을 놀리거나 이용해 먹으려는 인물.
황만근에게는 꼭 경운기를 타고 오라고 해
놓고 자신은 트럭을 타고 갈 만큼 뻔뻔함.

- 황만근은 토끼 고개에서 거대한 토끼와 겨뤄 이기고, 토끼는 세 가지 소원을 들어주었다.
- 바보 같고 엉뚱한 역사를 가진 황만근이 사라졌다.
- 그가 사라진 날은 농가부채 탕감을 위한 전국농민 총궐기대회 날이었고 경운기를 타고 오라는 이장의
  말에 따라 그는 경운기를 타고 고속도로를 달렸다.
- 황만근은 빚이 없었다.
- 민 씨는 황만근이 지혜로운 통찰을 할 줄 아는 사람이라고 느꼈다.
- 얼마 뒤 황만근은 항아리 속에 뼈로 담겨 마을로 돌아왔다.
- 민 씨는 마지막으로 그를 위한 제문을 썼다.

❷ 도시와 유령

미장이

서울에서 미장일을 하는 인물. 한밤중에 노숙을 하려다가 동묘에서 도깨비불을 보고 귀신의 정체를 쫓음.

김 서방

'나'와 함께 노숙을 하려다가 도깨비불을 보고 놀라서 두려움에 떨었음.

나(진 서방)

도깨비불을 처음 본 날
중간에 기억을 잃을 정도로 놀람

10줄 갈무리

갈래 현대소설, 단편소설
시점 1인칭 시점(주로 주인공 시점이나 부분적으로 관찰자 시점)
주제 일제 강점기 도시 빈민의 비참한 현실

◯— '나'는 서울에서 미장일을 하며 살아간다.

◯— '나'는 학교 집터를 만드는 작업을 한 뒤 김 서방과 함께 술을 마신다.

◯— 노숙할 곳을 찾던 '나'와 김 서방은 동묘 안에 몰래 들어간다.

◯— 동묘에서 파란 불덩이를 목격한 '나'와 김 서방은 혼비백산하여 도망쳐 나온다.

◯— 다음 날 '나'는 동료들에게 간 밤의 경험을 이야기하고, 박 서방은 그런 유령들이 많다는 말을 남긴다.

박 서방
'나'의 유령 이야기에도 별로 놀라지 않고 그런 유령들이 많다며 '나'에게 확인해 보라고 조언함.

나(진 서방)

박 서방의 이야기를 듣고 유령을 확인하기 위해 다시 동묘로 감

여인네   어린아이
유령의 실체이자 도시의 빈민. 발목에 난 상처에 약을 바르려고 성냥을 긋다가 도깨비불처럼 보이는 불빛을 만듦. 한 달 전 차 사고의 피해자.

비참한
현실 확인

나(진 서방)

○— '나'는 일을 마치고 다시 한번 유령을 확인하기 위해 동묘로 간다.

○— 유령의 정체는 여인과 어린아이였다.

○— 여인은 한 달 전에 구걸을 하다가 다리를 크게 다쳐서 발목이 끊어졌다.

○— 지난 밤에 본 파란 불빛은 여인이 다리에 약을 바르기 위해 성냥불을 그으며 생긴 것이었다.

○— '나'는 참담한 마음에 주머니에 있는 돈을 있는 대로 여인에게 쥐어 준다.

❸ 고향

원터 마을의 지주
민 지주=민 판서

권상철(고리대금업)
권경호의 양아버지. 일심사에서 중에게 아들을 얻어 키움. 하지만 그 아들이 곽 첨지의 아들이라는 사실이 밝혀지면서 놀라게 됨.

곽 첨지(구장집 머슴)
권경호의 친아버지. 권경호의 어머니와 정을 통해 권경호를 얻음.

안승학(마름)
민 판서댁의 마름. 원래 집이 가난했으나, 남들보다 먼저 개명하면서 마름 자리를 차지하고 부를 얻음.

← 농민 착취

← 딸의 결혼마저 이용함

권경호
갑숙을 사랑하는 인물. 출생의 비밀을 알고 방황하지만, 자신의 친아버지를 찾고 공장 사무원으로 취직함. 현실에 만족하는 행복을 귀하게 여김.

학삼이
안승학네 일꾼으로 안승학의 사주를 받아 희준이 추진하는 두레를 훼방 놓으려 하지만 실패함.

갈래 장편소설, 사실주의 소설
시점 전지적 작가 시점
주제 소작인과 노동자들이 겪는 고난과 그에 따른 성장

○— 김희준은 20년대 중반 동경에서 유학을 마치고 원터 마을로 돌아온다.

○— 희준은 청년회가 오락기관처럼 변질되어 있는 현실을 보고 야학을 열어 사람들을 가르치고 두레를 만든다.

○— 김원칠과 김 선달 그리고 조 첨지와 같은 농민들은 희준이 고등교육을 받고도 농사를 지으려 하는 모습을 이해하지 못한다.

김 선달   조 첨지   김원칠

민 지주의 소작인들. 이들은 희준처럼 배운 사람이 농사일을 하는 것을 이상하게 여김. 배우지 못한 사람이 노동을 한다는 생각을 가지고 있음.

농민 단결 →

김희준
동경 유학을 마치고 원터로 돌아온 지식인. 직접 농사를 짓고 야학을 열며 농민을 단결시킴. 옥희(갑숙)를 향한 자신의 마음이 사랑임을 깨닫지만, 동지애로 승화함.

도움

집을 뛰쳐 나옴 →

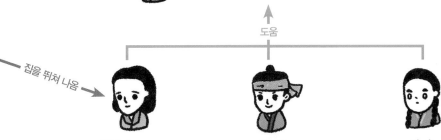

안갑숙=나옥희

안승학의 딸. 새로운 길을 찾아가는 인물형. 결혼을 강요하는 집을 벗어나 제사공장에 취직하여 노동자의 권리를 요구하는 파업을 주도함. 희준을 사랑하지만 동지애로 승화. 자신을 희생하여 노동자와 농민의 행복을 증진시키는 것을 행복으로 생각함.

김인동

김원칠의 아들. 방개를 좋아해 막동과 대립하지만 화합함. 후에 음전과 결혼. 소작인들이 안승학에 대항할 때 도움을 주는 인물.

방개

부모의 강요로 기철에게 시집을 갔다가 뛰쳐 나옴. 공장 직원이 되어 새 생활을 시작함. 소작인들이 안승학에 대항할 때 도움을 주는 인물.

○— 마름 안승학은 희준을 경계하며 일꾼 학삼이를 시켜 은근히 두레를 훼방 놓으려 하지만 실패한다.

○— 소작인들은 희준을 중심으로 모이게 되고, 단결력이 높아진다.

○— 소작인들은 마름 안승학에게 착취를 당하여 구조적으로 부를 축적할 수 없었다.

○— 원터 마을에 물난리가 나서 농작물이 물에 잠기고 사람이 다치자 희준이 나서서 소작료를 탕감해 달라고 요구한다.

○— 안승학은 소작인들이 단체 행동을 하지 못하도록 하기 위해 꾀를 쓴다.

○— 희준은 갑숙, 방개, 인동의 도움을 받아 투쟁을 계속한다.

○— 희준은 안승학을 무너뜨리기 위해 그의 딸 갑숙과 경호가 연애를 했다는 사실을 마을 사람들에게 알리겠다고 협박하고 결국 안승학은 무릎을 꿇는다.

❹ 미스터 방

불쾌한 내색을 감추며 아부

백 주사

한때 친일파로 권세를 누렸으나 광복
이후 사람들이 백 주사의 집을 때려 부
수고 재물을 빼앗아 감. 자신의 재산을
되찾기 위해 권력의 실세인 미스터 방
에게 찾아감.

S 소위

미스터 방에게 통역을 맡기면서 동시
에 그에게 부와 권력을 가져다준 인물.

 실패

 **10줄 갈무리**

갈래 단편소설, 세태소설, 풍자소설
시점 전지적 작가 시점
주제 권력에 기생하여 자신의 이익을 추구하는 세태와 인간상 비판

○— 미스터 방은 상일꾼인 데다가 일자무식으로 '코삐뚤이 삼복이'로 불렸다.

○— 그는 일본과 중국을 떠돌며 돈을 벌겠다는 목표를 가졌지만 별 소득 없이 고향으로 돌아왔다.

○— 삼복은 서울 행랑방에 거처를 마련하고 연합군 포로 수용소에서 일했다.

○— 일본이 전쟁에서 지자 삼복은 일자리를 잃고 신기료 장수로 나선다.

○— 광복이 된 날, 사람들이 독립을 기뻐하며 뛰어다니느라 신발을 고치지 않자 방삼복은 이를 못마땅하게
　　여긴다.

방삼복 시절

실패

중국과 일본을 다니며
돈을 벌고자 함

"우랄질! 독립이 배부른가?"

"노예도 노예 이전이면,
 상전을 선택할 자유를 가지는 수도 있다고."

실패

신기료 장수로 일하기

"내 말 한마디에 죽을 놈이 살아나구,
 살 놈이 죽구 허는 줄을 모르구서.
 흥, 이 자식 경 좀 쳐봐라……."

본명은 방삼복. 본래 상일꾼이었으
나 광복 이후에 미군 소위의 통역
사가 되어 승승장구함. 역사의식
없이 권력에 기생하여 부귀영화를
누렸으나 양칫물 세례 사건으로 소
위에게 구타를 당하며 끝이 남.

미스터 방

성공?

○── 서울에 미군이 주둔하자 그는 노예가 상전을 선택하는 심정으로 S 소위를 골라 통역을 맡고 이때부터
     미스터 방으로 불린다.

○── 미스터 방은 S 소위의 권력에 기생하여 권세를 부리며 사람들에게 뇌물을 받는다.

○── 이때 백 주사는 친일 행적으로 모은 재산을 마을 사람들에게 몽땅 털렸는데, 이를 분하게 여기고 재산을
     되찾기 위해 혈안이 되어 있었다.

○── 백 주사는 미스터 방의 화려한 모습을 보고 그에게 부탁을 하기 위해 접근한다.

○── 미스터 방의 얄팍한 권력은 양칫물 세례로 종말을 맞는다.

⑤ 동행

키 큰 사내(형사)

중학교 2학년 때 새끼 토끼를 미처 구하지 못한 경험이 있음. 원칙 대신 인간애를 선택하여 억구를 보내 주고, 그에게 새로운 18일을 선물함.

키 작은 사내(살인범 최억구)

근화동에서 득칠이를 죽인 살인범. 어릴 때는 천덕꾸러기 취급을 받으며 자람. 맹목적으로 이데올로기를 따르며 권력을 휘두르다가 득수를 죽음으로 몰고 감. 후에 득수의 동생 득칠이 억구의 아버지를 죽이며 복수함. 키 큰 사내에게 자신이 득칠을 죽였다며 자백함.

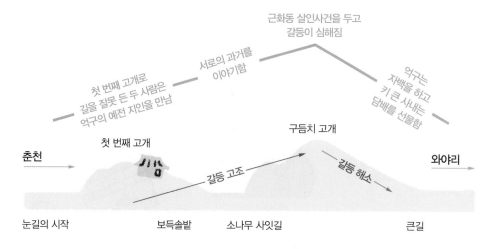

근화동 살인사건을 두고 갈등이 심해짐

서로의 과거를 이야기함

첫 번째 고개로 길을 잘못 든 두 사람은 억구의 예전 지인을 만남

억구는 자백을 하고 키 큰 사내는 담배를 선물함

첫 번째 고개

구듬치 고개

춘천 →

와야리

갈등 고조 →

→ 갈등 해소

눈길의 시작   보득솔밭   소나무 사잇길   큰길

10줄 갈무리

갈래 단편소설, 여로형 소설
시점 전지적 작가 시점
주제 비참한 역사 속에 인간이 겪은 고통을 이해하고 감싸 안는 인간애

○— 키 큰 사내와 키 작은 사내(억구)는 춘천에서 뻗어 나와 와야리로 가는 길에 동행한다.

○— 키 큰 사내는 방한복 차림에 정확한 발걸음이고, 키 작은 사내는 셔츠에 양복 차림으로 걸음걸이가 허전한 데가 있다.

○— 두 사람은 근화동에서 일어난 살인 사건에 대해 이야기를 하며 길을 걷는다.

○— 고개 한복판에서 길을 잃은 두 사람은 외딴집의 주인에게 와야리로 가는 길을 묻는데, 이때 집주인은 최억구의 이름을 듣자마자 놀란다.

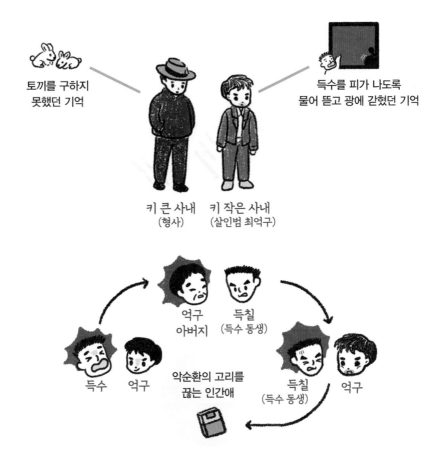

토끼를 구하지
못했던 기억

득수를 피가 나도록
물어 뜯고 광에 갇혔던 기억

키 큰 사내
(형사)

키 작은 사내
(살인범 최억구)

억구
아버지

득칠
(득수 동생)

득수

억구

악순환의 고리를
끊는 인간애

득칠
(득수 동생)

억구

- 키 큰 사내는 구듬치 고개를 향해 걸으며 자신이 예전에 토끼를 구하지 못한 사연을 털어놓는다.
- 중학생이었던 키 큰 사내는 새끼 토끼를 구하려고 선생님의 집까지 갔지만 '남의 집 담장을 넘어서는 안 된다'는 규칙 때문에 포기했다.
- 억구는 키 큰 사내의 말을 끊으며, 어린 시절에 득수라는 친구를 크게 다치게 하고 광에 갇혔던 사연을 말한다.
- 억구는 6·25 전쟁이 일어난 후에 맹목적으로 이데올로기를 쫓으며 위원회 부위원장이라는 감투를 쓰고 득수를 죽였다.
- 국군이 마을로 들어온 뒤 억구는 가까스로 목숨을 건졌으나 억구의 아버지는 '빨갱이'라는 욕을 들으며 득수의 동생 득칠에게 죽임을 당했다.
- 최억구는 자신이 근화동에서 득칠을 살해했다고 자백하고, 키 큰 사내는 토끼를 떠올리며 그에게 담배 열여덟 개비를 선물한다.

❻ 모래톱 이야기

내부 이야기

윤춘삼
송아지 빨갱이라는 별명으로
불리는 조마이섬의 주민.
불의에 순응하지 않고 항거함.

갈밭새 영감
건우의 할아버지. 일제 강점기의 악몽에서, 유력자
들의 횡포에도 조마이섬을 지키던 인물. 위험한 둑
을 철거하고자 청년을 밀쳤는데 그가 물에 휩쓸려
목숨을 잃자 살인죄로 수감됨.

조마이섬의 소유권 변천 과정

옛적부터
선조들: 낙동강 물이 만들어 줌

일제 강점기 이전
갈밭새 영감 등: 조상으로부터 물려받음

일제 강점기
동양척식주식회사: '한일 신협약'에 따라,
강제로 조마이섬을 빼앗음

광복 이후
국회의원 및 유력자: 권력과 돈으로 조마이섬의 소유권을 차지함

건우 어머니
넉넉하지 않은 상황에서
도 정갈하고 단정한 생활
을 꾸리는 인물. '나'의 가
정 방문 때 처음 만남.

 **10줄 갈무리**

갈래 단편소설, 농촌소설, 참여소설
시점 1인칭 관찰자 시점
구성 액자식 구성 [외부] 20년 후의 '나'가 이 이야기를 쓰게 된 동기
　　　　　　　　　 [내부] 20년 전 조마이섬에서 일어난 부조리한 사건
주제 소외된 사람들의 삶 그리고 부조리한 현실에 대한 저항

○— 20년 전 '나'는 K 중학교의 선생님으로 근무하며 건우라는 학생을 만난다.

○— 건우는 조마이섬에 사는 나룻배 통학생으로 2시간이나 걸려서 학교에 온다.

○— '나'는 건우가 조마이섬에 대해 쓴 글을 읽고 마음에 깊이 담아 둔다.

지금의 '나'
20년 전에 겪었던 부조리한
현실에 입을 열게 됨.

외부 이야기

건우(거무)
〈섬 얘기〉라는 작문을 쓰며 조마이섬이
당한 고통을 표현하던 학생.
나룻배 통학생으로 거무(거미)라는
별명을 가지고 있음.

20년 전의 '나'
K 중학교의 선생님. 건우네
의 사정을 이해하고 공감하
며 안타까워하는 인물.

○── '나'는 건우의 집이 있는 조마이섬을 방문하게 되고 건우의 가족과 윤춘삼 씨를 만난다.

○── 송아지 빨갱이라는 별명을 가진 윤춘삼 씨는 행동파로 국가의 결정에 저항하다가 감옥에 다녀온 적도 있다.

○── '나'는 건우의 할아버지인 갈밭새 영감과 윤춘삼 씨와 함께 술을 마시며 조마이섬 사람들의 억울함에 공감한다.

○── 두어 달이 지나고 비가 억수같이 쏟아지자 조마이섬이 물난리로 고통을 겪게 된다.

○── 이때 '나'는 건우네가 걱정이 되어서 비를 뚫고 조마이섬 사람들의 소식을 수소문한다.

○── 긴 다리 끝에서 '나'는 윤춘삼 씨를 만나고 갈밭새 영감이 살인죄로 끌려갔다는 충격적인 소식을 듣는다.

○── 허술하게 쌓인 둑 때문에 실갱이를 벌이다가 일어난 사고였지만 갈밭새 영감은 옥살이를 하게 되고 조마이섬에는 군대가 들어오게 된다.

❼ 만무방

"누가 우리를
만무방으로 만들었지?"

송이파적

응칠(응오의 형)

생닭 뜯기

아무리 농사를 지어도 해마다 빚이 쌓여 어쩔 수 없이 5년
전에 가족과 헤어져 떠돌이 생활을 시작함. 도박과 절도로
죄가 쌓여 전과 4범. 행동이 거칠지만 동생을 생각하는 마음
은 따뜻함. 동생의 벼를 훔치는 도둑을 잡기 위해 잠복하다
가 뜻밖에 범인이 동생이라는 사실을 알게 됨.

10줄 갈무리

갈래 단편소설, 농촌소설
시점 전지적 작가 시점
주제 식민지 농촌 사회에서 농민들이 겪는 비참한 현실

○— 응칠은 오랜만에 동생 응오를 만나기 위해 응고개에 찾아온다.

○— 하필이면 그 무렵 응오의 논에서 벼가 없어진다는 흉흉한 소문이 돌기 시작한다.

○— 평소 응칠은 행실이 좋지 않아 의심을 받는다.

○— 그와 반대로 응오는 진실한 농군으로 부지런하고 착실하게 살아왔다.

성팔   재성

한탕주의에 빠져
허황된 꿈을 꾸는 빈농들.

지주

응칠이 사정이 어려운 응오를 봐
서 도지를 감면해 달라고 하자
거절함. 응칠에게 뺨까지 맞음.

김 참판

장리쌀을 받기 위해
응오가 추수하기만을
기다리는 인물.

응오(응칠의 동생)

진실한 농군으로 최선을 다해 살지만 구조적인 모순 때문에
가난을 벗어나지 못하는 인물. 아내가 아프다는 핑계를 대고
추수를 하지 않으며 자신의 논에서 벼를 조금씩 훔쳐 끼니를
때움.

○── 하지만 응오는 아내가 아파서 제대로 추수도 하지 못하는 상황이다.

○── 응칠은 지주에게 도지를 면해 달라고 부탁하다가 지주의 태도에 화가 치밀어 그를 때리고 만다.

○── 억울하고 화가 난 응칠은 직접 범인을 잡기로 하고, 응고개에 잠복한다.

○── 그곳에서 응칠은 도박판에 드나드는 빈농의 현실을 목격한다.

○── 어둠속에 나타난 도둑은 동생 응오였다.

○── 응오는 자신의 현실을 한탄하고 응칠과 함께 고개를 내려온다.

❽ 우리 동네

우리 동네 김씨

김승두

부지런한 농부로 가물어 가는 땅을 살리기 위해 양수기로 저수지에서 물을 퍼올리다가 유순봉, 장재원과 다툼.

우리 동네 리씨

리낙천

과도한 소비 풍조가 마음에 들지 않는 인물. 자신은 세상에 휩쓸리지 않겠다며 성을 '리'로 바꾸지만 밀주 단속원들에게 자신은 '이'낙천이라고 둘러대고 후에 스스로의 행동을 부끄러워함.

윤선철

리씨와 정반대로 화려한 잔치를 즐기는 인물.

종진

최씨의 딸로 공장에서 일을 함. 이씨 청년과 연애 중.

우리 동네 정씨

정승화

품삯을 아끼려고 일손돕기 동원령이 내려질 때까지 기다렸다가 짜장면 60그릇만 날림.

우리 동네 최씨

최진기

관향리에서 가장 가난한 인물. 고지논을 계약하여 농사를 지어 주는 일을 함. 딸이 만나는 이씨 청년을 꺼림칙하게 생각함.

명순

부당한 처우를 개선하려다가 공장에서 잘린 인물.

10줄 갈무리

갈래 단편소설, 연작소설
시점 전지적 작가 시점
주제 근대화로 인한 농촌의 공동체 의식 상실과 그 회복에 대한 기대

○— 《우리 동네》는 농촌 근대화가 일어나는 시기를 배경으로 농촌 문제를 다룬다.

○— 〈우리 동네 김씨〉에서는 서로 돕고 사는 미덕이 사라진 농촌의 변화가 보이고 허울뿐인 민방위 교육의 실체가 드러난다.

○— 〈우리 동네 리씨〉에서는 과도한 사치 풍조로 빚이 늘어난 농촌의 소비 현실과 농업 현실을 무시하는 영농 교육을 비판한다.

우리 동네 류씨

류그르트
류씨의 아내로 남편이 쓰러진 뒤 유산균 음료를 배달하며 소문을 퍼나르고, 병원의 브로커 일을 하며 이득을 챙김.

류상범/류석범
농약 중독으로 몸져누움.

우리 동네 강씨

순이
순덕 어매의 딸로 도시에서 부동산 투기로 성공함. 아역 배우인 딸 선우선과 함께 관향리에 방문하여 갖은 민폐를 끼침.

강만성
보리 수매를 하러 공판장에 갔다가 부조리한 수매 절차에 분노하는 인물. 경운기에서 떨어진 보릿가마에 다리가 깔려 부러짐.

우리 동네 장씨

이낙만
중동을 다녀온 뒤 곤댓짓으로 사람을 피곤하게 함. 학교에 컬러 텔레비전을 사 주자며 자신의 이득을 챙기고, 가난한 집 부모들이 상대적 박탈감을 느끼도록 함.

장일두
다른 이에게 산 땅 값이 갑자기 오르면서 한 밑천을 단단히 잡아 부동산 투기를 업으로 삼게 된 인물.

우리 동네 황씨

병시 어매
황선평의 부인으로 아이들용으로 계를 만들어 '오뚝이회'라는 이름을 붙임.

김봉모
황선주의 팬티를 깃발로 만들어 스스로 잘못을 깨닫게 하려는 인물.

황선평
〈우리 동네 황씨〉의 주인공 '황선주'의 형제. 학부형대표 육성회 이사 감투를 쓰고 남의 주머니로 자신의 공적을 쌓고자 하는 귀찮은 인물.

황선주
돈을 불리는 재주와 욕심이 남달라 눈총을 받는 인물. 수재민 구호 물품에 입다 버린 팬티를 내놓을 정도로 뻔뻔함.

우리 동네 조씨

조태갑
학교 행사까지 소비 문화로 물들어 가는 모습을 보며 안타까워 하는 인물.

- ○── 〈우리 동네 최씨〉에서는 가난한 농가의 어려움과 공장 노동자의 부당한 대우가 그려진다.
- ○── 〈우리 동네 정씨〉에서는 일손돕기 동원령을 이용하려다가 실패한 정씨의 모습이 그려진다.
- ○── 〈우리 동네 류씨〉에서는 벼의 품종까지 국가가 강제하는 농촌의 현실과 신품종의 피해 보상이 터무니없다는 사실을 꼬집는다.
- ○── 〈우리 동네 강씨〉에서는 부패한 조합의 모습과 그에 따라 농민들이 겪는 차별과 부당한 대우를 그린다.
- ○── 〈우리 동네 장씨〉에서는 부동산 투기 열풍으로 변질된 농촌의 모습이 드러난다.
- ○── 〈우리 동네 조씨〉에서는 계 문화와 과도한 소비 행태가 학교 운동회까지 퍼진 현실이 그려진다.
- ○── 〈우리 동네 황씨〉에서는 자신밖에 모르는 이기적인 황씨의 모습과 그를 지적하는 마을 사람들을 통해 농촌 공동체가 서로를 포용해야 한다는 주제가 드러난다.

⑨ 목마른 뿌리

작은아버지 **젊은 태섭**

1972년 남한에 왔다가 아버지를 데리러 옴. 결국 아버지를 설득하지 못하고 돌아가던 중 사고를 당하여 작은아버지는 돌아가시고 태섭은 다리에 상처를 입게 됨.

최옥분(큰어머니)

태섭의 어머니. 아들 태섭과 둘이 살다가, 세상을 떠나는 날 남편 곁에 묻히고 싶다는 유언을 남김.

김태섭(이복형)

'나'의 이복형. 고향 땅 성진에 살다가 어머니가 돌아가시고 어머니의 유골을 아버지 옆에 묻기 위해 남쪽의 가족을 찾아옴. 아버지가 남한에 갔다는 이유로 동요 계층으로 살아온 서러움이 있음.

태섭 어머니의 유골함

 **10줄 갈무리**

갈래 중편소설, 분단소설
시점 1인칭 주인공 시점
주제 분단의 상처 극복

○— '나'의 아버지는 함경도 성진이 고향이었고 그곳에 아내와 아들이 있었지만 분단 상황 때문에 남쪽에서 정착하였다.

○— 아버지는 무능했고 몸도 좋지 않았으며 생명의 불이 꺼지는 순간에도 북에 두고 온 아내 '최옥분'의 이름을 불렀다.

○— 1999년 통일이 되고 3년이 지난 2002년, '나'는 이복형 태섭을 만남의 광장에서 만난다.

1972년에 태섭에게
준 시계

아버지

남한과 북한 양쪽에 가족을
두고 살아야 했던 인물. 몸이
좋지 않아 시름시름 앓다가
'나'가 대학생 때 세상을 뜸.

'나'의 어머니(작은어머니)

채소장사를 하며 어렵게 가족
을 꾸려온 인물. 태섭이 가져
온 흰 상자가 유골 상자임을
알고 분노함.

분단의 상처 극복

'나'(김호영)

태섭의 이복동생. 북쪽에 두고 온 가족
을 그리워했던 아버지를 원망하는 인물.
39년 만에 이복형 태섭을 처음 만나 분
단의 상처를 극복함.

○— 태섭의 어머니는 남편 옆에 묻히는 것을 유언으로 남기고 태섭은 이를 '나'의 가족에게 그대로 전하여 한
바탕 소동이 벌어진다.

○— '나'는 유골함 문제를 잠시 뒤로 하고 태섭과 함께 아버지의 묘에 성묘를 간다.

○— '나'는 태섭의 엉뚱한 행동에서 그가 우직하고 순수한 면이 있다는 것을 느끼며 마음을 연다.

○— 사실 태섭은 1972년에 작은아버지와 함께 남한에 온 일이 있었다.

○— 아버지는 북한으로 돌아가지 않겠다는 결심을 밝히고 태섭에게 자신의 시계를 주었다.

○— 태섭은 돌아가는 길에 사고를 당하고 그 후유증으로 왼쪽 다리를 절게 된다.

○— '나'는 태섭과 한 핏줄임을 느끼며 상처에 손을 얹는다.

⑩ 원숭이는 없다

연출가 김 형
자존심이 굉장히 강한 사람으로 시대가 자신을 몰라 주는 것을 안타깝게 여김.

배우 김 형
시대를 고민하는 사람으로 '나'와 함께 원숭이 찾기에 나서지만 실패함.

나(주인공)
원숭이를 찾아 보자며 호기롭게 제안하지만 결국 원숭이를 찾지 못하고 스스로 원숭이가 되어 버린 인물.

두 번째 원숭이
곡마단 원숭이
어린 시절 곡마단에서 본 기억

첫 번째 원숭이
홰를 타고 앉아 광활한 우주 공간을 응시하는 거대한 원숭이
우주 공간에서 진리를 꿰뚫는 존재

 **10줄 갈무리**

갈래 현대소설, 단편소설
시점 1인칭 주인공 시점
주제 일상에서 소외된 사람들의 자아 찾기와 좌절

○── '나'와 연출가 김 형, 배우 김 형은 서로 이웃사촌으로 아파트 정기 소독날 만난다.

○── '나'는 원숭이에 대한 이런저런 생각을 하면서 먼저 신문기사 속에서 접했던 홰를 타는 원숭이의 모습을 떠올린다.

○── '나'는 다음으로 곡마단에서 '나'의 스웨터를 옭아 쥐었던 원숭이를 떠올리다가 이들에게 함께 원숭이를 찾으러 가 보자고 제안한다.

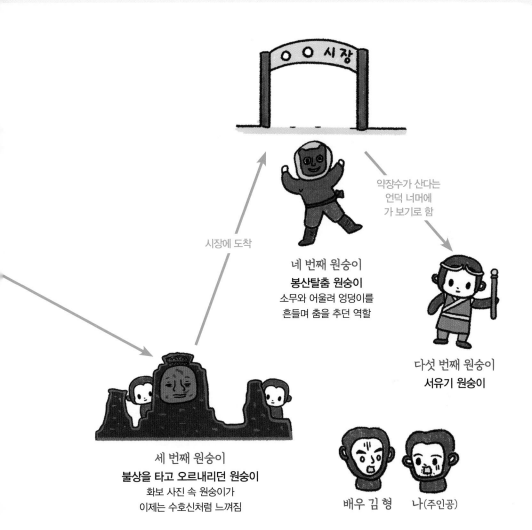

○○ 시장

시장에 도착

약장수가 산다는
언덕 너머에
가 보기로 함

네 번째 원숭이
봉산탈춤 원숭이
소무와 어울려 엉덩이를
흔들며 춤을 추던 역할

다섯 번째 원숭이
서유기 원숭이

세 번째 원숭이
불상을 타고 오르내리던 원숭이
화보 사진 속 원숭이가
이제는 수호신처럼 느껴짐

배우 김 형   나(주인공)

○— 연출가 김 형은 거절하지만 배우 김 형은 '나'의 제안을 받아들이고 함께 시장으로 향한다.

○— '나'는 택시 안에서 불상을 타고 오르내렸던 원숭이를 떠올린다.

○— 장은 이미 파한 분위기지만 김 형은 끝까지 원숭이를 찾아 보자며 언덕 너머로 향한다.

○— '나'와 김 형은 어느새 개펄에 도착하여 한 사내에게 원숭이가 있느냐고 묻는다.

○— 사내는 이상한 소리 하지 말고 나가라며 펄쩍 뛴다.

○— 사내의 말에 따라 걸어 나가는 순간, 두 사람의 얼굴은 원숭이로 바뀐다.

○— 두 사람은 일상으로 돌아가기 위해 온 힘을 다해 발걸음을 옮긴다.

⑪ **정읍사 - 그 천년의 기다림**

월아의 부모님

처음에는 도림을 마음에 들어 하지 않음. 하지만 도림의 인성과 부지런함에 마음을 열고 사위로 받아들임.

해장

샘바다 마을에서 가장 부유하고 문벌이 좋은 집안의 자제. 월아를 마음에 품지만 이어지지 못함. 거만하고 거친 성격으로 처음에는 도림을 위험에 빠뜨리기도 하지만 후에 도림의 친구가 됨.

월아

도림을 일편단심으로 사랑한 인물. 해장의 구애를 물리치고 도림과 부부의 연을 맺음. 소금 장사를 떠났던 도림이 2년 동안 돌아오지 않는데도 늘 도림을 그리워하는 노래를 부르며 그를 기다림.

갈래 현대소설, 장편소설
시점 전지적 작가 시점
주제 월아의 간절한 기다림 그리고 월아와 도림의 사랑

○— 도림은 월아를 생각하며 보름달이 뜨는 날 큰샘거리 옆 왕버드나무 숲정이에서 단소를 분다.

○— 월아는 동네의 부잣집 도련님 해장의 구애를 받고 있지만 자꾸 단소 소리에 마음을 빼앗긴다.

○— 해장은 도림이 월아를 좋아한다는 사실을 알아채고 호랑이가 나오는 망해봉에 올라 실력을 겨루자고 한다.

○— 도림이 망해봉에서 살아 돌아오자 사람들은 그를 귀인으로 대접하고 월아의 부모님 또한 점점 도림에게 마음을 연다.

신라군 ← 전쟁 중 → 백제군

하나뿐인 사랑이었으나
맺어지지 못함

도림

소금 장수의 아들로 태어나 샘바다 마을에
정착한 인물. 월아를 생각하며 단소를 불다
가 월아와 부부의 연을 맺게 됨. 하지만 전
쟁터에서 얼굴에 큰 상처를 입어 다시는 월
아의 곁으로 돌아오지 못함.

도림 어머니

소금 장수인 도림 아버
지와 사별하고 아들과
샘바다 마을에 들어와
정착함. 도림이 결혼하
기 전에 세상을 뜸.

여물치

도림의 친구. 도림과 함
께 소금 장사를 떠났다
가 백제군에 징병됨.

○— 도림과 월아는 혼인을 하고 방출이라는 아들까지 얻으며 행복하게 산다.

○— 도림은 성실하게 소금 장수 일을 하며 돈을 모으고 내년에는 새집을 짓겠다는 희망을 품는다.

○— 도림은 여물치와 함께 장사를 하러 떠났다가 만경강에서 백제군으로 징병된다.

○— 이러한 소식을 알 리 없는 월아는 도림을 애타게 기다리고 달에게 소원을 빌며 노래를 부른다.

○— 도림은 전쟁터에서 얼굴에 큰 상처를 입고 흉한 몰골이 되자, 차마 월아에게 돌아갈 생각을 하지 못한다.

○— 2년이 흐르고 월아는 도림을 그리워하며 노래를 부르다, 보름달이 뜨는 날 달을 보며 숨을 거둔다.

⑫ 동행

'너'의 존재를
경계하는 소리

전화박스 옆

파괴의 북소리

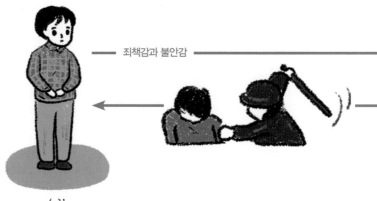

죄책감과 불안감

'나'

'너'와 함께 민주화 운동을 했던 친구. 일
상에 적당히 순응하며 안락함을 누리다가
'너'의 등장으로 불안해짐. 함께 M시까지
동행하며 그 불안함과 죄책감을 곱씹음.

10줄 갈무리

갈래 현대소설, 단편소설
시점 1인칭 주인공 시점
주제 시대의 상처를 외면하고 일상의 편안함을 바라는 삶에 대한 성찰

○── '나'는 '너'와 함께 민주화 운동을 했던 친구였으나 현실에 적응하며 안락한 삶을 살고 있다.

○── 그때 '너'는 '나'에게 M시까지 동행해 달라고 요청한다.

○── '너'는 지명 수배자로 쫓기는 신세이지만, '나'는 불안을 감당하며 '너'와 동행하기로 한다.

○── '나'는 '너'와 전화박스 옆에서 만나 택시를 타고 S읍으로 향한다.

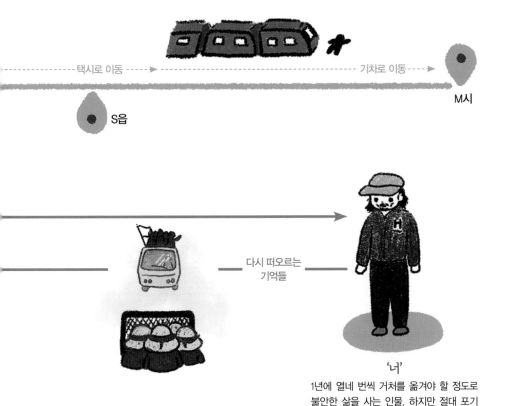

택시로 이동

기차로 이동

M시

S읍

다시 떠오르는
기억들

'너'

1년에 열네 번씩 거처를 옮겨야 할 정도로
불안한 삶을 사는 인물. 하지만 절대 포기
하지 않으며 극복하려 노력함.

○— S읍의 기차역에 도착한 '나'는 건물 외벽에 붙은 지명 수배자 명단에 '너'의 사진도 있을 것이라고 예상
    한다.

○— 기차는 M시를 향해 달리다가 사고 때문에 멈춘다.

○— 기차에 치인 시신을 본 '나'와 '너'는 5월, 민주화 운동 당시의 잔혹한 광경을 떠올린다.

○— M시에 도착한 '너'는 곧 다시 돌아올 것이라고 말한다.

○— '나'는 스스로 해야 할 일이 있지 않을까 하고 고민하지만 아직도 모르겠다며 속내를 털어놓는다.

○— '너'는 아무것도 끝나지 않았으며 이제부터 시작이라는 말을 남긴다.

⑬ 해산바가지

여권 신장 운동가

대학 교수

친구 며느리 옆에 있던 산모의 친구들

대학 교수와 여권 신장 운동가도 포함되어 있는 지식인 집단이지만 배움과 상관없이 편견에 찌든 축하세례를 보내 주인공에게 눈총을 받음.

친구

'대를 잇는다'는 이유로 아들과 딸을 차별하는 인물. 며느리가 양수 검사를 하지 않고 딸을 낳았다는 이유로 구박함.

며느리

딸을 낳아 구박을 받음. 하필이면 아들을 낳은 산모와 같은 병실을 쓰게 됨.

며느리의 친정어머니

딸이 딸을 낳아 면목없어 하는 인물.

10줄 갈무리

갈래 현대소설, 단편소설
시점 1인칭 주인공 시점
주제 생명의 소중함

○— '나'는 친구의 부탁으로 함께 친구 며느리의 병원에 방문한다.

○— 친구는 딸을 낳은 며느리를 구박하고, '나'는 그런 친구에게 어떤 이야기를 들려주어야겠다고 생각한다.

○— '나'는 다섯 자녀를 두었지만 그중에 막내만 아들이었다.

○— 시어머니는 손주들을 두루 사랑하며 정성스럽게 키우셨다.

○— 어느덧 70대가 된 시어머니는 치매를 앓게 되고, 했던 말을 되풀이하거나 '나'의 방을 훔쳐보기도 한다.

해산바가지
시어머니가 실천한 차별 없는
생명존중을 보여 주는 사물

'나'의 시어머니
생명을 차별하지 않고 사랑하
는 법을 몸소 실천하셨던 분.
나이가 들고 치매를 앓으며 주
인공을 힘들게 하지만 '나'의 사
랑으로 마지막에는 아기처럼
편안한 표정으로 돌아가심.

세상 무서운 줄 모르고
차가운 말을 하는 친구에게
이야기를 해 주기로 마음 먹음

나(주인공)
배우지 않고도 진정한 사랑을 할 줄 아시는 시어머니를 만나
아들 딸 가리지 않고 사랑하는 고귀한 정신을 배움. 시어머니
가 치매에 걸리면서 정신적으로 스트레스를 받지만 결국 해산
바가지를 떠올리며 지난 세월 동안 받았던 사랑을 깨닫고 시어
머니를 직접 모시기로 함.

○── '나'는 착한 며느리 가면을 쓰고 신경 안정제까지 먹어 가며 시어머니의 치매 증상을 모두 감내했다.

○── 그러던 어느 날 '나'는 스스로 위선자임을 깨달으며 폭발하고 시어머니를 모실 요양병원을 찾기 시작한다.

○── 남편과 함께 요양병원을 방문하려던 '나'는 초가지붕에 열린 박을 보고 해산바가지를 떠올린다.

○── 시어머니는 '나'가 딸을 낳든 아들을 낳든 상관없이 아이를 낳을 때마다 정성스럽게 해산바가지에 밥과
　　미역국을 만들어 주셨다.

○── '나'는 시어머니를 어디에도 보내지 않기로 마음먹는다.

⑭ 칼의 노래

'나'
이순신 장군. 나라에 충성하고 훌륭하게 적과 싸우는 인물. 그러나 전쟁이 계속될수록 보이지 않는 적들이 너무 많음을 실감함.

징
징
징

전쟁을 하기 위해 죽음의 개별성을 외면하기로 함.

겉으로 보이는 적뿐만 아니라, ←

'이면'
'나'의 아들. 칼을 잘 쓰고 용감함. 아산에서 왜적에게 목숨을 잃음.

10줄 갈무리

갈래 장편소설, 역사소설
시점 1인칭 주인공 시점
주제 이순신의 삶과 인간적 고뇌

○── '나'는 출정 명령을 듣지 않았다는 이유로 정유년 2월에 한산 통제영에서 체포된다.

○── 정유년 4월에 의금부에서 풀려난 '나'는 백의종군을 시작하고, 임금은 교서를 내려 '나'를 삼도 수군통제사와 전라 좌수사 자리에 앉힌다.

○── 임금은 의병장 김덕령과 의병장 곽재우 등 강한 신하를 두려워했고 그 두려움은 죄 없는 사람의 목숨을 앗아간다.

유정

명나라 육군 장수. '나'가 수륙합동 작전을 제안하지만 군대를 움직이지 않아 작전을 엉망으로 만든 장본인. 일본 장수와 수급을 거래함.

진린

명나라 장수. 조선군을 도 와주기는커녕 일본 장수에 게 수급(적군의 머리)을 받으 며 자신의 공적을 불림.

선조

조선의 왕. 역적 길삼봉을 찾아 내기 위해 수많은 신하들과 신하의 가족들을 죽임. 강한 신하를 두려워하며 주인공이 혹시나 역모를 일으키지 않을까 두려워하여 감시 자를 보내기도 함.

보이지 않는
수많은 적들과의 싸움 →

원균

'나'가 체포된 후 삼도 수군통제사의 직분을 넘겨 받지만 칠천량 전투에 서 모든 함대와 자신의 목숨마저 잃 은 무능력한 인물.

왜장 가토 기요마사와 고니시 유키나가

조선을 노리며 공격해 옴. 명나라 장수들과 수급을 거래.

○— 정유년 9월 14일 '나'는 명량에서 적을 맞기로 하고 바닷물의 흐름을 이용해 승리한다.

○— 임금은 혹시라도 '나'가 반란을 일으킬까 사람을 보내어 감시하기도 한다.

○— 그 사이에 '나'의 아들 면이 죽었다는 소식이 들리고 '나'는 슬픔에 휩싸인다.

○— '나'는 적군의 포로들이 우는 소리를 들으며 죽음의 개별성을 적으로 여긴다.

○— 정유년 가을에 조선과 일본 사이에 강화협상이 진행된다는 소문이 돌지만, '나'는 뜬소문을 적으로 여기 고 적의 움직임에 대비한다.

○— 명나라에서 도움을 주러 온 장수 진린과 장수 유정은 일본의 장수들과 거래하여 자신의 공적만 챙긴다.

○— '나'는 노량 바다로 가서 치열한 전투를 벌이고, 적의 탄알에 맞아 세상을 뜬다.

⑮ 탈출기

편지(내가 독립단이 된 이유)

간도에서의 경험을 이야기

김 군

'나'에게 먼저 편지를 보내
'음험한 이역에 늙은 어머니
와 어린 처자를 버리지 말라'
고 조언한 인물.

'나'=박 군

부푼 꿈을 안고 간도에 이주했다
가 비극적인 현실을 깨달은 인물.
구조적 모순을 해결하기 위해 집
에서 나와 XX단에 가입함.

10줄 갈무리

갈래 단편소설, 서간체소설
시점 1인칭 주인공 시점
주제 일제 강점기의 비참한 현실에 대한 저항

○— '나'는 5년 전 처음으로 고향을 떠나 간도로 이사를 왔다.

○— 간도의 현실은 상상과는 많이 달라서 빚을 지지 않으면 아무것도 시작할 수 없었다.

○— '나'는 H라는 촌 거리에 셋방을 얻고 한 달을 보내며 직업을 구하지만 허드렛일 빼고는 할 수 있는 일이
없었다.

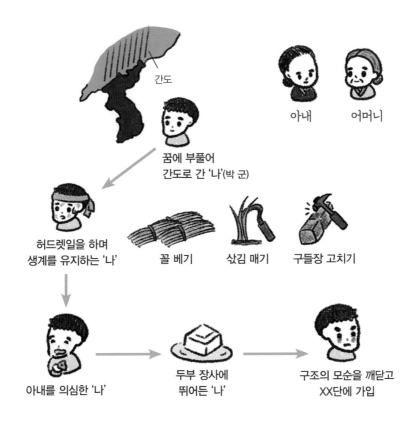

간도

아내   어머니

꿈에 부풀어
간도로 간 '나'(박 군)

허드렛일을 하며
생계를 유지하는 '나'   꼴 베기   삯김 매기   구들장 고치기

아내를 의심한 '나'   두부 장사에
뛰어든 '나'   구조의 모순을 깨닫고
XX단에 가입

등장인물의 의식 변화 과정

이 작품은 박 군이 간도로 가서 집을 나가기까지의 상황과 내면 변화에 초점을 맞추고 있다.

① **간도로 감**: 어려운 상황 속에서도 허드렛일과 두부 장사를 하며 버텨 보지만 모두 실패로 끝남.

② **깨달음**: 정직하게 열심히 노력해도 구조적 모순으로 인해 가난에서 절대 벗어날 수 없음을 깨달으며 극단적인 상황에 이름.

③ **실천**: 가난을 해결하는 길은 제도를 바꾸고 사회적 모순을 바로잡는 길뿐이라는 생각으로 XX단에 가입.

○— 그 무렵 아내가 임신을 했는데, '나'는 아내가 홀로 무언가를 먹고 있다고 의심한다.

○— 알고 보니 아내가 먹던 것은 버려진 귤껍질이었고, '나'는 비참한 마음을 느낀다.

○— '나'는 두부 장사에도 뛰어들지만 점점 더 살기 어려워진다.

○— 어느 날 '나'는 이런 구조적 모순 속 가난은 절대 개인의 노력으로 극복할 수 없다는 사실을 깨닫는다.

○— '나'는 가난에 맞서 싸우기로 하고 XX단(독립단)에 가입한다.

○— 그리고 문제가 해결되기 전까지는 절대 가족에게 돌아가지 않겠다고 다짐한다.

⑯ 아우를 위하여

내부 이야기

노깡(토관)

병아리 선생님
사범대를 갓 졸업한 교생 선생님으로
아이들에게 불의에 저항하는 일이
중요함을 일깨워주는 훌륭한 인물.

'나'의 성장

어린 '나'(김수남)
영래네의 폭력을 적당히 무시하고 침묵
하던 국민학생. 병아리 선생님의 가르침
으로 불의에 저항하는 일이 얼마나 중요
한 것인지 깨달음. 교실에서 영래와 맞서
며 선생님의 가르침을 실천함.

어린 '나'는 병아리 선생님께
버릇 없이 굴고 친구를 괴롭히는 영래에 맞섬

10줄 갈무리

갈래 성장소설, 서간체소설, 액자소설
시점 1인칭 주인공 시점
주제 불의에 대한 저항 정신
구성 액자식 구성 외부 '나'가 군대에 간 동생에게 편지를 씀
　　　　　　　　　　 내부 초등학교 시절 겪었던 사건과 병아리 선생님 이야기

○── '나'는 군대에 간 동생에게 첫사랑 이야기를 들려주겠다며 초등학교 시절 병아리 선생님 이야기를 꺼낸다.

○── '나'는 어릴 적 노깡에서 해골을 보고 놀라 정신적 충격을 받았는데 그 공포를 극복하도록 도와준 분이
　　 바로 병아리 선생님이다.

○── 병아리 선생님은 사범 대학을 막 졸업한 교생 선생님이었는데, 아이들에게 공평하면서도 세심한 관심을
　　 기울인다.

○── 그 무렵 이영래의 패거리는 교실을 쥐락펴락하며 단체 생활을 강요하고, 자신의 말을 듣지 않는 아이들
　　 을 폭력으로 다스린다.

외부 이야기

동생 ←──── 편지 ──── 어른이 된 '나' (김수남)

메뚜기 선생님
가르치는 일에는 관심이
없으며 학생들에게도
주의를 기울이지 않음.

이영래
열다섯 살로 미군 부대에서
심부름꾼으로 일하며 자란
인물. 집단행동으로 아이들
을 통제하고 폭력을 일삼음.

임종하 · 박은수
영래의 권력에 기생하
여 못된 짓을 함.

교실	영래네 패거리	병아리 선생님
독재 국가	권력자	저항 정신을 일깨우는 사람

○── 기지촌에 사는 아이들은 영래네 패거리에게 정보를 가져다 주며 다른 아이들의 점심 도시락을 빼앗아
　　먹는다.

○── 병아리 선생님이 넉넉한 친구들에게 도시락을 더 많이 싸오도록 독려하자, 기지촌에 사는 아이들은 더
　　이상 영래네 패거리에 고자질하지 않는다.

○── 병아리 선생님이 이영래를 훈계하자 영래네 패거리들은 쪽지를 돌려가며 병아리 선생님을 헐뜯는다.

○── '나'는 쪽지를 전달하지 않고 이영래에게 사과하라며 대든다.

○── 그때, 침묵하던 다른 학생들이 함께 이영래에게 대항하고 영래는 힘을 잃는다.

○── '나'는 '애써 보지도 않고 덮어놓고 무서워만 하면 비굴한 사람이 된다'는 선생님의 말씀을 새기며 노깡
　　에 다시 찾아가고 공포를 극복한다.

⑰ 누이와 늑대

만석(지호네 머슴)

지호네 머슴. 자신의 아버지가 한 집안의 며느리를 겁탈하려 했다는 죄로 평생 죄인 취급을 받으면서 살아감. 방임을 사랑하지만 그녀가 세상을 뜨면서 사랑은 이루어지지 못함.

병원과 굿도 소용없음

아버지

소를 사고파는 일을 하심. 농약 중독 증세를 보임.

어머니

큰형과 작은형을 보살피기 위해 자주 광주에 오가심. 농약 중독 증세를 보임.

누님(김방임)

'나'의 누나. 집안의 농사일을 도맡아 함. 가장 처음 농약 중독 증세를 보이며 앓기 시작했고, 그 때문에 만석의 아이를 임신했다는 소문에 시달림. 그런데 소문이 사실이었고, 가족들은 방임에게 억지로 임신중절수술을 받도록 함. 결국 건강하고 생기 넘치던 방임은 농약을 마시고 스스로의 삶을 마감함.

갈래 중편소설, 생태소설
시점 1인칭 관찰자 시점과 1인칭 주인공 시점의 혼용
주제 농약으로 인해 환경이 파괴된 현실을 비판

○— 주인공 '나'는 여섯 가족의 막내로, 누님 방임이 항상 '나'를 돌보고 농사일을 한다.

○— '나'는 황새를 좋아해서 나중에 황새를 꼭 키우겠다는 꿈을 꾼다.

○— 방임의 남자친구 만석은 '나'를 위해 황새를 잡아다 주지만 황새는 기운이 없고 날지를 못한다.

○— 황새를 키우기 시작한 지 며칠 뒤 누님 방임이 시름시름 앓자, 사람들은 만석이 아이를 임신했다며 쑥덕거린다.

늘대 울음 소리
= 만석의 사랑

황새
= 생명력

'나' (김방철)

여섯 가족의 막내. 황새를 좋아
하여 만석이 황새를 구해다 주
자 정성을 다해 키움. 후에 농약
중독 증세를 보이며 앓음.

큰형(김방식) 작은형(김방흠)

집에서 보낸 쌀과 김치 등에서
농약을 섭취하여 농약 중독 증세를 보임.

○── 다음으로 '나'의 어머니가 같은 증세를 보이며 앓기 시작한다.

○── 곧 아버지와 큰형, 작은형까지 모두 같은 증세를 호소하고 마지막으로 '나'까지 쓰러진다.

○── 방송국에서 '나'의 집으로 취재를 나오고, '나'의 가족은 큰 병원에 모여 치료를 시작하지만 차도가 없다.

○── 방임은 병원에서 만석의 아이를 지우는 수술을 억지로 받는다.

○── 집에 돌아온 방임은 농약을 먹고 스스로 목숨을 끊는다.

○── '나'는 동네 이장인 영철이네 아버지와 순경에게 황새를 빼앗긴다.

⑱ 완장

방범대원의 완장

반장의 완장

종술에게 완장은 공포의
대상이자 선망의 대상

임종술의
아버지

운암댁

남편이 완장을 탐하다가 생사
도 알 수 없는 지경이 되었기
때문에 완장이라면 학을 떼는
인물. 아들이 가짜 권력의 희
생양이 되지 않도록 노력함.

임종술

완장으로 상징되는 가짜
권력을 탐하다가 몰락하는
인물. 부월과 함께 새로운
삶을 시작함.

갈래 장편소설, 세태소설
시점 전지적 작가 시점
주제 허황된 권력 의식에 대한 비판

○— 임종술은 이곡리의 골칫덩어리로 제대로 된 직업도 얻지 않고 판금 저수지에서 도둑 낚시질이나 하며
　　시간을 보낸다.

○— 그때 저수지 감시원을 구하던 최 사장은 완장을 만들어 주겠다며 임종술을 꼬드긴다.

○— 임종술은 늘 완장을 찬 사람들에게 쫓기거나 당했기 때문에 그에게 완장은 곧 권력이었고 선망의 대상
　　이었다.

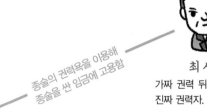

종술의 권력욕을 이용해
종술을 싼 임금에 고용함

최 사장
가짜 권력 뒤에 몸을 숨긴
진짜 권력자. 비판의 대상.

최익삼
이곡리 마을 이장. 최 사장과
는 종질 간(아저씨–조카 사이).

물 빠진 저수지
= 가짜 권력의 상실

김부월
완장의 허위성을 꿰뚫어
보는 인물. 주인공과 함께
마을을 떠나 새로운 삶을
시작함.

○── 완장을 얻게 된 임종술은 신이 나서 완장의 위력을 체험한다.

○── 하지만 임종술의 어머니 운암댁은 남편의 일을 떠올리며 완장을 꺼림칙하게 생각한다.

○── 임종술의 아버지는 인민군 자위대의 완장으로 요란하게 권세를 부리다가 국군에게 쫓겨 생사조차 알 수
없는 상태이다.

○── 임종술이 마음에 두고 있는 실비 주점의 부월이 역시 완장이 허울 좋은 가짜 권력이라는 사실을 파악한다.

○── 임종술은 저수지를 마치 자신의 것처럼 감시하고, 마을 사람들과 수리 조합 직원에게 모질게 군다.

○── 심지어 임종술은 저수지의 진짜 주인인 최 사장과도 마찰을 일으키며 소란을 피우지만 최 사장이 저수
지를 닫겠다고 선언하면서 갈 곳이 없어진다.

○── 임종술은 가짜 권력을 버리고 부월과 함께 도망치기로 한다.

⑲ 이재수의 난

봉세관 강봉헌
세금을 징수하는 봉세관으로 교인들을 수족으로 삼아 세금을 걷음. 나중에 제주도민들이 화가 나자, 배를 타고 육지로 도망가 버림.

구 신부(법국인)
법국인(프랑스인)으로 모든 교인을 자신처럼 대하라는 첩지를 이용해 교인들이 관리들을 무시하고 횡포를 부리도록 함.

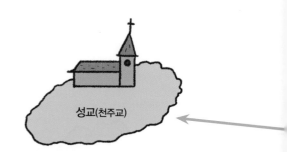

성교(천주교)

군역·공물

성교(천주교) 교인들
법국인 신부를 믿고 관리들조차 무시하며 백성들을 착취함.

최제보(성교 교인)
오 좌수의 첩을 납치하는 기행을 벌이며 상무사를 도발함.

오신락=오 노인·오 장의
교인들에게 능욕을 당하여 스스로 목숨을 끊은 인물.

**10줄 갈무리**

갈래 각색 시나리오
주제 제주 민중들의 저항과 좌절

○— 1898년 목사 이병휘의 수탈과 지나친 세금으로 방성칠란이 일어나지만 홍재진과 송두옥이 일으킨 창의군으로 장두 방성칠이 잡히면서 실패한다.

○— 1901년에는 신축제주항쟁으로 300여 명의 천주교도들이 목숨을 잃는 사건이 발생하는데, 그 사건의 시작은 오 노인의 죽음이다.

○— 오 노인은 호돈리에서 존경받는 양반이었으나 성교(천주교) 교인들이 그를 말에 매달아서 끌고 다니며 능욕하자 스스로 목숨을 끊는다.

상무사

이재수

천한 노비 출신으로 채 군수의 통인. 나중에 회민의 장두가 되어 교인들을 처단함.

마찬삼 오달문

이재수를 돕는 상무사 일원들

채구석

상무사를 만들어 교인에 대항할 세력을 만듦. 이재수의 난으로 죄인 신분이 되지만 제주 백성들이 배상금을 마련하는 조건으로 채구석을 석방하도록 함.

대립 →

강우백=강 별감

원래 성교(천주교)를 믿었으나, 교리대로 행동하지 않고 오 노인을 극악하게 다루는 교인들의 모습을 보며 배교하기로 결정하고 상무사에 합류.

오대현=오 좌수

최제보에게 첩 월계를 납치당하며 수모를 당한 인물. 성교(천주교)의 폐단을 알리는 통문을 돌리기도 함.

- ○── 성교 교인들은 법국인인 구 신부를 등에 업고 아무도 막지 못할 정도의 권세를 누리며 제주도민들에게 횡포를 부린다.
- ○── 교인들의 오만함은 이제 관리들의 힘으로도 제지할 수가 없었고, 오 좌수의 첩이 교인에게 납치당하는 사건까지 일어난다.
- ○── 대정군수 채구석은 이재수, 마찬삼, 오달문, 강우백과 함께 상무사를 만들고 교인들을 상대하기로 한다.
- ○── 먼저 오 좌수는 과도한 세금과 교인의 횡포를 지적하며 사람들을 모으고 구 신부와 교인들은 거짓으로 화해의 뜻을 밝힌 뒤 무기고를 털어 무장한다.
- ○── 처음에는 의기양양했던 구 신부도 프랑스 함대가 오지 않고, 전투가 길어지자 두려워한다.
- ○── 이재수는 회민들의 장두로 나서고, 성 안의 백성들이 문을 열자 교인을 색출해 쉬지 않고 처형한다.
- ○── 후에 이재수는 법국이 개입한 재판을 받고 처형을 당하며 이재수의 난은 끝이 난다.

메모장

메모장

메모장

레온의

10분의

문학

가장 빠른 공부법!
단 10분에 수능문학이 완성되는 기적!